라 스토리아
1

엘사 모란테 지음 • 나윤덕 옮김

Questo libro è stato tradotto grazie a un contributo del Ministero degli Affari Esteri e
della Cooperazione Internazionale italiano.

본 책은 이탈리아 외무부의 번역 지원금을 받아 출판되었습니다.

LA STORIA
1

어떠한 인간의 언어로도 왜 죽는지 모르는
실험용 생쥐를 위로할 수 없다.

히로시마 생존자

...배운 자들과 현명한 자들에게 숨기시고
하찮은 자들에게 드러내셨으니
...당신께서 그것을 기뻐하셨기 때문입니다.

마태복음 10:21

Por el analfabeto a quien escribo

글을 읽을 줄 모르는 사람을 위해 쓰노라

....19**

"…나의 어머니여, 소책자를 한 권 구해주십시오. 이곳 아래 지역에서는 거대한 세계에서 무슨 일이 벌어지고 있는지 알 수 없습니다…"(시베리아에서 보낸 편지 중)

1900-1905

물질의 조직에 관한 최후의 발견이 이루어지면서 '원자의 세기'가 막을 연다.

1906-1913

거대한 세계에 새로울 것은 많지 않다. 새로운 세기 역시 이전의 세기들과 마찬가지로, 변함없이 역사를 지배해온 동일한 원칙 아래 돌아간다. 먼저는 힘이며, 그다음은 복종이다. 이 원리를 바탕으로 국가 내부에서는 현재 자본주의라 불리는 세력이 지배하는 사회적 계급이 형성되고, 국제적으로는 제국주의라 불리는 몇몇 강대국이 세계를 지배한다. 그들은 지구 표면 전체를 사유화하며 '제국'이라는 이름 아래 나눠 가진다.

그 대열에 뒤늦게 합류한 나라, 이탈리아 역시 거대한 힘의 환상에 취해 외국에서 수입한 무기들로 무장하지만, 그 권력은 미약하여 제국이 아니라 소규모 식민지 건설에 그친다.

이들 강대국 사이에는 협박과 무장을 통한 경쟁이 끊임없이 이어지지만, 동시에 그들은 자신들의 이익을 공동으로 방어하기 위해 서서히 연대를 형성해 간다. 복종의 대상이 된 국가들에 대해 '이익'이라는 개념은 추상적 '사상'으로 바뀌고, 그 사상은 선전의 언어로 다양하게 포장된다. 새로운 세기 첫 10년 동안 그 단어는 '조국'이었다.

유럽의 최고 권력은 두 조직으로 분열되어 있었다. 하나는 프랑스·영국·러시아가 이끄는 3국 협상, 다른 하나는 독일·오스트리아·이탈리아가 결성한 3국 동맹이다. (이탈리아는 후에 3국 협상 쪽으로 이동한다.)

사회·정치적 움직임의 중심에는 이미 비약적으로 발전한 대량 산업 시스템이 놓여 있다. 노동자는 기계의 단순한 부속품으로 전락하고, 산업은 기능과 소비를 요구하며, 소비 또한 산업을 필요로 한다. 이렇게 오직 권력과 힘에 봉사하는 산업은 신속한 무장을 가능케 하는 무기 생산을 절실히 요구한다. 그리하여 대량 소비 경제에 기반한 대규모 전쟁의 시대가 열린다.

1914

대립하는 두 세력 간의 제1차 세계대전이 발발하고, 이후 여러 동맹국과 위성국들이 차례로 전쟁에 참여한다. 전쟁터에는 탱크와 독가스 등 새로운 무기 산업의 산물이 등장한다.

1915-1917

대다수 국민이 전쟁에 반대하는 가운데(이들은 '패배주의자'로 불렸다), 왕과 국가주의자들, 그리고 3국 협상 편에 선 세력들이 이탈리아의 참전을 기회 삼아 각자의 이익을 꾀한다.

한편 미국이 3국 협상 측으로 끌려 들어온다. 러시아에서는 전쟁이 중단되고, 레닌과 트로츠키가 이끄는 국제 사회주의 혁명이 일어난다. 그들은 외친다.

"노동자들에게는 조국이 없다."

"제국주의 전쟁은 시민전쟁으로 바뀐다."

1918

제1차 세계대전이 3국 협상국과 그 동맹국들의 승리로 끝난다. 27개 승전 국 중에는 일본 제국도 포함된다. 사상자는 천만 명에 이른다.

1919~1920

승전국과 패전국의 대표 70여 명이 모여 평화 협정을 논의한다. 그들의 결정으로 세계는 새롭게 분할되고, 유럽의 지도 또한 다시 그려진다. 식민지 소유권은 승전국들에게 돌아가고, 유럽에서는 국적 원칙에 따라 알바니아·유고슬라비아·체코슬로바키아·폴란드 같은 신생 독립국들이 탄생한다. 독일 영토는 '폴란드 회랑' 처분에 따라 분할되고, 이는 폴란드에 해상권을 부여 한다. 그러나 이 평화는 불만족스럽고 잠정적이었다. 징벌적이며 불완전한 협정이라 비판받았으며, 이탈리아 또한 그 불만의 한복판에 있었다. 전쟁의 상처 속에서, 승전국 국민들조차 실망감에 빠졌다.

러시아는 붉은 군대와의 내전으로 봉쇄되고 축소되었다. 프랑스·영국·일 본·미국이 개입한 국제 군사 전쟁에는 참여하지 못했다. 살육과 전염병, 빈 곤으로 뒤덮인 모스크바에서 국제 공산당(코민테른) 이 창립된다. 그들의 목 표는 인종·언어·국적을 초월한 세계 프롤레타리아 혁명, 그리고 국제 프롤레 타리아 공화국의 수립이었다.

1922

수년간의 러시아 내전은 혁명주의의 승리로 끝나고, 소비에트 사회주의 연 방공화국이 탄생한다. 이 사건은 패전국뿐 아니라 승전국의 피폐한 민중들 에게도 새로운 희망을 안겨주었으나, 동시에 유럽 각국에는 공산주의의 위 협을 알리는 신호탄이 된다.

전쟁은 이제 권력자와 자본가의 거대한 투기장이 되었다.

이탈리아에서는 탐욕스러운 위원회가 불완전한 평화에 반대하며 자신들의 이익을 되찾으려는 음모를 꾸민다. 그들은 출세욕에 불타는 중산층 출신의 한 인물을 앞세운다. 그의 이름은 베니토 무솔리니였다. 그는 사회주의의 언어를 빌리면서도 실상은 권력자와 지주, 왕과 교황의 이해를 대변하지 않는 새로운 독재 체제를 만든다. '반공'을 내세운 파시즘이 등장하고, 폭력과 테러를 앞세운 민병대가 전국을 휩쓴다. 결국 무력과 혼란 속에서 이탈리아의 왕은 정부를 그들에게 넘겨준다.

1924-1925

러시아의 레닌이 사망한다.

국가의 단결과 공업화, 반공산주의 연합에 대항하는 방어의 필요 속에서, '강철(스탈)'이라는 이름을 가진 후계자, 스탈린이 등장한다. 그는 "하나의 국가, 하나의 사회주의"를 내세우며, 트로츠키의 '영원한 혁명' 사상을 철저히 배척한다. 프롤레타리아 독재는 결국 국가 계급의 독재, 나아가 스탈린 개인의 독재로 축소된다.

한편, 이탈리아에서는 무솔리니의 완전한 독재체제가 확립된다. 그는 "평범한 사람의 승리"라는 거짓된 환상을 내세워 중산층의 지지를 얻고, 고대 로마 제국의 영광을 되살리겠다는 구호로 대중을 선동한다. 무솔리니는 '수령(두체)'으로 추앙받으며 대중의 우상이 된다.

1927-1929

중국에서는 마오쩌둥이 이끄는 공산 혁명군의 유격전이 시작된다 한편 소련에서는 반대파 숙청이 강화되고, 트로츠키는 당과 조국 소비에트 연방

에서 추방된다. 로마에서는 교황청과 파시즘 정부 사이에 라테라노 조약이
체결된다.

1933

이탈리아와 비슷한 혼란에 빠져 있던 독일에서, 국가 권력이 아돌프 히틀
러에게 이양된다.

그는 광기와 불운, 죽음의 충동에 사로잡힌 인물이었으나, 대중의 열광 속
에 '총통(퓌러)'의 자리에 오른다. 히틀러는 "게르만 민족이 다른 모든 인종보
다 우월하다"는 선전을 내세우며, 유대인을 비롯한 모든 '열등한 종족'을 제
거할 계획을 세운다. 그리하여 독일에서 조직적인 유대인 박해가 시작된다.

1934-1936

마오쩌둥은 국민당 정부의 압박을 피해 1만 2천 km에 달하는 대장정을
감행한다. 13만 명의 붉은 군대 가운데 생존자는 3만 명뿐이었다. 소련에서
는 스탈린의 대숙청이 시작된다. 국가와 군대 내의 구 인사들이 차례로 숙
청된다.

이탈리아는 무솔리니의 명령 아래 아프리카의 에티오피아를 침공해 제국
을 건설한다. 스페인에서는 카톨릭 파시스트 프랑코가 내전을 일으킨다. 3
년에 걸친 학살 끝에, 무솔리니와 히틀러의 지원, 그리고 서방 강대국의 묵인
으로 파시스트 정권이 수립된다. 이 전쟁을 통해 유럽에서 처음으로 민간 거
주지에 대한 공중폭격이 현실화된다. 이후 무솔리니와 히틀러는 로마-베를
린 연합 전선을 결성하고, 훗날 '철의 협정'으로 불리는 군사 동맹을 맺는다.

1937

일본 제국이 반코민테른 협정을 맺은 뒤 중국을 침략한다. 이에 맞서 중국 내부의 내전은 잠시 중단된다. 소련은 국제적으로 고립된 가운데 내부 체제 강화에 집중하며, 강대국들과의 현실 정치적 관계를 구축하기 시작한다.

1938

소련에서 스탈린의 공포정치가 최고조에 달한다. 수백만 명이 구속되어 강제수용소로 보내지거나, 이유 없이 처형당한다. 그럼에도 많은 민중은 여전히 소련만이 유일한 희망이라 여겼다. 희망의 대안이 부재한 세상에서, 희망을 버린다는 것은 불가능했기 때문이다.

그해, 추축국 지도자들과 서구 민주주의 국가들 간의 뮌헨 협정이 체결된다. 같은 시기 독일에서는 '수정의 밤(크리스탈나흐트)'이 벌어져, 유대인 학살이 합법화된다. 이탈리아에서도 뒤이어 인종법이 선포된다.

1939

서구 민주주의 국가들과 협정을 맺은 지 얼마 지나지 않아, 히틀러는 계획을 실행에 옮긴다. 20년 전의 '징벌적 평화'에 대한 복수를 명분으로, 독일 제국의 권리를 되찾고자 한 것이다. 그는 오스트리아를 병합한 뒤 체코슬로바키아를 침공하고, 무솔리니 또한 이를 본떠 알바니아를 점령한다. 이때 독일과 소련은 상호 불가침 조약을 체결한다. 양국은 폴란드를 침공해 분할하기로 은밀히 합의했다. 독일이 먼저 폴란드를 공격하자, 영국과 프랑스는 이에 맞서 독일에 전쟁을 선포한다. 이로써 제2차 세계대전이 시작된다. 독일의 군수산업은 대량 학살을 위한 기계적 장치를 쉴 새 없이 생신했다. 탱크, 폭격기, 각종 신형 무기가 쏟아졌다.

스탈린은 발칸반도의 여러 나라를 강제 통합하려 시도했고, 이에 반발한 핀란드를 침공한다.

소련의 군수산업 역시 대량살상무기 생산에 총력을 기울이며, 현대식 로켓 발사기를 만들어낸다.

1940년 봄-여름

전쟁의 초반, 히틀러가 우세를 점한다. 덴마크를 점령하고, 이어 노르웨이·네덜란드·벨기에·룩셈부르크를 차례로 장악한 뒤, 프랑스 파리로 진격한다. 수령의 승리가 확실해 보이자, 무솔리니는 철의 협정을 언급하며 영국과 프랑스에 전쟁을 선포한다(독일군이 파리에 진입하기 나흘 전이었다).

그러나 히틀러의 승리도, 약속된 평화도 허상에 불과했다. 영국의 저항은 예상보다 거셌고, 이탈리아의 아프리카·지중해 작전은 실패로 돌아갔다. 전쟁은 더욱 확대된다. 히틀러의 공중전은 영국의 도시들을 폐허로 만들었다. 특히 코벤트리 폭격 이후, '코벤트리화하다'라는 동사가 사전에 등재될 정도였다. 무차별 폭격 속에서 영국은 끈질기게 버텼다.

히틀러는 상륙작전을 논의했지만 끝내 실행하지 못했다. 그럼에도 그는 여전히 소련 침공 계획을 포기하지 않았다. '위대한 독일'을 완성하기 위해 슬라브 민족을 제거하고 볼셰비즘의 땅을 정복하려는 야망이었다. 그러나 그는 또다시 상대의 자원과 저항력을 과소평가했다.

1940년 가을-겨울

이탈리아는 전쟁을 '소풍'쯤으로 여기며 그리스를 기습 침공하지만, 준비 부족과 거센 저항 속에서 패퇴한다. 혹독한 겨울이 닥치자 이탈리아군은 에피로스 산맥에 갇힌 채 고립된다. 지중해에서도 막대한 피해를 입는다.

한편, 북아프리카 사막에서는 이탈리아 수비대가 영국군의 공격에 맞서 필사적인 방어전을 벌이고 있었다.

1941년 1월의 어느 날
한 독일군 병사가
로마의 산 로렌초 지역을 걷고 있었다.
이탈리아어 네 마디를 할 줄 알았고
세상에 대해서는 조금 아니 전혀 몰랐다.
그의 이름은 군터였고
성은 알려지지 않은 채 남아 있다.

1.

1941년 1월의 어느 날이었다. 로마에 잠시 체류하던 독일군 병사가 오후 외출을 나와 산 로렌초 지역을 정처 없이 돌아다니고 있었다. 점심때가 지난 오후 2시의 거리는 인적이 드물었다. 아무도 병사를 눈여겨보지 않았다. 현재 진행 중인 세계 대전에서 독일은 이탈리아의 우방국이었지만, 서민들이 거주하는 변두리 동네에서 독일군과 마주치는 건 매우 드문 일이었다. 병사의 외모는 그 부류의 다른 동료들과는 확실히 달라 보였다. 금발 머리에 훤칠한 키, 절도 있는 몸가짐, 베레모의 도발적인 각도만 보아도 알 수 있었다. 하지만 누군가 그를 보다 자세히 관찰한다면 몇몇 특징적인 면모를 발견할 수 있었을 것이다. 예를 들어 군인다운 걸음걸이와 달리 그의 눈빛은 절망적이었다. 얼굴은 믿을 수 없을 만큼 앳되어 보였고 키는 대략 185cm 정도였다. 군복 또한 한창 전쟁 중인 독일군치고는 우스꽝스러웠다. 늘씬한 체구에 들어맞는 빳빳한 새 군복이었지만, 소맷단이 너무 짧아서 농사꾼이나 서민으로 추정되는 투박하고 두툼한 손목이 그대로 드러나 보였다.

그의 조숙한 성장은 불과 얼마 전인 지난해 여름과 가을 사이에 이루어졌다. 몸은 훌쩍 커 버렸지만, 얼굴은 예전 그대로였다. 세상 물정을 전혀 모르는 앳된 눈빛의 그는 전쟁이 곧 끝날 거란 명분으로 징집되어 끌려온 초년병이었다. 그전까지는 자신이 태어난 뮌헨 외곽 바바리아에서 홀어머니와 형제들과 함께 살았다. 그의 고향은 '다하우'라는 이름의 시골 마을로 전쟁이 진행됨에 따라 생체 실험실이 있는 장소로 알려지게 되었다. 하지만 소년이 그 마을에 살던 시절은 불확실한 시도를 거듭하며 무시무시한 학살의 기계를 발명해 내던 초창기에 불과했다. 그때까지만 해도 인근 마을을 비롯한 외국에서는 그곳을 비정상적인 사람들을 치료하는 이상적인 의료 기관이라 여겼다. 당시에는 오륙천 명 정도가 수용되어 있었지만, 사람들의 숫자는 해를 거듭할수록 점점 늘어났다. 전쟁이 진짜 막바지에 다다랐던 1945년에는 시신들의 수가 무려 6만 6천 428구에 달했다.

병사는 고향 마을에서 그처럼 기막힌 일이 벌어지고 있다는 사실을 까맣게 몰랐다. 그의 기억은 현재와 과거를 막론하고 매우 혼란스럽고 부분적이었다. 본인의 의지와 상관없는 일들이 이어지는 현실 속에서 바바리아의 작은 집이야말로 그의 유일한 안식처였다. 그가 고향 마을을 벗어난 건 전기 수리공으로 일하러 가까운 뮌헨 시내에 갔던 때뿐이었다. 그곳에서 그는 얼마 전 처음으로 늙은 매춘부와의 정사를 경험했다. 남동풍이 부는 로마의 겨울 날씨는 포근하고 눅눅했다. 성탄절부터 시작된 연휴를 마무리하는 주현절이 바로 어제였다. 휴가를 얻은 병사는 고향 집에 돌아가 가족들과 함께 크리스마스를 보내고 며칠 전에 부대로 복귀한 참이었다. 그의 이름은 군터였고 성씨는 알려지지 않은 채 남아 있다.

그날 아침, 상관들만 아는 최종 목적지를 향한 긴 여정을 준비하기 위해 그의 부대는 잠시 로마에 머물게 되었다. 그의 동료 중에는 자신들의 목적지가 신비로운 아프리카라고 추정하는 이들도 있었다. 동맹국인 이탈리아의 식민지 개척을 돕기 위해 거기까지 가는 거라고 했다. 아프리카로 간다는 소문을 들은 그는 출발하기도 전에 기분이 들떴다. 태어나서 처음 마주칠 이국적인 모험을 꿈꾸며 마음이 한껏 부풀어 올랐다. 아프리카라니, 지금까지 그의 여행은 자전거나 버스를 타고 뮌헨 시내에 가는 게 고작이었다. 그런데, 세상에나, 아프리카라니!

아프리카! 아프리카!
천 개의 태양, 만 개의 북
짠 둥둥 밥밥 이바!
천 개의 북, 만 개의 태양
빵과 카카오가 주렁주렁 열린 나무들
빨강, 주황, 초록, 빨강!
원숭이들이 카카오 열매로 축구한다네
주술사의 우두머리 므부눔누 루붐부
앵무새 깃털 우산 아래
물소를 말 삼아 탄 백인 약탈자가 보이네
용들이 사는 산과 대양과 싸움을 벌이네
짠 둥둥 밥밥 이바!
강가와 숲속 오솔길마다
개미핥기들이 바스락바스락
내 집은 다이아몬드 같은 초가집이라네
타조가 지붕 위에 둥지를 튼다네
머리를 베는 사냥꾼들과 춤추러 가자
뱀한테 다가가 꿈같은 마법을 걸자
빨강, 주황, 초록, 빨강!
루웬초리 해먹에서 잠을 자고파
천 개의 언덕에서 토끼를 잡듯 사자와 호랑이를 잡자

카누를 타고 하마가 사는 강을 건너자
느가미 강에서 도마뱀을 잡듯 악어를 잡자
룰루랄라.

하지만 이곳은 이탈리아, 그의 첫 번째 해외 기착지였다. 어쩌면 아
프리카로 떠나기 전에 호기심과 흥분을 미리 맛볼 수도 있으리라. 로
마까지 오던 길에 독일 국경을 벗어나면서 그는 영문을 알 수 없는 상
황에서 벗어나고 싶다는 끔찍한 기분에 사로잡혔다. 소년은 타국에서
의 모험을 즐길 마음의 준비가 전혀 되어있지 않았다. 엄마를 그리워
하는 애송이일 뿐이었다. 자신이 속한 독일군의 명예를 위해 영웅답
게 처신해야 한다고 굳게 결심했던 한편, 전쟁은 강대국들끼리 치고
받는 정답 없는 대수학이며 자신과 전혀 상관없는 일이란 생각이 들
기도 했다. 피 흘리는 참극에 기꺼이 동참하겠노라 결심했다가도, 자
신과 관계를 맺었던 뮌헨의 매춘부를 그리워하며 씁쓸한 동정심을 느
끼기도 했다. 나이 먹은 그녀를 찾는 손님은 점점 줄어들 테니 말이
다. 하지만 여정이 남쪽을 향할수록 그를 지배했던 우울한 감정 위로
새로운 본능이 솟아났다. 처음 보는 풍경들, 낯선 사람들, 근사한 구
경거리들을 쳐다보느라 눈이 핑핑 돌았다.

"드디어 내가 왔노라!"그가 소리 높여 외쳤다.

"자루에 갇힌 고양이 신세로! 검은 대륙을 향하여!"

자신과 옆 동료의 야전침대를 가로지르는 끝없이 펼쳐진 듯한 검은
휘장을 바라보며 그는 아프리카인지 어딘지 모를 검은 대륙을 떠올렸
다. 어머니와 형제들, 나지막한 담벼락을 타고 자라던 덩굴식물들, 현
관문을 열자마자 보이던 난로... 지구를 벗어나 은하계에 접어드는 듯

한 기분이었다. 모든 게 검은 휘장 너머로 멀어지자, 극심한 현기증이 밀려왔다. 그렇게 혼미한 상태로 그는 로마에 도착했다. 잠시 쉬어가기 위해 머물던 부대에서 오후 외출 허가를 받고 나와 근처 거리들을 혼자 돌아다닐 작정이었다. 교도관에게 붙들려 억지로 재판장에 출두하는 피고처럼 순전히 타의에 의해 산 로렌초까지 다다른 그의 마지막 자유 시간은 어차피 너덜너덜한 휴지 조각에 불과할 터였다. 이탈리아어는 네 마디밖에 몰랐고 로마에 관한 지식은 준비 과정에서 배운 몇 가지 정보가 다였다. 그러니 산 로렌초의 낡고 오래된 집들을 쳐다보며 영원의 도시 고대 로마의 유적이라 여기는 게 당연했다. 성벽 너머로 조악한 묘비들이 즐비한 베라노 공동묘지를 시저 황제나 교황들의 역사적인 무덤이라 여긴 것도 지극히 당연한 일이었다. 그따위 것들이야 아무래도 상관없었다. 발걸음을 멈추고 아무짝에도 쓸모없는 그깟 것들을 감상하고 싶은 마음은 눈곱만치도 없었다. 캄피돌리오와 콜로세움은 케케묵은 쓰레기에 불과했다. 역사는 일종의 저주였다. 지리학도 마찬가지였다.

그가 로마의 길거리에서 본능적으로 찾아 헤맸던 건 단 하나, 사창가였다. 억누를 수 없는 성급한 욕구 때문만은 아니었다. 그는 뼛속까지 진득하게 달라붙은 외로움에 시달리고 있었다. 그토록 처절한 외로움에서 벗어나려면 여자의 몸속으로, 뜨겁고 친근한 그녀의 둥지 안으로 몸을 던지는 것 말고는 달리 방법이 없을 것 같았다. 하지만 군복 차림의 앳된 외국인이 아무런 도움 없이 그런 은신처를 찾아낸다는 건 애당초 불가능한 일이었다. 길을 가다 누군가와 우연히 마주칠 거란 행운도 가능성이 희박했다. 자신노 노르는 사이에 이른이 되어버린 잘생긴 청년 군터는 여자 경험이 많지 않고 성격 또한 내성적이었다. 이따금 치이는 돌멩이를 실없이 발로 차며 애써 마음을 달랬다. 유명한 축구 영웅 안드레아스 쿠퍼와 대결하고 있다고 상상하기도 했다. 하지만 이내 자신은 독일군 전투복 차림이라는 사실이 떠올라 얼른 몸가짐을 바로잡고 베레모를 똑바로 썼다. 비참한 사냥꾼처럼 길거리를 헤매고 다니던 그의 눈에 계단 몇 개 아래 반지하에 자리 잡은 선술집 간판이 보였다. 〈DA REMO 다 레모 - 포도주와 식사〉

입맛이 도통 없었던 그는 며칠 전부터 음식을 제대로 먹지 못했다. 간판을 보는 순간 자동반사적으로 허기를 채우고 싶어졌다. 최소한의 환대라도 받겠거니 내심 기대하며 계단을 내려갔다. 어쨌든 자신은 지금 동맹국에 와 있었고 장군을 맞이하는 거창한 의식은 아니라도 예의를 갖춘 대우 정도는 받을 수 있겠거니 생각했다. 그러나 막상 선술집 안으로 들어가니 기대했던 것과 분위기가 사뭇 달랐다. 도끼눈을 뜨고 자신을 째려보는 주인장과 종업원의 눈길과 마주치자마자 입맛이 싹 달아나 버렸다. 식사를 일찌감치 포기한 그는 당당한 자세로 음식이 아닌 포도주를 주문했다. 주인과 종업원이 커튼 뒤편에서 모르는 말로 숙덕이더니 그에게 포도주잔을 디밀었다. 사실 그는 술이 약했을뿐더러 포도주보다 어릴 때부터 익숙했던 맥주 맛에 길들어 있었다. 그럼에도 주인과 종업원에게 본때를 보여주고 싶어서 처음과 똑같은 협박조로 포도주를 다섯 잔이나 주문해 산적처럼 단숨에 술잔을 들이켰다. 그리고 호주머니에 들어있던 잔돈푼을 바 테이블 위에 내팽개쳤다. 순간, 억누를 수 없는 세찬 분노가 그의 온몸을 휘감았다. 동맹국 병사 따위는 집어치우고 침략자나 살인자 짓거리를 하고 싶다는 욕망에 사로잡혔다. 하지만 위장에서부터 구토가 올라오는 바람에 포기할 수밖에 없었다. 애써 군인다운 걸음걸이를 유지하며 선술집을 빠져나와 바깥 공기를 들이마셨다.

　포도주의 술기운이 다리 끝까지 내려가는가 싶더니 머리 꼭대기까지 솟구쳤다. 거리마다 불어오는 미지근하고 눅눅한 바람 탓인지 숨을 쉴 때마다 심장이 벌렁거리는 느낌이었다. 어서 빨리 집으로 돌아가고 싶은 마음뿐이었다. 쌀쌀한 시골 들판의 향기, 부엌에서 어머니가 끓여주는 양배추 수프 냄새를 맡으며 키에 비해 짧은 침대 속을 파고들고 싶었다. 포도주의 술기운 때문이었을까? 고향 집을 향한 그리움은 그의 마음을 갈기갈기 찢어놓는 대신 한껏 들뜨게 만들어 버렸다. 술에 취해 비틀거리던 그에게 말도 안 되는 기적이 벌어졌다. 헬리콥터 한 대가 착륙해 그를 바바리아 집까지 태워다주고, 라디오에서 그의 휴가가 부활절까지 연장되었노라는 선언이 울려 퍼졌다. 인도를 따라 비틀거리며 걷던 그는 맨 처음 마주친 집의 현관 문턱에서 걸음을 멈췄다. 카니발 축제 때처럼 아무렇게나 깽판을 부리고 싶었다. 집 안에 들어가 계단 위나 계단참 아래서 아무 생각 없이 쿨쿨 자고 싶었다. 군복 따위는 까맣게 잊어버렸다. 떠도는 광대 신세가 되어 버린 그는 독일군의 법을 조롱하고 있었다. '법은 개뿔, 그따위 법은 코미디에 불과해.' 군터는 휘파람을 불기 시작했다.

　그 순간 현관문 앞에 모습을 드러낸 여자가 누구일지라도, 평범한 아가씨, 창녀, 심지어 여성이란 성별을 지닌 암말, 암소, 암망아지 같은 동물일지라도, 그녀와 눈이 마주친다면, 그는 그녀를 와락 끌어안고 사랑에 빠진 연인처럼 그녀의 이름을 부르며 그녀의 발아래 온몸을 내던졌을 것이다. meine mutter! 엄마아아아! 때마침 저쪽에서 그다지 예쁘진 않았지만, 점잖아 보이는 동네 여자 하나가 다가오는 모습이 보였다. 그녀가 양손 가득 들고 있던 가방과 장바구니들을 길

바닥에 떨어뜨리는 모습을 본 그가 큰 소리로 외쳤다. "Signorina! Signorina! 아가씨! 아가씨!" 그가 배웠던 네 마디 이탈리아어 중 하나 였다. 쏜살같이 그녀 앞으로 달려간 그가 땅에 흩어진 물건들을 손으로 주워 담기 시작했다. 하지만 그녀는 익히 아는 혐오스러운 무언가와 마주친 듯한 처절하고 본능적인 시선으로 그를 쳐다보고 있었다.

2.

초등학교 교사였던 그녀의 이름은 '이다 라문도'였고, 과부였으며, 사망한 남편의 성씨는 '만쿠소'였다. 부모들은 애초에 딸의 이름을 '아이다'라고 지었지만, 공무원이 서류에 표기를 실수하는 바람에 호적에는 '이다'라고 기재되었다. 칼라브리아* 출신이었던 아버지는 그녀를 사투리로 '이두차'라고 불렀다. 서른일곱을 갓 넘긴 그녀는 마르고 밋밋한 상체에 가슴은 작았던 반면 하체는 지나치게 투실투실했다. 노인네들이나 입을법한 밤색 코트에 낡아빠진 모피 목도리를 둘렀는데 코트 소매 밖으로 삐죽 튀어나온 회색 안감이 눈에 거슬렸다. 그녀의 모자에는 과부의 상징인 검은 베일이 싸구려 핀으로 고정되어 있었다. 왼손 약지에 낀 결혼반지는 금이 아닌 쇠붙이였다. 금반지는 조국의 에티오피아 점령에 보탬이 되고자 기꺼이 헌납했다. 군데군데 새치가 돋아난 새카만 곱슬머리와 두툼한 입술, 애 어른 같은 둥그스름한 얼굴형 덕분인지 나이에 비해 어려 보이는 인상이었다.

사실, 이다의 내면은 여전히 어린 아이 수준에 머물러 있었다. 그

---

* 정식 명칭은 '레조 칼라브리아' 이탈리아 최남단 메시나 해협에 면한 항구 도시

녀에게 있어서 세상이란 의식적으로나 무의식적으로나 여전히 두려움의 대상이었다. 그녀가 무서워하지 않았던 유일한 존재는 아버지와 남편, 그리고 자신이 가르치는 학생들뿐이었다. 그들을 제외한 세상 모든 사람은 그녀를 불안하게 만들었다. 누군가는 그녀의 독특한 성향이 고대 부족과 유사한 것이라고도 했다. 아몬드 모양의 깊고 짙은 그녀의 눈동자를 보면 맞는 말인 듯도 했다. 그녀의 눈빛에는 본능적인 예지력과 더불어 순종적인 온유가 깃들어 있었다. 아니, 예지라는 단어만으로 충분하지 않을지도 모르겠다. 그녀의 특이한 눈동자는 뭐랄까, 정신이 아닌 연약한 육체만으로 과거와 미래의 운명을 예측하는 동물들의 신비로운 감각을 연상시켰다. 동물들을 비롯해 육체를 타고난 존재들이 지닌 성스러운 감각. 우주를 지배하는 힘의 원칙에 의해 잡아먹히기도, 사라지기도 하는 그들의 유일한 불찰은 세상에 태어났다는 것이리라.

이다는 1903년에 태어났다. 그녀의 별자리는 염소자리였는데 산업, 예술, 예언과 관련이 있고 때로 광기와 어리석음과도 관련이 있다고 했다. 그녀의 지능은 평균 수준이었지만, 열심히 공부하는 성실한 학생이었기에 유급당한 적은 없었다. 외동딸이었던 그녀의 부모는 서로를 처음 만났던 코센차의 초등학교 선생님들이었다. 아버지 '주세페 라문도'는 남쪽 끝자락 칼라브리아의 농사꾼 가족 출신이었다. 어머니의 이름은 '노라 알마자'로 파도바*에서 소규모 수공업을 운영하는 중산층 출신이었다. 서른에 교사 시험에 합격한 그녀는 북부에서 남부 코센차까지 홀몸으로 내려와 자리를 잡았다. 주세페가 생각

---

* 이탈리아 동북부 베네토주의 현

하는 아내는 외모, 태도, 지성, 어쨌든 모든 면에 있어서 자신보다 월등한 여성이었다. 아내보다 여덟 살이나 어렸던 주세페는 덩치가 컸고 손은 붉고 투박했다. 까무잡잡하고 넙데데한 그의 얼굴에는 늘 활기가 차고 넘쳤다. 어릴 때 괭이에 발목을 다치는 불행한 사고로 평생 다리를 살짝 절게 되면서부터, 그는 자연과 더불어 땀 흘려 일하는 꿈을 접어야만 했다. 가난한 소작농이었던 그의 가족은 아들을 신부와 지주에게 보내 공부시키기로 했다. 신부와 지주가 그를 어떻게 가르쳤는지 몰라도 그는 숨겨야 할 열정을 억누르기는커녕 불태우는 사람이 되고 말았다. 어디서 어떻게 구했는지 몰라도 프루동, 바쿠닌, 말라테스타를 비롯한 무정부주의자들의 책을 손에서 놓는 법이 없었다. 그들의 사상에 물들어 버린 주세페는 완고하고 무익한 종교에 맞먹을 정도로 신념을 구축하기에 이르렀다. 하지만 대놓고 자신의 사상을 떠벌리는 건 집안에서조차 금지된 일이었다.

노라 알마자는 주세페 라문도를 남편으로 맞았다. 처녀 시절 성씨에서 알 수 있듯 그녀는 유대인이었다. 그녀의 친지들은 파도바에 있는 작은 유대인 거주지역 게토에서 몇 세대에 걸쳐 살고 있었다. 그럼에도 그녀는 누구에게도 그런 사실을 밝히지 않았다. 절대 비밀을 지키겠다는 약속을 받아낸 후에 남편과 딸에게만 자신이 유대인임을 털어놓았다. 공식적인 자리에서는 미혼 시절 성씨인 '알마자'를 이탈리아식 억양 '알마지아'라고 발음하는 편법을 써서 자신이 유대인이라는 사실을 숨겼다. 당시만 해도 타고난 혈통을 숨겨야 한다거나, 공공기관에서 개입한다거나 하는 일들이 벌어지기 이전이었다. 남부 지방 사람들의 귀에 가련한 알마자 혹은 이탈리아식 발음 알마지아는 베네치아 지방의 뜻 모를 성씨로 통했다. 아니, 사람들은 그녀의 처녀

적 성씨를 듣고도 잊어버렸다. 다들 그녀를 남편의 성씨인 라문도 부인이라 불렀고 남편과 마찬가지로 카톨릭 신앙을 지녔다고 믿어 의심치 않았다.

노라는 정신적으로나 육체적으로 빼어나진 않았지만, 그래도 우아하고 멋진 여인이었다. 늦은 나이에 결혼한 그녀는 남편과의 은밀한 시간에도 숫처녀처럼 순진하게 굴 정도로 순수하고 청교도적인 면모를 간직하고 있었는데 남부 지방 사람들이 상당히 명예롭다고 여기는 덕목이었다. 그녀가 가르치는 학생들은 하나 같이 베네치아 사람다운 그녀의 귀티와 상냥함을 칭송했다. 그녀의 생활 습관은 매우 검소했으며 성격은 특히 모르는 사람들 앞에서는 매우 내향적이었다. 하지만 겉보기와 딴판으로 그녀의 내향적인 성격 한구석에는 억누를 수 없는 열정이 숨겨져 있었다. 그 때문인지 그녀의 눈동자는 종종 집시처럼 활활 타오르곤 했다. 젊은 시절부터 맺혀 있던 감정의 응어리였을까. 아니, 그보다 그녀의 내면에 기생하는 불안이라 칭하는 게 나을 것이다. 밤낮 없이, 뚜렷한 이유 없이, 그녀를 사로잡고 급기야 강박으로 몰고 가는 무언가였다. 종종 신경을 긁어대는 그 증상을 분출해야만 했던 그녀의 욕구는 집 안에서의 무분별하고 억압적인 행동으로 이어지곤 했다. 그녀가 자연스럽게 광기를 표출했던 대상은 그녀와 아주 가까운 단 한 사람, 남편 주세페였다. 그럴 때마다 그녀는 남편에게 마녀처럼 독설을 퍼붓곤 했다. 명백한 허위임에도 남편의 얼굴에 대고 그의 출생지와 동네, 친지들에 대한 악담을 퍼부으며 고래고래 소리를 질러댔다.

"십자가를 그으면서 세 발짝 앞으로!"

어떤 경우에는 주문을 걸며 그의 절름발이 병을 고치려 들기도 했다. 그러다가도 어느 순간, 온몸의 기운이 죄다 빠져 속 빈 넝마 인형 같은 꼴이 되어 차츰 말을 더듬기 시작했다.

"...내가 무슨 말을 한 거지?... 그런 말을 하려고 했던 게 아닌데, 가엾기도 하지... 오, 신이여, 오, 신이시여..."

얼굴이 창백해진 그녀가 곱슬머리를 쥐어뜯으며 모기 같은 소리로 되뇌었다. 그럴 때면 주세페는 아내를 측은히 여기며 위로해 주었다.

"나 원 참, 당신 왜 그랬어?"

기운이 빠져서 그윽한 사랑의 눈길로 자신을 바라보는 아내에게 그가 말했다.

"별거 아니야, 다 지나갔어. 그나저나 당신 진짜 미쳤구려, 미쳤어."

그런 일이 벌어질 때마다 그녀는 그 모든 몹쓸 짓이 실제의 자신이 아닌 또 다른 자신이 등장하는 무시무시한 꿈이라 생각했다. 내면을 지배하는 일종의 흡혈귀나 숙적이 자신을 조종해서 광기로 충만한 연기를 하도록 만드는 것이라 여겼다. 죽고 싶을 만큼 섬뜩한 일이었다. 자존심이 몹시 강했던 그녀는 그런 일을 겪을 때마다 몹시 우울해졌고 질책에 가까운 침묵 속에 자신을 가뒀다. 그런가 하면, 그녀의 또 다른 특징은 선조들로부터 물려받은 지나치게 밝고 과장된 억양의 말투였다. 성경을 낭독하듯 또랑또랑한 소리로 베네치아 특유의 표현을 쓸 때면 음치의 노래처럼 우스꽝스럽게 들렸다.

어느 날, 그녀는 어린 딸에게 자신이 유대인이라는 비밀을 털어놓았다. 유대인은 세상 모든 민족으로부터 영원토록 복수와 저주를 당할 운명을 타고났다고 했다. 그들을 향한 핍박은 점점 더 거세질 것이고 잠시 주춤하는 듯해도 결국 영원토록 이어질 거라고 했다. 그 때문에 그녀는 아버지 주세페의 동의하에 딸이 일찌감치 카톨릭 세례를 받도록 서둘렀다. 세례식이 진행되는 동안 아버지는 딸 이두차를 위해 서슴지 않고 연기를 펼쳤다. 날렵하고 격정적인 몸짓으로 보란 듯이 커다란 성호를 그어 보였다. 그러나, 실상은 그와 전혀 달랐다. 신에 대해, 그는 이런 문장들을 읊는 사람이었다.

"신이란 가설은 무용하다."

그리고 배우처럼 우렁찬 목소리로 작가명을 덧붙였다.

"라우레!"

노라의 비밀 외에 집안에 또 다른 비밀들도 있었다. 그중 하나는 주세페의 술버릇이었다. 내가 아는 바로는, 그 무신론자의 유일한 잘못이라면 절대 악의가 없다는 것이었다. 주세페는 소싯적부터 평생 모진 삶을 살아왔으며 지금까지도 자신의 알량한 봉급 대부분을 가난한 부모 형제들에게 보내야 했다. 정치적인 이유만 제외한다면 그는 온 세상을 끌어안고도 남을 사람이었다. 무엇보다도 그는 이두차와 노루차*를 세상 그 누구보다 사랑했다. 아내와 딸을 주제로 마드리갈**을 작곡해서 부를 정도였다. 노라와 약혼했던 시절, 주세페는 그녀를 이렇게 부르곤 했다.

"나의 동쪽 별이여!"

그가—'아이다'이길 바랐던—딸 이두차를 위해 만든 노래를 부를 때면 노라는 유랑극단 공연을 관람하듯 그의 목소리에 한없이 빠져들곤 했다.

"예언자 같은 푸른빛 아이다여..."

---

* 노라의 칼라브리아식 애칭
** 이탈리아의 세속적인 노래

하지만 그의 술버릇만큼은 (이 시점에서 노라가 가슴에 성호를 긋는다) 고쳐지지 않았다. 교사라는 직업의 특성상 대놓고 술집을 돌아다닐 수는 없었지만, 어쨌든 집에서는 매일 저녁 포도주를 마셨다. 토요일에는 평소보다 더 많이 마셨다. 그는 서른도 안 된 젊은이였고 술만 마시면 아무 생각 없이 떠오르는 대로 말을 내뱉었다. 그의 갈색 눈동자가 사색에 잠긴 듯 촉촉해지며 손으로는 포도주잔을 밀어냈다. 그리고 고개를 마구 흔들며 말했다. "배신! 배신이야!"정부에 봉사하는 직업을 가진 자신을 비롯한 동료와 형제들 모두가 배신자라는 말이었다. 그의 지론에 따르면 진실한 선생이란 비록 학교에 매여있을 지라도 무정부주의를 가르쳐야 마땅했다. 인간을 도구로 전락시키고 무기를 생산하는 사회를 지탱하는 법에 따라 구축된 세계를 부정해야만 했다. 어느새 방 한가운데 선 그가 검지를 하늘로 치켜들고 격앙된 목소리로 낭송을 시작했다.

"정부는 독재다! 프롤레타리아 계급과 대중을 계몽한다는 거짓을 바탕으로 조직된 지배 권력이다. 그들은 원하는 모든 걸 자기들 손아귀에 넣는다. 그들이 표방하는 소유를 기반으로 한 자유는 민중들을 선택의 여지가 없는 불행한 노예로 만든다. 바쿠닌!"

"오늘날의 무정부주의는 모든 공권력, 권력, 정부를 향한 공격이자 전쟁이다. 무정부주의는 미래에도 공권력, 권력, 정부에 반대하며 저항할 것이다. 카피에로!"

순간, 노라가 나서서 남편을 저지한다.

"쉿... 쉬잇..."

벽 너머로 누군가 엿듣고 있을지도 모를 일이었다. 문이며 창문을 꼭꼭 닫아놓았지만, 그녀는 선생이란 사람들이 둘씩이나 사는 집에서 특정한 이름과 말이 오르내리면 엄청난 추문이 일어날 거라 여겼다. 문을 걸어 잠근 그들의 작은 방 주위에 증인으로 출두할 수많은 군중이 모여있기라도 한 것처럼 말이다. 그러나, 실제로는, 그녀 또한 자신을 틀에 가두고 감시하는 신을 믿지 않는 남편보다 한술 더 뜨는 무신론자였다.

"자유는 거저 주어지지 않는다. 쟁취해야 한다. 크로폽킨!"

"아, 이건 비극이야! 조용히 좀 해! 당신은 추문과 불명예로 우릴 파멸로 몰아넣을 거야! 우리 가족을 진흙탕에 빠뜨릴 작정이라고!"

그녀가 말을 이었다.

"아! 내가 교사 시험에 합격했던 그날, 그 시간, 그 순간, 죄다 저주였어! 사악한 운명의 저주가 이 남쪽 것들, 형편없는 무법자들, 지상 최악의 인간들, 교수형에 처할 인간들이 사는 나락으로 나를 내던졌어!"

"교수형이라, 그거 좋지, 노라! 교수형이라니, 내 사랑!"

만취한 주세페가 의자에 털썩 주저앉았다. 그 와중에도 그는 달을 찬미하는 마부처럼 천장을 쳐다보며 흥얼거리기 시작했다.

"성당과 궁전에 폭탄을 날려
가증스러운 부르주아를 쳐부수자!"

"아, 진짜, 조용히 해! 살인자! 조용히 하라고, 못된 사람 같으니! 조용히 안 하면 가만두지 않을 거야!"

노라는 이웃이 들을까 목소리를 낮추려 애썼지만, 남편의 술주정을 말리느라 결국 부아가 치밀었다. 기운이 쏙 빠진 그녀가 소파 위에 픽 쓰러지자, 주세페는 그제야 그녀에게 다가갔다. 찬물로 집안일을 하느라 앙상하고 까칠해진 그녀의 손등에 귀족 부인인 양 입을 맞추며 미안한 마음을 내비쳤다. 그녀 또한 남편에게 미소를 지어 보이며 위안을 얻었다. 살아오는 동안 쌓였던 모든 고통이 치유되는 기분이었다.

이두차는 아버지가 사 준 제 몸집에 딱 맞는 밝은색 의자에 앉아 눈을 동그랗게 뜨고 둘의 논쟁을 지켜보고 있었다. 엄마 아빠가 무슨 말을 하는 건지 도무지 이해할 수 없었다. 그녀는 타고나길 한쪽을 편드는 부류가 아니었지만, 굳이 의견을 말하자면, 두 논객 중 우세한 이는 늘 어머니였다. 어쨌든 그녀는 자기 부모가 특정한 방면에 있어서는 의견이 다르다는 사실을 잘 알고 있었다. 둘이 다투는 모습을 보아도 다행히 놀라지 않았고 오히려 익숙해지기까지 했다. 두 사람 사이에 다시 평화가 깃들면 그녀 또한 수줍게 기쁨의 미소를 짓곤 했다.

아버지의 술주정이 벌어지는 저녁은 그녀에게는 축제이기도 했다. 전복의 깃발을 휘날리기를 멈춘 아버지는 타고난 선량함과 동식물들의 친구였던 농사꾼의 면모를 발휘해 '짹짹'부터 '어흥'에 이르기까지 그녀에게 온갖 동물들의 목소리를 들려주었다. 그녀는 칼라브리아 노래와 동화들을 계속 들려달라며 아버지를 졸라대곤 했다. 아버지의 이야기들은 매번 비극으로 시작되었지만, 가면 갈수록 우스운 이야기들로 뒤바뀌곤 했다. 듣다 보면 결국 웃음을 터뜨리지 않을 수 없었다. 그녀가 배꼽을 쥐고 깔깔대며 웃는 소리가 온 집안에 음악처럼 울려 퍼졌다. 어느 순간, 논쟁에서 승리한 노라도 음치 같은 목소리로 자신이 좋아하는 글귀를 낭송하고 애창곡을 부르며 가족들의 공연에 동참했다. 내 기억에 따르면 그녀의 레퍼토리는 두 가지였는데 그중 하나는 잘 알려진 소설 "이데알레"의 한 대목이었다.

"평화로운 무지개처럼 나는 당신을 따르리라.
하늘에 펼쳐진 기나긴 길을 따라..."

또 하나는 베네치아 사투리로 부르는 노래였는데 대충 이런 내용
이었다.

"별이 총총한 맑은 하늘이라우
도둑질하기 딱 좋은 아름다운 밤 아니겠우
도둑질하는 건 도둑놈이 아니라우
사랑에 빠진 젊은이들이라우..."

노라의 집안일은 밤 10시가 되어서야 끝났다. 주세페는 이두차를
침대에 눕히고 엄마처럼 곁에서 자장가를 불러 주었다. 동양적인 리
듬의 자장가는 어린 시절 어머니와 할머니가 그에게 불러 주던 노래
였다.

"오 잠이 온다네
늑대가 양을 잡아 먹는다네
오 자장 자장
오 자장 자장
　　자장
　　　　자장
　　　　　　사장... 자장... 자장..."

이두차가 제일 좋아했던 자장가는 이탈리아 표준어로 후대까지 전해진 노래였는데 주세페가 그 노래를 어떻게 아는지는 미지수였다.

> "눈아 자자, 눈아 자자
>
> 꽃장식이 달린 금 거울을 사러
>
> 내일은 레조에 가자
>
> 손아 자자, 손아 자자
>
> 은실이 감긴 베틀을 사러
>
> 내일은 레조에 가자
>
> 발아 자자, 발아 자자
>
> 성 이다렐라* 축제에 춤출 신발을 사러
>
> 내일은 레조에 가자…"

아버지가 곁에 있을 때면 이두차는 두려울 게 없었다. 그녀에게 있어서 아버지는 따뜻하고 총명한 절름발이 마부 같은 존재였다. 탱크보다 튼튼한 마차에 그녀를 태우고 다니며 세상 모든 두려움으로부터 그녀를 지켜 주는 존재였다. 그녀는 결코 혼자인 법이 없었다. 어딜 가든, 누굴 만나든 늘 아버지가 곁에 있었다. 아버지에게는 변변한 옷가지조차 없었다. 비 내리는 추운 겨울날에는 양치기들이 걸치는 커다란 양모 망토를 둘렀다. 그럴 때마다 그녀는 아버지의 망토 안에 들어가 비를 피하곤 했다.

칼라브리아 그리고 이두차가 어린 시절을 보낸 코센차에 대해 나는

---

* 이다의 애칭

잘 모른다. 세상을 떠난 이들에게 들은 것들만 알고 있다. 아주 오래 전에 언덕 꼭대기에 건설된, 중세의 모습을 그대로 간직한 구도시 주변으로 그 시절에 현대적인 건축물들이 들어서기 시작했을 것이다. 라문도 선생 부부는 천편일률적으로 지어진 좁은 아파트 중 한 곳에 살고 있었다. 새로운 세기의 시작을 알리는 원자의 발견 같은 사건들은 그 지역 사람들에게 주된 관심사가 아니었을 것이다. 강대국들이 경쟁하듯 벌이는 비약적인 산업의 발전도 이민을 떠난 사람들의 입을 통해서만 전해졌을 것이다. 마을의 경제는 여전히 농업에 의존했으며 척박했던 토지 사정으로 인해 살림살이는 날이 갈수록 팍팍해졌다. 머릿수가 제일 많았던 계층은 성직자와 농사꾼들이었고 가난한 사람들이 실컷 먹을 음식이라고는 양파밖에 없었다. 선생님이 되려고 공부하던 학생 시절의 주세페도 마찬가지였다. 따뜻한 음식은 사치였고 빵과 말린 무화과 따위로 근근이 끼니를 때우는 게 고작이었다.

다섯 살 정도 되던 해 여름이었다. 이두차는 병명을 모를 질환으로 발작을 거듭해 부모님을 근심에 빠뜨렸다. 혼자서 놀다가 혹은 또래 아이들처럼 조잘대다가 순식간에 얼굴이 창백해지면서 말을 잃었다. 심한 현기증 탓에 온 세상이 빙글빙글 돌며 그녀 위로 녹아내릴 것만 같았다. 부모가 왜 그러느냐고 물어도 짐승처럼 울부짖기만 했다. 엄마 아빠의 목소리는 알아들었지만, 말을 할 수 없었다. 공격을 당한 사람처럼 양손으로 머리와 목을 감싸 쥐고 입으로는 알아들을 수 없는 말만 웅얼거렸다. 마치 끔찍한 무언가와 대화하는 사람 같았다. 거칠고 뜨거운 숨을 내뱉으며, 몸을 비비 꼬고 세차게 흔들며 바닥으로 몸을 내던졌다. 눈은 뜨고 있었지만, 눈동자에 초점이 없었다. 아무것도 보이지 않는 것 같았다. 땅속에서 흘러나온 끔찍한 전류가 어린 그녀의 정신을 사로잡고, 그녀가 충돌하거나 상처를 입지 않도록 움직이지 못하게 만드는 것 같았다.

그런 증상은 그녀의 움직임이 잦아들 때까지 몇 분 동안 지속되었다. 그런 뒤에 그녀의 몸은 감미롭고 차분한 휴식에 빠져들었다. 그녀의 두 눈은 꿈에서 갓 깨어난 아이처럼 몽롱해졌고 꾹 다문 입술은 입꼬리가 부드럽게 올라갔다. 마치 양옆에서 자신을 붙잡고 보호해 주는 두 수호천사의 호위를 받으며 집으로 돌아와 기쁨으로 미소 짓는 아기 같았다. 한 천사는 동그랗고 커다란 머리에 머리카락은 사냥개처럼 헝클어져 있었고, 또 다른 천사는 염소처럼 작은 머리에 곱슬머리를 하고 있었다.

그녀의 순수한 미소는 실은 극도의 긴장 후에 근육이 이완되면서 자연적으로 발생하는 일종의 착시에 불과했다. 이두차가 익숙한 자기 집에 와 있다고 느끼기까지는 아직 몇 분의 시간이 더 필요했다. 잠시 기억이 사라졌는지 그녀는 끔찍한 이탈과 귀환의 순간을 전혀 기억하지 못했다. 극심한 현기증에 시달렸고, 물소리가 들렸고, 멀리서 혼란스러운 함성이 들려왔다는 것만 기억할 뿐이었다. 이후 몇 시간 동안 그녀는 피곤해 보였지만, 긴장 상태는 아니었다. 생각에 잠긴 듯도 했고 자신을 능가하는 엄청난 무언가로부터 해방된 듯 보이기도 했다. 자신이 겪었던 엄청난 현상에 대해서는 전혀 기억이 없었다. 그녀의 느낌으로는 기절 정도의 사건이었다. 부모들은 그녀가 부디 그 사실을 모르기만을 바랐다. 장차 소녀가 될 딸이 놀림을 당하지 않을까 걱정하며 아무한테도 말하면 안 된다고 신신당부했다. 그렇게 가족들 사이에는 비밀에 부쳐야 할 또 하나의 추문이 생겼다.

땅에 뿌리 박고 사는 칼라브리아 농부들은 여전히 오래된 관습을 믿고 따르며 살아갔다. 누군가 거룩한 또는 열등한 영혼에 사로잡혀 알수 없는 행동을 보인다면 교회의 의식을 통해 영혼을 쫓아내는 방법으로 해결될 수 있노라고 믿었다. 영혼을 사로잡히는 대상들은 주로 여자들이었으며 치료나 예언 같은 비범한 능력을 지니게 되는 경우도 더러 있었다. 어쨌든 영혼을 사로잡히는 초월적인 현상은 본인의 과오가 아니었다. 집단의 비극을 짊어질 역할을 누가 맡게 될지는 아무도 모르기 때문이었다. 라문도 선생님은 농민들의 원시적인 관습에서 벗어난, 배울 만큼 배운 사람이었다. 그의 철학적 정치적 사상 또한 순전히 이성에 기반을 두고 있었다. 그는 딸의 병적인 현상의 원인을 다른 데서 찾으려 했다. 딸이 자그마한 씨앗이었던 시절에 자신이 술을 너무 마신 나머지 아기의 피에 나쁜 흔적을 남긴 게 아닌지 의문을 품곤 했다. 그의 걱정을 눈치챈 노라가 남편을 위로하며 말했다.

"아니, 그건 절대 아니에요. 말도 안 되는 생각으로 자신을 괴롭히지 말아요. 팔미에리 집안을 좀 봐요. 증조할아버지부터 할아버지, 지금까지도 온 가족이 술을 퍼마시고 있잖아요. 마스카로 집안에서는 세상에, 우유 대신 포도주를 마신대요. 그래도 다들 건강하기만 하잖아요!"

해마다 가장 더운 달이 되면 가족들은 칼라브리아 끝자락에 있는 주세페의 아버지 집에 내려가 여름을 보내곤 했다. 하지만 그해에는 이두차의 비밀이 시골의 조부모와 삼촌, 사촌들에게 알려지는 게 두려워 온 가족이 찜통 같은 코센차의 집에 머물렀다. 도심의 무더위에 익숙하지 않았던 이두차의 발작 증상은 그해 여름을 보내며 더욱 심해졌다. 어쨌든 시골의 여름휴가는 그 후로 영영 잃어졌는데 그해 겨울에 일어난 지진 때문이었다. 레조 칼라브리아 지방을 강타했던 지진이 평야를 휩쓸어 버린 탓에 조부모들은 아스프로몬테 산간에 있는 작은 아들의 오두막으로 거처를 옮겨야만 했다. 다른 가족을 초대하기에는 너무 비좁은 집이었다. 이두차가 지난날의 여름휴가를 떠올릴 때마다 기억나는 건 할머니가 오븐에 구워 만들어 준 빵 인형들이었다. 그녀는 빵 인형들을 아기처럼 품에 꼐안고 다녔고 어떻게든 먹지 않으려고 애썼다. 인형들을 침대까지 데려가 곁에 눕혔고 잠자는 동안 부서지지 않을까 전전긍긍하며 밤잠을 설쳤다. 또 다른 기억은 황새치를 잡는 어부들의 우렁찬 외침이었다. 어부들은 바위 꼭대기에서 '월~척이다!'라고 외치곤 했다.

그해 여름휴가가 끝나갈 무렵에 주세페는 노새 한 마리를 빌려 코센차에서 멀리 떨어진 병원으로 딸을 데려갔다. 몬탈로에 집을 소유하고 있었던 그 의사는 북부에서 현대 의학을 공부한 사람이었다. 의사가 손으로 그녀를 진찰하자 이다는 간지럼을 타며 종소리 같은 웃음을 터뜨렸다. 진찰이 끝나자, 아버지는 딸더러 의사 선생님께 감사의 인사를 하라고 했다. 얼굴이 새빨개진 그녀는 '감사합니다'라고 인사하고는 얼른 아버지 뒤로 몸을 숨겼다. 의사는 그녀가 건강하다고 했다. 주세페도 아는 바와 같이 발작이 그녀를 해치거나 하는 건 아니었다. 고함을 지르지도, 혀를 깨물지도, 무서운 행동을 하지도 않았다. 의사 선생님은 그러므로 안심해도 괜찮다고 말했다. 선생님의 설명에 따르면 이다의 발작은 미숙한 히스테리로 인한 순간적인 현상에 불과하며 성장하면서 어느 순간 저절로 사라지게 될 거라고 했다. 학교에 입학할 시기가 다가왔던지라 (아이를 맡길 데가 없었던 그녀의 어머니는 이다를 저학년까지 집에서 가르쳤다) 의사 선생님은 매일 아침 이다에게 먹일 진정제를 처방해 주었다. 기분이 한결 좋아진

이다와 주세페는 아버지가 늘 불러 주던 노래들을 흥얼거리며 집으로 돌아왔다. 이다도 음치 같은 목소리로 아버지의 노래를 따라 불렀다.

의사 선생님의 예언은 적중했다. 이두차가 매일 복용하는 단순한 진정제는 충분한 효과를 발휘했다. 충분히 견딜만한 졸음과 무기력 외에는 어떤 부작용도 보이지 않았다. 그해 여름이 지나도록 이다의 발작은 딱 한 번뿐이었고 그 뒤로는 전처럼 끔찍하게 나쁜 증상은 나타나지 않았다. 종종 또다시 증상이 나타나는가 싶었지만, 약한 어지러움이나 창백한 안색 정도에 그쳤다. 증상은 훨씬 나아졌지만, 자신이 제어할 수 없는 이유 없는 현상은 그녀의 마음 한구석에 불안과 슬픔의 그림자를 남겼다. 귀신 들린 것 같던 그녀의 나쁜 증상은 횟수가 차츰 줄었고 증상도 완화되었다. 11살이 되던 해에 다시금 횟수가 늘어났지만, 사춘기에 접어드니 의사 선생님의 예언처럼 거의 사라졌다. 마침내 이다는 안정제를 복용하지 않고도 평범한 또래 소녀들처럼 지낼 수 있게 되었다.

그러나 약물 치료를 중단한 뒤로 그녀의 수면에 일종의 화학적인 변형이 일어나기 시작했다. 그때부터 그녀는 낮과 짝을 이루는 밤에 수많은 꿈을 꾸기 시작했다. 단절과 반복을 거듭하며 마지막까지 비비 꼬이는 꿈들이 기생충처럼, 감시자처럼, 동료처럼 하룻밤도 빠짐없이 그녀와 동행했다. 어린 시절의 체취가 감도는 초창기의 꿈들은 그다지 고통스럽지 않았지만, 결국 고통의 고리가 되어 그녀를 걸고 넘어뜨렸다. 다채롭게 변모하며 자꾸 되풀이되는 꿈도 있었다. 그 꿈 속에서 그녀는 벌거벗은 인형을 꼭 끌어안고 있다. 안개 또는 연기로 뒤덮인 희뿌연 장소, 공장, 도시, 변두리에서 이디론가 달려가는 지기 모습이 보인다. 꿈속은 온통 새빨갛다. 마치 시뻘건 페인트를 발라 놓은 것처럼.

1915년에 벌어진 1차 세계 대전에서 주세페는 불편한 다리로 인해 징집을 면할 수 있었다. 하지만 그가 주장했던 반전주의라는 위험한 사상은 노라를 에워싸고 허수아비처럼 나부끼며 그녀를 두렵게 했다. 가족들만 있는 자리에서 음모를 꾀하듯 소곤거렸지만, 이두차 또한 아버지의 입에 오르내리는 특정한 주제들을 걱정해야 할 지경이 되었다. 실제로 리비아와의 전쟁 당시 코센차에서는 패전 주의를 주장했다는 이유만으로 수많은 사람이 붙잡혀 가고 처벌을 당했다. 하지만 그는 아랑곳하지 않고 또다시 손가락을 치켜들고 있었다.

"복종을 거부하는 일은 더욱 빈번해질 것이다. 그때가 되면 전쟁은 물론이요, 지금과 같은 군대의 기억은 사라질 것이다. 승리의 시대가 도래할 것이다. 톨스토이!"

"민중은 항시 입마개가 필요한 괴물이다. 그러므로 권리를 박탈하는 식민지화와 전쟁을 통해 다스려진다. 프루동!"

나이 어린 이두차가 생각하기에 경비대를 동원해 아버지를 붙잡아 갈 수 있는 신비로운 조직, 공권력의 법령을 거역한다는 건 상상조차 할 수 없는 일이었다. 아버지가 특정한 주제를 입에 담는 시늉만 해도 어머니의 얼굴은 새파랗게 질렸고 주세페는 아내를 안심시키기 위해 집안에서 위험한 주제로 발언길 삼갔다. 어느 순간부터 그는 술을 마시지 않은 멀쩡한 얼굴로 사랑하는 딸자식의 공부를 봐주며 저녁 시간을 보내곤 했다.

전쟁의 끝과 동시에 배고픔과 전염병의 시대가 닥쳤다. 전쟁이란 게 늘 그렇듯 전쟁 통에 모든 걸 잃은 사람들이 있는가 하면 기회를 놓칠세라 사업을 일궈 성공을 만끽한 자들도 있었다. 파렴치한들은 전쟁을 빌미로 자신들이 횡령한 이득을 지키기 위한 목적으로 '검은 부대'라는 호칭 하에 병사들을 모집하기 시작했다. 산업화가 진행된 타 국가들의 경우 노동자들의 봉기가 빈번했던 반면, 이탈리아 남부의 다른 도시들과 칼라브리아에서 자신들이 거머쥔 행운을 위협받게 된 이들은 농장주들이었다. 그들 중 대부분은 고루한 시스템을 교묘하게 이용해 방치된 농지 또는 임야 등의 국유지를 자신들의 소유로 횡령한 이들이었다. 소작농들은 그 시절을 '토지 점유'라는 근사한 말로 칭하며 호응했지만, 그들이 생각했던 점유는 결국 허상에 불과했다. 피땀 흘려 땅을 일구고 작물을 키웠던 소작농들은 결국 법의 효력에 의해 공들여 가꾼 땅에서 쫓겨나야만 했다. 그 과정에서 수많은 소작농이 죽임을 당했다. 당시 지주들 밑에서 일했던 사람들의 봉급, 기나긴 사회적 투쟁을 통해 쟁취한 마지막 노동 협약에 의한 봉급은 다음과 같았다. 하루 16시간 노동에 대한 보수는 올리브기름 3과 4분의 1리터, 여자의 경우는 그의 절반이었다.

레조의 지방 도시에서 살았던 주세페의 친지들 또한 소작농들이었고 일용직으로 일하기도 했다. 1919년 8월에 주세페의 자매와 그녀의 남편, 조카들이 스페인 독감으로 전부 목숨을 잃었다. 일부 도시에서 발생한 전염병은 무시무시한 기억으로 남았다. 날씨는 찌는 듯이 더웠고, 의사와 약과 음식은 턱없이 부족했다. 전쟁 때보다 많은 사람이 죽어 나갔다. 관을 짤 나무판자가 부족해서 시신들은 여러 날이 지나도록 매장되지 못한 채 방치되었다. 그 시절에 주세페는 친지들에게 자신의 월급을 몽땅 보내주곤 했다. 하지만 어려운 처지에 놓인 공기관에서는 그의 월급을 제때 지급하지 않았고 물가마저 오른 상황이었다. 세 식구는 노라의 봉급만으로 어떻게든 먹고 살아야 했다. 그럼에도 때로 사자처럼 용맹하게, 때로 개미처럼 살뜰하게 살림을 꾸려 나갔던 노라 덕분에 가족들은 어려움 없이 생계를 유지할 수 있었다.

전쟁이 끝난 지 2년째 되던 해에 이다는 교사 시험에 합격했다. 그리고 마지막 여름 방학에 지참금 한 푼 없이 약혼하게 되었다. 약혼자의 이름은 '알피오 만쿠소'로 시칠리아의 메시나 출신이었던 그는 1908년에 일어난 지진으로 부모님을 잃었다. 당시 열 살배기 아이였던 알피오 혼자 기적적으로 목숨을 건졌다. 그는 가족애로 똘똘 뭉친 사람이었고 어머니에 대한 애정이 특히 남달랐지만, 오래전에 벌어진 비극을 탄식하기보다 자신이 목숨을 부지했다는 행운을 칭송하는 사람이었다. 알피오가 그날 벌어졌던 사건에 관해 이야기를 늘어놓을 때마다 늘 새로운 사실들이 첨가되었는데 짧게 줄여서 말하자면 다음과 같았다.

1908년 겨울, 어린 알피오는 배를 수리하는 노인의 작은 작업장에서 조수로 일하고 있었다. 둘은 작업장에서 숙식을 해결했는데 노인은 간이침대에서, 아이는 톱밥을 채워 넣은 모직 말안장을 바닥에 깔고 잠을 잤다. 그날 밤에도 노인은 언제나처럼 술 한잔을 벗 삼아 밤늦도록 일하고 있었고, 조수는 잠을 자려고 톱밥을 채운 말안장을 바닥에 깔다가 그만 속을 터뜨리고 말았다. 그런 일이 벌어질 때마다 노인은 아이에게 고함을 질러댔다.

"저런 멍청한 놈을 봤나!!"

조수는 보통 그의 모욕적인 말을 잠자코 넘겼지만, 그날따라 도저히 화를 참을 수 없었다.

"멍청한 건 내가 아니라 당신이에요!"

아이는 말안장 침대를 내버려 두고 노인이 무서워 재빨리 밖으로 달아났다. 노인이 두 겹으로 꼰 새끼줄을 들고 아이를 뒤따라 달려갔다. 그들이 경주를 펼치던 벌판에는 엇비슷한 거리에 종려나무 한 그루와 말뚝 하나가 있었다. 둘 사이에서 잠시 망설이던 아이는 종려나무를 택했다. 순식간에 나무 꼭대기까지 기어 올라간 아이는 노인에게 붙잡히느니 원숭이가 되어 영원토록 나무 위에서 머물기로 결심했다. 아이가 내려오기를 기다리다 지친 노인은 결국 터덜터덜 작업장으로 돌아갔다. 시간이 흘러 날이 밝을 때까지 알피오는 종려나무 위에서 밤을 꼬박 샜다. 그러던 어느 순간, 갑자기 지진이 일어나 작업장이 있던 메시나 도시의 지표면을 집어삼켰다. 저만치에서 말뚝이 쓰러졌다. 알피오가 올라와 있던 종려나무 꼭대기도 세차게 흔들렸지만 쓰러지지 않았다. 아이는 그렇게 혼자 살아남았다. 어쩌면 그건 불가사의한 말안장 덕분이었는지도 모른다. 말 주인의 이름은 '치추초 벨라돈나'였다. 그때부터 알피오는 큰아들을 낳으면 이름을 이렇게 짓기로 마음먹었다. 첫 번째 이름은 아버지의 이름을 따서 '안토니오', 중간 이름은 프란체스코의 애칭인 '치추초'라고. 큰딸을 낳게 된다면 첫 번째 이름은 어머니의 이름을 따서 '마리아', 중간 이름은 종려나무라는 뜻의 '팔마'라고 짓기로 결심했다. 가족을 꾸리는 일은 소년 시절부터 죽 이어져 온 그의 평생의 소원이었다.

그의 또 다른 행운은 징집일에 딱 맞춰 전쟁이 끝났다는 것이었다. 당시 그는 군사 훈련 도중 휴가를 받아 로마에 체류하는 중이었는데 그곳에서 한 회사의 영업 사원으로 일하게 되었다. 코센차에 영업차 출장을 오게 된 그는 그곳에서 자신의 첫사랑을 만났다. 알피오와 미래의 장인은 보자마자 서로에게 반했다. 이다 또한 여러모로 자신의 아버지와 비슷한 점이 많았던 구애자에게 애정을 느끼게 되었다. 아버지와 다른 점이 있다면 그는 정치에 무관심했고 취하도록 술을 마시지 않는다는 것이었다. 외모로 보자면 둘 다 시골에서 기르는 덩치 큰 강아지 같았고, 성격으로 보자면 무더위를 식혀줄 한 줄기 바람 같은 사소한 구실만으로 거창한 축제를 벌이는 이들이었다. 그녀의 아버지와 약혼자는 둘 다 부성애만큼이나 모성애가 강한 사람이었다. 이다는 늘 어머니보다 아버지에게서 모성애를 느끼며 자랐다. 자존심이 강하고 예민하고 내성적이었던 어머니 노라는 늘 무서운 존재였다. 반면에 아버지와 남편, 두 남자는 외부의 폭력으로부터 그녀를 지켜 주었다. 타고난 명랑함과 순수한 광기를 지닌 두 사람은 사회성이 부족해 또래 친구들이 없었던 그녀에게 친구의 역할을 대신해 주었다.

하객들과 신랑을 존중하는 의미로 결혼식은 성당에서 치르기로 했다. 신랑은 장인 장모의 종교관이 자신과 전혀 다르다는 사실도, 장모인 노라 알마자의 출생의 비밀에 대해서도 몰랐다. 다들 가난했던 그 시절, 신부는 순백의 드레스 대신 짙은 터키블루 색의 가벼운 모직 정장을 맞춰 입었다. 발에는 하얀 가죽 신발을 신었고 재킷 안에는 수놓은 옷깃이 달린 흰 블라우스를 입었다. 머리에는 짧은 베일이 달린 오렌지꽃 화관을 쓰고 있었다. 은사로 뜨개질해 만든 손가방은 어머니 노라의 선물이었다. 만약의 경우를 대비해 매달 조금씩 돈을 모아 둔 덕이었다. 이두차가 그렇게 우아한 새 옷을 입었던 건 평생 그날이 처음이자 마지막이었다. 막대한 책임감을 느꼈던 그녀는 성당과 이어지는 기차 여행에서 신발이 더러워지거나 치마가 구겨지지 않도록 무진장 애를 썼다. 신혼여행지의 기차표는 (나폴리에서 몇 시간 정차하긴 했지만) 신혼집이 있는 로마행 편도였다. 알피오는 혼자만의 힘으로 산 로렌초 지역에 방 두 개짜리 별 볼 일 없는 집을 마련해 둔 상태였다. 이두차는 육체적으로는 물론이고 정신적으로도 숫처녀였다. 그녀 앞에서 부모님들이 나체를 보였던 적이 한 번도 없었기에 당연히 성인의 벗은 몸을 본 적이 없었다. 그녀는 자기 육체를 극단적으로 수치스러워하는 성격이었다. 노라는 아기를 가지려면 남자의 몸이 여자의 몸속으로 들어가야 한다고만 딸에게 알려 주었다. 반드시 해야만 하는 의무적인 일이고, 남편이 하자는 대로 온순하게 순종해야만 하고, 심하게 아프지는 않다고 덧붙였다. 이다는 아기를 간절히 원하고 있었다.

로마에 도착한 날 저녁이었다. 신랑이 방안에서 옷을 갈아입는 동안 이두차는 바로 옆 응접실 방에 들어가 옷을 갈아입었다. 새 잠옷을 입고 부끄러워하며 방에 들어간 그녀는 긴 나이트가운을 걸친 알피오의 모습을 보고 참을 수 없다는 듯 배를 움켜쥐고 웃음을 터뜨렸다. 통통한 몸에 찰싹 달라붙는, 발끝까지 닿는 나이트가운 차림의 남편의 모습은 마치 세례 복을 입혀놓은 갓난아기 같았다. 얼굴이 새빨개진 알피오가 말을 더듬었다.

"왜... 왜 웃는 거야?"

웃음보가 터진 그녀는 한동안 말을 잇지 못하며 얼굴만 붉혔다. 마침내 가까스로 말문을 연 그녀가 말했다.

"그... 잠옷... 때문에..."

그녀가 또다시 웃기 시작했다. 이다가 그렇게 웃은 이유는 알피오의 비장하고 우스꽝스러운 모습 때문만은 아니었다. 그녀의 아버지는 농부들의 관습에 따라 늘 옷을 다 입은 채 잠을 잤다. 팬티, 양말, 내의까지 다 입은 채로 말이다. 그녀는 그때까지 잠옷 차림의 남자를 상상을 해본 적이 없었다. 그런 옷은 치마를 입는 여자나 사제들의 옷이라고 여겼다. 잠시 후에 불이 꺼졌다. 캄캄한 이불 속에서 신랑이 긴 잠옷을 갈비뼈 위까지 걷어 올리자, 그녀는 깜짝 놀라 숨을 멈췄다. 반쯤 벗은 그가 축축하고 뜨거운 또 다른 육체를 갈망하고 있었다. 정말이지 끔찍했다. 순간, 그녀는 무의식적으로 아버지 주세페를 떠올렸다. 잔인한 학대를 상상하기도 했다. 하지만 남편을 굳게 믿었던 그녀는 두려움을 이기려 애쓰며 그가 하자는 대로 내버려 두었다. 그렇게 매일 저녁, 이다는 어미 젖을 파고드는 야생의 아이와도 같은 남편을 가만히 내버려 두었다. 시간이 지남에 따라 둘은 결혼 생활에 양분인 성대한 저녁 의식에 익숙해졌다. 그는 혈기 왕성한 젊은이였지만, 한편으로 부인을 존중하는 남편이기도 했다. 부부는 늘 서로의 벗은 몸이 보이지 않는 어둠 속에서 사랑을 나눴다. 이다에게 있어서 섹스의 쾌락은 영원토록 미지의 영역이었다. 자신의 위편에서 헐떡이고 몸을 뒤틀고 신비로운 착란 상태에 빠져 맹렬히 움직이는 신랑을 볼 때마다 그녀는 관용과 유사한 감정을 느꼈다. 그가 최후의 함성을 내지를 때면 근원적이고 무자비하고 불가항력적 형벌을 받고 있다는 생각마저 들었다. 남편이 안쓰러웠던 이다는 소년처럼 부스스한 땀에 흠뻑 젖은 곱슬머리를 동정 어린 손길로 쓰다듬어 주곤 했다.

결혼한 지 4년이 되도록 부부 사이에는 아기가 생기지 않았다. 영업일을 하느라 늘 출장을 다녔던 알피오는 자신이 집에 없는 동안 우두커니 집을 지키는 아내가 걱정스러웠다. 로마 지역 초등학교 선생님을 선발하는 자격시험에 응시해 보라며 이다의 등을 떠밀었다. 심지어 아내를 합격시키기 위해 자신이 직접 나서서 모종의 거래를 시도하기도 했다. 그가 알고 지냈던 장관과의 뒷거래를 통해 이다는 쉽사리 시험에 합격할 수 있었다. 그 사건이야말로 알피오가 사업적으로 성취한 유일한 성공이었다. 알피오 만쿠소는 동화에 나오는 용감하고 작은 재단사가 지녔던 모험의 의지와 무모함으로 전국 방방곡곡을 뛰어다녔지만 늘 그렇듯 수입이 거의 없는 가련한 방랑자에 불과한 외판원이었다. 우연한 기회에 시작된 이다의 선생님이란 직업 생활은 그로부터 거의 25년 동안이나 지속되었다. 알피오는 그녀가 좀 더 편한 자리로 발령을 받는 것까지 도울 능력이 없었기에, 이다는 자신이 사는 산 로렌초에서 어느 정도 떨어진 가르바텔라 근처의 학교로 출근하게 되었다. (몇 년 후에 그 학교는 철거되었고 그녀는 테스타치오 지역의 학교로 근무지를 옮기게 된다) 이른 아침 학교까지 가는 동안 그녀의 심장은 세차게 뛰곤 했다. 전차 안에서 자신을 떠밀고 짓누르는 익명의 군중들 사이에서 그녀는 늘 넘어지고 뒤처지는 연약한 존재였다. 그러나 교실에 발을 들여놓는 순간, 콧물이 질질 나고 이가 득실거리는 지저분한 아이들의 악취가 어른들의 폭력으로 상처 입은 그녀의 마음을 다독이고 위로해 주었다.

결혼하고 몇 달 후, 그녀가 선생님이 되기 전에 일이었다. 가을비가 주룩주룩 내리던 어느 날 오후였다. 아랫동네에서 요란한 노랫소리와 함성과 총소리가 들렸다. 그녀가 살던 건물 사람들도 난리가 났다. 1922년 10월 30일의 파시스트 혁명, 그 유명한 '로마 행진'이 벌어진 날이었다. 검은 옷을 입고 행진하던 부대가 산 로렌초 성문을 통과해 마을로 진입하자, 붉은 옷을 입고 거리에 나와 있던 시민들이 격렬하게 저항했다. 군인들은 길가에 보이는 집들을 때려 부수고, 사람들을 폭행했으며, 거세게 저항하는 사람들을 그 자리에서 사살했다. 당시 산 로렌초에서 13명의 사망자가 나왔다. 하지만 이후에 공식적인 발표는 파시즘 권력을 널리 공표하는 로마 행진 도중 벌어진 돌발적인 사건으로 축소되었다.

사건이 벌어졌던 그 시간, 이두차는 혼자 집에 있었다. 이웃 사람들이 하는 걸 보고 잽싸게 온 집안을 돌아다니며 창문을 전부 닫았다. 페인트, 물감, 구두약 따위의 물건들을 바리바리 싸 들고 집 밖을 떠돌아다니는 알피오를 생각하며 불안해서 어쩔 줄 몰랐다. 그녀는 아버지가 늘 입에 올렸던 거대한 혁명이 터진 게 분명하다고 여겼다. 저녁이 되자 알피오는 언제나처럼 정시에 돌아왔다. 다행히 건강하고 말짱했고 여느 때처럼 지나치게 명랑했다. 둘이 앉아 저녁을 먹는 동안 그는 이두차에게 그날의 사건과 장인어른 주세페에 대한 자신의 의견을 주장했다. 장인어른의 말씀이 늘 정의롭고 거룩한 건 맞지만, 실제로는 파업, 사고, 연착 등으로 인해 영업에 종사하는 자신과 같은 사업가들이 성실하게 일하기 힘든 상황이라고 했다. 오늘 이후 이탈리아에 더욱 강한 정부가 들어설 것이며 국민에게 원칙과 평화를 되돌려줄 것이라는 말도 덧붙였다. 미숙한 신랑은 그토록 심각한 주제에 대해 무지했고, 미숙한 신부는 남편의 해맑은 표정을 보며 따지고 들거나 고민하고 싶지 않았다. 거리에서 총에 맞아 죽은 이들의 시신은 그날 오후, 근처 베라노 묘지에 신속하게 매장되었다. 그 사건이 벌어진 이후 이삼 년 동안 정권에 반대하는 언론의 자유, 파업할 권리, 특수 재판을 담당하는 기관이 폐지되었고 사형제가 부활하는 등 파시즘 절대 독재의 서막이 올랐다.

이다는 1925년에 임신해 이듬해 5월 26일에 아기를 낳았다. 하루 밤낮 동안 온몸의 피를 뽑아내는 듯한 고문에 시달려야만 할 만큼 고통스럽고 위험한 출산이었다. 그리고 마침내, 아주 건강하고 튼튼한 갈색 머리 사내아이가 세상에 나왔다. 알피오는 사람들에게 아들의 탄생을 알리며 침이 마르도록 자랑하고 다니느라 정신이 없었다.

"와, 대단한 비둘기가 나왔어요, 무게는 4킬로나 되고 얼굴은 잘 익은 사과처럼 쌩쌩합니다!"

그 후에 부부가 함께 사는 동안 다시는 아기가 생기지 않았다. 알피오는 미리 정해둔 바에 따라 할아버지의 이름을 따서 아이의 앞 이름을 '안토니오'라고 지었다. 하지만 아기는 처음부터 '니노'라 불렸다. 종종 '닌누추'그리고 '닌나리에두'라는 사투리로 불리기도 했다. 해마다 여름이 되면 이다는 아기를 데리고 코센차 친정에 내려가 지내다 오곤 했다. 그럴 때면 할아버지는 손자에게 그녀가 잘 아는 자장가들, 그중에서도 〈내일은 레조에 가자〉 노래의 가사를 살짝 바꿔서 불러 주었다.

성 닌누추 축제에 춤출
신발을 사러 가자.

여름이 되고 이두차와 닌나리에두가 집에 찾아올 때면 주세페 라문도는 커다랗고 활달한 개처럼 본연의 활기를 되찾았다. 그는 자신이 영원히 그럴 수 있으리라 믿었지만, 실은 최근 몇 년 동안 점차 기운을 잃어가고 있었다. 매사에 낙천적이었던 그는 포기하는 심정으로 이두차의 출가를 받아들였지만, 누군가에게 딸을 도둑맞았다는 기분을 지울 수 없었다. 무엇보다 파시스트 혁명은 질병보다 심한 치명타가 되어 그의 노화를 앞당겼다. 자신이 그토록 꿈꿔왔고 코앞에 다가왔다고 믿어 의심치 않았던 혁명을 대신해 암울한 풍자극 같은 승전이 벌어지다니, 그야말로 죽을 맛이었다. 날이면 날마다 메스꺼운 진흙을 삼켰다가 토하는 기분이랄까. 한때 농민들이 점령했던 토지의 소유권은 1922년까지가 고작이었다. 그 후에 잔혹하고 최종적인 방법을 써서 농민들에게서 토지를 빼앗아 흡족해하는 지주들에게 되돌려주었다. 농민 조직은 무슨 수를 써서라도 자신들의 권리를 되찾고자 발버둥을 쳤다. 무엇보다 최악은 바로 이것이었다. 그들 중에는 찢어지게 가난하고 집도 절도 없는 어머니들의 자식들도 있었는데 그들이 앞장서서 사람들을 선동하며 자신들처럼 가난한 사람들을 공격했다. 돈에 눈이 멀어 미쳐 날뛰는 형국이었다. 주세페가 보기에 그 모든 건 꿈속에서나 가능할 법한 코미디였다. 그가 마을에서 제일 가증스럽게 여겼던 인간 군상들이 배를 쑥 내밀고 시민들을 선동하며 돌아다니고 있었다. 최근 들어 사람들은 두려운 나머지 그들에게 고개 숙여 인사까지 하고 있었다. 동네방네 할 것 없이 벽마다 추악한 선전 포스터들이 덕지덕지 나붙었다. 영지에 복귀한 군주처럼 모두가 그들을 향해 경의를 표했다. 노라의 건강을 심히 염려했던 라문도 선생님은 학교와 집, 이웃들 사이에서 온건한 순응주의를 표방하기 위해 무진장 애를 썼다. 지극한 인내심에 대한 일종의 보상이었을까. 그는 드디어 마음 놓고 자신의 사상을 표출할 수 있는 아주 작고 후미진 장소 한 군데를 알게 되었다. 서너 개의 테이블과 제철 적포도주 한 통이 있는 싸구려 선술집이었다. 무정부주의자였던 선술집 주인은 주세페와 오래전부터 알고 지냈던 사이였고, 둘은 만날 때마다 젊은 시절의 추억들을 되새기며 행복에 젖어 들었다.

그 술집이 정확히 어딘지 나는 모른다. 하지만 내 기억이 맞는다면 아니, 누군가 알려 준 바에 따르면 산골짜기에 있는 그곳에 가려면 도시 외곽까지 가는 전차나 기차를 타야만 한다. 이따금 나는 그곳에 대한 상상의 나래를 펼친다. 어두컴컴한 술집 내부는 신선한 포도주, 베르가모와 나무 같은 시골 냄새, 저 멀리 해안가에서 밀려오는 바다의 향기로 가득하다. 유감스럽게도 나는 아직 그 장소를 지도에서 찾아내지 못했다. 어쩌면 라문도 할아버지가 드나들던 작은 술집은 더 이상 존재하지 않는지도 모른다. 내가 알기로 그곳을 들락거리던 몇 안 되는 손님들은 막노동하는 농부들이나 유랑하는 목동들이었고, 드물게는 바닷가에서 어부가 찾아오기도 했다. 그들은 그리스와 아랍 억양이 섞인 옛 사투리로 대화를 나눴다. 감정에 북받친 주세페는 그들을 '사기꾼 동지들' 또는 '나의 형제들'이라 칭했다. 수성뱅이 친구들과의 긴밀한 자리에서 그는 본연의 활달하고 열정적인 모습을 되찾았다. 그리고 이제는 위험천만한 비밀이기에 더더욱 애착이 가는 젊은 시절의 사상들을 읊어대곤 했다. 마침내 그는 학교에서 아이들에게 절대 가르칠 수 없었던 위대한 문장들을 낭송하며 그동안 쌓였던 울분을 풀 수 있었다.

"우리는 영광의 광채를 향해 발을 내디딜 것이다.
새로운 길이 열리고, 피를 통해,
무정부주의의 신성한 역사가 이루어질 것이다!"
"우리는 수많은 집단으로부터 추방된 자들
비참하게 굴종하는 창백한 이들이여
깃발을 들고 전장에서 일어나라.
공정한 미래를 정복하기 위해!"

그들이 누렸던 최고의 순간은 밖에 누가 있나 없나 확인한 후 낮은 소리로 입을 모아 부르는 노래였다.

"혁명은 일어날 것이다.
검은 깃발은 노래할 것이다.
무-무-무정부주의를 위하여!!"

가련한 일요일의 무정부주의자들, 그들의 행동은 기껏해야 거기까지였다. 그러나, 결국, 누군가 코센차 관청에 그들을 고발하고 말았다. 어느 날 갑자기 경찰들이 들이닥쳐 선술집 주인을 도시 밖으로 추방했고 술집은 폐쇄되었다. 그리고 주세페는 합당한 이유 없이, 말도 안 되는 구실로 54세의 나이에 학교를 그만두어야만 했다. 아내에게는 동화에 속아 넘어간 아이처럼 자신의 해고가 정당한 것이었다고 둘러댔다. 그 비밀의 장소에 대해, 그의 동지였던 선술집 주인에 대해 그는 아무한테도 말한 적이 없었다. 그럼에도, 어떤 면에서는, 자신도 일부 책임이 있다는 기분을 떨칠 수 없었다. 자신에게 엄청난 고통을 안겨 주었던 그 사건에 대해 속내를 털어놓을 사람은 노라 밖에 없었다. 하지만 그녀에게도, 다른 누구에게도 그 일에 대해 입을 열 수 없었다. 그의 사적인 비극 중 최악은 선술집이 피해를 당한 것도, 자신이 강제로 학교를 그만두게 된 것도 아니었다. 그에게 있어서 가르치는 일은 인생의 크나큰 즐거움이었음에도 말이다. 추방이나 구금 같은 재난은 그의 본연의 적이었던 파시스트들로부터 당한 어쩔 수 없는 일이었다. 하지만 작은 테이블에 둘러앉아 함께 노래했던, 그가 형제들이라 칭했던 친구들 사이에 첩자와 배신자가 숨어 있었다는 사실은 그를 깊은 슬픔에 빠지게 했다.

　그는 여름에 놀러 올 손자 닌누추를 위해 나무 장난감을 만들며 무료한 시간을 흘려보냈다. 노라를 위해 라디오도 샀다. 부부는 사건이 벌어지기 전 유랑극장에서 관람했던 오페라를 들으며 저녁 시간을 함께 보냈다. 그러나 라디오에서 그를 분노하게 만드는 뉴스가 흘러나오자마자 주세페는 당장 저 라디오를 끄라며 로라에게 성질을 부렸다. 로라 또한 신경이 극단적으로 쇠약해진 상태였다. 전보다 더 분노를 참지 못했고, 걱정에 시달렸고, 가학적으로 변하기까지 했다. 화가 치밀어오를 때면 급기야 주세페에게 당신은 선생 자격이 없어서 학교에서 쫓겨난 거라며 고래고래 소리치곤 했다. 그러나 주세페는 그토록 심한 모욕조차 지나가는 말로 여기며 심각하게 받아들이지 않았다. 그래야만 아내가 다시금 웃는 모습을 볼 수 있었으니까.

　히스테리를 부리는 아내가 너무 안쓰러울 때면, 그는 아래 지방 아스프로몬테에 사는 자신의 친지들을 보러 가자며 은근슬쩍 말을 돌렸다. 아내를 동반한 갑부 남편이 성대한 유람선 여행길에 오를 때처럼 그는 자신의 계획이 환상적이라며 떠들어댔다. 그러나 현실의 그는 건강이 몹시 안 좋은 상태였다. 여행을 떠날 기운조차 없었다. 얼굴은 점점 짙은 자줏빛으로 변해갔고 비만과 지병으로 체중이 엄청나게 불어나 있었다. 그는 술집에 들락거리는 일을 그만두었고 노라를 배려하느라 집에서도 지나친 과음은 삼갔다. 하지만, 어쨌든, 무슨 수를 써서라도 알코올에 대한 갈증을 해소해야만 했다. 결핍은 결국 치명적인 사건으로 이어지고야 말았다. 코센차에 사는 사람들은 하루도 빠짐없이 기다란 망토를 걸치고 한쪽 다리를 절뚝거리며 길을 걷는 그의 모습을 보았다. 그는 늘 혼자였고 술에 취해 멍한 눈빛으로 비틀거리며 벽에 몸을 기대곤 했다. 그는 1936년에 간경화로 사망했다.

그로부터 얼마 지나지 않아 로마에서는 아직 창창한 나이의 알피오가 자신의 늙은 벗에게 찾아왔던 죽음의 운명을 뒤따르려 하고 있었다. 자신의 제품들을 제국 전체에 판매하겠다는 원대한 사업 계획을 세운 그는 최근 이탈리아에 점령당한 에티오피아로 출장을 떠났다. 23일 만에 로마로 되돌아온 그는 알아볼 수 없을 정도로 비쩍 말라 있었다. 열이 펄펄 끓었고 배를 칼로 찌르는 듯한 끊임없는 구토로 음식을 전혀 삼키지 못했다. 처음에는 아프리카에서 병균이 옮아왔겠거니 했지만, 검사 결과는 암이었다. 그가 모르는 사이에 이미 오래전부터 그의 몸속에서 자라나던 질병이었다. 그런 종류의 질병은 신체적으로 젊고 튼튼한 사람의 몸속에서 오히려 급속도로 퍼져나간다고 했다. 알피오가 바로 그런 경우였다. 알피오 본인에게는 시한부라는 사실을 차마 알릴 수 없었다. 그리 심각한 병은 아니고 위궤양을 치료하기 위해 수술을 해야 한다고만 했다. 의사들이 암 덩어리를 떼어내기 위해 그의 배를 열었으나 그대로 닫고 말았다. 할 수 있는 건 아무것도 없었다. 마지막 순간이 가까워질수록 그의 몸은 해골처럼 뼈만 남았다. 어쩌다 병상에서 몸을 일으킬 때면 어찌나 길고 홀쭉한지 아주 어린 아이 같았다. 그럼에도 그는 젖 먹던 힘까지 끌어모아 이다를 향해 외쳤다.

"아니! 아니! 난 죽고 싶지 않아!"

그의 건강 상태를 고려하면 정말이지 어마어마한 괴성이었다. 알고 보니 한 수녀가 바람직한 죽음을 예비하고자 그에게 진실을 털어놓은 것이었다. 하지만 살고자 하는 그의 의지는 누구도 막을 수 없다. 이다가 새로운 거짓말로 둘러대자, 금방 안심하는 눈치였다. 마지막이 다가오던 어느 날, 이다는 그가 마약에 취해 무기력해진 상태로 혼잣말처럼 중얼거리는 소리를 들었다. 알피오는 산소 호흡기를 끼고 있었다.

"아이고, 너무 좁아, 죽음의 통로가, 나처럼 뚱뚱한 사람은 어떻게 빠져나가라고?"

거의 마지막이었던 날 아침에 그는 상태가 조금 나아졌다는 듯 고개를 쳐들었다. 그리고 향수에 젖은 눈빛과 음악처럼 감미로운 목소리로 고향 메시나에 묻히고 싶다고 말했다. 그가 남긴 쥐꼬리만큼의 유산은 모조리 그의 마지막 소원을 이루는 데 쓰였다. 두 달 남짓한 그의 투병 생활은 그렇게 끝났다. 종종 투여했던 모르핀이 그나마 고통을 덜어주었다. 아프리카에 다녀오던 길에 알피오는 니노에게 주려고 에티오피아 은화와 검은 가면을 사 들고 왔다. 이다는 그 가면을 쳐다보기조차 싫었지만, 니노는 가면을 쓰고 나가 동네 아이들 앞에서 신나게 노래하곤 했다.

"까만 얼굴
멋진 에티오피아
마람바 부룸바 밤부티 믐부!"

결국 이다는 가면을 안 쓰기로 약속한 니노에게 물총을 사 줄 수밖에 없었다. 이다는 '암'이라는 단어를 입에 올리지도 않았다. 그녀 생각에 그 단어는 원시 부족들이 숭배하는 특정한 악귀와도 같은, 입에 올려서는 안 될 신비로운 무언가였기 때문이었다. 그녀는 암이라는 단어 대신 이웃 사람들이 하는 대로 '세기의 질병'이란 단어를 썼다.

누군가 그녀에게 남편이 왜 죽었느냐고 물으면 아주 조심스럽게 '세기의 질병'때문이라고 대답하곤 했다. 그러나 그따위 시시한 주술로는 그녀의 마음 깊이 새겨진 두려움을 물리칠 수 없었다. 주세페와 알피오가 차례로 세상을 떠난 뒤에 그녀는 절대적인 두려움에 사로잡혔다. 이제 그녀는 아버지도, 보호자도 없이 세상에 홀로 남겨진 신세였다. 그러나 워낙 성실하고 양심적인 성품을 지녔던 그녀는 어려운 상황에도 아이들을 가르치는 일과 어머니의 역할에 최선을 다했다.

이탈리아가 에티오피아 침략을 통해 왕국에서 제국으로 승격되는 동안 우리의 변변찮은 선생님은 남편의 장례를 치렀다. 카르타고 전쟁처럼 고리타분한 절차였다. 그녀에게 있어서 에티오피아는 만일 알피오에게 행운이 따랐다면, 특수 성분 오일과 페인트와 구두약을 팔아서 부자가 될 수도 있었던 땅이었다. 그녀가 알기로는, 학교에서 배운 바로는 아프리카 사람들은 너무 더워서 늘 맨발로 다닌다고 했지만 말이다. 그녀가 가르치는 교실 뒤편 벽 중앙에는 십자가가, 양옆에는 제국의 창시자와 왕의 확대 사진 액자가 걸려 있었다. 전자는 정면에 독수리 표식이 있는 두툼한 술이 늘어진 터키풍 모자를 쓰고 있었다. 모자 아래 보이는 그의 얼굴은 순수하다 못해 잔혹했고 어쭙잖은 지휘관의 가면을 쓰고 있는 듯이 보였다. 돌출된 이마, 어색하게 긴장된 턱, 툭 튀어나온 안구와 동공 탓에 부대원들을 겁주려는 상사나 하사를 흉내 내고 있는 것 같았다. 후자, 그러니까 제국의 왕에 대해 말하자면, 그의 여리여리한 윤곽선은 축적된 유산을 물려받아 출생하자마자 노화된, 정신적으로 모자란 변두리 귀족의 모습, 그게 다였다. 그럼에도 이다의 눈에 비친 두 사람의 형상은 유일한 권력을 상징했다. 그와 동시에 법을 제정하고 그에 대한 복종을 명령하는 신비로운 개념이었다. 그녀에게는 단지 교회 권력의 상징일뿐이었던 십자가는 제쳐두고라도 말이다. 그 시절 그녀는 상사들의 지시에 따라 3학년 학생들에게 글씨 연습을 시키며 칠판 위에 커다란 글씨로 이렇게 썼다.

"수령님의 훌륭한 말씀을 공책에 3번씩 따라 씁시다."
"드높이 일어나거라, 군사들이여, 깃발과 무기와 성심으로,
15세기가 지나 아름다운 로마의 언덕 위에 제국이 열렸음을 송축하자!
무솔리니".

하지만 그녀의 생각만큼은 정반대였다. 현 제국의 창시자는 자신의 엄청난 성취에 도취해 붕괴와 죽음이란 추문의 덫에 발을 들여놓고 있었다. 그의 앞날은 자신의 숙명을 쥐락펴락하는 주인이자, 현 상황의 공범인 위대한 독일군의 창시자를 기다리는 앞날과 다르지 않았다. 둘 다 형편없는 사기꾼이었고 타고난 성향은 달랐지만, 비슷한 면도 없지 않았다. 두 사람이 지닌 공통점 중 가장 끔찍했던 건 그들이 근본적으로 나약한 인간이라는 사실이었다. 내면적으로 실패자이자 노예였기 때문에 잔혹한 복수를 갈망하는 질병을 앓고 있었다. 그들에게 희생당한 사람들을 통해 익히 알려진 바와 같이, 그들의 감정은 끊임없이 무언가를 갉아 먹는 설치류의 특성과 유사했다. 잔혹성으로 표출되는가 하면, 한편으로 꿈의 실현을 갈구하기도 했다. 무솔리니와 히틀러는 둘 다 몽상가였지만, 타고난 성향은 서로 달랐다. 물질적인 면에 유독 집착했던 이탈리아 '수령'이 추구하는 꿈의 계시는 코미디를 방불케 하는 축제였다. 허수아비로 전락해 버린 군중늘이 흔드는 깃발과 개선의 환호 속에 카이사르나 아우구스투스처럼 성스

러운 고대 신화에 등장하는 인물들의 배역을 연기하고자 하는, 그야
말로 엉터리 신화나 다름없었다. 반면에 또 한 사람은 네크로필리아
(시체애호증)와 추악한 공포 같은 일차원적인 악행에 사로잡혀 전례
없는 무의식의 꿈에 빠져 있었다. 그에게는 자신을 포함한 모든 살아
숨쉬는 생명체가 나락으로 떨어져야 마땅한 학대의 대상이었다. 그가
꿈꿨던 최종적인 결말은 독일 민족을 포함한 세상 모든 민족이 시체
의 무더기를 이루는 것이었다.

꿈의 공장을 주의 깊게 들여다보면 대부분 과거의 무언가가 미세한
파편이 되어 파묻혀 있기 마련이다. 무솔리니의 경우 타고나길 천박
했기 때문에 물질적인 면들이 확연히 겉으로 드러났다. 히틀러의 경
우는 그와 달랐다. 뒤틀린 기억 어딘가에 존재하는, 기원을 알 수 없
는 오만가지 잡것들이 덕지덕지 달라붙은 병균 덩어리였다. 질투와
속물근성으로 가득 찬 그의 일대기를 뒤적이다 보면 그 기원의 일부
를 찾을 수도 있을 것이다. 어쨌든, 그런 이야기는 이쯤에서 그만하기
로 하자. 파시스트 무솔리니가 나치스트 히틀러의 휘호하에 에티오피
아를 점령했을 당시에는 상대방의 마차가 자신의 사육제 마차에 영원
한 죽음의 굴레를 씌웠다는 사실을 미처 몰랐을 것이다. 얼마 지나지
않아 그는 본격적으로 노예 짓거리를 벌이기 시작했다. 감히 국가라
는 간판을 내걸고 그가 초창기에 벌였던 선전 중 하나는 로마 정신에
따라 외국인 및 다른 종족을 배제한다는 것이었다. 그리하여 1938년
초반이 되자 신문, 지역 소식지, 라디오를 통해 이탈리아에 거주하는
유대인을 배척할 조직적인 준비가 완료되었다는 사실이 공표되었다.

주세페 라문도는 58세에 세상을 떠났다. 66세에 과부가 되었을 당

시 노라는 이미 학교에서 은퇴한 뒤였다. 매장을 성스럽고 경이로운 것이라 여겼던 그녀는 남편의 무덤에 한 번도 찾아가지 않았다. 그럼에도 두 사람의 관계는 끈질기게 이어졌다. 그녀는 끝끝내 남편의 무덤이 있는 코센차에 머물길 고집했다. 노라는 오래된 둥지 같은 집안에 틀어박혀 지냈다. 그녀가 집 밖에 나오는 경우는 이른 아침에 장을 볼 때, 종종 오후에 연금을 찾을 때, 주세페의 연로한 부모에게 편지를 보낼 때뿐이었다. 그녀는 늘 이다와 시부모에게 장문의 편지를 써 보냈는데 노인네들은 까막눈이었던지라 누군가 편지를 대신 읽어주어야만 했다. 편지에서 그녀는 조심스럽고 간접적인 표현을 써서 미래에 다가올 절박한 공포에 대해 언급하곤 했다. 그녀는 자신이 진작부터 감시와 검열을 당하고 있다고 의심하고 있었다. 두서없던 그녀의 편지는 늘 똑같은 말로 끝을 맺었다.

"운명이란 얼마나 망측하고 자연의 법칙을 거스르는 건지, 자연의 법칙에 따르면 나보다 여덟 살이나 어린 남자와 결혼했으니 내가 먼저 죽고 그가 나의 죽음을 지켜줘야 하거늘, 내가 남편의 죽음을 지켜보게 되다니…"

주세페의 이름을 쓸 때면 그녀는 늘 앞 글자를 정성스럽게 대문자로 썼다. 그녀의 문체는 장황하고 반복적이었지만 귀족적인 위엄이 서려 있었고 글씨체는 길고 가늘고 우아했다. 하지만 쇠락의 시기에 접어들수록 그녀의 편지는 점점 짧아졌다. 그녀의 문장들은 불완전하게 툭툭 끊겼고 글씨들은 방향을 잃고 삐뚤삐뚤하게 틀어져 버렸다. 그녀는 편지 쓰기 외에 도판이 실린 잡지와 로맨스 소설을 읽거나 라디오를 청취하며 시간을 보냈다. 그녀의 오랜 예언을 입증이라도 하듯 독일에서는 얼마 전부터 인종 박해의 경종이 울려 퍼지기 시작했다. 1938년 봄 무렵에는 이탈리아에서도 유대인 박해를 포고하는 공식적인 선전이 떠들썩하게 울려 퍼졌다. 라디오 뉴스에서 흘러나오는 협박조의 기계적인 말투가 공기 중에 불안을 퍼뜨리며 그녀의 작은 방을 점령했다. 아무런 대책도 없었던 그녀는 온종일 라디오를 틀고 무서움을 억누르며 뉴스를 들어야만 했다. 밤낮을 가리지 않고 라디오 앞에 붙어 앉아 뉴스 시간이 되기만을 기다렸다.

어느 날 그녀가 사는 마을에 카탄자로* 출신 파시스트 지도자급 인사들이 파견을 나왔다. 이탈리아 내에 거주하는 모든 유대인의 호구 조사가 실시됨과 동시에 유대인은 반드시 자진 신고해야 한다는 공식적인 명령이 선포되었다. 그 소식을 전해 들은 노라는 신고 기간이 언제인지 공지하는 정부의 발표를 듣기가 너무도 무서웠다. 그때부터 그녀는 더 이상 라디오를 틀지 않았다. 노라는 작년 겨울에 68세가 되었다. 그해 여름부터 지병이었던 동맥 경화 증상이 몹시 심해졌다. 수줍지만 다정했던 그녀의 성격이 차차 심술과 분노로 변해가기 시작했다. 길에서 사람들이 인사해도 모른 체 하고 지나치기 일쑤였다. 그녀가 그토록 아꼈던, 성장한 제자들과 마주쳐도 마찬가지였다. 밤만 되면 손톱으로 셔츠를 쥐어뜯을 정도로 불안에 시달렸고, 침대에서 자다가 극심한 두통을 호소하며 바닥으로 굴러떨어지기도 했다. 사소한 일에도 꼬투리를 잡으며 아무한테나 성질을 부렸고 거친 몸짓과 언어를 써가며 분노를 표출하기도 했다.

유대인을 겨냥해 실시될 모든 조치 중 가장 두려웠던 건 호구 조사를 빌미로 한 자진 신고 의무였다. 그녀는 앞으로 시행될 비열하고 처

---

* 칼라브리아의 수도

참하고 위협적인 상황들에 대해 상상에 상상을 거듭했다. 하지만 세찬 빛을 발하며 그녀의 눈을 멀게 했던 유일한 전조등은 유대인 자진 신고 의무 조치였다. 지금까지 꼭꼭 숨겨왔던 자신의 치명적인 비밀, 자신의 정체를 공개적으로 밝혀야 한다니, 생각만으로도 치욕스러웠다. 가당치도 않은 일이었다. 신문과 라디오를 모조리 차단해 버린 그녀는 법령이 이미 제정되어 실효를 발휘한다고 확신하게 되었다. 하지만 실제로는 인종과 관련된 어떤 조치도 아직 실행되기 전이었다. 고립된 상태로 혼자만의 상상의 나래를 펼쳤던 그녀는 결국 자진 신고 기간이 이미 끝났다고 확신하기에 다다랐다. 그녀가 상황을 제대로 파악하지 못했다는 사실보다 더욱 안타까운 건 스스로 관공서에 찾아가 자진 신고해야 한다고 굳게 믿었다는 것이었다. 매일 아침 해가 뜨면 그녀는 되풀이해 말하곤 했다. 안 돼, 도저히 못 하겠어, 그리고 관공서가 문을 닫을 때까지 신고만 생각하며 하루를 보냈다. 자진 신고 기간이 이미 끝났고 자신이 처벌받게 될지도 모른다는 생각이 엄습했다. 달력과 날짜가, 새로운 하루를 맞는다는 게 두려워졌다. 의심받을 만한 행동은 절대 삼갔고 조만간 내려질 무시무시한 처분을 기다리는 사람처럼 늘 긴장 상태를 유지했다. 그녀의 위법 행위를 알아챈 관공서 측에서 자신을 소환해 공개적으로 망신을 준다거나, 관공서나 경찰서 직원이 집에 찾아온다거나, 심지어 자신을 체포해 끌고 가리라고, 그녀는 확신하고 있었다.

이제 그녀는 더 이상 집 밖에 나가지 않았다. 식료품을 사는 일은 아파트 수위에게 부탁했다. 어느 날 아침, 그녀는 문 앞에서 자신에게 식료품을 건네주던 수위에게 찻잔을 집어던지며 짐승처럼 고래고래 소리를 질렀다. 그럼에도 이웃들은 그녀를 전혀 의심하지 않았을

뿐더러 언제나처럼 그녀를 존중했다. 예전 그녀의 모습을 아는 이웃들은 그녀가 심하게 성질을 부려도 남편의 죽음 때문에 저러는 거라며 이해하고 넘어갔다. 환청이 들리고 환각이 보이기 시작했다. 동맥 경화 증상도 점점 심각해졌다. 겨우겨우 올라온 피가 뇌에 다다라 세차게 요동쳤다. 누군가 현관문을 세차게 두드리는 소리, 계단 위에서 무거운 한숨을 내쉬는 소리가 들렸다. 저녁에 전깃불을 켜면 어두침침해진 눈에 비친 가구들이 자신을 체포하려고 불시에 찾아온 밀고자나 무장한 첩자들로 보였다. 어느 날 밤에는 자다 말고 침대에서 바닥으로 떨어지는 일이 두 번이나 일어났다. 누군가 집안에 잠입해 자신을 침대에서 밀쳐 떨어뜨렸다고 생각했다. 이곳, 코센차를 떠나 다른 곳으로 가야만 할까? 하지만 어디로, 누구에게로 간단 말인가? 파도바에 사는 몇 안 남은 유대인 친지들에게 가는 건 아예 불가능했다. 로마에 사는 딸이나 레조의 농촌에 사는 시부모에게 간다면? 다른 지방에서 온 그녀의 존재는 이내 주목받고 기록될 게 뻔했다. 그러면 주위 사람들까지 곤란해지게 될 것이었다. 본인들이 먹고살기도 버거운 그들이 신경질적이고 공격적인 늙은이의 침입을 어떻게 용납할 수 있단 말인가? 지금까지 살아오는 동안 그녀는 그 누구에게도, 그 어떤 것도 거저 달라고 한 적이 없었다. 어릴 적부터 독립적인 삶이 몸에 밴 사람이었다. 오래전 게토의 나이 많은 랍비가 한 말을 가슴에 새기며 살아온 그녀였다.

다른 사람들을 필요로 하는 이는 불행한 사람!
오직 신을 필요로 하는 이는 축복받은 사람!

그녀를 아는 사람이 없는 도시나 지방으로 떠나는 건 어떨까? 하지만 어딜 가든 해당 관청에 신고하고 서류를 제출해야만 했다. 인종법이 없는 외국으로 떠날 생각도 해보았다. 하지만 그녀는 한 번도 외국에 나가본 적이 없었다. 여권도 없었다. 여권을 발급받으려면 경찰국과 국경에 호적을 제출해야만 했다. 모든 장소와 공간들이 날강도처럼 그녀를 협박하며 그녀의 존재를 거부하고 있었다. 사람들은 그녀가 가난할 거라 여겼지만 실제로는 그렇지 않았다. 질병과 같은 예상치 못한 일이 생겨도 독립적인 생활을 유지하기 위해 그녀는 수년 전부터 조금씩 돈을 모아 두었다. 그 액수가 3천 리라나 되었다. 그녀는 그 돈, 천 리라 지폐 세 장을 손수건으로 싸고 바늘로 꿰매서 잠잘 때는 베개 밑에 넣고, 낮에는 스타킹에 옷핀으로 꽂아 늘 몸에 지니고 다녔다. 경험이 부족했던 그녀는 그 돈이면 세상 어디든 갈 수 있다고 여겼다. 때로 보바리 부인을 떠올리며 근사한 도시들을 상상하기도 했다. 런던, 파리! 하지만 이내 자신이 혼자라는 사실을 깨달았다. 나이든 여자 혼자 외국에 가서, 그 복잡한 곳에서, 어떻게 길을 찾아다닌단 말인가? 주세페와 함께였더라면... 그렇다, 정말이지 근사한 여행이 되었을 것이다. 그러나 주세페는 더 이상 세상에 없다. 이곳 그리고 다른 어디에도. 커다랗고 통통했던 그의 육신은 용해되어 땅속으로 흡수되었을 것이다. 그녀의 근심을 위로해 줄 사람은 지구상에 없었다. "당신 정말 바보 같구려! 당신 진짜 미쳤어!"라며.

지구상에 존재하는 모든 대륙과 국가들을 점검하며 계획을 세우던 그녀는 자신이 갈만한 곳이 어디에도 없다는 결론에 다다랐다. 반면에 시간이 흐를수록 도망쳐야만 한다는 급박한 필요성은 점점 커져만 갔다. 다급해진 그녀는 열과 성의를 다해 꾀를 짜냈다. 유럽 전체에 거주하는 유대인들이 몇 달 전부터 팔레스타인으로 이민을 떠나고 있다는 소식을 들은 터였다. 그녀는 시오니즘이라는 말만 귀동냥으로 들었을 뿐 의미는 전혀 몰랐다. 팔레스타인에 대해서는 유대인 성서에 뿌리를 둔 조국이고 수도는 예루살렘이라는 사실만 아는 정도였다. 그럼에도 그녀는 유대인 도망자를 받아줄 유일한 장소는 팔레스타인뿐이라는 결론을 내리게 되었다.

무더운 여름날 저녁이었다. 갑자기 여권이고 뭐고 무조건 도망쳐야겠다는 확신이 들었다. 불법 이민자들처럼 몰래 국경을 넘거나 선박 화물칸에 숨어 들어가 몸을 숨길 작정이었다. 여행 가방도, 갈아입을 속옷도 챙기지 않았다. 늘 지니고 다니던 삼천 리라가 든 돈뭉치만 스타킹 속에 숨겼다. 집을 나서던 순간, 그녀는 주세페가 겨울에 걸쳤던 낡은 칼라브리아 망토가 현관 옷걸이에 그대로 걸려 있는 걸 보았다. 추운 지역에 가게 된다면 입을 요량으로 그녀는 망토를 접어 팔에 걸쳤다. 일은 이미 틀어지고 있었다. 그녀는 코센차에서 예루살렘으로 가려면 육로가 아닌 바다를 통해 가야 한다고 계산했다. 배를 타는 것만이 유일한 방법이라 믿었다. 검은 바탕에 하늘색 꽃무늬가 있는 하늘하늘한 인조 실크 원피스를 입은 그녀가 파올라 해변으로 가는 마지막 배에 타는 걸 보았다는 사람도 있었다. 실제로 그녀는 바로 그곳, 그 주변에서 발견되었다. 나쁜 사람한테 끌려가다 운 좋게 도망친 아이처럼 아시아 국기가 달린 상선을 찾아 헤매며 해변을 돌아다닌 듯했다. 그녀의 건강 상태를 고려했을 때 그녀가 믿기 어려울 정도로 버텼다는 건 확실했다. 그녀는 자신이 도착한 기차역에서 상당히 먼 곳까지 걸어갔다. 그녀가 발견된 정확한 위치는 파올라 해변에서 푸스칼도 방향으로 몇 킬로미터나 떨어진 지점이었다. 기찻길 저만치 해변이 보이는 길가, 옥수수밭이 넘실거리며 펼쳐진 곳이었다. 눈이 침침했던 그녀는 어둠 속에서 물결치는 밭을 보며 그곳이 드넓은 바다라 착각했을 것이다. 고요하고 아름다운 밤, 달은 보이지 않고 별들만 총총한 밤이었다. 하늘을 바라보며 그녀는 한때 자신의 애창곡이었던 노래를 떠올렸을지도 모른다.

　도둑질하기 좋은 아름다운 밤이라우

　맑고 포근한 날이었지만, 그녀의 몸은 덜덜 떨렸다. 집에서 들고나온 망토로 몸을 감싸고 목덜미에 버클을 채웠다. 거친 양모로 만든 낡은 밤색 망토는 주세페에게는 딱 맞았지만, 그녀에게는 땅에 질질 끌릴 정도로 길었다. 기다란 망토를 걸치고 돌아다니는 그녀의 모습을 멀리서 누군가 보았다면 성직자로 변장해 아궁이를 타고 다니는 아이라 생각했을 수도 있을 것이다. 그녀와 실제로 마주친 사람은 아무도 없었다. 캄캄한 저녁 해안가 주변에는 인적이 없는 게 당연했다. 그녀를 처음 발견한 사람들은 한밤중에 고기잡이를 나갔다가 동이 틀 때 돌아오던 어부들이었다. 처음에는 그녀가 스스로 목숨을 끊었고 바닷물에 떠밀려 해안까지 떠내려왔다고 생각했다. 그러나 섣부른 결론이었다. 그녀가 발견된 곳은 익사할 만한 위치도 아니었고 발견 당시 상태 또한 바다에 뛰어든 사람처럼 보이지 않았다. 바닷물에 젖은 그녀의 몸은 부드럽고 자연스러운 자세로 해안의 경계선에 엎드려 있었다. 잠자다 죽은 사람처럼 갑작스러운 죽음을 맞은 사람 같았다. 살짝 경사진 모래 위편에 놓인 그녀의 머리는 해초나 오물이 씻겨 내려가 깨끗하고 반듯했다. 몸의 나머지 부분은 커다란 남자 망토에 싸여 있었고 목 부분의 버클은 잠겨 있었다. 망토는 몸 옆에서 벌어지고 펼쳐지며 물에 흠뻑 젖어 있었다. 물에 젖어 주름이 펴진 인조 실크 원피스가 그녀의 몸에 달라붙어 가녀린 윤곽을 드러내고 있었다. 물결에 쓸려 내려온 일반적인 주검들과 달리 붓지도 않았고 상처도 없었다. 원피스의 하늘색 패랭이꽃 무늬가 밤색 망토와 선명하게 대비되며 촉촉하게 피어나고 있었다.

바다가 남긴 유일한 폭력의 흔적이라면 신발이 벗겨지고 머리가 풀어진 것이었다. 그녀의 머리카락은 나이에 비해 길고 풍성했다. 흰머리도 거의 드물었다. 그녀의 한쪽 어깨 위로 물에 젖어 새카매진 머리카락이 드리워져 있었다. 부드러운 물결은 깡마른 그녀의 손가락에 끼워진 결혼 금반지도 앗아 가지 않았다. 날이 밝아오자, 가느다란 반지가 고귀한 빛을 발했다. 결혼반지는 그녀가 소유했던 유일한 금붙이였다. 그녀는 조국에 충성하는 순응주의자였지만, 에티오피아 점령을 돕는다는 명목으로 정부에서 국민을 상대로 금 바치기 운동을 벌였을 적에도 반지를 빼지 않았다. 그녀에 비하면 반지를 갖다 바친 딸 이다는 지나치게 순종적이었다. 손목에는 녹슬지 않은 평범한 금속 시계를 차고 있었고 분침은 4시에 멈춰져 있었다.

부검 결과는 의심의 여지 없이 익사로 인한 사망이었다. 그러나 자살이라 추정할 만한 편지도, 단서도 발견되지 않았다. 사망 당시 그녀가 늘 스타킹 속에 지녔던 숨겨진 보물이자 부적, 현금도 발견되었다. 진흙투성이가 되어 쓸모없이 되어버렸지만, 알아볼 수는 있었다. 노라의 성격으로 짐작하건대 죽고자 하는 의도가 있었더라면 악착같이 모은 막대한 돈을 어딘가 안전한 곳에 미리 보관했을 것이다. 만일 그녀가 자신의 의지로 죽음을 택했다면 물에 젖어 무거워진 망토의 무게 때문에 물속 깊이 가라앉았을 것이다. 그 사건은 '우연한 익사로 인한 사망'이라는 결론으로 종결되었다. 내가 생각하기에도 가장 적절한 설명이 아닌가 싶다. 나는 그녀가 미처 깨닫지 못하는 사이에 죽음이 닥쳤으리라 믿는다. 아마도 얼마 전부터 심해진 그녀의 지병 때문이었으리라. 그 계절, 그 지역의 해안은 매우 잔잔하다. 초사흘 달에는 더더욱 그렇다. 끝나지 않을 여행길에 오른 그녀는 캄캄한 밤 초행길에 나선 눈먼 사람처럼 앞을 제대로 보지 못했을 것이다. 방향은 물론이고 다른 감각들도 잃었을 것이다. 그녀는 자신도 모르는 사이에 바다의 경계를 지나쳐 앞으로 나아갔을 것이다. 바람 한 점 없이 잔잔한 물결이 그녀를 혼란에 빠뜨렸을 수도, 망상에 빠진 그녀의 눈에 유령선 같은 형체가 보여 앞으로 나아갔을 수도 있다. 때마침 밀려온 세찬 파도가 그녀의 몸을 뒤덮고, 공격하거나 상처를 입히지 않고 그녀를 죽음에 이르게 했을 것이다. 고요 속에서 그녀의 몸이 빨려드는 미미한 소리만 들렸을 것이다. 물에 흠뻑 젖은 망토가 모래 속에 파묻힌 그녀의 육신이 먼바다로 흘러가지 않도록 날이 밝기까지 지켜 주었을 것이다.

내가 그녀를 알게 된 건 약혼했을 무렵에 찍은 사진을 통해서이다. 풍경화를 배경 삼아 그녀가 서 있다. 한 손에 든 부채로 셔츠 앞부분을 가리고 있다. 흐트러짐 없는 꼿꼿한 자세와 부드러운 표정을 통해 그녀가 성실한 성격과 풍부한 감성의 소유자임을 알 수 있다. 아담한 몸에 꼭 맞는 양모 치마를 입고, 손목까지 빳빳하게 다림질한 흰 모슬린 셔츠는 목까지 단추를 채웠다. 세기말 중산층 사이에서 유행했던 여느 사진처럼 부채를 들지 않은 팔은 여배우처럼 자연스럽게 지지대 위에 올리고 있다. 이마 위에 곧게 드리워진 머리카락이 머리 위에서 게이샤처럼 둥근 원을 그리고 있다. 애조 띤 눈동자에 열정이 엿보인다. 전체적으로 평범하지만, 섬세한 인상이다. 사진 가장자리 하얀 종이 테두리는 누런색으로 변해 있다. 사진 한 귀퉁이에 크기 등이 표기된 인쇄체와 더불어 그녀의 가늘고 긴 글씨체로 쓰인 글귀가 보인다.

당신에게, 사랑하는 주세페!
당신의 엘레오노라

사진 왼쪽 끝에는 1902년 5월 20일이라는 날짜가, 오른쪽 끝에는 다음과 같은 글귀가 적혀 있다.

영원히 당신과 함께
이 세상에 사는 동안
그리고 저세상에서도

3.

제1조 : 아리안 인종의 특성을 가진 이탈리아 시민과 다른 인종과의 결혼을 금지한다.
....
제8조 : 법의 효력에 따라...
A) 양쪽 모두 유대인 부모로부터 태어난 유대인은 유대인의 종교를 갖지 않았다 해도,...
D)........ 이탈리아 국적 부모로부터 태어난 자는 유대인 인종으로 취급하

지 않는다. 단 부모 중 한쪽만 유대인 인종이고, 1938년 10월 1일을 기준으로 유대교 외에 다른 종교를 가진 경우에만 이에 해당한다.

....

제9조. 유대인 인종을 가진 자들은 국민 또는 인구 기록부서에 신고하여 기록으로 남겨야 한다.

....

제19조. 제9조의 실행에 따라 제8조에 해당하는 조건을 가진 모든 자들은 국민 기록을 담당하는 부서 또는 거주지 관청에 자진 신고해야 한다.

1938년 가을에 발표된 이탈리아 인종법은 위와 같은 내용을 담고 있었다. 법령의 시행과 더불어 '유대인 인종'으로 구분된 모든 이탈리아 시민은 회사의 경영권, 땅과 재산의 소유권, 학년을 불문하고 학교에 다닐 권리 및 일반적으로 전문직이라 불리는 모든 직업군의 종사가 금지되었다. 당연히 교사도 그에 포함되었다. 법령이 제정된 건 정확히 1938년 11월 17일이었다. 독일 전체가 수년에 걸친 범죄와 학대 끝에 유대인 집단 학살의 서문을 열기 불과 며칠 전이었다. 독일인이라면 누구를 막론하고 유대인들의 소유를 파괴하고 유대인들을 살인할 권리가 있다는 공식적인 허가가 떨어졌다. 그로부터 불과 며칠 만에 수많은 유대인이 떼죽음을 당했고 수천 명에 달하는 유대인들이 강제 수용소로 후송되었으며 그들의 집과 창고와 예배당은 불에 타고 파괴되었다. 이미 세상을 떠난 노라는 몇 달 전에 제정되어 유대인들 사이에서 떠들썩하게 퍼져나가던 이탈리아 내 유대인 법령을 피해 갈 수 있었다. 그에 더해 35년이나 앞서 이두차에게 성당에서 세례를 받게끔 했던 그녀의 현명한 예비책은 이두차가 선생님 자리를 유지하도록, 법령 제8조에 근거한 다른 처벌들도 받지 않도록 해 주었다. 제19조 법령에 따라 이두차는 어쨌거나 죽을죄인 같은 수치스러운 심정으로 로마 시청에 자진 출두해 자신의 신분을 신고해야만 했다. 시청에서 요구하는 모든 서류들을 빚쟁이처럼 빠짐없이 챙겨 들고 시청으로 가야만 했다. 자신의 유대인 어머니, 아리안 인종 아버지와 관련된 서류들, 그녀 자신의 세례 증명서와 지금은 땅에 묻힌 주세페의 칼라브리아 부모님들에 관련된 서류들에 이르기까지. 그걸로도 부족하지 않을지 걱정하며 종이에 자필로 쓴 호적 사항까지 들고 갔다. 직원 앞에선 그녀의 온몸이 덜덜 떨렸다. 수치와 혐오와 두려움으로 어머니의 성씨를 뭉뚱그려 발음해 버렸다.

"알마자 아니면 알마지아?"

시청 공무원이 권위적인 수사관의 눈빛으로 협박하듯 그녀를 빤히 쳐다보며 물었다. 그녀는 답안을 베끼다 들킨 학생처럼 기어드는 소리로 웅얼거렸다.

"알마자",

"제 어머니는 유대인이에요!"

직원은 그 외에 다른 질문은 하지 않았다. 사무적인 서류 처리는 그렇게 일단락되었다. 권력은 그런 식으로 특유의 주술적인 능력을 발휘해 오늘로부터 만쿠소의 미망인이자 교사, 그리고 주위 사람들 모두가 당연히 아리안 인종이라 믿고 있었지만, 실은 유대인의 피가 섞인 이다 라문도에 관한 기록을 보관하게 되었다. 이탈리아 내에서는 그 정도 수준에 그쳤지만, 후에 사적인 소식통을 통해 알게 된 바로는 독일의 법은 비교할 수 없을 만큼 정도가 심했다. 날이 갈수록 그녀는 국가의 법령이 개정될 가능성과 그 법령이 자신에게도 영향을 미

칠 수 있다고 의심하기 시작했다. 무엇보다 아들 니노에게 끼칠 영향
이 문제였다! 남편 알피오도 그랬지만, 아들 닌누추는 자기네 친척 중
유대인이 있을 줄은 꿈에도 몰랐다. 세상 해맑은 성격의 아들은 극우
파시스트를 맹렬히 추종하는 소년으로 성장해 있었다.

그로부터 얼마 뒤에 무솔리니와 히틀러의 연대가 강화되었다.
1939년 봄, 그들은 철의 협약이란 호칭 하에 군사협정을 맺었다. 베
니토 무솔리니는 에티오피아를 식민지화했고, 아돌프는 자신이 내건
공약대로 유럽 민족들을 최상의 독일 종족의 지배하에 두고자 식민지
화를 꾀했다. 독일과 협정을 맺은 이후 이탈리아 지도층 사이에서는
국제 정세를 주시하며 상황을 좀 더 지켜보자는 의견이 우세했다. 그
러나 동반자 국가가 전투에서 잇따라 놀랄만한 승리를 거두자, 영광
의 지분을 놓칠세라 독일 편에 서서 참전을 결정했다. 당시 독일은 그
야말로 눈 깜짝할 사이에 유럽 전체를 휩쓸고 파리 입성을 앞두고 있
었다. 당시 14살이었던 닌누추는 1940년 6월에 발표된 참전 소식에
기쁨을 감추지 못했다. 심지어 너무 늦은 감이 있다고도 했다. 자신의
위대한 수령님이 하루 빨리 중대한 결단을 내리길 얼마나 목 빠지게
기다렸던지. 하지만 이두차의 생각은 아들과 반대였다. 절박하게 돌
아가는 국제 정세에 대해 생각조차 하고 싶지 않았다. 엄마가 그러든
말든 니노는 히틀러 군의 떠들썩한 승전보를 듣고 와서 부지런히 그
녀에게 전해주었다. 집 밖에 나갈 때마다 이탈리아 참전에 대한 다양
한 의견이 들려왔다. 그녀가 아들 니노의 무단결석 문제로 중학교 교
장실에 불려 갔을 때였다. 교장은 수령님의 신속한 결단을 진심으로
환영한다면서 자신의 의견을 늘어놓았다.

"경사 났네, 경사 났어!"

교장이 이다를 쳐다보며 진지한 표정으로 말을 이었다.

"그야말로 우린 최소한의 비용으로 승리의 평화를 얻는다는 겁니다! 동맹국의 신속한 승리 덕에 평화를 거저먹게 생겼어요. 우리나라가 최소한의 비용으로 거둔 승리의 이익을 생각해 보세요. 수령님의 선견지명에 박수를 보냅시다! 수령님이 줄을 잘 선 덕분에 우리 국민은 돈 한 푼 안 들이고 전쟁의 막바지를 향해 달려가고 있다는 겁니다. 이거야말로 진짜 식은 죽 먹기 아닙니까!"

무표정한 이다 앞에서 그는 수령님을 찬양하는 연설을 늘어놓았다. 사람들이 복도에서 수군대는 소리를 통해 이해한 바로는 그녀가 근무하는 초등학교 동료 교사들도 중학교 교장 선생과 같은 생각을 하고 있었다. 딱 한 사람, 턱수염이 나서 아이들이 털보 할머니라고 부르는 나이 많은 수위 한 사람만 생각이 달랐다. 그녀는 이탈리아가 프랑스를 공격하는 건 뒤통수를 치는 일이며 재수 좋은 공격은 반드시 불행을 자초한다고 웅얼거렸다. 그녀가 매일 아침 마주치는 학교의 남자 수위는 정복자처럼 절도 있는 발걸음으로 현관을 들어서며 이다에게 인사를 건넸다.

"만쿠소 부인, 언제쯤 파리에 입성하게 된답니까?"

수업을 마치고 집으로 돌아가는 길에 그녀는 빵 가게 청년이 술집 문턱에 삐딱하게 서서 얼굴을 찌푸리고 하는 말을 엿들었다.

"로마 베를린 동맹? 내 느낌상으로는 말이죠, 그건 진짜 말이 안 되거든요. 안 그래요? 베를린 것들이 사기 치는 걸 로마에 사는 우리가 돕는 거라고요!!"

가련한 이두차는 서로 다른 의견과 논쟁 사이에서 판단하는 말을 내뱉지 않았다. 그녀가 늘 무서워했던 신비로운 권력 중 이제껏 몰랐던 '아리안'이라는 새로운 단어가 추가되었다. 사실 그 단어 자체는 논리적인 근거가 전혀 없었다. 권력은 자기들 멋대로 그 단어를 후피동물이라든지 반추류 등등 아무 단어로나 대체할 수 있었다. '아리안'이란 단어가 이다에게 그토록 강력한 권위를 발휘했던 이유는 '유대인'이란 단어와 마찬가지로 비밀이기 때문이었다. '아리안'은 유대인이었던 어머니에게서도 들어본 적이 없는 말이었다. 아니, 어린 시절 이두차의 고향 코센차에서는 유대인이라는 호칭마저 미지의 단어였다. 어머니 노라가 그녀에게 비밀리에 털어놓았던 순간을 빼면 라문도 집안에서 그 단어는 절대 입에 올려선 안 되는 금기어였다. 언젠가 나는 주세페의 무정부주의 선언을 들은 적이 있었다. 그가 쩌렁쩌렁한 소리로 이렇게 말했다.

"신사와 평민들, 백인과 흑인들, 여자와 남자들, 유대인과 기독교인들이 인간이란 유일한 덕목 아래 평등해지는 날이 올 것이다!!"

그가 큰 소리로 유대인이라는 단어를 발음하자마자 노라의 얼굴은 불치병에 걸린 사람처럼 창백해졌다. 후회가 막심했던 주세페는 그녀에게 다가가 기어드는 목소리로 아주 천천히 반복했다.

"유...대...인...과 기독교인들이라고 말했던 거라오"

큰 소리로 발음했던 그 단어를 노라의 귓가에 천천히 속삭이며 그는 겨우 위기를 모면했다.

어쨌든 이다는 이제 유대인은 유대인이기 때문에 다르다는 사실 외에도 '아리안'이 아니기 때문에 다르다는 사실을 알게 되었다. 그렇다면 '아리안'이란 대체 누구란 말인가? 이두차에게 있어서 권력에서 지칭하는 그 용어는 남작이나 공작처럼 오래전부터 존재했던 높은 계급을 뜻했다. 그녀의 논리에 따르면 유대인과 아리안은 평민과 영주

처럼 반대말에 해당했다. 역사 시간에 배운 바에 따르면 그랬다. 그러
므로 권력에서 지칭하는 아리안이 아닌 사람은 평민의 평민이었다.
이를테면, 빵집 청년은 평민인 동시에 아리안이므로 유대인 귀족보
다는 높았다. 사회가 규정하는 평민 계급을 병균으로 친다면 평민보
다 못한 평민들은 문둥병 환자나 마찬가지였다. 어머니 노라가 지녔
던 강박증이 죽음과 더불어 딸의 내면에 둥지를 틀기 시작했다. 이다
의 일상은 시청에 호적을 신고한 이후에도 전혀 달라지지 않았다. 아
리안 중의 아리안처럼 행동했던 그녀의 완벽한 아리안 인으로서의 자
질을 의심하는 사람은 아무도 없었다. 그녀가 신분증을 제시해야만
했던 건 봉급을 찾을 때를 비롯한 아주 드문 경우뿐이었다. 하지만 그
토록 적은 경우에도 그녀의 심장은 세차게 방망이질 치곤 했다. 어머
니의 성씨 따위를 눈여겨보는 사람은 아무도 없었는데도 말이다. 인
종과 관련된 그녀의 비밀은 호적의 기록에 영원히 파묻혀 있을 것이
었다. 그럼에도 그녀는 그 신비로운 벽감 안에 자신의 기록이 들어있
다는 사실을 분명히 알고 있었다. 자신 그리고 무엇보다 니노에게 타
락하고 불결한 자들이라는 표식을 남기며 밖으로 새어 나오지 않을까
늘 두려움에 떨어야만 했다. 절반은 유대인 불법 체류자 처지인 자신
이 학교라는 장소에서 학생들을 가르친다는 데 대해, 아리안에게만
허용된 권리와 직업을 누린다는 데 대해 위법과 사기를 저지르는 범
죄자라는 기분마저 들었다. 그녀의 강박은 시간이 갈수록 점점 심해
졌다. 일상생활에 필요한 물건을 사거나 장을 보러 가게에 가서도 마
음이 불편했다. 먹이를 찾아다니는 떠돌이 개처럼 사람들 눈치를 힐
끔힐끔 보아야만 했다.

　자신의 부적절한 혈통을 추적해 나가던 그녀는 어느 날 게토라 불

리던 로마의 유대인 거주 지역까지 다다랐다. 인종법이 발표되기 이전에 그녀가 접해본 유대인은 어머니 노라뿐이었다. 게토에 거주하는 유대인들은 당시까지만 해도 허용되었던 상업에 종사하며 노점과 가게에서 소소한 물건들을 팔아 생계를 꾸리고 있었다. 처음 게토에 발을 들였을 때만 해도 귀가 멀고 말도 제대로 못 하는 노인들하고만 말을 텄다. 그렇게 게토를 드나들다 보니 그 지역에 거주하는 다른 여자들과도 알고 지내게 되었다. 여자들은 이다의 눈동자가 자신들과 비슷하게 생긴 걸 보고 용기 내어 인종법과 관련된 일이 어떻게 돌아가고 있는지 그녀에게 귀띔해 주었다.

게토에 사는 여자들의 입을 통해 이다는 아리안들과의 대화에서 금기로 여겼던 역사적 정치적으로 중요한 정보들을 수집할 수 있었다. 그 외에 다른 정보통은 전혀 없는 상태였다. 남편 알피오가 생전에 들었던 라디오는 고장 난 지 일 년도 넘었다. 닌나리에두가 다양한 기계 구조를 연구한다는 핑계로 라디오를 몽땅 분해해 버렸고, 새 라디오를 살 돈도 없었다. 그녀는 신문을 읽지 않았고 니노가 보는 스포츠 연예 신문들만 집안에 굴러다녔다. 그녀에게 있어서 신문은 정말이지 반감을 불러일으키는 사물이었다. 신문이 얼마나 싫었던지 신문 가판대 앞을 지나치는 것조차 꺼릴 정도였다. 심지어 신문 일 면을 장식하는 굵직한 인쇄체 제목만 보여도 불쾌했다. 억지로 눈을 돌리며 신문 가판대 앞을 지나치고 나면, 전차 안에서 사람들이 수군거리는 불신의 말들이 귓가에 들렸다. 자진 신고하지 않은 유대인에게 벌어진 일들, 유대인들에게 가해진 폭력들, 그러나 그들의 말을 엿듣는 그녀 자신 또한 '알마자'라는 사악한 성씨의 피가 흐르고 있었다.

그녀가 일하던 학교에서 게토까지는 그리 멀지 않았다. 아주 오래

전부터 그곳은 고립된 작은 마을이었다. 테베레강둑이 아직 없던 시절에는 강 수렁에서 분출되는 열기와 수증기를 차단하기 위해 게토 주위에 높은 담장을 쌓고 밤이 되면 철문을 단단히 잠가 두었다. 시간이 지나 담장을 허물고 낡고 오래된 지역을 보수하면서 게토의 인구는 급속도로 증가했다. 현재 게토는 아담한 네거리와 두 개의 작은 광장을 중심으로 천여 명의 사람들이 거주하는 동네였다. 반짝이는 눈빛의 아기들과 어린이들도 수백 명이나 살고 있었다. 전쟁이 시작되었을 무렵, 거대한 굶주림이 시작되기 전에는 근처 마르첼로 극장 유적지에서 살던 다양한 종의 고양이들이 게토 안을 돌아다니곤 했다. 게토의 거주자들 대부분은 행상 또는 고물 장수로 생계를 꾸렸는데 유대인 법이 그들에게 허용한 유일한 일거리였다. 전쟁이 본격화된 뒤로는 새로운 파시스트 법에 따라 그마저도 금지되었다. 극소수의 주민들만 자신들의 건물 1층에 있는 구멍가게에서 물건을 팔거나 창고로 사용하고 있었다. 작은 마을의 자원은 대략 그 정도였다. 1938년부터 지금까지 이어진 인종법에 따르면 그들의 운명은 앞으로도 크게 달라지지 않을 것이었다.

게토에 사는 일부 가족들도 법령에 관한 소식을 들었지만, 도심의 부유한 지역에 거주하는 극소수 유대인에게나 해당하는 일이라 여겼다. 이다는 종종 그들을 찾아가 암암리에 떠도는 갖가지 협박과 소식을 전했지만, 주파수가 안 맞는 라디오처럼 불완전하고 혼란스러운 정보들이었다. 작은 가게를 들락거리며 알게 된 그 지역 사람들은 이다를 불신했다. 먹고 살기조차 힘들었던 가련한 여인들은 이다의 교양 있는 말투에서 아리안의 낌새를 느꼈다. 그녀들이 듣기에 이다의 이야기는 지나치게 경솔했다. 이다가 아무리 이야기해도 그런 건 정치 선전용 발명품이고 이탈리아에서는 절대 일어날 수 없는 일이란 생각을 바꾸지 않았다. 오히려 게토의 여인네들은 마을회장이나 랍비 같은 인맥에 의존하고자 했다. 파시스트의 자비는 물론이고 유대인에게 베풀 무솔리니의 호의, 교황의 보호하심까지 기대했다. 까놓고 말하자면 교황들은 지난 세기 동안 유대인을 가장 심하게 핍박한 이들이었다. 하지만 그들 말고 대체 누구에게 기댈 수 있단 말인가. 물론 게 중에는 아예 사람을 믿지 않는 회의론자도 없지 않았다. 그들이 처한 상황에서 방어할 수 있는 수단은 아무것도, 정말이지 아무것도 없었다.

게토에 간 이다는 종종 빌마라는 노처녀와 마주치기도 했다. 그녀는 온종일 주절주절 거리를 싸돌아다니는 정신 나간 여자였다. 온몸과 얼굴의 근육을 늘 불안하게 떨었던 반면, 눈빛만큼은 황홀하게 반짝이는 여자였다. 아주 어려서 부모를 잃고 고아가 된 그녀는 짐꾼 같은 막일을 하며 컸다. 온종일 지친 기색도 없이 트라스테베레, 캄포 디 피오리 시장을 돌아다니며 팔다 남은 먹을거리를 얻어다 마르첼로 극장에서 사는 고양이들에게 나눠주었다. 어스름한 저녁에 그녀가 극장의 폐허 위에 앉아 있노라면 고양이들이 죄다 그녀 주위로 모여들었다. 고양이들에게 둘러싸인 그녀가 피가 흥건한, 반쯤 썩은, 팔다 남은 생선 대가리를 던져 주었다. 아마도 그녀 인생의 유일한 축제였을 것이다. 그 순간만큼은 늘 시뻘겋게 상기되어 있던 그녀의 얼굴이 천국에 도달한 사람처럼 평화롭게 변했다. 그러나 전쟁이 진행됨에 따라 그녀의 성스러운 연회 또한 추억으로 남겨졌다. 온종일 지치도록 시내를 싸돌아다니던 빌마는 얼마 전부터 게토에 돌아와 이상한 이야기들을 늘어놓기 시작했다. 빌마의 정신은 끊임없이 무언가를 상상하도록 만들어졌던지라 동네 여자들은 그녀의 이야기를 정신 나간 헛소리라 여기며 무시했다. 하지만 시간이 지날수록 그녀가 떠들어댔던 환상들이 진실과 크게 다르지 않다는 사실이 만천하에 드러났다. 빌마는 수도원에 궂은일을 하러 다녔는데 그런 정보를 전달해 준 사람이 수녀 또는 금지된 라디오를 몰래 청취하는 익명의 귀족 부인이라고 했다. 그녀는 있는 힘을 다해 자신의 정보가 진짜라는 사실을 주민들에게 알리고자 애썼다. 급박한 명령을 내리듯 하루도 빠짐없이 거리를 누비며 반쯤 쉰 소리로 떠들어 댔다. 하지만 그녀의 이야기에 귀를 기울이거나 믿는 사람은 아무도 없었다. 결국 그녀는 멈추지 않는 기침처럼 고통스러운 웃음을 내뱉으며 이야기를 끝냈다. 빌마의 이야기를 두려움과 진지함으로 받아들였던 유일한 사람은 오로지 이두차뿐이었다. 그녀의 눈에 비친 빌마의 외모와 몸짓은 예언자나 다름없었다.

부질없는 망상 같은 이야기 중에서도 그녀가 가장 집착을 보이며 반복했던 말은 아이들의 목숨만이라도 구해야 한다는 것이었다. 자신과 친분이 있는 수녀에게 들은 말이라며, 앞으로 헤롯 왕 때보다 심각한 학살이 벌어질 거라고 했다. 일개 국가를 점령함과 동시에 독일인들이 가장 먼저 자행했던 일은 모든 유대인을 예외 없이 죽이는 것이었다. '밤안개가 자욱한 곳'이라 불리는 알 수 없는 곳으로 유대인들을 국경 밖까지 끌고 갔다. 수많은 유대인이 걸어가던 도중 목숨을 잃거나 지쳐서 쓰러졌다. 유대인들은 자신들의 눈앞에서, 가족과 동료들이 판 거대한 구덩이 속으로, 산 자와 죽은 자를 가리지 않고 내던져졌다. 끝까지 살아남은 건장한 성인들은 전쟁을 위해 봉사하라는 명목하에 노예처럼 일하는 형을 선고받았다. 아이들은 단 한 명도 빠짐없이 몰살되어 길가에 파 놓은 구덩이 속에 내던져졌다.

빌마가 또다시 이야기를 늘어놓던 어느 날이었다. 이두차 옆에서 자그마한 노파 하나가 그녀의 이야기에 귀를 기울이고 있었다. 남루한 옷차림에 모자를 쓴 노파는 다른 여자들과 달리 빌마의 얼토당토 않은 이야기를 진지하게 들어주었다. 그러더니 첩자가 있다는 듯 목소리를 한껏 낮춰 자신이 특수경찰서 부사관에게 들었다는 이야기를 털어놓았다. 그녀의 이야기인즉슨 독일 법에 따르면 유대인들은 벌레만도 못한 존재이므로 모조리 쓸어 없애버려야 한다는 것이었다. 동맹국이 확신한 승리가 다가옴에 따라 이탈리아도 독일 영토의 일부가 될 것이고 독일과 똑같은 법이 적용될 것이라고 했다. 성 베드로 성당에는 기독교 십자가 대신 나치의 십자가가 걸릴 것이며 세례를 받은 기독교인이라도 죽음을 피하려면 4대째 아리안 종족임을 증명해야 한다고 했다.

"사실은 말이지,"

그녀가 말을 이었다. 부유한 가정 출신의 젊은 유대인들은 그런 일이 벌어지기 전에 유럽이나 미국, 오스트레일리아로 전부 이민을 떠났다고 했다. 그러나 이제 부자든 아니든 간에 모든 국경이 봉쇄되어서 더 이상 기회가 없다고 했다.

"못 나간 사람은 안에, 나간 사람은 밖에."

그 시점에서 이두차가 증거를 숨기는 도주범처럼 불안한 목소리로 '4대째'라는 게 정확히 무슨 뜻인지 노파에게 물었다. 그러자 노파는 과학자나 수학자가 된 듯 교만한 태도로 이다에게 이렇게 설명했다.

"독일법에서는 혈통을 12배수로 계산한다네. 4대째라는 건 고조부대까지를 말하는 거야. 조부, 증조부, 고조부 숫자를 세어보게. 다 합치면 이렇게 되겠지, 고조, 증조부 8 + 조부 4 = 12".

"머릿수가 12개네요."

"자, 이제, 12개의 머릿수 중 하나가 아리안이면 1점을 얻는 거야. 반대로 유대인이면 1점을 잃게 되지. 이렇게 계산한 결과 3분의 2보다 1점이 더 나와야 해. 12의 3분의 1은 4 그러니까 3분의 2는 8+1=9. 죽음의 심판을 통과하려면 아리안이 적어도 9점은 나와야 해. 그보다 0.5라도 점수가 적으면 피의 심판을 면할 수 없는 게지."

집에 돌아온 이다는 머리를 굴리며 복잡한 계산에 몰두했다. 자신의 경우 결론은 매우 간단했다. 아버지는 아리안, 어머니는 자손 대대로 순수한 유대인, 그녀는 12점 중 6점도 획득하지 못했으므로 결과는 부정적이었다. 그녀 자신보다 더 중요한 니노의 경우에는 훨씬 난해해서 아무리 계산해도 결론이 나지 않았다. 결국 그녀는 종이 위에 니노의 유전 나무를 그려보기로 했다. E는 유대인 조부와 증조부

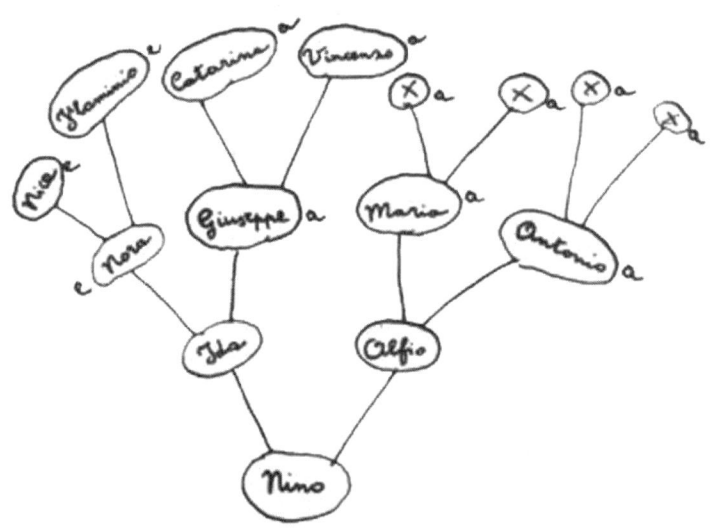

들, A는 아리안을 뜻했다. X로 표시한 부분은 이름이 기억나지 않는 조상들이다.

드디어 계산의 결과가 나왔다. 니노는 가장 낮은 점수였지만 합계점 안에 들었다. 총 12점에 9점, 아리안! 그러나 아들의 합격 점수에도 불구하고 그녀는 좀처럼 마음을 진정시킬 수 없었다. 지금은 그렇다 쳐도 앞으로 인종법의 범위가 어떻게 확대될지는 미지수였다. 문득 칼라브리아에 살 적에 미국 이민자에게 들었던 말이 떠올랐다. 그가 말하길 진한 피는 늘 흐린 피를 이기는 법이라고, 백인 혈통에 흑인 피가 단 한 방울만 섞여도 순수한 백인으로 안 친다고 했다. 그러니 기독교인의 피에 단 한 방울의 진한 피만 섞여도 위험할 수 있었다.

그리하여 결국 그 가엾은 여인은 1941년 1월의 어느 날, 산 로렌초에서 그 군인을 보자마자 악몽이 실현되었다고 생각할 수밖에 없었다. 공포심에 사로잡힌 그녀는 눈앞에 보이는 존재가 단지 독일군 복장의 남자라는 사실을 믿을 수 없었다. 군복을 입고 자기 집 현관문 바로 앞에 서 있는 남자의 모습을 본 순간, 그녀는 그가 의도적으로 자기 집에 찾아와 기다리고 있다고 생각할 수밖에 없었다. 태초부터 자신에게 주어진 운명, 무시무시한 약속의 날이 결국 찾아오고 말았다고 믿을 수밖에 없었다. 그는 그녀의 신분을 확인하기 위해 인종 위원회에서 파견한 특사 또는 비밀경찰국에서 파견한 병장이거나 대위일 수도 있었다. 그녀는 그런 사람들이 어떻게 생겼는지 한 번도 본 적이 없었다. 모호한 형상들이 무한대로 쪼개지더니 하나로 합쳐져 자신을 박해하는 단 하나의 형상으로 눈앞에 드러났다. 알지도 못하는 여자가 자신을 보고 소스라치게 놀라는 모습에 독일 군인은 또다시 심한 모욕감을 느꼈다. 젠장, 이제 여자까지 날 무시하는군. 좀 전에 선술집에서 당했던 굴욕을 떠올리며 치를 떨었다. 자신은 적군이 아니고, 연합군의 영토에 와 있다는 사실을 되새겼다. 그러자 기가 죽기는커녕 더욱 사납게 행동하고 싶어졌다. 마치 집고양이가 구석에 숨어버리면 고양이를 찾으려는 아이들이 난폭해지는 것처럼 말이다. 그녀 또한 한 치도 물러설 생각이 없었다. 손에 들고 있던 공책 갈피에 끼워놓았던 자신의 죄를 위협하는 서류들을 장바구니 속으로 쓱 밀어 넣어 감췄다. 그녀가 마주했던 건 그 남자가 아닌, 남자 앞에 서 있는 또 다른 자신이었다. 모조리 발가벗겨지고 반은 유대인인 심장까지 고스란히 드러난 그녀 자신이었다.

그녀가 그 남자의 모습을 제대로 알아볼 수 있었더라면, 그가 수사관이 아닌 걸인에 불과하다는 사실을 금세 눈치챌 수 있었을 것이다, 종려나무 잎사귀에 뺨을 기대고 그녀의 동정심에 호소하는 순례자를 연기하던 그의 본모습을. 하지만 거만하고 낮은 그의 목소리는 우렁찬 기도처럼 낯설고 신선하게 들렸다. 그가 채 여물지 않은 시큼털털한 목소리로 같은 말을 두 번 반복했다. "...schlafen...schlafen... 자다... 자다..."독일어를 전혀 몰랐던 그녀는 뜻 모를 몸짓과 언어가 피고인을 소환하려는 특수 용어라고 짐작할 뿐이었다. 이탈리아 말로 무슨 말이라도 하려 했지만, 머리가 새하얘졌다. 울음이 터져 나오기 직전이었다. 포도주에 잔뜩 취한 군인에게 세상은 서커스로 둔갑한 지 오래였다. 기사처럼 의연한 몸짓으로 그녀의 짐보따리와 장바구니를 받아 들고 공중 곡예사처럼 사뿐사뿐 계단을 오르기 시작했다. 함께 귀가할 때마다 아들이 그랬듯이 먼저 계단참에 다다른 그는 멈춰 서서 참을성 있게 그녀를 기다렸다. 그녀는 십자가를 지고 골고다를 오르는 강도처럼 비틀거리며 그의 뒤를 따라 계단을 올라갔다. 계단을 오르는 동안 그녀의 생각은 오직 하나뿐이었다. 니노가 하필 오늘, 매우 드문 경우지만, 점심을 먹고 나서 집에 있을지 모른다는 것이었다. 그녀는 어머니가 된 이후에 최초로 자신의 철부지 건달이 온종일, 아니 밤새도록 집 밖에 나가 길거리를 싸돌아다니길 바랐다. 만일 독일 군인이 아들에 대해 질문한다면 아들이 집에 있는지 없는지 정도가 아니라 아예 아들의 존재 자체를 부정하리라 굳게 다짐했다. 여섯 번째 계단참에 이르러 두 사람은 집 앞에 도착했다. 얼마나 긴장했던지 그녀의 온몸은 땀으로 뒤범벅이 되었다. 손이 부들부들 떨려서 자물쇠도 제대로 열 수 없었다. 독일 병사는 보따리를 바닥에 내려놓고 마치 자기 집인 양 흔쾌히 그녀를 도와 문을 열었다. 집안에 들어선 그녀는 어머니가 된 이후 최초로 닌나리에두가 집에 없다는 사실에 안도의 한숨을 내쉬었다.

이다의 집은 방 두 개, 화장실, 부엌으로 이루어져 있었다. 집안은 매우 어수선했고 중산층 집들이 으레 그렇듯 애잔한 분위기가 감돌았다. 우연히 마주친 집안의 분위기가 병사를 사로잡았다. 바바리아 어머니 집을 떠올리며 향수가 밀려왔다. 허튼 짓거리를 하고 싶었던 욕망이 꺼진 불씨처럼 사그라들더니 씁쓸한 감정이 술기운으로 달아오른 그의 몸을 파고들었다. 말문이 막혀버린 그는 굶주린 늑대가 먹잇감이 있는지 파헤치듯 방 안에 있는 물건들을 하나하나 살펴보기 시작했다. 그런 그의 행동은 그녀가 상상했던 수사관의 행동과 정확히 일치했다. 집안을 수색하는 그의 모습에 이다는 중요한 서류들을 보관하는 서랍에 들어있는, 니노의 유전 나무를 그린 종이가 떠올랐다. 애매한 그 표식이야말로 수사관에게 중요한 단서가 될 수도 있을지 모른다고 생각하니 마음이 불안해지기 시작했다. 대문짝만하게 확대된 사진 앞에 다다른 그가 갑자기 발걸음을 멈췄다. 값비싼 그림처럼 액자에 넣은 사진이 벽 한가운데 명예의 전당처럼 걸려 있었다. 실제의 절반 비율 정도인 사진 속에는 열대 여섯쯤 된 소년이 카멜색 망토를 깃발처럼 온몸에 휘감고 있었다. 오른 손가락 사이에 희끗희끗한 담배가 보였고, 왼쪽 발은 호랑이 사냥꾼처럼 고급 스포츠카 범퍼를 디디고 당당하게 서 있는 자세였다. 주인 같은 모양새였지만 실은 누군가 집 근처에 잠시 세워둔 차였다. 사진의 배경은 서민들이 사는 공동주택 건물이었다. 싸구려 사진관에서 원본에 비해 지나치게 크게 확대하는 바람에 뿌옇고 시퍼렇게 보이는 사진이었다. 사진을 유심히 들여다보던 병사는 고향 가족들의 관례를 떠올리며 죽은 이를 추모하는 사진이라 판단했다. 사진 속 인물을 손가락으로 가리키며 수사관처럼 근엄한 태도로 이다에게 물었다. "Tot? 죽었나요?"당연히 그녀는 그의 질문이 무슨 뜻인지 이해할 수 없었다. 하지만 순간 두려움이 그녀에게 충고하는 바에 따르면, 선생님 앞에서 글씨를 모르는 학생처럼, 그가 뭐라고 묻든 무조건 '아니오!'라고 답하는 게 상책이었다. 그것만이 정보를 캐내려는 적의 의도에 맞서는 유일한 방법이었다. "아니오! 아니오!"그녀가 얼빠진 아이처럼 주눅 든 목소리로 대답했다. 사실이었다. 그건 추모 사진이 아닌 닌누추의 최근 사진이었다. 아들이 제 발로 사진관에 가서 확대해서 액자에 넣은 사진이었다. 지난 가을 그녀는 아들에게 과분할 정도로 값비싼 카멜색 망토를 사줬다. 아직도 그 할부금을 갚느라 허리띠를 졸라매는 처지였다.

벽에 걸린 사진은 근사했지만, 집안 꼴은 누가 봐도 엉망이었다. 독일 병사가 씩씩하게 걸어들어왔던 현관 바로 옆방은 낮에는 거실이자 밤에는 침실이었다. 낡은 매트리스가 딸린 싸구려 소파 침대가 반쯤 접힌 상태로 놓여 있었다. 부엌에는 케케묵은 관찰레 햄과 번질번질한 돼지비계 덩어리들이 매달려 있었고 꼬깃꼬깃한 행주와 덮개들이 여기저기 널려 있었다. 전날 저녁 식사 때 깔았던 인조 실크 테이블보와 침대를 가리는 용도로 쓰였던 딱딱한 쿠션들이 바닥에 내팽개쳐져 있었다. 그 밖에 스포츠 신문, 작은 크기의 하늘색 잠옷 윗도리, 꼬질꼬질하고 구멍 난 밝은 체크무늬 양말 한 짝도 눈에 띄었다. 보통 성화를 걸어 두는 침대 위편 벽에는 잡지에서 오린 사진들이 압정으로 덕지덕지 꽂혀 있었다. 수영복과 이브닝드레스 차림의 여배우들 사진이었다. 그중 한 사진은, 제일 마음에 든다는 듯 빨간 색연필로 마구 줄이 그어져 있었다. 날카로운 무기로 공격을 퍼붓는 듯한, 발톱으로 할퀴며 싸우는 고양이들을 보는 듯했다. 사진 바로 옆에 포스터 한 장이 역시 압정으로 붙어 있었다. 로마를 상징하는 독수리가 발톱으로 대영 제국을 낚아채는 장면이었다. 의자 위에는 축구공이 놓여 있었다. 말도 안 돼, 축구공이라니! 책상 위에는 쥐가 뜯어 먹은 듯 끔찍하게 손상된 교과서, 산처럼 쌓아둔 스포츠 신문, 스포츠 복권, 탐험 만화책, 반라의 여자가 원숭이 같은 괴물의 거대한 손 위에서 공포에 질려 소리치는 문고판 공포 소설 그리고 빨간 머리를 한 그룹의 앨범 한 장이 놓여 있었다. 그 밖에도 애국소년단의 터키모자, 디스크가 걸려 있는 수동 축음기, 오토바이 부속 따위의 복잡한 기계 장치들이 어지럽게 널려 있었다. 소파 옆에는 다리 하나가 부러진 안락의자가 벽에 기대져 있었다. 의자 밑에는 Grand Hotel des iles Borromees 라는 글씨가 인쇄된 카탈로그가 있었고 바람 빠진 타이어, 계기판, 핸들 같은 고장 나고 부서진 자동차 부품들이 나뒹굴고 있었다. 안락의

자 팔걸이에 축구팀 티셔츠가 걸쳐져 있었고, 벽 한구석에는 진짜 소총이 세로로 걸려 있었다.

이다가 짐작하기에는 그랬다. 이야기가 깃든 사물들을 바라보며 환상에 빠져들던 군인은 과녁을 조준하기 직전에 마음이 바뀐 듯했다. 이제 그는 유대인과 유대인 잡종을 기록한 음산한 명부에 이다뿐만 아니라 니노의 이름까지 넣으려는 게 분명했다. 그의 애매모호한 행동거지를 지켜보면 볼수록 이다의 원초적인 두려움은 커져만 갔다. 이성 따위는 잃은 지 오래였다. 코트를 입고 미망인의 모자를 쓴 채 못 박힌 듯 서 있던 그녀는 더 이상 산 로렌초의 평범한 여인이 아니었다. 자신도 모르는 사이에 그곳까지 떠밀려 내려온 절망적인 이주민이나 마찬가지였다. 술기운에 취해 물건들을 관찰하던 독일 병사는 인종도, 종교도, 국적도 아닌 오로지 나이에만 생각이 미쳤다. 순간 질투심이 불타오르며 울분이 솟구쳤다.

"제기랄, 아직 어린 것들은 좋기도 하겠다! 이런 물건들이 있는 집에서 엄마랑 축구공, 공이라니! 여자랑 그 짓을 할 수도 있고. 지들 멋대로! 전쟁은 달이나 화성에서 일어나는 줄 알겠지! 나이를 처먹은 게 저주지! 내 꼴을 좀 봐? 난 여기서 이러고 있는데? 아니, 근데 내가 지금 대체 어디에 와 있는 거지?…"울분에 차서 말을 더듬다 말고 그는 집주인에게 아직 자신을 소개하지 않았다는 데 생각이 미쳤다. 이다를 쳐다보지도 않고 뿔난 투로 내뱉었다. "Mein Name ist Gunther! 내 이름은 군터입니다!"인사를 마친 그는 한번은 거절당했지만, 이번만큼은 그녀가 자신을 소개할 거라 여기며 심술궂은 얼굴로 서 있었다. 적대심으로 똘똘 뭉친 이다가 두 눈을 동그랗게 떴다. 그가 독일어로 지껄이는 게 자신을 협박하는 말로 들렸다. 군인의 눈빛이 부드럽게 변하더니 테이블 끝에 걸터앉아, 내키지 않는다는 듯, 대단한 배신이라는 듯 주머니에서 종이쪽지를 꺼내 그녀의 눈앞에 들이밀었다.

나치 십자가가 새겨진 비밀경찰 신분증이나 노란 별을 그려 표시한 닌누초 만쿠소의 사진이리라. 그녀가 얼어붙은 시선으로 그가 내민 종이를 쳐다봤다. 그건 흐릿한 초가집을 배경으로 한 가족사진이었다. 밝은 표정의 통통한 중년 독일 부인이 다 큰 남자아이들 대여섯에 둘러싸여 있었다. 사진 속 남자아이 중 제일 키가 큰 군인은 바람막이 재킷에 사이클 모자를 쓰고 손가락으로 자신을 가리키며 미소 짓고 있었디. 그녀가 무감각한 눈동자로 사진 속 사람들을 바라보자, 그가 배경에 하늘과 풍경을 손가락으로 가리키며 말했다. "다하우." 고향 도시의 이름을 발음하는 그의 목소리가 요람에 데려다 달라며 칭얼대는 새끼 고양이의 울음처럼 온 집안에 울려 퍼졌다. 이다는한 번도 들어본 적 없는, 무의미한 단어였다. 한쪽 귀로 흘릴만한 말이었다. 그럼에도 그가 자신의 마음을 다해 내뱉은 한마디는 아무런이유 없이 그녀의 마음을 들쑤셔 놓았다. 갑자기 그녀가 방안에 물건들을 난폭하게 쓸어버리기 시작했다. 고함을 지르며 몸을 마구 벽에갖다 박았다. 기운이 죄다 빠진 상태였지만, 괴물과 마주한 사람처럼심한 저항을 멈추지 않았다. 두 눈은 초점을 잃었고 근육은 덜덜 떨렸다. 급기야 그녀는 폭력적인 행동까지 하고 있었다. 순간, 보랏빛이 감도는 푸른 바다, 대륙이 아닌 지중해에서나 볼 수 있는 바다 빛깔을 한 군인의 눈동자에 언제부터인지 모를, 에덴동산만큼이나 오래되고 강렬한 본능이 차올랐다. 그를 바라보는 그녀의 시선은 처음부터 지금까지 죽 모욕적이었다. 치밀어 오르는 분노를 더 이상 억누를수 없었다. 더 이상 눈에 뵈는 게 없었다. 온통 캄캄한 어둠뿐이었다.

바로 그때였다. 이다가 갑자기 어린 소녀처럼 히스테릭하게 소리를
질러대기 시작했다. "안돼! 안돼! 안돼!" 사실 그녀의 '안돼'라는 고함
은 군인을 향한 게 아니었다. 어린 시절에 겪었던, 완치되었다고 굳게
믿었던 발작을 멈추려는 외침이었다. 시간을 거슬러 어린 시절로 되
돌아간 기분이었다. 머리가 핑그르르 돌며 현기증이 밀려왔다. 어릴
적에 들었던 괴상한 목소리들이 메아리치며 세차게 흐르는 물소리가
들렸다. 그녀가 대체, 왜, 계속, 부정적인 대답만 하는지 그는 도무지
이해할 수 없었다. 그녀가 지금까지 했던 말은 '아니'뿐이었다. 혼란
스러워진 군인은 혁명의 신호탄을 던지듯 막돼먹은 행동을 하고 싶어
졌다. 이른 아침부터 이 순간까지 자신의 고통을 이해하는 사람은 아
무도 없었다. 생각하면 할수록 모욕적이었다. 그런 그의 분노는 순식
간에 잔혹한 욕망으로 뒤바뀌어 버렸다. 마치 고삐 풀린 망아지처럼.

"사랑하다! 사랑하다!"

그가 욕정을 가눌 수 없는 젊은이처럼 큰 소리로 반복했다. 국경에
서 그가 배웠던 네 마디 이탈리아어 중 하나였다. 그는 군복의 혁대조
차 풀지 않은 채 아무도 거들떠보지 않는 노파를 상대하듯 그녀를 흐
트러진 매트리스 위로 냅다 떠밀었다. 그리고 그녀 위에 올라타 죽일
듯이 그녀를 겁탈했다. 그녀의 지병에 대해 전혀 알지 못했던 그는 그
녀의 발작을 자신에 대한 반항이라 여겼다. 그녀가 반항하면 할수록
만취한 군인답게 그녀를 더욱 거칠게 다뤘다. 사실 그 순간, 그녀는
이미 의식을 잃고 있었다. 군인이 누구인지, 어떤 상황이 벌어지는지
전혀 모르는 상태였다. 하지만 그는 그런 사실을 알 수 없었다. 그가
몸을 잔뜩 부풀리며 절정의 비명과 함께 그녀의 몸 위로 무너져 내렸
다. 잠시 후 고개를 든 그의 눈에 경이로 가득한, 말할 수 없이 부드럽

고 차분한 미소를 짓는 그녀의 얼굴이 보였다. "예쁘다, 예쁘다."그가 그녀를 쳐다보며 말했다. 그가 아는 네 번째이자 마지막 이탈리아 말이었다. 그녀의 얼굴에 달콤하고 부드럽게 입을 맞추기 시작했다. 그녀의 얼굴은 꿈꾸는 듯도, 감사의 미소를 짓는 듯도 했다. 그의 몸 아래 깔린 그녀의 의식이 차츰 되돌아오는 중이었다. 발작과 의식 사이에 늘 나타나는 이완과 침묵의 상태, 그녀는 다시금 정신을 되찾고 있었다. 그 과정은, 이번에는, 아주 서서히, 처절하고 고통스럽게 진행되었다. 그리고 마침내 육체와 정신이 서로 만났다. 아이 때부터 익숙했던 부재와 휴식의 감정, 발작이 끝나면 아버지와 어머니가 애정 어린 손길로 보듬어 주던 그 기분을 그녀는 또다시 느끼고 있었다. 그러나 어린 시절에 겪었던 그 증상은, 오늘만큼은, 정신을 차린 게 축복일 정도로 매우 심각하게 나타났다.

그러는 동안 또 하나의 하찮고, 설익고, 뜨거운 육체가 그녀라는 모성의 부드러운 중심부를 탐색했다. 그건 열기, 생생함, 사춘기의 갈망을 양분 삼아 질투심을 키워나가는, 자신들의 씨앗을 소녀의 아랫도리에 가득 채우려는 수많은 소년이 하나로 합쳐진 존재였다. 소년이라 불리는 모든 동물, 지상에 거주하는 너무도 연약한 존재가 폐와 모근까지 뒤흔들며 지상의 모든 언어로 그녀의 이름을 불러대는 광란의 춤사위. 가를 수 없는 하나의 육체가 되어, 가난한 이나 어린아이의 고귀한 선물처럼 그녀를 감동으로 미소 짓게 만들고, 그녀의 뱃속에서 감미롭고 포근하고 순수하게 투항하고 순간적으로 녹아들며, 그들은 그렇게 무너져 내렸다. 기분이 매우 좋았던 군인은 또다시 그녀에게 입맞춤하며 웅얼거리다가 그녀의 몸 위에서 잠들어 버렸다. 그녀의 정신이 돌아오고 있었다. 벌거벗은 배를 짓누르는 무게, 거친 군복과 차가운 버클의 이질적인 감촉이 고스란히 느껴졌다. 쫙 벌어진 자신의 두 다리와 절단된 신체 부위처럼 무방비 상태로 가련하게 변모한 그의 성기가 보였다. 코를 골며 잠에 빠져든 소년은 그녀가 몸을 빼내려 하자 본능적으로 그녀의 몸을 다시 품 안으로 잡아끌었다. 연인에 대한 질투로 짜증이 난 듯한 표정이었다.

극심한 고통을 겪느라 진이 빠진 그녀는 그의 몸 아래서 그대로 녹아내릴 것만 같았다. 가까스로 침대를 빠져나와 바닥에 흩어진 쿠션들 틈에서 무릎을 꿇고 앉았다. 옷매무새를 다듬었다. 심장이 뒤집힐 것 같은 구역질이 올라왔다. 침대에서 잠든 독일 병사를 바라보며 그녀는 무릎을 꿇은 채 그대로 있었다. 혼수상태에서 깨어날 때마다 그랬듯이 기억의 일부는 알 수 없는 암흑으로 남아 있었다. 찰나에 불과했던, 겁탈이 시작되던 그 혼미한 순간만 기억났다. 그가 그녀의 얼굴에 입맞춤하며 '예쁘다, 예쁘다'라고 말했던 순간에도 그녀의 기억은 완전히 끊어진 상태였다. 그가 가족사진을 보여주었을 때부터도 그랬다. 끔찍한 혼수상태에 빠졌던 오늘 그리고 과거에도 그녀는 정신이 되돌아오는 순간을 희미하게나마 기억했다. 아는 사람들로 붐비는 분주한 대륙을 벗어나 배를 타고 세상을 떠도는 자신, 그녀는 지금 막 자신이 타던 배에서 내렸다. 온통 침묵과 고요함 뿐, 왁자지껄한 군중도, 고통도 전부 사라졌다. 집 안의 물건들이 낯설게 보였다. 소유나 도구가 아닌 식물, 해초, 불가사리 같은 해양 생물 같았다. 바다가 선사하는 휴식을 누리며 숨 쉬는 생명체 같았다. 잠든 가해자의 모습이 보였다. 뿌리칠 수 없었던 욕구를 해결한 그는 폭력과 두려움을 베개 삼아 곤히 자고 있었다. 시선을 돌린 그녀가 바닥을 둘러보았다. 이제 막 혼수상태에서 돌아온 그녀의 눈은 물에 젖은 것처럼 해맑고 촉촉했다. 뒤축이 닳아 빠진 신발짝이 이쪽저쪽 나뒹굴고 있었다. 의식이 없는 상태에서 독일 병사에게 저항하느라 모자도 벗겨져 있었다. 물건들을 주울 엄두가 나지 않았다. 맨발로 힘없이 바닥에 주저앉았다. 눈을 부라리며 잠자는 남자를 지켜보았다. 마치 마법의 약을 삼키고 힘을 잃은 용을 응시하는 동화 속 어리석은 소녀 같았다.

자신의 품을 빠져나간 연인을 질투하듯 그는 베개를 꼭 끌어안고 있었다. 잠시 후 그의 표정이 진지하고 강렬하게 변했다. 정확히 알 수 없었지만, 이다는 그가 꾸고 있는 꿈의 내용을 짐작해 보았다. 여덟 살짜리 아이가 꿀법한 꿈이었다. 아이는 자전거 또는 기계 부속과 관련된 중요한 거래에서 이기적이고 못 믿을 사람을 상대하고 있었다. 동방에서 온 암거래상이나 시카고의 갱스터, 어쩌면 말레이시아의 해적일 수도 있다. 그들이 사기를 치려 하자 잠자던 병사의 말라붙은 장밋빛 입술이 비난하듯 실룩거렸다. 화가 난 그가 눈꺼풀에 힘을 주자 후 불면 날아가 버릴 듯 가느다란 그의 금빛 속눈썹이 파르르 떨렸다. 거래에 집중하려는 듯 미간에 주름이 잡혔다. 눈썹보다 살짝 진한 금발 머리는 어미가 방금 핥아 준 갈색 새끼 고양이처럼 촉촉하고 부드러웠다. 그 순간, 성서에 나오는 유디트*처럼 그를 죽이는 일은 식은 죽 먹기였을 것이다. 그러나 이다는 꿈에서라도 개미 한 마리 못 죽이는 천성을 타고난 사람이었다. 그의 꿈을 넘겨짚던 그녀는 침략자가 저녁 늦게까지 침대에서 자면 어쩌나 걱정되기 시작했다. 니노가 집에 들어와 그를 발견하게 될지도 몰랐다. 아니, 니노의 정치적인 성향으로 미루어 볼 때 아들은 손님의 방문을 자랑스럽게 여기며 독일 병

---

* 구약성서의 외경 〈유딧기〉에 등장하는 여성

사에게 먼저 인사를 건넬 가능성도 있었다. 자신의 어머니를 강간한 그를 전우로 받들면서.

잠시 후 독일 병사는 고약한 트럼펫 소리를 들은 듯 화들짝 잠에서 깨어났다. 그리고 즉시 손목에 찬 시계를 들여다보았다. 그가 잠들었던 시간은 고작 몇 분에 불과했지만, 정시에 맞춰 부대에 복귀하려면 시간이 빠듯했다. 그가 억지로 몸을 일으켰다. 그의 모습은 더 이상 활기찬 젊은이가 아니었다. 세포에 들러붙은 지긋지긋한 고통과 저주에 시달리는 감옥에 갇힌 노인네 같았다. 어둠이 내리고 땅거미가 지기 시작했다. 전등을 켜야만 했다. 떨리는 몸을 일으킨 이다가 맨발로 전등 가까이 다가갔다. 전부터 문제가 있었던 전등은 제대로 켜지지 않았다. 흐릿한 불빛만 계속 깜빡거렸다. 순간 독일에서 전기 기사로 일했던 군터가 호주머니에서 자신의 특별한 도구인 재크나이프를 꺼내 들고 숙련된 솜씨로 순식간에 플러그를 고쳐 주었다. 부대원 모두가 탐내던 그 다용도 칼은 손잡이에 면도날과 줄, 드라이버까지 숨겨져 있었다. 그의 적극적인 행동으로 미루어 보아 전등을 수리해 준 이유는 두 가지였을 것이다. 첫째는 자신이 저지른 범죄의 피해자에게 작게나마 보답할 기회였기 때문이었다. 취기에서 깨어난 그는 자신이 저지른 행동을 도저히 믿을 수 없었다. 크나큰 후회가 밀려들었다. 둘째로는 자신을 반갑게 맞아준 작은 방에 잠시나마 머물 구실을 만들고 싶었기 때문이었다. 그의 마지막 종착지인 아프리카는 더 이상 영화나 책에 등장하는 형형색색의 흥미로운 장소가 아니었다. 찌그러진 양동이처럼 적막하고 비참하고 권태로운 곳이었다.

그림자 속에서 몸을 잔뜩 움츠리고 있던 이다는 플러그를 고치는 그의 모습을 동경의 눈빛으로 바라보았다. 수사관일지도 모른다는 의심을 거둔 건 아니었다. 입을 꼭 다물고 그냥 쳐다보기만 했다. 일을 마무리한 그가 침대 가장자리에 걸터앉았다. 그리고 예의 바른 태도로 자신을 가리키며 자랑스럽게 말했다. "...nach... Afrika... 나는... 아프리카..."하지만 군사 기밀이란 생각에 바로 입을 다물었다. 등을 굽히고 양팔로 무릎을 감싼 채 그는 아주 잠시 그대로 앉아 있었다. 출발 경적이 울리는 증기선에 오른 이민자, 종신형을 선고받은 죄수 같았다. 어디다 시선을 둬야 할지 몰랐던 그는 전등에서 흘러나오는 불빛만 물끄러미 쳐다보았다. 덕분에 닌누추는 침대 머리맡에 밝은 전등을 켜고 매일 밤 삽화가 실린 신문을 읽을 것이다. 그의 두 눈은 망연자실한 듯도, 호기심에 찬 듯도 했다. 하지만 실제로는 텅 비어 있었다. 전등에 비친 눈동자 가운데는 남색 아니, 검정에 가까웠다. 포도주의 술기운이 걷힌 짙은 동공 주위로 우윳빛과 쇠약한 하늘빛이 감돌았다.

어느 순간 일어난 소년이 몸을 돌려 이다를 쳐다보았다. 어리석음과 완벽한 의식을 동시에 지닌 그의 처절한 시선이 그녀의 시선과 마주쳤다. 그도, 그녀도 어찌할 바를 알 수 없었다. 누구에게 구해야 할지 모를 불가능한 자비를 구걸하며 그들은 잠시 그렇게 서 있었다. 떠날 시간이 되자 그는 과거에 여자 친구들에게 했던 것처럼 그녀에게 기념품을 남겨야겠다는 생각이 들었다. 뭘 줘야 할지 몰라 망설이던 그가 주머니를 뒤져 소중한 칼을 찾아냈다. 중대한 희생을 치르기로 결심하고 그녀의 손바닥에 가만히 칼을 내려놓았다. 자신 또한 기념품이 될 만한 무언가를 가져가고 싶어졌다. 주위를 둘러보니 선반 위에 말라비틀어진 꽃다발이 보였다. 가난한 학생들이 그녀에게 선물한 꽃다발이었다. 그가 작은 장미 한 송이를 조심스럽게 꺾어 지갑 안에 넣으며 그녀에게 말했다.

"Mein ganzes Leben lang!" 인생이 끝날 때까지!

당연히 뜻 없는 문장이었다. 젊은 남정네들이 아가씨들한테 던지는 말이 다 그렇듯 별다른 의미 없는 허풍이었다. 인생이 언제 끝날지 누가 단언할 수 있단 말인가, 어느 누가 그때까지 추억의 물건을 간직한단 말인가. 그 또한 자신에게 주어진 인생의 끝이 불과 며칠밖에 남지 않았다는 사실을 까맣게 몰랐다. 로마에서의 그의 여정은 그날 저녁이 끝이었다. 그로부터 사흘 뒤 시칠리아를 출발해 남부 혹은 남동부로 이동하던 부대를 태운 비행기가 이륙과 동시에 지중해 상공에서 폭격당했다. 그 역시 사망자 중 하나였다.

....1941

1월

그리스 점령을 목표로 파견된 이탈리아 부대가 황폐한 겨울 들판에서 악전고투한다.

아프리카 북부에서 영국군의 공격을 받은 이탈리아가 식민지화를 계획하던 키레나이카와 마르마리카를 포기한다.

2월-5월

무장한 독일군 부대가 아프리카 북부에 상륙해 이탈리아-독일군이 키레나이카와 마르마리카를 재점령한다.

독일이 이탈리아군의 결정적인 패배를 막기 위해 그리스에서 작전을 펼친다. 독일은 그 작전을 수행하기 위해 불가리아와 유고슬라비아에 협력을 요청하지만, 유고슬라비아는 거절한다. 독일은 그들의 영토를 파괴한 뒤 점령하고 베오그라드를 폭격하며 대응한다. 장기간에 걸친 저항 끝에 그리스는 결국 이탈리아-독일군에게 항복한다.

일본제국과 소비에트 연방 사이에 서로 공격하지 않는다는 상호 양해가 체결된다.

무장한 영국군이 아프리카 서부에서 공격적인 승리를 이끌며 이탈리아 제국의 식민지였던 수도 세 곳(모가디슈, 아스마라, 아디스아바바)을 탈환하고 에티오피아 당원들과 합심해 에티오피아 황제 하이레 세라시에를 다시 왕위에 앉힌다.

6월

독일이 겨울 이전에 승리를 확신하며 '바르바로사 작전'이라는 방대한 칭호 하에 군대를 투입해 소비에트에 타격을 가한다. 스탈린의 러시아는 그로부터 8개월 만에 세계 지도상에서 사라지게 된다. 독일의 작전에 합류한 이탈리아의 무솔리니가 베로나에서 새로운 전선을 향해 떠나는 사단을 배웅한다.

7월

일본이 프랑스령이었던 인도차이나를 점령한다.

유고슬라비아에서 나치 파시스트에 대한 저항 운동이 시작된다.

독일 병력이 소비에트 영토를 누비며 승리의 전진을 계속한다.

9월

독일 정부가 여섯 살 이상 모든 유대인은 여섯 개의 꼭짓점으로 이루어진 노란 별 표식을 가슴에 달 것을 의무화한다.

10월

인도인 마하트마 간디가 대영 제국의 지배를 받는 모든 민족에게 비폭력 저항 운동에 동참할 것을 권유한다.

나치가 점령한 모든 지역에서 유대인을 대상으로 인종 분리 의무화 정책이 시행 중이다. 폴란드에서 게토를 벗어난 유대인들은 사형에 처한다는 법령이 선포된다.

독일의 전차 부대와 보병대가 소비에트 영토에서 승리의 전진을 계속한다. 바르바로사 작전 시작 4개월 만에 300만에 달하는 러시아 병사들이 전사하거나 포로로 잡힌다. 독일군은 전쟁 포로를 제거 대상으로 취급하고 국제적인 전쟁 관례는 무시해도 되는 것으로 간주한다.

11월

유대인 문제에 대한 최후의 해법을 논의하기 위해 히틀러 총통과 게슈타포 수장 히믈러가 회동한다. 둘은 이미 시행 중인 작전 외에 생존하는 모든 유대인 인종을 강제 수용소로 이송할 것을 결의한다. 여러 지역에 분포된 다양한 규모의 강제 수용소에서 이송된 집단을 살상하는 시설과 설비가 이미 가동 중이다. 나치 독일 치하의 몇몇 유명한 회사가 그와 같은 기술적 조작에 협조했다.

독일군은 러시아에서 승리의 행진을 이어가며 레닌그라드를 점령하고 모스크바로의 진격을 앞두고 있다.

12월

레닌그라드는 쉽사리 항복하지 않는다. 남쪽에서는 러시아의 반격으로 후퇴한 독일군이 한겨울의 맹추위와 진흙탕을 어렵사리 헤쳐 나가고 있다. 모스크바 진격에 차질이 생긴다.

이탈리아-독일군이 아프리카 북부 키레나이카에서 철수한다.

이탈리아군 최후의 부대가 아프리카 서부에서 영국군에게 항복하며 이탈리아 제국은 막을 내린다.

히틀러가 '밤과 안개'라는 명칭의 법령을 선포한다. 모든 점령국 부대를 대상으로 독일인의 안전을 위협하는 사람은 누굴 막론하고 즉각 체포할 수 있는 권한을 부여한다. 형 집행은 비밀경찰국 특수 분과에서 담당한다. 법령이 시행된 이후 유럽 내에서 체포된 사람들의 숫자는 약 100만 명에 달한다.

일본군이 태평양에서 진주만에 정박하고 있던 미국 선박을 공격한다. 미국과 일본 사이에 전쟁이 발발하고 이는 일본을 포함한 강대 삼국의 주축국으로 확대된다 (일본, 이탈리아, 독일). 이권 다툼이 세계적으로 확장되며 43

개국 참전이라는 결과를 낳는다.

삼백 명의 사자들이 바람에 끈을 나부끼며 축제를 벌이고
트럼펫과 탬버린을 연주하며 도시를 달리네.
종탑마다 종소리가 울려 퍼지고
대성당의 오르간은
영광스러운 곡조를 연주하네.
갈기를 휘날리는 말 탄 전령사들이
소식을 전하려 방방곡곡 떠났네.
왕국과 공국에서 보내온 향기로운 함에 담긴
사십 개의 문장이 새겨진
보물들을 실은 카라반이 당도하네.
문들이 모두 열린다.
순례자들이 문지방에서 손을 맞잡고
인사를 전한다.
낙타와 노새와 염소들이 무릎을 꿇는다.
다 함께 입을 맞춰 노래한다네!
기쁨의 불을 지피고 향연을 펼치며 춤을 춘다네!
여왕께서 오늘
왕위를 이어받을 상속자를 세상에 주셨다네!

1.

이다는 자신을 겁탈했던 그의 이름조차 몰랐다. 알고 싶은 마음도 없었다. 그 일이 벌어지고 나서 그는 왔을 때처럼 아무 말 없이 사라져 버렸다. 애당초 정해진 지극히 자연스러운 결말이었다. 하지만 그 일이 벌어졌던 그날 밤, 이다는 한밤중까지 그가 되돌아올지 모른다는 두려움에 몸을 떨었다. 병사가 잠이 덜 깬 상태에서 자동반사적으로 집을 뛰쳐나간 뒤에 이다는 언제나처럼 귀가가 늦어지는 니노와 자신이 저녁을 준비했다. 이럴 때는 나쁜 증상을 겪고 나면 어마어마한 식욕을 보이곤 했지만, 이번에는 입맛이 통 없었기에 저녁을 먹는 둥 마는 둥 식탁 의자에 앉아 꾸벅꾸벅 졸고 있었다. 9시쯤 귀가한 니노가 눌러대는 요란한 현관 벨 소리가 그녀를 깨웠다. 현관문을 열어주자마자 그녀는 곧장 침대로 가서 그대로 뻗어버렸다. 그리고 꿈을 꾸지 않는 깊은 잠 속으로 빠져들었다. 몇 시간을 내리 자던 그녀는 한밤중에 깜짝 놀라 몸을 일으켰다. 어둠 속에서 실제보다 훨씬 거대한 독일 병사가 또다시 그녀를 위에서 짓누르며 겁탈하려 하고 있었다. 아기나 애완동물들을 어르듯 그녀의 귀에 대고 칭얼거리며 의미를 알 수 없는 말을 지껄이고 있었다.

불을 켰다. 자명종이 4시를 가리키고 있었다. 그녀의 의식 속에서 그 전날 일어났던 일들이 흑백 영화처럼 예리한 음영을 드리우며 2배속으로 펼쳐졌다. 문이 닫힌 그녀의 방 건너편에서 니노가 쿨쿨 자고 있었다. 깜빡하고 침대를 정돈하지 않았다는 생각이 들자, 그녀는 수치심과 당혹감으로 몸을 부르르 떨었다. 황급히 불을 끄고, 몸을 웅크리고 이불속에 기어들었다. 캄캄한 어둠 속으로 재빨리 몸을 숨겼다.

6시에 울리는 요란한 자명종 소리에 눈을 떴다. 그날 오전 학교에서 수업을 진행하는 내내 선명한 후광이 자신을 감싸고 있다는 기분이 들었다. 마치 자기 몸 밖에 또 하나의 몸이 자신을 감싸고 있는 것 같았다. 열이 오르는가 하면 갑자기 온몸이 으슬으슬하기도 했다. 본래의 자신을 포함한 두 개의 삶을 동시에 사는 이다의 모험이 펼쳐진 것 같았다. 그 사건이 축축한 밀랍 위에 새겨진 입맞춤처럼 얼굴에 고스란히 드러나 학생들과 다른 이들에게 빤히 보이지 않을까 두렵기만 했다. 알피오가 세상을 떠난 뒤로 그녀는 상상 속에서조차 다른 남자와 그런 일을 저지른 적이 없었다. 자신이 간음했다는 수치스러운 사실이 종이에 쓴 커다란 글씨로 만천하에 밝혀질 것만 같았다.

길을 걷다 저만치 독일 병사가 보일 때면 특정한 행동거지와 머리와 팔을 관찰하며 재빨리 그 사람이 아닌지 확인했다. 쿵쾅거리는 가슴을 겨우 진정시키며 병사를 피해 멀찌감치 길을 돌아갔다. 그녀의 새로운 근심거리는 나치의 박해라는 근심거리를 잠시나마 사라지도록 하는 효과가 있었다. 이미 치유되었다고 믿었던 발작 증상이 재발했다는 사실도 그리 걱정되지 않았다. 이유는 알 수 없었지만, 자신의 병이 또다시 재발하지 않을 거라 확신했다. 약국에 가서 진정제를 처방받을까 고민해 보았지만, 어릴 적 칼라브리아에서 복용했던 약의 이름은 잊은 지 오래였다. 아니, 약사가 자신의 숨겨진 질병을 아는 것보다 최근에 자신에게 벌어졌던 그 일을 알아내지 않을까 두려웠다. 그를 다시 보게 될지 모른다는 두려움이 그녀를 사로잡았다. 집으로 돌아오는 길에 그녀는 하루도 빠짐없이 네거리 모퉁이에 서서 자기 집 현관 앞을 염탐했다. 그런 다음, 재빨리 길을 건넜다. 혹시 그가 자신의 동선을 알고 있는 건 아닌지 의심이 들기 시작했다. 집에 돌아오는 시간을 알고 있는 그가 계단참에 먼저 와 있다거나 깜짝 선물처럼 현관문 앞에서 자신을 기다리는 건 아닐지 의심스러웠다. 현관에 들어설 때마다 혹시 그의 숨소리가 들릴까 귀를 쫑긋 세웠다. 앞장서 가는 그를 뒤따라 순순히 올라갔던 계단에서도 그의 체취가 풍기는 것만 같았다. 한 계단, 두 계단, 계단을 오를수록 온몸의 기운이 쭉 빠졌다. 그렇게 겨우 6층에 다다랐다.

집안에서 보내는 오후 시간에도 매 순간 그가 다시 침입할지 모른다는 생각이 들었다. 혼자 있을 때, 그녀를 위험으로부터 지켜 주는 아들이 없을 때는 더더욱 불안했다. 이따금 현관 가까이 다가가 주위를 두리번거리거나 현관문에 귀를 갖다 대기도 했다. 죽어도 못 잊을 그의 우렁찬 발소리를 또다시 듣게 되는 건 아닐지 너무나 무서웠다. 온 세상 사람의 발소리가 동시에 들린다 해도 그녀는 그의 발소리를 바로 분간할 수 있었다. 그녀는 더 이상 거실에 머무르지 않았다. 침대를 정돈할 때마다 휘청할 정도의 끔찍한 무게감이 팔과 온몸의 세포를 짓눌렀다. 그 시절 그녀는 밤에 꿈을 꾸지 않았다. 아니, 꿈을 안 꾼 게 아니라 눈을 뜨면 꿈이 기억나지 않았다. 그러나 첫째 날 밤과 마찬가지로 잠을 설치기도 했다. 그런 밤이면 그가 데울 듯이 뜨거운 무게로 그녀의 몸을 짓누르는 것 같았다. 그녀의 얼굴을 침으로 흥건히 적시며 그녀에게 키스를 퍼붓고 그녀의 귀에 대고 알아들을 수 없는 협박조의 독일어로 욕을 퍼붓는 것 같았다.

그녀는 태어나서 단 한 번도 자기 몸에 친밀감을 느껴본 적이 없었다. 목욕할 때조차 자기 몸을 쳐다보지 않았다. 마치 자신과 별개라는 듯, 몸은 지금까지 그렇게 성장해 왔다. 퉁퉁하고 둔탁한 그녀의 몸매는 젊은 시절부터 아름다움과는 거리가 멀었다. 어깨는 지나치게 좁앉고 가슴은 자라다 만 것처럼 빈약했다. 힘겨웠던 단 한 번의 임신은 질병의 후유증처럼 그녀의 몸매를 영원히 변모시켜 놓았다. 임신 시절 배와 하체에 뒤룩뒤룩 붙은 살집이 그대로 남아 있었다. 과부가 된 이후로 그녀는 자기 몸이 누군가와 육체적 사랑을 나누는 여성이란 신체의 용도로 사용되리라 감히 상상하지 못했다. 그녀에게 육신이란 짊어지고 다녀야 하는 거추장스러운 무게에 불과했다. 저주스러운 그날 오후로부터 그녀는 자기 몸이 한층 낯설게 느껴졌다. 어스름한 아침나절에 브래지어 고리를 채운다든가 스타킹을 신는다든가 하는 지극히 일상적인 행동을 할 때마다 자신도 모르게 울음을 터뜨리곤 했다. 그가 주고 간 칼은 받은 즉시 현관 옆 잡동사니 서랍 맨 밑바닥에 숨겨 두었다. 이후로는 그 물건을 꺼내 볼 생각도, 잡동사니를 정리할 생각도, 서랍을 열어볼 생각도 하지 않았다. 서랍 옆을 지나치기만 해도 머리끝까지 피가 솟구쳤다. 범죄의 증거물을 숨긴 장소를 아는 겁 많은 증인처럼 온몸이 부들부들 떨렸다.

시간이 흐르자, 그녀는 자신이 그 독일 병사를 다시 만나게 될 일은 두 번 다시 없을 거라 확신하기에 이르렀다. 머나먼 국경으로 떠난 그는 지금쯤 다른 여자들을 겁탈하거나 유대인들에게 총질을 퍼붓고 있을 것이다. 그러므로 그녀를 협박할 일은 이제 완전히 사라져 버린 것이다. 그 이름 모를 작자와 이다 라문도 사이에는 현재에도 그렇거니와 앞으로도 아무 관계가 없는 것이다. 순식간에 벌어졌던 그 사건을 아는 사람은 그녀 자신 빼고는 아무도 없었다. 아들조차도 전혀 의심하지 않았다. 그러니 그 일을 기억에서 떠나보내고 일상의 삶으로 되돌아가면 그만이었다.

그녀의 평범한 하루는 다음과 같았다. 매일 아침 6시에 자명종이 울렸다. 일어나자마자 부엌에 가서 전깃불을 켜고 아침 식사를 준비하고 니노가 점심때 먹을거리를 챙겼다. 옷을 갈아입고 나면 니노가 일어났다. 전차를 한 번 갈아 타고 학교에 다니는 아들은 난리를 치며 등교 준비를 하느라 집을 나서기 직전까지 그녀의 정신을 쏙 빼놓았다. 학교에 가서 수업을 마칠 때쯤이면 그녀의 얼굴은 잔뜩 상기되었고 목은 심하게 따끔거렸다. 상점들이 문을 닫는 시에스타 시간 전에 서둘러 식료품을 사야만 했다. 전쟁 중에는 무서운 마음에 캄캄한 시간에 집 밖에 나가길 피했다. 뛰다시피 학교 근처 상점을 돌아다니며 먹을거리를 샀다. 양손 가득 장바구니들을 들고 전차를 타고 집으로 돌아왔다. 그에 더해 일주일에 세 번씩 귀갓길에 카스트로 프레토리오 역에 내려 과외 수업을 해야만 했다. 집에 돌아오면 니노가 점심때 먹다 남긴 음식으로 대충 끼니를 때우고, 아들의 방을 치우고, 학생들의 숙제를 검사하고, 저녁 식사를 준비했다. 그리고 닌나리에두의 귀가를 기다렸다.

그 일이 벌어진 뒤 한동안은 밤에 꿈을 꾸지 않고 내리 잤다. 그러나 일주일 정도 지나자 또다시 꿈을 꾸기 시작했다. 그녀가 시장을 보는 장바구니 안에 훔친 건지 실수로 들고 온 건지 모를 물건이 들어있었다. 칼라브리아에서 추수 때 쓰는 바구니였다. 바구니 안에서 초록색 식물이 싹을 틔우더니 쑥쑥 자라나 순식간에 집과 마당까지 죄다 뒤덮어버렸다. 동화 속에 나올법한 희귀한 식물들이 울창한 숲을 이뤘다. 이국적이고 화려한 열대 풍 색깔의 잎사귀와 줄기 사이에 포도송이나 멜론처럼 큼지막한 오렌지들이 주렁주렁 달려 있었다. 다람쥐처럼 생긴 작은 야생 동물들이 식물들을 헤치고 호기심에 찬 눈빛으로 반갑게 얼굴을 내밀었다. 날개가 달렸는지 공중으로 튀어 오르기도 했다. 한 무리의 사람들이 창문을 열고 그 광경을 쳐다보고 있었다. 그녀는 그곳에 없었지만, 모두가 그런 일이 일어난 게 그녀 때문이라는 사실을 알고 있었다. 그 꿈은 그녀가 눈을 뜨기 직전까지 이어지다가 사라져 버렸다.

1월 말이 되자, 그녀는 추억이라 부르기에는 너무도 쓰라린 또 다른 파편들과 더불어 주현절 직후 그날 오후의 일을 기억의 밑바닥에 파묻었다. 그러나 그 사건이 결과적으로 초래할 수 있는 위험하고 불투명한 요소들, 가능한 일과 불가능한 일들 사이에 그녀가 미처 염두에 두지 않았던 게 하나 있었다. 아마도 수년간 결혼 생활을 했지만 아이는 하나만 낳았다는 경험으로부터 비롯된 무의식적인 자기 암시였는지도 모른다. 사춘기 무렵에 시작된 그녀의 주기는 매우 불규칙했다. 월경을 주관하는 자궁은 뭐랄까, 변덕스러운 상처 같았다. 어떤 경우에는 궤양보다 심하게 장기를 쓸어내리며 폭력적으로 피를 쏟아내는가 하면 자연스러운 출혈에 그치기도 했다. 남들보다 이차성징이 빠른 편이었던 이다는 11살 무렵부터 들쭉날쭉한 주기에 길들여져 있었다. 의심과 불안을 오가며 수 주간이 지난 뒤에야 그녀가 생각지 못했던 최악의 사건이 벌어졌음을 알게 된 건 어찌 보면 당연한 일이었다. 독일인과의 추악한 관계를 통해 자신이 아기를 갖게 되었다는 끔찍한 사실을.

아기를 떼겠다는 생각은, 방법은 둘째치고라도, 그녀로서는 상상도 할 수 없는 일이었다. 그녀가 취할 수 있었던 유일한 방어책은 가능한 한 오래 모두에게 그 사실을 숨기는 것이었다. 이후에 그녀를 위협하며 닥쳐올 문제들은 피할 수 없는 것이었기에 어떻게든 헤쳐 나가기로 마음먹었다. 어쨌든 지금은 아무 생각도 하고 싶지 않았다. 아기를 갖게 되면서부터 그녀는 현실적인 지각에 매우 둔감해졌다. 온갖 괴로운 일들에서 벗어나 무념무상에 가까운 상태가 되었다. 다행히 입덧이 그리 심하지 않아서 아무도 그녀를 의심하지 않았다. 당시 가난한 지역에서는 장염이 유행 중이었다. 그녀는 구역질이 날 때마다 장염을 앓고 있다고 둘러대곤 했다. 구역질은 생각지도 못했던 순간에, 아무 관련 없는 평범한 물건들을 보면서도 올라왔다. 문고리 손잡이라든가 전차의 궤도 같은 뜬금없는 사물들 말이다. 지극히 일상적인 사물들이 내부의 무언기의 혼합 빈응을 일으키니 뱃속에서 부풀어 올라 구역질이 되어 나오곤 했다. 입덧이 날 때마다 그녀는 과거에 니노를 임신했던 때를 돌이켜보곤 했다. 때로 갑작스레 나오는 구역질을 억지로 참아야 할 때면 과거와 미래와 그녀의 모든 감각과 세상의 온갖 사물들이 하나의 축을 중심으로 뱅뱅 도는 듯했다. 구역질이 멈추는 순간, 언제 그랬냐는 듯 이루 말할 수 없는 해방감을 맛봤다.

그 시절 그녀의 유일한 불안은 밤마다 꾸는 꿈이었다. 어느새 그녀는 오래전처럼 하루도 빠짐없이 폭력적인 꿈에 시달리게 되었다.

발가벗은 그녀가 광장에서 이리저리 뛰어다닌다.

텅 빈 광장 여기저기 욕지거리와 웃음소리가 들린다.

그녀가 동물 우리에 갇혀 있다. 화려한 옷을 차려입은 귀족적인 젊은이들이 지나간다. 젊은이들은 생글생글 웃는 잘생긴 남자 아기들을 안고 있다. 그들은 그녀를 알면서도 눈을 마주치지 않으려 고개를 돌린다. 아기들도 마찬가지이다. 그녀를 보고도 웃지 않는다.

그녀가 아버지의 망토 속에서 아버지와 함께 걷고 있다. 망토가 휘리릭 날아가고 아버지도 사라진다. 어린아이인 그녀는 홀로 산속 오솔길에 남겨진다. 그녀의 질에서 피가 흘러나와 냇가를 이룬다. 그녀의 발자국이 남긴 핏자국으로 오솔길은 온통 핏빛이다. 절박한 상황이 다가온다. 아래쪽에서 닌나리에두의 휘파람 소리가 들린다. 하지만 그녀는 어리석게도 도망치지 않고 오솔길에 멈춰서서 새끼 염소를 데리고 논다. 새끼 염소가 운다. 그녀는 울음소리를 못 듣는다. 그녀가 산기를 느낀다. 아기가 나오려 한다! 저편에서 백정이 서슬이 시퍼런 칼을 들고 염소를 도살하러 오고 있다.

폴란드 아이들이 모여 금고리를 돌리며 놀고 있다. 아이들은 그 고리가 신성한 물건이라는 사실을 모른다. 그건 폴란드에서 금지된, 사형에 처할 놀이란 사실을!

비록 꿈에 불과했을지라도 악몽들은 그녀의 잠을 고통스럽게 만들었다. 하지만 아침이 되면 그녀는 꿈의 내용을 대부분 기억하지 못했다. 어느 순간부터, 매일 아침, 천근 만근한 몸을 이끌고 일어나기가 너무 힘들어졌다. 지극히 일상적인 행동조차 힘에 부쳤다. 언제 끝날지 모를 입덧을 견디며 그녀는 혼미한 정신으로 날마다 똑같은 투쟁을 반복했다. 베일이 달린 작은 모자를 쓰고, 양손 가득 장바구니들을 들고, 전차를 갈아타고, 미간을 찌푸리고 이리저리 분주히 뛰어다녔다. 학교에 도착하면 늘 해왔던 순서대로 착착 움직였다. 제일 먼저 출석을 불렀고, 학생들의 귀와 손과 손톱을 살피며 위생 검사를 했고, 심각하고 중대한 업무에 임하듯 최선을 다해 아이들을 가르쳤다. 그녀는 수업 시간 내내 교단 뒤 의자에 앉는 법이 없었다. 긴장된 눈빛으로 쉴 새 없이 책상 사이를 돌아다녔다. 주름진 미간 아래 그녀의 눈은 아이들을 쳐다보느라 한시도 쉬는 법이 없었다.

"얘들아, 받아쓰기해 볼까. 이탈리아의 영웅적인 군대가 로마의 영광을 되찾았다. 인칭에 주의하고! 산 넘고, 바다 건너 조국의 위상을 위해 싸운다. 조국의 'P'는 대문자! 굳건한 승리에 이를 때까지 그들의, 그들은 소문자! 제국을 지키며..."

"안나루미, 마테이 답 베끼는 거 다 봤어!"

"아니에요. 선생님, 안 베꼈어요."

"맞아, 맞아, 맞아. 내가 다 봤어. 맞아, 맞아. 또 답을 베끼면 점수를 깎을 거야."

"....."

"....."

"이제 안 베끼면요?"

"그럼, 용서해 줄게."

"내일 숙제는요, 선생님?"

"내일 숙제?"

"내일 숙제 말이에요."

"선생님, 숙제 뭐에요?"

"내일 숙제가 뭐냐고요?"

"내일 숙제는 말이지, 작문 주제는 '제비', 수학 문제는 '루이지노는 세 살이다. 형은 그보다 나이가 두 배 많고 누나는 세 배 많다. 형의 나이는 몇 살일까? 누나는 몇 살일까? 루이지노의 나이는 몇 개월일까?' 그리고 글씨 연습은 공책에 다음 문장을 세 번씩 쓰도록, 우리의 위대한 황제의 이름은 빅토리오와 엘레나이다."

저녁 시간은 식사를 준비하고 부엌에서 닌나리에두를 기다리며 보냈다. 니노는 보통 공동현관문이 잠기기 전에 집에 들어왔지만, 저녁을 먹고 바로 잠자리에 드는 일은 드물었다. 의자에 대충 걸터앉아 황급히 저녁을 먹어 치웠고, 창밖으로 얼굴을 내밀고 마당에서 내려오라며 재촉하는 친구들에게 휘파람을 불기도 했다. 식사를 끝낸 니노는 친구들과 영화관에 가게 돈을 달라며 엄마를 졸라댔고, 그녀는 절대 안 된다며 아들을 꾸짖었다. 니노는 막돼먹은 남자처럼 성질을 부리며 방안을 오락가락하며 영원히 집을 나가버리겠다고 엄마를 협박했다. 거기까지가 그녀와 니노 사이에 거의 매일 반복되는 일차 전이었다. 곧이어 니노가 집 현관문과 아래층 공동현관문 열쇠 두 개를 다 내놓으라며 엄마를 졸라대는 두 번째 언쟁이 시작되었다. 그녀는 고개를 세차게 내저으며 고집스럽게 '안 돼', '안 돼', '안 돼'만 반복했다. 열쇠를 다 넘기기에는 니노가 너무 어렸다. 아들이 창문에서 뛰어내리겠다고 협박해도 그녀는 절대 넘어가지 않았다. 정원에서 절규하듯 이름을 불러대는 친구들의 목소리를 듣고 초조해진 니노는 끝내 그녀에게 굴복하고야 말았다. 파멸을 향해 돌진하는 사람처럼, 빗자루로 맞으며 쫓겨나는 밤 고양이처럼, 그는 엄마한테 불만을 왕창 쏟아부으며 집을 나섰다. 계단을 다 내려갈 때까지도 주절대는 불평소리가 들렸다.

얼마 전까지만 해도 그녀는 부엌에서 꾸벅꾸벅 졸면서 밤늦게까지 아들을 기다리곤 했다. 하지만 이젠 상황이 달라졌다. 하루의 피곤으로 찌든 그녀는 밀려드는 졸음을 물리칠 방도가 없었다. 작은 참새의 휘파람 소리가 들릴 때까지 잠들지 않으려 안간힘을 써야만 했다. 드디어 니노의 목소리가 들리면 열쇠를 들고 아래층으로 내려갔다. 퉁퉁 부은 몸에 꽃무늬 잠옷과 가운을 걸치고, 새치가 나기 시작한 어깨까지 닿는 부스스한 머리를 풀어 헤치고, 슬리퍼를 질질 끌고 내려가 문을 열어주었다. 현관문을 확 밀어제친 니노가 온몸에 남아 있는 영화의 여운으로 전율하며 장애물 달리기 선수처럼 잽싸게 안으로 뛰어 들어왔다. 세계적인 미녀 여배우들이 등장하는 스토리에 사로잡힌 그의 마음은 여전히 활활 타오르고 있었다. 아들은 꿈같은 상상에 사로잡혀, 자신을 못 따라잡고 숨을 헐떡이는 엄마보다 앞서 계단을 올라갔다. 계단에서 잠시 멈춰 서는가 싶더니 계단 서너 개를 한꺼번에 딛고 오르기도 했다. 계단참에 다다라 졸린 듯 하품하며 온몸을 축 늘어뜨리기도 했고 하늘을 날겠다는 듯 위태롭게 난간에 서 있기도 했다. 언제나 이다보다 먼저 현관문 앞에 도착한 니노는 난간에 걸터앉아 나팔수처럼 몸을 앞으로 주 ㅣ밀고 슬리퍼를 질질 끌며 계단을 올라오는 엄마의 모습을 내려다봤다. 그리고 엄마를 닦달하며 외쳤다.

"자자, 달려봐, 엄마. 제발 속도 좀 내봐. 힘내! 악셀을 밟으라고!"

하지만 이다는 더 이상 쥐어짜 낼 힘이 없었다. 행여 아들이 흉측하게 부풀어 오른 배를 알아차리지 않을까 겁났다. 그녀는 결국 포기하는 심정으로 그 유명한 열쇠 두 개의 권리를 아들에게 넘겨주곤 했다. 그런 날이면 니노는 성인식을 치르는 원시 부족 남자 같은 호사를 누리곤 했다. 열쇠를 움켜쥐고, 엄마한테 인사도 하지 않고, 작은 종처럼 딸랑이는 새카만 곱슬머리를 휘날리며 바람 같이 집을 나섰다. 몇 달이 지나도록 이다는 쉽사리 임신 사실을 숨길 수 있었다. 상체에 비해 골반과 배가 지나치게 뚱뚱했던 그녀의 체형 덕분이었다. 다행히 배도 그다지 크지 않았다. 영양이 부실했던 그녀의 뱃속에 숨겨진 아기 또한 당연히 무게가 적을 수밖에 없었다. 그러니 자리를 많이 차지하지 않는 게 당연했다. 이다는 출산을 대비해 틈날 때마다 몇 달 치 생필품을 사서 집에 쟁여 두기 시작했다. 하지만 물건들은 금세 떨어져 버렸다. 설상가상으로 물가도 점점 오르기 시작했다. 한창 클 나이였던 니노는 시도 때도 없이 거대한 배고픔을 입에 달고 살았다. 뭐든지 이다의 몫까지 게걸스럽게 먹어 치웠다. 반면에 보이지 않는 또 다른 존재는 그녀에게 아무런 요구도 하지 않았다. 종종 자신이 여기 있다고 알리려는 듯 뱃속에서 꼬물거리며 작은 발로 그녀의 배를 차대곤 했다. 아마도 이렇게 말하면서 말이다. "내가 여기 있단 걸 잊은 건 아니지? 악조건이지만 난 제법 잘해 나가고 있어. 발버둥 치고 있다고. 근데, 사실은 말이지, 나 진짜 힘들어서 죽을 지경이야."

가스가 떨어지는 집들이 생겼다. 턱없이 부족한 석탄을 사려는 사람들이 줄을 길게 늘어섰다. 이다는 출근 전 이른 아침에 장을 보고 싶었지만, 도저히 몸이 따라주지 않았다. 야간 소등 명령이 내려진 깜깜한 밤길을 나서려면 엄청난 용기가 필요했다. 어떤 집 창문에서 가느다란 빛이 새어 나오자마자 누군가 길가에서 저주를 퍼붓는 소리가 들렸다. "살인자! 나쁜 놈들! 불 꺼! 빨리 끄라고!" 어두컴컴한 선술집 입구를 지나칠 때면 크게 틀어놓은 라디오 소리가 들렸다. 여느 평화로운 마을처럼 기타를 치고 노래를 부르는 젊은이들의 목소리가 들릴 때도 있었다. 어릴 때부터 어둠을 무서워했던 이다는 피치 못할 사정으로 캄캄한 밤에 혼자 장을 보러 나갈 때마다 석탄과 감자가 든 장바구니를 손에 들고 네거리에서 벌벌 떨었다. 그럴 때마다 그녀 안에 둥지를 튼 작은 존재가 용기를 북돋아 주려는 듯 배를 세차게 차며 대답했다. "뭐가 무서워서 그래, 넌 혼자가 아니잖아. 내가 함께 있잖아."

그녀는 아기의 성별이 전혀 궁금하지 않았다. 그런 호기심마저 부끄럽고 과분한 사치였다. 아들이든 딸이든 어차피 아무 상관 없었다. 그저 운명에 맡길 뿐이었다. 날이 점점 더워지자, 두툼한 코트를 벗어야 하는 시기가 돌아왔다. 그녀는 불룩해진 배를 감추기 위해 온몸을 꽁꽁 싸매고 다녀야만 했다. 그 와중에도 선생님으로서 최소한의 품위를 잃지 않으려 노력했다. 막달이 다가올수록 그녀의 팔과 다리는 노인네처럼 비리비리해졌다. 발갛고 통통했던 볼도 창백하고 수척해졌다. 교실에서는 아이들 앞에서 칠판에 삐뚤삐뚤 글씨를 쓰기도 했다. 아직 초여름이었지만 날씨는 찜통 같았다. 그녀의 온몸은 늘 땀범벅이었다. 그럼에도 늘 아무에게도 들키지 않고 무사히 수업을 마무리했다.

6월 말경에 독일이 소비에트 연방을 공격했다. 7월 초가 되자 '최후의 해법'이 시행되었다. 독일의 관리들은 거의 전 유럽에 걸친 점령국에서 유대인들을 수송하라는 명령을 전달받았다. 이다가 종종 들렀던 게토의 작은 상점에서 일하는 사람들도 점점 말수가 줄어들었다. 그럼에도 유럽 전역에서 벌어지는 일들은 자신들과 상관없다는 듯 여전히 일상에 전념했다. 빌마와도 자주 마주쳤는데 그녀는 하루가 멀게 줄어드는 시장의 음식 찌꺼기 때문에 몹시 낙담한 기색이었다. 그녀의 머릿속 명부에 적어둔 고양이 중 사라지는 아이들이 점점 늘어났다. 그녀는 고양이들의 이름을 한 마리도 빠짐없이 기억하고 있었다. 절망적으로 돌아다니며 의기소침한 목소리로 아이들의 이름을 부르곤 했다. "요새 절름발이가 안 보이네? 카사노바는? 외눈박이는 어디 갔지? 꽃순이는? 빨간 털은? 빵집에 살던 임신한 흰털은?" 사람들의 비웃음에도 아랑곳하지 않고 그녀는 마르첼로 극장의 폐허 사이를 돌아다니며 쉬지 않고 고양이들의 이름을 불러댔다. "카사노바! 콧수염! 붐보루!"

빌마는 귀족 부인과 수녀라는 사적인 정보통을 통해 알아낸 새로운 사실들을 광기 어린 몸짓을 곁들여 가며 폭로하곤 했다. 예를 들자면 이런 이야기들이었다. 독일이 점령한 유럽 국가에서 집안에 유대인을 숨겼다고 의심되면 창문과 문을 전부 폐쇄하고 '태풍'이란 이름의 특수 가스를 살포해 전멸시킨다는 둥. 폴란드 시골 숲속에 가면 나무마다 남자, 여자, 어린이들, 갓난아기들까지 유대인들의 시체가 대롱대롱 매달려 있는데 유대인 말고도 집시, 공산당, 폴란드인과 군인들도 있다는 둥. 그들의 토막 난 시체가 땅에 떨어지면 굶주린 여우와 늑대들이 달려들어 뜯어 먹는다는 둥. 기차가 지나가는 역마다 외눈박이와 뼈만 남은 사람들이 득실거린다는 둥. 사람들은 그런 이야기들을 빌마의 상상이라 여기며 무시했다. 하지만, 실상은, 어떤 면에 있어서는, 그리고, 그 이후에, 역사적인 결과물은 그녀가 했던 이야기와 크게 다르지 않았다. 사람이 할 수 있는 그 어떤 상상과 수단을 동원한다 해도 그녀의 이야기 속에 등장하는 변태적인 괴물들을 만들어 낼수 없으리라. 아니, 어쩌면 반대로 총체적인 상상력의 부재가 그처럼 기계화된 죽음을 만들어 낸 것이리라.

귀부인과 수녀에게 들었다는 빌마의 수상쩍은 정보 외에도 라디오 등을 통해 들려오는 공식적인 소식들이 잇달아 게토에 전해졌다. 게토 내에서뿐만 아니라 다른 곳에서도 강제 수용, 특수 처리, 최후의 해법 등등의 단어들이 공공연하게 거론되었지만, 그 단어들이 정확히 무엇을 의미하는지는 아무도 몰랐다. 그때까지만 해도 세상이란 조직은 관료적으로나 기술적으로 원시적인 수준에 머물러 있었다. 다시 말해 민중의 양심은 터무니없는 수준까지 감염되지 않았다. 어떻게 보면 민중들은 여전히 선사 시대에 살고 있었다. 그들 모두가 최하층 유대인 여자의 단순 무식한 지성을 뛰어넘지 못했다. 어느 날, 다리 근처 카페 앞 좌판에서 수예품을 팔던 유대인 손니노 부인이 카페 안 라디오에서 총통의 목소리를 들었다며 걱정스러운 투로 말했다. "저것들이 말도 안 되는 명령을 내릴 거야. 덧셈, 뺄셈, 하다 하다 정 안되면 곱해서라도 숫자 0이 나오게 할 거라고!" 골똘히 생각하느라 도마뱀처럼 가느다란 머리를 흔들면서도, 그녀는 이다가 낸 돈과 단추의 숫자가 맞는지 꼼꼼히 셌다. 마치 그보다 더 중요한 일은 없다는 듯이. 최근 러시아와 아프리카 전투에서의 승리로 인해, 평범한 사람들 즉 아리안과 유대인들, 가난한 이들과 부자들, 하여간에 모두가 나치 파시스트의 승리를 예감하고 있었다. 그런 소문에 무관심한 사람은 이다 밖에 없었다. 저녁이 되면, 조도가 낮은 전등불을 켜고 파시스트 닌나리에두가 음치 같은 테너 음성으로 노래를 부르곤 했다.

"대령님! 빵은 필요 없습니다!
소총에 장전할 총알을 주십시오!"

종종 이렇게 개사하기도 했다.

"대령님! 빵은 필요 없습니다!
스테이크와 커피를 주십시오!"

니노는 한밤중에도 문을 활짝 열어 놓고 공공기관을 조롱하듯 큰 소리로 노래를 불러댔다. 몸을 일으켜 창문을 닫을 기운조차 없었던 이다는 아들이 하는 대로 그냥 내버려 둘 수밖에 없었다. 밤마다 도시에 전투기가 출몰했다는 경보 사이렌이 울려 퍼졌다. 하지만 산 로렌초에 사는 서민들은 그리 신경 쓰지 않았다. 교황의 보호를 받는 로마는 절대 폭격당하지 않으리라 굳게 믿었기 때문이었다. 사람들은 교황을 '연합군의 방패막이'라고 불렀다. 사이렌 소리가 울려 퍼졌던 첫날, 극도로 흥분한 이다는 자고 있던 니노를 급히 흔들어 깨웠다. 하지만 니노는 웅얼거리며 침대 속으로 파고들었다. "누구야? 누가 감히 날 깨워? 난 잘 거라고!"단꿈을 꾸며 쿨쿨 자던 아들은 색소폰과 드럼의 합주를 방불케 하는 요란한 소리로 외쳤다. 이튿날, 이다는 아들에게 한밤중에 경보가 울렸었다고 말했지만, 니노는 오히려 달콤한 꿈을 깨웠다며 툴툴거렸다. 앞으로는 경보 따위가 울리든 말든 절대 자기를 깨우지 말라고 엄마에게 신신당부했다. "그깟 사이렌 좀 울린다고 뭔 일이 일어나겠어요? 그러니 엄마, 제발, 멀쩡한 거 안 보여요? 영국 폭탄 따위, 젠장! 다 종이 폭탄이라고요!"이후로는 그녀 또한 아들처럼 경보 사이렌이 울려도 별다른 반응을 보이지 않게 되었다. 두통에 시달리긴 했지만, 땀으로 흠뻑 젖은 이불 속에 머물렀다. 어딘가에서 사이렌의 굉음과 공격을 퍼붓는 비행기들의 총성 소리가 들렸다.

어느 날 밤 경보가 울리기 직전이었다. 그녀는 분만할 병원을 찾아다니는 꿈을 꿨다. 하지만 그녀가 유대인이라는 이유로 받아주는 병원이 없었다. 사람들이 그녀더러 유대인 병원에 가보라고 했다. 창문도 문도 없이 튼튼한 벽으로 둘러싸인 새하얀 시멘트 건물이었다. 잠시 후에 그녀는 그 건물 안에 들어와 있었다. 눈을 뜰 수 없을 만큼 밝은 조명이 켜진 드넓은 공장이었다. 사람은 아무도 없었고 톱니가 달린 복잡하고 거대한 기계만 요란한 굉음을 내며 돌아가고 있었다. 그 소음은 실은 새해에 갖고 노는 불꽃놀이용 바람개비 소리였다. 그녀는 어느새 해변에 와 있었다. 소년 소녀들 여럿이 그녀와 함께 있었는데 그들 중 어린 알피오의 모습도 보였다. 여기서는 불꽃놀이가 안 보인다며 다들 불평을 늘어놓고 있었다. 누군가는 발코니 위에 올라가 불꽃놀이를 구경하자고 했다. 자정이 다가올수록 실망도 점점 커졌다. 그런데 말이지, 갑자기 우리가 있는 바닷가에서 굉장한 불꽃이 터지기 시작했어. 초록, 주황, 빨강 불꽃이 푸른 밤바다 위를 수놓았어. 신바람이 난 소년 소녀들이 말했어.

"봐봐, 저 위보다 여기가 더 잘 보여, 바닷물 위에 도시 전체가 반사되잖아. 고층 건물들이랑 산꼭대기까지."

막달이 가까워진 이다는 소소한 물건들을 산다는 핑계로, 하지만 실은 아무 이유 없이, 학교 수업이 끝나면 거의 하루도 빠짐없이 유대인들이 모여 사는 동네로 발길을 돌렸다. 송아지 우리 또는 아랍의 시장에서 날법한 큼큼한 냄새가 그녀를 그곳으로 이끌곤 했다. 중력에 이끌려 별 주위를 회전하는 행성처럼 본능에 가까운 충동이었다. 유대교 회당 뒤편에 자리 잡은 유대인 동네는 그녀가 일하는 테스타초 지역 학교에서 불과 몇 분 거리에 있었다. 여름 방학이 시작되자 그녀는 학교에 출근하지 않게 되었다. 산 로렌초 집에서 유대인 동네까지는 제법 먼 거리였지만 그녀는 여전히 그곳을 들락거렸다. 여름이 막바지에 접어든 어느 날 상점들이 문을 닫은 오후 시에스타 시간이었다. 그날도 유대인 동네에 찾아간 그녀는 식료품 가게에서 물건을 팔던 여자가 가게 뒤편 비좁은 창고에서 아기를 낳았다는 사실을 알게 되었다. 아기를 받아준 산파는 나폴리 출신 유대인 여자였는데 아직 그 동네에 머물고 있었다. 눈썹이 짙고 두툼한 매부리코에 커다란 발로 성큼성큼 걸어 다니는 여자로 반백의 곱슬머리에 흰 면 수건을 두른 모습이 마치 구약성서에 등장하는 에스겔 같았다. 그녀와 마주친 순간, 이다는 용기를 내기로 마음먹었다. 그녀가 잠시 한숨을 돌리는 틈을 엿보다가 얼른 곁에 다가갔다. 그리고 실처럼 가느다란 목소리로 친척 중에 아기를 낳아야 하는 여자가 있는데 도와줄 수 있느냐고 물었다. 이야기하는 동안 이다의 얼굴은 나쁜 짓을 하다 들킨 사람처럼 온통 새빨개졌다. 하지만 에스켈은 처음 보는 그녀의 부탁에도 전혀 당황하지 않았다. 오히려 이다의 부탁을 지극히 당연하고 자연스럽게 받아들였다. 이다의 친척에게 축하의 인사를 전해달라고 당부하기까지 했다. 그리고 늘 몸에 지니고 다니던 이름, 주소, 전화번호가 적힌 종이쪽지를 이다에게 건네주었다. 그녀의 이름 또한 이다였다. 성씨는 디 카푸아, 사는 곳은 성 요한 성당 근처였다.

이다의 문제는 이제 무더위뿐만이 아니었다. 그중에서도 가장 절박했던 문제는 아직 털끝만치도 의심하지 않는 니노였다. 아들에게 사실을 해명해야 할 날이 다가오고 있다는 생각이 들 때마다 온몸이 꽁꽁 얼어붙는 심정이었다. 아무리 머리를 굴려도 뾰족한 해결책이 떠오르지 않았다. 그녀가 염두에 둔 시나리오는 대충 이런 것이었다. 혼자 다른 도시에 가서 아기를 낳은 뒤 아기를 안고 집에 온다. 돌아가신 친척의 아기를 떠맡게 되었노라고 둘러댄다. 하지만 니노는 그녀에게 친척이 한 명도 없다는 사실을 잘 알고 있었다. 설사 친척이 있더라도 그 정도로 가까운 사이가 아니란 것 또한 잘 알고 있었다. 이 시국에 남의 아기를 데려와 키우다니, 니노는 그따위 사기극에 넘어갈 순진한 아이가 아니었다. 이다는 사방이 꽉 막힌 경계선 앞에 서 있었다. 그렇다고 뒤로 물러설 수도 없었다. 그저 운명이 이끄는 대로 전진해야만 했다.

다행히 태중에 아기는 처세술에 능한 듯했다. 그녀에게 도움의 손길을 베풀기라도 하듯 가을로 잡혀 있던 예정일보다 몇 주 이른 8월 말에 일찍 세상에 나왔다. 바야흐로 니노가 애국소년단 캠프 참석차 집을 떠나있던 시기였다. 8월 28일에 이다는 집에 혼자 있다가 첫 진통을 느꼈다. 생각보다 너무 빨리 찾아온 진통에 당황한 그녀는 연락도 없이 부랴부랴 전차에 올라탔다. 그리고 산파가 알려준 주소로 무작정 그녀의 집을 찾아갔다. 오르막길 꼭대기에 있는 집이었다. 전차에서 내려 경사진 계단을 오르는 동안 진통이 점차 심해지더니 결국 도저히 참을 수 없을 정도로 극심해졌다. 마침 집 앞 현관문에 나와 있던 에스켈을 본 그녀는 다짜고짜 집안으로 쳐들어갔다. 그리고 침대 위에 몸을 내던지며 소리쳤다. "아주머니! 아주머니! 도와주세요!" 이다가 온몸을 뒤틀며 고함을 내지르기 시작했다. 에스켈이 침착하고 익숙한 몸짓으로 그녀의 옷을 벗기기 위해 다가갔다. 이다는 고통으로 몸부림치면서도 벗은 몸을 보여주지 않으려고 발버둥을 쳤다. 이불을 계속 끌어당기며 어떻게든 옷을 벗지 않으려 했다. 한 여자는 옷을 벗기려고, 다른 여자는 옷을 벗지 않으려고 안간힘을 쓰고 있었다. 사실 이다의 옷 속에는 돈주머니가 들어 있었다. 바늘로 꿰맨 돈주머니는 옷핀으로 스타킹에 달려 있었다. 살림살이가 빠듯한 전쟁 통이었지만, 그녀는 불확실한 상황을 대비해 매달 봉급의 일부를 저축해왔다. 홀로 삶을 꾸려나가야만 하는 상황이었고, 만일의 상황에 도움을 청할 사람은 아무도 없었다. 스타킹 속에 숨긴 돈주머니는 그녀의 독립심이자 자존심이자 보물이었다. 몇 푼 안 되는 돈이었지만, 그녀에게는 막대한 액수나 다름없었다.

두 여자 사이에 잠시 실랑이가 오갔다. 이다가 절대 옷을 벗지 않겠다며 고집을 부리는 이유를 눈치챈 에스켈은 침착하게 그녀를 설득해 옷을 벗겼다. 그리고 그녀가 보는 앞에서 옷과 돈주머니가 매달린 스타킹을 침대 매트리스 밑에 집어넣었다. 산고는 길지도 고통스럽지도 않았다. 신비로운 창조물은 주위 사람들을 배려하려는 듯 용을 쓰며 제힘으로 세상에 나왔다. 이다가 마지막으로 외마디 함성을 내질렀다. 그러자 고통은 온데간데없이 사라져 버렸다. 바닷물에 푹 절인 듯 땀으로 뒤범벅된 그녀의 귓가에 산파의 목소리가 들렸다. "작은 고추예요!" 실제로 보니 어찌나 작은 고추였던지, 고추는 맞았지만 아주 아주 작았다. 아기가 어찌나 조그맣던지 산파의 바구니 같은 손에 쏙 들어갔다. 있는 힘껏 탄생이란 영웅적 과업을 성취한 아기는 울 힘조차 없는 듯했다. 나자마자 지푸라기 사이에 팽개쳐진 새끼 염소처럼 들릴락 말락 응애응애 하는 게 전부였다. 그토록 작았음에도 아기는 온전했고, 사랑스러웠고, 달릴 것들은 전부 달려 있었다. 살려는 의지 또한 몹시 강했다. 아기는 세상에 나오자마자 엄마 젖을 찾았다. 젖을 빨고 싶어서 안달이었다.

이다가 아기에게 모유를 먹인 걸 보면, 여성의 신체는 정말이지 신비로웠다. 입덧이니 뭐니 제대로 먹지도 못한 데다 그나마 알량한 음식마저도 뱃속에 숨겨진 아기와 나눠야 했다. 게다가 아기에게 먹일 모유까지 비축해 두어야 했다. 마침내 아기를 낳은 그녀의 모습은 너무도 지친 나머지 길모퉁이에 숨어 새끼를 낳은 암캐의 모습을 방불케 했다. 아기의 보드랍고 까만 머리카락은 윤기가 좌르르 흐르는 깃털처럼 촉촉했다. 이다는 젖을 빠는 아기의 두 눈을 들여다보았다. 아직 실눈을 뜨고 있었지만, 수치스러운 사건의 증거물인 하늘색이 엿보였다. 잠시 후 아기가 두 눈을 활짝 떴다. 자그마한 얼굴에 비해 엄청나게 큰 눈동자였다. 그 눈으로 멋진 장면을 바라보며 즐기는 듯했다. 아기의 두 눈은 엄마 젖을 처음 빨 때부터 의심의 여지가 없는 하늘색이었다. 땅이 아닌 바다에서 솟아난 아기 같았다. 얼굴 생김새는 누굴 닮았는지 아직 불분명했다. 어쨌든 오밀조밀하고 귀여운 얼굴이란 건 분명했다. 입술, 보드랍고 두툼한 입술만큼은 그녀를 닮은 듯도, 아닌 듯도 했다.

이다는 몸을 추스를 때까지 에스겔의 집에 좀 더 머물기로 했다. 집주인은 이다에게 침대를 내어주고 부엌 바닥에 매트리스를 깔고 지냈다. 에스겔이 혼자 사는 공동주택은 부엌이 딸린 방 하나짜리 집이었다. 침실에는 나폴리 스타일로 화려하게 칠한 거대한 철제 침대가 놓여 있었다. 길기를 항히는 창문으로 밖이 내다보였다. 싱 요한 싱당 꼭대기에 장식된 그리스도, 성 요한, 박사들 등등 열다섯이나 되는 인물들의 거대한 조각상이 보였다. 산파는 자신의 거처를 몹시 자랑스러워했다. 집 안에서는 튜닉 스타일의 질질 끌리는 면 가운을 걸치고 지냈다. 여자가 아니라 나이 먹은 영감처럼 보였다. 그녀의 목소리 또한 여자라기보다 노인네 같았다. 오페라에 등장한다면 늙은 왕이나 은둔자 역할을 맡을 법한 웅장한 저음이었다.

둘째 날이 되자 그녀는 이두차에게 아기의 이름을 지어야 하지 않겠느냐고 했다. 이다는 아기의 외할아버지, 즉 자기 아버지의 이름을 따서 주세페라고 짓기로 했노라고 대답했다. 그러자 에스겔은 이름 하나만으로는 부족하다며 두 번째, 세 번째 이름이 필요하다고 했다. 이두차는 그런 이름들을 한 번도 생각해 본 적이 없었다. 잠시 생각에 잠겼던 산파가 말했다. 두 번째 이름은 기쁨을 뜻하는 펠리체, 세 번째 이름은 작은 천사라는 의미의 안졸리노가 어떠냐고 했다. 하늘색 눈의 아기는 천사처럼 정말이지 작았고 어찌나 순했던지 칭얼거리지도 않았다. 아기의 이름을 지어준 산파는 자신이 이다 대신 등기소에

가서 출생 신고를 해 주겠다고 했다. 출생 신고를 안 하겠다고 막무가
내로 고집을 부리던 이다는 결국 마음을 바꿨다. 자신의 불명예야 어
찌 되었든 직접 시청의 공무원을 찾아가 신고하는 게 나을 거라는 생
각이 들었다. 어차피 밝혀질 일이라면 차라리 이번 기회에 밝혀지는
게 나을 것 같았다. 막상 출생 신고를 해보니 복잡한 절차가 필요 없
었다. 종이에 간단한 인적 사항을 적어내는 게 다였다. 이다는 떨리는
손으로, 큼지막한 대문자로 종이에 글씨를 써 내려갔다.

주세페 펠리체 안졸리노
만쿠소의 미망인 이다 라문도와 무명씨 사이에서
1941년 8월 28일 로마에서 태어남

에스겔은 매일 식사 시간에만 집에 나타나 음식을 준비해 주었다.
다른 시간에는 늘 집 밖을 돌아다니며 자신의 전문직에 종사하느라
여념이 없었다. 이다는 깨끗한 이불을 덮고, 거대한 침대를 차지하고
온종일 혼자 지냈다. 그녀의 곁에는 어찌나 작던지 침대에서 잃어버
리는 건 아닐지 걱정스러운 주세페가 있었다. 엄마와 아기는 거의 잠
만 자면서 하루를 보냈다. 바야흐로 한여름이었다. 무더위가 기승을
부리는 도시는 찜통이 따로 없었다. 비에 젖은 것처럼 온몸에서 땀이
줄줄 흘러내렸지만, 이다는 개의치 않았다. 모든 걸 포기한 심정이었
다. 뜨끈하고 짭조름한 바닷물에 온몸이 사르르 녹아내리는 기분이
었다. 설령 그 침대에서 아기와 함께 죽는다 해도, 둘이 함께 배에 몸
을 싣고 지상을 떠난다 해도, 그녀는 오히려 다행이라 여겼을 것이다.
  사흘 후에 이다는 집에 돌아가기로 결심했다. 에스겔이 그녀를 집

까지 데려다주겠다고 했지만, 이다는 산파가 자기 집 근처에 얼씬거리는 생각만으로도 끔찍했다. 사막 동물이 천적들에게 들키지 않으려 자신의 발자취를 지우는 것처럼, 자신의 비밀을 알고 있는 사람은 누구든 간에 그녀를 불안하게 했다. 거리를 두는 게 상책이었다. 집에 가다가 아는 사람과 마주칠까 무서웠던 그녀는 어둠을 틈타 혼자 아기를 데리고 집까지 가기로 마음먹었다. 떠나기 전에 에스젤에게 돈을 치르려 하자 그녀는 음식값을 제외한 다른 돈은 일절 받지 않겠다며 손을 내저었다. 스타킹에 꿰찬 돈주머니는 제쳐두고 퉁퉁 부은 몸에 형편없는 옷을 설친 이다의 모습은 누가 봐도 저량한 신세였다. 그녀는 끝끝내 별도의 돈을 받지 않았다. 오히려 이다에게 색깔이 바랬지만 깨끗하고 커다란 포대기를 선물해 주었다. 이다는 때마침 잠들어 있던 주세페를 코만 밖에 나오도록 포대기로 칭칭 휘감았다. 집에서 챙겨왔던 짐과 꽁꽁 싸맨 아기 보따리를 양손에 들고 산로렌초 행 전차에 몸을 실었다. 전쟁 시 야간 소등으로 거리의 가로등은 전부 꺼져 있었다. 전차 안을 밝히는 푸르스름한 전등만 흐릿한 빛을 발하고 있었다.

그녀가 늘 두려워했던 어둠이 이번만큼은 그녀의 편이 되어주었다. 남의 집에 몰래 숨어든 도둑처럼 그녀는 아무한테도 들키지 않고 무사히 집에 도착할 수 있었다. 건물 모퉁이에 자리한 그녀의 침실에는 길가로 난 창문 하나가 전부였다. 이웃에서 주세페의 울음소리를 들을 가능성은 매우 희박했다. 이다는 최대한 오래 아기의 존재를 숨기고 싶었다. 예전 부부 침대 옆에 아담한 보금자리를 마련해주기로 했다. 니노가 어린 시절에 썼던 낡아빠진 철제 침대는 이불, 상자, 낡은 책 같은 잡동사니들로 가득 찬 상태였다. 지저분한 물건들을 싹 치우고 침대를 정돈했다. 그 안에서 주세페는 비밀 도피처에 숨은 산적처럼 잠을 자고 쉬기도 했다. 니노는 9월 중순에 집에 돌아올 예정이었고 이다의 학교도 아직 방학이었다. 휴가철이라 개인 과외 수업도 없었다. 이다는 저녁때 식료품을 사러 밖에 나가는 일 외에는 줄곧 아기와 집 안에 머물렀다. 그녀의 또 다른 고민거리는 아기에게 유아세례를 주어야 할지 말지였다. 불순한 명단에 오르는 일을 막는 차원에서라도 세례를 받는 게 맞았지만, 아기를 성당에 데려간다는 것 자체가 끔찍했다. 한편으로 게토에 거주하는 유대인 종족들에 대한 종교적인 배신이란 생각도 들었다. 이다는 지금으로서는 아기를 종교가 없는 상태로 놔두기로 했다. "그래,"그녀가 혼잣말로 되뇌었다. "얘는 니노랑 달라. 유전 나무의 절반만 아는데 아리안인지 아닌지 누가 구별할 수 있겠어? 권력 기관 측에서는 아기가 나보다 아리안의 피를 덜 타고났다고 할 수도 있겠지. 하지만 이렇게나 쪼그만 아기인걸, 그 사람들이 나를 어디로 보내든 내가 품에 끼고 다니면 되지. 둘이 같이 죽는다 해도 어쩔 수 없어."

그녀에게는 정말이지 심각한 9월 15일이 다가오고 있었다. 니노가 집에 돌아오기로 한 날이었다. 최악의 상황에 대비하기 위해 그녀는 아들에게 어떻게 설명하면 좋을지 열심히 생각했다. 하지만 뾰족한 생각이 떠오르지 않았다. 있지도 않은 친척이 맡긴 아기라는 구차한 변명만 떠오를 뿐이었다. 설득력이 전혀 없는 바로 들통날 구차한 변명이었다. 그런 말을 앵무새처럼 연습하노라니 심장이 쿵쾅거렸고 속이 울렁거렸다. 마침내 운명의 날이 닥쳤다. 그녀는 가슴을 졸이며 니노가 집에 오기만 기다리다가 하필 평소보다 조금 이른 시간에 식료품을 사러 밖에 나갔다. 니노는 바로 그 시간에 집에 돌아왔다. 얼마 전부터 공동현관문 열쇠를 손에 쥔 니노는 엄마가 있든 없든 제멋대로 집을 들락거렸다. 현관문 밖에서 열쇠를 구멍에 집어넣던 이다는 등골이 서늘해졌다. 무기를 장착하기도 전에 적군이 이미 집안에 들이닥쳤음을 눈치챘다. 현관에 들어서니 바닥에 배낭이 내팽개쳐져 있었다. 웃통을 홀라당 벗어젖히고 애국소년단 긴 양말을 신은 니노가 나타났다. 더위를 못 참고 집에 들어오자마자 셔츠부터 벗어 던진 참이었다. 온몸이 새카맣게 그을렸고 두 눈은 광기와 열정으로 이글이글 타오르고 있었다. 니노가 궁금해서 미치겠다는 듯 감전된 사람처럼 떨리는 목소리로 물었나. "뭐야! 엄마! 얘 누구야?"

니노가 미친 듯이 깔깔대는 소리가 온 집안에 울려 퍼졌다. 엄마가 대답하거나 말거나 니노는 이미 몸을 숙이고 아기 침대 안을 들여다보고 있었다. 주세페는 네가 누군지 다 안다는 듯 니노를 말똥말똥 쳐다보았다. 신생아의 눈빛은 분명 오늘 아침까지만 해도 몽롱했다. 하지만 돌발 상황이 닥쳐오자, 출생 이후 처음으로 생각이란 걸 하는 것 같았다. 아기는 제발 자신이 우월한 존재임을 알아달라는 생각을 눈으로 표현하고 있었다. 심지어 서툰 몸짓으로 팔과 다리를 버둥거리기까지 했다. "누구야, 엄마? 누구냐고!" 니노가 일이 재미있게 돌아간다는 듯 캐물었다. 이다는 머리가 핑 도는 기분이었다. 미리 준비한 친척 이야기로 핑계를 대보려 했지만, 좀처럼 말이 나오지 않았다. 잠시 망설이던 그녀가 웅얼거리며 뜻밖에 이야기를 내뱉었다.

"그게... 그게 말이지... 길에서 주워 온 아이야!"

"누가?"

생각지 못했던 사건과 마주친 니노가 잔뜩 흥분하며 되물었다. 그리고 바로 다음 순간 니노는 엄마가 온통 새빨개진 얼굴로 혼미한 표정을 짓는 걸 보았다. 분명 거짓말이었다. 니노가 다 이해한다는 듯한 동시에 비웃는 듯한 표정을 지었다. 탐정 같은 표정으로 머리부터 발끝까지 온통 새빨개진 엄마를 빤히 쳐다보며 니노는 진지한 생각에 빠져들었다. 그러나 그런 생각을 바로 입 밖에 내지는 않았다. 그리고 아주 잠시 자신의 터무니 없는 생각을 반추해 보았다. 엄마에게 애인이 있다는 생각이었다. '누가 이렇게 다 늙어빠진 할망구를 데리고 논 거야?'니노가 믿을 수 없다는 듯 혼잣말로 되물었다. '그래.'그리고 확신했다. '어쩌다 한 번으로 끝난 실수였겠지...'이다는 아들의 눈빛만 보고도 무슨 생각을 하고 있는지 빤히 알았다. 니노는 깜짝 선물을 받은 아이처럼 마냥 즐거워하고 있었다. 영원히 간직할 근사한 선물이었다. 이유야 어떻든 상관없었다. 니노가 엄마를 쳐다보며 이내 걱정스러운 목소리로 말했다.

"그럼, 쟤는 이제 우리랑 같이 사는 거지? 우리가 데리고 사는 거 맞지!"

"응..."

"이름이 뭐야?"

니노가 흐뭇해하며 명랑하게 물었다.

"주세페."

"아, 페페! 아, 페피노! (주세페의 애칭) 아하! 아하!"

니노가 다른 한 사람을 내려다보며 정신 나간 사람처럼 외쳤다. 그 와중에 또 다른 한 사람은 오늘에서야 인생의 참뜻을 깨달았다는 듯 미숙하지만 기쁨에 찬 움직임으로 손발을 동동 구르고 있었다.

"엄마, 얘 좀 안아봐도 돼?"

그렇게 묻는 니노의 손은 부들부들 떨리며 이미 요람 안에 들어가 있었다.

"안 돼! 안 돼! 안 된다고!!! 떨어뜨리면 어쩌려고 그래!"

"아령을 두 개씩이나 번쩍 드는 데 설마 애를 떨어뜨리겠어?"

닌누추가 실망이란 듯 몸을 돌렸다. 아기를 안아주는 일을 포기한 그는 이번 기회를 놓칠세라 그보다 중요한 일을 해결할 참이었다. 니노가 한 치의 망설임도 없이 엄마에게 선포했다.

"엄마! 이제 주세페도 있으니까, 그러니까 말인데, 이제 집에서 개를 키워도 되잖아!"

언센가부터 아들과 엄마 사이에 끊임없이 벌어졌던, 영원히 끝나지 않을 논쟁이었다. 아들이 개를 키우고 싶다고 할 때마다 그녀는 온갖 이유를 갖다 붙이며 생각조차 하지 말라고 못을 박았다. 하지만 오늘처럼 잔혹하게 궁지에 몰려있는 상황에서는 아들과의 협상에 임할 수밖에 없었다.

"그래... 뭐..."

이제껏 들어보지 못했던 어눌한 답변, 항복 선언이나 마찬가지였다. 하지만 그녀는 곧 잔뜩 화난 목소리로 덧붙였다.

"너 진짜 이 집안을 폭삭 망하게 하려고 그러는구나!!!"

닌나리에두와 싸움이 벌어질 때마다 이다는 자신의 어머니 노라가 성경 구절을 낭송할 때 썼던 말투를 흉내 내려고 애썼다. 그러나 열두 살 먹은 소녀 같은 그녀의 입에서 나오는 엄격한 말투는 위협은 고사하고 우스운 코미디 같은 결과를 낳았다. 더욱이 이번만큼은, 이길 준비가 되어 있는 니노의 태도 앞에서는, 도저히 이들을 이길 도리가 없었다.

"...맘대로 해! 오, 신이시여... 내 진작 이럴 줄 알았어..."

"우와! 엄마! 그럼, 집에 데려와도 되는 거지? 담배 가게 앞에서 날 기다리는 개 한 마리가 있거든!!"

닌나리에두가 미친 사람처럼 소리쳤다. 그리고 잠시 입을 다물었다. 다가올 일들을 상상하니 너무도 기쁜 나머지 할 말을 잃은 것 같았다. 이다는 자신이 새로운 파국을 허락했다는 사실에 마음을 추스르기 힘들었지만, 이 시점에서 한 가지 약속만큼은 꼭 받아두어야겠다고 생각하며 조심스럽게 입을 열었다.

"있잖아, 니노... 할 말이 있는데... 이건 진짜 심각한 일이야... 명심해, 아기에 대해서 절대 아무한테도 말하면 안 돼... 만일 어떤 사람이 아기가 있다는 걸 알게 돼서 너한테 누구냐고 묻거들랑 넌 꼭 조카라고만 대답해야 해, 부모님이 두 분 다 돌아가셔서... 그래서 우리가 맡게 됐다고..."

순간, 아들의 눈에 우월과 동정과 자유가 뒤섞인 교만한 섬광이 스쳤다. 니노가 혁명가처럼 꼿꼿한 자세로 아무렇지도 않다는 듯 어깨를 으쓱하며 대답했다.

"물어보다니? 감히 나한테? 그럼, 난 이렇게 대꾸할 거야! 그게 당신들이랑 뭔 상관인데?"

순간, 아기 침대 쪽에서 응애응애 소리가 들렸다. 니노의 얼굴에 금세 웃음꽃이 활짝 피었다. 또다시 신나는 상상에 빠져든 그의 눈에 장난기가 가득했다. 니노가 양손을 호주머니에 찔러 넣고 껄렁대며 엄마에게 또 다른 제안을 하기 시작했다.

"주세페가 우리 집에 온 걸 축하하는 뜻에서 내셔널 담배 한 갑만 사 주라, 응?"

"니가 그런 못된 짓까지 할 줄 내 진작 알았다! 넌 기회주의자야! 속물에 날강도 같으니! 이제 주세페 핑계로 못된 짓까지 할 참이니? 넌 아직 열여섯도 안 됐어! 그 나이에 담배를 피우고 다녀?"

"열여섯에 안 피우면 언제 피게? 구십 먹어서 피울까?"

니노가 엄마의 잔소리가 지긋지긋하다는 듯 거들먹거리며 대답했다. 그리고 또 다른 영감이 떠올랐다는 듯 몸을 들썩거렸다.

"그럼, 아이스크림도 하나 사 줄래? 아니, 한 개 말고 두 개! 한 개는 내 거, 한 개는 엄마 거."

"아니, 니노... 너 오늘 진짜 왜 그래? 내가 무슨 백만장자라도 되는 줄 알아? 쪽박 차는 꼴을 보고 싶어서 그래? 그리고, 그런 허섭한 아이스크림에 뭐가 들어있는 줄 알기나 해?"

"담배 가게 옆에 진짜 아이스크림을 파는 가게가 있다고."

"지겹다, 지겨워! 아이스크림, 담배! 자, 2리라, 더는 못 줘!"

"담배 더하기, 아이스크림 더하기, 스포츠 신문이랑 잡지, 오늘이 월요일이란 걸 잊은 건 아니시겠지? 다해서 최소 5리라는 된다고, 2리라가 아니라! 제발 엄마, 잔소리 좀 그만하고 그놈에 빌어먹을 5리라를 달라고! 빨리! 빨랑빨랑! 유대인보다 더 지독하게 굴지 말고!"

니노의 마지막 표현은 당시 일반적으로 쓰였던 은어로 별 뜻 없이 내뱉은 말이었다. 닌누추는 당시 유대인들을 상대로 벌어지는 사건에 전혀 관심이 없었다. 그에게는 킴브리족이나 페니키아인들만큼이나 머나먼 사람들이었다. 아들의 말에 당혹스러워진 이다가 눈에 띄게 몸을 부들부들 떨었다. 하지만 이내 마음을 가다듬고 엉뚱한 데 화풀이하듯 고리타분한 이야기를 늘어놓으며 아들과의 결투를 이어갔다.

"제발, 그런 수준 낮은 사투리 좀 쓰지 말라고 내가 몇 번을 말해야 알아듣겠니? 그건 길거리 건달들이나 쓰는 말이야! 네가 그런 명청한 말을 쓰는 걸 보면 뭐라고들 하겠니, 넌, 넌, 건달이 아니라 학교 선생 아들이야, 고등학교 문과를 다니는!!! 못 배운 촌놈도 아니고, 이탈리아 말도 제대로 공부했잖아!"

"부인, 당신께 간청드리는 바입니다. 저에게 한 푼만 보태주십시오."

"너 진짜, 이런 못 돼먹은... 꼴도 보기 싫어, 너만 보면 내 속이 부글부글 끓어!"

참을성이 바닥 난 니노가 독일독일 노래를 휘파람으로 불기 시작했다.

"됐고, 돈이나 빨리 내놓으시지."

니노가 엄마의 말을 끊으며 재촉했다.

"돈, 돈, 돈... 넌 다른 생각은 안 하지! 늘 돈밖에 없지!"

"돈 없이 뭔 축제를 해?!"서 빨리 나가고 싶다는 생각에 몸이 달아오른 니노는 더 이상 참을 수 없는 듯했다. 온 집안이 비좁고 폐쇄적이고 불공정한 장소로 돌변했다. 급기야 그는 집안에 굴러다니는 천 쪼가리와 빈 통들을 마구 걷어차며 감옥에 갇힌 죄수처럼 방 안을 오락가락하기 시작했다.

"돈, 돈, 돈 달라고, 엄마!"

니노가 협박하는 경찰처럼 엄마를 다그쳤다.

"넌 날강도에 살인자가 될 거야!"

"난 검은 부대의 대장이 될 거야. 난, 나이만 차면, 집을 나가서 조국과 수령님을 위해 싸울 거라고!"

엄마와 아들 사이에 살벌한 결투 때문이었는지 몰라도 대문자 두 단어를 발음하는 니노의 목소리에 모욕적인 의도가 다분했다. 아직 소년이었던 니노에게 조국과 수령님은 그저 허울 좋은 핑계에 불과했다. 세상이란 이름의 극장은 온통 우스꽝스러운 희극으로 전락해 버리고 말았다. 그저 존재할 뿐 아무런 가치도 없었다. 니노의 눈빛에 악과 맞서 싸우려는 듯한, 나이 모를 노인네의 그늘이 드리워졌다. 하지만 아주 잠시였다. 니노는 이내 아이처럼 환하고 순수한 표정을 되찾았다. 바로 그 순간, 엄마가 장바구니에 넣어둔 닳아빠진 핸드백을 열고 그 유명한 '돈'을 꺼냈기 때문이었다. 니노는 그 순간이 오기만을 기다렸다는 듯 은행 강도처럼 단숨에 돈을 낚아챘다. 그리고 승리의 전장을 향해 훨훨 날듯 문 쪽으로 몸을 주욱 뻗었다.

"뭐 하는 *거야*?"

엄마가 그를 불러 세웠다.

"옷도 안 입고 가? 알몸으로 나가려고?"

"뭐 어때서? 멋있기만 한데?"

그렇게 대답하긴 했지만, 엄마 말마따나 옷을 걸치는 편이 좋을 것 같았다. 뜀박질하며 되돌아와 의자 가까이 다가갔다. 휙 던져놓았던 셔츠를 걸쳐 입고 옷장 문에 달린 거울을 보며 자신의 근사한 자태를 확인하는 것도 잊지 않았다. 태양에 멋지게 그을린 그의 몸은 아직 애티를 벗지 못했다. 목덜미는 부드러웠고 허리 위로 돌출된 가슴팍은 아직 비리비리했다. 그러나 팔뚝에는 남자다운 근육이 막 생겨나기 시작하고 있었다. 거울에 비친 제모습에 심취한 니노는 홀린 듯한 눈빛으로 자기 몸을 바라보았다. 검은 셔츠를 챙겨 입으려다 말고 잠시 주춤하더니 땀에 젖은 검은 셔츠 대신 애국소년단 바지 위에 흰 면 티셔츠를 입었다. 더러워지거나 말거나 우선 아래층으로 내빼는 게 급선무였다. 이두차는 안도의 한숨을 내쉬며 다시는 아들을 보지 않을 마음의 준비가 되었노라고 생각했다. 적어도 오늘 저녁 늦게까지는.

5리라를 움켜쥐고 튀어 나간 아들은 늘 어울려 다니는 동네 건달들과 쏘다니려고 쏜살같이 달려가고 있을 것이다. 하지만 불과 20분도 안되어서 아들은 요란한 소리를 내며 자신의 귀환을 알렸다. 작은 갈색 개 한 마리를 앞세운 아들이 목줄을 손에 쥐고 기쁨에 겨워 팔짝팔짝 뛰며 집 안으로 들어왔다. 체구가 작고 동글동글한, 다리가 휘고 꼬리가 동그랗게 말린 짐승이었다. 머리통은 큼지막했고 귀는 한쪽만 꼿꼿이 세우고 있었다. 얼핏 보아도 족보 없는 똥개였다.

"뭐야! 오늘? 벌써? 오늘 데려오기로 한 건 아니었잖아! 이렇게 빨리는 아니었잖아! 오늘은 아니었잖아!"

이다가 황당해하며 혼잣말처럼 중얼거렸다.

"그럼, 언제? 얘가 담배 가게 근처에서 늘 날 기다리고 있다고 엄마한테 말했잖아. 지금도 거기서 날 기다리고 있더라고! 난 이번 달 내내 집에 없었는데, 얘는 매일 같이 거기서 날 기다리고 있었던 거야! 이름을 부르면 대답할 줄도 알아! 브리츠! 브리츠! 대답하는 거 봤지? 그치?"

니노가 없는 틈을 타서 깜빡 잠을 청했던 주세페가 다시 눈을 떴다. 아기는 태어나서 처음 마주친 개를 전혀 두려워하지 않는 기색이었다. 오히려 자신과 매우 유사한 종이 등장했다는 사실 때문에 조용한 흥분에 사로잡힌 듯했다.

"주세페! 누가 왔나 봐봐?! 브리츠, 주세페한테 한마디 해봐, 오늘은 축하할 날이다! 그래, 브리츠! 내 말 알아들었지? 한마디 해보라고!"

"멍멍!"

브리츠가 말했다.

"우우우웅…"

주세페가 대답했다.

니노의 완벽한 승리였다. 니노가 도저히 참을 수 없다는 듯 깔깔거렸다. 바닥에서 뛰어오르고 나뒹구는 브리츠와 한데 뒤엉켜 팔짝팔짝 뛰었다. 그러더니 다행히 잠시 쉴 작정인지 침대 끄트머리에 걸터앉아 바지 뒷주머니에서 엉덩이에 눌려 찌부러진 담배 한 개비를 꺼내 들었다.

"두 개비만 샀어."

니노가 후회스럽다는 표정으로 말을 꺼냈다. 그리고 방안에 자욱하게 연기를 내뿜으며 담배를 피우기 시작했다.

"한 갑을 사고 싶었는데 돈이 모자랐어. 아이스크림도 못 산걸. 하긴, 어차피 계단을 올라오다 다 녹아버렸을 텐데 뭐."

진실을 말하자면 니노는 제 몫의 아이스크림 한 개를 사서 오는 길에 먹어 치운 참이었다. 못 샀다는 아이스크림은 이다의 몫이었다.

"대신 남은 돈으로 개 목걸이랑 목줄을 샀어."

니노가 자랑스러워하며 발아래 있던 브리츠의 목줄을 풀어 주었다.

"봐봐, 진짜 가죽이야, 가짜가 아니라."

그가 자랑스럽게 덧붙였다.

"명품이라고."

"그래... 대체 얼마나 할까..."

"에이, 새건 아니야! 신문 가판대 아저씨가 쓰던 걸 산 거야. 그 아저씨가 키우던 강아지가 쓰던 건데 지금은 다 커서 티볼리 농장에 가 있대. 왜 있잖아, 가끔 신문에 오줌싸던 그 상아지 기억 안 나? 기억이 안 난다니! 어떻게 그럴 수가! 엄마한테 만 번도 더 보여줬는데! 족보도 있는 개야! 알자스 늑대! 목걸이에 아직도 늑대라고 적혀 있잖

아. 내가 못으로 긁어서 지우면 감쪽같을 거야. 브리츠는 절대 늑대 종이 아니니까."

"그럼, 얘는 무슨 종인데?"

"잡종이지."

우연히 등장한 그 단어가 이다의 마음에 못을 박았다. 순간, 그녀의 얼굴이 새빨개졌다. 혹시라도 아기가 그 단어를 알아들은 건 아닌지 얼른 작은 침대 쪽으로 시선을 돌렸다. 니노도 엄마의 생각을 눈치챈 것 같았다.

"맞네! 그리고 보니 주세페도 잡종이잖아. 이야! 우리 집에 잡종이 둘씩이나 있다니!"

그가 대단한 발견이라는 듯 활짝 웃으며 말했다. 한 손을 호주머니에 찔러 넣고 집안을 돌아다니며 못을 찾던 니노는 잊고 있던 마지막 쇼핑 품목을 기억해 냈다.

"야호, 브리츠!"

"너 주려고 저녁밥까지 샀는데 깜빡했어! 자, 먹어!"

그가 내장이 담긴 꼬질꼬질한 종이 뭉치를 개 앞에 내던지자, 마법사가 요술 지팡이를 흔든 것처럼 순식간에 몽땅 사라져 버렸다. 그 모습을 빤히 쳐다보던 니노가 말했다.

"있잖아, 브리츠는 무슨 종이냐면 말이지,"

그가 자신의 위대한 발견에 도취한 듯 말을 이었다.

"일명 별종이라고 하지, 별종! 브리츠! 멋진 별무늬 좀 보여줘 봐!"

브리츠가 기다렸다는 듯 배를 까뒤집고 거꾸로 드러누웠다. 몸통 아래쪽도 위처럼 꼬리까지 짙은 갈색이었고 배 한가운데 삐뚤삐뚤한 흰 반점이 나 있었다. 별을 닮은 반점이었다. 배를 까뒤집고 누워야

볼 수 있다는 게 흠이긴 했지만, 그 반점만이 브리츠가 지닌 유일한 아름다움이자 특징이었다. 자신의 매력을 뽐내고 싶었던지 브리츠는 황홀경에 빠진 듯 그 자세로 가만히 있었다. 니노가 발가락으로 간지럼을 태우자 다시 제 자세로 돌아왔다. 하지만 잡종이라는 단어에 심란해진 이두차의 눈에는 재미난 구경거리도 들어오지 않았다. 잘못한 아이처럼 풀죽은 눈으로 내장 기름이 묻은 종이에 몸을 비벼대는 브리츠의 별에 눈길도 주지 않았다. 허무한 눈으로 개를 쳐다보던 그녀에게 또 다른 근심거리가 생겼다.

"그래, 이젠,"

그녀의 입에서 너무도 씁쓸한 소리가 새어 나왔다.

"집안에 먹여 살려야 되는 입이 하나 더 늘었네! 누가 쟤한테 배급 카드를 발급해 줄까?"

순간, 니노가 엄마를 째려봤지만, 그녀는 아무런 반응도 보이지 않았다. 니노가 개한테로 다가가 입술을 코에 갖다 대고 비밀을 폭로하듯 속삭였다.

"엄마 말은 신경 쓰지 마. 넌 내 친구들이랑 내가 책임질 거야. 널 배고프게 만들지 않을 테니 안심해. 지금까지 널 먹여 살린 게 누구지? 만천하에 말해 봐, 그 개똥 같은 인간들은 다 필요 없다고!"

"아아."

이두차가 지긋지긋하다는 듯 깊은 한숨을 내쉬며 아들의 말에 끼어들었다.

"이제 개한테까지 그런 상스러운 막말을 가르치는 거니? 네 동생한테도 가르칠 참이로구나!"

그녀의 입에서 마지막으로 튀어나온 '동생'이란 단어가 너무도 치명적이었기에, 그녀는 한 대 얻어맞은 사람처럼 중심을 잃고 비틀거렸다. 가여운 짐승처럼 풀 죽은 표정으로, 입을 꾹 다물고, 쪼그리고 앉아서 기름으로 범벅된 종이를 치웠다. 그와 정반대로 아들의 입에서는 말이 술술 흘러나왔다. 니노가 청산유수로 엄마의 말을 반박하기 시작했다.

"우리는 로마에 사니까 로마 말을 쓰는 게 당연하잖아! 파리에 살면 파리 말을 쓰고! 파리가 우리 손에 들어왔으니 조만간 가능할지도 모르지. 이담에 크루즈를 타고 홍콩에 가면 홍콩 말을 써야겠지. 내가 죽 로마에서만 살 줄 알아? 진짜로, 날 믿어 봐! 난 온 세상을 내 집처럼 떠돌아다닐 거야! 비행기를 타고 스포츠카를 몰고! 브리츠를 데리고 대서양과 태평양을 누빌 거라고! 온 세상을 전부 다 돌아다닐 거야! 우린 시카고, 헐리우드, 그린란드에 갈 거고 대초원에서 발랄라이카*를 불 거야! 우린 런던, 생모리츠, 모잠비크에 갈 거야! 호놀룰루, 황해… 그리고… 주세페도 우리랑 같이 데려갈 거야, 야호! 야호! 너도 데려간다고!"

그러나 또다시 잠에 빠져든 주세페는 아쉽게도 그의 원대한 계획을 전혀 듣지 못했다. 닌나리에두와 이다 사이에 잠시 침묵이 흘렀다. 이다는 여전히 아들을 쳐다보지 않고 등을 돌리고 있었다. 둘 사이의 대화는 결국 싸늘한 분위기로 끝났다. 엄마와 아들은 그 이상 말하지 않았지만, 그럼에도 상대방이 무슨 생각을 하는지 너무나 잘 알고 있었다. 노인네처럼 축 처지고 말라비틀어진 어깨에, 기름과 땀에

---

*   발랄라이카는 러시아 북부와 중부의 민속 악기로 발현악기의 일종이다. 기원은 류트계의 악기에서 분리된 것으로 몸통은 3각형이며 목제이다. 몸통은 넥이 있는 꼭짓점으로 갈수록 좁아진다.

찌든 인조 실크 원피스를 걸친 이다가 여전히 아들에게서 등을 돌린 채 물었다.

"나는... 난 안 데려갈 거야?"

니노가 혼찌검을 내듯 눈을 부라리며 외쳤다.

"엄만 그냥 집이나 보시지."

2.

태어나면서부터 미숙아였던 주세페는 시간이 흐르자, 모든 면에서 다른 아기들보다 빠르게 성장했다. 젖먹이들의 자연스러운 발달 과정에 비추어 볼 때 주세페는 늘 다른 아기들보다 앞섰다. 당시 평균치에 비해 압도적으로 빠른 성장 속도였다. 타고났다는 말 밖에 달리 설명할 길이 없었다. 이제 막 눈에 들어오기 시작한 세상의 공연을 관람하기 위해 아기는 자신의 미숙한 능력을 있는 대로 끌어모았다. 아기의 존재를 알게 된 지 며칠이 지나자, 닌누추는 가까운 친구들에게 기록적으로 쑥쑥 자라는 꼬맹이 동생을 자랑하고 싶어서 안달이 났다. 아기의 모습은 아직 우스꽝스럽고 작달막했지만, 부리부리한 눈으로 제법 사람을 알아볼 줄도 알았다. 니노는 엄마가 집에 없는 아침 시간을 틈타 동생을 보여주겠다며 친구들을 집으로 불러들였다. 니노의 뒤꽁무니를 졸졸 따라다니며 단짝이 된 브리츠를 포함해 다섯이 복도의 계단을 오르던 중이었다. 유복한 집안 자제였던 친구 하나가 너희 엄마는 오래전에 과부가 되었는데 어떻게 된 일이냐며, 니노가 말한 동생의 존재에 대해 의문을 내비쳤다. 그러자 니노는 친구의 편협한 사상을 나무라듯 곧장 이렇게 받아쳤다. "뭐가 어때서? 남편하고만 아이를 낳으라는 법 있어?"니노의 말투가 어찌나 자연스럽고 당연했든지 모두 웃음을 터뜨렸다. 말을 꺼냈던 친구는 머쓱한 표정을 지을 수밖에 없었다.

계단을 오르는 동안 니노는 낮은 목소리로 아기가 있다는 건 비밀이라고, 아무한테도 말하면 안 된다고, 그랬다가는 엄마가 나쁜 여자로 취급받게 될 거라고, 사람들이 엄마를 매춘부라고 부를 거라고 말했다. 친구들은 공범이라도 된 듯 다 같이 비밀을 지키겠노라고 약속했다. 그러나 막상 침실에 발을 들여놓은 친구들은 실망하는 기색이 역력했다. 주세페는 잠들어 있었고 아니, 아주 깊은 잠에 빠져 있었고, 난쟁이처럼 아주 작다는 걸 빼면 별다를 게 없어 보였다. 신생아들이 으레 그렇듯 아기의 눈가에 잔주름이 자글자글 잡혀 있었다. 어느 순간 아기가 눈을 번쩍 떴다. 조막만 한 얼굴에 커다란 두 눈을 부릅뜨고 다섯 명의 방문객이 유일하고 경이로운 존재라는 듯 빤히 쳐다보자, 다들 신바람이 났다. 주위 사람들이 즐거워하는 모습을 지켜보던 주세페는 생애 최초로 미소라는 걸 지어 보였다. 잠시 후, 방문객들은 니노의 엄마에게 들킬까 황급히 집을 빠져나갔다. 새로운 소식을 알리고 싶어서 안달이 난 니노는 들뜬 마음으로 엄마가 오기만을 기다렸다. "그거 알아? 주세페가 미소를 지었어!"하지만 엄마의 반응은 회의적이었다. 주세페는 아직 미소를 지을 나이가 되지 않았노라고 못을 박았다. 아기들은 한 달 반, 그러니까 적어도 40일이 되기 전까지는 미소를 지을 수 없다고 했다. "이리 와서 보라니까!"니노는 동생이 일종의 외부적인 충격으로 아까처럼 미소를 짓길 간절히 바라며 엄마를 억지로 침실로 끌고 갔다. 하지만 다른 어떤 충격도 필요 없었다. 주세페는 니노를 보자마자 약속이라도 한 듯 두 번째로 미소를 지어 보였다. 그날 이후로 아기는 조금 전까지 응애응애 울고 있었을지라도 니노를 보는 순간 형제애로 충만한 미소를 지어 보였다. 그리고 얼마 지나지 않아 미소는 만족스러운 환영의 웃음소리로 변했다.

학교가 개학하니 아침 이후 집안은 적막한 사막이었다. 니노가 자신을 보고 그랬듯 니노와 광적인 사랑에 빠진 브리츠는 그의 뒤를 졸졸 따라다닐 수 없게 되자 낙심에 빠졌다. 니노가 수업과 군사 훈련을 마치고 나올 때까지 학교 교문 밖에서 목이 빠지게 그를 기다렸다. 니노는 지나가던 개장수가 브리츠를 버려진 개라 여기고 끌고 가지 않을지 심히 걱정스러웠다. 브리츠가 짖지 못하도록 입마개를 씌워놓았고 목걸이에 다음과 같은 글귀를 새겨 놓았다. 〈브리츠- 견주 니노 만쿠소〉 상세한 주소를 적는 것도 잊지 않았다.

종종 학교를 빼 먹고 거리를 배회하는 아침이면 (사실 그런 일이 드물지 않았다) 니노는 엄마의 금기를 어겼다는 쾌감을 맛보며 집 근처를 돌아다니다 주세페를 보여준다는 핑계로 방문객들을 집에 데려오곤 했다. 니노와 어울려 다녔던 소년들 또한 부모 몰래 누리는 그 황금 같은 시간에 무리한 일정을 소화할 수 없었던지라 방문 시간은 늘 짧았다. 어쨌든 주세페에게 사람들의 방문은 늘 축제였다. 생각지 못했던 불청객의 방문은 황홀하고 신비스러웠다. 날씨는 여전히 무더웠고 주세페는 작은 침대 안에서 발가벗고 있었지만, 아직 부끄러움이 뭔지 몰랐다. 주세페의 유일한 감정은 자신을 찾아온 방문객들을 즐겁게 해 주고 싶다는 열망뿐이었다. 모든 방문이 유일한 기회였기에 짧은 축제가 영원히 지속되길 간절히 바랐다. 자신의 빈약한 수단을 총동원해 발을 동동 구르기도 했고, 꼬드기는 눈길을 보내기도 했고, 훌쩍훌쩍 울기도 했고, 미소를 지으며 까르르 웃기도 했다. 신들린 곡예사처럼 재주를 부린 대가로 주세페는 인사와 농담, 때로 칭찬과 입맞춤을 돌려받았다. 니노는 방문객들 앞에서 동생이 얼마나 특출난 아이인지 자랑스럽게 떠벌렸다. 작지만 완벽한 고추가 달린 진짜 남자라는 둥, 징징 짜지 않는다는 둥, 옹알이한다는 둥, 브리츠와 서로의 언어를 이해한다는 둥, 엄마가 규칙적으로 깎아주는데도 스무 개씩이나 되는 온전한 손발톱이 계속 자란다는 둥, 기타 등등. 하지만 갑작스레 등장한 방문객들은 어느 순간 온데간데없이 사라지기 마련이었다. 그럴 때마다 계단을 내려가는 그들의 등 뒤에서 홀로 남겨진 주세페의 서글픈 울음소리가 들려왔다.

얼마 전까지만 해도 이다는 모유를 먹일 시간에 쫓겨 수업을 마치자마자 헐레벌떡 집에 돌아오곤 했다. 하지만 이제 아기가 혼자 분유가 든 젖병을 쥐고 빨면서 그녀는 장시간 아기를 혼자 내버려 둘 수 있게 되었다. 어떻게든 살아남아야 했던 아기는 있는 힘껏 분유를 빨아먹었다. 눈에 띄게 쑥쑥 자라진 않았지만 제법 토실토실했고 팔뚝과 옆구리에 살집도 붙었다. 혼자 젖병을 빨며 자란 아이였지만 장밋빛이 감도는 살결에 하늘색 눈은 반짝반짝 빛났다. 눈동자의 중심은 별이 총총한 밤처럼 짙푸른 색이었고 눈동자 주위는 공기처럼 맑고 투명한 하늘색이었다. 아기의 그윽한 눈빛을 바라보노라면 우주와 대화하는 듯한 기분마저 들었다. 아이와 눈을 맞추면 시간 가는 줄도 모르고 그 눈빛에 빠져들었다. 이빨이 나지 않은 아기의 입술은 도톰했고, 입맞춤을 갈구하듯 꼬물거렸다. 머리카락은 니노처럼 새까맸지만, 곱슬머리는 아니었다. 검은머리흰죽지라 불리는 철새 오리처럼 촉촉하고 반지르르한 생머리였다. 풍성한 머리카락으로 뒤덮인 정수리 가운데 한 가닥만 반항하듯 꼿꼿이 서 있어서 빗으로 내려줘야 했다. 얼마 지나지 않아 아기는 가족들 모두의 이름을 익혔다. 이다는 '마', 니노는 '이노' 또는 '아이에' 닌나리에두를 뜻했다, 브리츠는 '이'였다.

그즈음 브리츠는 비극적인 딜레마에 빠져들었다. 주세페와 함께 보내는 시간이 점차 늘어나고 있었다. 둘은 방바닥에서 나뒹굴며 시간 가는 줄 모르고 함께 놀고 대화했다. 지금까지 니노밖에 몰랐던 그가 주세페와 격정적인 사랑에 빠지게 된 것이다. 니노는 늘 집 밖에 있었던 반면 주세페는 늘 집 안에 있었다. 그러므로 브리츠의 간절한 염원대로 두 연인과 동시에 함께하는 건 불가능한 일이었다. 그 결과 브리츠는 둘 중 한 사람과 함께 있을 때마다 다른 이에 대한 처절한 그리움에 시달리게 되었다. 두 연인 중 한 사람과 함께 있을 때, 그가 다른 연인의 이름을 부른다거나, 어디선가 기억에 새겨진 다른 연인의 냄새가 난다거나 하면 그리움에 사로잡혀 바람을 거스르는 깃발처럼 뒷걸음질 치곤 했다. 학교 앞에서 보초병처럼 니노를 기다리면서도 흘러가는 구름 한 점에 다른 연인이 떠올라 하늘을 쳐다보지 않으려 애써야 했다. 집에 혼자 갇혀 있는 주세페를 떠올리며 서럽게 짓기도 했다. 두 연인 사이에서 갈피를 못 잡던 브리츠는 마침내 마음을 정했다는 듯 긴 입마개를 바람에 휘날리며 산 로렌초 집을 향해 터덜터덜 걸음을 옮겼다. 하지만 막상 집 앞에 가보면 안타깝게도 현관문이 잠겨 있었다. 거추장스러운 입마개 밖으로 주세페의 이름을 목 놓아 불러보았지만 부질없는 짓이었다. 설사 주세페가 그의 목소리를 들었다 한들, 그를 너무나 갈망한다 한들 문을 열어줄 수 없는 노릇이었다. 자신의 운명을 받아들인 브리츠는 포기하는 심정으로 현관문 밖에서 기다리는 방법을 택했다. 땅바닥에 주저앉아 기다리다가 오줌을 질질 싸기도 했다. 기다림에 지쳐 꾸벅꾸벅 졸다가 니노가 나오는 사랑의 꿈을 꾸기도 했다. 몸을 부르르 떨며 꿈에서 깨어나자마자 절망적으로 울부짖으며 성큼성큼 계단을 내려가 학교를 향해 내달렸다.

니노는 두 연인을 향한 브리츠의 사랑에 질투를 느끼지 않았다. 브리츠의 태도는 배신이라기보다 일종의 타협이었다. 니노에게는 브리츠와 주세페, 둘 다 똑같이 소중한 존재였으며 종종 자신의 편의를 위해 둘을 이용하기도 했다. 드물게 영화관에 가는 날이라든지, 개의 출입을 금지하는 특정한 장소에 가는 날에는 브리츠를 주세페와 함께 집에 있게 놔뒀다. 주세페에게는 정말이지 어마어마한 행운이었다. 브리츠와 함께 보낸 시간을 통해 주세페는 자연스럽게 개들의 언어를 습득하게 되었다. 그가 나중에 다른 동물들의 고유한 언어를 습득하게 되는 데에도 커다란 영향을 미쳤다. 뜻밖에 손님들이 찾아오는 행운의 날을 제외하면 주세페는 친구가 하나도 없었다. 사람들의 방문도 끝이었다. 니노는 더 이상 공범이 되어줄 친구들을 집에 데려오지 않았다. 결국 아무도 집에 찾아오지 않았다. 이다에게는 친척도, 친구도, 아무도 없었다. 누군가를 집에 초대하는 법도 없었다. 악소문이 날까 두려워 문을 꼭꼭 걸어 잠그고 지냈다.

동네나 정원에서 마주치는 사람들 모두가 그녀에게는 타인에 불과했다. 이웃을 포함해 그녀가 로마에서 알고 지내던 이들 중 누구도 그녀의 비밀을 몰랐다. 그녀가 짐작하기로는 니노의 섣부른 초대에 응했던 몇몇 소년들만 아는 일이었다. 니노가 워낙 입단속을 단단히 했던지라 니노의 친구들은 가족들 앞에서 입을 꼭 다물었다. 어른들은 아무도 모르는, 우리끼리만 아는 비밀이란 사실도 효과를 발휘했을 것이다. 니노가 어울려 다니던 친구들 사이에서 치명적인 비밀에 대한 소문이 급속도로 퍼지긴 했지만, 또래 사이에 늘 떠도는 시시한 소문에 불과했다. 전쟁이 길어짐에 따라 사람들은 너나 할 것 없이 자기들 앞가림에 바빴다. 다른 사람들이 어떻게 살든 관심이 없었다. 오래전 그 시절, 로마 변두리 산 로렌초에서 가여운 잡종 아기가 태어났다 한들, 엄마가 선생님이었다 한들, 벽보를 붙여 알린다거나, 북 치고 장구치고 할만한 대단한 사건은 아니었다. 덕분에 주세페는 지금까지 그래왔던 것처럼 은신처에 몸을 숨긴 산적처럼 성장할 수 있었다. 그의 은신처를 아는 이들은 로마 곳곳에 흩어진, 공모자의 덫에 걸려 끌려온 소년들뿐이었다. 그리고 모르긴 해도 로마에 살던 개들 사이에서도 소문이 퍼져 나가기 시작했을 것이다. 니노를 기다리는 동안 브리츠가 지나가는 개들이나 버려진 개들과 접촉을 했을 테니 말이다. 어느 날, 주세페를 애타게 그리워하며 산 로렌초 집으로 발걸음을 옮기던 도중 다른 개 한 마리가 나타나 그와 동행했다. 브리츠처럼 잡종에 비쩍 마른, 마하트마 간디처럼 금욕적인 분위기를 풍기는 개였다. 여느 때와 마찬가지로 그날도 현관문은 굳게 닫혀 있었다. 집 앞에 다다를 때까지 나란히 걷던 두 마리 개는 순간 다른 방향으로 걸음을 돌렸다. 그리고 서로의 시야에서 멀어져갔다. 이후로 둘은 영원히 서로를 볼 수 없었다.

....1942

1월-2월

인종 정책 계획을 수립하기 위한 회의가 베를린 반제(Wansee)에서 열린다. 강제 노동 시 쇠약하고 열등한 인종은 사형시킬 것, 성별에 따라 분리 수용할 것, 특별 조치 등의 사안들이 결정된다.

일본인들이 태평양과 극동아시아에서 승리를 거두고 인도차이나와 중국의 넓은 부분을 차지한 데 이어 영국령이었던 인도까지 넘본다. 1937년 국민당 총수 장제스가 일본의 침략에 맞서 중국군 총사령관으로 임명된다.

무장한 CISIR, 러시아에 파견된 이탈리아 부대가 겨울 들판에서 강추위와 싸우며 방어 태세로 고투를 벌인다.

미국이 전투 상황에 대비해 예외적으로 병력 증강을 결정한다. (대포 3만 5천 대, 탱크 7만 5천 대, 전투기 12만 5천 대)

북아프리카에서 이탈리아-독일군이 키레나이카의 수도 벵가지를 재점령한다.

3월-4월

벨센 나치 유대인 수용소에 〈죽음의 방〉이 등장한다.

히틀러가 베를린 국회의사당 회의에서 이미 장악한 군대 통수권과 별개로 독일 시민의 생사권을 결정하는 공식적인 권력을 얻는다.

영국 공군의 공격을 방어하기 위한 전술로 독일에서 이미 시행 중이었던 항공 폭탄 투하가 전면 허용된다. 독일군에 반대하는 경우 민간 항공기까지 총동원해 특정한 목표물 없이 몇 톤 급에 달하는 폭탄과 소이탄을 무차별적으로 투하해 보복하라는 지시가 내려진다.

태평양에서 미군 함대가 두 차례에 걸쳐 일본군을 격파한다.

북아프리카에서 이탈리아-독일군이 빼앗겼던 영토의 많은 부분을 재탈환하는 데 성공하며 이집트의 영토인 엘 알라메인까지 이르게 된다.

7월-8월

미국이 최근 생산한 일명 하늘의 요새라 불리는 4발기 폭격기가 시 운전에 돌입한다. 그러나 민간 거주지에 무차별적으로 폭탄을 투하할 수 있다는 판단에 따라 인간 존엄성 보장 차원에서 현재로서는 사용을 보류하기로 한다.

돈강에서 전투 중인 독일군 병력을 보강할 필요가 있다는 독일 측의 요구에 따라 이탈리아 측에서 대부분 알프스 출신의 우수한 군인들로 구성된 새로운 부대, ARMIR를 조직해 파견한다. 하지만 ARMIR는 무기와 생존능력 부족으로 고전을 면치 못한다.

독일군이 볼가강에서 스탈린그라드 점령을 위해 폐허 속에서 전투에 착수한다.

영국에서 또다시 마하트마 간디와 그를 추종하는 의원들이 구속된다. 인도에서는 수많은 사람이 간디의 비폭력 저항 운동을 추종한다.

9월-10월

독일군이 볼가강에서 소련의 거센 저항을 물리치고 폐허가 된 스탈린그라드를 점령한다.

북아프리카 엘 알라메인에서 이탈리아-독일군이 영국군을 상대로 크게 패배하며 영국군은 트리폴리를 향해 진격한다. 곧이어 미국군이 상륙을 준비한다.

11월-12월

소련군이 러시아 국경을 비롯해 끊임없이 저항하며 스탈린그라드에 발이 묶인 독일군을 공격한다.

영국군이 북아프리카에서 키레나이카의 수도 벵가지를 재탈환한다.

유럽에서 항공전이 격화되며 위대한 도시의 유적들이 파괴되고 민간인들이 학살된다. 무차별 폭격을 다루는 기사가 일상화된다. 하늘의 요새 등의 최신 무기로 무장한 미국이 공격에 가세한다.

그리스에서 전쟁 등으로 인한 사망자들의 숫자가 수백만에 달한다. 시민 일부가 조직을 결성해 주축국에 저항하는 움직임을 펼친다.

이탈리아의 제노바, 나폴리, 토리노를 비롯한 소도시에 폭격이 끊이지 않는다. 가을 동안 이탈리아 북부에 투하된 폭탄의 무게만 1,600톤에 달한다.

12월 2일 미국 시카고의 한 연구실에서 인류 최초의 핵반응 실험이 성공을 거둔다. U.235 동위원소 분열로 이어지는 연쇄적인 결과를 낳는다.

빙글빙글 돌려무나
성 주위를 빙글빙글
궁 주위를 빙글빙글
주머니 속 햇님아
밖으로 나오렴
엄마가 널 부르잖니
빵 부스러기를 던지렴
젊은이들한테 주려무나
아이들한테 주려무나
부침개를 던지렴
노처녀한테 주려무나
꽃이 핀 모자를 샀단다.
"언제 쓰려고 샀어?"
소년이 되면 쓰려고 샀지롱.
근사한 모자를 샀단다.
"언제 쓰려고 샀어?"
결혼식 하면 쓰려고 샀지롱.
두 대의 마차를 타고 나들이 간단다.
"좋은 아침이에요. 대장님."
두 개의 깃발을 들고 나들이 간단다.
"안녕하세요, 호위병님."
티리울리 티리울라
설탕 크림 카루풀라

(아이들의 민속 노래)

1.

가을 내내 그랬던 것처럼 주세페는 집안에 갇혀서 겨울을 보냈다. 아이가 속한 세상은 침실에서 집안 나머지 공간들로 차츰 확대되기 시작했다. 날씨가 안 좋은 계절이었기에 이다는 집안 창문을 전부 닫고 지냈다. 창문을 열었다고 해도 아기가 칭얼대는 소리는 길가와 마당의 소음에 파묻혔을 것이다. 공동주택 입구에는 A동부터 E동까지 아우르는 넓은 마당이 있었다. 이다의 집은 D동 맨 꼭대기 층 19호였고 같은 층에 다른 가구는 살지 않았다. 복도에는 그녀의 집 현관 외에도 다른 문이 있었는데 물탱크가 있는 옥상으로 나가는 문이었다. 이다 입장에서는 그렇게 고립된 공간에서 지내는 게 정말이지 행운이었다. 주세페가 아는 세상은 D동 19호 안에 있는 방 하나가 다였다. 또 다른 세상이 존재한다는 건 우주를 떠도는 성운만큼이나 경로를 알 수 없는 일이었다. 창문까지 가거나 창밖을 바라보기에는 너무 어렸다. 유아세례도 할례도 받지 않았으므로 교구에서도 아기가 존재한다는 사실을 전혀 몰랐다. 날이 갈수록 전쟁의 위기가 고조되는 상황 속에서 사람들의 무관심 또한 그의 은둔 생활에 유리하게 작용했다.

유독 발달이 빨랐던 주세페는 얼마 지나지 않아 팔꿈치와 무릎으로 기며 집안을 돌아다니는 법을 터득했다. 아마도 자신의 스승 브리츠를 흉내 내다 성공에 이르렀을 것이다. 아이에게 있어서 현관문이란, 고대 탐험가들이 마주쳤던 헤라클레스의 기둥과 마찬가지로 우주가 종결되는 지점이었다. 주세페는 이제 발가벗고 집안을 돌아다니지 않았다. 추위를 막기 위해 온몸을 꽁꽁 싸매고 있었다. 모직 원단을 칭칭 감은 동글동글한 아기는 마치 털이 풍성한 강아지처럼 보였다. 얼굴의 윤곽선도 점점 또렷해졌다. 자그마한 콧대는 부드럽지만 곧게 뻗어 있었고, 작지만 뚜렷한 이목구비는 아시아의 조각상을 연상케 했다. 확실히 부모 중 한쪽만 닮은 건 아니었다. 쌍둥이처럼 양쪽이 똑같이 생긴 두 눈은 머나먼 이국에서 온 사람처럼 보였다. 눈동자의 색깔과 시선은 그때그때 달라졌다. 잔뜩 겁먹은 눈빛인가 하면 기쁨과 신뢰로 가득 찬 눈빛일 때도 있었다.

성격에 대해서는 그보다 활달한 아기는 찾아볼 수 없을 정도로 밝은 축에 속했다. 자신을 둘러싼 사물들에 일일이 반응하고 흥미를 보이며 즐거워했다. 창밖에 빗줄기가 보이면 형형색색의 종이와 총천연색 별빛을 바라보듯 까르르 웃으며 좋아서 어쩔 줄 몰랐다. 천장에 비스듬히 햇살이 비쳐 들면, 중국 곡예사들이 펼치는 아슬아슬한 공연을 관람하듯, 그림자 속에 반사되는 거리의 아침 풍경을 가만히 들여다보기도 했다. 자그마한 얼굴에 환한 미소가 번지는 걸 보면, 아이는 사물을 틀에 박힌 그대로가 아닌 다양한 시선으로 바라보고 있음이 분명했다. 그게 아니라면 매일 똑같이 반복되는 집안의 시시하고 단조로운 장면을 바라보며 그토록 변화무쌍한 반응을 보일 수 없었을 것이다. 주세페는 낡은 천 쪼가리, 굴러다니는 종잇장 하나도 빛의 단계에 따른 프리즘으로 변모시키며 까르르 웃기를 멈추지 않았다.

아이가 초기에 습득했던 단어 중 하나는 '벼'(별)였다. 집 안에 있는 전등을 보고도 '벼'라고 했고, 이다가 학교에서 가져온 시든 꽃, 벽에 걸린 양파 다발, 문손잡이도 '벼'라고 불렀다. 다음으로 제비까지 그렇게 부르기 시작했다. '에비'(제비)라는 말을 배운 다음부터는 빨랫줄에 널어놓은 양말 짝을 보고도 '에비'라고 불렀다. 이산가족을 만난 사람처럼 기쁨에 겨워 깔깔 웃으며 벽에 앉은 파리 한 마리라든지

하는 새로운 '벼'나 '에비'를 찾아내곤 했다. 온 집안을 엉금엉금 기어다니며 무한한 탐험을 즐겼던 아이에게 가구들은 우랄강이나 아마존, 오스트레일리아의 군도나 마찬가지였다. 한참을 돌아다니다 보면 종종 어딘지 모를 머나먼 곳에 와 있기도 했다. 혐오스럽고 징그러운 형태들과 마주쳐도 여느 사물들처럼 신선한 경이로움에 빠져들었다. 부엌 개수대 밑에 기어가는 바퀴벌레를 도저히 믿을 수 없다는 눈빛으로 유심히 바라보거나, 심지어 니노가 뱉은 가래침을 '벼'라고 부르기도 했다.

하지만 온 세상 그 무엇과도 절대 바꿀 수 없었던 기쁨은 니노와 함께 할 때였다. 니노는 세상의 그 어떤 축제와도 견줄 수 없는 존재였다. 니노가 집에 있을 때면 아이의 눈길은 늘 니노만 졸졸 따라다녔다. 형을 바라보는 주세페의 눈 속에 무수한 빛깔들이 깃들었다. 마치 뱅골 지방에서 벌어지는 불꽃놀이 같았다. 주세페는 계단을 올라오는 발소리만 듣고도 벌써 형이란 걸 알아차렸다. 온몸의 촉각을 곤두세우고 '이노, 이노'라고 외치며 수단과 방법을 총동원해 전속력으로 현관을 향해 질주했다. 이따금 밤늦게 집에 돌아온 니노가 열쇠로 문을 따는 소리가 들리면 자다 말고 입가에 웃음을 띠고 '이노'라고 중얼거리기도 했다.

1942년 봄이 가고 여름이 다가오고 있었다. 누더기처럼 칭칭 감고 있던 두툼한 천 쪼가리들을 벗어던진 주세페는 이다가 입던 바지와 형이 입던 셔츠를 대충 수선해서 입고 있었다. 바지는 너무 길어서 바닥에 질질 끌렸고 셔츠의 품은 꼭 맞았던 반면 소매는 너무 길어서 손을 덮었다. 자그마한 발에는 태어났을 때부터 신었던 신발을 신고 있었다. 야생의 초원에서 지내는 인디언 아기 같은 차림이었다. 봄이 되자, 아이의 눈에 온종일 창문 주위를 날아다니는 수많은 '에비'들이 보였다. 저만치 보이는 제라늄꽃, 마당에서 울려 퍼지는 사람들의 다양한 목소리까지 '벼'라고 칭하는 단어들도 늘어 갔다. 빛, 하늘, 창문을 죄다 '애'(해)라고 부르기도 했다. 어머니가 금지하고 단절했던 현관문 이후의 세상은 '안돼'라고 불렀다. 밑에서 기어다니며 놀던 가구들은 '깜깜'(어둠)이라고 불렀다. 목소리와 소리는 전부 '모소리'(목소리), 비와 물은 '이'(비), 기타 등등...

날이 풀리자, 니노는 학교에 가지 않는 날에도 하루 종일 집 밖으로 나돌았다. 주세페를 보여주겠다며 친구들을 데려왔던 과거도 머나먼 추억으로 남았다. 어느 화창한 아침, 니노는 그날따라 브리츠와 주세페와 함께 집에 있었다. 주세페가 탐험을 마치고 어두침침한 구석에서 기어 나오는 모습을 본 니노가 동생에게 다가가 선포했다. "앗싸, 남자들끼리 가 보자! 자, 오늘은 밖에 나가는 날!" 니노는 한 치의 망설임도 없이 주세페를 번쩍 들어 올려 목말을 태우고 날개 달린 도둑처럼 훨훨 날아 계단을 내려갔다. 주세페는 어마어마한 위법을 저질렀다는 비극에 빠져 노래의 한 소절처럼 웅얼거리고 있었다. "안돼... 안돼... 안돼..." 아이가 작은 손으로 형의 손을 꼭 붙잡았다. 자그마한 두 발이 힘차게 달리는 형의 가슴팍 위에서 이리저리 흔들거렸다. 어머니가 정해놓은 법을 어기고 기어이 자유를 쟁취한 주세페는 온몸을 부들부들 떨며 거친 숨을 내뱉었다. 니노를 뒤따라오던 브리츠는 사랑하는 두 사람과 동시에 함께 있다는 사실에 너무도 흥분한 나머지 발을 헛디뎌 계단에서 밑으로 굴러떨어지고 말았다. 셋은 순식간에 현관을 벗어나 공터까지 다다랐다. 길을 가다 마주쳤던 사람 중 아무도 니노에게 목마 탄 아기가 누구냐고 묻지 않았다. 세상 사람들 모두가 투명 인간이 된 듯했다.

　그리하여 주세페는 그야말로 석가모니처럼, 머리털 나고 처음으로 세상 구경 길에 오르게 되었다. 석가모니는 자신이 누구인지 깨닫고자 왕이었던 아버지의 궁전에서 나오자마자 질병과 노화와 죽음이라는 난해한 문제와 마주쳤다. 그러나 주세페의 경우는 그와 정반대였다. 그날 그가 본 세상은 아찔할 정도로 황홀한 정원이었다. 설사 질병과 노화와 죽음이 그들의 환상적인 여정을 가로막았을지라도 눈에 들어오지 않았을 것이다. 기나긴 산책이 시작되던 그 순간 가장 가까이에서, 제일 먼저 보였던 건 형의 새카만 곱슬머리였다. 그들이 산 로렌초에서 어딜 지나쳤는지 누굴 마주쳤는지 일일이 열거하는 건 무의미할 것이다. 주세페의 두 눈에 전쟁 통에 형편없는 몰골을 하고 얼굴을 잔뜩 찌푸린 사람들의 가련한 모습이 주마등처럼 스치고 지나갔다. 하지만 그라나다의 알함브라 궁전, 시라즈의 포도밭 아니, 지상의 그 어떤 낙원이라 할지라도 그보다 멋지지 않았을 것이다. 신바람이 난 주세페는 손을 마구 흔들고 있는 힘껏 소리치고 웅얼거리며 연신 웃어 젖히느라 어쩔 줄 몰랐다. "에비, 에비, 벼... 에... 에비... 와... 모소리..." 하면서.

　마침내 셋은 앙상한 두 그루의 나무뿌리가 땅 위로 돌출된, 들풀로 뒤덮인 초라한 공터에서 걸음을 멈췄다. 어마어마한 아름다움을 목격한 주세페는 터질 것 같은 마음을 진정시키느라 양손으로 형의 웃옷을 꼭 붙잡고 있었다. 태어나서 처음 보는 풀밭이었다. 풀포기들은 빛을 내뿜는 초록색 실타래 같았고 나뭇잎들은 수백 개의 전등 같았다. 초록은 물론이고 일곱 가지 무지개색을 비롯해 이름 모를 갖가지 색깔들이 한데 모여있었다. 광대한 아침 햇살 아래 공터 주위에 서민 주택들이 드높은 성채처럼 금빛 은빛으로 변모하며 광채를 발하고 있었다. 창가에 내놓은 제라늄과 바질 화분들이 작은 별자리들처럼 반짝였다. 형형색색의 옷을 입고 끊임없이 움직이는 사람들, 흥겨운 음악처럼 불어오는 바람에 하늘과 구름, 해와 달이 춤을 췄다. 대문 위에 깃발이 펄럭이는 집도 있었다. 양배추밭에서 날아온 나비가 데이지꽃 위에 사뿐히 내려앉는 모습을 본 주세페가 속삭였다.

"에비…"

"아니야, 이건 제비가 아니라 곤충이야! 나비! 따라 해 봐, 나-비!"

주세페가 얼마 전에 난 젖니를 드러내며 의문의 미소를 지어 보였다. 무진장 애를 써 보았지만 그대로 따라 말할 수 없었다. 아이의 미소가 일그러졌다.

"자, 어서! 나-비라고 해 봐! 뭐야? 너 멍청이야? 울어? 울면 다시는 안 데리고 나온다!"

"에비."

"아, 아니, 제비 말고! 나비라 그랬잖아! 그럼 내 이름은 뭐야?"

"이노."

"그럼, 얘는, 목걸이 한 이 동물 이름은?"

"이."

"잘했어! 그래야지! 그럼, 여기 이건 뭐야?"

"불."

"불이라니! 나비지! 이런 멍청이! 이건 나무, 나-무라고 해 봐! 저 아래 보이는 건 사이클 선수. 사이클 선수 해 봐. 산니티 광장 해 봐!"

"불. 불. 불!"

주세페가 우스꽝스러운 표정을 지으며 되는대로 마구 외쳤다. 그런 자기 꼴이 우스운지 배꼽이 빠지게 웃어댔다. 니노도, 브리츠도 웃었다. 셋이 함께 광대처럼 신나게 한바탕 웃어젖혔다.

"자, 이제 농담은 그만하고 진지하게 한번 해보자고. 저기 저 펄럭이는 거 보여? 저건 깃발이라는 거야. 따라 해 봐, 깃-발."

"기발."

"잘했어. 저건 삼색 깃발이야."

"사새."

"잘했어. 이제 따라 해 봐. 에이아 에이아 알라라."

"랄라."

"잘했어. 그럼 넌 이름이 뭐지? 이제 네 이름을 알 때도 됐잖아. 세상 모든 이름을 다 알면서 자기 이름도 모르면 되겠어? 네 이름이 뭐야?"

"...."

"주-세-페! 따라 해 봐, 주-세-페!"

동생은 기어코 그 단어를 정복하고야 말겠다는 듯 굳은 의지를 보이며 신경을 온통 입술에 집중했다. 숨을 한번 크게 내쉬더니 진지한 표정으로 입을 열었다.

"우세페."

"이럴 수가!! 너 진짜 대단하구나, 시옷까지 정확하게 발음하다니! 우세페! 맘에 쏙 들어. 주세페보다 훨씬 좋은걸. 새로운 사실을 알려줄까? 난 이제부터 널 영원히 우세페라고 부를 거야. 자 올라타. 이제 갈 시간이야."

니노는 동생을 다시 목말 태우고 왔던 길로 되돌아갔다. 집으로 가는 길은 왔던 길보다 훨씬 즐거웠다. 처음으로 접한 세상에 대한 두려움이 사라지고 신뢰가 싹트기 시작했다. 회전목마를 타고 빙글빙글

도는 기분이었다. 출연자들이 하나둘 모습을 드러내며 놀라운 공연을 펼치기 시작했다. 개 두서너 마리, 나귀 한 마리, 다양한 탈 것들, 고양이 한 마리 등등. "이!.. 이!..." 주세페 아니, 우세페는 브리츠처럼 네 발 달린 동물들이 지나치고, 뛰어오르고, 어슬렁거리고, 목줄에 끌려가는 모습을 보았다. 바퀴가 네 개 달린 자동차들도 보였다. 닌누추는 동생의 어휘를 늘리기 위해 자동차(아도차), 말(마) 같은 단어들을 가르쳐주려 했지만, 선생 노릇에 지쳐서 동생이 혼자 상상의 나래를 펴도록 내버려 두었다.

며칠 후, 두 번째 외출 시간이 돌아왔다. 이번에는 기차를 구경하러 티부르티나 역에 가기로 했다. 니노와 우세페와 브리츠는 기차역 정면 광장을 지나쳐 승객들로 붐비는 대합실로 들어갔다. 화물 열차들이 정차된 특수 구역에 들어가려면 역 맨 뒤편으로 가야 했다. 일반인은 출입이 금지된 철창문으로 막힌 곳이었지만, 일꾼들과 친분이 있었던 닌누추는 오래전부터 자신의 영토인 양 그곳을 들락거렸다. 산 로렌초를 통틀어 가장 후미진 장소였던 그곳은 어릴 적부터 알고 지내던 길거리 건달들이 모여서 노는 장소이기도 했다. 철창문 안쪽은 텅텅 비어 있었다. 멀리서 니노에게 친근하게 인사를 건네는 헐렁한 점프슈트 차림의 일꾼 한 사람만 보였다. 눈에 띄는 거라고는 화물 객차 몇 대뿐이었다. 플랫폼에 정차된 화물칸 내부에 송아지 한 마리가 보였다. 송아지는 무방비 상태로 쇠줄에 묶여 있었다. 울음소리도 내지 않았고 가까스로 머리를 밖으로 내밀고 있었다. 머리에 뿔이 잘려 나간 자국이 있었고 목에는 판지를 잘라 만든 둥근 목걸이가 매달려 있었다. 최종 목적지가 적힌 표식이었다. 하지만 열차에 탑승한 승객은 그런 정보를 전혀 모르는 듯했다. 촉촉하고 부리부리한 동물의 눈동자에 불길한 예감이 깃들어 있었다. 브리츠가 곧바로 송아지에게 관심을 보였다. 곁눈질로 흘끗흘끗 쳐다보며 컹컹 짖어댔다. 형의 어깨 위에 올라탄 주세페도 형의 머리 너머로 송아지의 모습을 지켜보고 있었다. 아이의 눈이 짐승의 눈과 마주쳤던 그 순간, 둘은 인간이 감지할 수 없는 세밀한 신호를 주고받았다. 주세페가 그런 눈빛을 보인 건 태어나서 처음이었다. 아무도 눈치채지 못할 미묘한 변화, 작고 검은 커튼, 슬픔 또는 의구심이 깃든 눈빛. 출구를 향해 가던 브리츠와 주세페는 자꾸만 화물칸 쪽으로 몸을 돌렸다. "마... 마..." 닌누추의 귀에는 동생의 작은 소리와 불확실한 발음이 들리지 않았다. 당연히 정확한 단어를 가르쳐주지도 않았다.

그날의 소소한 모험은 그렇게 막을 내렸다. 주세페의 눈빛이 달라졌던 건 아주 짧은 순간뿐이었다. 광장에 도착하니 생각지도 못했던 또 다른 모험이 조금 전 아이 눈에 깃들었던 그늘을 지워버렸다. 색색의 풍선을 파는 장사꾼이 광장에 나와 있었다. 처음 보는 그 광경에 신이 나서 몸을 흔드는 동생의 모습을 보고 마음이 약해진 니노는 자신의 전 재산을 탈탈 털어 빨간 풍선을 사 주었다. 집으로 돌아가는 길에 일행은 풍선까지 합쳐서 넷으로 늘어났다. 주세페는 떨리는 손으로 풍선 줄을 꼭 쥐고 있었지만, 200미터 정도 가서 자신도 모르는 사이에 줄이 손가락 사이로 빠져나가 버렸다. 풍선은 순식간에 허공으로 훨훨 날아가 버렸다. 주세페는 실망하기는커녕 허공으로 날아가는 풍선을 쳐다보며 좋아라 깔깔댔다. 고개를 뒤로 젖히고 하늘 위를 쳐다보던 순간, 아이는 생애 최초로 온전한 하나의 문장을 내뱉었다 "멀리 날아! 멀리 날아!"

5월이 지나는 동안 셋은 몇 차례 더 산책에 나섰다. 낯설고 유쾌한 삼총사의 모습은 이내 이웃들의 눈길을 끌었고 얼마 지나지 않아 이다의 귀까지 소식이 전해졌다. 처음에는 절대 안 될 일이라며 니노에게 난리를 쳤지만, 그녀 또한 점차 당연한 자연의 이치라고 받아들이게 되었다. 그렇게 방관자가 되기로 마음먹은 그녀는 더 이상 니노를 혼내지도, 니노에게 잔소리하지도 않았다. 어머니와 아들은 유치한 도피를 위해 각자의 음모를 꾸몄다. 니노에게 산책은 일종의 일탈이었고, 이다는 고의적이든 아니든 니노의 행동을 묵인했다. 어쨌든 이제 상황은 새로운 국면에 접어들었다. 이다는 그동안 철저히 숨겨왔던 비밀을 두고 나도는 중상모략에 대비해야 했다. 이웃 사람들과 마주치는 일을 최대한 피해야 했다. 그 뒤로 사람들은 길고양이처럼 귀를 내리깔고 고개를 푹 숙이고 공동 현관을 빠져나가는 이다의 모습을 보게 되었다. 이웃들의 질문과 관심은 어찌어찌 피할 수 있었지만, 상황이 그렇다 보니 이다의 심기는 불편하기만 했다. 사실 그녀만 몰랐을 뿐, 이제껏 용케 감췄다고 믿었던 출산 스캔들은 동네 사람들 사이에서 이미 공공연한 사실이었다. 니노의 어린 공모자들은 약속을 지키려 부단히 애썼으나 어느 정도까지만 가능한 일이었다. 아니, 로마 변두리에 사는 가난한 사람들 사이에서 그 정도 사건은 스캔들 축에 끼지도 못했다. 불쌍한 과부 선생에게 돌을 던지려는 사람은 아무도 없었다. 그녀는 늘 혼자서, 늘 닳아 빠진 신발을 신고, 늘 분주하게 싸돌아다니는 가여운 여자였다. 길 가다 마주친 이웃 여자가 그녀에게 아기의 안부를 물었더라도 그건 나쁜 뜻에서가 아니라 축하해 주기 위해서였다. 하지만 그녀는 그런 일이 벌어질 때마다 몸을 팔다 들킨 매춘부처럼 얼굴이 새빨개지곤 했다.

동네 여자들과 마주치고 대화를 나누는 일은 주로 식료품 가게에서 줄을 서 있는 동안 일어났다. 식료품은 늘, 언제나, 매우 부족했고 그마저도 제대로 된 물건이 아닌 엉터리뿐이었다. 매달 야금야금 줄어드는 배급 카드의 할당량은 이제 코웃음이 나올 정도로 우스운 실정이었다. 반면에 니노의 배고픔은 어머니라도 잡아먹을 잔혹한 식인종처럼 점점 커져만 갔다. 로마 시민 중 배고픔을 해결할 수 있었던 사람들은 비싼 가격에 암거래로 물건을 살 수 있었던 부자들뿐이었다. 이다는 그런 사람들과 처지가 달랐다. 이다가 생존을 위한 사사로운 투쟁에 돌입하게 된 것도 그때부터였다. 생존의 기술은 날이 갈수록 눈부시게 발전해 나갔다. 학교 수업 외에 남는 시간은 오로지 식량 마련에 쏟아부었다. 개인 과외 수업이 필요하다는 사람이 있으면 아무리 먼 곳이라도 어디든 달려갔다. 분말 우유 한 봉지, 통조림 한 캔 따위의 시시한 보상도 마다하지 않았다. 원시 시대 사냥꾼처럼 하루하루가 투쟁의 연속이었다. 정신없는 하루를 보내느라 낮에는 어머니에게 물려받은 과도한 걱정에 시달릴 여유조차 없었다. 니노뿐 아니라 이제는 주세페도 먹을거리를 원했다. 모유는 출생하고 나서 몇 달 뒤에 끊어졌다. 또래보다 발육이 빨라서였는지 아기는 겨울 끝 무렵부터 벌써 어른들 음식을 먹고 싶어 했다. 그녀는 자신이 구할 수 있는 한도 내에서, 사람이 먹을 수 있는 온갖 재료들을 냄비에 한데 집어넣고 이유식을 만들어 주었다. 아기는 엄마가 만들어 주는 조악한 음식을 통해 영양을 섭취하며 무럭무럭 자랐다. 키가 자랐다 싶으면 옆으로도 자라나 있었다. 타고나길 살집이 없는 체질이었지만 사랑스럽긴 매한가지였다. 활달한 성격 덕분인지 동그스름한 얼굴은 누가 봐도 건강해 보였다. 햇빛을 거의 보지 못하고 지냈지만, 피부는 칼라브리아 사람처럼 자연스러운 갈색빛이었다. 바다, 강, 아니, 물가 근처에도 가보지 못했지만, 눈동자는 머나먼 바다의 빛깔을 한껏 빨아들인 것처럼 새파랬다.

이다는 밤마다 부부 침대에서 아기와 함께 시간을 보냈다. 늘 잠이 모자랐던 이다는 꿈도 꾸지 않고 새근새근 자는 작고 순수한 아기를 바라보곤 했다. 아기와 달리 그녀의 수면은 날이 갈수록 엉망이 되었다. 꿈 내용도 점점 무서워졌다. 이상한 나라의 앨리스처럼 터무니없는, 이상하고 복잡하고, 말도 안 되는 일들이 벌어졌다. 악몽 때문에 잠을 설치는 밤들이 늘어 갔다. 긴긴 불면의 밤들이 무의식 속에 촘촘히 쌓여 더더욱 기묘한 꿈을 만들어 냈다. 잠이 듦과 동시에 그녀와 불면증 사이에 놓였던 벽이 와르르 무너져 내렸다. 캄캄한 밤중에 미로를 헤매듯 쉼도, 멈춤도 없는 여행이 또다시 시작되었다.

변두리로 보이는 넓은 땅에 사람들이 임시로 건물을 짓고 있다. 발가벗은 군중 틈에서 그녀만 옷을 입고 있다. 사람들이 숨 막힐 정도로 빽빽하다. 아무도 그녀에게 눈길을 주지 않지만, 그녀는 혼자만 옷을 입고 있다는 사실이 부끄럽다. 눈이 부셔서 사람들이 제대로 보이지 않는다. 석고상처럼 무표정한 얼굴들, 시선도, 목소리도 없다. 어떻게든 이탈자가 생기지 않도록 막아야 한다. 그녀가 운다. 그녀가 소리 높여 흐느낀다. 그녀가 태양 아래 웃는다. 잠깐, 그녀의 웃음소리가 아니다. 누군가 숨어서 그녀를 쳐다보며 웃고 있다. 산더미같이 쌓인 돌 들보 위에 그녀가 꼭두각시처럼 뻣뻣하게 서 있다. 분명 혼자인데, 들보 밑에서 수천 명이 부드득부드득 이를 가는 섬뜩한 소리가 들린다. 여자애 하나가 울고 있다. 그녀는 아무리 애를 써도 아이를 도울 수 없다. 그녀의 몸은 목각 인형처럼 딱딱하게 굳어 있다. 몸을 움직일 수 없다. 웃음소리와 개 짖는 소리가 뒤섞인다. 아무래도 브리

츠인 것 같다. 브리츠가 닌나리에두와 주세페를 구출하려 안간힘을
쓰며 울부짖는다. 순간 그녀는 지하 술집으로 떨어진다. 끔찍할 정도
로 발랄한 음악 소리가 고막이 찢어지게 울려 퍼진다. 그녀가 춤을 춘
다. 춤추는 와중에도 맨다리를 감추려 애쓴다. 그녀의 다리에는 허벅
지에서 발목까지 심한 흉터가 나 있다. 들켰다가는 자손 대대로 형벌
을 받게 될 것이다.

　때로 꿈속에서 국제적으로 명성이 자자한 인물들을 만나기도 했다.
콧수염을 기른 히틀러, 안경을 쓴 교황, 양산을 쓴 에티오피아의 황제
같은 이들이었다. 그들과 세상을 떠난 이들이 혼란스럽게 뒤얽힌다.
보라색 모자를 쓴 깐깐한 어머니, 서류뭉치를 들고 바삐 움직이는 아
버지, 커다란 여행 가방을 들고 어디론가 떠나는 알피오. 그들과 함께
귀에 익은 이름의 사람들이 등장한다. 한 사람은 휘파람이고, 또 한
사람은 기념물이다. 이유는 알 수 없었지만, 언제나 빠짐없이 군중들
사이에 있는 사람도 있었다. 이다와 같은 아파트 B동에 사는, 일명 '소
식통'이라 불리는 이였다. 그는 한때 자신과 이름이 같은 '소식통' 신
문사에서 일했다. 하지만 지금은 파킨슨병에 걸린 노인이었다. 이따
금 부인과 딸의 부축을 받으며 마당에 나오곤 했다. 걸음은 금방이라
도 쓰러질 듯 뒤뚱거렸고, 표정은 무감각한 눈사람 같았다. 그와 마주
칠 때마다 이다는 안쓰러운 마음에 모른 척 그냥 지나치곤 했다. 꿈속
에서 누군가 눈부신 조명 아래 그의 사진을 찍는다. 매우 정확하고 과
학적인 사진이다. 그 밖에 학생들, 동료 선생님들, 학교의 높은 분들,
친근한 얼굴들, 기억 속에 묻힌 얼굴들, 무수한 사람늘이 이다와 밤을
함께 보냈다. 유일하게 보이지 않았던 건 독일 군인뿐이었다. 그는 절
대 그녀의 꿈속에 나타나지 않았다.

최근 몇 달 들어 야간 경보 사이렌이 울리는 횟수가 부쩍 늘었다. 사이렌이 멈추자마자 요란한 굉음을 내며 출동한 폭격기들이 하늘을 가로질렀다. 이탈리아의 다른 도시들이 폭격당했다는 소식이 들려왔지만, 로마 사람들은 자신들의 도시만큼은 안전하리라 굳게 믿고 있었다. 로마는 감히 손댈 수 없는 성스러운 도시라 믿었다. 그러니 경보 사이렌이 울리고 비행기들의 굉음이 들려도 다들 침대에서 꿈쩍도 하지 않았다. 이다 또한 으레 있는 일이거니 하며 넘겼다. 어쨌든 사이렌이 울릴 때마다 집안에서는 한바탕 소동이 벌어졌다. 소동의 주범은 브리츠였다. 거실에 드러누워 있던 브리츠는 사이렌 소리가 들리자마자 벌떡 일어나 쉬지 않고 짖어대며 가족들에게 위험을 알렸다. 닌나리에두가 귀가하지 않은 날 밤에는 더 세게 짖었다. 경보 사이렌이 그친 뒤에야 안정을 되찾은 브리츠는 제자리로 돌아가 조용히 주인을 기다렸다. 브리츠가 난리를 치는 통에 주세페도 잠이 깼다. 주세페는 사이렌 소리를 수탉 울음으로 착각했다. 브리츠가 한밤중에 짖을 때마다 아침이라 착각하며 눈을 동그랗게 떴다. 그럴 때면 이다는 요람 안에 있던 아이를 품에 안았다. 그리고 아버지가 자신에게, 자신이 닌나리에두에게 불러주었던 유명한 자장가를 마지막 부분만 살짝 바꿔서 불러주었다.

"...성 주세피노 축제에서 춤출
신발을 사러 가자."

그러나, 보통은, 성 주세피노 자장가만으로 주세페를 다시 잠들게 하기는 쉽지 않았다. 자장가가 끝나갈 때쯤 주세페는 처음부터 다시 불러달라고 엄마를 졸라댔다. 두 번째 자장가가 끝나면 다른 노래를 불러달라고 했고 심지어 신청곡도 말했다. "어마, 오레지."(오렌지 나무 노래) "어마, 배."(뱃노래) 노래들은 전부 칼라브리아에서 전해 내려오는, 어릴 적에 아버지가 그녀에게 들려주었던 동요들이었다. 그녀는 피곤함도 잊은 채 아이와의 소극장 놀이에 푹 빠졌다. 한밤중에 팬들 앞에서 무대에 오른 가수처럼 공연을 펼쳤다. 머리를 풀어 헤치고 침대 한가운데에 앉아 주세페의 신청곡들을 불렀다.

"정원을 밝히는 오렌지 나무..."
"뒤돌아라, 배야, 빙글빙글, 배야..."

그녀는 타고난 음치였던지라 어떤 노래를 부르든 음정이 다 똑같았다. 노래들 전부가 똑같은 노동요나 동요처럼 들렸다. 그야말로 엉망진창이었다. 닌나리에두 앞에서는 노래는 고사하고 입도 뻥끗 못 했다. 제법 노래 솜씨가 있었던 닌나리에두는 머리가 크고 나서부터 엄마의 노래를 못 참아줬다. 이따금 그녀가 집안일을 하다가 노래를 흥얼거리기라도 하면 조용히 하라며 야유의 휘파람을 불어댔다. 주세페는 니노와 달랐다. 그녀가 음치라는 사실을 분간하기에는 한참 어렸다. 사실 주세페는 음악이라면 장르를 불문하고 뭐든 좋아했다. 정원에서 들리는 주파수가 안 맞는 라디오의 지지직 소리, 전차가 지나갈 때 들리는 댕댕 소리까지. 주세페의 작은 귀는 하찮은 음악도 푸가와 변주곡으로 발전시키는 능력을 지니고 있었다. 색깔과 마찬가지로, 단조롭고 시시한 소리도 풍성한 선율의 메아리가 되어 울려 퍼졌다. 변성기가 지난 형 니노가 집안에서 어른 목소리로 애창곡들을 부를 때마다, 노랫소리에 이끌린 주세페는 숨을 헐떡이며 형의 뒤를 졸래졸래 따라다녔다. 잘 알려진 동화에 등장하는 동명의 페페가 진짜 산적 뒤를 졸졸 따라다녔던 것처럼 말이다.

주세페는 또한 단어에도 지대한 관심을 보였다. 그가 생각하는 단어는 확실한 가치인 동시에 사물들을 한데 묶는 수단이었다. '개'라는 단어를 들으면 활달하고 친근한 브리츠가 눈앞에서 꼬리를 살랑거리듯 신바람 나게 웃어댔다. 단어를 듣고 그 단어가 지칭하는 대상을 상상하기도 했고, 반대로 대상을 보며 단어를 기억해 내기도 했다. 태어나서 처음 화물선 그림을 보았을 때 주세페는 신대륙을 발견한 듯 큰 소리로 외쳤다. "배! 배!" 형과 함께했던 나들이는 그의 어휘력을 풍부하게 해 주었고 자연과 연관된 새로운 단어들을 터득할 수 있게 해 주었다. 그의 단어장을 펴 보면, 가구와 살림살이는 집과 기차였고, 수건과 행주와 구름은 전부 '기발'(깃발)이었다. 별빛은 풀, 빵부스러기에 모여든 개미들은 달 주위에 별들이었다. 보로메스 호텔 카탈로그 같은 거실의 장식품들을 하나하나 손으로 만지며 잠꼬대처럼 중얼거리기도 했다. "광장... 사람들..." 벽에 걸린 사진 속 인물이 형이란 사실도 알았다. 사진 앞에 선 주세페는 단테가 낭떠러지에 새겨진 사람들을 바라보는 듯한 의아한 표정을 지어 보였다. 그리고 '이노'라며 형의 이름을 속삭였다. 누군가 이름을 물어보면 사뭇 진지한 표정으로 대답했다. "우세페." 이제는 형뿐만 아니라 엄마도 그를 본명이 아닌 별명으로 불렀다. 이후에도, 모두가, 늘, 그를 그렇게 불렀다. 그러므로 나 또한 다들 눈치챘다시피, 이제부터, 그를 우세페라고 부를 것이다.

방학이 되자 니노와 함께했던 아침 나들이도 사라졌다. 니노는 밤 늦게까지 깨어있다가 오전 내내 쿨쿨 자고 정오가 지나서야 일어났기 때문이었다. 보다 못한 엄마가 이따금 한산하고 초라한 동네 공터에 우세페를 데려갔다. 아이와 외출할 때면 그녀는 사람들이 못 알아보게 할 작정으로 우세페를 어깨 위에 목말을 태웠다. 아기의 작은 몸으로 자기 얼굴을 가리려는 의도에서였다. 괴물과 싸우러 긴 여정을 떠나는 사람처럼 그녀는 아이를 데리고 집 밖에 나가는 게 정말이지 무서웠다. 공터에 도착해 아기가 땅바닥에서 노는 동안에도 잔뜩 긴장한 자세로 늘 똑같은 벤치, 똑같은 자리에 앉아 있었다. 누군가 다가오면 바로 자리를 뜨려고 만반의 준비를 하고 있었다. 나들이 시간은 언제나 똑같았다. 생명체의 흔적을 찾아볼 수 없는 찌는 듯이 더운 오후였다. 딱 한 번 배신자 아니, 침입자가 나타나 그녀가 앉아 있던 벤치 옆자리에 앉는 일이 벌어졌다. 처음 보는 노파였는데 어찌나 앙상하고 쪼글쪼글했던지 파피루스나 모래처럼 영원불멸의 운명을 타고 난 존재 같았다. 노숙자 같기도 했고, 생선 가게에서 일하는 여자처럼 보이기도 했다. 손에 들린 장바구니, 누더기 같은 헐렁헐렁한 바지 주름 사이사이에 찌든 말라비틀어진 생선 냄새가 코를 찔렀다. 벤치에 앉아서 아기가 노는 모습을 빤히 쳐다보던 그녀가 이다에게 물었다.

"저 애가 댁에 아이유?"

무심코 시선을 돌린 이다가 무시와 동정이 섞인 눈빛으로 그녀의 모습을 관찰하기 시작했다.

"쯧쯧, 불쌍한 것 같으니, 저렇게 부산스러워서야 어디, 세상 살기가 쉽지 않겠어."

그녀가 아기를 향해 몸을 돌리며 말했다.

"이름이 뭐니?"

"우세페."

"아하, 페피노!(주세페의 애칭) 나도 너 같은 아기가 있었단다. 걔도 너처럼 부산스러웠지, 이름도 너랑 비슷한 피나였단다. 그 아이도 너처럼 눈이 또랑또랑했지, 까만색이었지만."

바지 안주머니를 뒤적거리던 그녀는 역겨운 생선 냄새가 밴 호두 한 알을 꺼내 아기에게 선물로 주었다. 그리고 뼈만 남은 어깨 위로 옷깃을 여미며 말했다. "그늘에 있으니 슬슬 추워지는군." 7월이었고 한낮 기온은 36도에 육박했다. 그녀는 양지를 찾는 도마뱀처럼 왔던 대로 어기적어기적 멀어져 갔다.

또 한번은 이런 일이 있었다. 먼지가 자욱한 자갈밭 위에 앉아서 놀던 우세페가 길 건너편에 형과 똑같은 티셔츠를 입은 소년을 보고 형이라고 착각했다. 순간 그가 엉덩이에 불붙은 사람처럼 벌떡 일어나 큰 소리로 외쳤다. "이노! 이노!" 건너편을 바라보며 우세페는 자신도 모르는 사이에 두 다리로 벌떡 일어섰다. 심지어 혼자 힘으로 몇 발짝 떼기도 했다. 그 모습을 지켜보던 이다는 아이가 넘어질세라 겁이 나서 한달음에 달려갔다. 아이는 자신이 성취한 빛나는 업적에 도취한 표정이었다. 사막에서 신기루를 본 순례자처럼 놀라움과 씁쓸함이 동시에 담긴 표정. 자신의 표정은 볼 수 없었지만, 어쨌든, 아이는 그 순간부터 혼자 힘으로 걸음마를 시도할 수 있게 되었다. 그날 이후 아이는 날마다 혼자 걷는 법을 배워나갔다. 집안에서 탐험하는 반경 또한 거침없이 확대되었다. 종종 가구에 부딪히거나 넘어지기도 했지만 절대 울지 않았다. 아무리 아플지언정 절대 울지 않았다. 오히려 자신의 영광의 상처를 자랑스러워했다. 걸음마를 하다가 쾅당 넘어지면 아주 잠깐 입을 꾹 다물고 바닥에 그대로 엎드려 있다가 들릴락 말락 한 소리로 웅얼거리며 바로 몸을 일으켰다. 그리고 하늘을 날기 위해 날개를 펴는 참새처럼 깔깔 웃었다.

닌나리에두는 로마 축구팀 색깔인 빨강과 노랑이 섞인 작은 공을 동생에게 선물해 주었다. 우세페는 당연히 그 공을 로마라고 불렀다. 노파가 선물해 준 호두 말고는 아이의 유일한 장난감이었다. 우세페는 노파에게 받은 그 호두를 먹을 수 있는 다른 호두들과 구별된, 매우 특별한 호두로 취급했다. 집에서는 로마 공과 구분하기 위해 그 호두를 라치오*라고 불렀다. 우세페는 로마 공과 라치오 호두로 실제와 맞먹는 살벌한 축구 경기를 펼치기도 했다. 때로 브리츠 선수가, 운이 아주 좋으면 니노 선수도 경기에 동참했다, 당시 니노는 한밤중에 집 밖을 나다니다 돌아와 계속 잠만 잤다. 주세페와 브리츠가 로마팀과 라치오팀으로 나뉘어 시끌벅적한 경기를 펼쳐도 눈뜰 기미를 보이지 않았다. 니노의 말에 따르면 야간 순찰을 하며 시내를 돌아다니느라 바쁘다고 했다. 순찰을 다니는 방범대원들은 전부 니노 또래의 애국소년단원들로 전쟁 시 규율을 점검하는 자원봉사자들이었다. 한밤중에 어떤 집 창문이나 틈새에서 가느다란 빛이 새어 나오면 단원들은 한목소리로 일제히 외치며 경고했다. "Luce! Luce! 루체! 루체! 빛! 빛!" 니노는 종종 그 말을 농담으로 바꾸기도 했다. "Duce! Duce! 두체! 두체! 수령님! 수령님!" 니노가 다니는 학교에 반파시스트라고 의심받는 그리스어 선생님이 있었는데, 니노는 그 집 앞을 지나칠 때마다 Luce '루체'를 Duce '두체'라고 바꿔 외치며 장난질을 쳤다. 선생

---

*   로마의 적수 축구팀

님의 집은 캄캄했지만 말이다.

꾸며낸 이야기인지도 모르지만, 어쨌든 당시 니노가 자랑하고 떠벌렸던 온갖 못돼먹은 장난질 중 그나마 그게 가장 순수했다. 사실, 그가 정말 즐겼던 건 캄캄한 밤, 되도록 혼자서, 목적지나 계획 없이 떠돌아다니는 방황이었다. 그중에서도 경보 사이렌이 울릴 때를 가장 좋아했다. 사이렌이 울리면 다들 겁을 집어먹고 건물 안으로 몸을 피했기 때문이었다. 아무도 없는 도시는 그가 그토록 꿈에 그리던 원형 경기장으로 변했다. 으르렁거리는 사이렌, 무시무시한 전투기의 굉음과 맞서 투우 경기를 펼쳤다. 무장 군인 순찰대의 감시를 교묘하게 피해 다니며 네거리마다 멈춰 서서 휘파람을 불었다. 그렇게 돌아다니다가 싫증이 나면 유적지 대리석 계단에 걸터앉아 담배를 피웠다. 지나가는 전투기를 향해 보란 듯이 불붙인 담배꽁초를 하늘 높이 쳐들었다. 보이지 않는 조종사를 향해 로마 사투리로 상스러운 욕을 퍼붓기도 했다. "뭐해, 쏴 갈기지 않고! 얼른 퍼부어! 쏴 갈기라고!!"

갈수록 초조한 심정이었다. 또래 소년들끼리 편을 갈라 모의 전쟁을 연습하는 군사 훈련도 지긋지긋해졌다. 만화에서만 보던 모험이 현실에서 펼쳐졌으면 했다. 전투기 조종사들이 낙하산을 타고 상륙해 담배를 꼬나문 자신과 격렬한 몸싸움을 벌였으면 했다. 매일 밤 미결에 그치는 협박이 성난 황소처럼 구체적인 형상으로 구현되길, 자신이 불사조처럼 강력한 힘을 발휘할 수 있길 바랐다. 적들의 등 위에 올라타고, 다리 밑에 숨어 있다 잡아채고, 머리 꼭대기에서 날아다니고, 옴짝달싹 못 하게 옭아매고, 전방에서 공격을 퍼붓고, 하나가 아닌 백 개의 니노처럼 쌍방에서 동시에 공격을 퍼부으며 상대를 미치게 만드는, 그런 게 그가 사무치게 바랐던 진정한 의미의 순찰이었다.

혼신의 힘을 다해 전투를 마친 백 개의 그가 피를 흘리며 다시 하나로 합체된다. 나! 닌나리에두! 승리자! 최고의 투우사!

닌나리에두가 밤거리를 쏘다니며 무슨 일을 벌였는지는 사실상 아무도 모른다. 나 또한 마찬가지다. 가족들에게 주장했던 바대로 열심히 순찰을 다니고 아주 가끔 엉뚱한 짓을 벌였을 수도 있다. 내가 알기로는 당번을 정해서 하는 야간 순찰은 아무한테나 주어지는 기회가 아니었다. 극소수에게만 허용된, 상당히 명예로운 기회였다. 니노가 그런 기회를 놓칠 리 없었다. 결국 그는 역사의 한 귀퉁이에 지극히 사적인 흔적을 남기고야 말았다. 당연히 몰래 숨어서 한 짓이었다. 당시 소년들은 누구나 한 번쯤 그런 짓을 했다. 이름하여 '로마의 불가사의'였다. 어느 날 밤, 그가 소속된 순찰대는 로마 시내 중심부 베네치아 궁에서 빅토리오 광장으로 이동 중이었다. 베네치아 궁 안에 있는 세계 지도의 방은 수령님의 집무실로 쓰이는 공간이었다. 전쟁이 전까지만 해도 광장을 바라보는 수령님의 창문에는 늘 불이 켜져 있었다. 수령님이 베스타 사제처럼 밤낮없이 일한다는 사실을 만천하에 알리기 위해서였다. 절대 불이 꺼지지 않는 창문을 바라보며 사람들은 수령님이 어쩜 그리 잠이 없는지 의아해했다. 베스타 사제는 밤새 불을 지켜야 하니 어쩔 수 없다는 사람들도 있었다. 전쟁이 시작되고, 야간 소등 명령이 시행됨에 따라 수령님의 창문도 캄캄해졌다. 그 시절의 로마는 밤도, 거리도 온통 검은색이었다. 검은 경찰들이 득실거리는 검은 어둠 속에서 닌나리에두는 검은 셔츠를 입고, 검은 양말을 신고, 검은 베레모를 쓰고 있었다. 그날 밤, 니노는 검은 페인트와 붓 하나를 가슴에 숨기고 있었다. 그리고 드디어 역사적인 그 건물 뒤편을 혼자서 순찰할 기회가 왔다. 일을 치르기 직전, 분노와 모욕의 감정을 최대치로 끌어올린 그는 새하얀 벽에 붓을 대고 글씨를 휘갈겼다.

스탈린 만세

니노가 스탈린에게 특별한 감정이 있었던 건 아니었다. 당시 스탈린이야말로 공공의 적으로 통했다. 그건 그저 과시욕에 불과한 문구였다. 니노는 문득 크렘린 궁정 벽에다 히틀러 만세라고 낙서해도 재미있겠다는 생각이 들었다. 자신의 임무를 무사히 완수한 그는 예술작품이 초래할 결과에 흡족해하며 총총걸음으로 현장을 빠져나갔다. 그리고 여명이 밝아오는 벽 뒤에 몸을 숨기고 느긋하게 위대한 작품을 감상했다.

1942년과 1943년 사이 겨울은 추위와 굶주림의 연속이었다. 로마에서 전쟁이 시작된 이래 세 번째 겨울이었다. 이다는 턱없이 부족한 식량과 여름부터 복용하기 시작한 수면제의 영향 때문에 거의 마비상태로 생활을 꾸려나갈 수밖에 없었다. 수면제의 성분은 어린 시절 발작이 일어났을 때 복용했던 약과 크게 다르지 않았다. 꿈꾸는 게 너무 힘들어져서 수면제를 먹지 않으면 밤을 넘기기 힘들었다. 매일 저녁 식사 후에 약을 삼키고 침대에 눕자마자 깊은 잠에 빠져들었다. 딱히 꿈도 꾸지 않았다. 하지만 내 생각은 좀 다르다. 그녀는 계속 꿈을 꾸고 있었다. 꿈속에서 벌어지는 사건들이 그녀의 눈에 보이지 않을 뿐. 상상의 밑바닥에서 벌어지는, 이성적으로 알 수 없는 사건들이었다. 밤에 잠을 잘 자는데도 그녀는 여전히 피곤했다. 그녀의 이중생활은 밤에도, 낮에도 계속되었다. 어린애처럼 생긴 가짜 이두차가 나타나 진짜 이두차가 발버둥 치는 모습을 경이로운 눈빛으로 지켜본다. 자명종 소리에 놀라 벌떡 일어나고, 학교와 집을 오가고, 다람쥐 쳇바퀴 같은 일상을 끊임없이 반복하고, 식료품 가게 앞에서 줄을 서고, 정해진 시간표대로 전차에 올라타 이 동네 저 동네 부지런히 옮겨 다니고... 정말이지 이상했다. 둘 중 더 부지런히 움직이는 진짜 이두차야말로 실제가 아닌 가공의 존재라 느껴졌다. 잊어버린 꿈속에 나타났던 흉측한 가짜가 진짜인 그녀를 끊임없이 괴롭히고 있었다.

주세페가 태어난 뒤로 그녀는 에스겔을 자신의 비밀 명부에 위험인물로 저장해 두었다. 그녀와 마주치는 게 너무 무서워서 게토에 가는 일도 그만두었다. 중고 물품을 팔아야 한다든지 하는 피치 못할 일이 아니면 게토에 발을 들이지 않았다. 가더라도 에스겔과 마주칠세라 서둘러 볼일을 보고 재빨리 게토를 빠져나왔다. 얼마 전까지 유대인에게 허용되었던 시시한 장사마저 일절 금지되었기에 상거래는 몰래 숨어서만 할 수 있었다. 늘 주절거리며 돌아다니던 빌마의 모습도 볼 수 없었다. 조언을 구할 사람은 아무도 없었다. 이두차의 유일한 정치적 소식통은 그렇게 단절되었다. 그녀가 전쟁과 관련된 최신 뉴스를 접할 수 있었던 유일한 통로는 니노 외에는 없었다. 나치 파시스트들은 현재 아프리카와 러시아에서 고전을 면치 못하는 상황이었다. 그럼에도 니노는 아군의 패배가 위장 전술이라고 했다. 나치 장군들이 다들 놀라 자빠질 반전의 결말을 연출하려고 일부러 그런 작전을 펴는 기라고 했다. 닌나리에두의 이야기를 그대로 옮기자면, X 또는 Z 또는 H라는 최신 무기가 있는데 체코령 실레시아와 부르 시빙 지하 벙커에서 제작되고 있으며, 거의 완성 단계에 접어들었고, 실전을 앞두고 있노라고 했다. 시기는 모르긴 해도 봄이 지나가기 이전이라고 했다. 그때가 되면 지상 곳곳에 경보 사이렌이 울려 퍼질 것이고, 전쟁은 일 초 만에 끝날 것이며, 나치가 모든 민족을 지배하게 될 거라고 했다. 가공할 만한 그 무기의 정체, 성분, 작동법은 오직 장군들만 알고 있는 일급비밀이라고 했다. 이다에게 이야기를 늘어놓던 닌나리에두는 마치 자신도 그 작전의 일원이라는 듯, 자신의 곱슬머리에 무기를 감추기라도 한 듯 군사 기밀이란 사실을 재차 강조했다.

니노는 심심할 때마다 나치 고위급 장군들이 적국에 공격을 가할 최후의 수단에 대해 떠들어대곤 했다. 조건 없는 항복! 아니면 24시간 이내에 X가 폭발할 것이다! 일반인들에게는 X의 존재를 비밀로 해야만 했다. 깜짝 선물이었으니 당연히 그래야만 했다. 종종 입을 앞으로 쭉 내밀고 요란하고 상스러운 폭발음을 묘사하기도 했는데 그 모습이 코미디 영화에 등장하는 사악한 악당 같았다. 사실, 그는 전쟁이 끝나지 않길 내심 바라고 있었다. 자신이 동참할 수 있는 전쟁이 시작되기만을 바라고 있었다. 그토록 근사한 기회에 자신이 동참할 수 없다는 사실이 못내 아쉬웠다. 어리다는 이유만으로 이번 전쟁에서 낙오자가 되었다는 사실이 너무도 안타까웠다. 자신은 더 이상 미성숙한 소년이 아니었다. 면도칼로 매일 수염을 깎는 젊은이였다. 니노가 면도할 때 썼던 칼은 군터가 이다에게 남기고 간 다용도 칼이었다. 당시 정권은 무기 제조에 필요한 쇠붙이를 헌납하라며 서민들을 독촉했고, 니노는 못 쓰는 쇠붙이가 있나 싶어서 온 집안 서랍들을 뒤지곤 했다. 그 물건이 서랍 안에 있는 이유를 꿈에도 몰랐던 니노는 엄마한테 묻지도 않고 꺼내서 면도용으로 쓰고 있었다. 어느 날 아침, 이다는 아들이 면도하는 걸 보다가 그 면도칼을 다시 보게 되었다. 순식간에 과거사가 떠올라 얼굴이 창백해졌다. 하지만 그 불편한 물건이 왜 나돌

174

아다니는지 아들을 추궁하지 않기로 했다. 눈 뜨면 사라질 꿈이라 여기기로 했다. 닌누추는 그 뒤로 몇 달 동안 그 면도칼을 쓰다가 어디서 그랬는지도 모르고 잃어버렸다.

....1943

1월-2월

러시아에 파견된 이탈리아군이 돈강 유역 국경에서 소련군에게 참패하며 치열했던 전투가 끝난다. 상관들의 명령을 받고 전투에 투입된 나치 파시스트 병사들은 조직과 군사물자의 결핍으로 저항할 수 없는 상태에 이른다. CSIR 그리고 ARMIR 소속 병사들은 꽁꽁 얼어붙은 대초원에 방치되거나 목숨을 잃는다.

붉은 군대가 발틱 해안에서 17개월의 포위 상황 끝에 레닌그라드를 해방한다. 포위 중 사망한 시민들의 숫자는 63만 명에 이른다.

스탈린그라드에 남아 있던 독일군이 도시를 포위한 러시아군에게 항복한다. 기지는 전사자들의 시신으로 뒤덮인다. 2월 2일 14시 46분 스탈린그라드 전투가 종결된다.

북아프리카의 이탈리아 식민지 트리폴리타니아와 키레나이카에 주둔하던 이탈리아-독일군이 철수하고 연합국 군수 통치가 시작된다.

유고슬라비아의 주축국 점령 저항 세력이 그리스와 알바니아까지 확대된다.

미국에서 무기 산업 생산에 종사하는 여성들의 숫자가 4백만 명을 넘어선다.

독일에서 16~65세의 남성과 17~45세의 여성을 대상으로 방어군 의무 동원령이 발령된다.

3월-6월

이탈리아에서 파시스트 집권 이래 최초로 장기간 노동자 파업이 일어난다. 토리노 피아트 자동차 회사에서 시작된 파업이 북부의 공업 도시들로 확대된다. 공산당을 비롯해 정권에 대항하는 조직들이 힘을 모은다.

바르샤바에서 게토에 감금된 유대인들의 폭동이 일어난다. 나치 점령군들이 게토 지역 전체를 불태우고 초토화한다.

아프리카에서 주축국이 연합국에 최종적으로 항복한다. 전쟁이 종결되며 이탈리아를 향한 공격의 포문이 열린다.

구소련이 세계 혁명 작전을 포기하고 서방 강대국들과 동맹을 맺기로 결정한다. 스탈린이 코미테른 협약을 어긴다.

7월-8월

소련의 국경 탈환이 실패로 돌아간다. 시칠리아에 상륙한 연합군이 급속도로 섬을 장악하기 시작한다. 로마의 세도가들은 자신들의 이익을 보전하려는 목적으로 수령에게 연합군과 협상할 것을 종용한다. 왕은 자신의 왕좌를 부지하기 위한 계획에 착수한다. 군기처가 창설된 이래 최초의 회동에서 수령을 축출하는 의견이 다수표로 결정된다. 사보이아 빌라에서 열린 그 회동에서 왕이 수령을 파면시킨다. 회의장 출구에서 특수 경찰들에게 연행된 수령은 그란 싸쏘의 고립된 지역으로 이송된다.

수령의 감금과 통치의 부재를 대체하기 위해 아디스아바바를 점령했던 바돌리오 장군이 수상을 역임하게 된다. 장군은 나치 편에서의 전쟁의 잠정적인 종전, 파시즘의 종말을 선언하며 군대와 경찰을 동원해 민심의 동요를 엄중하게 단속하라고 지시한다. 장군과 왕은 한편으로는 연합국 측, 다른 한편으로는 독일 측과 비밀 협상을 진행한다. 독재가 종식되자 이탈리아는 축제 분위기에 휩싸이고 히틀러의 열성 지지자들은 반격을 위해 국경으로 집결한다.

9월-10월

연합군 라디오에서 이탈리아가 휴전에 서명했다는 사실이 발표된다. 이탈리아의 왕, 정부, 참모들이 로마를 비롯한 이탈리아 지역들을 무정부 상태로 버려두고 연합군이 점령하는 남부로 도주한다. 히틀러의 지시를 받은 낙하산 부대가 헬리콥터로 그란 싸쏘에 상륙해 무솔리니를 탈출시킨다. 히틀러의 지령을 받은 무솔리니가 또다시 전면에 나서서 북부 이탈리아에 나치 파시스트 살로 공화국을 수립한다.

이탈리아 내에 주축국 군인들에게 점령당한 지역에 주둔하는 군인들은 독일군에게 사살되거나 군수 물자를 생산하는 강제 노동에 투입하기 위해 독일로 끌려간다. 그런 상황을 모면한 이들은 남부 이탈리아로 도망치거나 지역 파르티잔 조직에 가담한다.

살레르노에 상륙한 연합군이 전진을 거듭하며 나폴리 북부까지 점령한다. 그 지역을 제외한 나머지 이탈리아는 독일군의 점령하에 있다. 연합군의 점령에 항거하는 세력이 북부 이탈리아를 중심으로 집결한다.

남부로 이주한 바돌리오 장군의 지방정부 측에서 스페인 대사관을 통해 독일 측에 협력하는 전쟁이 종식되었다는 선언에 돌입한다. 이탈리아 북부 살로 공화국에서 나치 파시스트 군대를 조직하기 위해 군사들을 모집한다. 이탈리아 북부 공장에서 노동자들이 또다시 파업에 돌입한다.

다른 점령국들과 마찬가지로 이탈리아 내에서도 유대인들을 상대로 '유대인 문제 최종 해결책' 작전이 진행된다.

모스크바에서 구소련의 국가였던 국제가를 대신해 러시아 연방의 새로운 국가가 울려 퍼진다.

11월-12월

이탈리아에서 파시스트 군대가 다시금 세력을 쟁취하며 나치 파시스트들의 피비린내 나는 보복이 자행된다.

이탈리아 중부 및 북부 지방 도시와 시골에서 군소 정당들, 특히 공산당을 지지하는 무장 파르티잔 단체들이 나치 파시스트와 싸우는 저항 조직을 결성한다.

러시아에서 독일의 역습이 실패로 돌아간다. 베를린에 무차별한 폭격이 가해진다. 치칠, 스탈린, 루스벨트 삼인방이 테헤란에서 회동한다.

어디로 가나요?
우릴 어디로 데려가나요?
끓는 점의 나라란다.

어두울 때 출발해서
캄캄할 때 도착한단다.

연기와 비명으로 가득한 나라란다.

엄마, 엄마, 왜 우릴 버리셨나요?
우리가 죽으면 누가 거둬 주나요?

1.

니노는 그해에 몰라볼 만큼 키가 쑥쑥 자랐다. 키가 자라는 만큼 몸도 걷잡을 수 없이 커졌다. 비율이 맞지 않는 몸매였다가 어느 순간 다시 근사해지길 반복했다. 무시무시한 성장의 시기가 도래하자 귀여운 어릴 적 모습은 온데간데없이 사라져 버렸다. 자기가 보기에도 새로운 모습이 어색했던지 거울을 볼 때마다 얼굴을 찡그리곤 했다. 형 뒤꽁무니만 따라다니던 우세페는 서커스 공연을 관람하듯 눈을 크게 뜨고 그런 형의 모습을 바라보았다. 그 시절 니노는 입을 옷이 없다는 게 가장 큰 불만이었다. 하루가 다르게 쑥쑥 자랐으니 얻어 입거나 수선해서 입었던 예전 옷가지들이 제대로 맞을 리 없었다. 옷을 입다 말고 지겹다는 듯 옷가지들을 다 내팽개치고 누더기 차림으로 외출하기도 했다. 더러운 수건을 목에 두르고, 케케묵은 모 이불을 어깨에 걸치고, 머리에는 아버지가 쓰던 찌그러진 모자를 썼다. 마치 염소를 모는 목동이나 산적 같았다. 심지어 그런 옷차림으로 학교에 가기도 했다.

늘 굶주림에 시달렸던 니노는 시도 때도 없이 부엌 선반이나 냄비 안을 뒤적거렸다. 요리가 끝나기도 전에 미친 사람처럼 달려들어 음식을 몽땅 해치우기도 했다. 어느 날 저녁, 그는 빅토리오 광장*에서 슬쩍 한 커다란 대구를 깃발처럼 자랑스럽게 휘날리며 집에 들고 왔다. 감자를 곁들인 대구 요리를 먹고 싶어서라고 했다. 이다는 아들의 절도 행각에 기겁해서 절대 요리해 줄 수 없다고, 빨리 가서 돌려주고 오라고 난리를 쳤다. 하지만 니노는 엄마가 보는 앞에서 대구를

---

* 로마의 재래시장이 위치한 광장

날로 와그작와그작 씹어 먹을 거라며 엄포를 놓았다. 어쩔 도리가 없었던 이다는 순교자의 심정으로 대구를 요리해 주었지만 정작 자신은 한 입도 먹지 않았다. 니노와 우세페와 브리츠 셋이서만 성대한 만찬을 벌였다. 언젠가부터 니노는 아무렇지도 않게 도둑질을 즐기게 되었다. 어떤 날 저녁에는 소시지를 목걸이처럼 주렁주렁 매달고 왔고, 어떤 날에는 살아있는 닭을 어깨에 둘러메고 왔다. 니노가 말하길 닭을 잡고 털을 뽑는 건 자기가 알아서 할 테니 이다는 요리만 하면 된다고 했다. 하지만 닭은 집안에 들어서자마자 활달하고 용감한 동물이란 자신의 정체성을 드러내며 반항하기 시작했다. 꼬꼬댁거리며 이리저리 도망쳤고, 니노의 머리털을 풀밭처럼 부리로 콕콕 쪼아댔고, 브리츠와 숨바꼭질도 했다. 닭에게 애정을 느끼게 된 니노는 닭을 죽이고 싶은 마음이 싹 달아났다. 그날부터 닭은 은퇴한 노인처럼 집안에서 식구들과 함께 지내게 되었다. 날개를 활짝 펴고 바퀴벌레들을 위협하고, 침대 위로 팔짝 뛰어오르고, 아무 데나 똥오줌을 쌌다. 결국, 이다는 닭을 데리고 나가서 정어리 통조림 몇 통과 바꿔 버렸다. 선생님이자 생존 기계였던 이다는 본인의 의지와 상관없이 새끼 도둑의 공범자가 되어버렸다. 닌누추가 늦는 날에는 범죄가 들통난 건 아닌지 걱정에 시달렸다. 하지만 아들은 걱정일랑 붙들어 매라면서 엄마를 안심시켰다. 혹시 들통나더라도 해골 문장이 있는 검은 스카프를 보여주면 된다고, 수령님의 전사들에게는 식료품을 압수할 권리가 있노라고 했다.

니노에게는 지루하고 불안한 겨울이었다. 추운 날씨 탓에 전처럼 밤낮없이 싸돌아다닐 수도 없었다. 영화관에 갈 돈도 없는 날에는 온종일 방구석에 갇혀 있다가 일찌감치 잠자리에 들었다. 어린 동생과 개는 늘 일찍 잤기에 충성스러운 작은 졸자들 없이 혼자 빈둥거리며 시간을 보내야 했다. 정말이지 심심해지면 엄마를 앉혀놓고 마지막으로 본 영화 줄거리라든가 위대한 독일군이 건설할 미래의 왕국이나 비밀 병기에 대해 수다를 떨기도 했다. 이다는 부엌 식탁 의자에 구부정하게 앉아 아들의 수다를 들어 주었다. 수면제의 약 기운에 취해 꾸벅꾸벅 졸다가 식탁의 대리석 상판에 쾅 하고 머리를 박기도 했다. 니노는 한번 주절대기 시작하면 갓 말을 배운 어린애처럼 입을 다물 줄 몰랐다. 온몸의 근육을 총동원해 가며 한 마디라도 더 하고 싶어서 안달이었다. 부엌을 축구장처럼 누비며 입으로는 조잘대고, 발로는 눈에 들어오는 행주며 물건들을 닥치는 대로 걷어찼다. 허공에 대고 잽을 날리고 권투 선수처럼 양 주먹을 마구 날렸다. 니노의 원맨쇼는 엄마가 쿨쿨 잠이 들어 드르렁드르렁 코 고는 소리가 들릴 때까지 계속되었다. 그리고 투덜거리며 자기 방으로 들어갔다.

스포츠 신문, 모험이나 애정 소설을 읽는 일에도 더 이상 흥미가 없었다. 그런 걸 읽어 보았자 어서 빨리 활동을 개시하고 사랑을 나누고픈 그의 욱한 심정을 자극할 뿐이었다. 누군가를 만나고 싶다는 생각에 도저히 참을 수 없어서 무작정 집을 뛰쳐나간 적도 있었다. 비가 쏟아지는 밤이었지만, 개의치 않았다. 자신처럼 정처 없이 밤길을 헤매던 매춘부가 그의 곱슬머리에 홀딱 반해, 잡아먹지 않는다는 전제하에, 무료로 자기 집 부엌으로 데려간다거나, 6층에 있는 소파 침대까지 조용히 그를 따라온다거나 하는 행운을 잡을 수 있다면 좋으련만. 만일 진짜 그런 일이 벌어진다면 소파 침대를 차지하고 있던 브리츠는 축하의 표시로 짖지 않고 꼬리만 살랑살랑 흔들 것이다. 사실 날씨가 좋았을 때만 해도 그런 행운이 몇 번 찾아왔었다. 그리고 보니 크리스마스쯤에도 그런 적이 있었다. 니노에게는 나름의 규칙이 있었다. 비 내리는 쌀쌀한 날이어야만 하고 상대는 인적이 드문 캄캄한 장소에서 찾는다는 것이었다. 황홀한 회상에 빠져들자, 온몸이 땀으로 흠뻑 젖어 들었다. 그는 머리를 베개 사이에 처박고 이렇게 일찍 잠을 자야 한다는 사실에 분개했다. 그의 귀여운 사랑들, 폭탄들, 자동차들, 학살의 현장들이 곳곳에서 신나게 피비린내를 풍기고 있는 판에!

니노에게 학교는 무의미한 기관으로 전락해 버린 지 오래였다. 매일 아침, 특히 날씨가 좋지 않을 때면 더더욱, 이다가 집을 나가며 자신을 깨우는 소리를 듣고도 투덜거리며 이불 속을 파고들곤 했다. 수업을 빼먹고 늦잠을 자는 날들이 수두룩했다. 기쁨과 자유로 충만한 휴가를 만끽한 니노가 가뿐한 몸으로 일어나면 그때부터 집안이 얼마나 소란스러웠던지 아래층에 사는 사람이 빗자루로 천장을 치며 항의할 지경이었다. 그때부터 집안은 경기장으로, 서커스로, 정글로 변모했다. 그중에서도 제일 신났던 건 로마와 라치오의 격렬한 경기였다. 서사시 정도로 방대한 사냥이 한바탕 벌어졌다. 가구들을 죄다 옮기고, 뒤집고, 탐색하고, 들쑤시고, 공중으로 내던졌다. 마침내 브리츠가 의기양양한 태도로 협곡에서 찾아낸 상대편 선수를 이빨로 물고 챔피언처럼 박수갈채를 받으며 침을 질질 흘리며 퉤 뱉어낼 때까지. 니노는 어린애들이나 할법한 유치한 싸움에도 의욕이 차고 넘쳤다. 자신들의 함성에 도취해 날뛰는 부족처럼 아무도 그를 말릴 수 없었다. 치열한 경기를 펼칠 때면 아무도 막을 수 없는 비극적인 열기로 충만했다. 사자나 호랑이처럼 껑충껑충 뛰어오르고 온 집안을 으르렁거리며 넘나들고 뛰어다니다가 테이블 위로 펄쩍 뛰어 올라가 소리쳤다. "조심! 다들 벽에 바짝 붙어!! 3초 후에 H가 발사된다! 3, 2.5, 2,

1.5, 1, H 발사!! 히틀러 만세!!!" 그의 모습이 어찌나 생생하고 잔혹했든지 브리츠마저 고개를 갸우뚱할 정도였다. 우세페는 자신이 '이행기'(비행기)와 동일시하는 그 유명한 H가 공중으로 발사되기만을 진지한 표정으로 기다리고 있었다.

이따금 이다의 잔소리에 못 이겨 점심 식사를 마치고 테이블에 끌려와 숙제라는 걸 하기도 했다. 하지만 일 분도 지나지 않아 말라리아에 걸린 사람처럼 온몸을 비비 꼬며 연신 입을 벌리고 하품했다. 대체 이런 설 어디다 씨먹나는 황당한 눈빛으로 책장을 넘기다가 몇 장을 박박 찢어서 질겅질겅 씹다가 뱉기도 했다. 급기야 속이 메슥거려서 공부하기 전에 바깥바람을 좀 쐬어야겠다는 핑계를 댔다. 니노의 숙제는 거기서 일단락되었다. 그럴 때마다 브리츠가 나서서 니노의 용감한 결단을 진심으로 반기며 호응해 주었다. 그 뒤로 둘의 모습은 저녁 식사 때까지 집안에서 사라졌다. 이따금 마음 아프지만, 브리츠의 동행을 거절해야 할 때도 했다. 개가 출입할 수 없는 곳을 가야 한다거나 할 때였다. 니노가 브리츠를 놔두고 혼자 외출할 때면 이다는 온갖 사악한 상상에 시달렸지만, 실은 영화관에 간다든지 전차를 탄다든지 하는 시시한 일에 지나지 않았다. 원체 싸움을 좋아했던 니노의 성향이 슬슬 겉으로 드러나기 시작했다. 한번은 오른편 목덜미에 피를 질질 흘리며 집에 와서는 수령님을 욕하는 작자가 있길래 자기가 혼내줬다고 했다. 이다가 무슨 욕이었느냐고 묻자, 그 사람이 수령님은 나이 머은 영감탱이라고 해서 한 판 붙었노라고 했다. 또 한번은 티셔츠가 찢어져서 집에 돌아왔는데 질투 때문에 찢어진 거라고 했다. 어떤 여자애의 남자친구가 자기를 질투한 거라고 했다. 또 다른 한 번은 한쪽 눈이 시퍼렇게 멍들어서 집에 왔다. 혼자서 두 명을 상대하다가 얻어맞았다고 했다. 이다가 그 사람들이 누구였느냐고 묻자 모르는 사람들이라고 했다. 알지도 못하는 나쁜 새끼들이 자기가 가만히 지나가는데 모자를 벗어서 코트를 툭툭 쳤다고 했다. 자길 보고 둘이 눈을 찡긋거리며 '저 새카만 놈 좀 봐라.' 했다나 뭐라나.

이다가 선글라스를 사달라는 요청을 거절했기에 니노는 시퍼렇게 멍든 눈을 핑계 삼아 며칠씩이나 학교에 결석했다. 어느새 결석 일자가 출석 일자를 훌쩍 넘어섰다. 엄마의 서명을 흉내 내 가짜로 서명한 사유서를 제출하기도 했다. 교장이 니노를 불러 어머니, 아버지, 어쨌든 집안의 가장을 데려오라고 하자 그는 집안 식구라고는 어린 남동생 하나, 개 한 마리, 학교 선생 일을 하는 과부 엄마뿐이므로 자신이 집안의 가장이라고 대답했다. 머리가 허연 교장은 아직도 자기가 젊은 줄 아는 거만하고 권위적인 인물이었고다. 훈장까지 받은 파시스트였던 그의 이름은 무솔리니의 동생과 동명인 아르날도였다. 그는 확신에 찬 말투로 니노가 빨리 자원병으로 전쟁에 나가게 되길 바란다는 충고를 잊지 않았다. 교장은 또한 니노와 같이 조국의 부름을 받기 이전 나이의 소년 파시스트들의 의무는 공부라고 못 박았다. 전쟁터뿐만 아니라 교실이나 사무실 등의 장소에서도 조국에 대한 의무를 다할 수 있노라고 했다. 그는 니노를 교장실에서 빨리 내보내고자 수령님의 책과 전사라는 어구를 인용했다. 그리고 로마식 인사로 마무리하며 그의 결석을 눈감아 주었다. 하지만 교장의 훈계는 되레 니노의 가슴에 불을 지폈다. 교장실을 나가려다 말고 몸을 휙 돌리더니 교장 얼굴에 대고 상소리를 내뱉었다. 니노만의 인사법이었다.

교실에서는 언제나처럼 지루한 수업이 이어지고 있었다. 정말이지 미치고 팔짝 뛸 지경이었다. 책걸상이 너무도 답답했던 그는 본인의 의도와 상관없이 앞자리를 계속 발길로 차며 한숨만 푹푹 쉬었다. 수업 시간에 배우는 것들 전부가 그에게는 정말이지 손톱만큼의 의미도 없는 것들이었다. 그런 데다 사람을 가둬놓고 오전 시간을 낭비하게 만들다니 한심하기 짝이 없었다. 순간, 집에서처럼 교실 책상 사이를 뛰어다니며 사자나 호랑이 흉내를 내고 싶다는 강렬한 신체적 욕구에 사로잡혔다. 유혹에서 벗어나기 힘들었던 그는 복도로 쫓겨나겠다는 원대한 목표를 세우고 격렬한 기침을 시작했다. 때로 선생님들은 수업을 방해하는 걸 막기 위해 니노를 교실 맨 뒤 책상으로 보내곤 했다. 그러나 니노가 그 자리를 차지하는 순간, 그곳은 더 이상 형틀이 아닌 아늑한 보금자리로 탈바꿈했다. 일반적인 참새 울타리 안에 형성된 매우 특별한 닭장이라고나 할까. 그 자리야말로 니노가 진가를 발휘할 수 있는 곳이었다. 니노는 졸병들의 열렬한 호응 속에 수업을 엉망진창으로 만들어 놓았고 학우들은 그런 그의 모습을 보며 환호를 보냈다.

놀라운 영감이 떠올랐던 어느 날에는 학급 전체를 통째로 움직이는 신통한 능력을 발휘하기도 했다. 스산한 바람이 부는 겨울 아침이었다. 지루한 그리스어 수업을 흥미진진하게 만들고 싶었던 니노가 까치발을 떼고 일어서더니 갑자기 책상을 앞으로 밀기 시작했다. 미리 짜놓은 각본대로 몇몇 공범자들이 그의 신호에 맞춰 일제히 힘을 합쳐 행동을 개시했다. 맥베스에 등장하는 둔시네인 숲 전체가 선생님의 교단을 향해 이동하듯 책상들이 침묵 속에서 동시에 앞을 향해 움직이기 시작했다. 그리스어 선생님은 자신이 반파시스트로 의심받고 있다는 피해 의식에 시달리는, 소심하고 무기력한 동시에 유명해지고 싶다는 허세로 가득한 부류의 인간이었다. 순간, 그의 잔뜩 찌푸린 얼굴은 운명에 새겨진 대로 처형당하는 맥베스처럼 보였다. 하지만 닌누추는 그 정도 시시한 장난질로 만족할 인물이 아니었다. 봄이 다가올수록 그의 학교생활도 점점 파국으로 치달았다. 수업 시간 내내 입을 벌리고 하품만 했고 이를 부드득 갈거나 누굴 잡아먹을 것처럼 입을 쫙 벌리기도 했다. 소파에 누운 것처럼 걸상에서 온몸을 축 늘어뜨리기도 했다. 보다 못한 선생님이 꾸짖기라도 하면 형장에 끌려가는 살인자처럼 거칠게 반항했다.

지루해서 어쩔 줄 몰랐던 것 외에도 담배를 피우고 싶어서 안달이었는데 그 또한 교실에서 벗어나기 위한 핑계였다. 니노는 오전 수업 시간 대부분을 화장실에서 보냈다. 전쟁 통에 기성품 담배를 구하기가 쉽지 않아 담배를 말아서 만드는 데 시간이 제법 걸렸다. 마음처럼 잘되지 않을 때면 빨리 한 모금 빨고 싶어서 속이 터졌다. 그렇게 만든 담배는 손가락이 탈 정도로 자투리까지 알뜰하게 피웠다. 담배를 피우고 나면 상상의 나래를 펼치며 화장실에 낙서를 남기기 시작했다. 화장실 문과 벽과 귀퉁이를 훼손한 근사하고 선정적인 그림들 대부분이 그의 작품이었다. 그리고 나서는 교실에서 나올 때와 마찬가지로 고귀한 무정부주의자처럼 고개를 꼿꼿이 들고 교실에 들어갔다. 학우들은 동경의 시선으로 그를 바라보며 키득키득 웃어댔다.

그러던 어느 날, 교장이 니노를 호출했다. 만일 내일까지 어머니를 학교에 데려오지 않으면 다시는 수업 시간에 들어갈 수 없다는 최후통첩이었다. 니노는 일단 알겠다고 하고 고분고분 교실로 들어갔지만, 또다시 몸이 말을 듣지 않았다. 교실에 들어가자마자 몸부림이 시작되었다. 드디어 교실을 빠져나온 니노는 이번에는 화장실이 아닌 복도 계단을 성큼성큼 내려갔다. 그리고 교문을 빠져나오며 소리쳤다. "특별 허가!" 니노의 목소리가 어찌나 쩌렁쩌렁했던지 수위도 겁을 집어먹고 별다른 이의를 제기하지 않았다. 교문에 다다른 니노는 잠긴 걸 확인하고 순식간에 철문을 기어올라 훌쩍 뛰어넘었다. 그리고 밖으로 나오자마자 학교 담장에 오줌을 싸 갈겼다. 그게 학교에 대한 그의 마지막 안녕이었다.

그날 저녁 니노는 이다에게 학교를 그만두겠노라고 통보했다. 조만간 전쟁에 끌려가게 되면 어차피 학교를 그만두어야 할 테니, 전쟁이 끝나면 그때 가서 다시 생각해 보겠다고 했다. 아들의 선언은 하루치의 피곤으로 찌든 이다의 마음을 뒤흔들며 과거에 잠시나마 바랐던 드라마 같은 꿈들을 소환시켰다. 닌누추가 아직 어렸을 때 그녀의 첫 번째 꿈은 아들이 위대한 교수, 과학자, 문학가 같은 전문직에 종사하는 것이었다. 니노가 커 가는 모습을 보며 그런 직업까지는 아니더라도 아들이 대학 졸업장만큼은 받았으면 했다. 그녀는 아들을 대학까지 공부시키기 위해서라면 어떤 대가도 치르겠다고 단단히 마음먹고 있었다. 늘 스타킹에 차고 다니던 그 유명한 보물 외에도 자잘한 금붙이들, 집안의 가구들, 그 밖에도 내다 팔 수 있는 물건이라면 뭐든 총동원할 생각이었다. 솜이불 그리고 이미 파스타 몇 킬로와 맞바꾼 두툼한 양모 매트리스까지도.

니노의 청천벽력 같은 말을 듣자, 그녀는 머리카락이 쭈뼛해지는 기분이었다. 힘없는 동물들이 무시무시한 사건에 직면했을 때 보이는 반응이었다. 그녀는 돌아가신 어머니 노라의 우스꽝스러운 표현을 빌려 시온의 자식들이 티로와 모압에게 퍼부었던 독설을 아들에게 퍼붓기 시작했다. 정말이지 부당하고 억울한 심정이었다. 벽난로 선반이나 개수대 밑에서 자신과 힘을 합쳐 싸울 아군이 모습을 드러내지 않을까 하는 마음에 부엌을 이리저리 둘러보기도 했다. 누군가 쥐 꼬리만큼이라도 자기편을 들어주었으면 얼마나 좋을까. 그러나 그녀 가 할 수 있는 건 아무것도 없었다. 언제나처럼 혼자 힘으로 니노를 상대하기에는 역부족이었다. 절규하는 그녀의 목소리는 귀뚜라미나 개구리 소리 아니, 허공에 대고 쏘는 어설픈 공포탄 소리 같았다. 이 다의 독백을 건성으로 듣던 니노가 화해의 의미로 한마디 했다. "엄 마, 그만 좀 하시지?"

그래도 엄마의 잔소리가 끝날 기미를 보이지 않자, 니노는 지긋지 긋하다는 표정으로 거실로 가 버렸다. 이다가 아들을 쫓아갔다. 니노 는 엄마의 말이 들리지 않도록 파시스트 군가 가사를 외설적으로 바 꿔 큰 소리로 노래하기 시작했다. 군가가 들리자 이다는 무서워서 어 쩔 줄 몰랐다. 금방이라도 수많은 경찰이 집안에 들이닥쳐 폭탄을 던 질 것 같았다. 겁을 집어먹은 엄마의 모습을 보고 니노는 기세가 등등 해졌다. 브리츠의 열띤 응원 또한 니노의 승리에 한몫했다. 니노가 곤 경에 빠졌다고 판단한 브리츠는 큰일이 났다는 듯 온 집안을 이리저 리 뛰어다니며 컹컹 짖어대고 있었다. "됐어. 나가 버려... 그렇게 가 고 싶으면 전쟁터에 가든가..." 이다가 잔뜩 쉰 목소리로 말했다. 너 무도 빈약한 속삭임이었다. 그녀가 알맹이 없는 인형처럼 비틀거리며 의자 위에 픽 쓰러졌다. 그 와중에 방 안에서 자고 있던 우세페가 시 끄러운 소리에 잠이 깼다. 방문까지 갔지만, 손잡이에 키가 닿지 않았 던 아이가 큰 소리로 위기 상황을 알렸다. "어마! 이노! 에에에에!" 엄 마와의 처절한 투쟁을 모면할 기회를 놓칠세라 니노가 한달음에 달려 가 문을 열어주었다. 그리고 엄마를 내버려 두고 여느 때처럼 동생과 개와 어울려 놀기 시작했다. 집안은 이내 활기가 넘쳤다. 조용히 의자에 앉은 이다가 글씨를 쓰기 시작했다. 그리고 아들이 보란 듯이 테이블 위에 종이쪽지를 올려놓았다. 내용은 다음과 같다.

니노!
우리 둘은 다 끝났어!
맹세해!
네 엄마가.

글씨를 쓰는 그녀의 손이 부들부들 떨렸고 글씨들은 초등학교 일 학년짜리가 쓴 것처럼 죄다 삐뚤삐뚤했다. 하지만 다음 날 아침이 되도록 쪽지는 그 자리에 그대로 있었다. 소파침대는 비어 있었다. 니노는 그날 밤 집에 들어오지 않았다.

니노의 잦은 외박이 시작된 건 그날부터였다. 어디서 누구와 있었는지 알 길이 없었다. 외박을 시작한 지 3주가 지나자, 니노는 브리츠를 데리고 나가서 이틀 동안이나 자취를 감췄다. 겁에 질린 이다는 아들을 찾으러 병원이나 경찰서에 가야 할지 말아야 할지 망설였다. 그러나 브리츠를 데리고 이다의 눈앞에 나타난 니노는 새 옷을 쫙 빼입고 행복에 겨운 표정을 짓고 있었다. 파란 안감이 들어간 왁스 코팅된 검정 캔버스 재킷, 하늘색 와이셔츠, 빳빳하게 주름 잡아 다린 합성 섬유 바지, 고무 밑창을 덧댄 명품 신발, 심지어 빳빳한 오십 리라짜리 지폐가 들어있는 지갑까지 들고 있었다. 니노가 지폐를 꺼내 들더니 허공에 대고 흔들어 보였다. 이다는 놀란 토끼 눈을 하고 새 물건들을 쳐다보았다. 저게 다 도둑질한 거면 어쩌지. 닌누추가 손으로 엄마의 입을 틀어막으며 해맑은 표정으로 선언했다.

"선물이야, 선물!"

"선물... 누가 선물한 건데?"

그녀가 머뭇거리며 중얼거렸다.

니노가 허세를 떨며 대답했다.

"어떤 아가씨!"

엄마가 아가씨란 단어에 의구심을 품자, 니노가 엄마 얼굴에 입을 바짝 갖다 대더니 단어를 바꿔 말했다.

"그럼, 어떤 창녀! 이건 괜찮아?"

그의 단호한 한마디에 엄마의 얼굴이 붉으락푸르락 해졌다. 니노의 입에서 또다시 심한 말이 흘러나왔다.

"아하! 처녀는 아니고 창녀는 언짢으시다! 그럼 이건 어때, 게이!"

수도원에 틀어박힌 수도승 같은 삶을 살던 이두차는 당연히 그런 단어를 알 리가 없었다. 어리둥절한 표정으로 아들을 빤히 쳐다보기만 했다. 순간, 우세페가 다가와 형을 반기며 새 옷을 차려입은 모습을 동경의 눈빛으로 쳐다보았다. 둘 사이에서 신이 난 브리츠가 펄쩍펄쩍 뛰어오르고 있었다. 형의 멋진 모습은 마치 은 갑옷을 차려입은 올랜도의 용사가 무대 위에서 내려오는 장면 같았다. 며칠 만에 동생을 만난 닌나리에두 또한 반가움을 감출 수 없었다. 제일 먼저 동생에게 새 단어 하나를 가르쳐 주었다. 창녀. 우세페가 자신의 표현대로 '차녀'라고 따라 하자, 그는 도저히 참을 수 없다는 듯 웃음을 터뜨렸다. 닌나리에두가 박장대소하는 모습을 보자 우세페는 그게 진짜 웃긴 말이라고 확신했다. 그 뒤에도 혼자 '차녀'란 말을 연습하면서 말하기 전에 웃음부터 터뜨리곤 했다.

단어 학습을 끝낸 니노는 둘만의 비밀이라는 듯 다음번에는 너랑 자전거를 타고 로마를 돌아다닐 거라고 동생에게 선포했다. 사실 그는 이틀 아니 늦어도 사흘 후에 경주용 자전거를 선물 받을 예정이었다. 요정들의 이야기에나 나올법한 경이로운 약속을 들은 주세페는 신바람이 나서 어쩔 줄 몰랐다. 하지만 형은 결국 자전거를 태워주겠다는 약속을 지키지 못했다. 그날 이후로 2박 3일 동안 자취를 감췄던 니노는 셋째 날 오전 6시에 자전거 없이 걸어서 집에 돌아왔다. 우세페는 아직 자고 있었고, 이제 막 일어난 이두차는 잠옷에 가운을 걸치고 점심으로 넉을 브로콜리를 화더 위에 올려놓고 있었다. 보통은 브리츠가 곁에 있었지만, 그날따라 브리츠는 통 기운이 없었다. 식욕이 없는지 이다가 바닥에 떨군 브로콜리 부스러기도 쳐다보지 않았다. 니노의 모습은 마지막으로 새 옷을 입고 나타났을 때와 영 딴판이었다. 다리 밑 노숙자처럼 남루하고 지저분하고 부스스했다. 핏기 없는 얼굴에, 손등에는 심하게 할퀸 흉터가 나 있었다. 방 안에 들어갈 생각도 하지 않고 현관에 있는 궤짝 위에 털썩 주저앉더니 나쁜 주술에 걸린 듯 눈을 부릅뜨고 입을 꾹 다물고 그대로 앉아 있었다. 흥분한 이다가 질문을 퍼부었지만, 힘 없이 한마디만 내뱉었다. "나 좀 내버려 둬!"

아들의 단호한 태도에 엄마도 더 이상 고집을 부리지 않았다. 한 시간 반이 지난 뒤에 그녀가 출근할 때까지도 니노는 여전히 그 자리에 똑같은 자세로 있었다. 브리츠가 졸음을 못 이기고 그의 발밑에 엎드려 쿨쿨 자고 있었다. 봄이 되니 경보 사이렌이 점점 잦아졌다. 밤새 사이렌이 울려 퍼지는 통에 우세페는 평소보다 늦은 8시가 넘어서 일어났다. 눈을 뜬 아이는 공기 중에 놀라운 기운이 떠돌고 있음을 감지했다. 순간 자전거 경주가 그의 뇌리를 스쳤다. 우세페는 어느새 익숙해진 위험천만한 동작으로 기다렸다는 듯 침대 밑을 향해 몸을 날렸다. 그리고 순식간에 문턱을 넘어 궤짝 위에 앉아 있는 니노를 향해 전속력으로 질주했다. 하지만 닌나리에두는 동생을 보자마자 꽥하고 소리를 질렀다. "날 좀 내버려 둬!" 형이 어찌나 무섭게 성을 냈든지 우세페는 가다 말고 그 자리에 꽁꽁 얼어붙어 버렸다. 지난 20개월 동안 그는 단 한 번도 동생을 혼낸 적이 없었다. 우세페가 나오는 걸 보고 달려가서 꼬리를 흔들고 핥으며 애정을 표현하려던 브리츠도 숨을 멈추고 그 자리에서 꼼짝도 하지 않았다. 우세페가 브리츠를 보며 씁쓸한 미소를 지어 보였다. 절대적인 명령, 예측할 수 없는 운명을 받아들여야 한다는 복잡한 심경이 드러나는 미소였다.

니노가 동생의 모습을 흘낏 쳐다보았다. 개인적으로는 비극의 한 장면 같던 새벽이었지만, 동생의 모습을 보는 순간 자신도 모르게 웃음이 터졌다. 우세페는 따뜻해진 날씨 탓에 낮에는 옷을 홀딱 벗고 지냈고 밤에는 티셔츠 한 장만 걸치고 잠을 잤다. 우세페의 몸에 비해 지나치게 짧은 티셔츠는 허리 위로 깡충 올라가 있었고 티셔츠 밑으로는 알몸이 그대로 드러나 있었다. 하루 종일 옷을 갈아입혀 주는 사람이 없어서 잘 때 입었던 옷을 오전 내내 아니, 잘 때까지 죽 입고 있기 일쑤였다. 하지만 아직 아기였던 동생은 그런 사실을 전혀 개의치 않았다. 근사한 옷을 차려입은 신사처럼 당당한 몸가짐으로 온 집안을 누비고 다녔다. 우스꽝스러운 옷을 걸치고 심각한 표정으로 자신을 빤히 쳐다보는 동생을 보고 니노는 웃지 않을 수 없었다. 형이 웃는 모습을 보자마자 진격하라는 신호로 받아들인 우세페는 신나게 형한테 달려갔다. 그리고 방금과 달리 신뢰의 여지를 남겨두고 살짝 뒤로 후퇴했다. "뭐야! 좀 내버려 두라고!" 난폭하게 외치면서도 니노는 동생의 볼에 쪽하고 뽀뽀를 해줬다. 우세페도 기다렸다는 듯 형에게 뽀뽀를 해줬다. 형과 화해한 게 어찌나 기뻤던지 자전거 따위는 까맣게 잊었다. 둘의 뽀뽀야말로 그들의 영원한 사랑의 역사에 있어서 가장 사랑스러운 순간이었다. 두 차례에 걸쳐 뽀뽀를 교환한 니노는 우세페와 브리츠에게 다들 저리 비키라고 했다. 그리고 궤짝 위에 드러누워 시체처럼 깊은 잠에 빠져들었다. 정오가 거의 다 되어 몸을 일으켰지만, 목에 가시가 걸린 사람처럼 여전히 푸르죽죽한 얼굴에 성난 표정을 하고 있었다. 또다시 반가운 표정으로 다가온 우세페에게 그는 산뜩 찌푸린 얼굴로 또 다른 새로운 단어를 가르쳐주었다. 나쁜 년, 우세페는 언제나처럼 신속하게 그 단어를 습득했다. 동생의 놀라운 학습 능력에도 니노의 표정은 좀처럼 밝아지지 않았다. 그 이후로 우세페는 '나쁜년'이라는 말을 연습할 때마다 매우 심각한 표정을 짓곤 했다.

닌나리에두는 주말이 되도록 며칠 밤낮을 집안에 틀어박혀서 보냈다. 태어나서 지금까지 그런 적은 처음이었다. 할퀸 자국을 보여주며 돌아다닐 기분이 아니었다. 집안에서도 평소와 달리 얌전했고 몹시 우울해했다. 심지어 전처럼 여기저기 뒤지며 마구 먹어대지도 않았다. 자신의 침실이자 가족들의 거실이기도 했던 방의 문을 걸어 잠그고 혼자 있고 싶다고 했다. 니노가 큰 방을 독차지하는 바람에 우세페와 브리츠는 좁은 거실이나 부엌에서 부대끼며 지내야 했다. 담배를 못 사니 미칠 지경이었다. 이두차는 아들이 더 이상 미치는 꼴을 보지 않으려 암 거래상을 찾아가 담배를 구해와야만 했다. 하지만 니노는 고작 담배 몇 개비로 성이 차지 않았다. 담배의 효과를 배가시키고자 고약한 악취가 나는 약초 가루를 담뱃가루에 섞는 수법을 사용했다. 니노의 방 침대 옆에는 숙취가 심한 싸구려 포도주도 한 통 있었다. 방 밖으로 나올 때마다 세찬 풍랑이 몰아치는 갑판 위를 걷는 사람처럼 비틀거렸다. 욕을 퍼붓고 고함을 지르기도 했다. "씨발, 뒈져! 뒈지라고! 뒈지란 말야!!!"

복도를 오락가락하며 그는 이렇게 주절댔다. 우주 전체가 얼굴이라 치고 거기다 대고 주먹을 날리고 싶다는 둥, 그게 여자 얼굴이라 치고 실컷 두들겨 패고 똥을 짓이겨서 만든 약을 처발라주겠다는 둥. 심지어 수령님까지 못마땅해했다. 근사한 작전을 펼치겠다고 해 놓고서 추잡한 짓만 하고 있다느니, 악의에 찬 말들은 줄줄이 이어졌다. 아무짝에도 쓸모없는 수령이라느니, XX 같은 총통이라느니.... 하지만, 어쨌든, 그럼에도, 그는, 니노는 전쟁에 나가 싸울 것이다. 그 둘한테 본때를 보여주기 위해서라도 말이다. 그는 로마도 '드럽고' 이탈리아도 '드럽고' 살아있는 것들은 전부 다 '드럽다'고 했다. 이다는 아들이 분노에 차서 독백을 퍼붓는 장면을 '수사학'이라 칭하며 안타까워했다. 그리고 아들이 소리소리 지를 때마다 방 안에 들어가 양손으로 귀를 틀어막았다. 그녀가 난리 통을 피해 구석으로 몸을 숨겼던 것과 달리, 우세페는 한 치의 두려움도 없이 지대한 존경과 흠모의 눈빛으로 형을 바라보았다. 자신까지 덮치기에는 지나치게 높은 화산이 폭발해 용암이 흘러내리는 장면을 쳐다보는 사람, 무시무시한 풍랑이 몰아치는 바다 위를 조각배에 몸을 싣고 아슬아슬하게 건너는 사람 같았다. 아이는 잠잘 때 늘 입는 하체가 다 드러나는 티셔츠 차림으로 형의 말을 경청했다. 작은 소리로 형의 이름을 속삭이며 동지애를 과시하기도 했다. "이노 이노" 형를 부르는 동생의 목소리에 의심하지 말라는, 언제까지나 형과 함께할 거라는, 절대 도망치지 않을 거라는 의지가 담겨 있었다. 반면에 우세페보다 조금 우둔했던 브리츠는 니노의 궤변을 들으며 매우 만족스럽다는 반응을 보였다. 사랑하는 이가 드디어 방 밖으로 모습을 드러냈다는 것만으로도 성대한 잔치를 벌일만한 사건이었다. 얼마 뒤에 포도주가 몹쓸 효과를 발휘하자 닌나리에두는 소파 침대 위에 고꾸라져 잠이 들었다. 우세페는 동경의 눈빛으로 드르렁드르렁 코를 고는 형의 모습을 지켜보았다. 온 집안을 휩쓸고 날아다니던 비행기가 무사히 착륙한 기분이었다.

니노는 할퀸 자국이 아물 때까지 집안에만 틀어박혀 있었다. 수염이 마구잡이로 자라났다. 샤워도 안 하고 머리도 안 빗었다. 토요일이 되자 미세한 멍 자국만 남고 흉터가 거의 아물었다. 면도할 때가 된 것이었다. 상쾌한 바람이 불어오는 화창한 아침, 정원 쪽에서 라디오의 노랫소리가 들렸다. 니노는 손, 귀, 겨드랑이, 발까지 깨끗이 씻고 물을 축여가며 잔뜩 엉킨 곱슬머리를 빗었다. 그리고 깔끔한 흰색 티셔츠를 입었다. 남자다운 몸에 착 달라붙는 티셔츠가 근육질의 상체를 돋보이게 했다. 거울 앞에 선 그가 상체와 팔뚝 근육에 힘을 불끈 주었다. 그러더니 갑자기 호랑이와 사자를 흉내 내며 방안을 누비고 다니기 시작했다. 다시 거울 앞에 선 그는 흉터 자국을 세심하게 점검했다. 다행히 눈에 띄지 않을 정도로 잘 아물어 있었다. 거울에 비친 자기 모습을 바라보던 그가 흡족한 표정을 지어 보였다. 그러더니 온몸의 신경과 근육과 호흡을 총동원해 기쁨의 함성을 내질렀다. "우와! 살아있네!! 살아있어! 자, 그럼 슬슬 로마 구경을 떠나 볼까! 가자, 브리츠!" 밖에 나가려던 그가 집에 혼자 남겨질 우세페를 위로하며 말했다. "우세페! 이리 와 봐! 저 양말 보여?" 니노가 늘 바닥에서 굴러다니던 더러운 양말을 손가락으로 가리켰다. "저거 보이지? 잘 봐! 숨도 쉬지 말고 꼼짝도 하지 말고 잘 봐야 해. 최소한 일 분 이상 그렇게 쳐다봐야 해! 알겠지? 움직이면 절대 안 돼! 이제 저 양말이 방울뱀으로 변할 거야, 쓰윽쓰윽 하면서 기어다닐 거야. 쌈빠라 밤밤 짜잔!" 형을 절대적으로 신뢰했던 우세페는 한참을 그 자리에서 꼼짝도 하지 않고 양말이 놀라운 창조물로 변신하기만을 목 놓아 기다렸다. 하지만 그런 일은 일어나지 않았다. 삶은 정말이지 불확실한 것이었다. 형이 더 이상 말을 안 꺼내는 자전거만 보아도 알 수 있었다.

며칠 후에 니노는 낡은 디스크 한 장과 수동 축음기를 들고 왔다. 전에 집에 있던 축음기는 담배와 맞바꾼 지 오래였다. 낡은 아코디언 반주에 맞춰 애조 띤 곡조의 노래가 흘러나왔다. '당신은 나의 달콤한 상상…' 니노가 집에 있을 때면 늘 축음기를 틀어놓았기에 집안에는 노랫소리가 끊이지 않았다. 우세페의 눈에 비친 축음기는 그야말로 성서의 기적이었다. 방울뱀 따위와 비교할 수 없는 위대한 기적이었다. 하지만 사흘째가 되자 노랫소리는 남자인지 여자인지도 모르게 변해버렸다. 알아들을 수 없는 가사에 곡조는 훨씬 애절해졌다. 급기야 노래 중간에 치지직 소리가 나더니 그대로 멈춰버렸다. 니노는 빌어먹을 축음기가 망가졌다며 길바닥에 들고 나가 발길로 뻥 차 버렸다.

어느 날 오후에는 만난 지 얼마 안 된 여자 친구를 집에 데려오기도 했다. 우세페의 눈에 비친 그녀 또한 대단한 공연이었다. 빨간 무늬 원피스를 입고 있었고 걸을 때마다 검정 레이스 속치마가 슬쩍슬쩍 들여다보였다. 하이힐을 신고 아슬아슬하게 걷다가 휘청거리기도 했다. 기다란 손톱에 새빨간 매니큐어를 칠했고, 눈두덩이에는 펄이 들어간 아이샤도우를, 동그랗고 작은 입술에는 진한 빨강 립스틱을 바르고 있었다. 잠시 집안을 두리번거리던 그녀가 간드러진 억양으로 천천히 입을 열었다. 말소리가 축음기의 노랫소리 같았다.

"세상에나, 이 예쁜이는 누구 아기야?"

"내 동생이야. 그리고 이쪽은 내 개야."

"그렇구나! 아가야, 이름이 뭐니?"

"우세페."

"아하, 주세페로구나, 맞지? 주세페?"

"아니."

니노가 불쾌해하며 끼어들었다.

"우세페가 맞아, 얘 말대로 우세페야!"

"...? 저런... 난 또 내가 잘못 알아들은 줄 알았지... 쟤 말대로 우세 페라고? 뭔 이름이 그래?"

"우린 그 이름이 좋아."

"난 그딴 이름은 들어본 적 없는데... 주세페는 몰라도, 우세페는... 우세페는 이름 같지가 않잖아!"

"그건 니가 너무 멍청해서 그런 거야."

2.

날씨가 좋아질수록 이탈리아 도시들을 공습하는 빈도도 늘어났다. 폭격의 정도도 점점 맹렬해졌다. 군사 회보에 낙관주의와 더불어 파괴와 살상을 규탄하는 기사가 실렸다. 다행히, 로마만큼은, 폭격을 피했다. 동네방네 가리지 않고 온갖 소문들이 나돌았다. 소문과 두려움에 지친 사람들은 더 이상 자신들의 도시가 안전하지 않다고 느꼈다. 돈이 있는 사람들은 진작 시골로 몸을 피했다. 대다수는 도시에 남아 있었다. 거리, 전차, 사무실에서 마주치면 처음 본 사람들끼리도 서로를 쳐다보았다. 모두의 동공 속에 같은 질문이 새겨져 있었다. 그 무렵 이다의 내면에서 작은 혁명이 일어나기 시작했다. 경보 사이렌이 울리면 병균이 살포된 것처럼 민감한 반응을 보이며 무시무시한 괴력을 발휘했다. 평소에는 부정적인 환각 상태에 빠져, 아무 생각 없이 집과 학교 사이만 오갔지만, 사이렌이 울리기 시작하는 즉시 공황 상태에 빠져들었다. 군중 틈바구니를 헤치고 전속력으로 내리막길을 달리는 사람처럼 말이다. 잠들어 있었든 깨어있었든 한달음에 달려가 순식간에 옷을 챙겨입었다. 돈주머니는 언제나 옷 속에 챙겨 놓았다. 오로지 도망치겠다는 의지로 제법 묵직해진 우세페를 번쩍 들어 올려 목말을 태우고 대피소로 갔다. 그녀가 사는 건물 거주자들에게도 행동 강령이 내려진 상태였다. 경보가 발령되는 즉시 정해진 장소로 대피하라는 내용이었다. 가까운 대피소는 3년 전 겨울 독일 청년 군터가 술을 마셨던 선술집의 포도주 저장고였다.

우세페는 대피소에 갈 때마다 집안에 혼자 남아 울부짖는 브리츠 때문에 엄마의 팔에 안겨 울고불고 떼를 쓰곤 했다. 사실, 이다는 개에 대해 일말의 죄책감도 느끼지 않았다. 경보가 울릴 때면 운명에 맡긴다는 심정으로 개를 혼자 내버려 두고 집을 빠져나왔다. 브리츠 또한 지지 않겠다는 듯 멈추지 않고 처절하게 울부짖었다. 이따금 그 시간에 집에 있었던 닌나리에두는 이다의 도주를 비웃으며 대피소에 가길 거부했다. 그러나 첫사랑과 함께 머무는 것도 브리츠를 진정시키기에는 역부족이었다. 경보가 그칠 때까지 니노 곁에서 펄쩍펄쩍 뛰어오르며 계속 그의 손을 핥았다. 애원하는 듯한 갈색 눈으로 계속 니노를 쳐다보며 결국 현관문까지 가도록 만들었다. 재난이 닥쳤다는 예감에 휩싸여 연신 짖어대며 니노에게 위기를 알렸다. "니노, 제발, 우리도 같이 가야 해! 그래야 살 수 있어, 다 같이 살아야지! 죽을 거면 다 같이 죽던가!" 브리츠가 광기에 사로잡히는 꼴을 보기 싫었던 닌나리에두는 심드렁한 태도로 브리츠와 함께, 결국은 가족 모두가 지하에 있는 선술집 창고로 내려가곤 했다. 니노가 집에 있는 날에는 공습경보가 신바람 나는 놀이동산으로 변모했다. 캄캄한 한밤중에 사이렌이 울리면 더더욱 신이 났다. 니노와 함께하는 밤 나들이 시간이 돌아온 것이다. 어둠 속에서 경계경보가 울려 퍼질 때면 브리츠는 원시 부족들이 수술석인 축제를 벌이듯 준비 태세를 갖췄다. 자신의 보금자리인 소파 침대에서 한달음에 뛰어 내려와 온 집안을 이리저리 뛰어다니며 짖어댔다. 꼬리를 깃발처럼 흔들어 대며, 신나는 위급 상황을 알리며 잠자는 가족을 깨우느라 바빴다. 진작 혼자 일어난 우세페도 신바람이 나서 외쳤다. "뺑기! 뺑기!(비행기! 비행기!)"

  최악의 난관은 니노를 깨우는 일이었다. 그는 사이렌 소리를 못 들은 척하면서 절대 일어나려 하지 않았다. 결국 브리츠가 자신만의 요령을 부려 그를 침대 밑으로 떨어뜨렸다. 그리고 서두르라는 듯 투덜투덜 짖으며 티셔츠와 바지를 주워 입는 니노를 간질였다. 니노는 개 XX 운운하는 저주의 단어를 퍼부으며 천천히 잠에서 깨어나 몽롱한 정신으로 브리츠의 목줄을 찾아 두리번거렸다. 브리츠는 드디어 몸을 일으킨 니노에게 박수갈채를 보내며 초조한 야행성 동물처럼 목줄을 가지러 달려갔다. 둘은 준비를 마친 즉시 옆방으로 갔다. 니노기 재빨리 우세페를 들어 올려 목말을 태웠다. 우세페는 이미 자신의 짐을 챙기고 기다리고 있었다. 아이는 로마 공과 라치오 호두를 대피소에 가져가고 싶어 했다. 우세페와 니노와 브리츠는 일심동체가 되어 훨훨 날듯 계단을 내려갔다. 그들 뒤에서는 이다가 심드렁한 얼굴로 손가방을 꼭 끌어안고 혼자 내려오고 있었다. 현관문과 정원에서 다른 가족들도 셔츠나 속옷 차림으로, 팔에 아기를 안고, 여행 가방을 계단에서 질질 끌고 내려와 대피소를 향해 뛰어가고 있었다. 사람들이 떠드는 소리, 저 멀리 하늘을 나는 비행기의 굉음이 들리더니 뒤이어 굉장한 불꽃놀이라도 열린 듯 불꽃이 보이고 총소리와 폭발음이 들려왔다. 주위에서 가족들이 서로의 이름을 부르는 소리가 들렸다. 그 와중에 부모의 손을 놓치는 아이도 있었다. 놀라서 달려가던 누군가가 발을 헛디디며 땅에 쓰러졌다. 비명을 지르는 여자들도 있었다. 니노는 공포에 사로잡힌 사람들을 비웃으며 그까짓 건 코미디의 한 장면에 불과하다고 생각했다. 곁에서 우세페와 브리츠의 즐거운 합창 소리가 들려왔다.

선술집 창고에서 보낸 밤들이 싫기만 했던 건 아니었다. 막상 대피소에 가면 엄격한 부모 때문에 외출할 수 없었던 동네의 예쁜 여자애들을 만날 기회도 있었다. 니노는 음침한 지하로 대피하는 와중에도 최대한 허세를 떨었다. 삐딱한 자세로 입구에 서서 사람들을, 특히 여자애들을 집중적으로 쳐다보며 자신은 겁이 나서가 아니라 오로지 개 때문에 이곳에 왔노라는 사실을 암시하곤 했다. 틀린 말은 아니었다. 니노에게 폭탄 따위는 아무것도 아니었다. 아니, 폭탄이야말로 폭죽보다 훨씬 근사했다. 경보가 아닌 실제 상황이 벌어지길 간절히 바랐다. 하지만, 유감스럽게도, 당시 로마에 내려졌던 공습경보는 죄다 쇼에 불과했다. 나중에야 알게 된 사실이지만, 처칠과 교황이 맺은 비밀 협상에 따라 로마는 신성불가침의 도시로 남아 있었다. 그러므로, 폭탄은, 이곳에, 떨어질 수 없었다. 그 사실을 알게 된 이후부터 니노는 공습경보를 비웃으며 상황을 한층 더 즐기게 되었다. 닌나리에두에게는 집이 무너진다든가 물건을 잃는다든가 하는 건 그다지 중요한 게 아니었다. 집안에 물건이라고 해 보았자 기껏해야 침대 두 개, 침대라 기보다 철망과 깔개라고 부르는 게 맞겠지만, 옷이 들어있는 자루 하나, 겨울 상의들과 진작 작아진 니노의 카멜 코트와 이다의 양면 코트가 전부였지만, 너덜너덜한 책 몇 권 따위가 전부였다. 차라리 폭격으로 집이 무너진다면 승전한 정부에서 본래의 값어치보다 높게 보상해 줄지도 모를 일이었다. 그런 꿈 같은 일이 벌어진다면 니노는 보상금으로 최신식 설비를 갖춘 기라반을 한 대 사서 우세페와 브리츠를 데리고 집시처럼 방랑 생활을 할 수도 있을 것이다. 하지만, 어쨌든, 니노의 사사로운 생각에 따르면 로마라는 도시는 절대 공격당하지 않을게 분명했다. 폭탄을 떨어뜨려봤자 부서질 거라고는 콜로세움이나 트라이야누스 포룸 같은, 어차피 폐허였던 것들뿐이었다.

공습경보가 울릴 동안에는 당연히 불을 켤 수 없었다. 조도가 낮은 기름 램프로 빛을 밝힌 선술집 창고 내부는 야외 장터나 길거리 수박 장수 같은 분위기를 연상케 했다. 술집 주인의 지인 하나가 휴대용 축음기를 대피소에 갖다 놓았다. 공습경보가 길어지면 니노는 지루함을 달래려 음악을 틀어놓고 또래 아가씨들과 어울려 비좁은 공간에서 춤을 추곤 했다. 음악 소리가 울려 퍼지고 춤이 시작될 때마다 누구보다 즐거워했던 건 우세페였다. 춤추는 사람들의 다리 사이를 헤집고 미친 듯이 돌아다니며 형이 있는 곳까지 다다랐다. 자기 발밑까지 온 동생을 본 니노는 함께 춤추던 여자애의 손을 놓고 우세페를 번쩍 들어 안아주었다. 도망치느라 정신이 없었던 이다는 종종 우세페에게 옷 입히는 걸 깜빡했다. 다리미질할 때 까는 천 쪼가리나 넝마 같은 스카프로 둘둘 감아서 데리고 나오기도 했다. 우세페는 잠잘 때 입던 하체가

다 드러나는 티셔츠 하나만 걸치고 아무렇지도 않게 창고 안을 누비고 다녔다. 근사한 옷을 차려입고 무도회에 나온 귀족처럼 팔짝팔짝 뛰어다니며 당당하게 춤에 동참했다.

브리츠 또한 대피소에서 다른 개들과 마주칠 기회가 생겼다. 희귀종 사냥개라든가 늙은 부인이 키우는 늙은 치와와도 있었지만, 대부분은 자신과 비슷한 족보 없는 잡종견들이었다. 전쟁 통에 밥도 제대로 못 얻어먹어 삐쩍 마른 개들이었다. 하지만 브리츠도, 다른 개들도 집을 빠져나왔다는 사실만으로도 기쁨을 감추지 못했다. 언제나처럼 간략하고 형식적인 의례를 갖추고 나서 자기들끼리 어울려 미친 듯이 까불어 댔다. 아기에게 젖을 먹이는 여자, 뜨개질하는 여자, 어떤 노파는 묵주 기도를 하다가 시내 방향에서 무시무시한 소음이 들려올 때마다 가슴에 성호를 그어댔다. 대피소 안에 들어오자마자 자리를 잡고 드러누워 내리 잠만 자는 사람도 있었다. 남자들끼리 어울려 선술집 포도주를 걸고 카드놀이나 게임을 하기도 했다. 한쪽에서는 늘 논쟁이 벌어졌고 결국 말싸움이나 주먹질로 번지기 일쑤였다. 그럴 때면 선술집 주인과 공장장이 나서서 싸우는 사람들을 뜯어말렸다.

다들 알다시피, 이다는 사회성이라고는 눈곱만치도 없는 사람이었다. 이웃 사람들과 어울려 본 적도 없었다. 그녀에게 이웃이란 계단, 정원, 상점에서 우연히 스쳐 지나가는 이들이었다. 하지만 대피소 안에서는 어쩔 도리가 없었다. 좋든 싫든 낯익거나 낯선 사람들과 부대껴야 했다. 사람들 모두가 마치 지난밤 꿈속에서 자신을 윽박지르던 이들 같았다. 그녀가 벤치에 앉자마자 수면제가 효과를 발휘하기 시작했다. 명색이 선생이었던 그녀가 사람들 앞에서 꾸벅꾸벅 조는 건 아무래도 창피한 일이었다. 그녀는 점점 혼미해지는 정신을 겨우 붙들고, 몸을 잔뜩 쪼그린 채 억지로 눈을 뜨려고 애썼다. 그럼에도 몸은 자꾸만 앞으로 고꾸라졌고 그럴 때마다 턱에 묻은 침을 닦으며 미소 띤 얼굴로 중얼거렸다. "죄송합니다, 죄송합니다..." 안 되겠다 싶었던 이다는 우세페에게 가끔 와서 깨워달라고 명령을 내렸다. 놀다 말고 엄마 말이 떠오를 때마다 우세페는 엄마의 무릎 위에 올라가 귀에다 대고 큰 소리로 외쳤다. "엄마! 엄마!!!" 그리고 신이 나서 엄마의 목덜미를 간질였다. 엄마는 간지럼을 태우면 아이처럼 깔깔 웃곤 했다. "꿰차나, (괜찮아) 넘냐?" 희미한 불빛 아래 그녀가 약에 취한 사람처럼 게슴츠레하게 눈을 떴다. 우세페는 호기심과 동정 어린 눈빛으로 그런 엄마의 모습을 쳐다보았다. 그녀의 몸은 그곳에 와 있었지만, 그곳이 지하실인지 어디인지 머리로는 알 수 없었다. 어리둥절한 표정으로, 아기를 꼭 끌어안고, 모르는 사람들로부터 자신을 지키려 애쓰고 있었다. 어쩌면 저들은 살인자나 스파이일지도 모른다. 한편으로는 잠결에 자신이 엉뚱한 말을 내뱉지 않을까 안절부절못하기도 했다. "내 어머니의 성씨는 알마자입니다." "내 아기는 잡종이고 아버지는 나치 군인입니다."

대피소 안에는 늘 모여드는 동네 가족들 외에 낯선 사람이 들어오기도 했다. 우연히 근처를 지나던 사람들, 연고 없는 사람들, 걸인들, 싸구려 창녀들 그리고 암시장 상인들도 있었다. 니노는 무슨 수를 썼는지 그런 사람들한테서 돈을 뜯어내곤 했다. 그들 중 나폴리 출신들은 살벌한 폭격으로 도시 전체가 무덤과 살육장이 되었노라고 했다. 그나마 여력이 되는 사람들은 다 도망쳐서 도시에는 가난하고 형편없는 사람들만 남았는데 밤이 되면 폭격이 무서워서 이불을 들고 가 동굴에 숨어서 잔다고 했다. 사막처럼 텅 빈 폐허가 된 거리에 폭격당한 건물의 잔해들이 널려 있고, 연기가 피어오르고, 성벽에서 매일 불길이 치솟는다고도 했다. 그 말을 들은 이다는 신혼여행 때 나폴리에 들렀던 기억을 떠올렸다. 로마에 오는 길에 두 시간 남짓 정차한 게 전부였지만 말이다. 그때 이후로 이다는 한 번도 로마 밖으로 나가본 적이 없었다. 그녀가 기억하는 나폴리는 로마보다 훨씬 웅장한, 전설적인 바그다드 같은 도시였다. 그녀가 기억하는 유일하고도 독보적인, 아시아만큼이나 방대한 그 도시는 이제 피가 낭자한 폐허로 변해버렸다. 왕과 왕비가 사는 도시, 최초의 학교가 세워진 도시 등등 그녀가 간직했던 신화들도 덩달아 와르르 무너졌다.

닌나리에두는 나폴리에서 왔다는 사람들 이야기를 들으며 바닷가 동굴에서 잠을 잔다는 그들의 모험담에 한껏 빠져들었다. 그런 장소라면 운 좋게 만난 여자와 사랑을 나누는 짓도, 위험천만한 무정부주의자 짓도 가능할 터였다. 지방 사람이 일거리를 찾아 도시에 오는 것과 반대로, 니노는 처음 만난 암거래상들을 따라 나폴리로 가리라 마음먹었다. 코미디 같았던 학교는 몇 주 전에 때려치워 버렸다. 어차피 모든 학교에 휴교령이 내려진 상태였으니 상관없었다. 아프리카에서는 이탈리아가 점령했던 국가들이 죄다 불바다가 되면서 전쟁이 종식되었다. 그는 바티칸과 정부가 짜고 치는 고스톱 같은 전쟁이 벌어지고 있는 거룩한 이 도시가 지긋지긋했다. 순간, 교황이 없는 도시, 불타버려야 한다면 불태울 수 있는 도시로 가고 싶다는 열망이 치솟았다. 정치권에서 너무 어리다는 이유로 자신을 받아주지 않는다면 사적인 수단을 동원해서라도 전쟁터에 나갈 방도를 찾을 작정이었다.

그로부터 얼마 지나지 않아 니노는 마침내 자신의 간절한 소원을 이루게 되었다. 재앙에 맞먹는 전쟁을 이어가던 파시스트 측에서 수령님을 위해 목숨을 바칠 자원병들을 6월 말까지 모집한다는 소식이 들려왔다. 비록 나이는 어렸지만, 검은 부대에 입대해 북부 이탈리아를 향해 떠날 수 있으리라, 군복을 입으면 정말이지 나이 어린 소년처럼 보일 테지만, 군인다운 태도만큼은 누구에게도 뒤지지 않으리라, 니노는 자신이 있었다. 이번 기회에 자신이 군대 체질이란 걸 증명하리라. 하지만 집을 떠나기로 마음먹은 니노에게 심각한 걱정거리가 하나 있었다. 어쩔 수 없이 로마에 두고 가야 할 브리츠였다. 엄마한테 개를 맡기는 건 전혀 믿음직스럽지 않았다. 니노는 해맑은 표정으로 동생 우세페에게 악수를 청했다. 그러면서 브리츠를 잘 돌봐 달라고 신신당부했다. 형제 사이에 맺어진 고귀하고 명예로운 협정이었다.

3.

브리츠와의 이별은 니노의 가슴을 갈기갈기 찢어 놓았다. 일주일 뒤에 돌아올 거라고 고갯짓으로 이야기하고, 로마에 사는 개들을 다 먹이고도 남을 만큼 내장을 사 들고 와서 브리츠의 환심을 사려고도 해 보았다. 하지만 브리츠는 우세페와 달랐다. 쉽사리 속아 넘어가는 만만한 유형이 아니었다. 브리츠는 니노의 과장된 행동을 의심하며 마음을 놓으려 하지 않았다. 니노가 두고 간 먹거리들도 입에 대지 않았다. 온종일 문과 창문을 번갈아 쳐다보며 돌아오라고 짖어댔다. 창밖에서 니노와 비슷한 또래 소년의 윤곽선이 보일 때면 쓰디쓴 향수에 젖어 더더욱 크게 울부짖곤 했다. 그러나 부질없는 일이었다. 니노는 이미 브리츠의 울부짖음이 안 들리는 먼 곳에 가 있었다. 이다는 울부짖는 소리를 듣다못해 브리츠를 화장실에서 재우기로 했다. 하지만 화장실 안에서도 끊임없이 울부짖으며 쉬지 않고 발로 문을 긁어댔다. 우세페는 브리츠를 저렇게 내버려 두느니 자기도 화장실에서 자겠다며 고집을 부렸다. 결국 브리츠는 우세페의 작은 침대 안에 들어가 함께 자게 되었다. 기쁨과 안도감에 충만한 나머지 잠들기 직전까지 우세페의 발가벗은 몸을 머리부터 발끝까지 혀로 핥아 주었다.

니노가 떠나고 이틀 뒤인 7월 10일에 연합군이 시칠리아에 상륙했다. 매일 밤 경계경보가 울렸다. 우세페는 베개 밑에 브리츠의 목줄을 챙겨두었다. 브리츠는 사이렌 소리가 울리기도 전에 미리 알아채고 컹컹 짖어대며 가족을 깨웠다. 브리츠는 장 보러 갈 때를 제외하고는 가족들과 붙어 있었다. 방학이 되자 이다는 오전 10시쯤에 우세페를 데리고 장을 보러 나갔고 브리츠는 그동안 집을 지켰다. 식료품 가게 앞에는 늘 사람들이 줄을 늘어서 있었다. 그 와중에 브리츠가 끼어들었다가는 시비가 붙을 수도 있었다. 같이 나갈 수 없다는 사실을 잘 알았던 브리츠는 외출을 준비하는 이다와 우세페의 모습을 풀 죽은 표정으로 지켜보곤 했다. 하지만 어쩔 수 없었다. 장을 보고 돌아올 때면 저만치에서 맨 위층의 열린 창문으로 브리츠가 반갑게 짖는 소리가 들렸다. 현관문 앞에서 목이 빠지게 기다리던 브리츠는 우세페가 집에 도착하자마자 고삐 풀린 망아지처럼 달려들며 외쳤다. "이제 나한텐 너뿐이야!"

그러던 어느 날 아침이었다. 이다는 불룩한 장바구니 두 개를 한꺼번에 들고 우세페의 손을 잡고 집으로 돌아오고 있었다. 무덥고 쨍쨍한 날이었다. 그해 여름내 이다는 집 근처에 나갈 때도 집에서 입는 얇고 촌스러운 원피스를 그대로 입었다. 모자도 안 썼고 스타킹을 절약하느라 맨발에 뒤축이 다 닳은 코르크 통굽 샌들을 신었다. 우세페는 빛바랜 잔 체크무늬의 꼭 끼는 셔츠에 헐렁한 하늘색 양말을 신고 너무 커서 헐떡거리는 샌들을 신고 있었다. 이다는 아이가 커도 입고 신을 수 있도록 늘 큰 물건들을 사줬다. 우세페가 발걸음을 옮길 때마다 인도에서 슬리퍼를 질질 끄는 소리가 들렸다. 손에는 로마 공을 꼭 쥐고 있었다. 라치오 호두는 안타깝게도 지난봄에 잃어버렸다. 이다와 우세페가 스칼로 메르치 거리 근방 가로수길을 지나 볼쉬 거리를 향해 걸어가던 중이었다. 경보도 없이 하늘에서 요란한 금속성 굉음이 울리더니 점점 가까이 들려오기 시작했다. 우세페가 고개를 들고 하늘을 쳐다보며 말했다. "뱅기." (비행기) 순간, 공중에서 쉬리릭 바람 빠지는 소리가 들리는가 싶더니 두 사람의 등 뒤에서 거대한 벽이 와르르 무너졌다. 이다와 우세페가 밟고 있던 땅 주위로 기관총을 난사하듯 파편이 튀어 오르며 흙먼지가 휘날리기 시작했다. "우세페! 우세페에에에!" 이다가 소리쳤다. 시커먼 먼지바람에 휩싸여 앞이 안 보였다.

"엄마, 나 여기" 그녀의 팔 근처에 있던 우세페가 대답했다. 아이의 목소리가 들리자 어찌나 안심했던지, 아이를 꼭 끌어안고 국가에서 알려준 공습 시 대피 요령, 즉 땅에 엎드려야 한다는 내용을 떠올렸다. 그러나 실제 상황에서는 아무짝에도 쓸모없는 내용이었다. 그녀는 아이를 번쩍 들어 끌어안고 무작정 아무 데로나 달렸다. 장바구니 한 개는 땅바닥에 내팽개쳐졌고, 다른 한 개는 팔뚝에 매달려 아이의 엉덩이 밑에서 덜렁거리고 있었다. 도망치던 도중에 경보 사이렌이 울리기 시작했다. 화재가 난 산속에서 내리막을 내달리는 사람처럼 미친 듯이 질주했다. 어느 순간 후미진 곳에 다다라 우세페를 품에 꼭 끌어안은 채 세차게 엉덩방아를 찧으며 땅바닥에 주저앉았다. 장바구니 안에 들어있던 선명한 빨강과 초록 채소들이 땅바닥에 떨어져 그녀의 발아래 흩어졌다. 그녀는 손을 뻗어서 움푹 파인 땅에 아직 붙어 있는 흙 묻은 나무뿌리를 움켜쥐었다. 우세페의 몸에 묻은 잔뿌리를 털어 주고 아이의 몸을 더듬으며 다친 데가 없는지 살펴보았다. 그리고 텅 빈 장바구니를 투구처럼 아이의 머리에 씌워주었다.

땅바닥에 쓰러진 거대한 나무의 몸통이 지붕처럼 둘을 보호하며 피 난처 역할을 해주고 있었다. 위편에서 불어오는 거센 바람에 나뭇잎 들이 쉬쉬 소리를 내며 흔들렸다. 휘파람 비슷한 소리와 무시무시한 폭음이 여운을 남기며 차차 약해졌다. 멀리서 사람들의 목소리와 말 들의 울음소리가 들리기 시작했다. 우세페는 그녀의 품에 안겨 장바 구니를 뒤집어쓴 채 엄마의 얼굴을 빤히 쳐다보고 있었다. 아이의 표 정 속에 두려움과 더불어 호기심과 걱정이 깃들어 있었다. "별거 아니 야." 그녀가 아이를 안심시켰다. "무서워하지 마. 별거 아니야." 아이 는 샌들을 잃어버렸지만, 로마 공은 손아귀에 꼭 쥐고 있었다. 어디선 가 쿵 소리가 들리자, 아이의 몸이 살짝 떨렸다.

"별거..." 우세페가 의문과 확신이 동시에 담긴 모호한 투로 속삭였 다. 이다의 품속에서 피신하는 동안 아이는 맨발을 흔들며 눈으로는 이다만 쳐다보고 있었다. 시간이 얼마나 흘렀는지 알 수 없었다. 손목 에 차고 있던 시계는 부서져 버렸다. 그런 상황에서 시간을 추측하기 란 불가능했다. 경보 사이렌이 멈추자, 그녀는 밖으로 나왔다. 뿌연 먼지구름이 해를 가리고 있었다. 매캐한 타르 냄새 때문에 계속 기침 이 나왔다. 거대한 먼지구름 사이로 스칼로 메르치 부근에서 불꽃과 연기가 피어오르는 모습이 보였다. 건너편 길에는 폭격의 잔해가 산

더미처럼 쌓여있었다. 이다는 우세페를 품에 안고 까맣게 그을려 쓰러진 나무들을 헤치고 광장 쪽으로 빠져나갈 길을 찾았다. 그렇게 걸음을 옮기던 중 발밑에 처음으로 알아볼 수 있는 형체가 나타났다. 죽은 말이었다. 머리에 깃털과 꽃이 달린 화관을 쓰고 있었다. 순간, 미지근하고 부드러운 액체가 이다의 팔을 적시며 우세페가 와락 울음을 터뜨렸다. 오줌을 가릴 나이는 한참 지난 아이였다. 죽은 말의 주변에는 화관, 꽃송이, 석고 날개, 조각상의 머리와 팔다리들이 나뒹굴고 있었다. 산산이 부서진 장의사 사무실 주위로 깨진 유리 조각들이 땅 위에 가득했다. 근처 묘지에서 설탕처럼 달달하고 포근한 냄새가 흘러나왔다. 부서진 묘지의 벽 사이로 시커멓게 그을린 사이프러스 나무들의 형체가 보였다.

사람들이 차츰 모습을 드러냈다. 마치 다른 행성에 와 있기라도 한 듯 무리 지어 주위를 두리번거리기 시작했다. 온몸이 피투성이가 된 사람들도 있었다. 여기저기서 외침 소리와 누군가의 이름을 부르는 소리가 들렸다. 간간이 이런 소리가 들리기도 했다. "저기도 불타고 있어요!" "구급차는 어딨어요?!" 연기를 들이마신 칼칼한 목소리들이 소돔과 고모라 성처럼 비현실적인 메아리를 남기며 울려 퍼졌다. 우세페도 엄마의 귀에 대고 작은 소리로 무슨 말을 반복했지만, 이다는 아이가 뭐라는지 제대로 알아들을 수 없었다. '집'이라는 한 단어만 겨우 들렸다. "엄마, 언제 집에 갈 수 있어?" 머리에 쓰고 있던 장바구니가 흘러내려 우세페의 귀를 덮고 있었다. 아이는 잔혹한 상황을 더 이상 견딜 수 없는 듯했다. 아이의 몸이 덜덜 떨리고 있었다. 아이가 기어드는 목소리로 고집스럽게 반복했다. "엄마?... 집?..." 하지만 그토록 친숙했던 집으로 가는 길은 낯설기만 했다. 한참을 걷다 반쯤 허물어진 건물 앞에 당도했다. 서까래가 내려앉고 덧문이 떨어져 나와 있었다. 이다는 그 건물이 경보 사이렌이 울릴 때마다 대피했던 선술집 건물임을 알아챘다. 순간 우세페가 말릴 틈도 없이 그녀의 품에서 빠져나가더니 짙은 먼지로 뒤덮인 건물을 향해 울부짖으며 맨발로 뛰어가기 시작했다. "비! 비이이! 비이이이이!"이다가 살던 건물은 처참하게 무너진 상태였다. 건물의 극히 일부분만 위태롭게 남아 있었다. 방금까지도 사람들이 살던 아파트의 무너진 잔해 위에 물탱크 두 개와 계단참 일부가 보였다. 그 아래로 시멘트 판들, 으스러진 가구들, 부서진 물건과 쓰레기들이 보였다. 소리는 들리지 않았다. 신음 소리가 들리지 않는 걸 보면 생존자는 아무도 없는 게 분명했다. 누군가 소용없단 걸 알면서 행동을 취하기 시작했다. 손톱으로 잔해를 긁어내고 파헤치고 뒤적이며 누군가 또는 무언가를 찾고 있었다. 그 와중에 우세페가 가느다란 목소리로 끊임없이 브리츠의 이름을 불렀다. "비! 비이이! 비이이이이!"

브리츠는 사라졌다. 부부 침대, 아기 침대, 소파 침대, 궤짝, 닌누추의 찢어진 책들과 확대 사진, 부엌에 있던 냄비들, 코트와 겨울옷이 들어있던 자루, 찬장에 들어있던 이번 달 최후의 식량인 분말 우유 열 봉지와 파스타 6 kg와 더불어. "가자! 얼른 가야 해!" 이다가 팔로 우세페를 들어 올리며 말했다. 하지만 아이는 좀처럼 고집을 꺾지 않았다. 점점 격렬한 몸짓으로 반항하며 계속 소리쳤다. "비이이이!" 단호하고 다급한 절규였다. 아이는 계속 그렇게 이름을 부르다 보면 브리츠가 나타날 거라 여기는 듯했다. 엄마 품에서 계속 용을 쓰며 버텼다. 발작하는 아이처럼 소리소리 질러댔다. "가자, 어서 피해야 해." 이다가 아이를 달래며 말했다. 하지만 그녀 또한 어디로 가야 할지 알 수 없었다. 유일하게 알던 대피소는 선술집 창고밖에 없었다. 아이를 데리고 그곳을 찾아가 보았다. 이미 사람들이 꽉 들어차 앉을 자리가 없었다. 한 노파가 그녀가 아이를 팔에 안고 있는 걸 보고 사람들에게 자리를 좁혀달라고 말했다. 이다는 폐 끼치는 걸 싫어하는 성격이지만, 어쩔 도리가 없었다. 사람들 틈을 비집고 벤치에 겨우 끼어 앉았다. 그녀의 다리는 상처투성이였고 얼굴은 검은 기름이 묻은 것처럼 얼룩덜룩했다. 목덜미에는 우세페의 시커먼 손자국이 덕지덕지 나 있었다. 이다가 가까스로 자리를 잡자, 곁에 있던 노파가 물었다.

"이 지역 사람이유?" 이다가 잠자코 있자 노파가 넌지시 말했다.

"난 아니라우, 로마 저쪽 만델라에서 왔다우." 노파는 월요일마다 장사하러 로마에 온다고 했다. "촌사람이지." 그녀가 덧붙였다. 노파는 대피소에서 손주를 기다리는 중이라고 했다. 매주 월요일에 노파를 도우러 함께 오는 손주는 공습이 벌어진 시간에 로마 시내 쪽에 있었다고 했다. 들리는 말로는 이번 공습 때 폭탄이 만 개나 떨어져서 로마 전체가 파괴되었노라고 했다. 바티칸, 왕궁, 빅토리오 광장, 캄포 데이 피오리 광장, 하여튼 로마 전체가 불바다가 되었노라고 했다. "손주가 지금 어딨는지 누가 알려나? 만델라 행 기차가 다니는지도 말이유?" 노파는 일흔 정도 되어 보였지만 아직 건강했다. 키도 덩치도 크고 혈색이 좋았다. 귀 옆으로 검은 구레나룻이 보였다. 무릎위에 놓인 빈 바구니 안에 풀어진 똬리가 들어 있었다. 바구니를 들고 꼿꼿이 앉아 있는 그녀의 모습은 마치 인도 전설에 나오는 브라만 같았다. 삼백 년이 지나도 그대로 앉아 손주를 기다릴 것 같았다. 힘없는 목소리로 계속 '비'를 부르는 우세페의 애처로운 모습을 본 그녀는 목에 걸린 진주 십자가를 흔들며 아이를 어르기 시작했다.

"비, 비, 비, 아가! 뭐라는 거니? 응? 뭐라는 거야?"

이다가 낮은 목소리로 아이가 무너진 집 잔해에 묻힌 개를 부른다고, 이름이 브리츠라고 노파에게 설명해 주었다.

"그렇구먼, 기독교인이나 짐승이나 죽는 건 다 제 팔자지."

노파가 포기한 듯 고개를 절레절레 저으며 이다의 눈치를 살폈다. 그리고 우세페를 향해 몸을 돌리더니 모성애가 가득한 씩씩한 말투로 아이를 위로하기 시작했다.

"울지 말아라, 아가, 네 개는 날개 달린 예쁜 비둘기로 변한 거야, 하늘로 날아간 거야."

노파가 양 손바닥을 포개고 날갯짓하듯 흔들어 보였다. 남의 말이라면 무조건 믿었던 우세페는 이내 울음을 그치고 흥미로운 눈빛으로 노파의 깜찍한 손짓을 쳐다보았다. 노파가 쪼글쪼글하고 검은 손을 팔랑팔랑 흔들며 바구니 위까지 내리더니 멈췄다.

"날개? 왜 날개야?"

"왜냐고? 흰 비둘기가 되었으니까."

"흰 비둘기." 눈물이 그렁그렁했던 우세페의 눈에 웃음이 깃들기 시작했다. 아이가 노파의 손을 빤히 쳐다보며 말했다.

"뭐해? 엄마?"

"뭐하긴, 날아다니지, 엄청나게 많은 비둘기 친구들이랑."

"얼마나?"

"엄청! 엄청!"

"얼마나??"

"30만?"

"30만은 많은 거야?"

"그럼, 100킬로도 넘어!!"

"많아! 많아! 맞아! 엄마 뭐해?"

"날아다니지. 재밌게 놀기도 하고. 진짜 신나게."

"에비(제비)도 있어? 마(말)도 있어?"

"그럼, 있지."

"마(말)도?"

"말들도 있고."

"걔네들도 다 날아?"

"그럼, 날다마다!"

우세페가 엄마를 쳐다보며 미소 지었다. 먼지와 땀으로 뒤범벅된 새카만 얼굴이 마치 굴뚝 청소부 같았다. 떡이 진 까만 머리카락이 이마에 덕지덕지 들러붙어 있었다. 노파는 아이의 상처 난 발이 피로 얼룩진 걸 보고 마침 물을 구하러 대피소에 온 군인을 부르더니 상처를 치료해 달라고 부탁했다. 군인은 쓰라릴 거란 말도 없이 무턱대고 상처에 약을 발랐지만, 우세페는 아무렇지도 않았다. 그는 브리츠에게 찾아온 엄청난 행운에 대해 생각하느라 온통 정신이 팔려있었다. 군인이 치료를 끝내자, 우세페는 손을 들어 인사를 했다. 아이의 손에는 이제 아무것도 없었다. 로마 공마저 사라져 버렸다. 잠시 후 우세페는 꼬질꼬질한 옷에 축축한 양말을 신은 채 그대로 잠이 들어버렸다. 아이가 잠들자, 만델라에서 왔다던 노파도 입을 다물었다.

사람들이 창고 안으로 들어오기 시작했다. 밖에서 누가 들어올 때마다 지독한 악취가 코를 찔렀다. 경보 사이렌을 듣고 대피했던 과거의 밤들과는 분위기가 사뭇 달랐다. 싸움도, 주먹질도, 아무 일도 일어나지 않았다. 사람들은 멍한 표정으로 아무 말도 없이 서로의 눈치만 살피고 있었다. 옷이 다 찢어진 사람들도 많았고, 화상을 입거나 피를 흘리는 사람들도 있었다. 바깥 어딘가에서 돼지 멱 따는 듯한 소리가 들리는가 하면 헐떡거리는 소리와 활활 타오르는 숲속에서 날법한 잔혹한 절규가 들려오기도 했다. 밖에서 구급차들이 지나다니며 소방관들이 들것을 나르기 시작했다. 삽과 곡괭이로 무장한 군대가 모습을 드러냈다. 누군가는 관을 가득 실은 트럭이 지나가는 걸 보았다고 했다. 대피소 안에 이다가 아는 사람은 거의 없었다. 그녀의 머릿속에서 같은 건물에 살던 사람들의 생김새가 느리고도 불확실하게 스쳐 지나갔다. 그녀와 마찬가지로 경보 사이렌 소리에 밤마다 대피소로 와서 함께 머물던 사람들이었다. 당시 그녀는 수면제에 취해 사람들의 모습을 제대로 볼 수 없었다. 하지만 오늘은 맑은 정신으로 사진처럼 아주 정확하게 그들의 모습을 구분할 수 있었다.

소식통은 애 같은 얼굴로 몸을 부들부들 떨며 꼭두각시 인형처럼 딸들에게 기대고 있었다. 저쪽에서 아파트 수위로 일하는 주스티나가 노안이 온 눈을 깜빡이며 바늘에 실을 꿰고 있었다. 이다를 보면 늘 예의 바르게 인사를 건네던 1층 회사원은 식량 부족을 대비해 정원에 텃밭을 가꾸던 이였다. 배우 버스터 키튼을 닮은 수다쟁이 남자는 퇴행성 관절염을 앓고 있었고, 그의 딸은 전차 회사 제복을 입고 있었다. 닌누추와 친하게 지내던 전기 기사 견습생은 '피렐리 타이어'라는 문구가 새겨진 티셔츠를 입고 있었다. 아직 백수였지만, 늘 신문지를 접어 만든 작업모를 쓰고 다녔다. 불확실한 운명과 마주친 그들의 생김새는 어쩐지 다들 비슷비슷했다. 미지의 장소에 발이 묶인 사람들, 잠시 후면 산 로렌초의 안락한 집으로 돌아가 자신들의 일에 몰두할 듯한 사람들, 천년만년 된 별들만큼이나 도달할 수 없는 어딘가를 향해 출발한 사람들. 인도양에 가라앉은 보물선만큼이나 돈을 준다 해도 결코 되돌아갈 수 없는 사람들.

시시한 잡종견 브리츠의 이름을 목 놓아 부르며 찾았던 이는 우세페뿐이었다. 이다마저도 브리츠가 사라진 게 그다지 아쉽지 않았다. 그녀에게 있어서 브리츠란 존재는 한집에 얹혀살며 귀중한 식량을 축내는 식충이나 다름없었다. 이후에도 브리츠를 찾을 수 있는 사람은 아무도 없을 것이다. 나치 경찰들을 전부 동원한다 해도 불가능할 것이다. 문득 브리츠의 신체적 특이 사항이 떠올랐다. 배에 새겨진 별모양의 흰 반점. 그의 삶을 통틀어 유일한 멋이었던 반점을 떠올리자, 이다는 갑자기 울컥해졌다. 그의 죽음에 애도를 표하고 싶었다. 브리츠를 못 찾는다고 하면 니노는 뭐라고 할까? 고통으로 점철된 거대한 지상에서 이다에게 밝음과 위로를 안겨준 유일한 존재, 모르긴 해도, 일반적으로, 언제나, 니노 같은 부류의 악당들은 끝까지 살아남지 않던가? 아들이 떠난 뒤로 소식이 끊겼지만, 이다는 천사의 약속이라도 받아낸 듯 니노가 전쟁에서 살아 돌아오리라, 조만간 돌아오리라 믿어 의심치 않았다.

대피소 밖에서 적십자 대원들이 구호물자를 나눠주고 있다며 웅성거리는 사람들의 말소리가 들렸다. 만델라 노파가 재빨리 몸을 일으켜 씩씩한 걸음걸이로 뒤뚱뒤뚱 물건을 챙기러 나갔다. 물품들은 어이없을 정도로 부실했다. 하지만 그녀는 분말 우유 두 봉지, 형편없는 초콜릿바 하나, 곰팡이가 핀 잼 한 통을 가져와서 우세페의 식량이라며 이다의 빈 장바구니에 넣어 주었다. 이다는 고마운 마음에 몸 둘 바를 몰랐다. 사실 우세페가 어제부터 먹은 거라고는 브리츠와 나눠 먹은 아침 식사밖에 없었다. 평소처럼 오래되고 질긴, 감자 전분을 반죽해 만들었을 배급용 빵과 묽은 우유 한 잔이었다. 그토록 부실한 식사였지만, 매일 아침 햇살이 비치던 그 부엌을 돌이켜 생각하니 형용할 수 없이 풍족한 장면을 묘사한 그림처럼 느껴졌다. 그녀 또한 유통기간이 지난 커피 한 잔을 마신 게 전부였지만 배고픔이 전혀 느껴지지 않았다. 폐허를 달리며 들이마신 엄청난 양의 먼지들이 위벽에 달라붙어 굳어버린 것처럼 속이 메슥거렸다.

때마침 노파의 손주가 텅 빈 짐꾸러미를 끈으로 묶어 질질 끌며 대피소 안으로 들어왔다. 노파의 귀에다 대고 로마는 파괴되지 않았다고, 사람들 말은 전부 거짓부렁이라고 속삭이며 어서 밖으로 나가자고 했다. 비행기 한 대가 떠서 폭격하기 직전이고 이어서 수천 대가 뒤따라오고 있다면서 노파의 손을 잡아끌었다. "만텔라 가는 기차는 다니는 거지?" 노파가 손주 손에 이끌려 좁은 계단을 오르며 말했다. 그녀는 떠나기 직전에 똬리로 사용했던 보자기를 이다에게 선물로 주었다. 로마의 안티콜리에서 손베틀로 짠 새 물건인데 아이의 옷을 만들어 주면 좋을 거라고 했다. 이다는 꼼짝하지 않고 벤치에 그대로 앉아 있었다. 아직도 끝나지 않은 그날 하루를 어떻게 버텨야 할지 막막했다. 창고 안은 역겨운 냄새로 가득했지만, 그녀의 코는 더 이상 냄새를 맡을 수 없었다. 땀에 절어 축축한 몸으로 아이를 품에 안고 있는 그녀는 아무런 감각도 없는 일종의 황홀경에 빠져 있었다. 귓가에 들리던 소리가 둔탁해졌고, 눈에는 붕대를 두른 것 같았다. 문득 정신을 차리고 보니 선술집 안은 거의 비어 있었다. 밖은 이미 어둑어둑했다. 그제야 그녀는 선술집 주인에게 지나치게 폐를 끼쳤다는 생각이 들었다. 아직 잠들어 있던 우세페를 안고 그녀는 밖으로 나왔다.

우세페는 그녀의 어깨에 작은 머리를 기댄 채 곤히 자고 있었다. 그녀는 티부르티나 거리를 따라 정처 없이 걷기 시작했다. 길가 이쪽 편에 길게 이어진 묘지의 담벼락이, 저쪽 편에는 폭격으로 무너진 건물들의 잔해가 보였다. 먹은 게 하나도 없었지만, 배고프지도 졸리지도 않았다. 정신이 점점 가물가물해졌다. 20년 넘게 살았던 산 로렌초 볼쉬 거리에 자기 집은 어릴 적에 살던 코센차 집과 다를 거라는, 메시나와 레조에서 지진으로 무너진 허접한 집들과는 다를 거라는 생각이 들었다. 내가 지금 걷고 있는 데가 어디지? 자신이 산 로렌초에 있는 선시 세도에 와 있는 건지 그녀는 더 이상 알 수 없었다. 그래, 병균이 퍼졌던 게야. 그렇지 않고서야 어떻게 비둘기들한테 쪼아 먹혔다고 집이 무너져! 피와 석회로 뒤범벅된 그 시신은 남자였을까, 여자였을까? 아니면 인형이었을까? 소방관이 와서 군인과 대화를 나누며 호적을 알아야만 신원 파악을 할 수 있다고 말했었지. 고름처럼 피어오르던 그 연기는 시신들을 불태우는 것이었을까? 궤도가 전부 뒤틀렸을 텐데, 전차가 다 부서졌을 텐데, 내일은 어떻게 학교에 가지? 그녀가 밟고 지나친 죽은 말은 아리안이었을까 유대인이었을까? 잡종견이었던 브리츠는 호적으로 치면 아리안이 아니었다. 그러니 제거된 게 당연했다. 그녀 또한 호적으로 따지면 아리안이 아니었다. 어머니의 성 씨를 발음하면 단박에 알 수 있었다. 그래, 그것 때문이었구나... 그녀의 성 씨는 알마자였다... 반면에 우세페의 성씨는 다행히 라문도였다. 그렇다면 라문도는 살아남을 말인가 죽임당할 말인가? 저기 유대인 묘지란 글씨가 보인다. 아주 정확히 보인다. 가만, 유대인 그리고 묘지, 저건 금지된 단어가 아니었던가? 묘지 철창 문패에 글씨를 읽은 그녀는 확신했다. 그녀는 아리안이 아니므로 잡혀가고 죽어야만 했다. 그녀의 발걸음이 점점 더 빨라졌다. 그러나 다급한 마음을 따라

잡기에는 턱도 없이 느렸다.

대피소에서 누군가가 말하길 집을 잃고 폭격을 피해 피난가는 사람들이 피에트랄라타로 줄지어 가고 있다고 했다. 그곳에 가면 폭격으로 집을 잃은 사람들을 수용하는 건물이 있다고 했다. 이다가 주위를 둘러보니 사람들 대부분은 인형, 짐가방, 살림살이 등등을 들고 걸어가고 있었다. 하지만 그녀는 우세페 빼고는 가져갈 게 없었다. 그녀가 소유한 유일한 물건이었던 장바구니 안에는 적십자 구호 물품과 노파가 선물한 보자기만 들어있었다. 하지만, 천만다행으로, 아무리 무더운 여름일지라도, 절대적으로 거들 속에 지니고 다니던 소중한 돈주머니는 그대로 있었다. 어제부터 벗지 못한 거들이 젖은 걸레 냄새를 풍기며 그녀의 몸에 찰싹 들러붙어 있었다. 그녀의 유일한 소망은 이제, 제발, 어디든 좋으니 정착하는 것이었다. 강제 수용소, 구덩이, 어디라도, 저주스러운 거들을 벗을 수 있는 곳이라면 어디든 좋았다.

"쉿! 적들이 너희들 소리를 듣고 있다! 승리하리!... 승리하리!..." 작달막한 체구에 나이 든 남자 하나가 그녀의 곁에서 전쟁 구호를 외치며 걸어가고 있었다. 길가 벽에 붙은 연기에 그을린 포스터에 적힌 구호였다. 연기하는 듯한 말투로 쉬지 않고 주절대는 것으로 보아 끔찍한 상황을 즐기는 눈치였다. 오른팔은 어깨까지 깁스했는데 팔이 살짝 들어 올려진 자세가 늘 파시스트 경례를 하는 것처럼 보였다. 그 정도의 부상은 아무것도 아니란 듯 무척 유쾌한 분위기였다. 외모로 보아서는 장인이나 평범한 사무직 회사원 같았다. 이다와 거의 비슷할 정도로 키가 아주 작았고 빼빼한 몸에 눈빛은 쌩쌩했다. 무더운 날이었지만, 재킷을 걸치고 반듯한 챙 모자를 쓰고 있었다. 멀쩡한 왼손으로는 살림살이가 들어있는 작은 손수레를 끌고 있었다. 계속 혼잣말로 중얼거리는 그의 모습을 보며 이다는 미친 사람이 분명하다고 생각했다.

"아줌마, 댁은 로마 사람이시우?"

그가 명랑한 말투로 이다에게 질문을 던졌다.

"네, 어르신."

이다가 작지만 또렷한 목소리로 대답했다. 미친 사람에게는 간결하고 확실한 말로 대응해야 한다는 게 그녀의 신조였다.

"로마에서 태어난 로마 여지요?"

"네, 어르신."

"나랑 똑같군, 나도 로마 토박이요, 오늘부로 상이용사가 됐다우."

묘지 바로 옆에 자기가 운영하는 묘비 작업장이 있는데 입구에 들어서던 순간 커다란 대리석 판 하나가 팔뚝에 떨어졌노라고 설명했다. 소규모 작업장은 다행히 멀쩡했지만, 그는 최소한의 살림살이만 챙겨서 빨리 도망치는 편이 낫다고 판단했다. 다시 돌아왔을 때 작업장에 도둑이 들었거나 폭탄이 떨어졌어도 상관없다고 했다. 그는 신바람 난 사람처럼 큰 소리로 떠들어댔지만, 이다의 귀에는 그의 말이 제대로 들리지 않았다. "이럴 땐 자는 게 상팔자지." 이다가 미친 사람이라 확신한 그가 그녀의 팔에 안긴 우세페를 쳐다보며 말했다. 아이를 안고 걷느라 힘들어하는 이다와 아이를 번갈아 쳐다보던 그는 자신의 수레에 우세페를 태워주겠다고 했다. 그러자 그녀는 눈이 휘둥그레져서 그를 빤히 쳐다보았다. 늙은이는 자신을 도와준다는 핑계로 우세페를 수레에 태우고 줄행랑을 치려는 게 분명했다. 하지만 거절하고 말고 할 기운조차 없었던 그녀는 노인의 제안을 수락할 수밖에 없었다. 아이는 여전히 세상모르고 자고 있었다. 노인과 이다는 수레에 실린 물건들 틈 사이에 우세페가 누울 수 있도록 자리를 마련했다.

"주세페 쿠키아렐리, 일명 낫과 망치!" 노인이 아이를 눕히고 나서 큰 소리로 외쳤다. 한쪽 눈을 찡긋하며 이다에게 자신을 소개했다. 이다는 생각이 멈춰버린 가련한 머리를 쥐어짜며 생각에 잠겼다. 만일 노인에게 아이 이름도 당신과 똑같은 주세페라고 말한다면 그는 더더욱 아이를 훔치고 싶어질지 모른다. 그와 같은 논리적 판단에 따라 이다는 노인에게 아이의 이름을 절대 알려주지 않기로 결심했다. 그녀는 작은 노인이 어떤 식으로든 나쁜 행동을 하더라도 철저히 대비하기 위해 수레의 막대기를 양손으로 꼭 붙들었다. 눈 뜨고 자는 상태였지만 절대 막대기를 잡은 손을 놓지 않았다. 손가락에 힘을 주며 꽉 움켜잡았다. 무리는 어느새 유대인 묘지를 지나 티부르티나 길목을 돌고 있었다. 우세페는 카나리아 한 쌍이 있는 새장과 고양이 한 마리가 있는 뚜껑 달린 바구니 틈에서 두툼한 이불을 덮고 마차를 타고 그날의 여정을 마무리했다. 처참한 일들로 점철된 대소동 속에서도 아이는 쿨쿨 자고 있었다. 새장 밑바닥에서 서로를 의지하고 있던 카나리아 두 마리가 이따금 작은 소리로 지저귀며 대화를 나누는 소리가 들렸다.

4.

집을 나간 지 두 달 반이 지나도록 니노의 소식은 알 길이 없었다. 불운한 사건들이 잇달아 수령을 덮쳤다. 이탈리아 왕은 7월 25일에 수령을 파면하고 구속했다. 파시즘이 막을 내렸고 바돌리오 장군이 임시 정부의 수장을 맡게 되었다. 비록 45일로 끝났지만 말이다. 45

일째가 되던 날인 1943년 9월 8일에 이탈리아 남부 대다수 지역을 점령한 미영 연합군이 임시 정부와 협력해 휴전을 선언했다. 당시 임시 정부는 나치 파시스트의 점령하에 전쟁이 한창이던 이탈리아 수도를 버려두고 진작 남부로 피신해 있었다. 국가에서 파견한 군대는 감독도, 명령도 없이 나라 곳곳에 흩어져 있는 상황이었다. 대부분의 군대는 흐지부지 해체되었고 남은 건 독일군 편에서 싸우는 검은 군복의 민병부대밖에 없었다. 히틀러 군사들의 도움으로 풀려난 무솔리니는 북부 이탈리아에 나치 파시즘 공화국을 설립하고 수장을 자칭했다. 무정부 상태였던 로마는 히틀러 군사들의 점령하에 놓였다. 허다한 사건들이 벌어지는 동안 이다와 우세페는 공습이 벌어졌던 날 저녁에 도착한 로마 변두리 피에트랄라타에 있는 피난소에 머물고 있었다.

　피에트랄라타는 로마 외곽에 있는 척박한 들판으로 이루어진 지역이었다. 파시스트가 집권하던 몇 년 전 그곳에 수용 시설이 세워졌다. 로마 시내의 역사적인 건물에 거주하다가 권력 기관에 의해 권리를 빼앗기고 쫓겨난 빈민들을 수용하기 위해 만들어진 시설물이었다. 정권 측에서는 오갈 데 없는 그들에게 선심을 쓰는 척하며 유세를 떨었지만, 실은 싸구려 자재를 사용한 신속하고 부실한 공사였다. 말만 그럴싸한 신도시지 군락을 이루며 똑같이 생긴 숙소들은 최근에 지은 건물임에도 낡아빠지고 썩어 문드러져 있었다. 포장 공사도 안 된 흙바닥 위에 줄지어 늘어선 육면체 형태의 소형 숙소들. 말라비틀어진 작은 나무 몇 그루 외에는 식물이 자라지 않는 척박한 땅은 계절에 따라 먼지 구덩이가 되거나, 진흙탕이 되거나 둘 중 하나였다. 육면체 집들 주위에는 시멘트로 된 개집 형태의 구조물들이 있었는데 공중화장실 또는 세탁실 용도로 만들어진 것들이었다. 교수대를 연상시키는 빨래 건조대도 있었다. 최근 들어 몇 대에 걸친 대가족이 비좁은 육면체 숙소에 들어와 살기 시작했다. 전쟁 통에 집을 잃고 도망친 사람들이었다. 워낙 외진 지역이라 행정상 로마였음에도 사실상 치외법권이 적용되다시피 했다. 벌판 주위에 군사 시설과 높은 망대들이 눈에 띄었지만, 파시스트와 나치들이 수용소 안까지 들어오는 일은 없었다.

천만다행으로 이다는 사람들이 바글바글한 군락에서 멀찌감치 떨어진 곳에서 지내게 되었다. 물건을 사야 한다거나 부득이한 사정이 생길 때만 겁먹은 토끼처럼 뛰는 심장을 억누르며 군락 쪽으로 갔다. 그도 그럴 것이 이다가 머물렀던 강당은 사람들이 밀집한 군락에서 1km 나 떨어진 곳이었다. 군락과 강당 사이에는 풀이 듬성듬성한 벌판과 발이 푹푹 빠지는 진흙탕이 있어서 왕래가 어려웠고 덕분에 그녀는 사람들의 눈길을 피해 지낼 수 있었다. 진흙 위에 사각형으로 반듯하게 지어진 강당 건물은 애초에 무슨 용도였는지 추측하기 힘들었다. 맨 처음에는 곡식 저장고였던 것 같고, 한 구석에 책걸상들이 쌓여있는 걸 보면 아마도 이후에 학교로 사용하려던 것 같았다. 지붕이 있는 테라스를 만들려 했는지 짓다 만 난간 한구석에 벽돌과 흙더미가 잔뜩 쌓여있었다. 공사를 시작한 지 얼마 되지 않아 중단된 듯했다. 피난소를 통틀어 건물 주위에 넓은 땅이 있는 곳은 이다가 지내던 강당이 유일했다. 창살이 달린 창문은 지나치게 낮았고 하나뿐인 출입문을 열고 나가면 진흙탕에 발이 푹푹 빠졌지만, 그나마 편리한 점도 있었다. 강당에는 수용소에서 유일하게 지붕 물탱크와 연결된 수세식 화장실 시설이 있었다. 화장실 안에는 지하 수도관으로 끌어온 수도 시설과 수도꼭지도 있었다. 하지만 여름이 끝나자, 지붕 물탱크에 물이 바짝 말라버렸다. 이다는 피난소 내 군락에서 지내던 여자들처럼 우물까지 가서 물을 길어와야 했다. 어쨌든 비가 내리면 다시 수돗물을 쓸 수 있게 될 것이었다.

강당 근처에는 건물이 하나도 없었다. 강당과 군락 사이에는 삼사백 미터 떨어진 곳에 선술집 한 군데만 있었다. 말이 선술집이지 다 쓰러져 가는 판잣집이었고 소금과 담배 등 배급 카드로 살 수 있는 생필품을 팔고 있었다. 갈수록 물건이 줄어드는 게 큰 문제였지만 말이다. 선술집 주인은 국가에서 단속하거나 소탕한다는 협박의 소문이 나돌면 강당 거주사들에게 자기만의 방법으로 신호를 보내서 위기 상황을 알리곤 했다. 강당 현관에서 가게 입구까지는 돌을 깔아 만든 좁은 길이 나 있었다. 온통 진흙탕이었던 그 근방에서 걸어 다닐 수 있는 유일한 길이었다.

이다가 피난소에 들어오고 난 뒤로 그녀와 함께 왔던 사람들 대부분은 친지들의 집이나 시골로 거처를 옮겼다. 8월 13일에 로마에 두 번째 폭격이 벌어졌다. 새로운 사람들이 피난소에 들어왔고 게 중에는 남부에서부터 올라온 사람들도 있었지만, 얼마 지나지 않아 다들 어디론가 흩어져 버렸다. 이다와 우세페를 제외하고 첫날 저녁부터 지금까지 그곳에 머물렀던 사람은 우세페를 수레에 태워줬던 대리석공 주세페 쿠키아렐리가 유일했다. 그의 말을 빌리자면, 자신은 나치 파시스트 치하에 대리석공이 되느니 차라리 무명으로 남기를 아니, 차라리 로마 등기소에 사망자로 기록되기를 바란다고 했다. 모르긴 해도 그는 최근에 폭격으로 사망한 사망자의 신분증 하나를 구해 자신의 신분증으로 위조했다. 강당 안에는 그가 데려온 고양이 한 마리도 같이 살았는데 붉은색 줄무늬의 암컷으로 이름은 로셀라였다. 벽에 박힌 못에 걸어둔 새장 안에는 '펩피니엘로' '펩피니엘라'라 불리는 카나리아 한 쌍도 있었다. 주인 말에 따르면 두 마리 새와 고양이 는 늘 일정한 거리를 유지하며 지낸다고 했다.

　이후에 강당 안에 들어와 정착하게 된 또 다른 가족이 있었는데 가 족 중 절반은 로마, 절반은 나폴리 출신이었다. 어찌나 수가 많은 대 가족이었던지 주세페 쿠키아렐리는 그 가족을 1,000이란 뜻의 '밀레' 라고 불렀다. 밀레 가족의 이야기는 다음과 같았다. 나폴리 폭격 당시 집이 무너진 나폴리 출신 가족들이 로마의 친척 집에 올라와 함께 살 고 있었는데, 그들이 모여 살던 로마의 집도 7월의 폭격으로 무너져 버리고 말았다. "우린," 가족 중 누군가가 자랑스럽게 말했다. "적군 의 전술적 목표물인 셈이죠." 변화무쌍한 부족 형태의 그 가족이 대 체 몇 명이나 되는지 파악하는 건 쉽지 않았지만, 아무리 적어도 12 명은 족히 넘는 듯했다. 피난소에서 지내면서도 가족끼리 똘똘 뭉쳐 온갖 일들을 처리했던지라 상대적으로 풍요로운 생활을 영위하고 있 었다. 밀레 가족 중 몇몇 젊은 남자들은 드물게 강당에 나타났고 사람 들과 마주치길 피했는데 아마도 독일군의 습격이 무서워서 그런 것 같았다. '소라 메르체데스'라는 이름의 늙고 뚱뚱한 로마 출신 노파는 관절염을 앓았는데, 그녀는 늘 벤치에 앉아 무릎에 이불을 덮고 누가 훔쳐 갈세라 이불 속에 식료품을 숨기고 있었다. 메르체데스의 남편 은 나폴리 출신으로 그의 이름 또한 '주세페'였다. 그녀 외에도 노파 가 두 명 더 있었는데 그나마 말이 통했던 사람은 '에르멜린다'였다. 우세페는 그녀를 '딘다'라고 불렀다. 그 외에도 또 다른 노인 하나, 젊 은 며느리 몇 명, 어린애들, 생김새가 다른 소년 소녀들도 있었다. 가 족 중에는 '쿠라도' 또는 '임페로'라는 성씨의 또 다른 주세페들도 있 었다. 주세페라는 같은 이름이 너무 많은 관계로 구분하기 위해 '주세페 1'은 메르체데스의 남편, '주세페 2'는 이다가 미친 사람이라고 생각하는 쿠키아렐리를 칭하도록 하겠다. 그리고 나폴리 출신 아이는 '페페'라고 부르기로 하겠다. 주세페들 중에는 누구보다 밝고 사교적인 우리의 우세페도 있었다. 비슷한 이름의 카나리아 펩피니엘로 펩피니엘라는 제외하고도 말이다.

밀레 가족의 중간 세대에는 공백이 있었는데 임페로와 쿠라도의 조부가 나폴리 폭격 당시 잔해에 깔려 사망했기 때문이었다. 가족 중에는 성인이 된 아들들의 막둥이 여동생뻘인 소녀도 한 명 있었다. 막 열다섯 살이 되었지만, 열세 살밖에 안 되어 보이는 막내딸의 이름은 '카룰리나'였다. 검은 머리카락을 두 갈래로 땋아 관자놀이 위에 돌돌 만 소녀의 모습은 뾰족한 귀가 달린 고양이나 여우처럼 보였다. 나폴리에서는 1년 전부터 폭격을 피하려던 사람들이 동굴에서 잠을 잤는데 당시 채 열네 살도 안 되었던 카룰리나는 그 시기에 아빠를 알 수 없는 아기를 임신하게 되었다. 가족들의 끈질긴 질문에도 소녀는 진짜 모르는 일이라며 끝까지 잡아뗐다. 누가 그랬는지, 무슨 일이 있었는지 전혀 모른다고 했다. 하지만 그렇게 어린 소녀의 말을 무턱대고 믿을 수는 없는 노릇이었다. 그녀는 동화 속에서나 가능한 이야기를 믿을 나이였고, 어디서 주워들었는지 모를 이야기에 살을 붙여 새로운 이야기를 꾸며내기도 했다.

예를 들면 이런 거였다. 그녀는 부활절에 미군 기지에서 열리는 파티를 구경 가고 싶다며 부모를 졸라댔다. 나폴리를 파괴하고 불태웠던 진짜 폭탄 대신 미군들은 알록달록한 달걀 폭탄들을 하늘에 쏘아올린다고, 가짜 폭탄이 떨어져 땅이 흔들릴 때마다 소시지, 초콜릿, 사탕 같은 깜짝 선물들이 팡팡 튀어나온다고 했다. 그런 이야기에 솔

깃했던 카룰리나는 비행기의 굉음이 들릴 때마다 창문으로 달려가 희망에 들떠 하늘을 쳐다보곤 했다. 드디어 그토록 고대하던 부활절 토요일이 돌아왔다. 식료품을 사러 밖에 나갔던 그녀는 기적을 체험한 사람 같은 표정으로 집에 돌아와 할머니께 달콤한 파이를 내밀었다. 그녀가 말하길 볼란테 성곽 카푸아나 성문 근처를 지나던 길에 마침 달걀 폭탄 세례가 퍼부었다고 했다. 미국 성조기가 그려진 은박지로 싸인 커다란 부활절 달걀처럼 생긴 폭탄이었는데, 성문 바로 앞에서 아무도 해치지 않고 폭발했노라고 했다. 피해는 고사하고 설날을 축하하며 빙글빙글 도는 바람개비처럼 주위가 온통 환해졌다고. 흩날리는 섬광 속에서 화려한 드레스를 입고 보석으로 치장한 여배우 자넷 가이노 같은 여자가 나타나 아이들에게 달콤한 사탕을 나눠주기 시작했다. 카룰리나를 본 여배우가 손짓하며 이리 가까이 오라고 했고 이렇게 말하며 특별한 파이를 건네주었다고 했다.

"할머니 갖다 드려라잉, 불쌍한 노인네, 살날도 얼마 안 남았는데 부활절을 몇 번이나 더 지낼까잉."

"뭐라고? 너한테 그런 말을 했다고? 어느 나라 말로 했는데?"

"어느 나라 말이라니요! 당연히 이탈리아 말! 나폴리 말이죠!"

"그래서, 그 여잔 미국으로 간다데? 여기 있다간 잡혀서 전쟁 포로로 끌려갈 게 뻔한데!"

"아니! 아니요!" 카룰리나가 고개를 세차게 내저었다. "그 여잔 벌써 가 버린걸요, 5분도 안 걸렸어요! 그 여자 몸에 공처럼 생긴 게 매달려 있었는데 마법의 낙하산 같았어요. 땅으로 내려오는 대신 하늘로 올라가는 낙하산이요. 볼란테 성벽 위로 올라가더니 사라져 버렸어요."

"그래, 거 참 다행이로구나, 감사한 일이지 뭐냐."

그처럼 멋진 사건이 벌어지고 몇 주 뒤에 카룰리나는 가족들과 함께 로마까지 피난을 오게 되었다. 로마에 도착한 후부터 그녀의 신체는 자연의 법칙에 따라 변하기 시작했다. 자그마했던 그녀의 배가 어마어마할 정도로 거대하게 부풀어 올랐다. 그토록 작은 발로 그토록 커다란 배를 지탱하며 걸어 다니는 게 신기할 따름이었다. 그녀는 7월에 산 로렌초에서 쌍둥이를 낳았다. 아기들은 지극히 정상이었고 토실토실했다. 반면에 그녀는 건강했지만 비쩍 말라 있었다. 남녀 쌍둥이에게는 로사와 첼레스테라는 이름을 지어주었다. 아기들은 구분할 수 없을 정도로 똑같이 생겨서 손목에 분홍과 하늘색 리본을 묶어주어야 했다. 하지만 시간이 흐르자, 리본이 새카매져서 색깔을 구분할 수 없게 되어 버렸다. 어린 엄마는 아기들을 볼 때마다 고개를 갸우뚱하다가 자신 있게 외치곤 했다. "얘는 로사." "쟤는 첼레스테."

두 아기를 먹이기에는 당연히 엄마의 모유가 모자랐다. 다행히 젖이 남아돌았던 로마 출신 새언니가 쌍둥이에게 동냥 젖을 먹여 주었다. 새언니의 막내아들이었던 '아틸리오'는 엄마 품에서 절대 떨어지지 않는 마마보이 기질이 다분한 아기였다. 카룰리나는 엄마인 동시에 소녀였으므로 또래에 맞게 행동하는 게 당연했다. 둘 다 엄마였지만, 당시 여자들 사이에 유행했던 〈노벨라〉 잡지를 읽는 새언니와 카룰리나는 차원이 달랐다. 그녀도 책을 읽긴 했지만, 어린이 만화책이나 삽화가 들어간 잡지를 큰 소리로 읽었다. 다른 아이들과 어울려 숨바꼭질이나 술래잡기하며 놀기도 했다. 그렇게 신나게 놀다가도 로사나 첼레스테가 칭얼거리는 소리가 들리면 두 눈을 등대처럼 번쩍 뜨고 걱정스러운 표정으로 아기들한테 달려갔다. 그리고 사람들이 보는 앞에서 아무렇지도 않게 젖가슴을 드러내고 젖꼭지를 물렸다. 아기들을 먹이는 게 자신의 막중한 임무라는 듯이 말이다. 때로 아주 간단한 자장가를 불러 주며 아기들을 재우기도 했다.

자장 자장
루시나*랑 첼레스테가 잔다
자장
자장 자장

빈약한 가사는 아기들이 잠들 때까지 계속 반복되었다. 아기들의 보금자리는 대가족이 머무는 넓은 강당 제일 구석진 곳에 있었다. 어쩌다 비가 오는 날이면 축축한 기저귀와 아기 옷가지들이 빨랫줄에 죽 걸려 있었다. 카룰리나는 아기들을 돌보느라 늘 눈코 뜰 새 없이 바빴다. 둘씩이나 되는 아이와 놀아주는 건 꿈도 못 꿨다. 아기들을 눕히고, 씻기고, 기저귀를 갈아줄 시간도 모자랄 지경이었다. 사정은 딱했지만, 그녀는 어쨌든 좋은 엄마였다. 혼자 힘으로 온갖 치다꺼리를 하면서도 아이들에게 불평 한마디 없었다. 종종 다 이해한다는 듯 쌍둥이에게 뽀뽀 세례를 퍼붓기도 했다. 엄마 노릇을 할 준비가 전혀 안 됐던 그녀에게 자식들은 아기라기보다 제 또래 난쟁이 같았을 것이다. 마치 달걀 폭탄이 터지며 깜짝 선물처럼 등장했던 여배우 자넷 가이노처럼 말이다. 그럼에도 그녀는 불시에 어머니의 신분으로 승격한 자신의 다짐을 꿋꿋하게 지켜나가고 있었다. 늘 분주하게 움직이며 불을 지피는가 하면 걸레를 빨았다. 젖을 동냥해 주는 새언니의 머리

---

* 로사의 애칭

232

를 마리아 데니스처럼 곱게 빗어 주기도 했다. 그녀가 온종일 담당했던 집안일 중 하나는 가족들 소유의 수동 축음기를 조작하는 것이었다. 가족들이 소유했던 라디오는 폭격 당시 처참하게 부서져 버렸다. 음반이 몇 장밖에 없어서 축음기에서는 늘 똑같은 음악들만 흘러나왔고 가사가 있는 노래는 딱 두 개뿐이었다. 그중 하나는 나온 지 몇 년 안 된 '촌뜨기 여왕과 계단의 멋쟁이'라는 코믹한 나폴리 전통가요였다. 또 다른 노래는 카룰리나 같은 소녀에 대한 노래로 '사진'이란 곡이었다. 그 외에도 탱고, 왈츠, 요란한 트로드 같은 춤곡 음반 세 장과 고르니, 체라졸리의 이탈리아 재즈 음반도 있었다.

　카룰리나는 음반 제목과 가수들 이름은 물론이고, 영화 제목과 여배우들의 이름도 줄줄 꿰차고 있었다. 그녀는 영화를 무척이나 좋아했다. 하지만 좋아하는 영화의 줄거리가 뭐냐고 누가 물으면 대답하지 못했다. 내용을 전혀 이해하지 못하는 게 분명했다. 그녀의 눈에는 사랑과 경쟁과 배신이 복잡하게 뒤얽힌 내용 대신 마법의 등불 같은 환상적인 장면들만 보였다. 그녀의 눈에 비친 여배우들은 하나 같이 백설 공주나 요정 같았다. 의외로 남자 배우에 대해서는 관심을 덜 보였는데 그녀가 알던 상상이나 동화 속에서 이상적인 남성상을 찾지 못해서 그랬을 수도 있었다. 대가족 틈바구니에서 성장한 그녀는 남성과 여성을 성적으로 구분하는 기준이 무엇인지조차 몰랐다. 자신이 남성과 다른 성별을 지녔다는 것조차 모를 정도로 순진한 나머지 무식할 정도였나. 굳이 비교하자면 로사와 첼레스테와 비슷한 수준이라고나 할까! 카룰리나로 말할 것 같으면 미모와는 전혀 거리가 멀었다. 임신 전부터 별로였던 몸매는 쌍둥이를 출산하고 나서 더욱 심각해졌고, 균형이 안 잡힌 다리로 뒤뚱거리며 걷는 모습은 족보 없는 개들의 걸음걸이를 연상케 했다. 깡마른 허리에 어깨뼈는 날갯죽지가 부러진 새처럼 지나치게 돌출되어 있었다. 얼굴 생김새도 균형과 거리가 멀었는데 특히나 입이 과하게 컸다. 하지만 우세페의 눈에 비친 카룰리나는 여배우까지는 아니었지만, 세상에서 가장 어여쁜 여자였다. 최근 들어 우세페가 엄마 다음으로 많이 부르는 이름은 '울리'(카룰리나)였다.

얼마 지나지 않아 우세페는 강당에서 함께 지내는 사람들의 이름을 전부 외웠다. '에페이'는 주세페 2로 성씨는 '쿠키아렐리'였다. 이다는 여전히 그를 미친 사람이라고 불렀다. '토레'와 '메메코'는 살바토레와 도메니코였고 카룰리나와 나이 차가 많은 두 오빠였다. 우세페는 강당 안에서 사람들과 마주칠 때마다 자신이 아끼는 인형들인 양 경쾌한 목소리로 이름을 부르곤 했다. 사람들은 바쁘다는 둥, 물건을 거래하는 중이라는 둥 하며 우세페가 불러도 모른 척하기 일쑤였다. 그럴 때마다 우세페는 아주 잠깐 의아한 표정을 짓다가 금방 잊어버렸다. 우세페는 사람들의 나이, 외모, 성별, 지위를 개의치 않았다. 토레와 메메코는 무슨 일을 하는지 모를 음침하고 난폭한 청년들이었지만 우세페가 보기에는 헐리우드 총잡이나 지체 높은 귀족과 다를 바 없었다. 그때그때 달라졌지만, 두 청년이 종사하는 일은 암거래 아니면 도둑질이었다. 소라 메르체데스는 고약한 악취를 풍겼지만, 우세페는 숨바꼭질할 때마다 그녀의 무릎 담요 아래 들어가 숨곤 했다. 담요 속에서 그녀에게 이렇게 속삭이면서 말이다. "조용, 쉿, 조용."

여름이 끝나갈 무렵, 독일 군인이 피난소에 들어오는 일이 몇 차례 있었다. 피난소 안에 있던 사람들 모두가 두려움에 사로잡혔다. 평범한 사람들 사이에서 독일 군인은 적군보다 더 끔찍한 존재였다. 독일군이란 말만 들어도 저주스러웠다. 하지만 어린 우세페는 한 치의 의심도 없이 호기심 어린 눈으로 처음 보는 손님을 빤히 쳐다보았다. 다행히 독일 군인들은 우연히 그곳을 지나치던 하급 병사들이었고 나쁜 의도는 전혀 없었다. 길을 묻는다든가 물 한 잔을 달라고 하는 게 다였다. 피난소 강당에 무장한 나치 무장 부대가 쳐들어온다 해도 우세페는 겁날 게 전혀 없었다. 그는 무방비 상태였고 누구보다 연약했지만, 반면에 두려움이 뭔지도 몰랐다. 오히려 그 사람들과 친분을 맺으려 할 수도 있었을 것이다. 아이에게는 침입이란 개념 자체가 없었다. 강당에서 함께 지내던 밀레 가족 중 누군가가 한동안 보이지 않다가 오랜만에 돌아올 때도 의아한 표정으로 고개를 갸우뚱하며 쳐다보곤 했다.

잠시 재난이 벌어졌던 그날 저녁으로 돌아가 보기로 하자. 손수레에 누워 강당에 도착한 우세페는 다음 날 아침까지 죽 잠을 잤다. 아이가 배고프지 않을까 걱정했던 이다는 잠결이었던 우세페의 입에 음식을 넣어 주었다. 긴 잠을 자는 동안 아이는 종종 칭얼대며 잠꼬대하기도 했다. 이다가 만져보니 아이는 심하게 몸을 떨고 있었다. 하지만 다음 날 아침 햇살이 반짝이자, 우세페는 언제나처럼 활기차게 두 눈을 떴다. 눈을 뜨자마자 카나리아 두 마리와 두 쌍둥이가 보였다. 고양이는 볼일을 보러 밖에 나간 참이었다. 그들을 보자마자, 우세페는 전속력으로 달려가 노래하듯 깔깔 웃으며 인사를 건넸다. 그리고 고양이들이 그렇듯 전혀 예상치 못했던 자신의 새로운 거처를 탐색하기 시작했다. 속으로 이렇게 말하면서 말이다. "우와, 진짜 끝내줘요! 맘에 쏙 들어요!" 생전 처음 보는 사람들 사이를 휘젓고 다니며 아이는 이렇게 말했을 것이다. "다들 날 좀 봐요! 만나서 너무 반가워요!" 전날부터 안 씻은 우세페의 얼굴은 그을음 자국으로 새카맣고 꼬질꼬질했다. 하지만 환희에 찬 새파란 눈을 깜빡이는 아이와 마주친 사람들은 비극적인 생활이 시작된 첫날이었지만, 웃지 않을 수 없었다. 이다에게 피난소의 강당은 고문 같은 공동생활을 해야만 하는 장소였지만, 우세페에게는 첫날부터 성대한 잔치가 벌어지는 연회장이었다. 지금까지 짧은 생애를 살아오는 동안 아이는 홀로 고립된 채 지내야만 했다. 그나마 신났던 건 공습경보가 울렸던 밤들이었다. 그러나, 마침내, 이제야, 다 함께 어울려 지내는 근사한 시간이 찾아온 것이다. 밤낮 없이 수많은 친구와 함께 어울려 지낼 수 있는 시간! 어찌나 행복했던지 우세페는 강당 안에 사는 모두와 사랑에 빠진 심정이었다.

　어떤 아기 엄마들은 우세페가 나이에 비해 발육이 너무 빠르다고 했다. 자기 아이들과 비교했을 때 우세페가 막 두 살이 되었다는 게 믿기지 않는 눈치였다. 이다가 일부러 아이의 나이를 속인다고 생각하기도 했다. 하지만 또래에 비해 체구가 훨씬 작았던 우세페를 보면 거짓말이 아닌란 사실을 금세 알 수 있었다. 하루는 피난민들을 돕는 부인들이 피난소에 찾아와 헌 옷가지들을 잔뜩 두고 갔다. 덕분에 이다는 우세페의 가을옷을 마련할 수 있었다. 기장이 긴 멜빵 바지는 카룰리나가 수선해 주었지만, 나머지 옷들은 너무 커서 입혀 놓으면 샤를로 기사 같았다. 왁스로 코팅된 검정 후드 망토, 발까지 질질 끌리는 빨강 누빔 윗도리도 그랬다. 하늘색 모직 스웨터도 있었는데 이번에는 너무 짧아서 등판이 훤히 드러났다. 아마도 젖먹이가 입던 옷이었을 것이다. 카룰리나는 자기 몫으로 셔츠 두 벌과 만델라 노파가 입을법한 레이스 속옷 몇 벌을 챙겼다. 그녀는 우세페를 위해 신발도 한 켤레 만들어 주었다. 오빠들이 구둣방에서 훔쳐 온 염소 가죽을 바늘로 성글게 꿰매고 끈을 단 누더기 신발이었다.

강당에서 함께 지냈던 이들 중 가장 궁핍했던 사람은 우세페였다. 적어도 처음에는 그랬다. 그 뒤로 우세페보다 더 궁핍한 사람들이 들어와 지내기도 했지만, 다들 얼마 뒤에는 피난소를 떠났다. 하지만 사랑에 빠진 이들이 으레 그렇듯 우세페에게는 강당 생활이 조금도 불편하지 않았다. 다른 거주자들은 여름내 들끓는 모기와 벼룩과 빈대 때문에 고통스러워했지만, 우세페는 개나 고양이로 변신이라도 한 듯 지극히 자연스러운 몸짓으로 몸 긁적거리며 웅얼거렸다. "파이, 파이..." 파리, 그에게는 모든 곤충이 '파리'로 통했다. 가을이 되자 추위 때문에 강당 문을 닫고 지내야만 했다. 음식을 만들 때마다 질식할 것 같은 연기가 강당 안을 뒤덮었다. 하지만 우세페는 손을 부채처럼 흔들며 이렇게 말했다. "가, 연기, 저리 가." 수많은 재난에도 불구하고 우세페에게 강당은 정말이지 근사한 장소였다. 가을비가 추적추적 내리는 날이면 강당 안이 사람들로 꽉 찼는데 늘 새로운 일이 벌어져 그를 즐겁게 했다. 무엇보다 강당에는 두 쌍둥이가 있었다. 우세페와 비슷한 또래의 다른 아이들은 우월함을 과시하며 젖먹이들을 무시했지만, 우세페는 달랐다. 우세페의 눈에는 쌍둥이들이 늘 열정적인 공연을 펼치고 있는 것 같았다. 넋을 잃고 아기들의 재롱을 바라보던 우세페는 어느 순간, 더 이상 참을 수 없다는 듯, 이해할 수 없는 자신만의 언어로 연설을 늘어놓기 시작했다. 그들과 대화하려면 인간의 언어가 아닌, 원시적인 언어를 사용해야 한다고 여기는 것 같았다. 우세페의 생각이 맞을 수도 있었다. 두 쌍둥이는 우세페의 말을 듣고 침을 질질 흘리며 독특한 소리로 대답하곤 했다.

어느 날, 우세페가 쌍둥이들과 친하게 지내는 모습을 본 여자 친척

하나가 쟤네들과 결혼하는 게 어떻겠느냐고 제안했다. 우세페는 기다렸다는 듯 진지하고 확신에 찬 표정으로 그녀의 제안을 수락했다. 하지만 이내 둘 중 누구와 결혼해야 할지 의문에 빠졌다. 우세페에게는 어차피 둘 다 마찬가지였지만 말이다. 결국 우세페는 둘 다와 결혼하기로 했고 그 즉시 결혼식이 진행되었다. 소라 메르체데츠가 주례 신부님을, 주세페 2가 증인을 맡았다.

"우세페, 이 자리에 있는 로사와 첼레스테와 혼인하길 원합니까?"

"네."

"로사와 첼레스테, 이 자리에 있는 우세페와 혼인하길 원합니까?"

"저는 원합니다. 저도 원합니다."

증인이 두 명의 신부를 대신해 대답했다.

"당신들은 남편과 아내가 되었음을 선언합니다."

선언이 끝나자마자 세 명의 신랑 신부가 즐거워하며 손을 맞잡았다. 주례를 맡은 메르체데스가 손가락에 세 개의 반지를 끼워주는 시늉을 했다. 우세페는 두 사람과 맺은 언약에 막중한 책임을 느끼며 기뻐서 어쩔 줄 몰랐다. 카룰리나도 마찬가지였다. 그 자리에 있던 임페로, 쿠라도, 다른 아이들과 어른들, 모두가 신나게 한바탕 웃었다. 증인은 혼인을 축하하는 뜻에서 신랑 신부에게 자신이 직접 담근 달콤한 축하주를 대접하겠노라고 했다. 하지만 우세페는 술 한 모금을 입에 대자마자 얼굴을 잔뜩 찌푸리고 예식장 바닥에 퉤 하고 뱉어버렸다. 대접은 물거품이 되었지만, 들뜬 결혼식 분위기는 가라앉지 않았다. 오히려 곁에 있던 사람들 모두가 우세페를 쳐다보며 폭소를 터뜨렸다. 사람들이 웃는 모습을 보자 신랑도 심각한 표정을 거뒀다. 유쾌한 분위기에 휩싸인 우세페는 바닥에 벌러덩 드러누워 공중에서 다리를 흔들며 격렬한 체조 공연을 펼쳤다.

또 다른 사랑스러운 볼거리는 우세페와 두 마리 카나리아와의 공연이었다. 우세페는 새들을 볼 때마다 신이 나서 계속 똑같은 말을 외치곤 했다. "...날개... 날개..." 새들의 노래와 대화를 이해하려고 부단히 노력하기도 했다.

"울리(카룰리나), 뭐래?"

"뭐라긴! 쟤들은 산에서 왔는데 어떻게 우리 말을 해."

"아니지, 아니야, 쟤들은 카나리아섬에서 온 아이들이야, 그렇죠, 주세페 씨?"

"아닙니다, 메르체데스 부인. 얘들은 말이죠, 우리 땅에서 왔어요, 벼룩시장 출신이죠."

"뭐래? 뭐래, 응? 에페이?(주세페 2)"

"쟤들이 뭔 할 말이 있겠냐만, 글쎄다... 아, 이렇게 말하나 보다. 쨱쨱 난 이리 올라갈 거니까 넌 저리 뛰어! 됐지?"

"아니."

"왜? 내 말이 맘에 안 들어? 그럼 쟤들이 뭐라는지 네가 한번 맞춰 보든가." 우세페는 잔뜩 삐져서 아무 말도 하지 않았다.

카나리아들과 달리 고양이 로셀라는 아무와도 대화를 나누지 않았다. 요구 사항이 있을 때만 특수한 소리를 냈고 모두가 그녀의 말을 알아들었다. 부탁할 때는 야옹야옹, 누군가를 부를 때는 야옹야옹, 협박할 때는 그르릉 등등. 로셀리가 강당 안에 머무는 건 무척 드문 일이었다. 그녀의 주인이었던 주세페 2는 '기독교인에게 기근이 닥칠지라도 고양이에게는 쥐가 있노라'라는 신념 하나로 그녀가 제멋대로 지내도록 방치했다. 결국 그녀는 사냥하느라 많은 시간을 보내야만 했다. 워낙 척박한 땅이었던지라 먹이를 구하려면 매우 사납고 노련한 방법을 써야만 했다.

"너 정도면 진짜 상팔자인 줄이나 알거라."

주세페 2는 종종 그녀를 쳐다보며 말했다.

"여기서 가까운 식당에서 고양이 구이를 판다더라."

하지만 그녀의 사냥감들도 갈수록 줄어드는 추세였다. 사냥꾼의 몸매는 고양잇과 특유의 우아함을 간직하고 있었지만, 최근 몇 달 사이에 깡마르고 군데군데 털이 빠져 있었다. 일반적으로 그녀 같은 고양이들은 사악하고 이중적인 유형의 동물이었다. 누군가 붙잡으려고 하면 도망치고, 아무도 자기를 찾지 않으면 누구한테고 달라붙어서 치근대다가도, 건드리려고 하면 또다시 도망쳐 버렸다. 그녀는 특히나 아이들을 무척 얕잡아 봤다. 아이들에게 교태를 부리며 다가가서는 살짝이라도 건드리려고 하면 금세 사납게 돌변했다. 그녀의 성격을 잘 알았던 우세페는 고양이가 애교를 떨면서 다가오는 모습을 볼 때마다 그 자리에서 숨을 멈추고 꼼짝도 하지 않았다.

강당에서 지내는 동안 우세페의 작은 사치 중 하나는 축음기였다. 아이는 어떤 노래, 어떤 음악이 나와도 가리지 않고 춤을 췄다. 정해진 스텝을 밟거나 탱고나 폭스트롯처럼 형식을 갖춘 춤은 아니었다. 오로지 본능과 상상에서 나오는 춤이었지만 어찌나 신바람 나게 몸을 흔들어 댔던지 누구나 넋을 잃고 쳐다보았다. 우세페는 또래에 비해 운동 신경이 매우 발달한 아이였다. 아이의 몸은 조류처럼 가느다란 뼈들과 사이사이에 들어있는 공기로 이루어진 것 같았다. 강당 한 구석 벽에는 책걸상들이 무더기로 쌓여있었는데 우세페는 갯바위를 오르는 듯한 모험을 펼치곤 했다. 저만치 떨어진 곳에서 잽싸게 달려가

팔짝팔짝 뛰며 순식간에 꼭대기까지 올라가 줄타기 선수처럼 균형을 잡고 벌떡 일어섰다. 그리고 깃털처럼 가볍게 팔짝 뛰어내렸다. 누군가 밑에서 '빨리 내려와! 그러다가 다칠라!'라고 소리치면 평소에는 누굴 막론하고 기다렸다는 듯 척척 대답했던 우세페는 무조건 모르쇠로 일관했다. 누군가 박수를 보내며 '우와! 대단한데! 또 해봐!'라고 칭찬해도 마찬가지로 대응했다. 우세페는 과시하길 좋아하는 성격이 아니었다. 다른 사람을 의식하지 않았을 뿐 아니라, 때로 자신조차도 의식하지 못하는 것 같았다.

강당 내부에는 책걸상들 외에도 보따리, 병, 화덕, 들통, 그릇 따위의 잡동사니가 곳곳에 쌓여있었다. 화재에 대비해 갖다 놓은 모래 자루들과 둘둘 말아놓은 매트리스들도 있었다. 이 끝에서 저 끝까지 공중에 길게 매단 줄에는 빨래와 속옷들이 어지럽게 널려 있었다. 사다리꼴 형태였던 강당의 네 개의 면 중 가장 완만한 각을 이루는 구석에 밀레 가족이 자리 잡고 있었다. 밤이 되면 매트리스를 다닥다닥 붙여 놓고 온 가족이 한 덩어리가 되어 잠을 잤다. 가장 뾰족한 구석에는 주세페 2가 거주하고 있었다. 그는 강당에서 유일하게 두툼한 양모 매트리스를 소유하고 있었다. 하지만 베개는 챙겨오지 못해서 재킷을 둘둘 말아 베고 잤다. 그는 아침에 눈을 뜨자마자 얼른 모자부터 썼는데 실내든 어디든, 절대로 모자를 벗는 법이 없었다. 그는 관절염 때문에 머리를 따뜻하게 유지해야 한다고 둘러댔지만, 실은 모자의 안감 속에 천 리라짜리 시페 여러 장을 숨기고 있었다. 나머지 현금은 재킷 안감과 신발 깔창 안에 넣어 숨겼다. 밤이 되면 신발을 이불 속에 고이 모셔놓고 잠을 잤다. 이다의 거처는 세 번째 구석이었는데 강당 안에서 유일하게 가림막이 있는 곳이었다. 헌 자루 쪼가리들을 바느질해 끈으로 매단 가림막이었다. 네 번째 구석은 현재 비어 있었는데 보통은 잠시 머물다 가는 사람들이 지내는 곳이었다. 누군가 두고 간 빈 병 두 개와 지푸라기 자루 하나만 그 자리를 지키고 있었다.

그 시절, 아침에 일어나면 이다는 꿈이 거의 기억나지 않았다. 드물게 기억나는 꿈들도 대개가 즐거운 내용들이었다. 그녀의 비참한 처지와 대조적인 꿈들이었다. 어느 날 밤 꿈에서 그녀는 어린 시절 여름 할아버지 집에 놀러 갔을 때 들었던 '월척이다!!'라고 외치는 어부들의 목소리를 들었다. 환하고 고요한 방 안에 푸른 바다가 넘실거렸고 살아있거나 죽은 가족들이 모여있었다. 알피오는 화려한 부채를 흔들었고 우세페는 물가에 앉아 수면 위로 튀어 오르는 작은 물고기들을 쳐다보며 웃고 있었다. 다른 꿈에서는 한 번도 본 적 없는 끝내 주게 아름다운 도시가 나왔다. 그곳에도 역시 바다가 있었다. 해변을 따라 줄지어 있는 테라스에서 사람들이 환한 표정으로 휴가를 즐기고 있었다. 창문마다 드리워진 형형색색의 커튼이 시원한 바람에 나부꼈다. 테라스 건너편에는 재스민꽃과 야자수 사이로 노천카페들이 펼쳐져 있었고 휴일을 즐기러 나온 사람들이 파라솔 아래서 잘생긴 바이올린 연주자를 바라보고 있었다. 바이올린 연주자는 그녀의 아버지다. 오케스트라 콘서트처럼 근사한 무대에 서서 바이올린을 연주하며 노래한다. "아름다운 하늘빛 아이다여..."

집 없는 처지가 되어 버린 이다가 가장 걱정했던 학교 문제는 로마의 모든 학교에 잠정적으로 휴교령이 내려지면서 해결되었다. 이다 앞에 놓인 가장 큰 과제는 점점 줄어드는 봉급과 점점 어려워지는 식량 확보였다. 밀레 가족의 암거래 장사꾼에게 비싼 돈을 내고 고기 몇 점, 버터, 달걀을 살 수 있었지만, 그런 음식들은 전부 우세페의 몫이었다. 시간이 갈수록 그녀는 눈에 띄게 수척해졌다. 얼굴은 주먹만 했고 눈만 부리부리했다. 강당 안에서 지내던 사람들은 소유 개념이 매우 투철했다. 식사 시간이 되면 투명한 경계선을 그은 것처럼 세 그룹으로 갈라졌다. 이다는 우세페가 밀레 가족의 성대한 연회장에 기웃거리거나 통조림을 데우는 주세페 2 가까이 얼씬거리지 못하도록 아이를 자기 옆에 꼭 붙잡아 두었다. 기근의 시대가 닥치면 펑펑 쓰던 사람도 구두쇠가 되는 법이니 말이다. 아주 가끔 주세페 2가 이다의 커튼 사이로 머리를 디밀고 맛이라도 보라며 음식이 담긴 접시를 내밀곤 했다. 하지만 여전히 그를 미친 사람 취급했던 이다는 얼굴을 붉히며 똑같은 말을 반복하곤 했다. "감사합니다... 죄송합니다... 정말 감사합니다... 정말 죄송합니다..."

　피난소에서 지냈던 이들 중에 고등교육을 받은 사람은 이다 밖에 없었다. 한편으로 제일 가난한 사람이기도 했다. 그녀는 늘 풀 죽은 표정으로 다른 사람들 눈치를 보느라 바빴다. 밀레 가족 어린애들한테도 벌벌 떨 정도였다. 그나마 편안하게 대했던 건 쌍둥이뿐이었는데 우세페처럼 아빠를 모르는 아이들이었기 때문이었다. 강당에 들어와서 처음 며칠 동안 남편은 없냐는 사람들의 질문에, 그녀는 얼굴이 새빨개져서 대답했다. "그게... 저는 과부랍니다..." 다른 질문을 받을까 봐 두려웠던 그녀는 사람들과 더더욱 담을 쌓고 지냈다. 남들에게 폐를 끼치거나 남들 눈에 뜨이는 게 무서웠다. 사람들 눈에 최대한 안 띄는 제일 후미진 곳에 자리 잡았다. 독방에 갇힌 죄수처럼 가림막 뒤에 몸을 숨기고 쭈그리고 지냈다. 옷을 갈아입을 때마다 누군가 가림막을 들추지 않을까, 누군가 훔쳐보지 않을까 불안했다. 늘 줄을 서서 한참 기다려야 했던 공중화장실에서도 마찬가지였다. 다행히 악취가 진동하는 화장실 안에서는 혼자만의 조용한 휴식을 즐길 수 있었다. 극히 드물긴 했지만, 강당 안에 잠시 침묵이 깃들기도 했다. 그럴 때면 지옥에서 뺑뺑이를 돌다가 천상의 공기를 한 모금 들이마시는 기분이었다. 강당의 무자비한 소음을 견디기 힘들었지만, 시간이 지나자, 그마저도 적응하게 되었다. 어느새 그녀의 귀에는 모든 소리가 다 똑같은 소리로 들렸다. 아무리 시끄러워도 우세페의 작고 유쾌한 목소리는 바로 알아들었다. 길고양이 암컷이 땅속 보금자리에서도 광장에 나가 위험에 처한 새끼들 울음소리를 듣는 것처럼 말이다.

우세페는 저녁 식사가 끝나자마자 잠이 들었기에 밀레 가족이 밤늦게까지 성대한 만찬을 즐기는 장면을 볼 수 없었다. 하지만 간혹 잠들지 않은 날에는 행운의 기회를 붙잡고야 말겠노라는 집념으로, 지대한 관심을 보이며, 무슨 수를 써서라도 밀레 가족의 만찬에 끼고 싶어했다. 그러다가도 이다의 손에 이끌려 커튼 안으로 들어오곤 했다. 어느 날 밤, 쿨쿨 자던 우세페는 칠흑 같은 어둠 속에서 쉬가 마려워서 눈을 떴다. 이번만큼은 엄마를 깨우지 않기로, 영웅적인 행동에 돌입하기로 결심한 그는 코 고는 소리가 울려 퍼지는 커튼 밖 세상으로 나가보기로 마음먹었다. 먼저 요강에 쉬를 하고 이참에 맨발로 숙소를 돌아다니며 탐험해 보기로. 와, 사람들이 자면서 어떻게 저런 소리를 내지? 엔진이 폭발하는 소리, 칙칙폭폭 기차 소리, 당나귀 울음소리, 콜록콜록 재채기 소리. 강당의 어둠을 밝히는 유일한 빛은 밀레 가족 부엌 한구석에 놓인 사망자들을 추도하는 작은 촛불이었다. 우세페는 저 끝에서 비치는 불빛에 의지해 커튼 밖으로 살금살금 발걸음을 옮겼다. 그가 조심스럽게 전진했던 이유는 무서워서가 아니라 코 고는 사람들의 다양한 소리를 음미하고 싶어서였다. 밀레 가족들 자리에

다가간 우세페는 매트리스에 작은 틈바구니가 있다는 사실을 파악했다. 낮은 포복으로 이불 속을 파고들었다. 바로 옆에서 자는 사람들의 희미한 형체가 보였다. 이불을 뒤집어쓴 산만큼 커다란 사람은 냄새만 맡아도 소라 메르체데스였다. 그녀의 발아래서 이불을 머리끝까지 끌어올리고 누워있는 아주 작은 형체는 아마도 카룰리나일 것이다. 우세페는 '울리...'라고 작은 소리로 그녀를 불러 보았지만 들리지 않는 깃 같았다. 어쩌면 다른 사람일 수도 있었다.

밀레 가족 중 아무도 우세페의 침입을 눈치채지 못했디. 우세페 바로 옆에 누워있던 커다란 형체만 자기 손주인 줄 알고 잠결에도 본능적으로 옆으로 달라붙으며 자리를 비켜주고 있었다. 뜨겁고 거대한 몸에 딱 달라붙은 우세페는 자신도 모르는 사이에 쿨쿨 잠들고 말았다. 그날 밤, 우세페는 난생처음 기억나는 꿈을 꾸었다. 배 한 척이, 실은 나룻배에 가까웠지만, 풀밭 위 나무에 묶여 있었다. 우세페 자신이 배 안에서 껑충껑충 뛰고 있었다. 배를 묶었던 줄이 풀리더니 풀밭이 반짝거리며 물로 변했다. 그가 타고 있던 배가 춤추듯 흔들리기 시작했다. 사실 우세페가 꿈이라 여겼던 그 흔들림은 그의 발밑에서 실제로 벌어지고 있었다. 밀레 가족 남자 중 본능을 억누르기 힘들었던 누군가가 함께 자던 가족들을 조용히 지나쳐 그녀에게 다가와 말없이 그녀 위에 올라타서 급한 충동을 해결한 것이었다. 그녀 또한 작은 소리를 내며 그를 가만히 내버려 두었다. 하지만 이미 잠든 우세페는 무슨 일이 벌어지는지 알 수 없었다. 새벽녘에 우세페가 곁에 없다는 사실을 알게 된 이다는 걱정스러운 눈빛으로 숙소 안을 둘러보았다. 우세페는 반쯤 열린 창틈으로 들어오는 햇빛을 받으며 밀레 가족의 커다란 부엌 근처에서 곤히 자고 있었다. 그녀는 얼른 아이를 안고 와서 자기 침대에 눕혔다.

5.

가을이 시작될 무렵, 피난민들이 머물던 강당에 몇 가지 중요한 일이 있었다. 9월의 끝자락이었지만 여름처럼 더워서 창문을 활짝 열고 자던 시절이었다. 그날은 9월 29일 아니면 30일이었다. 11시가 다 된 소등 직전의 늦은 밤이었다. 창밖에 앉아 있던 고양이 로셀라가 방 안으로 달려 들어와 평소와 다른 날카로운 소리로 울기 시작했다. 다들 잠자리에 누웠지만 잠든 사람은 없었다. 로셀라의 경고를 듣고 창밖에 서 있는 남자의 실루엣을 처음 본 건 주세페 2였다.

"여기가 피난민들 수용소 맞습니까?"

"왜 그러슈, 원하는 게 뭐요?"

"절 좀 안으로 들어가게 좀 해 주십시오."

잔뜩 쉰 목소리였지만 말투만큼은 단호했다. 피난소에 처음 오는 사람은 누굴 막론하고 의심하던 시절이었다. 게다가 이미 한밤중이었다.

"누구야? 누구냐고?!"

밀레 가족들이 외치는 소리가 들렸다. 그중 몇몇은 대충 옷을 걸치거나 거의 벌거벗은 상태로 신속하게 몸을 일으켰다. 유일하게 잠옷을 입고 잤던 주세페 2가 신발을 신고, 재킷을 걸치고, 모자를 쓰고 창가로 향했다. 그러는 동안 로셀라는 경계 태세를 늦추지 않고 계속 그르르응응응! 소리를 내며 창가 주위를 앞뒤로 오락가락하고 있었다. 쉽사리 관용을 베풀지 않겠다는 태도였다.

"저는...! 북쪽에서 도망쳐 온...! 군인입니다...!"

그가 거리에서 마주친 순찰 대원처럼 딱딱한 투로 대답했다.

"제기랄, 나 지금 쓰러지기 직전이라고..."

그러더니 순식간에 목소리를 바꿔 혼잣말을 지껄이며 절망적으로 비틀거리며 강당 외벽에 몸을 기댔다. 지나가던 군인이 피난소에 찾아온 게 이번이 처음은 아니었다. 대개는 군복을 벗어 던지고 남쪽으로 기던 군인들이었다. 길게 머무는 사람은 없었고 잠시 휴식을 취하고 다시 길을 떠났다. 하지만 그 사람들이 왔던 시간은 낮이었고 다들 예의 바르게 행동했다.

"조금만 기다려 보시오..."

전쟁 시 야간 소등 관계로 불을 켜려면 창문부터 닫아야 했다. 자기를 피난소 안에 들여보내지 않을 거라 여겼던지 군인이 주먹과 발로 출입문을 마구 두드리기 시작했다.

"아니!!! 잠깐만 기다리라니까!... 자, 이리 들어오시오."

강당 안으로 들어오자마자 군인은 무릎을 굽히고 바닥에 철퍼덕 엎어졌다. 모래주머니를 차고 장시간 걸어온 사람처럼 힘이 바닥난 상태였다. 무기는 갖고 있지 않았다. 몇몇 잠든 아이들과 쌍둥이를 제외한 밀레 가족 전체가 그의 주위에 모여들었다. 남자들은 웃통을 벗거나 속옷만 입고 있었고 여자들은 슬립만 달랑 걸치고 있었다. 발가벗은 우세페도 커튼 밖으로 얼굴을 내밀고 새로운 뉴스에 지대한 관심을 보였다. 이다는 새로운 사람이 강당에 들어올 때마다 흘낏흘낏 쳐다보며 혹시 파시스트의 첩자가 아닌지 두려움에 떨곤 했다. 불빛에 눈을 뜬 카나리아들도 뜻밖에 사건에 대해 지지배배 대화를 나누고 있었다. 그러나 새로운 남자의 코를 납작하게 할 정도로 누구보다 용맹스러웠던 건 로셀라였다. 군인의 다리 주위를 맴돌며 교태를 부리나 싶더니 이집트 스핑크스 같은 꼿꼿한 자세로 앉아 날카로운 눈빛으로 그를 노려보았다. 남자는 고양이의 특별한 환대에 그다지 신경 쓰지 않는 것 같았다. 강당에 들어오고 나서도 그는 주변에 일절 관심을 보이지 않았다. 인사도 한마디 없었다. 장소, 거주자들, 동물들, 사람들에게 전혀 관심 없다는 듯한 태도였다. 딱딱하고 형식적인 말투로 자신을 들여보내달라고 요청해 놓고서 그대로 입을 다물었다.

그가 자리에 앉았다. 흐릿한 천장 등 불빛에 눈이 시리다는 듯이 얼굴을 잔뜩 찌푸렸다. 뭐라 뭐라 웅얼거리며 마비된 것 같은 몸짓으로 꼬질꼬질한 배낭에서 검은 선글라스를 꺼내서 썼다. 짐은 끈으로 여미는 작은 캔버스 배낭 하나가 다였다. 수척한 회색빛 얼굴에 오랫동안 면도를 못 했는지 수염이 무성하게 자라 있었다. 가슴과 팔뚝에도 털이 무성했다. 피부색은 혼혈인가 싶을 정도로 검은 편이었고 까맣고 억센 머리카락을 이마 위까지 바짝 자르고 있었다. 키는 큰 편이었고 형편없는 몰골에 비해 몸매도 제법 튼튼해 보였다. 여름 바지 위에 윗단추를 풀어헤친 반소매 셔츠를 입고 있었는데 아무리 좋게 보려 해도 걸레라고밖에 할 수 없었다. 온몸은 방금 사우나에서 나온 사람처럼 땀에 절어 있었고 나이는 대략 스물 정도로 보였다.

"자고 싶어요!" 힘 빠진 목소리였지만 어쩐지 분노가 느껴지는, 상대방을 무시하는 듯한 말투였다. 그러더니 순식간에 얼굴을 싹 바꾸고 괴상하게 일그러진 표정을 지었다. 그 모습을 본 카룰리나가 터져 나오는 웃음을 애써 참으며 남자가 볼세라 손으로 입을 가렸다. 하지만 어차피 그는 소녀가 비웃는 모습을 보지 못했을 것이다. 검은 선글라스로 가린 그의 눈에는 아무것도 보이지 않았다. 이번에는 마치 명상하는 사람처럼 잔뜩 집중한 표정을 짓더니 손바닥으로 바닥을 지 긋이 짚었다. 몸을 일으키려는 듯했다. 하지만 이내 머리를 한쪽으로 기울이며 바닥에 희뿌연 거품 같은 액체를 토해 냈다. "젠장..." 구토 냄새가 밴 한숨을 내뱉으며 그가 중얼거렸다. 그러자 조금 전에 그를 쳐다보며 웃었던 게 미안했던지 카룰리나가 맨발에 얇은 레이온 슬립 차림으로 남자에게 다가갔다. 강당 안에 있던 여자들 모두가 잠잘 때 입는 슬립만 걸치고 있었다. 책임감이 발동한 그녀가 강당 한 구석에 비어 있던 자리로 그를 안내했다. 그리고 그 자리에 놓여 있던 지푸라기 자루를 주물럭거리며 잠자리를 챙겨주었다. "괜찮다면." 카룰리나가 남자에게 말했다. "여기서 쉬어도 돼요. 여긴 빈자리거든요." 아무도 이의를 제기하지 않았다. 남자가 제대로 일어서지 못하자 주세페 2가 얼른 다가가 상처 입은 개를 다루듯 부축해 주었다. 그러나 남자는 자리에서 일어서자마자 주세페 2를 세차게 밀쳤다. 그리고 혼자 힘으로 구석까지 걸어가 자루 위에 몸을 내던졌다.

"야오오오옹!" 고양이가 재빨리 그를 뒤따라갔다. 지푸라기 잔털이 튀어나온 구멍 난 자루 침대 발치에 얼른 자리를 잡았다. 앉기 전에 발로 지푸라기들을 정돈하는 모습이 마치 실 놀이를 즐기는 것처럼 보였다. 이내 놀이를 멈춘 그녀가 구멍 위에 배를 대고 가만히 앉아 두 눈을 부라리며 낯선 사람을 쳐다보았다. 그녀의 눈빛이 기쁨과 걱정과 책임감으로 반짝였다. 그런 그녀의 모습에 모두가 의아해했다. 종종 애교를 부리기도 했지만, 누구와도 친분을 맺으려 하지 않았고 늘 집 밖을 떠돌았으니 말이다. 아직 아무도 몰랐지만, 당시 그녀는 임신 중이었다. 그녀의 내면에서 처음으로 맛보는 낯설고 두려운 본능이 자라나고 있었다. 10개월도 채 안 된 그녀에게는 지나치게 빠른 첫 임신이었다. 벌써 몇 주 전부터 임신 중이었지만, 배가 너무 작아서 아무도 눈치채지 못하고 있었다.

새로 들어온 사람은 자루 위에 몸을 내던지자마자 죽은 듯이 잠에 빠져들었다. 카룰리나의 새언니 하나가 그가 앉아 있던 자리에 팽개쳐진 배낭을 머리맡으로 갖다주려다 말고 내용물을 꺼내 살펴보았다. 배낭 속에는 다음과 같은 물건들이 들어 있었다. 먼저 세 권의 책이 있었다. 스페인 시집, 난해한 제목의 철학 서적, '카타콤 초기 그리스도교 상징'이라는 제목의 책들이었다. 다음으로 기름을 먹인 모눈종이로 만든 작은 공책이 있었는데 페이지마다 한 사람 필체의 연필로 쓴 커다란 글씨가 반복적으로 적혀있었다. 카를로 카를로 카를로 비발디 비발디 비발디. 물에 빠진 듯 눅눅한 비스킷 몇 조각, 다른 물건들 틈에서 아무렇게나 구겨진 10리라짜리 지폐 몇 장, 신분증, 물건은 그게 전부였다. 사진이 붙어 있는 신분증 뒷면에는 다음과 같은 내용이 있었다.

성 : 비발디
이름 : 카를로
직업 : 학생
출생지 : 볼로냐
출생일 : 1922년 10월 3일

지금이 훨씬 야위긴 했지만, 사진 속 인물은 자루 위에 엎어져 잠든 젊은이의 몇 해 전 모습이 확실했다. 사진 속 그의 볼은 통통하고 싱그러웠던 반면, 지금은 볼품없이 홀쭉해져 있었다. 사진 속에서 그는 빳빳하게 다린 흰 셔츠에 윗단추를 풀고 넥타이를 느슨하게 매고 있었다. 단정하고 우아한 인상이었다. 무엇보다 큰 차이점은 표정이었다. 평범한 증명사진에 불과했지만, 사진 속 그의 얼굴은 순수함이 엿보였다. 우울해 보일 만큼 진지하고, 상상력이 풍부하고, 혼자 놀길 좋아하는 아이 같은 인상이었다. 그러나 지금 그의 얼굴에는 정체 모를 몰락의 흔적이 새겨져 있었다. 끔찍한 두려움에 시달린 사람의 인상, 모르긴 해도 서서히 진행된 변화는 아닌 듯했나. 벼락만큼이나 강력하고 폭력적인 무언가에 당한 듯했다. 그는 그동안 잠도 제대로 못 잔 듯했다. 강당 사람들 모두가 반감에 앞서 안 됐다는 반응을 보였다. 전에도 집을 잃은 불쌍한 사람들이 피난소에 찾아온 적이 있었지만, 그는 그들과 달라 보였다. 뭐랄까, 인간 본연의 연민을 자극하는 부류였다.

어느새 강당 안이 캄캄해졌다. 모두가 쿨쿨 잠든 새벽 한 시쯤 무렵, 자루 쪽에서 부스럭거리는 소리가 들리더니 그가 광기 어린 고함을 지르기 시작했다.

"그만! 목말라! 여기서 나가고 싶어! 불 좀 꺼줘!"

곤히 자던 사람들이 일제히 코 골길 멈췄다.

"뭔 불!"

누군가 잠꼬대하듯 중얼거렸다. 전등은 빠짐없이 꺼진 상태였다. 그의 고함을 듣고 가장 먼저 행동을 취한 긴 우세페였다. 침대에서 벌떡 일어나 가까운 친척 집을 방문하듯 자루가 놓여 있는 구석을 향해 전속력으로 이동했다. 다음으로 행동을 취했던 사람은 카룰리나였다. 먼저 창문이 전부 닫혀 있는지 살펴본 뒤에 중앙 조명등을 켰다. 우세페는 발가벗은 채 자루 앞에 서서 의아한 눈빛으로 그를 빤히 쳐다보고 있었다. 지푸라기 위에 기대어 누워있던 고양이도 귀를 쫑긋 세우고 따뜻한 갈색 코를 벌름거렸다. 정신 나간 사람처럼 소리치는 남자의 동공을 쳐다보며 앞발로 졸린 눈을 비비더니 바닥으로 뛰어내려 남자의 주위를 맴돌다 요염한 자세로 자루 위에 앉았다. 헛소리였다. 그는 무언가에 홀린 사람처럼 소리소리 지르고 있었다. "불, 불 좀 끄라고!"

그가 언급하는 전등이 방금 카룰리나가 켠 강당 전등이 아니란 건 확실했다. 그는 시뻘겋게 핏발이 선 눈동자를 이글거리며 강당 바깥쪽을 응시하고 있었다. 정신 나간 사람의 눈빛이었다. 그때까지만 해도 창백했던 그의 얼굴이 벌겋게 달아올랐다. 열을 재 보면 39도는 될 것 같았다. 주세페 2가 체온계를 꺼내 들고 가까이 갔다가 퇴짜를 맞았다. 그는 미친 듯이 울부짖으며 셔츠를 갈기갈기 찢었다. 상체 군데군데 상처와 불에 데운 흉터가 보였다. 진흙이나 피가 묻은 자국인 것 같기도 했다. 그가 살갗이 벗겨질 정도로 몸을 박박 긁어댔다. 빈대 때문인 것 같았다. 그러더니 누가 아래로 내던지기라도 하듯 계속 자루 위로 뛰어오르며 말했다. "이럴 수가." 그가 절망에 찬 목소리로 울부짖었다. "집에 가고 싶어, 제발, 집에 가고 싶다고..."

그의 눈꺼풀이 내려앉았다. 부드럽고, 기다랗고, 엉키도록 풍성한 그의 까만 속눈썹이 두 눈 위에 드리워졌다. 그렇게 15분 정도가 흘렀다. 그는 조금 안정을 찾은 것 같았다. 누군가 물과 함께 억지로 입에 넣어 준 아스피린의 효과였을 것이다. 광기도 약간 가라앉은 듯했다. 잠시 사색에 잠기는 듯했던 그가 갑자기 기괴한 표정으로 뭔가를 계산하기 시작했다. 그의 입에서 영문 모를 덧셈, 곱셈, 나눗셈 소리가 흘러나왔다. 코미디 연기를 펼치는 사람 같았다.

"7 곱하기 8."

"7 곱하기 9... 365일이면 1분당 10일..."

그가 미간을 찌푸리며 계산에 몰두했다.

"한 시간에 80... 최대치는... 46 곱하기 53, 11만... 생각하지 마! 생각하지 마!"

그 시점에서 그는 누군가 자신을 툭 친 것처럼 화들짝 놀랐다. 그리고 자루 쪽으로 몸을 돌리더니 손가락을 놀리며 또다시 셈을 하기 시작했다.

"빼기 5.. 빼기 4... 빼기 1... 1을 빼면 몇이지? 생각하지 마! 빼기 1..."

아무래도 계산이 틀어진 듯했다.

"셔츠 40다스." 그가 심각한 투로 중얼거렸다.

"그걸로 충분하지 않을 텐데... 식탁보 24개... 냅킨 12개... 1천 다섯 명의 부정적인 진술자들... 몇 다스지? 빌어먹을 대수학..."

카룰리나가 먼젓번처럼 터져 나오는 웃음을 참느라 손으로 입을 가렸다.

"왜 세는데?" 우세페가 작은 소리로 그녀에게 물었다.

"난들 알아?" 그녀가 대답했다.

"저이가 진짜 미쳤나 보군... 멀쩡한 사람의 사고가 아니야!" 아는 척하길 좋아하는 딘다 할머니가 심리학자 같은 투로 말을 거들었다. 도저히 참을 수 없었던 카룰리나는 어제부터 빗지 않은, 동그랗게 땋아 돌돌 만 머리를 흔들며 웃음을 터뜨리고 말았다. 그리고 웃은 게 미안했던지 그가 바닥에 흘린 선글라스를 주워서 배낭 안에 넣어 주었다. 그리고 보니 그는 샌들조차 벗지 않은 상태였다. 그녀가 그의 발에서 조심스럽게 샌들을 벗겨 주었다. 먼지와 때가 꼬질꼬질한, 시커먼 발이었다. 드디어 그가 곤히 잠들었다. 그러자 로셀라도 안정을 되찾았는지 구멍 속으로 머리를 파고들며 잠을 청했다. 그날 밤, 이다는 짤막한 꿈을 꾸었다. 평생 못 잊을 꿈이었다. 조금 전에 보았던 자루 안에서 외침과 울부짖음이 들려오고 있었다. 자루는 온통 피로 물들었지만, 안에는 아무도 없었다. 사람들이 모여들어 이불과 식탁보로 덮으며 핏자국을 가려보려 했지만 소용없었다. 이불과 식탁보들은 순식간에 새빨갛게 물들었다.

다음 날 아침이 되자 새로운 방문객은 한결 나아진 듯했다. 밤사이에 열이 내렸고 9시쯤 되자 혼자 힘으로 몸을 일으켰다. 여전히 누군가와 대화하듯 계속 중얼거렸고 얼굴에는 검은 선글라스를 쓰고 있었지만, 전날 저녁에 비해 공손해진 태도였다. 사람들 보기가 부끄럽다는 듯 행동거지를 조심했다. 지난밤 그의 침략적인 태도에 거부감을 느꼈던 사람들의 마음속에 다시금 연민이 싹텄다. 뭐라 사과해야 할지 몰랐던 그가 쑥스러운 표정으로 머뭇머뭇 말을 꺼냈다.

"누군가 저한테 로마에 있는 주소를 줬어요, 여기 가면 아는 사람이 재워줄 거라고 했는데 잘못된 주소였어요... 딱히 갈 데가 없었어요..."

그가 민망한 투로 말했다.

"여긴," 주세페 2가 대답했다.

"거주지가 아닐세! 단체로 생활하는 창고 같은 곳이야."

"전쟁이 끝나기만 해 봐라, 내가 죄다 갚아주겠어."

갑자기 돌변한 그가 과격한 투로 단언했다. "모조리 갚아줄 거라고!"

그는 아직 음식을 먹고 싶은 마음이 없다면서 돈을 낼 테니 따뜻한 분말 커피 한 잔을 마시고 싶다고 했다.

"멈추기 싫었어요..."

그가 떨리는 손으로 따뜻한 커피잔을 감싸고 혼잣말로 중얼거렸다.

"멈추고 싶지 않았어요... 그럴 수 없었어요..."

그는 커피가 아니라 숨을 들이마시듯 단숨에 액체를 빨아들였다. 주세페 2가 빌려준 질레트 면도기로 수염을 깎은 뒤에도 그의 얼굴은 겁날 정도로 창백했다. 그나마 처음보다 나아진 게 다행이었다. 정오가 되자, 그는 한참을 굶은 새끼 동물처럼 파스타 접시에 코를 처박고 게걸스럽게 먹어 치웠다. 음식이 들어가자, 그의 뺨에 홍조가 되돌아왔다. 주세페 2가 자기한테는 너무 크다며 셔츠 한 장을 선물했다. 하지만 입어보니 비쩍 마른 그의 몸에 꽉 낄 정도로 너무 작았다. 어쨌든 그는 깨끗한 옷으로 갈아입었다는 것만으로도 몹시 행복해하는 눈치였다. 카룰리나가 비누값만 받고 그가 입던 바지를 들통에 넣고 손으로 빨아주겠다며 나섰다. 암시장에서만 구할 수 있는, 전쟁 전에 생산된 세탁비누였다. 모래와 돌을 집어넣은 듯한 배급용 비누로는 빨래 자체가 힘들었다. 바지가 마르는 동안 그는 자투리 천으로 하체를 가리고 있었다. 방금 구매한 비누로 들통에서 몸을 씻어도 되느냐고 카룰리나에게 물었다. 털이 부슬부슬하고 튼실한 맨다리를 드러낸 그의 모습은 마치 선사 시대 인류를 보는 것 같았다. 그가 가는 곳이라면 어디든 로셀라가 함께했다. 심지어 화장실에 들어가 몸을 씻는 동안에도 그의 곁에 머물렀다.

분노에 사로잡혀 창문에 등장한 이후로도 그는 사람들에게 자신의 정체를 밝히지 않았다. 갑작스러운 침입을 정당화하는 억지스러운 변명만 늘어놓았다. 자신은 친척들이 사는 남쪽 나폴리 근처로 내려가는 중이었으며 되도록 빨리 아니, 가능하면 당장 내일이라도 다시 여행길에 오르고 싶다고 했다. 딱히 아픈 데는 없고, 그저 피곤할 뿐이라고, 처참한 상태로 여기까지 걸어왔으니 그럴 수밖에 없지 않냐고도 했다. 지금까지 여행하면서 지붕 밑에서 잔 건 어제가 처음이었다고 했다. 매일 밖에서 잤다고, 수풀이든 구덩이든 어디든 가리지 않고 잤다고 했다. "전 병자가 아니에요!" 마지막으로 그는 병균을 옮겼다는 누명을 쓴 사람처럼 단호하게 외쳤다.

로마와 나폴리를 오가며 사업을 벌였던 카룰리나의 오빠 둘이 그에게 한 가지 제안을 했다. 이 삼 일만 기다리면 자기들과 같이 나폴리로 가는 친구의 트럭을 얻어 탈 수 있다고 했다. 통행증을 발급받은 차량이고, 하필이면, 운 좋게도, 나폴리까지 간다고 했다. 나치나 파시스트보다 한 수 위였던 두 남자는 일을 합법적으로 처리할 방법을 잘 알고 있었다. 어쩌면 그들은 트럭 짐칸에 그를 숨겨줄 수도 있을 것이다. 만일 그가 사람들 눈에 띄지 말아야 하는 탈영병 신분이라면 그야말로 최고의 방법일 것이다. 그들은 또한 최근에 들리는 소식에 의하면 연합군이 나폴리를 손에 넣었고 독일군들은 민란이 무서워 도시를 버리고 도망치고 있다고 덧붙였다. 나폴리에 상륙한 연합군이 로마까지 치고 올라오는 건 이제 시간문제라고 했다. 며칠, 아니 몇 시간이면 될 거라고, 그렇게만 된다면 로마도 드디어 자유를 되찾을 거고 '모든 게' 끝날 거라고 했다. 마지막으로 그들은 카를로에게 여태 했던 고생을 도루묵으로 만들지 말고 조금만 기다렸다가 안전한 방법을 택하라고 충고했다. 그들이 영 미덥진 않았지만, 카를로 입장에서는 결국 그런 제안을 수락할 수밖에 없었다. 겉으로는 멀쩡해 보였지만 사실, 그의 뼈와 신경은 죄다 으스러진 상태였다. 얼굴은 말이 아니었고, 허공을 계속 응시하는가 하면, 자다 말고 악몽에 시달리기도 했다.

주세페 2에게 다가간 그는 수줍은 표정으로 이다를 가리키며 저 아주머니처럼 자기도 가림막을 칠 수 있느냐고 물었다. 늘 분주히 돌아다니며 바지런히 움직이는 주세페 2의 모습이 피난소 가족들을 이끄는 대장처럼 보였기 때문이었다. 자기가 아쉬워서 부탁하면서도 그는 빨래통을 빌리거나 분말 커피를 살 때처럼 거만한 태도였다. 공손하다는 말과는 영 거리가 먼 사람이었다. 그럼에도 목소리만큼은 어마어마한 부탁을 하는 사람처럼 불안하게 떨리고 있었다. 카룰리나가 나서서 너덜너덜한 여름 원단 중 그나마 쓸만한 것들을 찾아 커튼 비슷한 물건을 만들어 주었다. 마치 떠돌이 각설이가 두르던 망토 같았다. 하지만 없는 것보다야 백배 나았다. 이제 그 또한 이다처럼 비로소 사람들의 시선을 피할 수 있게 되었다. 이따금 가림막 밑에서 튼실한 그의 하반신과 손이 보이기도 했다. 침대로 쓰는 자루 옆에는 버려진 물건인 듯 아무렇게나 들쑤신 배낭이 보였다. 낡은 책 세 권, 신분증, 눅눅한 비스킷, 10리라 지폐 몇 장이 전부였지만 지금보다 심한 재난과 궁핍, 긴급 상황이 올 때를 대비해 잘 챙겨야 할 물건들이었다.

종종 그의 발치에서 로셀라가 자그마한 모습을 드러내기도 했다. 배가 미세하게 부풀어 오른 몸으로 유연하고 민첩하게 잠에서 깨어나거나 기척도 없이 그의 다리 위를 사뿐사뿐 걸어 다녔다. 가림막을 설치한 그의 행동을 자신과의 동거에 대한 찬성 내지는 동의로 받아들인 그녀는 커튼 안에 영구적인 숙소를 꾸리기로 마음먹었다. 그녀가 그 외로운 남자의 소유라 여기게 된 아이들은 전처럼 그녀에게 치근덕거리거나 귀찮게 굴지 않았다. 특히나 아이들은 그의 심란한 모습에 겁을 먹은 상태였다. 하지만 혼자만의 세상에서 지냈던 그 젊은 이는 고양이 따위에 신경을 쓸 여유가 없었다. 그녀는 그녀대로 주어진 삶을 꾸려나가느라 정신없이 바빴다. 그가 몸을 살짝 돌리거나 자루 위에서 조금만 움직여도 그녀는 다리를 쳐들고 코를 벌름거리며 '미야아옹!'이라는 특별한 소리로 대답했다. '나 여깄어요!'라고 출석 체크를 하는 것처럼 말이다. 반면에 그는 그녀를 보지도, 듣지도 못했다. 그녀가 곁에 있다는 것조차 모르는 것 같았다. 그래도 아주 가끔 손을 뻗어 고양이를 쓰다듬어 주기도 했는데 그럴 때마다 그녀는 만족감에 귀를 곤두세우며 고양잇과 특유의 콧소리를 내며 대답했다. "아, 정말이지 행복한 순간이야. 우리 둘이 이렇게 가까이 있는데 당연히 쓰다듬어 줘야지."

그 모습을 본 카룰리나의 새언니가 말했다.

"로셀라가 드디어 이상형을 찾았네."

"저 작은 마녀가 첫눈에 반해 버렸군."

그리고 그녀의 법적인 소유주였던 주세페 2를 찾아가 놀리듯이 둘 사이를 일러바치곤 했다. 하지만 그는 자유의 화신처럼 한 팔을 들어 올리며 너그럽게 이해해 주었다. "됐다 그래, 그러거나 말거나."

종종 커튼 밑으로 숨어든 아이들이 고독한 연인들을 훔쳐보기도 했다. 카를로 비발디는 아이들을 쫓아내지도, 말을 걸지도 않았다. 아예 보이지 않는 것 같았다. 그런 짓을 안 했던 유일한 아이는 우세페뿐이었다. 누구보다 사교성이 뛰어난 아이였지만, 카를로의 가림막 근처에는 얼씬도 하지 않았다. 그가 조용히 지내고 싶어 한다는 사실을 알아차린 듯했다. 딱 한 번, 숨바꼭질하느라 정신이 팔린 나머지 아이는 배려심을 잊고 말았다. 자루 뒤에 몸을 숨기고 소라 메르체데스에게 했던 것처럼 젊은이에게 말했다. "조용, 쉿, 조용."

어둡고 냄새나는 구석에 갇혀 지내는 게 지겹다는 듯 그는 아주 가끔 커튼 밖으로 얼굴을 내밀고 침묵을 지키며 두세 발짝 걸어 나오기도 했다. 하지만 이내 난감한 표정으로 이렇게 말하는 듯했다. "오! 이럴 수가, 어쩌지? 어쩌면 좋지?" 그리고 아수라장 같은 강당 분위기에 깜짝 놀라 쫓기듯 자신의 소굴 안으로 몸을 피했다. 시간이 지나자, 그는 커튼 밖에 나와 커피 다음으로 두 번째 물건을 구매했다. 밤낮 없이 어두운 구석에서 책을 읽는 데 필요한 초였디. 기탈리나 오빠들의 암시장에서 담배도 두 갑이나 샀다. 커튼 뒤에 몸을 숨긴 그는 온종일 담배를 피우며 책을 읽거나, 읽으려고 시도하며 시간을 보냈다. 시간이 좀 더 지나자, 그는 첩보원처럼 예리한 표정으로 아무 말도 없이 피난소 밖으로 나갔다. 저녁때 강당에 돌아온 그의 표정은 한층 밝아 보였다. 우표가 없는, 로마에서 사적으로 전달받은 편지 두 통을 손에 들고 있었다. 여자들은 보자마자 편지에 우표가 없다는 사실을 눈치 챘다. 빨리 보고 싶어서 마음이 급했던지 봉투 한 귀퉁이가 찢어져 있었다. 그는 안전상의 이유로 자신의 커튼 뒤에 가서 편지를 제대로 읽으려 했지만, 다른 사람들을 신경 쓰기에는 너무 초조했다. 가림막도 제대로 치지 않고 자루 끄트머리에 걸터앉아 초도 없이 사람들이 보는 앞에서 편지를 읽기 시작했다.

"좋은 소식?" 사람들이 다가와서 물었다.

"네." 그가 뜻밖의 일이런 듯 말했다.

"부모님이에요. 집이에요." 드디어 살았다는 안도와 해방감이 복받치자, 마음을 추스르기 힘들었다. 가림막이 열린 것도 모르고 벽에 등을 대고 바닥에 털썩 주저앉았다. 생명을 유지하는 데 필요한 무언가를 불시에 공급받은 사람 같았다.

"식구들은 다들 무사하시고?" 그가 대화의 의지를 내비치자, 카룰리나의 새언니 하나가 용기 내어 물었다.

"네, 다들 괜찮으세요."

"그래, 뭐라서? 뭐라고 하셔?" 딘다 할머니도 대화에 끼어들었다. 그는 떨리지만, 거만한 투로 대답했다.

"축하해 주셨어요. 오늘이 제 생일이거든요."

"그렇구나! 생일 축하합니다!" 그의 주변에서 사람들의 목소리가 합창처럼 울려 퍼졌다. 그러자 그는 갑자기 기분이 나빠졌다는 듯 누추한 커튼을 내리고 얼른 몸을 숨겼다.

그날 저녁 카룰리나의 오빠들이 확실한 사실이라며 뉴스를 전했다. 독일군이 나폴리에서 철수했다는 소식이었다. 연합군이 코앞에 들이닥친 상황에서 기다리는 데 지친 나폴리 시민들이 며칠 만에 자기들끼리 독일군을 싹 다 몰아내 버렸다고 했다. 굶주린 사람들, 집을 잃은 떠돌이들, 누더기를 걸친 사람들이 우유, 휘발유, 무뎌진 칼 등등 구할 수 있는 건 뭐든 다 들고나와 독일 부대 앞에 몰려가 신나게 외쳤다고 했다.

"나폴리는 전쟁에서 승리했다!" 토레와 메메코가 그 사람들을 흉내 내며 외쳤다.

"그럼," 카룰리나가 말했다. "이제 전부 다 끝난 거야?"

아무도 그 사실을 믿어 의심치 않았다. 미영 연합군에게 있어서 나폴리에서 로마까지는 불과 한 발짝에 불과한 거리였다. 드디어, 이제, 나폴리로 가는 길이 뻥 뚫린 것이다. 저쪽에는 미국이, 이쪽에는 나치가 있었다. 하지만 며칠, 아무리 길어도 몇 주만 참으면 자유롭게 오갈 수 있게 될 것이었다.

"그럼, 이제 다 같이 집에 돌아갈 수 있겠네!" 주세페 1 할아버지가 말했다. 그는 나폴리에 있던 자신들의 집이 사라졌다는 사실을 깜빡 잊고 있었다. 새로운 뉴스를 듣고 의구심을 품은 유일한 사람은 주세페 2였다. 그가 생각하기에는 미국인들은 자본주의 사상에 얽매인, 돈밖에 모르는 애송이들이라고 했다.

"그래, 이제 그 사람들이 이긴 거나 마찬가지지... 한 달이냐 두 달이냐가 문제겠지... 그래, 그치들이 곧 로마로 들이닥칠 거야. 그런데 말이지, 혹시 그 사람들이 로마보다 나폴리를 더 좋아할지도 모르는 거 아니야? 날씨도 그렇거니와, 푸른 바다, 그리고 바캉스! 포실리포*에서 겨울을 날 수도 있을 테고..."

하지만 그와 같은 주세페 2의 발언도 밀레 가족의 낙관주의를 무너뜨리지 못했다. 그 당시 밀레 가족은 출처를 알 수 없는 불법 유통 고기를 왕창 구해 강당까지 들고 왔다. 모르긴 해도 나폴리를 떠난 독일군한테 사 온 것 같았다. 소 한 마리 사분의 일에 달할 정도로 엄청난 양의 고기를 그나마 선선했던 화장실 벽에 갈고리로 매달아 놓았다. 쉽게 상하는 신선 제품이었던지라 암거래임에도 정직한 가격에 고기를 판매할 수밖에 없었다. 덕분에 이다도 일주일 내내 매일 고기를 먹는 호사를 누렸다. 하지만 우세페는 완강하게 고기를 거부했다. 그럴 때마다 이다는 억지로라도 아이에게 고기를 먹여야만 했다. 아이가 고기를 먹지 않는 건 순전히 정신적 문제 때문이었다. 심할 때는 토하거나 격한 울음을 터뜨리기도 했다. 다행히 이다가 놀이하는 척

---

* 나폴리의 부유한 주거 지역

을 하거나 이야기를 꾸며대면 아이는 이내 활달한 성격으로 되돌아갔다. 그리고 어제까지만 해도 구역질하며 거부했던 음식을 다른 사람들처럼 잘도 입에 넣었다. 우연히 먹게 된 소중한 음식 덕분에 우세페는 다가올 겨울에 대비해 영양을 보충할 수 있었다.

그런 기회를 누구보다 잘 활용했던 사람은 놀랍게도 카를로 비발디였다. 북부 출신이었던 그는 뼛속까지 타고난 육식파였다. 생일 선물로 편지와 돈을 받았던 그날 저녁, 그는 당장 주머니에서 꼬깃꼬깃한 천 리라짜리 지폐를 꺼내 담배 여러 갑과 커다란 스테이크용 고기를 샀다. 그리고 어린애처럼 그 자리에서 몽땅 먹어 치웠다. 포도주를 한 병 사서 강당 사람들에게 한 잔씩 돌리기도 했다. 하지만, 사람들과 어울리는 일이 여전히 서툴고 혼란스러웠던지라 돈만 내놓고 얼른 커튼 안으로 들어갔다. 연회에는 참석하지 않았다. 모레에도, 글피에도, 그는 밀레 가족의 단골이었다. 창백했던 그의 안색도 차차 나아졌다. 튼튼한 몸을 타고난 덕에 급속도로 예전의 활력을 되찾았다. 얼굴에 깃들었던 회색빛도 사라졌다. 까만 피부에 이목구비가 뚜렷한 그의 모습은 볼로냐 출신이 아닌 아랍이나 에티오피아 사람 같았다. 늘 꾹 다물고 있었지만, 윗입술이 아주 두툼했다. 수사슴처럼 기다란 그의 눈가에 이따금 꿈꾸는 듯한 기색이 돌아오기도 했다. 희미하게나마 얼핏 그런 기운이 내비치는 순간도 있었다. 그럼에도 그의 얼굴에 새겨진 모욕 비슷한 처참한 몰락의 인상은 그대로였다. 심지어 그가 최초로 미소 비슷한 걸 지었다는 말이 나돌기도 했다. 커튼 밑에 들이닥친 아이들을 보고 웃었다고 했다. 아이들을 본 순간, 로셀라는 몸을 최대한 부풀리며 동물학적으로는 '경기'의 반응을 보였다. 온몸의 털을 꼬리 끝까지 가시처럼 꼿꼿하게 세우는 몸짓이었다. 이빨을 부드득 부드득 갈며 무시무시한 열대 표범류 동물처럼 그르렁거렸다.

네 번째 구석에 머물렀던 숙박객은 도통 몸을 움직일 생각을 하지 않았다. 누가 봐도 해로운 생활 습관이었다. 이따금 너무도 지루했던 그는 바퀴에 매달려 순교 당한 성인처럼 온몸을 쭈욱 늘어뜨리고 당나귀 같은 소리를 내기도 했다. 독서 말고도 늘 지니고 다니는 새로 산 공책에 무언가를 끄적거리기도 했다. 그 모습을 본 카룰리나의 새 언니들은 그가 공책에 온통 이렇게 쓰고 있을 거라며 키득거렸다. 카를로 카를로 카를로 비발디 비발디 비발디.

그 사이에 세상은 많이도 변했다. 입대할 나이가 된 젊은 남자들은 길을 가다가도 끌려가는 시절이 닥쳤다. 차라리 탈영병 신세가 났다고들 했다. 나폴리에서 철수하겠다고 발표했던 바로 그날, 독일군은 무장 부대를 이끌고 로마에 올라와 대로를 누비며 성대한 열병식을 거행했다. 입대할 나이의 남자들은 북부 전선 방어에 동원되거나 독일에 가서 강제 노동에 종사해야 한다는 공고가 거리를 뒤덮었다. 독일군 또는 파시스트 군인들이 아무런 예고도 없이 도로를 막고 버스를 세웠다. 불시에 사무실에 들이닥쳐 근무하던 남자들을 한꺼번에 트럭에 태우기도 했다. 거리마다 젊은이들을 가득 실은 트럭들이 지나다녔고, 여자들이 뒤쫓아가며 울부짖는 소리가 들렸다. 독일군이 애초부터 우습게 봤던 이탈리아 특수 경찰들은 진작 무장을 해제했다. 도주를 시도하는 사람들은 집단 수용소로 끌려갔고 반항하는 사람들은 그 자리에서 학살당했다. 거리마다 부상자들과 시체들이 그득했다. 공고 중에는 이런 내용도 있었다. 모든 무기를 독일군에 양도할 것, 무기를 소지한 이탈리아인은 그 자리에서 총살형에 처한다. 강당에서 지내던 사람들은 카룰리나를 비롯해 창문을 내다볼 키만 되면 누구든 창밖을 주시했다. 나치나 파시스트 군복을 입은 사람 비슷한 형상만 눈에 띄어도 암호를 외치며 모두에게 위험을 알렸다. "불 땅겨!" "똥줄 타게 튀어!"

강당에 있던 남자들 전부가 재빨리 지하에서 지붕까지 계단이 나 있는 복도로 달려갔다. 지붕까지 올라가 아래로 뛰어내려 벌판을 가로지르면 도망칠 수 있었다. 밀레 가족 남자들은 그 와중에 남은 소고기를 바리바리 둘러메고 미친 듯이 질주했다. 주세페 2는 노인이긴 했지만 그래도 끌려갈지 모른다는 걱정에 숨을 헐떡이며 젊은 사람들을 따라잡았다. 카를로 비발디도 커튼을 들치고 나와 그들과 합류했지만, 뛰지는 않았다. 얼굴을 잔뜩 찌푸리고, 두툼한 윗입술을 헤 벌리고, 가지런한 이빨을 드러내 보였다. 어떻게 보면 웃고 있는 것 같기도 했다. 하지만 그가 얼굴을 찡그렸던 이유는 놀람 때문도, 반감 때문도 아니었다. 극심한 공포로 인한 일종의 안면 수축 현상이었다. 도망쳐야 할 순간이 닥칠 때마다 그의 얼굴은 순식간에 변형된 것처럼 일그러졌다. 로셀라는 잠시도 그의 곁을 떠나지 않고 찰싹 달라붙어 있었다. 꼿꼿하게 세운 꼬리를 깃발처럼 살랑살랑 흔들며 명랑하게 그를 뒤따랐다. 이런 말을 하면서 말이다.

"진짜 다행이지 뭐야! 이제 슬슬 움직일 때도 됐잖아! 안 그래?"

6.

카를로 비발디가 피난소에 도착한 지 며칠이 지났다. 정확한 건 아니지만, 10월 10일 이전임은 확실했다. 평화로운 가을 저녁을 뒤흔들 만한 새로운 사건이 벌어진 날이었다. 정말이지, 어마어마하고, 대단한 사건이었다. 그날은 아침부터 죽 비가 내렸다. 강당 안은 검은 종이를 여러 겹 바른 창문과 출입문을 전부 닫고 전등을 켜놓은 상태였다. 축음기에서 '촌뜨기 여왕' 노래가 흘러나오고 있었다. 매트리스들은 돌돌 말려 벽에 기대져 있었다. 다들 각자의 공간에서 저녁 식사를 준비하던 시간이었다. 축음기를 조작하던 우세페가 갑자기 손을 떼더니 출입문 쪽으로 미친 듯이 질주하기 시작했다. "이노! 이노! 이노!" 아이는 넋이 나가 있었다. 금으로 만든 배가 금은보화를 가득 싣고 형형색색 불빛을 발하며 돛을 접고 상냥으로 밀려드는 광경을 목격한 사람 같았다. 바깥에서 두 젊은이의 목소리가 들리기 시작했다. 목소리는 쏟아지는 빗소리를 뚫고 점점 가까워졌다. 강당 구석에서 식사를 준비하던 이다도 온몸을 부들부들 떨며 그 자리에 서 있었다. "어마, 이노 있어! 버, 어마, 버!" (엄마, 이노가 있어! 별, 엄마, 별) 우세페가 엄마의 치맛자락을 붙들고 문가로 끌고 갔다. 누군가 세차게 문을 두드리고 있었다. 이다는 한 치의 망설임도 없이 토마토소스가 잔뜩 묻은 손으로 걸쇠를 풀고 문을 열어주었다. 니노와 또 한 청년이 강당 안으로 들어왔다. 둘은 자동차나 물건을 덮을 때 쓰는 두툼한 천으로 만든 비옷 안에서 찰싹 달라붙어 있었다. 니노가 모험 소설에 나오는 주인공 경찰처럼 목젖을 드러내며 껄껄 웃었다. 강당 안에 한 발짝 들여놓자마자 물이 흥건한 비옷을 바닥에 홱 내팽개쳤다. 목에는 영광스러운 결투를 상징하는 빨간 스카프를 두르고 있었고 딱 달라붙는 사이클 선수용 줄무늬 디셔츠에 수수한 면 점퍼 차림이었다.

"이노! 이노! 이노!!!"

"우셉! (우세페의 애칭) 그래, 나야! 나 알아보겠어? 뽀뽀해 줄 거지?"

우세페가 형에게 와락 달려들어 열 번도 넘게 뽀뽀했다. 니노가 함께 있던 젊은이를 소개했다.

"얘는 '네 개의 송곳'이라고 해. 난 '마음의 일인자'로 통하지. 송곳, 얘가 내 동생이야. 내가 진짜 많이 얘기했던."

"얼마나 많이 얘기했게!!"

청년이 환하게 웃으며 고개를 끄덕였다. 라치오 촌구석에서 흔히 보이는 생김새의 청년이었다. 나이는 니노와 얼추 동갑내기로 보였고 눈에는 선량함과 동시에 사기꾼 기질이 엿보였다. 일명 송곳이라 불리는 청년은 자신의 선함과 사기꾼 근성을 포함해 작고 탄탄한 근육들, 심장과 폐가 뿜어내는 호흡마저도 니노를 위해 헌신할 준비가 되어있다는 듯한 태도였다. 니노는 '얼마나 많이 얘기했게!!'라는 친구의 말이 끝나기도 전에 강당 안을 이리저리 둘러보느라 정신이 팔려있었다. 친구의 말에는 관심조차 없었다. 궁금한 게 많은지 여기저기 쳐다보느라 바빴다.

"우릴 어떻게 찾아낸 거야?"

사랑에 빠진 사람처럼 얼굴이 새빨개진 엄마가 문 앞에서부터 계속 니노에게 물었지만, 그는 엄마의 질문에 대꾸하지 않고 이렇게 물었다.

"브리츠는? 어딨어?"

우세페는 너무도 기쁨에 겨운 나머지 순간, 형이 던진 질문의 의미를 제대로 파악하지 못했다. 세상을 떠난 브리츠의 그림자와 해맑은 눈빛만 단편적으로 스치고 지나갈 뿐이었다. 이다가 그리움이 담긴 촉촉한 눈빛으로 니노에게 속삭였다.

"브리츠는 이제 없어."

"그럴 리가?... 레모가 나한테 그런 얘긴 안 해 줬는데..."

레모는 산 로렌초 집 근처에 있는 그 유명한 선술집 주인 이름이
었다.

"레모가 나한테 아무 말도 안 했는데..."

이다가 미안한 기색으로 중얼거렸다.

"집이 폭삭 무너졌어... 아무 것도, 아무 것도 안 남았어..."

이다가 말을 끝내기도 전에 니노가 버럭 화를 냈다.

"그따위 집 나부랭이가 나랑 뭔 상관이야!"

그의 말투만 들어도 짐작할 수 있듯이 로마에 있는 집들이 죄다 허
물어진다 해도 니노는 아무렇지도 않았다. 그 위에다 침을 뱉을 수도
있었다. 그가 원했던 건 배에 별이 새겨진 자신의 작은 개였다. 중요
한 건 오로지 그뿐이었다. 그의 표정이 잘못을 저지른 어린애처럼 비
극적으로 변했다. 울음을 터뜨리기 일보 직전이었다. 잠시 침묵이 이
어졌다. 헬멧을 쓴 것처럼 헝클어진 곱슬머리 아래 그의 눈빛이 끝없
이 깊고 어두운 심연으로 가라앉았다. 긴 여정에서 돌아온 자신을 반
기며 구부러진 네 다리로 펄쩍펄쩍 뛰고 미친 듯이 춤추는 브리츠의
환영이 눈앞에 보이는 듯했다. 그러더니 브리츠를 그렇게 잃은 게 모
두의 잘못이라는 듯 마구잡이로 분노를 표출하기 시작했다. 둘둘 말
린 매트리스 위로 올라가더니 다리를 쭉 뻗고 앉아 자신을 에워싼 사
람들을 향해 거칠고 난폭하게 외쳤다. "우린 카스텔리*에서 온 파르티
잔이다! 안녕들 하십니까, 동지들! 우린 내일 아침 기지로 복귀할 예
정이다. 오늘 밤 숙소와 음식과 포도주를 원한다." 그가 허공에 한쪽
주먹을 쥐어 보이며 인사했다. 그리고 건방진 태도로 잠바 속에서 커

---

* 이탈리아 중부 라치오주 알바니 구릉지대에 있는 지역으로 포도주가 유명하다

다란 혁대 안에 숨긴 총을 꺼내더니 가슴께로 들어 올렸다. 니노가 총을 과시하는 모습을 보며 사람들은 분명 이렇게 해석했을 것이다. '우리에게 먹을 걸 주든지 아니면 목숨을 바치든지!'라고 말이다. 하지만 그는 돌연 순수한 미소를 지으며 싹 달라진 말투로 자신의 애장품에 대한 설명을 늘어놓기 시작했다.

"발터예요." 그가 총을 지긋이 바라보며 말했다.

"전리품이죠."

"독일군... 아니, 죽은 독일군이 갖고 있던 거예요."

순간 그의 얼굴이 갱스터처럼 변했다.

"왜냐, 거긴 독일 사람도, 스페인 사람도, 터키 사람도, 유대인도, 아무도... 아무도... 없는 비옥한 땅이거든요."

순간, 늘 쾌활했던 그의 눈동자에 기괴한 쇠락의 면모가 엿보였다. 마치 아무것도 반사되지 않는 유리알 같았다. 이다는 아들이 태어난 이래 단 한 번도 그런 눈빛을 본 적이 없었다. 하지만 아주 짧은 순간에 불과했다. 닌누추는 다시금 소년다운 순진한 면모를 드러내며 활기차게 떠들어대고 있었다.

"그리고 이 신발도요."

그가 43 사이즈의 커다란 신발을 신은 발을 들어 보이며 말했다.

"상표만 봐도 알 수 있죠. MADE IN GERMANY. 그리고 송곳의 시계도. 어이, 네가 차고 있는 시계 좀 보여줘 봐. 오토매틱이고 밤중에도 시간이 보여요, 달이 안 뜬 날에도요!"

매트리스에서 펄쩍 뛰어 내려온 니노가 춤꾼처럼 리듬에 맞춰 몸을 들썩이며 당시 히트했던 달 유행가를 흥얼거리기 시작했다.

"... 근데, 저 창문 좀 열면 안 돼요? 이 안이 푹푹 찌잖아요. 우리 둘이 이렇게 무장하고 있는데 소등이니 검열 따위가 뭔 상관이에요. 그리고 이제 검은 셔츠들은 싸돌아다니지도 않아요. 빗물 한 방울만 튀어도 겁을 집어먹는다니까요."

그는 모두를 비하하는 일에 재미를 붙인 듯했다. 굴복한 이탈리아인들, 점령한 독일인들, 배신한 파시스트들, 연합군들이 탈환한 볼란테 성채, 사형으로 다스리겠다는 선전물들... 쿠라도, 주세페 3, 임페로와 한 무리의 아이들이 구혼자들처럼 그의 주위에 모여들었다. 이다는 조금 떨어진 곳에서 아들을 향해 시선을 고정힌 채 떨리는 입술로 웃고 있었다. 가시처럼 뾰족한 근심이 그녀의 마음을 할퀴는가 하면 난폭한 불사신을 닮은 니노에 대한 믿음이 그녀의 마음을 다독이기도 했다. 아들이 전쟁을 치르고, 독일군을 사냥하고, 게릴라 작전을 펼치고, 마을을 습격했다 한들 파리 떼를 물리치려고 날뛰는 작은 망아지처럼 아무에게도 해를 끼치지 않았으리라 마음 깊이 확신했다. 니노가 창가에 다가가 억지로 창문을 열려고 하자 송곳이 조용히 다가가 그를 말렸다. 그러자 니노가 부드러운 미소를 지으며 그의 어깨를 감싸 안았다.

"여기 이 사람은 말이지," 니노가 말했다.

"훌륭한 동지이자 내 친구야. 일명 '네 개의 송곳'이라 불리지. 왜냐, 주특기가 침이 네 개 달린 송곳으로 독일군 타이어를 펑크내는 거거든. 송곳을 다루는 재주가 진짜 끝내 주지. 어이, 동지, 우리가 그것들을 몇 대나 쓰러프렸지? 그따위 독일군들은 장난질에 불과해. 그것들을 일렬로 죽 세워놓고 한방에 죄다 쓰러뜨릴 수 있다고!" "옳소! 세상에 그 독일 것들이 고기를 몇 톤씩이나 갖고 있었다니까!"

카룰리나의 오빠 토레가 열정적인 동시에 은밀한 투로 중얼거렸다.

강당 거주자들은 지금까지, 아무도, 그 신성한 소의 출처를 알고 싶어 하지 않았다. 순간, 이다의 눈앞이 캄캄해지며 무언가 세차게 부서지는 듯한 기분에 사로잡혔다. 그녀의 눈앞에 까만 얼룩들이 맴돌기 시작했다. 자신도 모르는 사이에 머릿속에서 술에 취한 외국인 소년의 음성이 들려왔다. 예쁘다 예쁘다, 1941년 1월에 들었던 바로 그 목소리였다. 당시 정신을 잃었던 그녀는 소년의 말을 못 알아들었지만, 특수한 기기 장치에 녹음되어 머릿속 어딘가에 저장되었던 게 분명했다. 얼굴을 스치는 부드럽고 달콤한 입맞춤이 느껴졌다. 그녀는 마음 깊이 묻고 있었다. 니노가 말하는 '일렬로 죽 세운 사람들' 중 혹시 그 금발의 남자도 있었던 걸까? 이다는 그가 삼 년 전 지중해에서 목숨을 잃었다는 사실을 까맣게 모르고 있었다.

우세페는 사람들의 다리를 헤치고 형 옆에 딱 달라붙어 형의 뒤만 졸졸 따라다니고 있었다. 세상 모두와 사랑에 빠진다 해도 결국 자신의 가장 위대한 사랑은 형이었다. 이토록 숭고한 사랑을 위해서라면 카룰리나를 포함한 다른 모든 이들, 쌍둥이와 카나리아도 잊을 수 있었다. 이따금 고개를 쳐들고 형의 이름을 부르기도 했다.

"이노! 이노!" 형에게 자신의 사랑을 확실히 일깨워 주려는 듯했다.

"나 여깄어. 나 기억나지? 오늘 밤은 우리 둘만의 거야!"

순간, 강당의 출입문이 활짝 열리더니 있는 힘을 다해 외치는 노인의 목소리가 들렸다. "프롤레타리아 혁명 만세!!" 주세페 2의 목소리였다. 그는 니노가 왔던 그 시간 화장실에 가 있었다. 그리고 마침 니노가 이렇게 말하던 순간 강당 출입문 앞에 도착했다. "우린 카스텔리에서 온 파르티잔이다! 안녕들 하십니까, 동지들!" 니노의 한 마디는 그가 마음속에 꼭꼭 숨겨두었던 불씨에 불을 붙였다. 다른 이들처럼 평범한 관객인 체하며 상황을 지켜보려고 했지만, 온몸을 활활 태우는 불꽃을 도저히 걷잡을 수 없었다. 그가 불꽃이 튄 사람처럼 몸을 벌떡 일으키더니 사람들 사이를 마구 헤집고 두 청년에게 다가가 모자를 쓴 채 인사를 건넸다.

"환영하오, 동지들! 우린 동지들이 필요로 하는 거라면 뭐든 다 해줄 준비가 돼 있소. 오늘 밤 동지들을 대접하게 되어서 큰 영광이요!!"

그리고 소년처럼 빙그레 웃으며 중대한 뉴스를 선포하듯 속삭였다.

"나도, 자네들처럼, 동지라오!"

"안녕하십니까, 어르신."

니노가 그에게 예의 바르게 인사를 건넸지만, 그다지 반가워하는 눈치는 아니었다. 그러자 그는 잽싸게 자기 잠자리로 가서 매트리스를 헤집더니 〈연합〉 신문의 불법 복사본을 꺼내왔다. 그리고 방문객들 앞에 신문을 들이대며 윙크를 보냈다. 송곳은 문맹이었지만 보자마자 〈연합〉 신문인 줄 알아보고 활짝 웃으며 말했다.

"이거야말로 진정한 이탈리아 신문이지!"

니노가 존경스럽다는 눈빛으로 친구를 바라보았다.

"쟤는,"

니노가 늦을세라 친구를 칭찬하며 모두에게 말했다.

"오래전부터 혁명 전사예요. 저는, 저로 말할 것 같으면 신참이죠."

그가 솔직하고 힘찬 목소리로 고백했다.

"저는 여름까지만 해도 다른 편에서 싸웠디랬죠."

"그땐 네가 아직 어렸으니까 잘 몰라서 그랬던 거지,"

송곳이 친구를 변호하며 말했다.

"소년들은 다 실수하는 법이야. 사상이란 건 나이를 먹어야 올바로 판단할 수 있거든. 소년들은 투쟁에 동참하기에는 아직 어려."

"그게 뭔 소리야, 난 다 컸는데!"

니노가 유쾌하게 외치며 송곳에게 다가가 권투하는 시늉을 했다. 그에 맞서 상대방도 잽을 날렸다. 둘은 이내 진짜처럼 격투를 벌이기 시작했다. 주세페 2가 둘 사이에 서서 심판을 맡았는데 두 소년의 경기에 어찌나 흥분했던지 모자가 뒷덜미까지 흘러내리는 줄도 모를 지경이었다. 주세페 3, 임페로, 카룰리나, 강당의 아이들 전부가 모여들어 그들을 에워싸고 소리를 지르고, 다리를 구르며 링에 오른 두 선수를 응원했다. 시합이 펼쳐짐과 동시에 니노는 흥분이 극에 달했다. 가슴이 뭉클해지며 조국이란 존재가 되살아났다. 폭포수처럼 쌓여있는 책걸상들 꼭대기로 한달음에 뛰어 올라가 과격한 혁명가처럼 외쳤다. "혁명 만세!!" 밑에서 쳐다보던 모두가 그에게 박수갈채를 보냈다. 우세페가 바로 형을 따라 올라갔고 나머지 아이들도 줄지어 폭포수 위를 엉금엉금 기어오르기 시작했다.

"붉은 깃발 만세!!" 주세페 2가 뭔가에 홀린 듯한 목소리로 외쳤다.

"이제 얼마 안 남았다, 파르티잔 동료들이여! 승리는 우리 것이다! 코미디는 끝났다!!"

"얼마 뒤면 온 세상이 혁명으로 물들 것이다!" 닌나리에두가 소리쳤다.

"콜로세움, 성 베드로 성당, 맨하탄, 베라노, 스위스인들, 유대인들, 성 요한..."

"전부 다!" 카룰리나가 아래편에서 방방 뛰며 외쳤다.

"헐리우드 파리 모스크바를 잇는 공중 다리를 놓읍시다! 위스키랑 보드카랑 트러플이랑 캐비어랑 외제 담배에 취해 봅시다! 알파 스포츠카랑 오토바이를 타고 떠납시다!"

"만세! 만세!"

집회가 열리는 강단 꼭대기에 오르던 아이들이 숨을 헐떡이며 제 자리에 멈춰 서서 박수갈채를 보냈다. 꼭대기에 도착한 아이는 우세페 뿐이었다. 우세페가 걸상 위에 올라가 말타기하며 소리쳤다.

"만세! 만세!"

우세페가 작은 손으로 나무 의자를 두들기며 북소리를 냈다. 아무도 돌보지 않았던 쌍둥이들만 바닥에 굴리디니는 행주를 무대 삼아 소프라노처럼 고성을 지르며 울고 있었다.

"... 칠면조, 케이크, 외제 담배... 미국 사람들이여 덴마크 사람들이여 날려버립시다!"

"...그나저나, 여긴 저녁도 안 먹어?!"

닌누추가 바닥으로 펄쩍 뛰어내렸다. 우세페가 뒤따라 날아올랐다.

"다 됐네, 다 됐어." 주세페 2가 식사 준비를 서두르며 니노를 안심시켰다. 여자들이 접시와 식기를 나르며 저녁 만찬을 준비하느라 바삐 움직이고 있었다. 순간, 네 번째 구석의 허름한 가림막 뒤에서 야옹 소리가 들렸다. 카를로 비발디는 밖에서 왁자지껄한 소동이 벌어지는 내내 자신의 소굴에 머무르며 모습을 드러내지 않고 있었다.

"저 뒤에 있는 건 누구야?"

니노가 말했다. 그리고 성큼성큼 다가가 커튼을 확 열어젖혔다. 로셀라가 으르렁거렸고 카를로는 지푸라기 사이에서 몸을 일으켰다.

"이게 누구셔?"

니노가 말했다. 강당에 발을 들인 뒤 처음으로 의심의 눈초리를 보였다.

"당신 누구야?"

니노가 소굴 안에 있던 남자에게 물었다.

"당신 누구야?"

대장을 지원 차 급히 출동한 송곳이 니노의 말을 똑같이 따라 했다.

"난 그냥."

"그냥 누구?"

니노가 적군을 심문하는 병사 같은 투로 말했다. 옆에 있던 송곳이 두 개의 송곳처럼 눈을 치켜뜨고 거들었다.

"왜 말을 못 하는 거야?"

"참 내, 뭐가 무서워서들 그러셔? 날 못 믿어서들 그러시나?"

"우린 하늘에 계신 아버지도 무서워하지 않는다. 우리가 널 못 믿는다고 느꼈다면 그건 사과하지."

"대체 뭔 개떡 같은 게 알고 싶은 건데?"

"이름이 뭐야?"

"이름은 카를로! 카를로!"

어느새 옆으로 다가온 아이들이 한목소리로 끼어들었다.

"카를로 그리고 다음은?"

"비발디! 비발디! 비발디!"

반대편에서 식사를 준비하던 여자들이 한목소리로 외쳤다.

"당신도 우리 편이야?"

니노가 여전히 협박조로 말했다.

"당신도 우리 편이야?"

송곳이 일심동체처럼 따라 했다. 카를로가 우습다는 듯 초점 없는 눈빛으로 둘을 흘낏 쳐다보았다. 그리고 어린아이처럼 상기된 얼굴로 대답했다.

"그래."

"공산주의자?"

"난 무정부주의자야."

"그래? 별거 아니었군."

둘 사이를 중재하고 싶었던 주세페 2가 얼른 대화에 끼어들었다.

"우리의 위대한 칼 마르크스 동지는 프롤레타리아를 위협하는 무정부주의를 반대했다네. 붉은 깃발은 삘깅, 꺾은 깃발은 검정이라고 하셨지. 하지만 지금과 같은 시절에는 손을 잡았을 거야. 역사의 어떤 순간에는 공공의 적에 대항하기 위해 모든 좌파가 손을 잡아야 하는 법이라네."

니노는 잠시 입을 다물고 그의 의심스러운 철학을 곱씹으며 미간을 찡그렸다. 그러더니 이내 후덕한 미소를 지었다.

"난," 니노가 말했다.

"무정부주의자가 마음에 들어."

카를로도 기분이 좋았던지 미소 비슷한 걸 지어 보였다. 강당에 도착한 뒤에 두 번째로 지은 미소였다.

"혼자 여기 처박혀서 뭐 하는 거야?" 니노가 그에게 말했다.

"당신 염세주의자야?" 카를로가 어깨를 으쓱했다.

"자, 가세, 무정부주의자 동지," 주세페 2가 그를 부추겼다.

"우리랑 식탁으로 가자고! 오늘 저녁은 내가 한턱 내지!"

강당 중앙을 향해 앞서가던 그가 백만장자처럼 으스대며 말했다. 카를로는 고개를 푹 숙이고 사람들의 시선을 피하며 걸어갔다. 로셀라가 기다렸다는 듯 그의 뒤를 따랐다. 그날은 매우 예외적으로 강당

한가운데 커다란 테이블 위에 저녁 식사를 차렸다. 테이블은 강당 한 구석에 있던 나무 궤짝이었고 매트리스, 베개, 모래 자루들을 의자 삼아 바닥에 깔았다. 주세페 2가 승리의 날 즉 파시스트 군이 패배할 그날에 축배를 들기 위해 고이 간직했던 값비싼 포도주 한 병을 꺼내 들고 왔다.

"승리는," 그가 말했다.

"오늘 밤부터 축하하기로 하세."

카를로와 니노는 서로 마주 보고 있는 매트리스 위에 불교 승려 같은 자세로 자리를 잡았다. 니노 바로 옆자리에는 송곳이 앉아 있었고 뒤에서 아이들이 가까운 자리를 차지하려고 아웅다웅하고 있었다. 우세페는 여전히 형 옆에 찰싹 달라붙어 있었다. 전조등처럼 번뜩이는 작은 두 눈동자로 형의 얼굴을 예의 주시하며 이따금 야옹... 야옹... 소리를 내면서 고양이에게 음식 부스러기를 던져 주고 있었다. 저녁 식사 메뉴는 다음과 같았다. 토마토 통조림과 판체타로 만든 아마트리차나 스파게티, 시골에서 만든 진짜 페코리노 치즈, 피자 소스를 뿌린 스테이크, 라치오의 벨리트리 암시장에서 구한 진짜 밀가루로 만든 빵, 다양한 과일잼. 빗방울이 쉴 새 없이 지붕을 두드리고 있었다. 강당 안에 모여있던 사람들은 안전하고 고립된 장소에 머무는 듯한 기분을 느꼈다. 마치 노아의 방주처럼 말이다. 니노는 아무 말도 없이 계속 카를로 비발디를 관찰하고 있었다. 의심을 거둬들인 건 맞지만, 어린애들이 자신들의 또래 집단에 외래종 즉, 문제의 소지가 있는 인물이 들어왔을 때 보일법한 행동을 보이고 있었다. 시간이 지날수록 카를로의 눈빛에도 생기가 돌았지만, 그 역시도 여전히 입을 다물고 있었다.

"밀라노에서 왔어?" 니노가 먼저 침묵을 깼다.

"...아니... 볼로냐에서..."

"근데 왜 여기 와 있어?"

"그럼 넌 왜 여기 와 있는데?"

"나? 나로 말할 것 같으면 파시스트들한테서 구린내가 나기 시작했거든! 검은 셔츠 냄새가 역겨워졌어."

"나도 그래."

"너도 파시스트였어?"

"아니."

"그럼, 처음부터 반파시스트였어?"

"난 언제나 무정부주의자였어."

"언제나 라니, 뭔 소리야? 태어날 때부터 그랬단 말이야?"

"응."

"대장, 권총 한 번만 보여주라." 순간, 니노의 귀에 카룰리나의 로마 출신 조카였던 주세페 3이 애원하는 소리가 들렸다. 그는 막둥이 동생과 쿠라도의 사촌을 대동하고 니노의 어깨 너머에 와 있었다. 그러자 니노는 사납게 성질을 내며 셋을 쫓아버렸다.

"그만들 좀 해! 저리 비키라고!!!"

"그분들을 가만히 좀 내버려 두려무나! 왜 그리 못 배운 사람들처럼 구니!!!" 주세페 3의 엄마가 암탉 울음 같은 소리로 앉은 자리에서 아이들을 꾸짖었다. 그 와중에 로셀라는 사람들의 다리 사이를 지나쳐 음식 부스러기를 던져 주는 우세페를 향해 가고 있었다. 고양이를 본 니노가 손을 뻗어 쓰다듬으려 하자, 그녀는 언제나처럼 잽싸게 도망쳐 버렸다. 카룰리나의 조카들 셋이 자리에서 벌떡 일어나 고양이를 약 올리려고 뒤따라갔다. 하지만 고양이는 눈 깜짝할 사이에 카를로의 다리 밑에 몸을 숨기고 거친 숨을 내뱉었다. 순간 카를로 옆자리에 앉아 있던 주세페 2가 장난스러운 눈빛으로 고양이를 쳐다보았다.

"동지들," 그가 니노와 송곳을 향해 말했다.

"사실 쟤는 내 고양이라네. 내 자네들한테만 알려주고 싶은 이름이 하나 있는데, 궁금하지 않나?"

"쟨 로셀라예요!" 카룰리나가 승리의 함성을 내질렀다.

"그래, 고맙구먼!..." 주세페 2가 어깨를 으쓱하며 말했다.

"로셀라! 그게 쟤 이름이긴 하지, 공식적인 이름이라고나 할까... 덜 위험한... 말하자면 그렇다네. 하지만, 진짜 이름은, 쟤를 처음 데려왔을 때부터 내가 지어준 이름은 따로 있다네. 나만, 나만 알고 있지!" "나도 모르는 이름이에요?!" 카룰리나가 궁금해하며 물었다.

"몰라. 알 리가 없지!"

"대체 뭔데요?" 시누이들이 합창하듯 말했다.

"말해요. 말해 봐요!" 카룰리나가 재촉했다.

"좋아, 오늘 저녁에 여기 있는 사람들한테만 슬쩍 귀띔해 주지."

주세페 2가 큰 결심을 했다는 듯 비밀을 털어놓았다.

"러, 시, 아!"

"러시아? 로셀라 진짜 이름이 러시아라고요?"

시누이 하나가 도저히 이해할 수 없다는 투로 말했다.

"암요, 부인. 러시아에요. 그렇답니다, 부인."

"러시아라, 어째 근사한 것 같기도 하고, 나쁘지 않은데."

소라 메르체데스가 말했다.

"가만, 뭐라고? 러시아? 어디서 많이 들어봤는데, 뭐였더라? 맞다!

러시아! 그건 나라 이름이잖아!"

"내 생각에는," 딘다 할머니가 옆에서 거들었다.

"로셀라가 훨씬 낫구먼."

"누구나 각자의 취향이 있는 법이죠." 주세페 2가 대답했다.

"러시아, 러시아라, 뭐 그런대로 괜찮네."

딘다 할머니가 한층 강한 어조로 말했다.

"하지만, 여자 이름은 로셀라가 훨씬 낫지."

주세페 2가 등을 동그랗게 말았다. 그 이름의 속뜻은 사기밖에 모른다는 우월감에 사로잡힌 표정이었다.

"로셀라..." 새언니 하나가 그제야 떠올랐다는 듯이 말했다.

"왜 그 여배우 이름 아니었어? 그 영화 있잖아... 뭐였더라?"

"바람과 함께 사라지다!" 카룰리나가 외쳤다.

"바람과 함께 사라지다에 나오는 비비안 리!"

"그 남자랑 결혼했다가 죽은 여자?"

"아니, 죽은 건 그이 딸이고."

나폴리 출신 시누이가 확신에 차서 말했다.

"그 남자는 다른 여자랑 결혼했잖아..." 한 무리의 여자들이 영화 내용을 두고 논쟁을 벌이기 시작했지만, 주세페 2는 개의치 않았다. 그가 동지들을 향해 시선을 돌리며 말했다.

"하여튼 간에 여자들이란..." 그리고 몸을 일으켜 니노와 송곳에게 가서 둘 사이로 얼굴을 디밀었다. 사신의 신념을 증명하기 위해서라면 모험을 감수하기로 굳게 결심한 듯했다. 자유를 쟁취한 어린애처럼 천진난만한 표정이었다.

"근데 말이지,"

그가 의기양양한 목소리로 카나리아 두 마리를 가리키며 선언했다.

"저기 저 둘 있잖아. 쟤들은 왜 펩피넬로 펩페넬라인 줄 알아?"

"?..."

"주세페 스탈린 동지를 기리기 위해서라네!!"

송곳은 고개를 끄덕끄덕하며 진지하게 경의를 표했지만, 니노는 별다른 반응을 보이지 않았다. 과식에 과음까지 한 상태였기에 그의 실없는 수다 따위가 귀에 들어오지 않았다. 주세페 2가 제자리로 돌아가서 앉자, 기를 살려 주고 싶었던 소라 메르체데스가 강당 안에 주세페가 몇 명이나 있다는 사실을 잊고 말을 건넸다.

"어머나, 그리고 보니 당신 이름도 똑같잖아요, 당신도 주세페잖아요..."

하지만 그는 말도 안 된다는 표정을 지으며 양팔을 활짝 벌렸다. 마치 이런 말을 하려는 듯했다.

"말도 안 되는 소리, 감히 스탈린 동지와 날 비교하다니! 헛소리 좀 작작 하시지!"

자신들의 이름이 들리자 펩피넬라와 펩피넬로는 대낮처럼 잠에서 깨어나 짹짹 지저귀고 있었다. 카룰리나가 축제의 흥을 돋우려 축음기로 가서 재즈 음반을 틀었다. 매트리스에서 자고 있던 쌍둥이들이 음악 소리가 들리자, 눈을 번쩍 떴다. 카룰리나가 급히 달려가 자장가를 불러 주었다.

"자장 자장, 루시넬라랑 첼레스테가 잔다..."

하지만 그녀의 자장가는 쌍둥이들보다 우세페에게 먼저 효과가 있었다. 우세페의 눈이 가물가물해지는 걸 본 이다가 아이를 안고 닌나리에두에게 다가갔다.

"근데 말이야, 대체 어떻게 우릴 찾은 거냐고?..."

이다가 작은 소리로 또다시 같은 질문을 했다.

"그만 좀 해, 엄마, 레모한테 갔었다고 그랬잖아! 집에 갔는데 집이 있던 자리에 지옥이 있더라고, 그래서 레모한테 가서 물어봤다고!"

니노가 그만 좀 귀찮게 하라는 듯 재차 설명했다. 그리고 기분 나쁘다는 듯 입을 다물었다. 브리츠를 떠올리며 마음 아파하는 것 같았다.

"자장 자장

루시랑 첼리스티나랑 잔다.

자자앙앙앙..."

우세페가 잠들었다. 이다는 남루한 커튼을 들치고 매트리스 위에 아이를 눕혔다. 니노의 곁으로 돌아와 보니 카룰리나의 조카들이 아들을 둥그렇게 에워싸고 있었다. 아이들은 독일 상표가 달린 커다란 신발의 끈을 잡아당기고 밑창을 뒤집으며 위대한 문화재를 감상하듯 흠모의 눈길을 보내고 있었다.

"... 군대에 끌려갔던 거야?" 니노가 물었다.

카를로 비발디가 눈을 들었다. 습격당한 소굴에서 어찌할지 고민에 빠진 야생 동물처럼 애조띤 눈빛이었다. 그는 저녁 내내 음식은 거의 먹지 않고 포도주만 홀짝홀짝 들이키고 있었다. 포도주의 술기운이 감돌자 다른 사람들과 어울리는 걸 불편해했던 그의 마음도 차츰 누그러졌다.

"네! 군인 맞아요! 이탈리아 위쪽에서 걸어서 여기까지 왔대요."

카룰리나 옆에 앉아 있던 여자 셋이 아는 체하며 그를 대신해 자랑스럽게 대답했다. 그러자 니노가 끼어들지 말라는 듯 여자들을 향해 휘파람을 불었다. 그리고 카를로의 눈을 빤히 쳐다보았다. 심문하는 대장이 아닌, 어떻게든 대화를 끌어내려는 의지가 깃든 눈빛이었다.

"그럼, 군대에서 도망친 거야?"

카를로의 윗입술이 살짝 떨렸다.

"아니." 그가 순순히 솔직하게 털어놓았다.

"이 사람들한테는 군인이라고 했지만... 실은 아니야. 난 군대에 들어간 적이 없어!" 그가 자랑인지 수치심인지 모를 쓸쓸한 어조로 말했다.

니노가 어깨를 으쓱했다.

"네가 정 얘기하고 싶다면 해도 좋아."

그러면서 관심 없다는 듯 거만하게 덧붙였다.

"난 네 일 따위에는 관심 없으니까." 카를로가 미간을 찌푸렸다.

"그럼, 왜 나한테 물어본 건데?!" 그가 창피해하며 순간 공격적으로 돌변했다.

"그럼, 넌 대체 뭘 감추고 싶은 건데?" 니노가 되물었다.

"내가 어디서 도망쳤는지가 알고 싶은 거야?"

"그래! 알고 싶어!"

"수용자들을 싣고 가던 열차 칸에서 도망쳤어. 기차에 집어처넣어져서 동쪽 국경을 향해 가고 있었어."

그의 말은 진실이었다. 카를로가 농담할 때처럼 해괴망측한 웃음을 터뜨렸다.

"아이고! 저 외국인이 드디어 입을 열었구먼!"

딘다 할머니가 안도의 한숨을 내쉬며 말했다.

"쉬이이잇! 할머니! 조용히 좀 하세요!"

카룰리나가 목소리를 낮추며 그녀를 나무랐다. 카를로가 초점 없는 눈동자로 두 여자를 번갈아 쳐다보았다.

"붙잡혀 갔던 거야?" 닌나리에두가 다시 물었다.

카를로 비발디가 고개를 저었다.

"난..." 그가 웅얼거렸다.

"난 소속 같은 건 없었어... 난 그저 정치 선전물을 만들기만 했다고! 누군가 날 염탐하고... 독일군 부대에 신고했어."

그 시점에서 그는 또다시 웃음을 터뜨렸다. 조금 전과 달리 추악하고 허탈한 웃음이었다. 그가 불안해한다고 느낀 로셀라가 그의 다리 밑에서 독특한 울음소리를 냈다.

"야아옹! 야아옹!"

카를로가 고양이를 놀라게 해서 미안하다는 듯 버려진 아이 같은 눈빛으로 주위를 한 바퀴 둘러보았다. 그러더니 이내 사악한 눈빛으로 니노를 노려보며 말했다.

"벙커 같은 감방이 뭔지나 알아? 죽음의 대합실이라 불리는?"

"들어는 봤지!"

니노가 자세를 바꿨다. 테이블 위에 다리를 올리고 친구의 무릎에 어깨를 기대고 반쯤 드러누운 자세였다. 송곳이 흔쾌히 쿠션 역할을 담당했다.

"어이, 동지,"

니노가 빈 담뱃갑을 손으로 아무렇게나 구겨서 집어던지며 카를로에게 말했다.

"담배 한 개비만 줘."

니노의 얼굴에서 미국 영화에 나오는, 산전수전을 다 겪은 악당 같은 뻔뻔함이 묻어났다. 카를로가 테이블 건너편에서 담배 한 개비를 획 내던졌다. 그리고 억지스럽기 그지없는 미소를 지어 보였다.

"내가 갔었어."

"내가 거기 갔었다고..."

떨칠 수 없는 혐오스러운 영감에 사로잡힌 것처럼 그가 고집스럽게 되뇌었다. '그' 또는 '여자'라는 단어를 사투리로 내뱉으며 흥분했던 순간과 이따금 얼굴을 찌푸렸던 순간을 제외하고, 그는 매우 건조하고 과학적인 말투로 그 감방에 대해 묘사했다. 그곳은 시멘트와 철근을 사용해 돔 형태로 만들어진 독방 용도의 벙커였다. 북부 이탈리아에 주둔했던 독일군들 사이에서 매우 흔했던, 아주 단순한 형태였는데, 그래야만 신속한 건설이 가능했기 때문이었다. 벙커 내부의 크기는 대략 190cm x 110cm, 높이는 약 130cm였다. 테이블 하나 정도 크기에 사람이 서 있을 수 없는 높이였다. 천장에는 300여 개의 전등이 달린 조명이 달려 있었다. 밤낮 없이 불이 켜져 있어서 눈을 감아도 휘황찬란한 불빛이 안구를 꿰뚫고 침투했다. 그 시점에서 카를로 비발디는 본능적인 몸짓을 취하며 양손으로 자기 눈을 가렸다. 벽의 절반 높이에 달하는 문이 유일한 출입구였다. 문에는 파리채 크기의 작은 구멍이 뚫려 있었는데 감시용이자 환기구 역할을 했다. 공기를 들이마시려면 그 구멍에 입을 갖다 대야만 했다. 도심 외곽에 조성된 나치 특수 부대 공터 안에 그와 같은 벙커 열다섯 개 정도가 다닥다닥 붙어 있었다. 그중 일부는 화장터로 사용되었다.

벙커는 비어 있는 법이 없었다. 심문을 당했던 사람들 대부분이 벙커에 갇혀 다음 목적지를 기다렸다. 밤이 되면 감금된 사람들의 목소리가 들려왔고 때로 이성을 초월한 본능적인 절규가 들리기도 했다. 아직 정신이 멀쩡했던 한 남자는 자신이 37일째 갇혀 있다는 말과 물을 달라는 말을 반복했다. 누군가 파리채 같은 공기 구멍을 통해 그에게 물을 갖다주기도 했다. 왼편 벙커에는 여자가 있었는데 낮에는 잠자코 있다가 밤만 되면 무시무시한 괴성을 지르며 '내 자식들'이라고 울부짖는 바람에 독일 군인에게 저지당하기도 했다. 하지만, 어느 순간, 길가에서 순찰병들의 발소리가 들리면 일제히 입을 다물었다. 열쇠로 감방문을 여는 철커덕 소리가 들렸고 잠시 후 공터에서 총성이 울려 퍼졌다. 벙커는 일명 '죽음의 대합실'이라 불렸다. 매일 밤 공터에서 뒤통수에 단 한 발을 쏘는 총소리가 들렸다. 다음 차례가 누구인지는 아무도 몰랐다. 기준에 입각한 선택일 수도, 매일 한 명씩 무작위로 처형하는 것일 수도 있었다. 총성이 끝나면 독일군 개들이 짖어대는 소리가 뒤를 이었다. 그 시점에서 카를로 비발디는 기나긴 영감에서 깨어난 듯 다시 한번 웃어젖혔다. 만취한 상태로 청중 앞에서 부끄러운 행실을 고백하는 악인 같았다.

"난, 그 안에서, 72시간 동안 있었어."

그가 아무에게도 눈길을 주지 않고 말했다.

"종 치는 소리를 셌어, 72번, 내가 셌어, 3일 밤, 3일 밤 동안 총소리가 열 번 들렸어, 내가 셌어."

테이블에 둘러앉은 사람들 모두가 할 말을 잃었다. 사실 그의 이야기에 진심으로 귀를 기울였던 건 니노와 송곳뿐이었다. 밀레 가족들과 주세페 2는 흥겨운 축제를 망쳐놓은 그를 내심 원망하며 낙심한 눈빛으로 서로의 눈치만 살피고 있었다. 아이들과 이다는 꾸벅꾸벅 졸고 있었다.

"... 그 안에서는 늘 숫자를 세, 세다 보면 하루가 지나가거든... 다른 생각을 하지 않으려거든 아무리 멍청한 거라도, 뭐라도 세어야 해...

세어야만... 그런 병신 같은 짓을 계속해야 해... 명단... 무게와 치수들... 빨랫비누 이름들..."

빨랫비누란 말에 소라 메르체데스가 팔꿈치로 카룰리나를 툭툭 쳤다. 그의 이야기를 듣고 충격을 받은 카룰리나는 터질 것 같은 분노를 겨우 억누르고 있었다.

"... 뺄셈, 덧셈, 분수... 온갖 숫자들! 엄마 아빠 생각, 누나 생각, 여자 친구 생각이 난다 싶으면 얼른 그 사람들 나이를 계산하는 거야, 달수, 날수, 시간... 기계처럼... 생각하지 말고... 72시간... 3일 동안 총성 열 번... 총성 한 번에 한 사람...하나 둘 셋 넷... 그리고 열... 다들 파르티잔이었다고 하던데... 대부분 조직원들이었다고... 그게 죄목이었다고..."

"그럼, 너도 파르티잔이었단 말이야?"

그의 흥미진진한 이야기에 빠져든 니노가 발을 다시 바닥에 내려놓으며 물었다.

"난 아니었어! 아니라고 했잖아! 난 군인이 아니었다고!"

그가 분노에 차서 니노의 말을 끊었다.

"난... 도시에서 일했다고... 도시란 말조차 입에 올리기 싫지만... 포스터... 전단지... 선전물... 정치범으로 몰렸고... 그래서 날 기차에 태웠던 거야! 내가 어떤 처벌을 받게 될지조차 몰랐어... 이른 아침 내가 있던 벙커로 그들이 날 데리러 왔을 때, 난 생각했지. 올 게 왔구나! 11번! 머릿속이 온통 하얘졌어... 걷는다... 걷는다... 개똥. 걷는다... 아, 이럴 수가... 더러운 세상."

"세상은 구린내 나는 곳이야! 이제 알았어?"

닌나리에두가 동지애를 발휘하며 그의 말을 맞받아쳤다.

"난, 난 말이지, 진작부터 그런 줄 알고 있었어! 진짜 드럽고 똥내가 나! 하지만..."

잠시 생각에 잠겼던 니노가 또다시 발을 꼼지락거리며 리듬을 타기 시작했다.

"근데 있잖아, 난 말이지... 냄새가 좀 나도 괜찮긴 해! 거 뭐냐! 여자 냄새! 여자 냄새가 나면 다 괜찮아지더라고! 난 그렇더라고..."

그가 당당하게 선언했다.

"인생의 온갖 드러운 냄새를 다 참을 수 있어!!"

니노가 재즈의 선율에 맞춰 발을 까딱거렸다.

"그래서? 거기서 어떻게 도망쳤는데?!"

그의 발은 이제 거의 스텝을 밟고 있었다.

"어떻게긴! 밑으로 뛰어내렸지... 정차했을 때... 빌라코에서... 아니, 그 전에, 모르겠어, 어디였는지... 기차 안에 죽은 사람 둘이 있었어. 내가 내다 버려야 했지. 하나는 늙은 남자, 하나는 늙은 여자... 그만! 더 이상 말하고 싶지 않아! 그만!!"

그 시점에서 카를로 비발디는 토악질이 난다는 듯 눈을 치켜떴다. 하지만, 이상한 일이었다. 그는 마침내 옷이고 뭐고 다 벗어던지고 무장을 해제한 소년처럼 마음이 홀가분해졌다. 이제 됐지? 그러니 다들 날 좀 내버려 두시지.

"됐네. 됐어. 이제 이야기는 그만들 하고 축배나 들지 그래!"

소라 메드체네스가 위로하듯 말했다.

"어쨌든, 얼마 뒤면, 다 끝날 거야. 하느님의 뜻이라면 곧 해방자들이 도착할 테니!"

"그 메시아들이 대체 언제쯤 온다데?..."

딘다 할머니와 달리 늘 과묵했던 카룰리나의 또 다른 할머니가 물었다.

"와요, 할머니, 올 거라고요, 시간문제죠! 어서 축배나 들자고요!"

밀레 가족이 합창하듯 대답하는 소리가 들렸다. 카룰리나도 분노했던 감정을 겨우 가라앉히고 나팔 소리를 내며 깔깔 웃고 있었다. 카를로가 눈을 들어 그녀를 쳐다보며 아이처럼 부드러운 미소를 지어 보였다. 얼굴은 여전히 지쳐 보였지만, 심각한 질병에서 회복된 사람처럼 안도한 표정이었다. 조금 전까지만 해도 보였던 몰락의 흔적도 사라졌다. 썩은 생선 같았던 눈동자가 포도주의 술기운으로 충혈되어 수줍음 많은 순수한 아이처럼 빛나고 있었다. 그는 로셀라에게 자리를 내주느라 한쪽 다리는 쭉 뻗고 다른 쪽 다리는 세운 채 불편하게 앉아 있었다. 다른 사람들이 하는 대로 포도주를 따랐지만, 영 서툴렀던지라 술이 철철 흘러넘쳤다.

"행운이다! 행운이야!" 함께 둘러앉아 있던 사람들이 일제히 외쳤다.

"흘러넘친 포도주는 행운을 상징하지!" 행운의 포도주잔 속에 손가락을 담그는 의식이 펼쳐졌다. 그런 다음 포도주가 묻은 손가락으로 귀 뒤를 문지르는 게 순서였다. 앉아 있던 사람들도 카룰리나 덕분에 작은 세례식에 참여할 수 있었다. 그녀가 나서서 한 명도 빠짐없이 포도주를 손가락에 묻혀 주었다. 잔을 들고 강당을 한 바퀴 돌며 커튼 뒤에서 자고 있던 우세페와 잠든 아이들에게도 행운을 전하길 잊지 않았다. 비몽사몽 중이었던 이다도 그녀가 손가락을 살짝 건드리자, 무의식적으로 미소를 지어 보였다. 마지막으로 남은 사람은 카를로 비발디였는데 카룰리나는 그에게도 마찬가지로 행운을 빌어주었다.

"고마워요... 고마워요!"

그가 연신 고맙다고 반복했다. 그를 위로해 주고 싶었던 카롤리나가 다리를 흔들며 춤추는 동작을 해 보였다.

"해방자들을 위하여 건배! 파르티잔 동지들을 위하여 건배!"

주세페 2가 외쳤다. 사람들 사이를 돌아다니며 술잔을 부딪치던 그가 카를로에게 다가갔다.

"힘내게나, 동지!" 그리고 술잔을 부딪치며 용기를 북돋아 주었다.

"몇 달만 참으면 된다네. 얼마 뒤면 북쪽까지 밀고 올라갈 테니. 아무리 길어도 내년 봄에는 자네도 식구들을 다시 볼 수 있을 길세!"

카를로 비발디가 애매한 미소로 대답을 대신했다. 감사한 말이었지만, 지나친 희망은 품지 않는 게 낫다는 표정이었다. 건배를 마친 주세페 2가 카를로에게 단도직입적으로 질문을 던지자, 축제를 즐기던 사람들이 일제히 귀를 기울였다.

"그런데 말일세, 동지."

주세페 2가 다들 들으란 듯이 카를로에게 말했다.

"내 진작 자네한테 묻고 싶은 게 있었는데 말이야. 여기서 혼자 분노하면서 이러고 있느니 파르티잔 동지들과 전장에 나가서 무기를 들고 싸우는 게 낫지 않은가? 내가 보기에 자네는 마음도 몸도 튼튼한데 말이야!"

카를로 비발디는 그의 질문을 이미 예상했던 것 같았다. 노인의 말이 채 끝나기도 전에 해명에 들어갔다. 미간을 찌푸리며 진지한 표정을 짓더니 씁쓸한 말투로 선언했다.

"저는 그렇게 할 수 없습니다.'

"왜 못하는데?"

어느새 자리를 옮긴 니노가 저만치에서 외쳤다.

카를로 비발디가 불법 행위를 털어놓듯 얼굴을 붉혔다.

"왜냐하면 나는," 그가 딱 잘라 말했다.

"아무도 죽일 수 없거든."

"아무도 죽일 수 없다니? 그게 무슨 뜻이야? 독일 군인들도? 대체 뭔 소리야? 교회의 규칙 뭐 그런 건가?"

피고가 어깨를 들썩였다.

"난," 그리고 억지웃음을 지으며 말했다.

"난 무신론자야."

그가 니노의 얼굴을 빤히 쳐다보며 포도주가 묻은 입술로 한 글자씩 천천히 말했다.

"나-의 사-상-은 폭력을 거부하는 거야. 모든 악은 폭력에서 비롯된다!"

"젠장, 그게 무슨 무정부주의자야?"

"진정한 무정부주의는 폭력을 허용하지 않아. 무정부주의 사상은 권력을 부인하지. 권력과 폭력은 결국 한 몸이나 다름없어."

"폭력 없이 어떻게 무정부주의 정부를 세우는데?"

"무정부주의는 정부 자체를 부정해. 폭력이 개입한다면 더더욱 그렇지. 절대적이라고나 할까. 그럴 바에야 무정부주의가 이루어지지 않는 편이 나아.""그래? 난, 난 말이지, 뭘 안 하는 게 진짜 싫거든. 난 뭐든지 하는 게 더 좋아."

"어떤 행동을 하느냐에 따라 다르겠지."

카를로 비발디가 차분한 목소리로 니노의 말에 답변했다. 그리고 다시금 언성을 높이며 또박또박 말했다.

"사상을 배신해야만 하는 대가를 치러야 한다면, 그 목적은 시작부터 이미 실패한 거나 마찬가지야! 사상, 사상은 과거가 아닌 미래야, 행동하는 현실이야, 물리적인 폭력은 사상의 근간을 뒤흔들어 놓지, 무엇보다 최악은 폭력이야."

자신의 사상을 변호하는 그의 모습은 신념에 찬 듯도, 수줍어하는 듯도 했다. 열정이 깃든 눈빛을 감추려는 듯 그가 시선을 내리깔았다. 불과 얼마 전이었을 소년 시절의 생각들을 대변하듯 기다랗고 풍성한 속눈썹이 보였다.

"그러니까." 니노가 말을 이었다.

"널 벙커에 처넣었던 그 독일군 놈과 내일 마주친다면, 널 짐승 굴 같은 객차에 실은 그놈과 마주친다면, 어떻게 할 건데? 살려 둘 거야?"

"응…"

카를로 비발디가 대답했다. 그가 전기 충격을 받은 듯 몸을 부르르 떨었다. 윗입술이 뒤틀리며 순식간에 얼굴이 구겨졌다. 순간, 니노의 눈동자에서 초점이 사라지더니 격정이 스쳤다. 초저녁에 이다가 보고 놀랐던, 현실이 아닌 사진에서나 볼 수 있는 눈동자였다.

"무정부주의에 비폭력이라,"

주세페 2가 의아하다는 듯 그의 말을 되풀이했다.

"이상적인 사상이로군, 하지만 필요한 경우에는 폭력을 써야지! 폭력 없이는 사회주의를 이룩할 수 없어."

"난 혁명이 좋아요!" 니노가 외쳤다.

"난 폭력 없는 무정부주의는 안 믿어요! 다들 내 말 좀 들어볼래요? 공산주의자! 무정부주의자가 아니라 공산주의자가 무정부주의를 이룩할 거예요!"

"진정한 자유는 붉은 깃발에 있다!"

송곳이 환희에 찬 눈빛으로 니노의 말에 동의했다.

"공산주의 안에서는 모두가 동지가 될 것이다!"

니노가 의기양양하게 말을 이었다.

"장교, 선생, 지휘관, 남작, 왕, 왕비... 그리고 총통, 수령까지!"

"그럼, 스탈린 동지는?..."

주세페 2가 걱정스럽다는 듯 물었다.

"그분은 다르죠!" 니노가 딱 잘라 말했다.

"그분은 건드리면 안 되죠!"

그의 열정적이고 단호한 목소리에서 일종의 가족적인 친밀감이 묻어났다. 마치 어릴 때부터 무릎에 앉아 수염을 만지며 놀았던 나이 든 친척에 대해 이야기하는 것 같았다.

"그분은 절대 건들면 안 돼요!"

니노가 이참에 확실하게 못을 박겠다는 듯 다시 한번 반복했다. 스탈린의 개인적인 업적은 제쳐두고라도, 그가 파르티잔 부대원들 모두의 정신적인 보호자이며, 예외적인 대우를 받아야 할 인물임을 모두에게 선포하려는 듯했다. 순간, 카를로 비발디의 발밑에 있던 로셀라가 모습을 드러내더니 돌격하는 자세로 니노의 배를 향해 뛰어올랐다. 그녀가 칭찬인지 애원인지 모를 눈길로 니노의 얼굴을 쳐다보며 다음과 같은 뜻으로 말했다.

"니야옹 니양 니양 니양?!"

"이제 잘 시간이 된 것 같지 않아?!"

그녀의 갑작스러운 행동에 니노는 고양이들에 관해 곰곰이 생각해 보았다. 고양잇과에 대한 자신의 고정관념을 총동원한 결과, 니노는 그들이 매우 해학적인 종족이라는 판단을 내렸다. 개들한테는 턱 없이 못 미치지만 말이다. 고양이에 관해 고찰하다가 자신이 새벽에 출발해야 한다는 데까지 생각이 미치자, 하품이 나오기 시작했다. 잠자리에 들라는 신호였다. 카를로 비발디가 먼저 비틀거리며 자리에서 일어났다.

"젠장, 저놈의 포도주가 몽땅 다리로 내려갔나."

뒤꽁무니에 로셀라를 달고 가며 그가 구시렁거렸다. 주세페 2는 손님들에게 자신의 매트리스를 양보하고 이불 한 장만 깔고 바닥에 드러누웠다. 니노는 감사의 인사도 없이 지극히 당연하다는 듯 그의 호의를 받아들였다. 니노와 송곳은 전쟁터에서 습득한 원칙대로 일인용 침대에 둘이 달라붙어 누웠다. 둘 다 옷을 그대로 입고 신발만 벗고 있었다. 머리맡에는 권총이 들어있는 혁대와 손전등을 챙겨두었다. 송곳의 머릿속에 정확한 자명종이 들어있긴 했지만, 주세페 2의 충고에 따라 만일의 경우를 대비해 알람 시계도 맞춰 놓았다. 알람이 울리기 한참 전인 새벽 4시쯤이었다. 누군가 맨발로 종종 걷는 소리가 들렸다. 소리는 캄캄한 강당 안을 무사히 통과해 니노의 머리맡까지 다다랐다. 작고 야무진 목소리가 니노의 귓속을 파고들었다. "어이! 어이! 이노! 어이!"

니노는 그 소리가 꿈속에서 들리는 줄 알았다. 꿈속에서 그는 영화관 안에 있었다. 객석에 앉아 있는 관객이기도, 스크린 안에서 펼쳐지는 액션의 주인공이기도 했다. 다른 카우보이들과 말을 타고 서부의 들판에서 맹렬한 경주를 펼치는 중이었다. 문득 자신이 타던 말이 왼쪽 귀가 간지럽다며 긁어달라고 했다. 귀를 긁어주려던 순간, 그는 말 대신 하늘을 나는 폭격기에 탑승하고 있었다. 또다시 귀가 간지럽다고 느낀 순간 미국 측에서 위급한 전화가 걸려 왔다. "기장을 바꿔

주시오." 니노가 몸을 측면으로 돌리며 폭격기를 상공 25,000피트까지 끌어올렸다. 엔진에서 요란한 굉음이 들렸다. 그 와중에 미국에서 걸려 온 전화는 고집스럽게 그를 방해하며 머리카락을 잡아당기고 작은 다리를 팔 위에 올려놓기도 했다. 순간, 니노는 수면 중에도 정신을 놓으면 안 된다는 조직 생활에서 새롭게 습득한 원칙을 떠올렸다. 잠결에도 몸을 흔들고 고개를 들며 본능적으로 정신을 차린 듯한 행동을 취했다. 어렴풋이 실눈을 뜬 그는 작고 파란 눈동자가 자신을 쳐다보고 있다는 사실을 알아차렸다. 눈동자의 주인공은 놀랍다는 동시에 사탕과 선물을 받는 주현절 밤처럼 기쁜 표정을 짓고 있었다. 니노는 이내 자리에 누워 맘 놓고 잠에 빠져들었다.

"누구야?" 옆에 누워있던 송곳이 졸린 목소리로 그에게 물었다.

"아무도 아니야."

"이노... 이노... 나야!"

니노는 다시 코를 골기 전에 앞서서 칭얼대며 잠을 방해하는 동생에게 모종의 대답을 전달했다. 우세페는 형의 대답을 좋아 내지는 오케이로 받아들였다. 실은 그 반대였을지도 모르지만 말이다. 니노가 순식간에 잠에 빠져든 후에 호기심으로 충만한, 감지할 수 없을 만큼 작은 요괴가 니노와 송곳의 침대 안에 잠입했다. 누군지 확실치 않았지만 어쨌든 재미난 일이 벌어지고 있었다. 다른 동물에 비해 훨씬 작고 잽싸고 귀여운 상상의 동물 아니, 어쩌면 평범한 동물일 수도 있었다. 그 동물이 요리조리 뛰어다니며 쫑알거리는 모습을 보았다면 누구라도 웃음을 참을 수 없었을 것이다. 그 동물은 바로 우세페였다. 매트리스 옆에서 잠시 머리를 갸우뚱하던 아이는 두 사람의 몸 위에 올라타 니노의 무릎과 송곳의 다리 사이를 파고들며 길을 텄다. 그 정도 틈새면 자그마한 몸집을 누이고 안락하게 잠들기에 충분했다. 우세페는 승리에 도취해 한바탕 웃더니 이내 잠들어 버렸다. 그리하여 그날 밤 발가벗은 우세페는 무장한 두 전사 사이에 끼어서 잠을 잤다.

새벽이 가까워지자, 둘은 침대 안에 깜짝 손님이 와 있는 걸 발견했다. 송곳이 아이를 엄마한테 데려다줘야 한다면서, 니노가 떠날 채비를 하는 동안 자신이 거주지까지 무사히 데려가는 임무를 맡겠다고 나섰다. 그는 곤히 잠든 우세페를 양팔로 조심스럽게 안고 이다의 커튼 앞에 가서 차분하고 예의 바르게 물었다.

"들어가도 되겠습니까?"

자명종 소리를 듣고 이미 일어나있던 이다가 어깨에 담요를 두르고 커튼 밖으로 얼굴을 내밀었다. 성근 자루로 만든 가림막 틈 사이로 작은 촛불의 희미한 불빛이 새어 나오고 있었다.

"정말 죄송합니다, 부인, 아기는 여기 있습니다."

송곳이 유모처럼 살살 아이를 침대 위에 누였다. 우세페가 피곤한 기색이 역력한 두 눈을 게슴츠레 떴다. 그러더니 저만치에서 떠날 준비를 마친 형의 모습을 보자마자 순식간에 눈을 부릅떴다. 송곳은 떠날 채비를 하기 위해 바로 제자리로 돌아갔다. 다음으로 니노가 커튼 안으로 들어왔다. 입김을 후 불어 촛불을 끄더니 손전등을 켰다. 니노는 죽은 자들이나 켜는 불이라며 초를 싫어했다. 엄마를 쳐다보며 땡전 한 푼도 없으니 담배 값이라도 달라고 했다. 이다가 늘 지니고 다니던 가방에서 십 리라짜리 지폐 몇 장을 꺼내주었다. 돈을 받아 든 니노는 내키지 않았지만, 외상값을 갚기 위해서라도 엄마와 잠시 대화를 나눠야 한다는 사실을 잘 알고 있었다. 어쩌다 보니 둘 사이에 대화의 주제가 카를로 비발디로 흘렀다. 그는 아직 자는 것 같았지만, 둘은 만일의 경우를 대비해 이름을 부르지 않고 팔꿈치를 들어 그의 커튼 쪽을 가리키며 대화를 이어갔다. 니노가 낮은 소리로 엄마에게 말하길 자기 생각으로는, 아니, 생각하면 할수록, 저 이는 볼로냐 출신이 아닌 것 같다고 했다.

"내가 볼로냐 사투리를 좀 할 줄 알거든. 볼로냐 출신 여자 친구가 있었는데 말끝마다 스... 스... 스... 그랬단 말이야. 근데 저 사람은 통 스... 소릴 안 내잖아."

니노는 그가 프리울리 또는 밀라노 사람일 수도 있을 거라고 했다. 닌누추가 판단한 바로는 어쨌든 북부 이탈리아 사람이 맞을 거라고 했는데 사실이었다. 니노는 그가 볼로냐 출신이라는 건 거짓부렁이고 무정부주의자라는 건 아마도 사실일 거라고 했다. 무정부주의자라는 사실 말고도 다른 무언가를 숨기고 있는 것 같다고도 했다. 카를로 비발디라는 이름 또한 가명일 수도 있을 거라고 했다.

"내가 곰곰이 생각해 봤거든, 근데 엄마... 내 생각에는 말이지..."

그런 말을 내뱉은 니노는 자신이 이다와 둘만의 비밀을 간직한 공범자가 된 기분이었다. 엄마와 둘만 아는 가칭 카를로 비발디에 대한 비밀은 그 정도로 충분하다는 생각이 들었다. 그는 결론을 내리지 않고 서둘러 엄마와의 대화를 마무리했다. 이다는 아들에게 '니네 할아버지도 무정부주의자였어...' 라고 속삭이고 싶었지만, 그런 말을 입 밖에 내기가 부끄러웠다. 전날 저녁에 그녀가 카를로 비발디에 대해 얻은 유일한 정보는 그가 무정부주의자라는 사실이었다. 그가 자신의 아버지와 같은 사상을 지녔다는 사실에 왠지 친근감이 들었다. 그녀가 애써 졸음을 참으며 저녁 식사 자리에 앉아 주워들은 내용을 종합하면 아버지 같은 부류의 무정부주의자들은 예나 지금이나 세상의 지지를 받기가 무척 어렵다는 것이었다. 한편으로 이다는 그가 구사하는 북부 사투리를 듣고 어머니 노라를 떠올리기도 했다. 그런 이유 때문에 그녀는 강당 거주자 중 유일하게 카를로 비발디에게 본능적인 친근감을 느꼈다. 연대 의식 또는 가족애 같은 감정이 난폭하고 까무잡잡한 그와 이다 사이를 이어 주었다. 어쨌든 니노가 모호한 말로 대화를 마무리하자, 이다도 더 알고 싶다며 고집을 부리고 싶지 않았다.

동이 트고 있었지만, 창문을 검은 종이로 가린 강당 안은 여전히 한밤중처럼 어두컴컴했다. 자명종이 울렸지만 아무도 눈을 뜨지 않고 다들 나 몰라라 했다. 모두가 아직 쿨쿨 자고 있었다. 알람이 울리자마자 주세페 2가 지내는 곳에서만 분주한 소리가 들렸다. 비상용으로 켜 놓은 초의 심지에서 불꽃이 유령처럼 흔들리며 춤추고 있었다. 전기가 공급되지 않는 이른 시간이었고 초를 비롯한 조명 기구들도 나날이 줄어드는 실정이었다. 송곳이 이다의 거처에 나타나자, 니노가 손전등을 챙겨 들고 자리에서 일어났다. 이다는 초를 아끼기 위해 그냥 깜깜한 채로 있었다. 순간, 문 쪽으로 가는 형의 모습을 본 우세페가 매트리스 끝까지 가더니 미친 듯이 옷을 주워 입었다. 그리고 순식간에 문지방까지 이동했다. 이미 강당을 벗어난 두 사람은 들판 저만치 멀어져가고 있었다. 우세페 또한 양말을 신고, 셔츠를 입고, 누더기 신발을 신고, 방수 망토를 팔에 걸치고 만반의 준비를 끝마쳤다. 흡사 형과 함께 길을 떠나려는 기세였다. 아이는 잠시 문지방에 걸터앉아 넓게 펼쳐진 풀밭에 난 오솔길을 따라 멀어져가는 둘의 모습을 쳐다보았다. 그러더니 소리 없이 벌떡 일어나 미친 듯이 달리기 시작했다. 그러는 동안 강당 안에서는 주세페 2가 언제나처럼 재킷의 단추를 채우고, 머리에 모자를 눌러쓰고 서둘러 옷을 갖춰 입고 있었다.

"잠깐!!" 어느결에 밖으로 나온 그가 두 사람의 등 뒤에 대고 흥분한 소리로 외치며 불러세웠다.

"자네들 주려고 커피를 끓이고 있었는데, 진짜 커피!"

그가 천국의 진미를 대접하겠다는 듯이 말했다. 그 시절에 진짜 커피라니, 놓치기에는 정말이지 아까운 기회였다. 하지만 둘은 눈짓을 교환하며 더 이상 시간을 지체할 수 없노라고 했다. 친구 하나가 둘을 데리고 부대로 귀환하기 위해 약속 장소에서 기다리고 있던 참이었다. 닌누추는 미련을 감추지 못했지만, 어쨌든 서둘러야 한다고 대답했다.

"그럼 붙잡지 않겠네. 그나저나 지금 당장 자네들한테만 할 얘기가 있는데, 아주 잠깐이면 돼. 진짜 급해서 그래!"

주세페 2가 닌누추 곁에 다가오더니 두 사람을 향해 말했다.

"내 말 좀 들어보게나, 동지들."

그는 두 사람을 번갈아 쳐다보며, 손짓을 곁들여 가며 말했다.

"본론만 말하지. 자네들한테 알려줄 게 있다네. 내 자리는 바로 자네들 옆일세! 저녁부터 죽 그런 생각을 했는데 한밤중에 드디어 결심했지!! 내가 왜 이런 데서 쓸데없는 짓을 하고 있지? 난 전투 부대에 들어가기로 결심했네! 자네들과 같이 가기로 말이야!!"

조곤조곤했지만 다급하고 활기찬 목소리였다. 말을 끝낸 그가 동지들을 쳐다보며 분명 자신의 결심에 박수를 보낼 거란 표정을 지었다. 하지만 니노는 별다른 반응 없이 그를 흘낏 쳐다보며 말했다.

"늙어 빠진 주제에 무슨, 파르티잔이 되겠다고요?"

송곳이 재미난 구경거리라는 듯 눈을 찡긋거렸다. 하지만 워낙 심각한 사안이었던지라 사려 깊은 태도를 보이며 개입하지 않았다.

"겉모습만 보고 판단하지 말게! 난, 끈기 하나는, 황소 같다네! 팔도 다 나아서 쓸 수 있고 말이야!"

주세페 2가 준비되었다는 자세로 7월 폭격 당시 다쳤던 팔을 운동선수처럼 빙빙 돌렸다.

"군사 과학에 대해서도 아주 잘 알지."

니노가 계속 회의적인 태도를 보이자, 그가 거의 명령조로 덧붙였다.

"1차 대전에도 침전했었다네. 평생 망치만 두드리며 산 건 아니야."

그리고 최후의 통첩을 하듯 선언했다.

"그동안 모아둔 재산도 있는데 조직의 활동을 위해 사용할 수 있다면 영광이겠네."

니노는 그의 마지막 말이야말로 매우 유용하고 확실한 정보라고 판단했다. 그는 먼저 송곳을 향해 눈짓하며 동의하는지 의견을 물었다. 그리고 주세페 2를 쳐다보며 공손한 태도로 짧고 명쾌하게 답했다.

"혹시 우리 동네에서 선술집을 하는 레모라고 아세요?"

"알다마다! 그이도 동지잖아!"

주세페 2가 기쁨을 억누르지 못하며 외쳤다.

"그 사람한테 가서 우리 이름을 대세요. 그럼 어떻게 움직여야 할지 알려줄 거예요."

"고맙네, 동지! 그럼, 조만간 보기로 하세! 되도록 빨리 보세!!!"

주세페 2의 목소리가 신바람 난 사람처럼 들떴다. 다시 만나자는 뜻으로 승리의 깃발을 흔드는 시늉을 하며 결론을 맺었다.

"사상은 정지된 게 아니다! 드디어 행동할 시간이 돌아왔다!!"

그가 주먹을 꽉 쥐어 보이며 인사했다. 송곳이 막대한 책임감이 담긴 표정으로 똑같은 포즈를 취하며 인사했다. 니노는 여전히 쌀쌀맞은 태도로 등을 보이며 저만치 앞서 걸어가고 있었다. 순간, 니노의 눈에 자신을 따라잡은 우세페의 모습이 보였다. 빨간 안감이 나온 방수 망토를 질질 끌며 물 마신 새처럼 눈을 들어 형을 빤히 쳐다보고 있었다.

"뭐야, 우셉!"

"안녕!... 나한테 하고 싶은 말 있어?"

그가 동생을 쳐다보며 말했다.

"뽀뽀해 줄래?" 뽀뽀를 마친 우세페가 멀어져가는 형을 뒤쫓아 내달리기 시작했다. 눅눅하고 어두운 새벽이었다. 또다시 빗방울이 떨어지기 시작했다. 우세페가 따라 오는 소리를 듣고 니노가 뒤돌아보았다.

"들어가." 그가 동생을 뒤돌아보며 말했다.

"비 오잖아..."

그리고 두 발짝 정도 갔다가 멈춰 서서 손짓으로 안녕을 고했다. 형의 인사에 대답하려고 한 손을 치켜든 우세페가 들고 있던 방수 망토를 땅에 떨어뜨렸다. 망토를 주우려다 말고 속상하다는 듯 자그마한 주먹을 힘껏 쥐었다.

"우세페에에에에!" 강당 안에서 이다의 목소리가 들려왔다.

"우셉! 왜 그래? 거기서 뭐 하는 거야? 비 오는 거 안 보여?"

동생은 길 한복판에서 꼼짝도 하지 않고 서 있었다. 니노가 뒤돌아 달려오더니 마지막으로 동생에게 입을 맞췄다.

"뭐야? 왜 그래? 우리랑 같이 가고 싶어서 그래?"

그가 농담조로 동생에게 물었다. 우세페는 대답 없이 형을 물끄러미 쳐다보기만 했다. 강당 안에서 또다시 우세페를 부르는 이다의 목소리가 들렸다. 닌누추의 눈가에 장난기가 돌더니 우중충한 하늘을 맑게 되돌려놓으려는 듯 위를 올려다보았다.

"우셉,"

그러더니 동생과 눈높이를 맞추며 몸을 숙였다.

"내 말 잘 들어 봐. 오늘은 널 데려갈 수 없어. 봐봐, 날씨가 안 좋지?"

"우세페에에에에!"

"하지만 말이야,"

니노가 주위를 두리번거리며 음모를 꾸미듯 동생의 귀에 대고 속삭였다.

"엄마가 매일 아침 일찍 나가는 거 알지?"

"응."

"잘 들어. 내가 약속을 잘 지키는 사람이란 거 알지?"

"응."

"좋아. 엄마한테도, 아무한테도 얘기하면 안 돼. 너한테 약속하는데, 네가 여기 있는 동안, 날씨가 좋은 날 아침에, 엄마가 나가고 나면 친구들이랑 같이 널 데리러 올 거야. 널 데려가서 파르티잔 기지를 구경시켜 줄 거야. 그리고 엄마가 돌아오기 전에 널 다시 데려다 줄게, 알겠지?"

7.

형이 떠난 뒤로부터 우세페는 매일 아침 눈을 뜨자마자 하늘을 살피러 달려 나갔다. 오전 내내 문 쪽을 오락가락하며 하늘을 쳐다보았고 출입문 밖 계단에 나가 한참을 앉아 있기도 했다. 화창한 날도 제법 많았지만, 니노의 약속은 이루어지지 않았다. 10월을 보내는 동안 강당 안에 거주하던 사람들에게 또 다른 중요한 사건들이 일어났다. 첫 번째 사건은 주세페 2가 전투 훈련소로 떠나게 된 것이었다. 연회가 열렸던 그날 저녁으로부터 며칠이 지난 일요일 아침이었다. 볼일이 있다며 시내에 나갔던 그가 밝은 표정을 감추지 못하며 돌아왔다. 그는 강당에 들어온 이래 최초로 모자를 벗고 있었다. 질문을 퍼붓고 관심을 보이는 사람들을 무시한 채 그는 돌풍처럼 세차게 강당을 가로질렀다. 그리고 몇 분 만에 꼭 필요한 최소한의 물건만 챙긴 짐보따리를 들고 모두에게 인사를 건넸다. 필요한 물건들을 챙겨 가기 위해 다시 들르겠다는 말도 했다. 하지만, 만에 하나, 그가 덧붙였다. 만일 그 전에 자신이 목숨을 잃게 된다면 자신의 개인적인 소유물 전체를 이 자리에 있는 이다 만쿠소 부인과 그녀의 어린 아들에게 남기겠으니, 모두가 증인이 되어달라고 했다. 혹시 모를 불행한 사건 이후 강당에 남겨질 자신의 전 재산, 카나리아 두 마리와 고양이 한 마리까지 포함해서 말이다. 그는 자신이 없는 동안 두 날짐승을 잘 돌봐 달라고 카룰리나에게 부탁했다. 누군가 로셀라는 어떻게 할 거냐고 묻자, 쓰레기와 쥐들만 있으면 혼자 힘으로 잘 헤쳐 나갈 거라고 대답했다.

그 시간 로셀라는 밖을 돌아다니며 사냥하는 중이었다. 막달이 다가오고 있었지만, 배가 워낙 작았던지라 아무도 의심하지 않았다. 가을에 접어들자, 가혹할 정도로 극심한 배고픔을 느끼게 된 그녀는 이를 악물고 먹이를 찾아다녔다. 도둑질도 서슴지 않고 했다. 카를로가 외출할 때마다 따라 나가서 다른 고양이들 먹이건 뭐건 간에 가리지 않고 먹잇감을 구하는데 매달렸다. 카를로에게도 예전만큼 관심을 보이지 않았다. 그 또한 그녀가 어디서 뭘 하고 지내는지 궁금해하지 않았다. 어쨌든 간에 주세페 2에게는 상관없는 일이었다. 소소한 일상은 담배꽁초만도 못한 것이었다. 이제부터 펼쳐질 신나고 설레는 모험이 그를 기다리고 있었다.

길을 나서기 전에 그는 이다에게 다가와 귓속말로 두 가지를 당부했다. 첫째는 만일의 경우 아들에게 연락을 취하고 싶거나 아들의 소식을 알고 싶거든 무조건 선술집 주인 레모를 찾아가면 된다는 것이었다. 둘째는 오늘 이후로 주세페 2, 즉, '주세페 쿠키아렐리'는 더 이상 존재하지 않으며 자신을 파르티잔으로서의 새 이름인 '모스크바'라고 칭한다는 것이었다. 특히, 두 번째 정보는 매우 신뢰할 만한 친분이 있는 사람들에게만 알려주는 거라고 강조했다. 아니, 첫 번째 정보 또한 온 세상에 붉은 깃발들이 자유롭게 휘날리는 승리의 날이 오기까지 절대 발설해서는 안 된다고 덧붙였다. 일장 연설을 늘어놓은 모스크바라는 이름의 파르티잔은 이다가 정치적 공범이라도 된다는 듯 윙크하며 나는 듯이 강당을 벗어났다. 그는 정말이지, 날개를 단 것처럼 훨훨 날아갔다. 주세페 2는 오늘따라 어찌나 기분이 좋아 보였던지 방학을 맞은 학생처럼 들떠 있었다. 심지어 자신이 극한 상황에 놓이게 될 것까지 예측했다. 그를 처음 보았던 날부터 '미친 사람'이라고 불렀던 이다는 자기 생각이 틀리지 않았음을 재차 확인했다. 하지만 막상 그를 보내고 나니 아쉬운 마음이 드는 것도 사실이었다. 오늘을 마지막으로 미친 사람에게 안녕을 고한 것만 같았다. 그의 다른 물건들과 더불어 구석에 돌돌 말려 있는 주세페 2의 매트리스를 보니 어쩐지 마음이 아파서 다른 데로 눈길을 돌렸다. 언젠가 자신이 상속받게 될지도 모를 물건들이었음에도 말이다.

반면에 점심 식사 때쯤 돌아온 로셀라는 주인의 부재를 전혀 모르는 듯했다. 그 시간이면 늘 화덕 앞에서 봉지에 든 문어 소스와 미리 삶아둔 콩깍지를 데우던 자기 주인이 없는 걸 알아채지 못하는 듯했다. 강당 안에 들어온 그녀는 그림자처럼 머리를 납작하게 숙이고, 꼬리를 꼿꼿이 세우고, 사이클 경주 선수처럼 사람들을 요리조리 피해 가며 카를로 비발디의 커튼 안으로 질주했다. 그리고 늘 누워있던 구멍 뚫린 자루 위에 임신한 배를 깔고 편안한 자세로 드러누웠다. 그날 그리고 이후로도 그녀는 거리를 떠돌던 자신을 집에 데려와 이름을 지어주었던 주인을 더 이상 기억하지 않았다.

이다의 슬픈 예감과 달리 파르티잔 모스크바는 자신이 예고했던 바대로 일주일도 지나지 않아 몇 번씩이나 피난소에 모습을 드러냈다. 그는 '윗동네'에서 필요한 몇 가지 물건들을 챙기러 왔노라고 했는데 주로 담요나 비상식량 같은 것들이었다. 그는 온 김에 화장실에 가서 간단하게 몸을 씻기도 했는데 '윗동네'에는 씻을 물은 없고 맛있는 카스텔리 포도주만 잔뜩 있다고 했다. 지나가던 차를 세워서 얻어 타고 여기까지 왔노라고, 동료들이 그를 특별한 사무실이 있는 전령사로 여긴다고도 했다. "시골에서 서울로, 서울에서 시골로, 왔다 갔다, 왔다 갔다." 온몸의 주름이란 주름, 구멍이란 구멍마다 기쁨이 샘솟는 듯했다. 극도로 흥분한 그는 떠나기 직전까지 기밀에 준하는 정보들을 누설했다. 닌누추와 송곳과 다른 동지들은 다들 무사하며 역사에 길이 남을 엄청난 임무를 수행하고 있다는 둥, 카스텔리 아가씨들이 자유의 행진 때 파르티잔 전사들이 입을 근사한 남색 제복과 빨간 별이 달린 베레모를 바느질해 만들고 있다는 둥, 비행기를 타고 들판을 지나치던 영국 병사들이 그들을 향해 인사를 건넸다는 둥, 전쟁 포로였던 두 영국군 병사가 닌누추와 동지들의 환대에 감사하며 이달이 가기 전에 로마가 해방될 거라고 말했다는 둥. 사실 운명의 날이 10월 28일이 될 거라는 소문은 진작부터 나돌고 있었다. 그처럼 중대한 소식을 전한 전령은 모두를 향해 손을 흔들며 요정처럼 훌쩍 길을 떠났다.

그동안 염세적이었던 주세페 2마저 해방이 다가왔노라고 선언하고 있었다. 밀레 가족들은 연합군이 로마에 입성함과 동시에 바로 나폴리로 출발할 수 있도록 준비하는 차원에서 짐가방을 꾸리기 시작했다. 카를로 비발디 또한 자신들과 똑같은 생각이라 여겼다. 그러나 카를로 비발디는 그날 저녁 만찬 이후 또다시 가림막 뒤에 숨어 모습을 드러내지 않았다. 자신의 순간적인 방종을 후회하듯 이전보다 훨씬 비사교적이고 의심스러운 행동을 보이고 있었다. 뒷담화를 원체 좋아했던 밀레 가족 여자들은 그가 유대인일지도 모른다고 의심하기도 했다. 하지만 대놓고 떠들어대지는 않았다. 강당 사람들 모두가 쫓기는 처지에 놓인 젊은이를 어떻게든 숨겨주려는 분위기였다. 혹시라도 저주스러운 독일 경찰들 귀에 들어가지 않을까, 자기들끼리 몰래 숙덕거리는 게 다였다.

어느 일요일에 언제나처럼 암거래를 마치고 시내에서 돌아온 카룰리나의 오빠 토레가 이다에게 〈소식통〉 신문에 난 기사를 전했다. 11월 8일에 학교가 다시 시작될 거라는 소식이었다. 토레는 밀레 가족 중 유일하게 글을 조금 읽을 줄 알았는데 신문에 실린 여러 분야의 정보 중 사건과 스포츠면을 제일 좋아했다. 그날 일요일의 〈소식통〉 신문에는 로마 사람들 사이에서 소문으로만 떠돌던, 그 전날 바리* 라디오에서 보도했던 소식은 실리지 않았다.

---

* 이탈리아 남부 풀리아주의 수도

하루 전, 그러니까 10월 16일 토요일이었다. 독일군들이 로마에 거주하는 모든 유대인을 일일이 찾아다니며 색출해 트럭에 태워 알 수 없는 장소로 끌고 갔다. 게토 지역에서는 유대인의 살점이 죄다 사라지고 뼈 무더기만 남아 있노라고 했다. 나치 특수 경찰들이 정확한 명단을 입수해 게토뿐 아니라 로마의 다른 모든 지역과 동네를 뒤지며 유대인들 전부를, 개인과 가족들 전부를 붙잡아 갔다. 젊고 건강한 사람은 물론이고, 노인, 중환자, 임신한 여자, 강보에 싸인 아기까지 한 명도 빠짐없이, 그야말로 싹 다 잡아들였다. 그들 전부를 산 채로 불태우는 장소로 데려간다고 했다. 하지만, 어쩌면, 토레의 말은 지나치게 과장된 것일 수도 있었다. 그가 이야기를 들려주는 동안 축음기에서 춤곡이 울려 퍼지며 아이들은 춤을 추고 있었다. 그렇게 그 소식은 어수선한 분위기에 파묻혀 버렸다. 밀레 가족들은 일요일이 가기도 전에 유대인들의 소식을 까맣게 잊어버렸다. 이후에도 바리 라디오 또는 런던 라디오 청취자에게 들었다는 새로운 뉴스들이 강당 안에 전해졌다. 그들이 단시간에 시내를 들락거리며 퍼 나른 단편적인 소식들은 훼손되고, 부풀어 오르고, 엉망진창이 된 채 강당 안에 전파되었다.

이다는 그런 소식들을 전래동화 정도로 취급하며 무시해야만 자신을 보호할 수 있다는 사실을 터득하고 있었다. 하지만 맨 마지막 소식만큼은 아니었다. 차마 입 밖에 낼 수 없었지만, 오래전부터 궁금했던 소식이었다. 유대인들이 잡혀갔다는 소식을 듣자, 엄청난 두려움이 밀려와 그녀의 마음을 송두리째 뒤흔들어 놓았다. 가시 달린 채찍에 맞는 듯한, 모근까지 속속들이 파고드는 두려움이었다. 그럼에도 감히 토레에게 자세한 내용을 물을 용기가 나지 않았다. 절반만 유대인인 사람도 '죄인들'(그녀가 생각해 낸 용어였다)의 명단에 있느냐는 질문을 아무한테도 할 수 없었다. 캄캄한 밤 침대에 누워있을 때면 그녀의 두려움은 더욱 커져만 갔다. 소등 시간이 되자 카를로 비발디가 강당에 들어오는 소리가 들렸다. 최근 들어 그는 시내에 다녀오는 일이 부쩍 늘었다. 이다는 당장이라도 뛰쳐나가 시내 사정이 어떠냐고 그에게 물어보고 싶은 마음을 겨우 억눌렀다. 그의 기침 소리가 들렸다. 기침 소리에 차갑고 끔찍한 무언가가 깃들어 있었다. 누군가는 그가 유대인일 거라고 소곤거렸고, 니노도 그런 말을 했었다. 다른 누군가는 그가 나치 파시스트의 첩자라고 의심했다. 이다도 마찬가지였다. 그가 유대인일지 모른다고 의심하기도, 자신의 비밀을 알아내 내일이라도 독일 경찰에게 신고할 것 같기도 했다.

언제부터인가 그녀는 옷을 다 챙겨입고 잠자리에 누웠다. 우세페도 마찬가지로 옷을 입혀 놓았다. 한밤중에 독일군이 들이닥칠지라도 잠에 취하지 않도록 수면제도 끊었다. 밖에서 군인들의 발소리가 들린다거나 문 두드리는 소리가 나면 아이를 안고 지붕까지 올라가 풀밭으로 뛰어내려 도망칠 요량이었다. 그녀는 매일 밤 우세페를 꼭 끌어안고 잠을 잤다. 군인들이 뒤쫓아 오면 할 수 있는 한 뛰고 또 뛰다가 아이와 함께 침몰할 작정이었다. 지난 몇 년 동안 시달렸던 두려움이 한꺼번에 밀려들자, 그녀는 실현 불가능한, 말도 안 되는 상상에 빠져들었다. 소등이든 뭐든 잠든 우세페를 안고 강당을 빠져나가는 건 어떨까. 지상에 참극이 닥치면 떠돌이들의 존재는 눈에 띄지 않기 마련이지. 카스텔리 산까지 달려가 미친 사람을 찾아서 우세페를 파르티잔 소굴에 숨겨달라고 부탁하는 건 어떨까. 아니, 무엇보다 그녀를 안심시켰던 생각은 우세페를 데리고 게토의 빈집에 들어가 숨는 것이었다. 두려움이 낳은 얼토당토않은 상상은 과거와 마찬가지로, 신비로운 행성처럼, 다시금 그녀를 유대인들이 머무는 방향으로 이끌고 있었다. 그곳에 가면 어머니 같은 구유와 동물들의 뜨거운 숨결, 누구도 정죄하지 않고 동정하는 부리부리한 눈동자들이 있을 것이다. 오늘 밤, 로마 전역에서 붙잡혀 독일군의 트럭에 실린 불쌍한 유대인들이 그녀에게 성인처럼 인사를 건넬 것이다. 그들도, 독일 군인들도, 양심도, 기억도 없는 아기들의 세상인 동쪽 왕국을 향해 가고 있을 것이다.

내 살결이 검다고 쳐다보지 말아요

태양에 그을렸거든요

내가 사랑하는 사람은 희고도 붉답니다

곱슬머리는 금빛이지요

문을 두드리는 그의 목소리가 들려요

문 열어줘, 나의 사랑스러운 비둘기

일어나서 문을 열었지만, 그는 없었어요

찾아보았지만, 그는 없었어요

밤거리를 정찰하는 경비병들을 마주쳤어요

사랑하는 나의 반쪽을 보았나요?

포도밭을 돌볼 겨를도 없었다니까요

그가 날 집안으로 밀어 넣고

사랑의 난봉꾼처럼 날 덮쳤더랬죠!

길가와 광장을 돌아다녔지만 찾지 못했어요

그의 이름을 불렀지만 대답하지 않았어요

낮과 밤이 지나가기 전에

귀여운 어린 염소야, 사슴아, 나에게 돌아오려무나

오, 만일 당신이 내 어머니의 젖을 빤

나의 남동생이었다면!

당신을 밖에서 만난다면 입을 맞출지도 몰라요

아무도 나더러 추하다고 욕하지 않을 거예요

그의 육신을 통해 나는 안식을 얻었어요

그의 입술과 이빨 사이에서 참맛을 느꼈어요

오너라 농생아 삶이 피어났는지 보자꾸나

당신들께 부디 애원합니다

만일 나의 사랑하는 사람을 찾거들랑

내가 사랑의 병을 앓고 있다고 전해 주세요…

언제, 어디서, 배운 문장들이었던가? 소녀 시절에, 학교에서? 기억나지 않았다. 어둠이 내릴 때마다 이다의 정신은 혼미해졌다. 소녀 시절로 되돌아간 듯한 느낌이었다. 내면에서 분노에 찬 목소리, 적대적이고 비극적인 목소리가 들려왔다. 새벽 4시가 되자 잠이 쏟아지기 시작했다. 여름부터 자주 꿨던 그 꿈이 이번에는 조금 다르게 펼쳐졌다. 아버지가 망토 속에 그녀를 숨겨주고 있었다. 이번에는 혼자가 아니었다. 실제보다 훨씬 작은 우세페와 투실투실한 남편 알피오가 둘다 발가벗고 있었다. 그녀도 발가벗고 있었지만, 전혀 부끄럽지 않았다. 그녀는 실제보다 형편없이 늙어버린 모습이었다. 꿈을 꿀 때마다그렇듯 코센차로 가는 줄 알았던 길이 나폴리, 로마와 뒤엉켜 어디가어딘지 도통 알 수 없었다. 비가 억수같이 쏟아졌다. 아버지는 커다란 머리에 거대한 모자를 쓰고 있었고 우세페는 발로 빗물을 튕기며 즐거워하고 있었다.

꿈속에서는 홍수가 일어났지만, 눈을 떠 보니 화창한 아침이었다. 이다는 서둘러 자리에서 일어났다. 오늘은 우세페에게 새 신발을 사주기로 마음먹은 월요일이었다. 의류 배급 카드에 남은 포인트를 사용할 작정이었다. 아이가 신던 신발은 진작 누더기가 된 데다 겨울이 다가오고 있었다. 옷을 입고 잤던 그녀와 우세페는 순식간에 외출 준비를 마쳤다. 순간 게토에 있는 가게에 가서 신발을 사주면 좋을 거란 생각이 스쳤다. 그러나 게토에는 사람 흔적이 없고 뼈 무더기만 남았다는 살바토레의 말이 떠올랐다. 티부르티노 근처 신발 가게에 가는 편이 나을 것 같았다. 예전에 살던 집에서 멀지 않은 곳에 신발 가게 한 군데가 있었다. 지난봄에 점 찍어 놓았던, 전쟁 전 진짜 가죽으로 만든 작은 치수 신발이 남아 있으면 좋으련만. 근처에 간 김에 미친 사람의 암시에 따라 그녀의 수호자로 등극한 선술집 주인도 만나볼 작정이었다. 레모는 죄인들 아니, 절반만 유대인인 사람들에 대한 정보를 알고 있을지도 몰랐다.

한참을 걸어 나간 이다와 우세페는 30분도 넘게 기다린 끝에 티부르티노 행 버스에 탔다. 이다가 점 찍어 두었던 신발은 얼마 전에 팔렸다고 했다. 우세페의 발에 맞는 신발을 찾느라 가게를 몇 군데나 돌아다녀야만 했다. 힘은 들었지만 고생한 대가로 무사히 신발을 살 수 있었다. 게다가 우세페가 태어나서 처음 신어 보는 무릎까지 오는 롱부츠도 한 켤레 샀다. 진짜 가죽인데다 밑창은 고무였다. 옷이나 신발을 사는 희귀한 경우 아이가 클 것부터 걱정하는 엄마의 굳은 의지에 따라 치수는 우세페의 발보다 훨씬 큰 걸로 결정했다. 우세페는 밝은 밤색 부츠에 달린 빨간 끈을 몹시 마음에 들어 했다. 가게 주인의 표현을 빌리자면 그야말로 '환상의 부츠'였다. 우세페는 그 자리에서 바로 신발을 갈아 신고 싶다고 했다. 신발 가게에서 신고 나온 부츠는 폭격으로 폐허가 된 거리를 걷기에 안성맞춤이었다. 새 신발을 신고 기분이 너무 좋았던 우세페는 더러워지거나 말거나 아랑곳하지 않고 길거리를 마구 휘젓고 다녔다. 선술집 방향으로 가던 이다는 티부르티나 큰길과 베라노 묘지 담장을 지나치는 게 무서워서 좁은 골목으로 발길을 돌렸다. 전날 밤잠을 설친 탓에 참을 수 없는 피로가 몰려왔다. 그녀에게 산 로렌초 거리는 당나귀에게 여물통만큼이나 이숙했다. 눈 감고도 갈 수 있는 길이었다. 꾸벅꾸벅 졸며 걷던 그녀는 어느 순간, 깜빡 잠이 들었다. 꼭 잡고 있던 우세페의 손이 그녀를 멈춰 세웠다. 정신을 가다듬고 나니 무너진 자기 집 근처에 갈 용기가 나지 않았다. 레모를 만나는 일은 다음번으로 미루기로 했다.

  무엇을, 누구를 의지해야 할지 그녀는 알 길이 없었다. 한 없이 나약해진 머릿속에서 독일군에게 발각될지 모른다는 의심이 부풀어 오르며 편집증에 가까운 확신으로 굳어져 갔다. 피에트랄라타 강당까지 가는 여정이 너무도 힘겨웠다. 오락가락하는 정신을 겨우 붙들고 우세페가 이끄는 대로 터벅터벅 걸음을 옮겼다. 우세페는 제 발보다 크고 딱딱한 새 부츠 때문에 제대로 걸을 수 없었지만, 그럼에도 씩씩하게 버스 정류장을 향해 가고 있었다. 크로치아테 광장에 다다르자, 한 중년 부인이 미친 듯이 그들과 같은 방향으로 달려가는 모습이 보였다. 이나는 그녀가 누구인지 바로 알아보았다. 게토에 살던 유대인 여자였다. 산타 안젤로 성 근처 생선 가게 뒤편에서 중고품을 팔던 디 셋니 셋티미오 씨의 아내였다. 이다는 지난 몇 년 동안 집에서 쓰던 물건이나 개인적인 물건들을 팔기 위해 그를 찾아가곤 했다. 이따금 아내가 나와서 장사를 돕기도 했고 어떤 날에는 아들딸과 손주들이 작은 노점에 찾아오기도 했다. 가족들은 게토 2층 창고에 딸린 방 두 칸에서 옹기종기 모여 살고 있었다.

"아주머니! 디 셴니 아주머니!" 이다가 그녀를 뒤따라가며 흥분된 목소리로 이름을 불렀다. 그녀가 이다의 목소리를 못 알아듣자, 우세페를 번쩍 안아 들고 그녀를 따라잡기 위해 미친 듯이 뛰기 시작했다. 그녀가 그대로 멀어져 버리는 게 안타까웠다. 달의 사막에서 지구인과 마주친 것처럼, 가까운 친척을 만난 것처럼, 이다는 있는 힘을 다해 그녀를 뒤따라 달렸다. 하지만 그녀는 뒤돌아보지 않았다. 아니, 이다가 부르는 소리조차 들리지 않는 것 같았다. 가까스로 그녀를 따라잡은 이다가 초점 없는 몽롱한 눈길로 그녀의 등 뒤에서 말했다. "아주머니!... 제가 누군지 모르시겠어요?! 저는..." 이다가 불쾌하다는 듯이 말했다. 그럼에도 그녀는 이다를 돌아보지 않았다. 이다의 모습이 보이지도, 목소리가 들리지도 않는 것 같았다. 아니, 오히려 의심스럽다는 듯 잰걸음을 재촉했다. 투실투실한 그녀의 몸은 땀으로 흠뻑 젖어 있었다. 회색과 누런색이 섞인 짧은 앞머리가 이마에 떡 져 있었다. 조국을 위한 금 바치기에 헌납한 금반지 대신 쇠 결혼반지를 낀 왼손으로 작고 허접한 동전 지갑 하나만 움켜쥐고 있었다. 이다도 아이를 안은 채 숨을 헐떡이며 그녀의 곁에 서서 함께 달렸다. "아주머니," 이다가 최대한 그녀 가까이 몸을 붙이며 은밀한 고백을 하듯 목소리를 낮추어 말했다. "저도 유대인이에요."

디 셴니 아주머니는 이다의 말은 고사하고 아무것도 들리지 않는 것 같았다. 순간, 경계경보가 울려 퍼졌다. 그녀는 짐승처럼 내달려 공터를 가로지르더니 정면에 있는 기차역으로 향했다. 폭격 피해를 보수한 기차역에 기차들이 오가고 있었다. 베이지색 직사각형의 역사 정면 아래편에 여전히 시커먼 그을음이 남아 있었다. 티부르티나 기차역은 늘 사람들로 붐비는 중심역과 달리 변두리 역이었다. 특히나 월요일이었던 그날은 평소보다 훨씬 한산한 분위기였다. 전쟁과 독일군의 점령이 시작된 뒤에 역을 오가는 건 대부분 부대 수송 열차였다, 하지만 오늘은 그런 일마저도 드문 듯했다. 한가로운 발걸음으로 역사를 거니는 부자들 몇몇만 눈에 띄었다. 월요일 늦은 오전의 역은 마치 버려지거나 임시로 시어진 징쇼처럼 스산했다. 하지만 우세페는 위대한 기념물을 감상하는 눈빛으로 그 건물을 우러러보았다. 예전에 닌누추와 기차를 보러 왔던 신나는 기억이 떠올라서였다. 엄마와 강당으로 돌아가야만 한다는 명확한 목표를 잠시 잊고 호기심 어린 시선으로 역사를 관찰했다. 빨리 피에트랄라타에 돌아가서 울리(카룰리나)를 비롯한 모두에게 새 부츠를 마음껏 자랑하고 싶다는 생각은 잠시 뒤로 미루기로 했다.

이다는 아이를 팔에 안고 있다는 것도 잊은 채 신기루 같은 디 센니 아주머니가 시야에서 사라질까 전전긍긍했다. 그녀는 승객들이 드나드는 출입구를 향해 가더니 순식간에 열을 펄펄 내며 되돌아왔다. 어느새 달리기를 멈추고 커다란 통굽이 달린 낡아빠진 여름 신발을 질질 끌며 길게 펼쳐진 기차역 정면 외부로 나갔다. 왼편으로 돌더니 짐을 하역하는 화물 역사 철창문 앞에 다다랐다. 철문이 열려 있었다. 입구에서 지기는 경비원도, 경찰 초소도 보이지 않았다. 철문 너머는 고요했다. 그러나 입구에서 열 발짝 정도 안으로 들어서니 저만치에서 무시무시한 울부짖음이 들리기 시작했다. 어디서 들리는 건지 알 수 없었다. 화물 역사 내부는 인적이 드물고 한가로웠다. 기차들이 움직이지도, 화물차들이 들락거리지도, 짐을 부리지도 않았다. 철로에서 멀찌감치 떨어진 역 끝자락에서 두세 명의 일군들이 평소와 다름없이 일하고 있었다. 화물 열차들이 정차하고 있는 철로로 다가갈수록 소리는 점점 더 커졌다. 이다는 그 지역에 살 때 종종 들렸던, 화물칸에 실린 동물들의 울부짖음이라고 생각했지만, 그게 아니었다. 난간 너머로 들리는 그 소리는 사람들의 목소리였다. 이다는 소리가 들리는 방향을 향해 난간을 따라 걸어갔다. 주위에 보이는 거라고는 선로와 객차들뿐이었다. 사람들의 모습은 어디에도 없었다. 불과 삼십 보 정도 걸었을 뿐인데 그녀의 몸은 사막을 행군하는 사람처럼 땀으로 흠뻑 젖어 들었다. 마주친 사람은 멈춰 선 객차 옆에서 종이를 만지작거리던 수리공뿐이었고, 그녀를 보고도 말을 걸지 않았다. 몇 안 되는 경비원들은 식사하러 밖으로 나간 모양이었다. 정오가 조금 지난 시간이었다.

가까이 가면 갈수록 실체를 알 수 없는 목소리들은 점점 커져만 갔다. 아무도 발을 들여선 안 되는, 감염되고 고립된 장소에서 퍼져 나오는 소리 같았다. 피난민들, 나병 환자들, 갇힌 사람들이 한데 아우성치는 듯한 소리였다. 그들 모두가 하나의 기계 속으로 내던져져 한데 뒤엉켜 으스러지는 것만 같았다. 이다의 눈에 난간 너머로 곧게 뻗은 플랫폼에 멈춰 선 열차 한 대가 보였다. 마치 끝없이 이어진 열차 같았다. 소리는 열차 안에서 들려오고 있었다. 동물들을 운송하는 스무 칸 남짓한 열차였다. 문이 열린 객차들은 비어 있기도, 쇠창살 문이 달려 있기도 했다. 그런 운송 수단의 경우에 일반적으로 창문 대신 윗부분에 작은 환기창만 뚫려 있었다. 한 객차의 환기창에서 철창을 부여잡은 손과 어딘가를 응시하는 눈망울이 보였다. 열차를 감시하는 사람은 아무도 없었다. 디 센니 아주머니의 모습이 보였다. 작달막한 체구에 중환자처럼 창백한 얼굴의 그녀가 스타킹도 안 신은 맨다리로 플랫폼 위를 이리저리 뛰어다니고 있었다. 얇은 코트 자락을 등 뒤로 휘날리며 줄지어 서 있는 객차들을 누비며 끔찍한 목소리로 외치고 있었다.

"셋티미오! 셋티미오!... 그라치엘라!... 마누엘레!... 셋티미오!... 셋티미오! 에스테리나!... 마누엘레!... 안젤리노!..."

객차 안에서 알아늘을 수 없는 목소리가 그녀의 외침에 대답하는가 싶더니 이내 사라졌다. 잠시 멈칫했던 그녀가 또다시 소리치기 시작했다.

"아니이이이! 아니라고! 난 절대 돌아가지 않을 거야!"

분노에 찬 그녀가 주먹을 쥐고 협박하듯 객차를 마구 두드리기 시작했다.

"여기 우리 가족이 있어요! 불러 주세요! 디 센니! 디 센니 가족!"

"셋티미오!!"

객차 한 칸에 달라붙어 억지로 문을 열어보려고 안간힘을 서 보았지만, 소용없었다. 순간, 저 뒤편 객차 환기창에서 노인의 머리통이 모습을 드러냈다. 뒤편에 드리운 어둠을 배경으로 그의 투명한 안경과 가는 콧날이 보였다. 그는 양손으로 창살을 꼭 붙잡고 있었다.

"셋티미오!! 다른 사람들은요? 당신이랑 같이 있어요?"

"가, 젤레스데,"

남편이 그녀에게 말했다.

"제발, 당장 가, 그들이 오고 있어..."

이다는 이내 느리지만 단호했던 그의 말투를 기억해 냈다. 지난번에 중고 물건들이 산더미처럼 쌓여있는 그의 노점에 갔을 적에 일이었다. 그는 현자처럼 묵직하고 심오한 목소리로 이다에게 이렇게 말했다.

"이 물건은 말입니다, 아주머니, 수리비가 더 들 겁니다만..."

또는 "이 물건들을 전부 합쳐서 6 리라를 드릴 수 있습니다만..."

그리고 오늘, 그는 어딘지 모를 잔혹한 천국에 와 있는 사람처럼, 일말의 감정도 없는 목소리로 말하고 있었다. 채 가시지 않은 여름의 기운을 간직한 태양 빛에 달궈진 객차들 안에서 목소리들이 끊임없이 들려오고 있었다. 혼잡한 행렬이 지나갈 때처럼 흐느낌, 말다툼, 낭송 소리가 한데 뭉뚱그려 들려왔다. 아이들이 엄마를 부를 때처럼 아무 뜻 없는 목소리, 성스러운 의식을 거행하듯 대화를 나누는 목소리, 킬킬거리며 웃는 소리도 들렸다. 그 모든 소리를 뚫고 얼음장처럼 처절한 울부짖음이 들려와 하늘을 찔렀다. 동물적인 물성을 지닌 또 다른 목소리가 '마셔!' '공기!'와 같은 기본적인 단어들을 발음했다. 한 객차 안에서 젊은 여자가 아이를 낳듯 젖 먹던 힘까지 다해 처절하게 울부짖는 소리가 새어 나왔다. 이다는 문득 그들의 혼란스러운 합창 소리를 기억해 냈다. 여자가 뱉어내는 천박한 금속성 소리, 늙은 디 센니 씨의 입에서 튀어나온 뜻밖에 억양, 객차 안에서 들려오는 그 모든 애절한 목소리들이 처절하고 부드럽게 뒤엉키며 그녀의 기억을 일깨웠다. 오래전부터 알았던, 그동안 잊고 지내온 기억 저편의 그 무엇들, 아버지가 불러 주던 칼라브리아 자장가들, 밤마다 읊었던 무명씨의 시들, 혹은 예쁘다 예쁘다 속삭이던 입맞춤들. 그 모든 게 대가족이 기거하는 은신처처럼 그녀를 끌어당기자, 갑자기 기운이 죽 빠지며 온몸의 힘이 풀렸다.

"아침 내내 돌아다녔어..."

디 센니 아주머니가 석쇠에 달궈진 듯한 눈빛의 남편을 바라보며 열띤 뒷담화를 늘어놓듯 속사포처럼 말을 쏟아냈다. 신부가 신랑을 살살 구슬리는 듯한 말투였다. 오늘 아침 10시쯤에 올리브기름 두 통을 구하려고 파라 사비나에 갔다가 돌아와 보니 온 동네가 텅텅 비어 있었노라고, 문들이 활짝 열려 있었고 집안에도 길가에도 아무도 없었노라고, 개미 한 마리도 없었노라고, 유대교 회당도 텅 비어 있었노라고. 그녀는 곧장 아리안 사람들의 카페와 신문 가판대에 가서 자초지종을 물어보았다. 온 데를 나 돌아다니며 캐물었다.

"이리 달리고, 저리 달리고, 이 사람, 저 사람, 군부대, 테르미니역, 티부르티나역... "

"어서 가, 첼레스테."

"아니, 난 안 갈 거야! 나도 유대인이야! 나도 이 기차에 탈 거야!!"

"제발, 첼레스테, 하느님의 이름으로 어서 가, 그 사람들이 돌아오기 전에.""아니이이이! 아니! 셋티미오! 다른 가족들은 어디 있어? 마누엘레? 그라치엘라? 아기는? 아기는 왜 안 보여?"

그녀가 갑자기 미친년처럼 소리치기 시작했다.

"안젤리노오! 에스테리나아! 마누엘레에! 그라치엘라아!!"

객차 안에서 작은 소동이 벌어지는가 싶더니 누군가 사람들을 올라타고 환기창 가까이 다가오고 있었다. 노인의 어깨 뒤로 숱 많은 작은 머리통과 검은 눈동자가 엿보였다.

"에스베리나이이! 에스테리나아아! 그리치엘라아아!! 열어줘! 여기 아무도 없어요? 나도 유대인이에요! 나도 유대인이라고요! 나도 같이 가야 해요! 열어! 파시스트! 파시스트! 열라고!!"

그녀가 발악하며 외치던 파시스트라는 단어는 왠지 '배심원'이라든가 '장교' 따위의 자연스러운 직함을 부르는 호칭처럼 들렸다. 딱한 사정이 있는 사람들이 명령 체계 또는 직권 기관에 호소하는 경우처럼 말이다. 그녀가 잠긴 문을 미친 듯이 잡아당기며 열어보려고 몸부림을 쳤다.

"가세요! 아주머니! 여기 계시면 안 됩니다! 그만 하세요! 당장 저리 비키세요!"

플랫폼 건너편에서 일하던 사무직이나 짐꾼인 듯한 남자들이 멀리서 그녀를 보고 손짓하며 뜯어말렸다. 하지만 열차 가까이 다가오지는 않았다. 치명적인 병균에 감염된 시신들이 즐비한 밀실처럼 어떻게든 회피하려는 눈치였다. 플랫폼으로 내려가는 난간 끝에 이다가 있었지만, 전혀 관심을 보이지 않았다. 그녀 또한 이제 자신이 누구인지조차 혼란스러울 지경이었다. 도저히 손 쓸 수 없는 무능함에 굴복해 버린 느낌. 실외에 있는 플랫폼은 그리 덥지 않았지만, 그녀의 온몸은 땀으로 흠뻑 젖어 있었다. 체온이 40도를 웃도는 느낌이었다. 그것만이 유일한 최후의 수단이라는 듯, 그녀는 육체가 무능함에 빠져들도록, 자신의 땀방울과 저편 사람들의 땀방울이 뒤섞이도록 그대로 내버려 두었다.

어디선가 시간을 알리는 종소리가 들렸다. 이곳에서 빠져나가 가게들이 문을 닫기 전에 장을 봐야 한다는 생각이 스쳤다. 어쩌면 가게들은 이미 문을 닫았을지도 모른다. 그녀와 아주 가까운 곳에서 리듬처럼 깊은 박동이 들려왔다. 저쪽에서, 도저히 믿을 수 없었지만, 저쪽, 그렇다, 바로 저쪽에서 기계가 돌아가는 소리가 들리기 시작했다. 기차가 출발을 준비하고 있었다. 그녀는 문득 자신이 그곳에 머무르던 내내 박동 소리가 들렸다는 사실을 깨달았다. 미처 귀담아듣지 못했을 뿐 박동 소리는 그녀의 몸과 아주 가까운 데서 들리고 있었다. 우세페의 심장이 세차게 요동치는 소리였다. 아이는 그녀의 가슴에 왼뺨을 기대고 웅크린 채 가만히 있었다. 고개를 돌려 기차 쪽을 쳐다보고 있는 것 같기도 했다. 사실, 아이는 처음부터 꼼짝도 하지 않고 똑같은 자세로 그대로 있었다. 아이를 추슬러 안으려 했던 그녀의 눈에 아이의 모습이 보였다. 아이는 입을 헤 벌리고 형용할 수 없는 공포로 눈을 부릅뜬 채 무표정하게 기차를 응시하고 있었다. "우세페..." 그녀가 작은 소리로 아이의 이름을 불렀다. 순긴 아이가 엄마를 향해 몸을 돌렸다. 하지만, 눈으로는 여전히 저쪽을 응시하고 있었다. 그녀와 달리 아이의 눈은 아무런 질문도 하지 않았다. 한없는 혐오와 공포, 이루 말할 수 없는 경악만 깃들어 있었다. 어떤 언어로도 설명할 수 없는 망연자실한 눈빛이었다. "가자, 우세페! 가자!"

그녀가 몸을 돌려 그곳을 빠져나가려던 순간, 등 뒤에서 남자 목소리가 들렸다. "아주머니! 기다려 봐요! 내 말 들려요! 아주머니!" 그녀가 뒤를 돌아보았다. 그녀를 부르는 소리였다. 작은 환기창 한 군데에서 병색이 완연한 대머리 남자가 의지에 불타는 눈빛으로 종이쪽지를 휙 내던졌다. 이다가 종이를 줍기 위해 객차들이 늘어서 있는 곳으로 갔다. 가까이 다가가니 극심한 악취가 코를 찔렀다. 바닥에 떨어진 쓰레기와 종이쪽지들 사이에서 그녀는 용케 그가 던진 쪽지를 찾아냈다. 그리고 들여다볼 생각도 하지 않고 호주머니 속에 구겨 넣고 그곳을 빠져나왔다. 남자기 그녀의 등 뒤에 대고 고맙다는 말과 알아들을 수 없는 당부의 말을 전했다. 그녀가 화물 역사 안에 발을 들인 지 채 10분도 안 되어 벌어진 일들이었다. 밖으로 나가던 중 마주친 이탈리아 경찰과 경비원들이 그녀를 독촉했다. "여기서 뭐 하세요? 당장, 빨리 나가세요!"

그들이 매우 긴급한 상황이라는 듯 이다를 밖으로 내쫓았다. 그녀가 우세페를 안고 철창문을 빠져나오는 사이에 갈색 봉고차 한 대가기차 소리와 맞먹는 무시무시한 메아리를 남기며 길가에 멈춰 섰다. 차 안에 들어있는 게 무엇인지는 보이지 않았다. 보이는 건 운전석과 옆자리에 앉아 있는 나치 군복 차림의 젊은 독일 병사 둘뿐이었다. 둘다 지극히 평범한 생김새의 청년들이었다. 화물 역사 안에서 고기를 나르던 시청 소속 화물차 운전사들과 다를 바 없었다. 깔끔한 피부에 혈색이 좋아 보이는, 평범하지만, 아둔한 얼굴이었다. 이다는 시장을마저 보는 일을 까맣게 잊어 버렸다. 빨리 버스 정류장으로 가야 한다는, 빨리 자신의 누더기 커튼 뒤로 돌아가고 싶다는 생각밖에 없었다. 쓰러질 정도로 지친 상태였지만, 아이를 내려놓을 생각은 없었다. 품에 안은 아이만이 그녀를 위로하는 유일하고 안전한 도피처였다. 길을 걷는 내내 그녀는 차마 아이의 눈을 쳐다볼 용기가 나지 않았다. 정류장에 도착하니 먼저 온 사람들이 버스를 기다리고 있었다. 버스 안을 가득 메운 사람들에게 이리저리 떠밀려 중심을 잡기가 쉽지 않았다. 그녀의 작은 키로는 손잡이를 잡기도 힘들었다. 이다는 발레리나처럼 아슬아슬하게 균형을 잡으며 군중들 틈에서 우세페가 흔들리는 상황을 겨우 모면했다. 아이를 번쩍 들어 올려 한쪽 어깨 위에 누였다. 우세페는 어느새 잠들어 있었다.

강당 안은 모든 게 그대로였다. 축음기에서 '계단의 멋쟁이'가 흘러나오고 있었고 카룰리나의 새언니들이 별거 아닌 일에 성질을 내며 티격태격하고 있었다. 가족들이 내는 시끌벅적한 소리에도 우세페는 잠에서 깨지 않았다. 이다도 이내 아이 곁에 몸을 누이고 눈을 감앉다. 주먹으로 짓이기듯 두 눈을 질끈 감았다. 그녀의 근육들이 조금씩 떨리기 시작했다. 돌연 지상의 모든 소리와 장면들이 뇌리에서 사라졌다. 핏기가 가신 얼굴로 미동조차 없이 누워있는 그녀의 모습을 보고 누군가는 죽었다고 생각했으리라. 그녀가 아주 잠시 정신을 잃었다고는 아무도 짐작하지는 못했으리라. 잠시 후에 그녀가 눈을 떴다. 눈꺼풀이 스르르 열렸다. 유리알처럼 흐릿한 눈동자가 보였다. 마치 꿈꾸는 아이 같았다.

곧이어 그녀는 깊은 잠에 빠져들었다. 커든 니미 강당 안은 여전히 시끌벅적했지만, 그녀는 꿈꾸지 않는, 침묵만이 지배하는 잠을 잤다. 몇 시간을 내리 자고 나서야 그녀는 눈을 떴다. 벌써 저녁 무렵이었다. 일어나자마자 우세페가 침대에 없단 걸 알아챘다. 커튼 너머에서 세상 그 무엇과도 바꿀 수 없는 까르르 소리가 들렸다. 엄마보다 먼저 일어난 우세페는 바닥에 주저앉아 눈을 깜빡이며 친숙한 사회의 구성원들 주세페 3, 임페로, 울리(카룰리나) 등등에게 새로 산 부츠를 자랑하고 있었다. 우세페의 자랑질에 속아 넘어가지 않은 건 울리(카룰리나)뿐이었는데 그녀는 '환상의 부츠'가 아이의 발에 비해 너무 크다는 걸 바로 알아챘다. 곧바로 수선 작업에 돌입한 그녀는 7월에 구호 단체 부인들이 주고 간 두툼한 펠트 천을 잘라 깔창을 만들어 부츠 속에 넣어 주었다.

이다는 꿈을 꿀 때처럼 몽롱한 기분으로 그날 하루를 보냈다. 밤잠을 자던 중 작은 침내에서 들리는 고통스럽고 날카로운 울부짖음이 그녀를 깨웠다. 조용히 자던 우세페가 발작이 일어난 것처럼 징징 짜며 잠꼬대하고 있었다. 이다가 아이를 흔들어 깨웠다. 그리고 마지막 자투리였던 소중한 초에 불을 붙였다. 아이는 뭔가를 내쫓듯 허공을 향해 손을 마구 내저으며 엉엉 울고 있었다. 아직 잠에서 덜 깬 상태로 이해할 수 없는 말을 지껄이고 있었는데 얼핏 듣기로는 '말' 그리고 '아기들' '어른들' 같은 단어들이었다. 이다가 몇 번이나 아이의 이름을 부르며 깨워보려 했지만 소용없었다. 이다는 최후의 수단으로 빨간 끈이 달린 새 부츠를 들어 보이며 말했다.

"봐봐, 우세페! 이게 뭐게!"

아이의 눈에서 이내 눈물이 걷히고 눈동자가 환하게 빛났다.

"내거." (내꺼)

아이가 미소 지으며 말했다. 그리고 이렇게 덧붙였다.

"부으!" (부츠!)

아이는 안도의 한숨을 내쉬며 이내 잠들었다. 아침이 되자, 우세페는 언제나처럼 활기차게 눈을 떴다. 바로 전날 낮과 밤에 있었던 일들은 죄다 잊은 눈치였다. 이다는 아이에게도, 다른 누구에게도 그 사건에 대해 말하지 않았다. 호주머니 속에는 유대인 노인이 기차 안에서 던져 준 꼬깃꼬깃한 쪽지가 들어 있었다. 그녀는 낮의 환한 햇빛 아래서 그 쪽지를 펼쳐 보았다. 눅눅해진 모눈종이에 연필로 큼지막하게 휘갈긴 글씨였다.

만일 에프라티 파치피코를 보거든 이르마 레지나 로몰로 그리고 다른 사람들 모두 건강하다 독일로 떠난다 그리고 빚진 120 리라는

그게 다였다. 서명도, 주소도, 아무것도 없었다. 일부러 그런 걸까? 아니면 쓸 시간이 부족해서? 아니면 몰라서? '에프라티'는 게토에서 매우 드문 성씨였다. 어쨌든, 이제, 그곳에는, 아무도 없다지 않던가.

이다는 수취인을 찾을 생각은 없었지만, 쪽지를 핸드백 한 귀퉁이에 잘 보관했다. 유대인과 그들의 운명에 대해서는 아무도 말을 꺼내지 않았다. 시내에 나갔다 돌아온 살바토레는 하루도 빠짐없이 〈소식통〉 신문에 실린 소식을 전해주었다. 시내에서 파시스트 한 명이 살해당한 사건과 관련해 뚫린 도시의 (8월부터 로마를 지칭하는 단어였다) 경찰 공권력 측에서는 법으로 엄중하게 다스리겠노라고 협박했다. 게중에는 그 유명한 네 개짜리 송곳 이야기도 있었다. 독일군들의 교통수단을 망가뜨리는 바람에 범인을 색출하려고 공장과 정비소 사람들을 잡아들였다느니 하는 이야기들이었다. 그러나 공식적으로 신문에 나지 않았지만, 사람들 사이에서 무엇보다 빠른 속도로 퍼져 나갔던 소식은 파르티잔 모스크바가 예고했던 바와 같이 파시스트 기념일인 10월 28일에 연합군 부대가 로마에 입성한다는 소식이었다. 당시 로마의 나치 파시스트들은 피에트랄라타를 포함해 변두리에서 활동하는 '명사수들'을 잡아들이느라 혈안이 되어있었다. 강당에서 조금 떨어진 선술집에서 경계의 신호를 보내는 횟수도 점점 잦아졌다. 카를리나를 비롯한 밀레 가족들이 창밖을 내다보다가 "불 땅겨!" 또는 "똥 줄 타게 튀어!"라고 외치는 일도 늘어났다. 그런 일들이 점점 잦아지자, 강당의 젊은 남자들은 예방 차원에서 되도록 밖에 나가서 시간을 보내게 되었다. 카를로 또한 전에 비해 밖에서 보내는 시간이 늘었다. 어디서 뭘 하고 돌아다니는지 알 수 없었지만, 소등 시간에 맞춰 규칙적으로 돌아왔다. 노르신 해도 딱히 잠잘 곳이 없어서였기 때문이리라. 로셀라는 늘 그보다 조금 앞서 강당 안에 들어와 커튼 뒤에서 야옹 소리를 내며 그를 맞아주곤 했다.

10월 22일에 독일 군인들과 시민들이 티부르티노 성벽에서 전투를 벌였다. 그 지역에 거주하는 성난 군중들은 9월부터 이미 몇 차례 반군들에게 제공할 식량과 약품, 무기와 군수품들을 성벽으로 실어 날랐다. 몇몇 이탈리아 군인들이 그 모습을 보고도 눈감아 주었다. 하지만 결국 독일군의 감시망에 포착되어 상부까지 보고되었다. 전쟁 무기를 총동원해 완벽하게 무장한 나치 독일군 부대가 봉기가 일어난 지역으로 파견되었다. 그들의 무시무시한 등장은 그 지역뿐만 아니라 조금 떨어진 변두리까지 삽시간에 퍼져 나갔다. 그 시각, 딘다 할머니는 들판에 나가 샐러드용 풀을 뜯고 있었다. 다급하게 강당 안으로 들어온 그녀가 어디서 들었는지 독일군들이 도시에 들어온 미군들과 전투를 벌이기 위해 대로변에서 행진하고 있다는 소식을 전했다. 곧 전투가 벌어질 예정이며 장소는 강당에서 멀지 않은 들판이라고 했다.

곧이어 총성이 울려 퍼지기 시작했다. 아무런 준비도 없었던 강당 거주자들은 딘다 할머니의 말을 믿어야 할지 말아야 할지 망설였다. 여자들이 약간의 희망과 크나큰 두려움으로 강당 구석에 참호를 마련하기 시작했다. 주세페 1 할아버지는 통풍을 앓는 퇴역 장군처럼 당당한 태도로 창문 앞에 느릿느릿 모래주머니를 쌓아 올렸다. 카룰리나는 천을 가져와 자신이 책임지는 카나리아 새장을 신속하게 감쌌다. 여자들이 놀라서 신속하게 움직이는 모습을 보자 아이들은 오히려 즐거워하며 영웅이라도 된 듯 까불어 댔다. 가장 신이 났던 아이는 언제나처럼 우세페였다. 책걸상들의 폭포 위로 단숨에 뛰어 올라가 이리저리 뛰어다니며 숨어 있다가 바닥으로 펄쩍 뛰어내리며 소리쳤다. "빔! 붐! 밤!"

이다는 새 신발이 닳을까 봐 강당 안에서 새 신발을 신지 말라고 신신당부했지만, 우세페는 엄마의 말을 개의치 않았다. 들도 보도 못한 새로운 장르의 발소리가 강당 안에 울려 퍼졌다. 철퍼덕, 철퍼덕, 발에 비해 너무 큰 고무 밑창 부츠를 질질 끌며 걸어 다니는 우세페의 발소리였다. 오랜 시간에 걸쳐 울려 퍼졌던 총성이 멈추나 싶더니 독일 군인들이 강당에 들이닥쳤다. 성벽 전투에서 살아남아 도망친 '명사수'들이 숨어 있는지 확인하기 위해서였다. 군인들은 코까지 내려오는 거대한 헬멧을 쓰고 기관총을 겨누고 있었다. 우세페는 그들의 웅장한 장비를 보고 감탄해 마지않으며 큰 소리로 '미구'이란 말을 계속했다. 다행히 그들은 우세페가 자기만의 언어로 떠드는 '미국'이란 말을 알아듣지 못했다. 옆에 있던 카룰리나가 얼른 우세페에게 조용히 하라며 신호를 보냈다. 군인들은 사람들을 전부 강당 밖으로 내보낸 뒤에 강당 내부, 지붕, 화장실까지 샅샅이 뒤졌다. 다행히 화장실 안에는 고기가 한 점도 없었다. 소라 메르체데스가 식량을 저장했던 이불 속도 뒤지지 않았는데 관절염에 걸린 퉁퉁한 부인이 이불 속에서 기어 나오는 모습을 보았기 때문이었다. 언제나처럼, 다행스럽게도, 그 시간에 젊은 남자들은 전부 밖에 나가 있었다. 군인들은 알아들을 수 없는 독일어로 힘차게 전달 사항을 외친 뒤 그곳을 떠났고 다시는 강당에 찾아오지 않았다. 며칠 후에 독일어와 이탈리아어로 동시에 표기된 다음과 같은 내용의 공문이 로마 시내와 피에트랄라타에 나붙었다.

1943년 10월 22일 공산주의 조직에 속한 이탈리아 시민들이 독일 부대를 향해 총격을 가했다. 그들은 신속한 조사를 마친 뒤 감금되었다. 조직원 열 명은 군사 재판소에 넘겨졌으며 무장 상태로 독일군을 공격했다는 죄목에 따라 사형을 선고받았다.

사형은 즉시 집행되었다. 전투가 벌어졌던 바로 다음 날, 피에트랄라타 주변 공터에서 사형이 집행되었다. 시신들은 그 자리에서 구덩이를 파고 파묻었다. 이상한 일은 이후에 벌어졌다. 시간이 지난 뒤에 구덩이를 파보니 시신의 숫자는 10구가 아니라 11구였다. 열한 번째 시신은 무명의 사이클 선수로 사형 집행 당시 우연히 그곳을 지나가던 중이었다. 그는 단지 그곳에 있었다는 이유만으로 다른 사람들과 함께 총살형을 당했다.

8.

변덕스러운 날씨가 이어지는 가운데 태양이 찬란한 아침도 종종 있었다. 니노는 아직도 우세페와의 약속을 지키지 못하고 있었다. 우세페가 그 사실을 기억하고 있었는지는 확실치 않았다. 아이는 여전히 문지방에 앉아 누군가를 기다리듯 물끄러미 길가를 쳐다보곤 했다. 니노가 강당에 다녀간 지 보름 정도가 지났다. 우세페는 화창한 아침에 데리러 오겠던 니노의 약속을 불확실한 신기루라 여기고 있는지도 몰랐다. 신기루가 마침내 육신을 입고 눈앞에 나타나기 이전, 강당 거주자들에게 거센 운명이 닥쳐왔다. 10월 25일경 이른 오후에 한 신부님이 강당 출입문을 두드렸다. 그 시간 강당 안에는 울리(카룰리나)와 아이들 그리고 소라 메르체데스를 비롯한 다른 할머니들만 있었다. 할아버지들은 바람을 쐬러 나가 선술집에 앉아 있었다. 이다는 가림막 뒤에 있었고 새언니들은 빨래를 걷으러 건물 옥상 작은 테라스에 올라가 있었다. 빗방울이 떨어지기 시작하고 있었다.

신부복에 달린 후드로 머리를 가린 신부님은 신앙인 특유의 바지런하고 사려 깊은 인상을 풍겼다. '평화가 깃들길'이라고 의례적인 말로 인사를 건넨 그는 카를로 비발디를 찾았다. 카를로는 밖에 나갔다고 하자, 들어올 때까지 기다리겠다면서 궤짝 위에 걸터앉았다. 아이들이 순식간에 주위에 모여들어 신부님을 에워싸고 영화를 관람하듯 나른한 시선으로 그를 관찰하기 시작했다. 잠시 후에 신부님은 다른 볼일이 있다면서 몸을 일으켰다. 그리고 강당 안에서 그나마 믿음직스러워 보였던 카룰리나를 손짓으로 불렀다. 목소리를 최대한 낮추며 비밀리에, 최대한 빨리, 카를로에게 자신의 말을 진해달라고 당부했다. 내용인즉슨 카를로 비발디는 아주 급한 소식이 있으니 최대한 빨리 '그가 알고 있는' 장소로 오라는 것이었다. 평정을 되찾은 신부님은 다시금 '평화가 깃들길'이란 말을 남기고 사라졌다. 빨래를 걷어서 내려오던 새언니들이 마침 강당을 빠져나가던 신부님의 모습을 보았다. 새언니들이 끈질기게 심문했지만, 카룰리나는 꿋꿋하게 중재자로서 의무를 다했다. 말하고 싶은 걸 억지로 참느라 목이 간질간질했지만, 어쨌든 잘 참아냈다. 신부님이 떠난 지 15분쯤 후에 카를로 비발디가 예감했다는 듯 평소보다 이른 시간에 강당으로 돌아왔다. 카룰리나가 기다렸다는 듯 큰 소리로 말했다.

"후드를 쓴 사람이 와서 당신을 찾았어요."

카룰리나의 말을 들자마자 카를로는 눈에 띄게 불안해하기 시작했다. 얼굴과 머리카락까지 온몸이 다 젖은 모습이 영락없는 비 맞은 참새 꼴이었다. 그는 아무 말 없이 뒤돌아서더니 왔던 길로 그대로 뛰쳐나갔다. 그가 강당 밖으로 나가자마자 카룰리나의 할머니들과 새언니들이 다양한 가설을 제시하기 시작했다. 바야흐로 소설 속 이야기들이 실제로 벌어지던 시절이었다. 고위급 장교들이나 저명한 정치 활동가들은 점령군의 추적을 피하려 갖은 방법을 동원해 위장술을 폈다. 강당 안 여인네들의 추측에 따르면 아까 그 신부님은 분명 가짜일 거라고 했다. 변장한 무정부주의자나 심지어 장군급 고위직에 종사하는 인물일 수도 있다고 했다. 그러나 그는 실제로 가난한 신부에 불과했다. 그는 카를로의 사촌 동생이 숨어 있던 로마의 한 수도원에서 파견된 특사였다. 자존심이 몹시 강했던 카를로는 수도원에 숨길거부했고 연고 없이 떠도는 편을 택했다. 북부에 사는 그의 가족들은 사촌 동생을 통해 종종 그에게 소식을 전했다. 그리고 이 시간, 카를로를 기다리는 건 정말이지 가혹한 소식이었다. 진실은 차차 밝혀지게 될 것이다. 소등 시간이 훌쩍 넘었지만, 카를로는 돌아올 생각을하지 않고 있었다. 정체 모를 신부님의 등장 이후로 강당 안에 거주하는 사람들은 그가 영원히 사라져 버렸으리라 추측했다. 카를로 비발디는 여전히 모호하고 수상하고 모험심이 강한 인물이었다. 혹시 외국의 특정 권력층과 연관된 인물은 아닐까? 아니면 바티칸과? 쿠라도와 임페로의 어머니는 그가 황제 폐하의 숨겨진 자식일 것이며 교황님이 마련해 준 전용기를 타고 브린디시 또는 바리를 향해 가고 있을거라고 짐작하기도 했다.

반면에 카를로 비발디는 그곳에서 그리 멀지 않은, 어딘지 모를 도시 한 구석에 있었다. 야간 순찰대의 눈을 피해 어둠 속에 몸을 숨기고 추적추적 비 내리는 거리를 방황하고 있었다. 사촌 동생에게 '은밀하고 다급한 소식'을 전해 들었던 오후로부터 한밤중까지 그는 방향감각을 잃은 사람처럼 길거리를 쏘다녔다. 시간이 얼마나 되었는지, 소등 시간인지 아닌지도 몰랐다. 그가 정처 없이 떠돌던 와중에 위험한 일이 벌어지지 않았다는 게 신기할 따름이었다. 처절한 절망의 상황이 닥쳐 모멸과 섬망에 빠져들면, 사람들은 때로 거침없는 행동으로 자신들을 방어하기도 하는 것이다. 그날 밤, 무장 부대가 몇 번이나 그와 마주칠 뻔했지만, 그의 그림자와 마주치기 직전에 번번이 '저쪽으로!'라며 방향을 바꾸곤 했다. 수 킬로미터에 달하는 발걸음이 자신을 어디로 데려가게 될지 그 자신조차 몰랐다. 시간을 헤아리지도 않았다. 아마도 9시간 내지는 10시간 정도 지났을 것이다. 도시의 이 끝에서 저 끝까지 가로질렀을 수도 있었고, 좁은 구역을 오락가락하며 빙빙 돌았을 수도 있었다. 어느 시점에 다다르자, 그는 자신의 유일한 거처였던 피에트랄라타 강당의 누더기 커튼 뒤로 되돌아왔다. 모두가 잠든 밤 그의 발소리를 들었던 유일한 사람은 이다뿐이었다. 수면제를 먹고도 잠을 뒤척이던 그녀는 살금살금 걷는 카를로의 발소리에 몸을 일으켰다. 먼저 길가에서 발소리가 들렸고, 현관문에서 야옹하는 여운을 남기며 그를 맞아주는 로셀라의 가녀린 울음소리가 들렸다. 그 뒤로는 밤새도록 기침 소리와 주먹으로 끊임없이 벽을 두드리는 소리가 들렸다. 아침이 되자 그의 손가락 마디마디에 검붉은 피멍이 맺혀 있었지만, 아무도 그 사실을 눈치채지 못했다.

다음 날 오전 8시에 언제나처럼 정기 외출을 나온 주세페 2가 강당에 모습을 드러냈다. 그는 오늘도 역시나 웃음기 가득한 얼굴로 최고의 소식을 전했다. 마음의 일인자는 아주 잘 지내고 있으며, 송곳도 마찬가지라고, 영광스러운 조직에 속한 모두가 잘 지내고 있노라고, 그들 덕분에 1톤에 달하는 몹쓸 독일군 들의 살점이 카스텔리 지역의 토지를 비옥하게 만드는 퇴비로 쓰였노라고, 일주일 전에 독일군 측에서 파르티잔 소탕 작전을 벌였지만 패배하였노라고, '리베라'(조직의 가명) 조직원들은 그따위 겁쟁이들한테 잡히기에는 실력이 너무 빼어나다고, 미래를 예측하건대 전쟁의 종식이 코앞으로 다가왔음은 의심의 여지가 없노라고도, 연합군의 로마 입성이 정확히 10월 28일인지는 모르겠지만... "나도 여기 와서 축제를 벌일 수 있다면 좋을 텐데!" 주세페 2는 어쨌든 크리스마스 이전이란 건 확실하다고 못을 박았다. 작달막하고 쾌활한 노인은 찬란한 기밀들을 누설한 뒤에 자신의 물건들을 뒤적이며 쓸만한 것들을 챙기느라 잠시 더 머물렀다. 그리고 강당 이편에서 저편까지 죽 훑으며 거창한 인사를 나누고 문가로 향했다.

바로 그때였다. 갑자기 누더기 커튼이 세차게 열렸다. 카를로가 다급하게 그의 곁으로 돌진하며 호탕한 웃음을 터뜨렸다. "나도 따라갈래요! 당신이랑 같이 갈래요!" 카를로가 준비된 태도로 단호하게 말했다. 그는 자신의 전 재산인 배낭을 꾸려 둘러메고 있었다. 반쯤 열린 문틈으로 흐릿한 빛이 스며들었다. 밤잠을 이루지 못해 거뭇한 눈두덩이와 평소보다 때꾼한 눈이 보였다. 그의 웃음소리가 무례한 메아리를 남기며 공기 중에 울려 퍼졌다. 그의 얼굴에 또다시 쇠락의 분위기가 감돌기 시작했다. 마치 일그러진 가면을 쓴 사람 같았다. 그러나 이상하게도 몸짓은 고삐 풀린 망아지처럼 활기찼다. 주세페 2는 순간 어리둥절하더니 고랑처럼 패인 주름을 들썩이며 환희에 찬 미소를 지어 보였다. "물론이지! 때가 되었군!"그가 짤막하게 외쳤다. 그와 함께 강당 문을 나서던 카를로 비발디가 등을 돌려 사람들을 향해 손짓했다. 인사 같기도, 빈정거림 같기도 했다. 마치 함께 지냈던 모두가 거품이 되어 머나먼 과거로 사라진 듯한 표정이었다. 양쪽 귀를 쫑긋 세우고 그를 졸졸 따라가던 로셀라에게조차 한마디 인사말도 없었다.

하늘을 가렸던 구름이 선선한 바람에 떠밀리고 있었다. 여름 기운이 살짝 묻어나는 봄날 같은 날씨였다. 주세페 2는 그 유명한 모자 대신 우산을 들고 있었다. 그의 모습을 뒤에서 지켜보던 사람들이 웃음을 터뜨렸다. 우산을 펴든 파르티잔 전사라니, 매우 드문 경우였다. 그렇게 둘은 하나의 우산 아래 진흙탕 풀밭 저만치 사라졌다. 노인의 걸음걸이는 무척 가벼웠던 반면 젊은이는 질질 끌려가는 어린 노예처럼 비틀거렸다. 로셀라는 여전히 문가에 머물러 있었다. 네 다리를 단단히 디디고 문지방에 멈춰서서 멀어져가는 둘의 모습을 가만히 지켜보았다. 그녀의 코가 충격과 위기감으로 단단해졌다. 자신에게 어떤 운명이 몰아닥칠지 예감하는 듯했다. 다시는 그를 못 볼 거란 사실을 아는 듯했다. 제 발로 카를로를 찾아 나설 수는 없는 노릇이었다. 강당 안으로 들어온 그녀는 카를로의 커튼 주위를 비스듬히 걷기도, 도망치듯 뛰기도 하며 소심한 탐색을 이어갔다. 누군가 곁에 다가오면 협박하듯 으르렁거리며 껑충 뛰어올랐다. 그리고 책걸상들이 쌓인 곳으로 가더니 아래로 숨어들어 온종일 그곳에 머물렀다. 책상 두 개가 포개진, 아무도 접근할 수 없는 구석이었다. 거기서 그녀는 의심스러운 눈빛으로 강당 쪽을 노려보았다.

　모두가 그녀의 존재를 잊었던 저녁 무렵이었다. 그녀가 갑자기 밖으로 튀어나와 괴상하고 불길한 소리를 내며 책걸상 주위를 맴돌기 시작했다. 전에 없던, 간절히 애원하는 듯한 울음소리였다. 도와주세요, 제발, 도와주세요. 느껴보지 못했던 끔찍하고 강력한 자극이 그녀를 덮쳤다. 카를로의 커튼 뒤로 들어간 그녀는 지푸라기 자루 구멍 위에 몸을 눕히고 잠시 후에 새끼 고양이 한 마리를 낳았다. 그녀가 임신 중이었다는 사실을 아무도 몰랐기에 정말이지 의외의 사건이었다. 어렵사리 낳은 하나뿐인 새끼는 수컷이었는데 어찌나 작았던지 고양이가 아닌 쥐새끼처럼 보였다. 새끼가 세상에 나오자, 그녀는 노련한 어미 고양이처럼 거친 몸짓으로 새끼를 옆으로 밀어제치고 새끼의 울음소리가 들릴 때까지 황급히 몸을 핥아주었다. 새끼의 울음소리가 어찌나 작았던지 마치 모깃소리 같았다. 이제 그녀는 젖을 먹이려는 듯 새끼의 몸 위에 납작 엎드렸다. 하지만 먹은 게 너무 없어서인지, 나이가 너무 어려서인지 젖이 메말라 있었다. 순식간에 새끼한테서 몸을 뗀 그녀가 염려와 호기심의 눈빛으로 새끼를 쳐다보았다. 그리고 조금 떨어진 곳에서 엎드린 채 잠시 머물렀다. 다 이해한다는 듯한 애처로운 눈빛으로 새끼를 빤히 쳐다보았다. 새끼가 울어도 더이상 반응을 보이지 않았다. 때마침 밖에 나갔던 카룰리나의 오빠들이 출입문에 모습을 드러냈다. 그녀가 귀를 곤두세웠다. 현관문이 열리는 소리를 듣고 마지막으로 새끼 쪽을 흘깃 쳐다보더니 그대로 길가를 향해 뛰쳐나갔다.

그날 저녁에도 그리고 다음 날에도 그녀는 모습을 드러내지 않았다. 어미를 똑 닮은 붉은 털의 새끼 고양이는 지푸라기 틈에서 사투를 벌이고 있었다. 강당 안에 침묵이 깃드는 순간순간마다 새끼 고양이의 아련한 울음소리가 들려왔다. 새끼 고양이가 난 아직 살아있다며 세상에 보내는 유일한 신호였다. 실처럼 가느다란 소리가 들릴 때면 아직 죽지 않고 버티고 있다는 사실이 대단할 정도였다. 한낱 미물에 불과한 동물의 내면에도 살고자 하는 엄청난 의지가 깃들어 있었다. 고아가 된 새끼 고양이의 울음소리를 들은 우세페는 저대로 놔둬야 할지 어떻게 해야 할지 난감한 듯했다. 차마 새끼 고양이를 건드릴 용기는 없었지만, 가까이 다가가 몸을 바닥에 납작 엎드리고 새끼가 조금이라도 움직이면 걱정스러운 눈길로 쳐다보았다. 그리고 길가 쪽을 바라보며 수십 번을 절망스럽게 울부짖었다. "오셀라! 오세라아아아!!"

하지만 로셀라는 대답하지 않았다. 어쩌면 새끼를 낳았다는 사실조차 잊은 채 어딘가에서 배회하고 있는지도 모를 일이었다. 시간이 흐를수록 커튼 뒤에서 들리던 울음소리가 점점 사그라들더니 결국 조용해졌다. 카룰리나의 새언니가 커튼을 들치고 비정한 어미에게 욕지거리를 퍼부으며 새끼 고양이의 꼬리를 잡고 화장실에 내다 버렸다. 그 순간, 우세페는 밀레 가족들이 거주하는 구석에서 아이들과 어울려 놀고 있었다. 새끼 고양이를 살펴보려 커튼 뒤로 돌아왔을 때 더 이상 그 자리에 없는 걸 알았지만, 아무 말도 하지 않았다. 한 발짝 뒤로 물러서서 입을 다물고 커다랗고 진지한 눈으로 로셀라의 피가 묻어 있는 작은 소굴을 바라보았다. 이다에게도, 누구에게도, 아무 말도 하지 않았다. 잠시 후 놀이에 정신을 빼앗긴 우세페는 아이들과 어울려 놀던 곳으로 달음질쳤다. 로셀라는 그 이후에도 사흘이 지나도록 집에 돌아오지 않았다. 그리고 셋째 날 오후가 되자 배고픔을 못 이겨서였는지 강당 안에 모습을 드러냈다.

"이런 더러운 년, 추잡하고 못 돼먹은 년 같으니!"

여자들이 고래고래 욕설을 퍼부었다.

"새끼를 죽이고 창피하지도 않아!"

그녀는 아무도 쳐다보지 않고 매서운 눈빛으로 잽싸게 강당 안으로 뛰어 들어왔다. 그동안 그녀에게 무슨 일이 일어났는지 알 길이 없었다. 누렇고 지저분한 털이 군데군데 빠져 있었다. 폭삭 늙은 고양이 꼴이었다. 새끼를 가졌던 옆구리는 앙상하게 말라비틀어졌고 땜통 두 개가 보였다. 꼬리는 바늘처럼 가느다랬고 코는 뾰족한 삼각형으로 변했다. 커다란 귀를 쫑긋 세우고 눈을 동그랗게 뜨고 입을 반쯤 벌린 채 이빨을 드러내고 있었다. 그녀의 몸은 전보다 훨씬 작아져 있었다. 코를 씰룩대는 모습이 마치 평생 남의 물건을 슬쩍하며, 증오만 남은, 흉측하게 늙은 소매치기를 보는 듯했다. 그녀는 강당 안으로 들어오기가 무섭게 책걸상이 있는 곳을 향해 질주했다. 아이들이 다가가 치근덕거리자, 뼈만 남은 몸을 날려 책걸상 꼭대기에 올라가 올빼미처럼 가만히 앉아 있었다. 귀를 뒤로 접고 충혈된 두 눈을 부릅뜨고 협박의 눈길로 아래쪽을 예의 주시했다. 자신은 무시무시한 존재니 다들 물러서라고 세상에 알리려는 듯 그르렁 소리를 내며 숨을 내뱉었다. 순간, 그녀의 본능이 아래편 허공에서 밀레 가족이 있는 방향으로 막 움직이기 시작한 무언가에 이끌렸다. 오직 그녀만이 누구보다 빨리 그 사실을 알아챘다. 막으려 했을 때는 이미 늦은 상황이었다. 그녀가 흐릿한 허공을 향해 빛의 속도로 몸을 던졌다. 어찌나 빨랐던지 새빨간 광선이 지나가는 것 같았다. 순간, 이제 막 날아오르던 카나리아 두 마리가 피 묻은 거적때기처럼 그대로 땅으로 곤두박질쳤다. 상상 속에서나 가능할 법한 어마어마한 속도였다. 곧이어 놀란 사람들의 비명과 욕설이 주위를 가득 메우자, 그녀는 그대로 줄행랑을 쳐 버렸다. 서너 명이 씩씩거리며 두들겨 패겠다고 쫓아갔지만, 그녀를 따라잡을 수 없었다. 내리막길을 내달리는 그녀의 앙상한 꼬리가 저만치 멀어져 갔다. 그 후로 다시는 그녀의 모습을 볼 수 없었다. 모두가 배를 곯았던 시기였던지라, 말라비틀어졌지만, 동네 고양이들의 사냥감이 되었을 수도 있었다. 쇠약한 그녀는 전처럼 날쌔지 못했기에 먹잇감으로 전락했을 가능성이 충분했다. 먹느냐, 먹히느냐, 주인이었던 주세페 2의 철학적인 예견처럼 말이다.

카나리아 대학살이 벌어지자, 카룰리나는 심한 질책을 당해야만 했다. 사실 새장 문을 잠깐 열어두었던 사람은 그녀였다. 로셀라가 와 있다는 사실을 깜빡 잊고 새장을 청소하려고 문을 열어둔 게 화근이었다. 펩피넬로와 펩피넬라는 그 틈을 놓치지 않고 그들 생애 최초로 자유로운 조상 카나리아들의 기억을 떠올리며 모험을 시도하고자 했다. 하지만 나는 법을 제대로 몰랐던 둘은 막 둥지를 벗어난 새처럼 공중에서 퍼덕거리기만 했다.

"큰일 났네, 새들을 잘 돌보라고 너한테 돈까지 줬는데 이제 어쩌려고!"

강당 안에 있던 사람들이 큰 소리로 카룰리나를 꾸짖었다. 부부가 동시에 살해당하는 장면을 목격한 그녀는 계속 흐느끼기만 했다. 바닥에 널브러진 피 묻은 깃털 한 다발을 본 우세페가 창백한 얼굴로 턱을 덜덜 떨며 말했다.

"엄마, 왜 안 날아?"

이다가 우세페의 손을 잡고 커튼 쪽으로 끌고 갔지만, 아이는 작은 소리로 계속 되뇌었다.

"안 날아, 엄마? 안 날아?"

손에 피를 묻히기 싫었던 여자들은 카나리아들을 땅에 묻는 대신 빗자루로 쓸어서 밖으로 던져버렸다. 다음 날 아침이 되자 시신이 사라진 것으로 보아 살아있는 누군가에게 먹힌 게 분명했다. 개나 고양이 아니, 어쩌면 기독교인일 수도 있었다. 쓰레기 더미를 뒤져 겨우 입에 풀칠하는 사람들이 점점 늘던 시절이었으니 말이다. 감자 껍질이나 썩은 사과만 발견해도 행운이었거늘 두 마리씩이나 되는 카나리아 구이는 대주교의 화려한 만찬이었을 것이다. 어쨌든 이다는 우세페에게 카나리아들이 멀리 날아갔노라고 둘러댔다.

어느 날 아침, 태양이 어찌나 쨍쨍했던지 여름이 되돌아온 것 같았다. 이다가 아침 외출을 나간 시간, 드디어 니노의 약속이 이루어졌다. 흥분의 도가니에 빠진 우세페 못지않게 니노 또한 해맑은 모습이었다.

"동생을 데리고 가서 한 바퀴 돌고 올게요!"

그가 강당의 거주자들을 향해 선포했다.

"점심 먹기 전에 데려올 거예요."

그리고 이다의 거처에 연필로 쓴 쪽지 한 장을 남겼다.

4시간 안에 올 거야

우세페랑

니노가 보장함

맨 밑에는 십자로 엇갈린 칼날 사이에 하트가 들어간 '마음의 일인자' 문장을 그려 넣었다. 우세페를 목말 태운 니노가 벌판에서 펄쩍펄쩍 뛰며 달려갔다. 풀밭 끝에 다다르자 좁은 도로에 작은 트럭 한 대가 세워져 있었고 중년 남녀가 타고 있었다. 우세페는 그들이 누군지 바로 알아보았다. 선술집 주인 레모와 그의 아내였다. 식당을 운영했던 그들은 식품 운송 허가증을 소지하고 있었다. 트럭에는 병과 바구니들이 실려 있었는데 가득 찬 것들도, 비어 있는 것들도 있었다. 트럭으로 45분 남짓했던 여정 동안 다행히 아무런 불상사도 일어나지 않았다. 아무도 그들을 멈춰 세우지 않았다. 우세페는 태어나서 처음 자동차란 걸 타 보았다. 창밖으로 드넓게 펼쳐진 들판이 보였다. 지금까지 알던 세상은 고작 산 로렌초와 티부르티노 부근, 피에트랄라타 근교 정도가 전부였다. 출발한 뒤로 어느 정도까지는 벅차오르는 감정을 추스르느라 말을 잃었다. 시간이 지나자, 자기 자신과 일행에게 쫑 알거리느라 입을 다물 줄 몰랐다. 알아듣지 못할 단어들을 남발했고, 보이는 것마다 이러쿵저러쿵하며 혼자만의 우주 탐사를 이어갔다.

이따금 보이는 독일 군대 차량이나 길가에 버려진 기계 부속 잔해 같은 것들만 없었더라면 전쟁 시기가 아닌 평화로운 소풍이라 해도 과언이 아니었을 것이다. 평화로운 전설 같은 배경 속에서 찬란하고 호화로운 가을이 무르익어 가고 있었다. 청명한 공기에 실린 태양 빛, 잠잠히 펼쳐진 하늘 아래 양지며 응달이며 전부 금빛 베일로 뒤덮여 있었다. 시골길 작은 네거리에 다다르자, 레모와 부인은 두 승객을 내려주었다. 둘은 같은 장소에서 얼마 뒤에 보자는 말을 남기고 트럭을 몰고 떠났다. 니노는 다시 우세페를 목말 태우고 껑충껑충 뛰어오르며 작은 언덕과 비탈길과 진흙투성이 오솔길 그리고 태양 빛을 받으며 늘어 서 있는 반짝이는 포도나무와 웅덩이 사이를 지나쳐 갔다. 그러던 중 니노가 작은 집 앞에서 걸음을 멈췄다. 한 아가씨가 올리브 나무 위에 올라가 가지를 잡고 흔들고 있었다. 그 밑에서는 다른 여자가 통에 올리브 열매들을 주워 담고 있었다. 니노는 그 아가씨를 마음에 두고 있었지만, 어머니가 보는 앞에서 섣불리 티를 내긴 싫었다. 니노의 마음을 빤히 알았던 아니, 알면서도 모르는 척했던 어머니가 니노를 바라보며 흡족한 미소를 지었다. 나무에서 내려온 아가씨가 집안으로 달려가더니 잠시 후에 신문지로 둘둘 만 꾸러미를 들고나와 니노에게 건네주었다.

"좋은 아침!"

니노가 거들먹거리며 인사하자, 그녀도 좋은 아침이라고 웅얼웅얼했다. 몹시 무뚝뚝한 말투였다.

"얘는 내 동생이야!!"

니노가 우세페를 소개하자 그녀가 대답했다.

"아, 그래?"

그녀가 거만한 투로 반갑다고 인사했다. 하지만 속으로는 이렇게 말하려는 듯했다. 네 동생이라고? 그럼, 얘도 너랑 똑같은 도둑놈이겠네. 그녀의 성격을 잘 알았던 니노가 웃으며 말했다.

"안녕!"

"안녕!"

그녀는 입을 조그맣게 벌려 대답하고 성가시다는 듯 얼른 나무 위에 올라갔다.

"네가 보기엔 어떤 거 같아?"

길가로 나온 닌누추가 자신의 심복에게 묻듯 우세페에게 물었다.

"이름은 마리아야."

"어머니는 과부고, 저 아가씨는 과부 딸이야, 전쟁이 끝나면,"

진심인 듯도, 아닌 듯도 했다.

"저 아가씨랑 결혼할 거야."

그러더니 몸을 홱 돌려 큰 소리로 외쳤다. "마리울리나! 마리울리나아아!" 환상 속 작은 독수리처럼 나무 위에 앉아 있던 아가씨는 니노가 부르는 소리를 듣고도 돌아보지 않았다. 하지만 실은 등을 돌리고 고개를 숙인 채 소리 없이 웃고 있었다. 길가에 나오자마자, 제 발로 뛰어다니고 싶어서 안달이 났던 우세페가 니노의 가슴을 발로 차 대기 시작했다. 니노는 살짝 경사진 내리막길에서 동생을 내려놓았다. 그리고 우세페의 놀라운 운동 신경을 넋을 놓고 쳐다보았다. 그 또한 동생만큼이나 모험의 장으로 가는 여정이 즐겁기만 했다. 둘은 중간에 한번 멈춰 서서 오줌을 쌌는데 그 또한 정말 재미났다. 니노는 불알친구들과 하던 대로 누가 더 높이 오줌을 싸는지 내기하는 법을 우세페에게 가르쳐 주었다. 우세페도 형을 흉내 내보았지만, 오줌발은 코앞에 떨어지는 게 고작이었다.

마침내 도착한 들판은 텅 비어 있었다. 독일군이 잠복할 가능성이 있다는 니노의 제안에 따라 나지막한 담벼락도 쌓지 않았다. 아무것도 없는 휑한 들판에 보이는 건 작은 오두막 몇 채가 전부였다. 들판에서 조금 떨어진 언덕 위에 시냇물이 흘렀고, 시냇가에 있는 오두막 앞에서 작은 노새 한 마리가 풀을 뜯고 있었다.

"말!"

우세페가 보자마자 소리쳤다.

"쟤는 말이 아니란다."

초가집 안에서 귀에 익은 목소리가 들렸다.

"쟤는 노새란다."

"에페톤도(주세페 2)!" 우세페가 흥분해서 외쳤다. 천장이 낮은 평범한 오두막 안에서 파르티잔 모스크바가 들통에 든 감자 껍질을 벗기고 있었다. 니노와 우세페가 안으로 들어오는 모습을 보자, 입과 눈과 주름과 귀까지 몽땅 동원해 함박웃음을 지어 보였다. 바로 옆에는 두 젊은이가 석유에 적신 걸레를 손에 들고 진흙투성이가 된 녹슨 무기들을 닦고 있었다. 주위에는 군용 담요, 밀짚 더미, 각목, 곡괭이, 배낭, 포도주병과 삽사들이 어지럽게 널려 있었다. 담요 밑으로 총자루가 보였고 벽에는 기관총이 세워져 있었다. 기관총 바로 옆 바닥에 수류탄들이 무더기로 쌓여있었다. 두 전사 중 그나마 나이 들어 보이는 남자는 스무 살 정도로 보였다. 작은 키에, 둥근 얼굴은 뻣뻣한 수

염으로 뒤덮여 있었다. 몸에는 옷이라고 하기도 뭐한 누더기를 휘감고 있었고 발에도 신발 대신 천 쪼가리를 둘둘 말고 있었다. 일에 열중하고 있던 그는 고개를 슬쩍 들더니 이내 다시 일을 시작했다. 또 다른 남자는 우세페를 쳐다보며 환영한다는 듯 해맑은 미소를 지어 보였다. 나이는 열여섯이었지만 키가 1미터 90이나 되었고 수염이 없는 붉은 얼굴이었다. 판판한 이마에 기다란 눈은 우윳빛이 감도는 파란색이었다. 강한 남자처럼 보이려 애쓰는 기색이 역력했지만, 눈빛에는 수줍음이 깃들어 있었다. 그는 벌거벗은 상체에 꼬질꼬질한 허연 바바리코트를 걸치고 있었다. 바지와 신발은 이탈리아제였는데 바지가 너무 짧아서 발목이 드러났다. 손목에는 독일제 시계를 차고 있었는데 만족스러운 표정으로 일 분에 한 번씩 재깍재깍 소리를 확인하듯 시계를 귀에 갖다 댔다.

"이 사람은 십 번, 그리고 저 사람은 타잔."

마음의 일인자가 우세페에게 그들을 소개했다.

"자, 받아!"

니노가 젊은 남자(타잔)를 향해 마리울리나한테 받은 잎담배가 들어 있는 꾸러미를 던지며 말했다. 타잔이 무기를 닦던 일을 멈추고 바바리코트 주머니에서 휴대용 칼을 꺼내 들었다. 그리고 재빨리 커다란 갈색 잎사귀를 잘게 자르고 신문지에 돌돌 말아 담배를 만들었다.

"별일들 없었지?" 어젯밤 기지를 비웠던 일인자가 확인차 물었다. 니노는 예전 애인 중 한 여자와 하룻밤을 보내고 로마에서 복귀한 참이었다. 그가 주인 행세를 하며 최근 들어 손에 넣은 무기들이 잘 손질되고 있는지 가까이 다가가 점검했다. 며칠 전, 독일군들이 진을 치고 있던 풀숲 끝자락을 순찰하다가 그가 발견한 무기들이었다. 어젯

밤 어둠이 깃들자마자 두 명의 동지를 이끌고 독일군 야영지 오솔길로 숨어 들어가 슬쩍해 온 전리품들이었다. 니노는 전술 초기 단계에서만 활약을 펼쳤고, 사실 그게 더 위험한 일이긴 했지만, 고된 단계 즉 기지까지 짐을 나르는 일은 두 동지가 도맡았다. 니노는 로마에서 애인을 만나기로 했던 약속에 혈안이 되었던지라 마지막 전차를 놓치지 않으려고 부리나케 출발했다.

"보시다시피…" 오로지 일에만 집중하고 있던 십 번이 니노의 질문에 대답했다. 그는 이제 막 조직에 들어온 신출내기로 전리품 신발을 획득하기 전이었다. 무기를 사용하는 법도 아직 몰랐기 때문에 일인자가 나서서 브레다 기관총을 분해하는 방법과 소총 지렛대를 푸는 방법 등을 가르쳐 주었다. 마지막으로 손에 넣은 무기들은 다 합쳐서 열댓 개였고 전부 이탈리아제였다. 국가의 군대가 해체되면서 독일군들의 손에 들어간 무기들이었다. 니노는 대놓고 이탈리아제 무기들을 무시했다. 그의 표현을 빌리자면 유통 기간이 지나도 한참 지난 폐기 처분 대상이었다. 하지만 어쨌든 무기를 다루는 그는 언제나처럼 열정과 즐거움이 넘쳤다.

"여기 석유가 모자라는데." 십 번이 심각한 사실이라는 듯 알렸다.

"석유를 좀 더 구해와야겠어."

"내가 알기로는," 타잔이 말했다.

"송곳과 피오트르가 다 알아서 할 거야."

피오트르는 전사 카를로 비발니의 가명이었다.

"그 사람들은 지금 어딨지?" 일인자가 물었다.

"식량을 구하러 저 위에 갔어. 근데 좀 늦네. 벌써 올 시간이 지났는데."

타잔이 기회를 놓칠세라 시계를 들여다보며 말했다.

"몇 시에 출발했는데?"

"7시 30분."

"뭘 들고 갔지?"

"송곳은 P.38, 피오트르는 해리가 쓰는 스텐 기관 단총."

"해리는 지금 어딨는데?"

"바깥 포도밭에서 홀딱 벗고 썬텐 중이야."

"쉬고 있는 게지."

모스크바가 질책하는 투로, 실은 농담으로 일인자에게 말했다.

"어젯밤에 두 명이 설 보초를 혼자 섰거든. 저녁때 그렇게 고된 일을 하고 나서 말이야. 그 많은 무기를 혼자서 여기까지 들고 왔으니..."

"하마터면 전차가 끊길 뻔했다고요! 혼자도 아니고 와일드 오키드도 같이 있었잖아요. 둘이었다고요."

"오키드? 툭 치면 픽 쓰러질 사람이지. 참 이상적인 동료로구먼."

"그이는 어딨죠?"

"누구, 오키드?"

"그 사람도 정원 어디서 빈둥거리고 있을걸."

"대장은요?"

"마을에서 자고 점심 식사 후에나 돌아올 걸세. 그런데 말이야, 일인자 동지, 새로운 소식이 있는데... 나랑 저 동지랑 어젯밤에 말이지, 그 인간을 처리했다네."

모스크바 동지의 말을 들은 타잔이 경멸하듯 입술을 꼭 깨물며 얼굴을 잔뜩 찡그렸다. 그러나 이내 어린애 같은 홍조를 띠며 얼굴을 붉혔다.

"그렇군." 닌누추가 말했다.

"때가 되긴 했지. 어디서?"

"그 사람 집에서 몇 미터 떨어진 곳이었어. 담뱃불을 붙이고 있더구먼. 라이터 불꽃에 비친 얼굴을 알아봤지. 혼자였어. 주위는 온통 캄캄했고. 아무도 보지 못했어. 우리 둘이 구석에 숨어 있다가 같이 쐈어. 몇 초 만에 끝내버렸지. 부인이 울부짖는 소리가 들렸을 때 우린 이미 사라진 뒤였어."

"저런, 부인이 상복을 입게 생겼네요." 마음의 일인자가 밀렸디.

"에이, 하지만 말일세." 파르티잔 모스크바가 흥분하며 소리쳤다.

"그 여자가 진짜 슬퍼서 울었다고 생각하지 말게나, 독일 사람과 붙어먹으며 누렸던 것들이 싹 다 사라졌으니 그런 게지!!"

"더러운 첩자였죠." 일인자가 덧붙였다.

"배신자." 그가 최종적으로 결론을 내렸다. 니노는 모스크바와 대화를 나누는 중에도 곁눈질로 계속 무기들을 점검했다. 마치 탐욕스러운 자본가가 자신이 축적한 재산이 얼마나 되는지 꼼꼼히 세는 듯했다.

"지금으로서는."

침을 듬뿍 묻혀가며 신문지로 담배를 돌돌 말던 타잔이 그를 대신해 확인해 주었다.

"머스킷 총 여덟 자루, 91 여섯 자루."

파르티잔 모스크바도 선배다운 오만한 태도로 무기의 현황 파악에 끼어들었다.

"이건 독일제 총알들이라네."

그가 발끝으로 쪼가리들을 가리키며 새내기였던 십 번에게 알려주었다.

"폭발력이 끝내 주지." 일인자가 끼어들었다.

"어떻게 사용하는지 시범을 보여줄게."

"여기 발사 부분을 이렇게 비우면, 가루가 나오지, 그럼, 파편들이랑 섞어서..."

"에페톤도! 쟤는 말이야?"

그 시점에서 노새에게 관심을 보이며 쳐다보던 우세페가 말했다.

"내가 말이 아니라 그랬지. 쟨 노새라고."

"노새! 노새! 근데 쟤는 말이야?!"

"아니, 노새는 말이 아니라니까! 노새는 반은 말이고 반은 나귀야."

"...?"

"엄마는 말이고 아빠는 나귀라고."

"아님, 그 반대던가."

타잔이 잘 알지도 못하면서 말했다. 그는 도시에서 태어나 자랐지만, 산골 생활에 제법 잘 적응하고 있었다.

"아니거든. 그 반대는 노새가 아니라 버새라고 한다네."

타잔이 애매한 미소를 지었다.

"쟤네 엄마는 지금 어딨어?" 우세페가 모스크바에게 질문을 계속했다.

"어딨긴? 남편이랑 집에 있겠지."

"... 좋아?"

"좋다마다! 진짜 진짜 좋지. 부활절 때처럼."

우세페가 활짝 웃었다.

"뭐해? 놀아?" 아이가 끈질기게 되물었다.

"놀다마다! 뛰어다니고, 춤추고, 신나게 놀지!"

모스크바가 장담했다. 불확실했던 희망에 대해 만족스러운 대답을 들은 우세페가 또다시 웃어 보였다.

"쟤는 왜 안 놀아?"

그리고 혼자 풀을 뜯고 있는 노새를 가리키며 물었다.

"내 원 참... 그거야, 쟤는 지금 뭘 먹고 있잖아! 먹는 거 안 보여?"

그 말을 듣자마자 우세페는 기분이 한층 더 좋아진 듯했다. 하지만 아직 입 밖에 내지 못한 질문이 하나 더 있었다. 아이가 마지막 질문을 던졌다.

"노새도 날아?"

타잔이 푸하하 웃음을 터뜨렸다. 모스크바는 어깨를 움찔했다. 닌 누추가 동생에게 말했다.

"이런 바보!"

그는 폭격이 벌어진 뒤에 만델라 노파가 우세페에게 들려준 이야기를 전혀 모르고 있었다. 우세페가 침울한 미소를 지어 보이자, 니노가 동생에게 놀라운 사실을 알려주었다.

"근데 말이야, 저 노새 있잖아? 이름이 뭔지 알아? 쟤 이름은 치페페야!!"

"세상에나, 주세페가 세 명이나 있다니, 너랑 나랑 노새랑!"

에페톤도가 크나큰 영광이라는 듯 말했다.

"아니지, 넷이지." 그가 십 번을 흘끗 쳐다보며 번복했다. 그러자 십 번의 얼굴이 정부 기밀을 누설한 듯 온통 새빨개졌다. 무성한 수염 아래 덜 자란 턱선이 감춰져 있었다. 사실, 그의 본명은 십 번이 아니라 주세페였다. 하지만 그는 두 가지 이유로 자신의 본명을 숨기고 있었다. 첫째는 파르티잔이었으므로, 둘째는 담배 밀수로 로마 경찰에게 수배된 인물이기 때문이었다. 세상에 얼마나 많은 주세페들이 있는지 생각하느라 우세페의 눈이 휘둥그레졌다. 순간, 오두막 주위에서 요란한 폭발음이 들렸다. 다들 서로의 얼굴을 쳐다보았다. 일인자가 잽싸게 문으로 다가가 주위를 살폈다.

"아무것도 아니야." 그가 안쪽을 향해 말했다.

"저놈의 빌어먹을 오키드가 닭을 잡겠다고 수류탄을 던졌어."

"잡기나 했으면 다행이지!" 모스크바가 말했다.

"닭은 고사하고 달걀 한 개도 못 구해오면서."

"들어오면 엉덩이를 냅다 차 버리든지 해야지."

닌나리에두가 쌍안경을 집어 들고 밖으로 나갔다. 우세페가 뒤따라 달려갔다. 오두막을 가린 작은 덤불숲을 벗어나자, 올리브와 포도나무가 울창한 언덕들이 모습을 드러냈다. 곳곳에 반짝이는 시냇물들이 흐르고 있었다. 사람들과 동물들 소리가 공기에 실려 들려왔다. 이따금 기타 줄을 튕기는 듯한 굉음을 내며 비행기들이 지나갔다. "영국인들이야." 니노가 쌍안경으로 관찰하며 말했다. 시골 풍경이 끝나는 곳 저만치에 티레니아 바다가 보였다. 한 번도 바다를 본 적이 없었던 우세페는 파랑과 보랏빛 줄무늬를 보고 하늘인 줄 알았다. "너도 쌍안경 한번 볼래?" 니노가 말하자 우세페가 까치발을 떼고 형 옆에 찰싹 달라붙었다. 니노가 쌍안경을 손으로 받쳐 들고 동생의 눈에 바짝 갖다 댔다. 제일 먼저 우세페의 눈에 들어온 건 갈색 사막이었다. 그늘진 사막이 좌우로 길게 펼쳐져 있었고 위편에 올망졸망한 금빛 동그라미들이 매달려 있었다. 가까운 곳에 있는 포도밭 풍경이었다. 쌍안경을 살짝 움직이니 파란색이 보였다. 물거품들이 반짝반짝 흔들리며 갖가지 색으로 변했다. 그러더니 순식간에 황홀한 구름 사이로 달아났다.

"뭐가 보여?" 닌누추가 동생에게 물었다.

"바다..." 우세페가 수줍게 속삭였다.

"맞아."

니노가 동생 옆에 무릎을 꿇고 앉아 같은 풍경을 바라보며 맞장구 쳤다.

"맞았어! 저게 바다라는 거야."

"... 어엉... 근데 배는 어딨어?"

"그러게, 배가 없네. 있잖아, 우셉, 날씨 좋은 날에 우리 둘이 말이 야, 배를 타고 대양을 건너서 미국으로 떠나는 거야."

"미국!"

"그래. 나랑 같이 갈 거지? 이제 뽀뽀해 줄래?"

언덕 아래편에서 와일드 오키드가 모습을 드러냈다. 갸름한 얼굴에 삐쩍 마른 소년으로 길게 자란 까만 앞머리가 눈을 가리고 있었다. 머리에는 파시스트 애국소년단 모자를 썼는데 빨간 별, 깃털, 망치, 색동 리본 따위의 장식들이 주렁주렁 매달려 있었다. 닳아빠진 작업복 위에 여기저기 구멍 난 조끼를 걸치고 폭탄이 매달린 허리띠를 차고 있었다. 밝은색 소가죽 이탈리아 군화는 거의 새것이었다. 그는 빈손 으로 방방 뛰면서 오두막 쪽으로 가고 있었다. 니노가 등 뒤에 대고 '나쁜 놈!'이라고 큰 소리로 외쳤지만, 귀퉁머리로도 듣지 않았다. 니노는 우세페를 데리고 쌍안경으로 주위의 시골 풍경을 계속 둘러보았다. 어느 순간, 산 저편에서 보이는 무언가가 그의 눈길을 끌었다. 육칠백 미터 정도 떨어진 곳에서 독일군 병사 셋이 올리브나무 숲을 벗어나고 있었다. 좁은 오솔길을 따라 위쪽으로 올라가던 그들은 마을

몇 군데를 돌고 산 반대편 포장도로를 향해 가는 길이었다. 셋 중 웃통을 벗은 병사 하나가 어깨에 자루를 짊어지고 있었는데 나중에 알게 된 사실이지만, 자루 안에는 농가에서 약탈한 돼지가 들어 있었다. 셋은 산책이라도 나온 듯 즐겁고 여유롭게 걷고 있었다. 다들 무척이나 행복해 보였다.

 그들의 모습이 오솔길 너머로 사라질세라 니노는 서둘러 오두막으로 돌아갔다. 동지들을 모아 놓고 피오트르와 송곳, 두 동지를 찾으러 위편으로 신속히 움직여야 한다고 알렸다. 같은 시간, 아마도 산길을 내려오고 있을 동지들이 독일군들과 마주칠지도 모를 상황이었다. 풀밭에서 노새와 놀던 우세페는 두고 가기로 했다. 니노가 동생에게 곧 돌아올 테니 밖에서 잘 놀고 있으라고 외쳤다. 오두막에 남기로 한 동지들에게 대처법을 신속하게 지시한 후 그는 서둘러 출발했다. 타잔이 니노와 동행하기로 했다. 둘은 덤불 사이로 난 지름길을 따라 전진했다. 아마도 피오트르와 송곳이 내려오게 될 길이었다. 독일군 병사들을 앞지르려면 염소처럼 잽싸게 언덕을 올라가야만 했다. 그들보다 앞서 언덕 꼭대기까지 올라가 몸을 숨기고 있다가 오솔길이 구부러지는 지점에서 습격할 작정이었다. 니노와 타잔, 둘이 신나게 떠들며 순식간에 전략을 세우던 중 평화로운 산 저편에서 총성이 메아리치는 소리가 들렸다. 처음에는 마구잡이로 쏘는 듯했고 곧이어 조준하고 연속으로 쏘는 듯한 총소리가 들렸다. 마지막으로 또다시 몇 발의 총성이 이어졌다. 쌍안경을 눈에 갖다 대고 주위를 둘러보았지만, 오솔길에도, 그 근처에도 사람의 모습은 보이지 않았다. 둘은 서둘러 발걸음을 재촉했다. 타잔은 일인자와 함께 오두막을 빠져나오던 길에 문 옆에 쌓여있던 수류탄 한 개를 바바리코트 속에 숨겨서 나온 참이었다.

그러는 동안 형의 말이라면 무조건 순종했던 우세페는 오두막 주위의 좁은 반경을 탐험하며 닌누추를 기다리고 있었다. 먼저 노새와 대화를 나누려고 시도해 보았으나 '치페페!'라고 아무리 이름을 불러도 노새는 대답이 없었다. 다음으로는 벌거벗은 남자와 마주쳤는데 머리는 온통 붉은 덤불로 뒤덮여 있었고 사타구니와 겨드랑이에도 작은 덤불이 있었다. 그는 풀밭 나무들 사이에서 양팔을 쫙 벌리고 드러누워 드르렁드르렁 코를 골고 있었다. 그다음에는 언덕 기슭의 작은 수풀 틈을 기어오르기 시작했다. 중간에 쥐 비슷한 동물과 마주친 우세페는 호기심과 놀라움으로 상대방을 빤히 쳐다보았다. 반지르르한 털에 꼬리가 아주 짧은 동물은 앞발이 뒷발에 비해 엄청나게 컸다. 동물이 졸린 듯한 실눈으로 그를 쳐다보자, 우세페도 똑같은 눈빛을 하고 동물을 쳐다보았다. 우세페와 눈이 마주치자마자, 동물은 갑자기 빛의 속도로 내달리기 시작했다. 우세페도 엄청난 속도로 뒤따라 달렸지만, 동물은 이내 땅속으로 사라져 버렸다. 그러나 때마침 벌어진 어마어마한 사건에 비하면 그 동물 정도는 아무것도 아니었다. 올리브 나무들 뒤편으로 전혀 다른 나무가 보였는데 아마도 어린 호두나무였을 것이다. 잎새들은 반짝반짝 빛났고 나무 밑에는 알록달록한 빛의 그늘이 펼쳐져 있었다. 우세페가 나무 가까이 다가가자 두 마리 새가 입을 맞추어 대화하는 소리가 들렸다. 우세페는 한눈에 그 새들이 펩피넬라 뱁피넬로 부부임을 알아보았다. 사실 그 새들은 카나리아가 아니라 검은 방울새였다. 관상용이 아닌 숲에 사는 야생종으로 겨울을 나기 위해 이탈리아로 날아든 철새들이었다. 그럼에도 생김새도 그렇고, 무엇보다 노랑과 초록색 털이 피에트랄라타 카나리아와 충분히 혼동할 만했다. 우세페는 이내 생각에 잠겼다. 강당에서 살던 카나리아 두 마리가 피를 줄줄 흘리던 병이 다 나아서 오늘 아침 여기까지 날아온 게다. 우리가 타고 온 트럭을 따라 날아 왔는지도 모른다. "닌니엘리!" 우세페가 그들의 이름을 불렀다. 둘은 도망치지 않고 그대로 있었다. 아니, 새들은 그의 부름에 화답하듯 음악 같은 대화를 나누기 시작했다. 그건 대화라기보다 정말이지, 노래였다. 나뭇가지 위아래를 뛰어다니며, 리듬에 맞춰 작은 머리를 흔들며, 한 줄짜리 노래를 부르고 있었다. 가사는 열두 자 정도였고 음정은 두세 개인 단순한 노래였다. 중간중간 작은 변주가 있었지만, 정말이지 신나는 노래였다. 가사는 정확히 다음과 같았다. 우세페의 귀에는 노래 가사가 매우 정확하게 들렸다.

농담이야 농담이야 죄다 농담이야!

두 창조물은 허공으로 날아오르기 전에 적어도 스무 번은 똑같은 노래를 불렀다. 우세페에게 그 노래를 가르쳐주려고 했던 게 분명했다. 우세페는 세 번째 들었을 때 이미 새들의 노래를 외워버렸다. 그리고 그 노래를 사적인 기억의 저장소에 잘 보관해 두었다. 나중에라도, 언제든 노래하거나 휘파람으로 불 수 있도록. 논리적으로는 불가능한 일이었지만, 아이는 평생 그 노래를 잊지 않았다. 그 시절 그리고 그 이후에도 그 노래에 대해 아무한테도 말하지 않았지만 말이다. 마지막이 다가올 때가 되어서야 두 친구에게 새들의 노래를 가르쳐주었는데 '쉬모'라는 성씨의 남자애와 개였다. 하지만 개와 달리 쉬모는 이내 그 노래를 잊어버렸다. 오두막 안에서 우세페를 부르는 소리가 들렸다. 모스크바가 얼른 와서 삶은 감자를 먹으라며 부르는 소리였다. 돌아오던 길에 마주친 와일드 오키드가 우세페에게 포도주용 포도 한 송이를 선물해 주었다. 껍질은 질겼지만, 포도알은 설탕보다 더 달콤했다.

"닌니엘리! 닌니엘리!" 우세페는 에페톤도에게 손짓을 보태가며 새들을 보았다고 설명하려 애썼지만, 다른 사람과 이야기를 나누느라 정신이 없었던 모스크바는 우세페의 말에 귀를 기울이지 않았다. 결국 우세페는 카나리아들의 환생에 대해 알리실 포기혔디. 그 이후에도 자신이 행운의 부부를 만났다는 이야기를 아무한테도 하지 않았다. 오두막 안에 남아 있던 세 사람은 위급한 사태에 관한 이야기를 나누고 있었다. 일인자가 곧 돌아올 거라는 데 다들 의견이 일치했다. 그들은 또한 안경 (조직 대장의 가명) 에게 조언을 구하기 위해 누굴 파견할지에 대해서도 의논하고 있었다. 독일 병사 셋과 맞붙는 전투는 오솔길과 가까운 지점에서 치러질 것이고, 현재로서는 결과가 불투명했지만, 이후에 독일군 측에서 대대적인 소탕 작전을 펼칠 게 분명했다. 또 한 가지 문제는 우세페였다. 믿을만한 누군가가 약속 시간에 맞춰 아이를 트럭이 있는 곳까지 데려다주어야 했다. 시간이 흘렀지만, 최초에 총성 이후로는 아무런 소리도 들리지 않고 있었다.

모스크바가 소유했던 다양한 물품 중에는 쌍안경도 있었는데 전리품이 아니라 오래전부터 갖고 있던 물건이었다. 그는 과거에 극장 발코니에서 무대를 보는 용도로 쌍인경을 사용했다 오페라 토스카를 좋아했는데 그중에서도 페트롤리니와 리디아 존슨이 주인공 역으로 나오는 공연을 특히 좋아했다. 현재 모스크바의 쌍안경은 산 주변을 순찰하는 용도로 쓰이고 있었다. 오두막에 남아 있던 사람들의 추측과 달리 놀랍게도 조직원들은 예상보다 이른 시각에 돌아왔다. 오솔길에서 100미터 정도 떨어진 수풀을 헤치고 다 함께 오두막을 향해 걸어오는 모습이 그의 쌍안경에 포착되었다. 일인자와 송곳이 제일 앞에 있었고 조금 뒤에서 타잔이 피 묻은 지저분한 자루를 질질 끌고 오고 있었다. 피오트르는 맨 뒤에 떨어져 혼자 걸어오고 있었다. 다들 불룩한 배낭을 메고 짐보따리들을 들고 있었다. 전사들은 오두막에 도착하자마자 짐을 풀었다. 타잔은 전리품으로 들고 온 죽은 돼지를 처리하기 위해 밖으로 나갔다. 석유, 폴렌타, 치즈, 소금 외에도 독일군 방수 군화 한 켤레, 혁대에 달린 독일제 권총 두 자루, 라이터와 사진기도 있었다. 십 번이 기다렸다는 듯 잽싸게 신발을 낚아채더니 얼른 신어보았다. 순간, 농사용 면바지를 입은 해리도 오두막 안으로 뛰어 들어와 잠이 덜 깬 앵무새처럼 쫑알거렸다. "굉-장해! 굉-장해!..." '굉장해'라는 말은 그가 할 줄 아는 몇 마디 이탈리아어 중 하나였다. 그는 독일군에게 전쟁 포로로 잡혔다가 영화의 한 장면처럼 탈출에 성공한 영국인이었다. 심지어 무기까지 훔쳐서 도망쳤다고 했다. 조직에 합류한 지는 그리 오래되지 않았다. 그에게는 전리품으로 시계가 지급되었다.

니노와 타잔이 언덕을 오르던 그 시각, 독일 병사들의 시신은 언덕 꼭대기 오솔길 끝자락에 있던 구덩이에 내던져져 흙과 나뭇가지로 뒤덮여 있었다. 송곳과 피오트르, 둘이 임무를 완수한 것이었다. 그들이 수풀을 헤치며 언덕을 내려오던 길에 일인자와 타잔과 마주쳤을 때는 상황이 이미 종료된 후였다. 하지만 둘 다 위에서 무슨 일이 있었는지 입을 열지 않았다. 피오트르는 썩은 생선 같은 눈깔을 하고 쓰러질 듯 비틀거리며 걷고 있었다. 지칠 대로 지친 몰골이었다. 오두막에 도착해 배낭을 내려놓기가 무섭게 뒤편 숲으로 가더니 이내 깊은 잠에 빠졌다. 입을 헤 벌리고 거친 숨을 내뱉으며 자는 모습이 온몸의 감각을 잃은 아편쟁이 같았다. 송곳은 오두막 한구석에 쪼그리고 앉아 현기증을 호소했다. 늘 차분했던 평소와 달리 당장 구토할 사람처럼 창백한 얼굴이었다. 눈동자만 이글이글 타오르고 있었다. 먹고 싶지도, 말하고 싶지도, 심지어 자고 싶지도 않다고 했다. 다행히 잠시 휴식을 취하자 나쁜 증상이 사라졌다. 그는 시간이 한참 지나고 나서야 일인자에게 상세한 전투 이야기를 들려주었다. 주된 내용은 기를로-피오트르가 벌인 끔찍한 행동이었다. 니노 또한 친구의 이야기를 들으며 충격에 빠졌다.

"잘 생각해 봐."

니노와 송곳은 잠든 그의 모습을 힐끗거리며 낮은 소리로 대화를 이어갔다.

"그날 저녁에, 기억나? 피에트랄라타에서... 자긴 폭력에 반대한다고 그랬잖아..."

어쨌든 둘은 피오트르의 행동이 정당했다고 결론을 내렸다. 니노가 애초부터 의심했던 바와 같이 피오트르, 즉 카를로는 정치범인 동시에 유대인이었다. 카를로 비발디도 그의 진짜 이름이 아니었다. 그의 부모님과 여동생, 할아버지, 할머니는 가명을 쓰며 북부에 머물고 있었는데 유대인이란 사실이 탄로 나는 바람에 전부 독일군에게 붙잡혀 갔다. 누군가 그들 가족을 신고한 게 분명했다. 그는 가족들의 비보를 듣고 조직에 합류하기로 결심한 것이었다. 송곳의 말에 따르면 그런 사정을 충분히 고려한다 해도, 전투 당시 보았던 그의 행동은 얼음장처럼 차가운, 감정이라고는 찾아볼 수 없는 냉혈한이었노라고 했다.

송곳과 피오트르는 독일군 셋이 산골 마을을 돌아다닌다는 사실을 진작부터 알고 있었다. 식량을 구하러 가다가 잠시 들렀던 집에서 친한 농부가 알려준 정보였다. 근처 농가마다 가축과 식량을 감추느라 분주했다. 독일 병사 셋은 이른바 사냥꾼이었다. 당시 나치 군인들이 어찌나 악랄하게 농민들의 집을 약탈했던지 마을 사람들 전부가 그들을 증오해 마지않았다. 송곳과 피오트르는 쉽사리 그들의 동선을 파악할 수 있었는데 그 지역에서 나고 자란 장소와 주민들을 꿰차고 있던 송곳 덕분이었다. 둘은 독일 병사들이 지나가는 길에 잠복하고 있다가 적절한 순간에 공격하기로 계획을 세웠다. 잠복 시간은 생각보다 길어졌다. 독일 병사들은 약탈하러 다니는 내내 포도주를 마셨고 수확이 변변찮았던 탓에 사냥에 많은 시간을 소모했기 때문이었다. 수풀 뒤에 몸을 숨긴 송곳과 피오트르는 그들이 어서 다가오기만을 기다리고 있었다. 드디어 세 명의 병사가 오솔길 근처에 모습을 드러냈다. 셋은 독일 억양이 섞인 이탈리아어로 당시 유행가를 부르고 있었다.

바다여,
왜 오늘 밤 나를 꿈꾸게 하는가...

병사들은 군복 단추를 활짝 풀어 헤치고 양 볼이 새빨개져서 큰 소리로 합창하고 있었다. 셋 중 가장 앳되고 뚱뚱한 병사는 어깨에 자루를 짊어지고 있었다. 군복과 셔츠를 홀라당 벗어 허리띠 위로는 맨몸이었다. 송곳이 근거리에서 총을 발사했다. 셋 중 가장 나이 많은 병사를 명중한 듯했다. 서른 정도 되어 보이는 호리호리하고 머리숱이 적은 남자였다. 양손을 가슴에 갖다 대고 쉰 소리로 비명을 지르더니 허공에서 빙그르르 한 바퀴 돌고 얼굴을 땅에 처박았다. 깜짝 놀란 나머지 두 병사가 본능적으로 권총을 빼려 했지만, 허리띠에 손이 닿기도 전에 송곳보다 조금 떨어져 있던 피오트르가 그들을 향해 기관총을 난사했다. 감지하기조차 힘든 짧은 순간, 그들의 눈이 송곳의 눈과 마주쳤다. 둘 중 하나는 땅바닥에 고꾸라져 이해할 수 없는 말을 내뱉으며 무릎으로 기어서 50미터 정도 앞으로 갔다. 웃통을 벗고 있던 세 번째 병사는 여전히 왼손으로 자루 끄트머리를 잡고 이성할 정도로 느릿느릿한 움직임을 보였다. 그러더니 미친 듯이 비명을 지르며 갈지자로 걷다가 손으로 아랫배를 감싸 쥐었다. 잠시 후 마지막이자 결정적인 총성이 울렸다. 둘은 처음보다 조금 앞쪽에서 땅바닥에 쓰러졌다.

오솔길 위에 쓰러져 축 늘어진 세 개의 몸뚱이에서는 이제 아무런 소리도 들려오지 않았다. 하지만 내리막길 아래 수풀에서 너무나도 끔찍한, 온몸을 얼어붙게 만드는, 갓난아기의 울음 같은 비명이 침묵의 순간을 뚫고 메아리치기 시작했다. 자루 속에 갇혀 있던 새끼 돼지 소리였다. 마지막 총알에 맞은 새끼 돼지가 데굴데굴 굴러 내려가 미친 듯이 발광하며 귀청을 찢는 비명을 내지르고 있었다. 죽을 때가 다가왔다는 사실을 알아챈 짐승이 내는 그 소리는 어쩐지 사람 소리와 비슷했다. 송곳이 총을 쏘자 이내 소리가 멈췄다. 땅바닥에 쓰러진 독일 병사 중 둘은 이미 숨을 거둔 것 같았다. 셋 중 송곳이 맨 처음에 쏘았던 나이 많은 병사만 가느다란 신음을 내뱉고 있었다. 땅에서 머리를 들더니 핏덩어리 같은 침을 뱉으며 '엄마 엄마'라고 웅얼거렸다. 송곳이 다가가 머리에 권총을 쏴서 끝장내 버렸다. 두 번째 병사를 뒤집어 보니 눈을 부릅뜨고 숨이 끊어져 있었다. 마지막에 쏘았던 웃통을 벗은 병사는 눈을 감고 똑바로 누워있었는데 죽은 줄 알았던 것과 달리 송곳이 가까이 다가가자, 얼굴을 찡그리며 힘겹게 한쪽 팔을 들어 보였다. 송곳이 그를 향해 총구를 겨눈 순간, 수풀 틈에서 나타난 피오트르가 씁쓸한 미소를 지으며 말했다. "잠깐, 내가 처리해 주지."

송곳이 죽어가는 병사의 고통을 덜어주려 총을 든 팔을 죽 뻗었다. 하지만 피오트르가 다가와 총구를 막았다. 그러더니 광기와 증오에 불타 군홧발로 병사의 얼굴을 짓이기기 시작했다. 송곳이 주춤하며 뒤로 물러섰다. 차마 눈 뜨고 볼 수 없는 광경이었다. 발길질 소리가 계속해서 들려왔다. 규칙적인 간격을 두고 일정한 강도로 내리치는 소리였다. 마치 광활한 공간에 울려 퍼지는 거대한 시계추 소리 같았다. 첫 번째 발소리가 나자, 병사는 아직 살아있다는 걸 알리려는 듯 숨 막히는 비명을 내질렀다. 소리가 점차 줄어들더니 결국 아주 가느다란 신음으로 바뀌었다. 비명 소리가 그친 후에도 발길질하는 소리는 멈추지 않았다. 아니, 오히려 더 빠른 간격으로 계속해서 차는 소리가 들렸다. 어느 순간, 피오트르가 한쪽 다리를 질질 끌며 송곳 앞으로 다가왔다. "작살내버렸어."

그가 여전히 분노에 사로잡힌 듯 숨을 헐떡이며 작은 소리로 말했다. 마치 고단한 노동을 막 끝낸 사람 같았다. 땀으로 흠뻑 젖은 이마 아래 두 눈은 여전히 이글이글 타오르고 있었다. 징이 박힌 그의 군화에 핏자국이 흥건했다. 이제 시신을 숨기기 전에 전사들의 규칙에 따라 옷을 벗기고 쓸만한 물건들을 챙겨야 했다. 송곳과 피오트르는 지역을 정찰하면서 오솔길에서 떨어진 들판에 커다란 구덩이를 미리 점찍어 놓았다. 얼마 전에 비가 내려서 구덩이 안은 온통 진흙투성이였다. 먼저 웃통을 벗고 있던 병사의 발을 질질 끌고 가서 구덩이 안으로 내던졌다. 그는 더 이상 얼굴이 없었다. 핏덩어리나 다름없는 사라진 얼굴이 새하얗고 뒤룩뒤룩한 몸통과 선명한 대조를 이루며 초현실적인 효과를 만들어 냈다. 아랫배에서 흘러나온 피가 푸르스름한 회색빛 군복 바지를 시뻘겋게 물들이고 있었다. 그래도 군화만큼은 깨끗했지만, 아무리 애를 써도 발에서 벗겨지지 않았다. 송곳과 피오트르는 그의 군화와 총, 시계도 그대로 두었다. 다른 시신들은 규칙대로 전리품을 빼낸 뒤에 차례로 구덩이에 던졌다. 그리고 흙과 나뭇가지로 구덩이를 덮었다. 마지막으로 송곳은 수풀 아래에서 숨진 새끼 돼지를 전리품으로 챙겼다. 모든 게 첫 번째 총성이 났던 순간으로부터 불과 몇 분 사이에 벌어진 일이었다.

오두막에 돌아오자마자 일인자와 다른 동지들은 노새의 등에 짐을 싣기 시작했다. 그리고 잠시 후에 일인자가 '마리울리나'라는 애칭으로 부르는 마리아가 나타났다. 그녀는 우세페를 노새 등에 태워 트럭이 기다리는 약속 장소까지 데려다주는 임무를 맡게 되었다. 일인자는 다른 일들을 처리하느라 동생을 바래다줄 수 없었다. 그 유명한 '안경'이 올 시간이 다가오고 있었다. 니노는 몸을 숙여 동생과 눈을 맞추며 진짜 빨리 다시 보자고 인사했다. 동생이 자신과 함께 비밀 작전을 수행하는 동료인 듯 조만간 티부르티나에서 엄청난 돌격이 벌어질 건데 그러면, 아마도, 피에트랄라타에 가서 묵게 될 거라고 했다.

치페페 노새는 엄청나게 많은 짐을 지고 길을 나섰다. 빈 병과 나뭇가지들을 잔뜩 실은 노새 등에 마리울리나와 우세페까지 올라탔다. 짐꾸러미 밑에는 무기들이 감춰져 있었다. 돌아오는 길에 마리울리나가 다른 전사들을 이끄는 마을의 공범자에게 전달해 주기로 한 무기들이었다. 우세페는 기사처럼 다리를 쩍 벌린 마리울리나의 품에 안겨 앞자리에 앉았다. 그녀는 짧은 검은색 원피스에 무릎을 덮는 검정 손뜨개 스타킹을 신고 있었다. 노새의 등에 올라타자 튼실하고 반지르르한 그녀의 허벅지가 드러났다. 햇볕에 그을린 복숭앗빛 살결에 주근깨처럼 콕콕 박힌 점들이 금빛으로 반짝였다. 언제나처럼 무뚝뚝한 표정이었다. 노새가 약속 장소까지 오르락내리락하며 길을 가는 동안 그녀는 노새한테만 말을 걸었다. "하아아아앙!" "히이이이잉!" 딱 두 마디였다.

우세페가 그녀에게 온갖 질문 공세를 퍼부었지만, 무심한 표정으로 '으응' 또는 '아니잉'이라고만 대답했다. 치페페는 지나치게 무거운 짐을 진 탓에 느릿느릿 걸음을 옮겼다. 내리막길을 가다가 미끄러질 뻔 하자 성난 소리를 내뱉기도 했다. "히이이이잉!" 붉은 털이 마구 휘날리며 노새의 눈가를 뒤덮었다. 우세페는 떨어지는 게 무서워서 손으로 노새를 꼭 붙잡았다. 정말이지 근사한 여정이었다. 우세페도 늙은 기사처럼 두 다리를 쫙 벌리고 앉아 있었다. 마리울리나의 가슴은 쿠션처럼 포근했고 엉덩이 밑에는 따스하고 보드라운 털로 뒤덮인 치페페의 목덜미가 있었다. 바로 앞에서 치페페의 진갈색 갈기와 쪽 찢어진 눈이 보였다. 말도, 나귀도 아닌 눈동자가 마치 초록빛 유리 구슬 같았다. 우세페는 지대한 호기심을 보이며 노새의 특성을 세심하게 관찰했다. 주위에 펼쳐진 농촌 풍경 또한 너무나 멋졌다. 다른 각도의 빛을 받은 풍경은 오전과 달라져 있었다. 몸을 돌려 고개를 드니 마리울리나의 눈이 보였다. 눈동자는 주황색이었고 눈썹과 속눈썹은 새카맸다. 햇빛을 받은 그녀의 얼굴은 가느다란 솜털로 뒤덮여 있었다. 마치 커다란 벨벳 모자를 쓰고 있는 것 같았다. 우세페는 그녀가 너무나 아름답다고 생각하며 넋을 잃고 마리울리나를 바라보았다. 내리막길 아래 다다르자 지나가던 독일 군인들의 모습이 눈에 띄었다. 그들도 노새 등에 짐을 싣고 가고 있었다.

"노새! 노새?!" 우세페가 큰 소리로 반갑게 인사했다.

"안 돼..." 마리울리나가 성가시다는 투로 대답했다.

"영국 사람?"

형이 지나가는 비행기를 보며 했던 말을 떠올리며 우세페가 외쳤다. "엉!" 그녀가 건성으로 대답했다. 약속 상소였던 포장도로가 시작되는 네거리에 도착하자 트럭이 먼저 와서 기다리고 있었다. 선술집 주인에게 우세페를 맡긴 그녀는 너무 늦었다면서 툴툴거렸다. 그리고 인사도, 대꾸도 없이 노새를 향해 외쳤다. "히이이잉!" 노새의 등에 올라탄 그녀가 저만치 멀어져 갔다.

9.

닌나리에두의 약속은 좀처럼 이루어지지 않았다. 그를 다시 보게 되기까지 거의 1년이란 시간을 보내야만 했다. 우세페가 전사들의 오두막에서 보냈던 화창한 아침과 전혀 다른, 춥고 비 내리는 날들이 이어졌다. 피에트랄라타 전체가 거대한 진흙탕으로 변했다. 문을 닫고 지내면서부터 강당 안은 악취로 진동했다. 추운 날씨 탓에 환기가 힘들어졌고 설상가상으로 먹을 것마저 부족해졌다. 쌍둥이들은 설사병에 걸렸다. 이전과 달리 생기를 잃었고 비리비리한 몸을 꼬질꼬질한 누더기로 싸매고 징징 짜며 짜증을 부렸다. 추위가 닥치자, 밀레 가족들은 밤에도 입던 옷을 그대로 입고 잠을 잤다. 낮에는 가족끼리 다닥

다닥 달라붙어 이불을 뒤집어쓰고 시간을 보냈다. 밤낮을 가리지 않고 누가 보거나 말거나 남녀가 짝짓기를 벌였다. 가족들 사이에 유혹과 질투가 난무했고 낯 뜨거운 장면들이 펼쳐졌다. 늙은이들도 다를 바 없었다. 난교와 싸움이 이어졌다. 여자들과 아이들의 고함과 욕설, 주먹질과 울음소리가 축음기에서 흘러나오는 노랫소리와 뒤섞였다. 그렇게 난리를 치다 창문 유리가 깨지는 바람에 종이를 덕지덕지 붙여서 추위를 막아야만 했다. 밤은 일찌감치 찾아왔다. 혼란에 빠진 도심에서는 독일군들이 소등 시간을 저녁 7시로 앞당겼다. 오후 5시부터는 자전거 통행이 금지되었고, 이미 최소한으로 축소되었던 대중교통은 6시만 되면 운행을 멈췄다. 늦게까지 나다닐 수 없게 된 사람들은 이른 저녁부터 다들 강당에 모여들었다. 바퀴벌레와 쥐를 잡는 일이 지루한 시간을 견디는 유일한 오락거리였다.

어느 날 저녁, 도메니코의 발에 짓밟혀 으스러진 쥐를 보고 우세페가 소스라치며 외쳤다. "안 돼! 안 돼!" 쥐들은 예전부터 강당 지하를 들락거리던 오래된 거주자들이었다. 로셀라가 도망친 뒤에 쥐들은 왕성한 활동을 개시하기로 마음먹은 듯했다. 쥐들은 밀레 가족의 식량 저장고를 제멋대로 들락거리고 있었다. 머지않아 배가 침몰할 거라 예고하듯 여기저기 쥐 떼들이 몰려다녔다. 당시 밀레 가족은 강당에 갇혀 목이 빠지게 기다려도 오지 않는 그 유명한 해방의 날을 기다리느니 다른 곳으로 이주하는 방안을 검토 중이었다. 다른 가족들과 크게 다투고 갈라서기로 결심한 살바토레가 쿠라도, 임페로 등등 자식들을 거느리고 제일 먼저 강당을 떠났다. 하지만 얼마 되지 않아 살바토레는 알바노 지역에 사는 지인을 통해 괜찮은 가격에 근사한 집을 구했다며 다 같이 사는 게 어떻겠느냐고 제안했다. 결국 도메니코를 비롯한 나머지 가족들, 딘다 할머니, 소라 메르체데스, 카룰리나 등등 온 가족이 그 집에 들어가 모여 살기로 했다.

그들이 강당을 떠나던 날 아침은 그야말로 아수라장이 따로 없었다. 신경이 몹시 날카로워진 카룰리나는 연신 울먹이며 강당 안을 이리저리 뛰어다녔다. 쌍둥이들의 설사병이 심해져서 쉴 새 없이 기저귀를 갈아주어야만 했기 때문이었다. 그녀는 발을 동동 구르며 몇 개밖에 없는 기저귀를 온갖 비누들로 빨아보았지만, 채 마르기도 전에 또다시 갈아주어야만 했다. 강당 안을 가로지르는 삘랫줄에 누런 기저귀들이 주르륵 널려 있었다. 짜다만 물기가 뚝뚝 떨어져 생필품과 말아놓은 매트리스들을 전부 다 적셨다. 가족 모두가 카룰리나에게 화를 내며 욕설을 퍼부었고 새언니는 손찌검까지 했다. 때마침 멀리서 폭격 소리가 들리기 시작했다. 천둥 같은 소리에 놀란 할머니들이 빨리 이곳을 떠나자며 재촉했다. 노인네들이 교황님, 죽은 이들, 성인들의 이름을 소리 높여 부르자, 도메니코가 제발 그만들 좀 하라며 소리소리 질러댔다. 내가 알기로는 그 시절에 개인이 승용차를 운행하는 건 불가능했지만, 암거래의 귀재였던 밀레 가족 젊은이들은 통행증을 발급받은 바릴라 파스타 회사 승합차를 구하는 데 성공했다. 그에 더해 살바토레가 삼륜차 한 대를 보내주었다. 하지만 가족들과 그들의 살림살이를 전부 다 싣기에는 턱없이 부족했다. 밀레 가족들은 강당에서 쓰던 매트리스들을 전부 다 들고 가기로 했는데 병원에서 피난민들을 위해 임시로 대여해 준 매트리스였다. 가족들은 거처를 옮길지라도, 앞으로도, 영원토록, 피난민의 특권을 누리기로 마음먹었다. 마지막 짐보따리들을 차에 싣는 동안 가족들 사이에 극단적인 소모전이 벌어졌다. 싸도 싸도 계속 나오는 짐을 실으며 절망에 빠진 도메니코가 매트리스들과 주렁주렁 묶인 냄비 다발을 발길로 마구 걷어찼다. 산더미와 맞먹는 짐 더미였다. 그러자 주세페 3과 아틸리오와 그의 어머니가 한목소리로 고함을 지르기 시작했다. 가장 연장자였던 할아버지가 어린애처럼 울음을 터뜨리며 날 여기서 죽게 내버려 두라고 울부짖었다. 이럴 거면 그냥 피에트랄라타에 묻히는 편이 낫겠노라고 했다.

"차라리 여기 묻히는 게 낫지." 그가 계속 주절거렸다.

"날 그냥 땅에 묻고 가거라, 오늘 밤은 저 하늘에서 편히 자련다!"

그러자 그의 아내가 날카로운 고성을 질러댔다.

"오, 예수! 예수여!"

가장 침착한 태도를 보였던 사람은 소라 메르체데스였는데 그녀는 마지막 순간까지 무릎에 담요를 덮고 앉은뱅이 의자에 앉아 있었다. 담요 안에 있던 식량은 이미 옮긴 뒤였다. 그녀가 단조로운 노래처럼 반복했다.

"조용히들 좀 해, 제발 좀!"

그녀의 남편이었던 주세페 1은 머리에 모직 두건을 휘감고 그녀 곁에 앉아 바닥에 침을 퉤퉤 뱉었다.

결국 가족 중 카룰리나를 비롯한 젊은 여자들은 전차를 타고 새집까지 가기로 했다. 카룰리나는 떠나기 직전에 우세페에게 재미난 노래가 담긴 디스크를 선물로 주었다. 하지만 축음기를 이미 차에 실은 뒤여서 음악을 들을 방법이 없었다. 어쨌거나 디스크도 닳을 대로 닳아서 바늘이 통통 튀었다. 그녀는 또한 아무한테도 얘기하면 안 된다고 신신당부하면서 가족들이 깜빡한 1kg짜리 콩 한 상자를 선물로 주었다. 그들이 떠나던 날은 끄물끄물했지만, 햇빛이 아예 없는 건 아니었다. 카룰리나는 일행의 가장 끄트머리에 있었다. 그녀보다 조금 앞서 로마 출신 새언니가 루셀리나(로사)를 팔에 안고 머리에는 짐이 너무 많아서 안 닫히는 짐가방을 이고 있었다. 첼레스테를 팔에 안은 카룰리나는 젖은 기저귀들을 머리에 칭칭 휘감고 있었다. 우는 소리가 안 들렸다면 두 여자가 아기가 아닌 인형을 안고 가는 것처럼 보일 지경이었다. 카룰리나가 구할 수 있는 온갖 천 쪼가리들을 총동원해 쌍둥이를 꽁꽁 싸맸기 때문이었다. 카를로 비발디가 쓰던 커튼, 자선단체 부인들이 주고 간 천 쪼가리들, 심지어 종이 쪼가리까시 사용해 아기들을 싸맸다. 하지만 설사병이 심해진 쌍둥이는 가족들 사이에서 극심한 악취를 풍기고 있었다.

저만치 앞서가던 가족들이 카룰리나의 이름을 부르며 빨리 오라고 재촉했다. 너덜너덜한 여름 슬리퍼를 신은 발이 진흙탕에 푹푹 빠지는 바람에 그녀는 어렵사리 걸음을 옮기고 있었다. 발에 비해 지나치게 큰, 어른들이나 신는 스타킹이 발뒤꿈치에서 헐렁거렸다. 꽁꽁 싸맨 아기의 무게 때문에 평소보다 더 비틀거리며 걸을 수밖에 없었다. 도메니코 오빠가 물려준 선원풍 피코트를 걸치고 머리에는 젖은 기저귀들을 둘둘 말고 있었다. 양 갈래로 곱게 땋은 머리가 그녀의 목덜미를 타고 늘어져 있었다. 오솔길이 구부러지는 곳에 다다르기 직전 그녀는 뒤를 돌아보며 우세페에게 인사를 건넸다. 우세페는 그 자리에 가만히 서서 그들이 떠나는 모습을 지켜보았다. 내내 진지한 표정을 짓고 있던 우세페는 카룰리나가 인사를 하자 모호한 미소를 지어 보였다. 그녀의 인사에 대답하는 대신 내키지 않는 일이 생길 때마다 그랬듯 천천히 주먹을 쥐었다 폈다 했다. 머리에는 카룰리나가 마련해 준 사이클 선수용 베레모를 쓰고 있었고 늘 입던 나팔바지에 환상의 부츠를 신고 있었다. 카룰리나에게 인사하기 위해 손을 들어 올리자, 땅에 질질 끌리는 방수 코트 속 빨간 안감이 보였다.

그로부터 몇 달 후에 카스텔리 지역에 무시무시한 폭격이 벌어져 알바노 도심 대부분이 파괴되었다. 이다는 그 소식을 듣자마자 밀레 가족을 떠올렸다. 혹시라도 가문 전체가 통째로 사라져 버린 건 아닐지 생각하기도 했다. 반면에 가족들은 모두 무사했다. 다음 해 여름에 만난 니노가 나폴리에서 일하던 중 살바토레를 만났노라고 했다. 그들은 폭격으로 몰살된 가족들이 살던, 반쯤 무너진 귀족적인 집에 들어가 지내고 있었다. 계단이 다 무너져서 긴 테이블을 창문에 다리처럼 기대놓고 그리로 집안에 드나들었다. 카룰리나도 함께 있었는데 자연스럽고 논리적인 숙명에 따라 연합군들과 어울려 지낸다고 했다. 키는 조금 컸지만, 피에트랄라타에서 살 때보다 더 야위어서 림멜 화장품을 덕지덕지 바른 작은 눈이 훨씬 더 커 보였다. 안 그래도 두툼한 입술에 새빨간 립스틱을 발라서 입이 두 배는 더 커 보였다. 하이힐을 신고 가느다란 다리로 비틀비틀 걷는 걸음걸이 또한 전보다 더 위태위태했다. 그럼에도 그녀의 눈빛과 행동거지와 말투는 예전 그대로였다.

쌍둥이들에 대해서는 들리는 소식이 없었다. 닌누추 또한 아는 바가 없다고 했다. 나폴리를 방문했던 짧은 시간 동안 그는 카룰리나의 애인이라던 흑인 미군 병사를 만나기도 했다. 그는 다음 날 미국으로 돌아간다면서 잔뜩 기분이 들떠 있었다. 카룰리나가 직접 고른 이별의 선물은 태엽을 감으면 노래가 나오는, 소렌토에서 만든 오르골이었다. 나무를 조각해 만든 상자 뚜껑에 하늘하늘한 연보랏빛 발레복을 입은 셀룰로이드 인형이 달려 있었다. 인형의 몸에 달린 막대기를 돌리자, 노래가 흘러나오면서 뚜껑 위를 빙글빙글 돌며 춤을 췄다. 음악에 맞춰 춤추는 인형에 매료된 카룰리나는 태엽이 끊기기 무섭게 다시 감기를 반복했다. 니노가 방문했을 때 그 집에는 그녀와 다른 여자 하나, 할머니와 남편들이 있었다. 딘다 할머니는 카룰리나가 오르골에 집착하는 게 당연하다면서 태어나서 처음 가져보는 인형이라고 했다. 그녀 또한 카룰리나처럼 음악에 맞춰 옛 노래를 흥얼거렸다. 그녀들은 집에 찾아온 손님에게 위스키와 감자튀김을 대접했다. 하지만 니노는 이후에 자신이 이다에게 그런 말을 했다는 사실조차 기억하지 못했다. 그녀는 그녀대로 나폴리에서 밀레 가족을 만났느냐고 니노에게 물을 엄두가 나지 않았다. 그렇게 이다는 밀레 가족이 알바노의 폐허 속에 영원히 파묻혔노라고 믿어 의심치 않게 되었다.

밀레 가족의 모습이 구부러진 오솔길을 돌아 사라졌다. 강당 안으로 돌아온 우세페는 강당이 무지무지하게 커졌음을 깨달았다. 쿵쾅거리는 발소리가 폭발 효과음처럼 쩌렁쩌렁 울려 퍼졌다. 우세페가 '엄마!' 부르고, 이다가 '왜?' 대답할 때마다 목소리가 예전과 다른 울림을 남겼다. 모든 게 사라져 버렸다. 바닥에 널려 있던 종잇조각들과 쓰레기들도 없어졌다. 바퀴벌레와 쥐들도 더 이상 출몰하지 않았다. 강당 한 구석에 한바탕 소동으로 깨진 유리컵이 죽은 듯이 엎드려 있었다. 엎질러진 기름에 흠뻑 젖은 초도 보였다. 쌍둥이들의 요람으로 쓰던 소포 상자도 강당 한가운데에 그대로 있었다. 신문을 여러 겹 깔아놓은 상자 안은 쌍둥이들이 싼 똥 자국으로 얼룩져 있었다. 에페톤도가 지내던 구석에는 그가 사용했던 매트리스가 여전히 돌돌 말려 있었다. 문에서 가까운 구석에는 카룰리나가 로사와 첼레스테를 감싸느라 썼던 누더기 커튼이 찢겨 있었고 로셀라가 새끼를 낳은 피로 얼룩진 지푸라기 자루도 그대로 있었다.

잠시 쉬고 싶었던 이다는 침대에 몸을 눕혔다. 하지만 그녀의 신체
는 이미 격렬한 소음에 길들어 있었다. 절대적인 침묵이 강당 안을 지
배하자, 안정되기는커녕 도리어 불안해졌다. 또다시 비가 내리고 있
었다. 도심뿐 아니라 가까운 동네 어디에서도 생명체의 흔적이라고는
느껴지지 않았다. 퍼붓는 빗소리와 더불어 폭격의 메아리가 들려오
기 시작했다. 그녀와 우세페 단 둘뿐인, 진흙에 잠긴 침묵의 강당 안
에서 소리는 더더욱 크게 울려 퍼졌다. 이다는 밀레 가족이 영원히 떠
났다는 사실을 우세페가 알고 있을지 궁금했다. 우세페는 수사관처럼
강당 안을 탐색하며 천천히 걸어 다니고 있었다. 그러더니 갑자기 미
친 듯이 빨리 달렸다가 숨을 헐떡이며 순식간에 달리기를 멈췄다. 바
닥에는 다 큰 남자애들이 축구 선수들을 흉내 내며 갖고 놀던 천 쪼가
리로 만든 공이 있었다. 우세페가 그들을 흉내 내며 힘껏 공을 찼다.
하지만 더 이상 팀도, 심판도, 골키퍼도 없었다. 책걸상들의 폭포 위
로 잽싸게 몸을 날리더니 언제나처럼 아래로 하강했다. 우세페가 부
츠를 신고 걸어 다니던 걸음을 멈췄다. 강당 안에 절대적인 고요가 깃
들었다. 잠시 후 이다가 커튼을 젖히고 우세페가 뭐하나 지켜보았다.
아이는 모래주머니 위에 앉아서 카룰리나가 선물해 주고 간 디스크
의 골을 손가락으로 후비고 있었다. 우세페가 심각한 눈빛으로 이다
를 쳐다보며 말했다.

"엄마! 틀어!"

"틀 수가 없어. 틀려면 축음기가 있어야 해."

"왜?"

"왜냐하면 디스크는 축음기 없이 소리가 나지 않으니까."

"축음기 없이는 소리가 안 나..."

빗줄기가 점차 거세지고 있었다. 공기를 타고 피리 소리 비슷한 사이렌 소리가 들리더니 이내 멈췄다. 아마도 몬티 도로 위를 지나가던 트럭이었을 것이다. 어둠이 내려앉았다. 버려진 강당 안은 춥고 더러웠다. 국경의 마지막 보루, 현실에서 벗어난 장소 같았다. 비가 그치기만을 기다리며 이다는 우세페와 놀아주기로 했다. 천 번도 더 들려준 뱃노래를 불러 주었다.

"뒤돌아라 배야 돌아라 배야..."

"... 사자 세 마리와 돛단배 세 척..."

"또." 노래가 끝나자마자 우세페가 말했다.

이다가 또다시 노래를 들려주었다.

"또." 우세페가 말했다. 그러더니 무언가에 홀린 듯한 미소를 지으며 도저히 믿기지 않는다는 듯이 외쳤다.

"엄마, 나 바다 봤어!" 아이가 전사들의 기지에서 있었던 모험에 대해 언급한 건 그때가 처음이었다. 그전까지는 비밀을 지켜야 한다는 임무를 다하고자 이다가 아무리 캐물어도 입을 열지 않았다. 이다 또한 오늘만큼은 이해할 수 없는 아이의 고백을 단순한 환상이라 여기며 꼬치꼬치 캐묻지 않기로 했다. "뒤돌아라 배야 돌아라 배야..."

11월 내내 둘은 강당을 점령한 유일한 거주자들이었다. 예상보다 늦어지긴 했지만, 학교들이 다시 문을 열었다. 그러나 이다가 일하던 학교는 현재 군부대가 주둔 중이었다. 학교 측에서는 외곽에 있는 다른 장소로 옮겨 오후에만 수업을 진행하기로 했다. 소등 시간 전에 대중교통이 끊기는지라 이다가 지내는 피난소에서는 출근 자체가 불가능한 실정이었다. 사정이 그런지라 이다는 다행히 휴직 상태를 계속

367

유지할 수 있었다. 하지만 어쨌든 식량을 구해오려면 매일 밖에 나갈 수밖에 없었다. 날씨가 나쁜 날에는 어쩔 도리 없이 우세페를 혼자 강당에 두고 밖에서 열쇠로 문을 잠갔다. 우세페가 생각하면서 시간을 보내는 방법을 터득하게 된 것도 그때부터였다. 얼굴에 주먹을 갖다 대고 무언가를 골똘히 생각하기 시작했다. 무슨 생각을 했는지는 아무도 몰랐다. 아마도 불확실하고 시시콜콜한 생각들이었으리라. 하지만 한 가지 사실만큼은 확실했다. 우세페가 그렇게 생각하는 동안 아이의 시간은 그대로 멈춰버렸다는 사실이었다. 다람쥐와 새끼 곰이 섞인 듯한, 작은 판다라 불리는 아시아 생물은 아무도 다다를 수 없는 높은 산 깊은 숲속 나무 위에서 살고 있다고 한다. 작은 판다들은 나무 위에서 생각에 잠긴 채 수 천 년을 보내다가 300년에 한 번씩 지상으로 내려온다고 한다. 그들의 상대적인 계산법에 따르면 지상에서의 300년은 나무 위 작은 판다에게는 10분에 불과한 시간이었다.

우세페가 고독한 시간을 보내는 동안 드물긴 했지만 예상치 못했던 손님이 찾아오기도 했다. 하루는 비현실적으로 말라비틀어진 줄무늬 고양이 한 마리가 있는 힘을 다해 창문에 유리 대신 붙여 놓은 종이를 찢고 먹을거리를 찾으러 강당 안까지 들어왔다. 그가 강당 안에 발을 들인 순간, 당연히 쥐들은 자취를 감췄다. 우세페가 고양이 손님에게 대접할 수 있었던 거라고는 먹다 남은 삶은 양배추 쪼가리밖에 없었다. 하지만 그는 우세페가 내놓은 음식의 냄새를 맡더니 몰락의 와중에도 품위를 지키는 고양잇과 특유의 오만함을 드러내며 거들떠보지도 않았다. 그리고 꼬리를 꼿꼿이 세우고 되돌아 나가 버렸다.

고양이가 방문했던 바로 그날 세 명의 독일 군인들이 강당에 찾아왔다. 전에도 그랬듯이 특수 경찰이나 나치 대원이 아닌 매우 평범한 병사들로 나쁜 의도는 전혀 없었다. 그럼에도 독일군의 보편적인 관습에 따라 노크 대신 문이 부서져라 발로 차며 개머리판으로 두드렸다. 강당 안에 갇혀 있던 우세페는 열쇠로 잠긴 문을 열어줄 수 없는 상황이었다. 아무래도 문이 열리지 않자, 병사들은 고양이가 발톱으로 갈기갈기 찢어놓은 창문에 붙어 있던 종이를 찢고 안을 들여다보았다. 방문객들이 찾아왔다는 사실에 감동하며 창문 바로 밑에 서 있던 우세페의 두 눈이 병사들의 눈과 마주쳤다. 강당 안에 우세페밖에 없다는 사실을 확인한 병사들이 독일어로 대화를 나누기 시작했다. 우세페는 둔탁하게 울리는 그들의 대화를 전혀 이해할 수 없었지만, 병사들도 분명 고양이처럼 먹을 걸 찾고 있다는 확신으로 먹다 남은 삶은 양배추 쪼가리를 건넸다. 하지만 그들 또한 고양이와 마찬가지로 그의 대접을 거절했다. 다들 껄껄 웃으며 오히려 우세페에게 사탕 한 개를 건네주었다. 하지만 그건 우세페가 저주했던 박하맛 사탕이었다. 아이는 사탕을 입에 넣자마자 그대로 퉤 하고 뱉어버렸다. 선물을 다시 되돌려주고 싶었던 우세페가 침이 흥건한 사탕을 집어 들고 예의 바른 태도로 병사들에게 말했다. "가져!" 그러자 그들은 더욱 크게 웃으며 사라져 버렸다.

그날의 예상치 못했던 세 번째 방문객은 에페톤도였다. 그는 열쇠를 갖고 있었기 때문에 문을 열고 강당 안에 들어올 수 있었다. 원래 쓰고 다녔던 모자 대신 추위를 막기 위해 미국 갱스터나 쓸 법한 모자를 쓰고 있었다. 언제나처럼 활달했지만, 날이 추워지자 다 나은 줄 알았던 팔에 관절염이 도지고 있었다. 하지만 아무한테도 팔이 아프단 말을 하지 않았다. 찬밥 신세가 되어 파르티잔 조직에서 쫓겨날까 불안했기 때문이었다. 우세페에게만 자신의 병에 대해 털어놓은 그는 같은 편 동지와 대화하듯 우세페에게 파르티잔 기지의 이모저모를 알려주었다. 동지들은 모두 잘 지내고 있다는 둥 또다시 위대한 과업을 달성했다는 둥 기타 등등. 어느 날 밤, 리베라와 다른 조직들이 합세해 연합군의 로마 입성을 돕고자 송곳의 전략을 시작으로 작전을 펼쳤다. 정차해 있던 독일군들의 차량을 공격하며 기관총을 난사하고, 폭탄을 터뜨리고, 불을 질렀다. 로마 곳곳 대로변에서 피의 잔치가 벌어졌다. 바로 전날 밤에는 일인자와 다른 동지들이 거리의 소소한 공격과 비교할 수 없을 만큼 어마어마한 작전을 펼쳤다. 다이나마이트를 터뜨려 독일군 기차 한 대를 폭파한 것이었다. 폭발과 동시에 기차는 순식간에 거대한 화염에 휩싸여 고철 덩어리로 변해 버렸다. 세상의 종말이 따로 없었다.

리베라 조직은 전에 머물던 오두막을 떠나 제대로 된 벽이 있는 작은 집으로 기지를 옮겼다. 일인자와 송곳과 타잔 등등이 우세페에게 인사와 뽀뽀를 전한다고 했다. 추위와 악천후 때문에 숲속 생활이 매우 어려워졌지만, 조직원들은 다행히 모두 건강하고 긍정적이었다. 단 한 사람, 피오트르만 제외하면 말이다. 그는 첫 번째 임무를 수행한 뒤 극심한 무기력증에 빠진 상태였다. 손가락 하나 까딱하지 않았고 매일 술을 마시며 시간을 보냈다. 첫 번째 임무 이후 피오트르 동지는 전사로써 아무짝에도 쓸모없는 존재가 되어 버렸다. 동지들 사이에서는 그를 되돌려보내야 한다거나 심지어 머리에 총을 쏴서 처단해 버려야 한다는 말까지 나오고 있었다. 하지만 동지들은 결국 세 가지 이유로 그를 제거하지 않고 인내하기로 결심했다. 첫째는 나쁜 시기가 지나면 그가 훌륭한 전사의 모습을 되찾을 수 있을지 모른다는 계산 때문이었다. 둘째는 유대인이었던 그가 처한 흉악한 상황을 배려하는 마음에서였고, 셋째는 일인자와의 돈독한 우정 때문이었다. 니노는 늘 그를 존중했고 신뢰해 마지않았다. 다른 사람들이 아무리 그를 욕해도 늘 그의 편에 서서 알고 보면 용감한 사람이라며 방어해 주곤 했다. 우세페는 에페톤도가 들려주는 이야기들을 전부 이해할 수 없었지만, 엄마가 불러 주는 뱃노래를 들을 때와 맞먹는 집중력으로 열과 성의를 다해 귀를 기울였다. 에페톤도가 이야기를 끝내자마자 우세페는 자신도 모르는 사이에 엄마한테 하듯 이렇게 내뱉었다. "또!"

에페톤도가 강당에 온 이유는 유감스럽게도 매우 비정하고 임중한 임무를 수행하기 위해서였다. 강당 안에 마지막으로 남아 있던 통조림들을 기지로 운반하기 위해 찾아온 것이었다. 정어리, 홍합, 꼴뚜기 통조림들, 전부 다. 강당에 남은 그의 소유물은 이제 매트리스와 텅 빈 새장뿐이었다. 나머지 물건들은 당연한 일이었지만, 밀레 가족과 함께 죄다 사라져 버렸다. 물건은 싹 다 챙기고 욕설만 남기고 떠났다. 그들이 내뱉었던 욕설 중 그나마 입에 담을만한 건 '창녀 자식들' 또는 '돼지 새끼'였다. 에페톤도는 떠나기 전에 돌돌 말려 있던 자신의 매트리스를 이다의 잠자리 바로 옆에 펴 놓았다. 누군가 사용하는 게 나을 거란 생각이 들어서였다. 파르티잔이 된 이후 지푸라기 위에서 쪽잠을 자는 게 몸에 밴 그에게는 더 이상 쓸모없는 물건이었다. 강당의 상황은 리베라 조직이 기거하는 작은 집보다 훨씬 더 열악했다. 그곳에서는 적어도 장작을 구해와 불을 피울 수 있었다. 반면에 강당 안에는 난방 기구가 전혀 없었다. 습기를 머금은 벽미다 온통 곰팡이였고 너무 추워서 이빨이 시리다 못해 덜덜 떨렸다. 우세페의 안색은 창백했고 몸은 앙상하게 야위어 있었다. 추위를 막기 위해 자선단체 부인들이 기부한 낡은 모직 천들을 온몸에 둘둘 감은 우세페의 모습은 마치 구걸하러 다니는 아이 같았다.

"자, 이제 매트리스 두 개를 깔고 잘 수 있단다."

에페톤도가 강당을 떠나며 말했다.

"잘 지켜야 한다, 절대 버리면 안 돼! 이래 봬도 양모 매트리스야, 생쥐들이 갉아 먹지 않도록 조심하고!"

빈 새장은 그가 머물던 자리에 추억처럼 남겨졌다. 우세페가 고독한 나날들을 보내는 동안 가장 자주 찾아왔던 방문객은 참새들이었다. 창문 턱에 앉아 있거나, 뛰어오르기도 하고, 수다를 떨기도 했다. 우세페는 동물들의 언어를 이해하는 특출난 재능을 타고난 아이였지만, 늘 그렇지만은 않았다. 참새들이 나누는 대화는 고작 '짹짹' 밖에 이해할 수 없었다. 어쨌든 그는 작은 방문객들 또한 간식거리를 원할 거라고 확신했다. 하지만 식량 배급 카드로 살 수 있는 빵은 너무도 적었던지라 굶주린 작은 영혼들에게 베풀 빵 부스러기는 남아 있지 않았다.

10.

지역의 모든 단체장에게 경찰에서 지시하는 다음과 같은 법령을 즉시 따를 것을 공표하는 바이다.

1. 국가 내에 거주하는 유대인들 모두는 범죄자이며 외국 국적을 소유했을지라도 정해진 바에 따라 강제 수용소로 이송되어야 한다. 그들이 소유한 동산과 부동산을 포함한 모든 재산은 즉시 압수하여 이탈리아 사회 공화국의 이익을 위해 귀속될 것이며 적군의 공중 폭격으로 인한 피난민들을 구제하는 용도로 쓰이게 될 것이다.

2. 자국민과 유대인과의 결혼을 통해 태어난 자녀들은 현존하는 인종법

에 따라 아리안 인종으로 구분하되 경찰 조직으로부터 특수한 감시를 받게 될 것이다.

로마, 1943년 11월 30일

독일 측에서 내린 '마지막 해법'에 근거해 실시된 두 가지 항목의 행정 명령은 만쿠소의 미망인이었던 이다 라문도와도 관계가 있었다. 첫 번째 조항은 그녀가 피난민이기 때문이었고, 두 번째 조항은 그녀가 아리안과의 혼혈이기 때문이었다. 하지만 둘 중 어느 조항도 그녀에게 실질적으로 영향을 미치지 않았다. 피난민을 구제한다는 명목으로 유대인들로부터 압수한 재산 중 그녀에게 돌아온 건 단 한 푼도 없었다. 두 번째 조항과 관련해서는, 계절이 바뀐 뒤에 그녀가 이사한 새 거주지로 경찰들이 찾아와 수위에게 그녀의 정체를 알린 게 다였다. 하지만 국가 정책에 반대했던 수위는 아무한테도 그녀의 정체를 밝히지 않았으므로 그녀의 존재는 서류상으로만 남았다. 이다는 일정한 시기까지 그러한 법령이 시행되었다는 것조차 알지 못했다. 시간이 지남에 따라 그녀의 실질적인 상황은 모든 면에 있어서 극단으로 치닫게 되었지만 말이다. 이다는 12월 초가 되어서야 두 가지 법령에 대해 그리고 자신이 경찰의 감시하에 있다는 사실에 대해 알게 되었다. 자신의 죄가 유죄 판결을 받고 돌이킬 방법도, 중재할 방법도 없이 벽보에 나붙어 세상천지에 알려진 거나 다름없는 일이었다. '이두차라 불리는 이다를 수배함. 유대인 혼혈로 두 아들의 어머니임. 큰아들은 파르티잔이고 둘째 아들은 아버지를 알 수 없는 잡종임'

닌나리에두에 대해서는 그다지 걱정하지 않았다. 쭉 뻗은 다리로 쿵쿵거리며 스텝을 밟듯 걸어 다니는 아들, 니노의 모습을 떠올릴 때면 그 어떤 장해와 변고가 닥쳐도 막아낼 불사신이란 생각이 들었다. 하지만 우세페는 달랐다. 우세페를 생각할 때마다 그녀는 극도로 불안해졌다. 독일 군인들이 유대인들을 잡아갈 적에 엄마 품에 안긴 젖먹이들까지 걸레나 쓰레기처럼 트럭에 쑤셔 넣었다는 사실이 떠올라서였다. 어떤 마을에서는 독일 군인들이 앙갚음하기 위해 아니, 단순히 술에 취했거나 즐기기 위해 아이들을 탱크로 짓이기거나, 산 채로 불태우거나, 벽에 집어 던졌다. 다시 한번 말하지만, 전부 다 사실이다. 역사적으로 증명된 사실이다. 실제로 알려진 내용은 극히 일부에 불과하다. 당시에는 일부에서만 그런 사실들을 믿었다. 대부분은 믿으려 하지 않았다. 그러나 이다는 불길한 계시에서 벗어날 수 없었다. 인종도 불분명한 데다 덜 자라고 영양부족에 시달리는 불쌍한 하층민의 본보기였던 우세페를 죽이려는 자들이 로마를 비롯한 세상의 길목마다 득실거리는 것 같아서였다. 어떤 날에는 나치와 파시스트를 포함한 세상 어른들 모두가 살인자로 보이기도 했다. 밖에 나갔다 돌아올 때마다 그녀는 눈을 부릅뜨고 가쁜 숨을 몰아쉬며 강당까지 달음질쳤다. 저만치 길가에서부터 큰 소리로 아이의 이름을 불렀다. '우세페! 우세페!' 그럴 때마다 아이는 앓는 아이처럼 기어드는 목소리로 대답했다. '엄마!'

　나치 파시스트들은 이제 사람들이 사는 마을에도 모습을 드러내고 있었다. 10월에는 오두막에 살며 굶어 죽기 직전이었던 사람들을 학살하는 사건이 벌어지기도 했다. 겨울이 되자 트럭을 비롯한 기타 수단을 총동원한 독일군의 식량 수탈이 빈번해졌다. 그럼에도 사람들은 두려워하지 않았다. 동네방네 주민들이 나서서 군사 조직을 결성했다. 들리는 말에 따르면 열 명 남짓한 가족들이 동굴이나 판잣집에 한데 모여 한 침대에서 잠을 잔다고 했다. 침대 밑에는 9월부터 벙커와 군부대에서 훔친 무기들을 감춰 놓았다. 불시에 끌려가는 게 두려웠던 젊은 남자들은 도시 곳곳에 몸을 숨겼다. 건드리기만 해도 싸울 테새인 사람처럼 굳은 표정으로 눈치를 살피며 자신들만의 게토가 된 공터, 동굴, 쓰레기 더미를 배회하고 있었다. 그들 사이에 형편없는 몰골의 어머니들, 병을 얻은 아가씨들, 못 먹어서 배가 볼록하고 이가 득실거리는 아이들이 있었다. 이다 또한 우세페를 되도록 강당에 혼자 두지 않으려고 애썼다. 하지만 그토록 절망적인 상황에서도 이이를 먹이려면 밖에 나가야만 했다. 스타킹 속에 숨기고 다녔던 그 유명한 돈 꾸러미도 암거래로 먹거리를 장만하느라 거의 다 써버린 상태였다. 우세페 또한 당시에 다른 아이들처럼 배가 볼록했다. 쥐꼬리만 한 봉급을 찾으러 갈 때마다 그녀는 혹시 공무원이 엄숙한 태도로 다음과 같이 선언하지 않을까 다리가 후들거렸다.

"당신 같은 유대인 잡종에게는 더 이상 급여를 지급할 수 없습니다."

강당 안에 들어와 며칠씩 묵고 가는 사람들도 생겼다. 진흙탕과 쓰레기 더미 사이에 몸을 누일 거처가 있다는 사실이 주변에 알려졌는지 오갈 데 없는 사람들이 강당을 들락거리기 시작했다. 혼미한 선입견에 빠진 이다의 시선에는 그들이 하나같이 보호자가 아닌 위험한 사람들로 보였다. 이제 우세페를 혼자 강당에 놔두는 것보다 그들과 함께 두는 게 더 무서울 지경이었다. 강당을 찾아왔던 이들 중 젠차노*에서 작은 상점을 운영하다가 폭격이 무서워서 도망쳐 온 가족이 있었다. 아무래도 밀레 가족 중 누군가가 피난소의 위치를 알려준 것 같

---

* 이탈리아 중부 라치오 주의 도시

앉다. 가장은 벌건 얼굴에 고혈압을 앓는 뚱뚱한 남자였다. 강당 안에
잠깐 얼굴을 디밀었던 그는 그 길로 젠차노로 줄행랑을 쳤다. 공습으
로 상점이 파괴되었지만 집은 그런대로 남아 있었다. 집안 어딘가에
벽을 파서 남아 있는 돈과 귀중품을 감춘 그는 하루빨리 돌아가 재산
을 지킬 작정이었다. 그러던 어느 날 또다시 폭격이 벌어졌다. 다행히
집은 멀쩡했지만, 그는 충격으로 인한 심장마비로 세상을 떠났다. 젠
차노에 사는 친척들이 그의 부고를 전하러 강당에 찾아왔다. 전부 여
자들이었다. 순식간에 울부짖음과 통곡 소리가 강당 안을 가득 메웠
다. 울먹이며 의논을 거듭하던 그녀들은 젠차노에 다른 친척에게 장
례 절차와 집을 돌보는 일을 맡기고 피난소에 그대로 머물기로 했다.
집으로 돌아가자니 폭격이 너무 무섭기 때문이었다.

　여자들은 하나같이 뚱뚱하고 안색이 창백했다. 그중 한 어머니는
하지정맥으로 두 다리가 퉁퉁 부어 있었다. 상중이었던지라 온종일
화로 곁에 모여 움직이지도, 입을 열지도 않았다. 코앞이라고 믿었
던 연합군들이 어서 빨리 밀고 올라와 젠차노로 돌아갈 수 있기만을
간절히 바랐다. 하지만 이제 그곳에는 상점도, 남정네도 없었다. 남
은 건 벽에 파묻힌 가상의 보물뿐이었다. 슬픔으로 물든 깃털을 부풀
리며 무대에 앉아 있는 거대한 암탉들처럼, 그녀들은 가라앉은 목소
리로 조만간 찾아올 해방을 이야기했다. 자신들을 자루에 넣어 밖으
로 데리고 나갈 주인을 기다리듯이. 우세페가 화로 가까이 다가갈 때
마다 여자들은 짜증을 내며 아이를 쫓았다. "엄마한테 가라, 아가."

　강당에 들어와 머문 이들 중에는 피에트랄라타 출신 여자도 있었
다. 10월 22일 전투에서 총격으로 사망한 청년의 어머니였다. 아들이
살아있었을 때는 밤늦게 싸돌아다니지 말라며 미친 듯이 성질을 내는

바람에 아들한테 얻어맞은 적도 있었다. 심지어 아들을 폭행죄로 경찰에 신고하기까지 했다. 그러나 이제는 멀쩡한 자기 집을 놔두고 매일 밤 이집 저집을 전전하며 자는 신세가 되었다. 자기 집에서는 밤마다 아들의 유령이 나타나 자신을 때린다고 했다. 그녀의 아들 아르만디노는 엄마가 보는 앞에서 독일군들에게 붙잡혔다. 성벽에서 전투가 벌어졌던 그날 그녀는 여느 때처럼 밀가루를 구하러 그곳에 갔다가 아들이 붙잡히는 장면을 목격했다. 밤이 되면 종종 그녀가 머무는 쪽에서 말소리가 들렸다. "안 돼! 아르만디노, 안 돼! 네 엄마힌데 그러면 쓰겠니!" 아침이 밝아오면 그녀는 아르만디노가 얼마나 미남이었는지 자랑을 늘어놓곤 했다. 배우 로싸노 브랏치를 닮은 피에트랄라타의 유명 인사였다고 했다. 여전히 길고 아름다운 머리카락을 지닌 그녀 또한 젊은 시절에는 미인이었을 것이다. 하지만 이제는 하얗게 센 머리카락에 이가 득실거리고 있었다.

강당에 새로 들어온 사람들은 다들 자기가 쓸 매트리스를 들고 왔다. 단기간만 머물렀던 사람들은 솜이나 굴러다니는 잡동사니들로 잠자리를 마련했다. 카를로 비발디가 썼던 지푸라기 자루는 한 젊은이가 와서 차지했다. 이다는 그가 늑대 인간만큼이나 무서웠다. 사실 그덕분에 강당의 환경이 개선된 면도 없지 않았다. 깨진 유리 대신 합판을 구해다 창문에 끼워 놓았기 때문이었다. 그는 키가 아주 컸고 근육질에 등은 구부정했다. 해골처럼 이빨이 툭 튀어나온 모습이 꼭 시체 같았다. 어디 출신인지, 무슨 일을 하는시, 왜 왔는지 알 수 없었지만, 말투로 보아서는 로마 출신인 듯했다. 그 또한 우세페가 다가가면 이렇게 말하며 내쫓곤 했다.

"이 근처에 얼씬도 하지 마, 애새끼야."

밀레 가족의 시대는 지나가 버렸다! 강당 안에서 우세페를 상대해 주었던 유일한 사람은 총살된 아들의 어머니뿐이었다. 예전에 카룰리나가 그랬듯이 그녀는 캄캄한 밤에 우세페의 손을 꼭 붙잡고 화장실까지 데려다주곤 했다. 어느 날 저녁 우세페의 발에 양말을 신겨 주던 그녀가 작고 깡마른 아이의 가슴을 톡톡 치며 말했다. "엄마의 가여운 새 같으니, 내 생각에 넌 많이 클 것 같지 않구나. 전쟁이 아기들까지 망쳤어." 그녀는 아들이 어렸을 때 했던 것처럼 우세페에게 놀이를 가르쳐주고 목소리를 흉내 내며 짧은 이야기를 들려주기도 했다. 이야기는 늘 똑같았는데 먼저 우세페의 손바닥을 간질이며 시작되었다.

아주 아주 아름다운 광장에
미친 산토끼 한 마리가 지나갔단다

그리고 우세페의 손가락을 엄지부터 차례로 잡아당기며 말했다.

요건 붙잡고
요건 죽이고
요건 불에 굽고
요건 먹어 치워야지

새끼손가락에 다다르면서 이야기는 끝났다.

그리고... 요건 너무 앙증맞아서
한 입 거리도 안 되니 그냥 둘까나

"또!" 이야기가 끝나자마자 우세페가 말했다. 그녀는 이야기를 처음부터 다시 시작했고 우세페는 간절한 눈빛으로 그녀를 쳐다보았다. 아이는 이번 아니 다음번에라도 산토끼가 도망치는 데 성공해서 사냥꾼들이 빈손으로 돌아가기만을 애타게 기다리고 있었다. 하지만 다양하게 펼쳐졌던 동화의 결말은 늘 똑같았다.

....1944

1월

독일군이 점령한 이탈리아 도시 중 로마에서 최초로 경찰 특수 부서가 조직된다. 히틀러의 '밤과 안개' 조직에 가담한 이탈리아 및 독일의 가학적인 전문가들이 구속, 고문, 살인을 저지를 수 있는 공식적인 허가가 주어진다.

살로 공화국 파시스트 법정이 7월 대 회의에서 수령에게 반대표를 던졌다는 이유로 베로나에서 지도급 인사들에게 사형을 선고한다. 피고인 중에는 수령의 사위 치아노도 있다. 즉시 형이 집행된다.

독일군이 안치오에 상륙하려 시도하던 연합군을 막대한 병력을 투입해 방어한다. 이탈리아의 군사 경계선은 카시노에 머문다.

2월-4월

독일군이 이탈리아 경찰 측에 내린 새로운 명령에 따라 지역 파시스트 밀고자의 협력으로 독일 인종법을 피해 도주한 유대인 색출이 시작된다.

로마에서 파르티잔이 나치 친위대를 공격한 데 대한 보복으로 335명의 이탈리아 시민이 아르데아티네 동굴에서 독일군에게 학살당한다.

소비에트 사회주의 공화국 연방의 군수 산업과 연합군의 물품 조달에 힘입어 붉은 군대가 성장세를 보인다. 국경지대 곳곳에서 싸움을 펼치던 소련 부대들이 서쪽을 향해 진군을 계속하며 체코슬로바키아 남부까지 이른다.

6월-7월

노르망디 상륙 작전을 통해 독일군에 대항하는 서부 국경에 새로운 장이 열리며 연합군이 프랑스를 재탈환한다.

연합군이 이탈리아 카시노 경계선을 넘어 북쪽으로 진격해 로마에 입성한다.

여전히 나치가 점령하고 있는 이탈리아 지역에서 자유 지원병 모집을 통해 통합 군대가 조직된다. 왕과 바돌리오 총리를 주축으로 수립된 이탈리아 군대가 연합군의 작전에 동참한다.

러시아 군대가 동쪽에서 나치의 동선을 따라 선제공격을 계속한다.

나치 내부에서 히틀러를 반대했던 고위 장교들의 움직임이 실패로 돌아간다. 반란을 모의한 사람들 또는 모의했다고 추정되거나 의심되는 사람들 5천여 명이 처단된다.

8월-10월

파리에 입성한 연합군이 서부 경계선에서 진격을 이어간다.

이탈리아 피렌체 북부에 '고딕 라인'이라 불리는 새로운 군사 경계선이 형성된다.

소련군들은 동부 전선을 지키려는 독일군의 극적인 방어로 인해 비스톨라에 머문다.

바르샤바 도심에서 나치에 항거하는 움직임이 일어나자, 독일군은 티끌 하나도 남기지 않고 모조리 불태운다. 폴란드인 30만 명이 학살된다.

태평양에서 미군 함대를 파괴하려는 카미카제 (일본 자살 특공대)의 부질없는 공격이 이어진다.

필리핀 레이테 섬에서 일본 함대가 미군에게 참패한다.

독일에서 총통이 16세에서 60세까지 모든 신체 건강한 남성들에게 동원 명령을 내린다.

11월-12월

연합군 측의 승리가 확실시됨에 따라 영국군 수장이 독일이 점령한 이탈리아 내 저항군들의 동원 해제를 지시한다. CLN(국가 자유 위원회) 즉, 이탈리아 저항군은 현재 파시스트 정권에 항거하며 불법적으로 살아남은 여섯 개의 당파로 갈라져 있다. 그와 같은 민중들의 자발적인 항쟁 중 특히 파르티잔의 승리는 여러 지역에서 독일군들을 몰아내고 일시적인 소규모 공화국을 형성한다.

이탈리아 영토에 진입한 연합군은 가을과 겨울 동안 고딕 라인에 머무르며 작전을 이어가고 있다.

1.

로마를 둘러싼 폭격 소리는 한층 잦아졌고 점점 가까워졌다. 젠차노 상점 여인들은 폭격 소리가 들릴 때마다 발을 동동 구르며 두려움에 휩싸여 비명을 내질렀다. 1월 22일, 연합군이 안치오*에 상륙했다. 전쟁이 끝나기라도 한 듯 기쁨의 노래와 함성이 마을을 가득 메웠다. 마을의 몇 안 되는 피시스트들은 서둘러 몸을 숨겼고 젊은이들은 혁명이 일어난 것처럼 너도나도 거리로 뛰쳐나왔다. 게 중에는 무장한 이들도 있었다. 아직 문을 연 가게들을 돌아다니며 빵과 밀가루와 먹을거리들을 약탈했고 속보가 실린 연합 신문 불법 복사본을 하늘로 날렸다.

이다는 될 수 있는 한 강당을 벗어나지 않았다. 우세페를 늘 치마폭 안에 감싸고 있었다. 마을에 쳐들어온 독일군들이 도발에 대한 응징으로 남자들 전부를, 심지어 어린 우세페까지 죽이지 않을까 두려웠다. 마침 강당에서 지내던 늑대 인간이 그 시기에 자취를 감췄다. 그녀는 그가 첩자이고 독일군 부대에 피에트랄라타 강당 거주자들을 신고할지도 모른다는 의심에 시달렸다. 그러나 민중들의 흥분된 축제는 머지않아 또 다른 참혹한 결과로 이어졌다. 며칠 뒤 독일군은 연합군의 상륙을 저지하는 데 성공했고 연합군의 발은 안치오에 묶이고 밀았다. 상점 여인네들은 더 이상 소리를 지르지 않았지만, 그렇다고 안도의 한숨을 내쉬지도 않았다. 그녀들의 입술은 두려움으로 누렇게 들떠 있었다. 로마 주위에서 밤낮을 가리지 않고 폭격 소리가 들

---

* 로마 남부의 항구 도시

렸다. 어마어마한 폭격 소리와 함께 항복은 고사하고, 재공격을 시도하려는 독일군의 탱크가 지나가는 괴성이 들렸다. 안치오 상륙 작전은 아무짝에도 쓸모없는 에피소드였다. 진짜 경계선은 여전히 카시노에 머물러 있었다. 자유가 다가왔다는 건 늘 그렇듯 허상에 불과했다. 전쟁은 끝나지 않았다.

1월 말에 선술집 주인 레모가 이다를 찾아왔다. 이다를 밖으로 불러내더니 아들 니노에 대해 급히 전할 소식이 있다고 말했다. 일인자는 무척 건강하며 그녀에게 안부를 전하는 동시에 안녕을 고한다고 했다. 동생에게 수없이 많은 뽀뽀를 전한다는 말도 덧붙였다. 전쟁이 막바지에 다다르자, 독일군은 군사 경계선을 넘어 마을까지 들어와 반군 소탕 작전을 벌였다. 상황이 그렇다 보니 니노가 속한 조직은 더 이상 지역을 기반으로 활동할 수 없게 되었다. 리베라는 해체되었다. 조직원 중 일부는 사망했고 일부는 기지를 이탈했다. 일인자와 피오트르(카를로)는 군사 경계선을 넘어 나폴리로 함께 떠나기로 결심했다. 조직에서 활동할 때처럼 재빠르고 효율적으로 움직인다면 충분히 해볼 만한 일이었다. 모스크바와 송곳은 세상을 떠났다. 선술집 주인 레모는 주세페 쿠키아렐리의 마지막 유언을 이다에게 전달했다. 모스크바가 레모에게 말하길 우주 창조와 맞먹는 비밀이라며 매트리스 안에 그녀를 위해 자신의 유산을 숨겨놓았다는 사실을 이다 부인에게 전해 달라고 했다. 양모 매트리스 한쪽 구석에 빨간 실로 묶인 매듭이 있는 지점이라고 했다. 세상을 떠난 그에게 돈이란 휴지 조각에 불과했지만, 이다와 아이에게는 너무나 절실히 필요한 것이었다.

레모는 자신이 준비한 포도주 한 병과 기름 반 리터, 양초 두 개를 이다에게 선물로 주었다. 그는 '미친 사람'이 왜 죽게 되었는지까지는 설명할 필요가 없다고 생각했지만, 이다가 그에게 문자, 자초지종을 들려주었다. 사건은 1월 22일 마리나 시내에서 벌어졌다. 그의 시신은 이틀이 넘도록 길바닥에 방치되었다. 독일군은 그의 시신을 치우는 일을 금지했고 지나갈 때마다 시신을 발길로 걷어찼다. 처참하게 죽은 그의 몸은 가뜩이나 삐쩍 말랐던 생전보다 훨씬 쪼그라들었다. 얼굴은 끔찍한 고문과 구타로 퉁퉁 부어 있었지만, 여전히 동네 할아버지 같은 푸근한 인상을 간직하고 있었다. 독일군들은 그를 총살하기 전에 생이빨 열다섯 개를 뽑아버렸다. 손톱과 발톱도 모조리 뽑았다. 그의 벌거벗은 발과 쭈글쭈글한 손끝에는 시커먼 피가 엉겨 붙어 있었다.

모스크바는 리베라 조직의 수장이었던 안경의 메시지를 다른 조직의 수장에게 전달하라는 임무를 띠고 마리나 시내에 투입되었다. 타잔 동지와 함께 라디오를 손에 넣으려고 가던 참이었다. 캄캄한 오솔길에서 정체를 알 수 없는 형체가 출몰하자 그가 암호처럼 속삭였다. "알톨라!" 순간, 가까운 집 뒤편에서 독일어로 웅성거리는 소리가 들렸다. 타잔은 재빨리 총을 발사했고 계속 총을 쏘며 도망치는 데 성공했다. 모스크바는 독일군에게 포위되어 붙잡혔다. 그의 품속에서 쪽지 하나가 발견되었는데 그조차도 뜻 모를 내용이었다. 쪽지의 내용은 다음과 같았다. '다 된 빨래들은 양동이 안에 들어있다.' 그를 고문했던 이들은 당연히 훨씬 더 많은 사실을 알아내고자 했다. 하지만 독일 소년병들은 고된 노동에도 불구하고 아무런 수확도 일이내지 못했다. 결국 그의 등 뒤에 대고 총을 쐈다. 모스크바의 마지막 소원은 죽는 순간 이렇게 외치는 것이었다. "스탈린 만세!" 하지만 그럴만한 기운이 없었던지라 참새 소리만 겨우 나왔다. 그는 한 달쯤 전인 성탄절에 66세 생일을 맞았다. 1883년생으로 베니토 무솔리니와 동갑내기였다.

그로부터 얼마 후에 송곳도 모스크바와 같은 결말에 다다랐다. 정확하게는 1월 25일과 26일 사이 밤으로 연합군이 안치오에 상륙한 지 사흘 뒤였다. 독일군은 남부며 북부를 가리지 않고 지원병을 모집해 실어 나르고 있었다. 독일군들의 차량이 안치오 행 도로를 가득 메웠다. 당시만 해도 연합군이 곧 이길 거란 의견이 우세할 때였다. 리베라 조직 동지들은 로마에서 벌어질 마지막 전투에 참전하기 위해 기를 쓰고 있었다. 들판에서 벌어졌던 여느 전투처럼 위험천만하겠지만, 한편으로 흥분되는 모험이기도 했다. 송곳은 흥분의 도가니에 사로잡혀 춤추듯 방방 뛰었다. 드디어 공격선상의 최전방에 나설 수 있게 된 것이었다. 이편에는 수치스러운 과거가, 저편에는 조만간 현재가 될 위대한 혁명의 미래가 있었다. 영국인과 미국인들이 자본주의자들이란 건 사실이었지만, 연합군 중에는 러시아인들도 꽤 있었다. 파시스트와 독일군들을 싹 다 몰아내고 나면 프롤레타리아 전체가 똘똘 뭉쳐 진정한 자유를 쟁취하게 되리라.

25일 밤에는 비가 내렸다. 도로가 매우 미끄러운 상태였다. 송곳은 머리에 식민지풍 헬멧을 쓰고 있었다. 적군의 눈에 띄지 않으려고 직접 검은색으로 칠했다. 코까지 내려오는 커다란 헬멧 아래 전형적인 농민의 후덕한 얼굴이 보였다. 손에는 전리품으로 챙긴 기관총을 들고 있었고 발에는 방수 군화를 신고 있었다. 밤마다 늘 지니고 다녔던 무기인 네 방짜리 송곳도 들고 있었는데 그날 밤에는 유독 송곳이 가늘었다. 로마의 송곳 기술자 친구들이 독일군에게 잡혀가 총살당하는 바람에 네 방짜리 송곳을 만들어 줄 사람을 찾기 어려운 실정이었다. 동네 철공소에서 일하는 소년공을 주인 몰래 포섭해 송곳을 만들어 온 참이었다.

그 날밤, 리베라의 첫 번째 임무는 전화선을 끊는 것이었다. 조직원들은 먼저 수 킬로미터를 연결하는 전화선을 절단했다. 이후에 안치오를 향해 전진하던 중 조직은 두 그룹으로 갈라졌다. 송곳을 선두로 한 첫 번째 그룹은 사거리가 끝나는 지점에서 네 방짜리 송곳으로 독일군을 공격하기로 했다. 일인자를 선두로 한 두 번째 그룹은 그보다 조금 떨어진 곳에서 기관총을 들고 기다리다가 송곳 맛을 본 녹일군에게 권총 세례를 퍼부을 계획이었다. 대장이었던 안경은 그날 부상으로 전투에 불참했다. 그날 밤, 사거리는 정말이지 위험천만한 곳이었다. 카시나와 로마와 북부에서 밀려든 차량이 쉴 새 없이 오가며 국가 헌병대 소속 병사 둘이 차량을 검문하고 있었다. 송곳처럼 노련하고 약사 빠른 참가자만이 이길 수 있는 게임이었다. 그날과 같은 밤에 써먹을 수 있도록 그는 이제껏 온몸의 감각과 근육들을 단련해 왔다. 야생 고양이 또는 날개 달린 작은 매처럼 작은 눈을 부라리며 병사들이 잠시 한눈을 파는 순간을 노렸다. 어느 순간, 눈 깜짝할 사이에 잠복하던 곳에서 튀어나온 그가 차량에다 대고 정확하게 네 방짜리 송곳을 찔렀다. 마치 인도에서 공놀이하며 즐기는 아이 같았다. 그리고 순식간에 후퇴했다. 어찌나 재빨랐던지 한밤중에 전속력으로 도망치는 작은 짐승 같았다. 볼 수도, 잡을 수도 없었다.

임무를 완수한 그는 동지들이 기다리던 지점으로 돌아왔다. 한 동지는 십 번이었고, 다른 동지는 '네구스'라 불리던 아리치아 출신 소년이었다. 셋은 다른 조직원들과 합류하기 위해 몸을 숙이고 소리 없이 남쪽을 향해 나아갔다. 이후에 벌어질 전투에서 어떠한 운명이 자신들을 기다릴지라도 힘을 합쳐 싸울 작정이었다. 진흙과 물로 뒤범벅된 시커먼 땅바닥에서 셋은 눈먼 소경처럼 조심조심 발걸음을 옮겼다. 빗물이 잔뜩 고인 도로에서 종종 바퀴에 펑크가 난 독일군 차량이 털털거리는 소리가 들렸다. 그럴 때마다 송곳은 미소 지으며 손으로 십자가를 그었다. 어릴 때 교구 성당에서 성호 긋는 법을 배우긴 했지만, 종교적인 의미가 담긴 행동은 아니었다. 행운을 빈다든지 액운을 물리친다든지 하는 습관적인 행동에 불과했다. 셋은 3미터가 조금 안되는 오르막길에 다다랐다. 독일군의 움직임을 포착하려면 높은 곳으로 올라가는 게 나을 듯했다. 오르막길 꼭대기에 도착한 셋은 수풀 뒤에 몸을 숨기고 아래편 길가에서 지나다니는 적군을 관찰하기 시작했다. 처음 눈에 띈 건 바퀴에 펑크가 난 채 달리는 차량의 무리였다. 잠시 후 창문을 가린 커다란 배기량의 고위 장교 차 한 대가 빠른 속도로 그들의 눈을 스쳐 지나갔다. 곧이어 남쪽에서 기관총을 난사하는 요란한 소리가 들리더니 이내 조용해졌다. 일인자가 이끄는 조직원들의 성과가 분명했다. 기관총을 들고 수풀 뒤에 몸을 숨기고 있던 세 동지는 흥분에 사로잡혔다.

바로 그때였다. 그들이 숨어있던 오르막길 바로 아래 도로에서 비에 젖어 번들거리는 철제 헬멧을 쓴 병사들을 가득 실은 지붕 없는 소형 트럭 한 대가 나타났다. 셋은 즉시 힘을 합쳐 총을 쏘기 시작했다. 핸들을 쥔 병사가 털썩 쓰러지는 게 보였지만, 방아쇠를 놓지 않고 계속 총을 쏘아댔다. 총탄 자국으로 뒤덮인 트럭이 한쪽으로 기울어지면서, 반대편 차선 끝까지 미끄러지더니, 자지러지는 비명과 함께 그대로 찌그러졌다. 몸통 두 개가 튀어나와 아스팔트 위에 까뒤집어졌다. 트럭 안에서 외부를 향해 마구잡이로 총 쏘는 소리가 들렸다. 총탄들이 빗속을 오락가락하며 카니발 무도회처럼 새빨간 줄무늬를 남겼다. 트럭은 순식간에 불길에 휩싸였다. 활활 타오르는 불꽃이 길가에 널브러진 병사들의 훼손된 시신을 비췄다. 이제 막 징집되어 끌려온 앳된 소년들이었다. 트럭의 잔해가 한편으로 기우뚱하는가 싶더니 그대로 멈췄다. 아직도 간간이 총소리가 들렸다. 그리고 마치 돌풍이 지나간 것처럼 한순간에 소리가 멈췄다. 트럭 안에서 mutter mutter 엄마 엄마 하며 웅얼거리는 소리, 알아들을 수 없는 말들이 새어 나왔다. 불길은 점점 더 세차게 타올랐고 죽음의 고철 덩어리는 마침내 신음 소리를 멈췄다. 기계들이 불타는 소리, 불꽃이 휘날리는 소리만 들렸다. 저편 바다에서 포격 소리가 들렸다. 올리브밭과 포도밭을 지키는 개들이 그 소리를 듣고 고통스럽게 짖어댔다. 암흑 속에 몸을 숨기고 있던 셋은 소리죽여 말했다.

"송곳?... 십 번?... 네구스?..."

"응... 응... 응..."

순간, 북쪽 방향 어딘가에서 장갑차처럼 엄청난 굉음을 내며 차들이 돌진해 오기 시작했다. 수풀에 몸을 숨기고 있던 셋은 땅바닥에 납작 엎드려 포도밭과 웅덩이를 가르며 하늘에서 퍼붓는 물을 헤치고 전속력으로 도망치기 시작했다. 300에서 400미터 정도 전진한 후에 네구스와 십 번은 송곳이 없다는 사실을 알아챘다. 캄캄한 난리 통에서 그가 다른 길로 갔다고 판단할 수밖에 없었다. 그를 찾으러 되돌아가기에는 이미 너무 늦은 상황이었다. 한편 트럭 잎에 도착한 치량의 행렬이 끼익 소리를 내며 일제히 정지했다. 징이 박힌 군화들이 오가는 소리가 도로 위에 울려 퍼졌다. 저만치에서는 독일어로 누군가를 호명하며 명령하는 소리가, 가까이에서는 메말랐던 포도나무 가지가 비를 맞고 사그락거리는 소리가 들렸다. 독일군들이 비추는 손전등 불빛이 사방을 온통 가로질렀다. 네구스와 십 번은 몸을 최대한 숙이고 숨도 안 쉬고 진흙탕을 기어갔다. 드디어 갈대밭에 다다른 그들은 몸을 숨기는 데 성공했다. 개울 저편 숲속에서 인간 사냥꾼들의 목소리가 희미하게 들렸다. 둘은 무시무시한 두려움을 억누르고 들릴 듯 말듯 또다시 동료의 이름을 불러보았다. "송곳... 송곳...!"

하지만 아무런 대답도 들리지 않았다. 둘은 또다시 도망치기 시작했다. 비와 땀으로 흠뻑 젖은 몸으로 숨을 헐떡이며 언덕 위에 어두운 집을 찾아냈다. 마침내 그들은 집안에 들어가 숨는 데 성공했다. 트럭에서 병사들의 마지막 신음이 들려왔던 그때, 송곳은 이미 가슴에 총알을 맞은 상태였다. 하지만, 정말이지, 이상하게도, 그 어떤 고통도 느껴지지 않았다. 그저 주먹으로 한 대 얻어맞은 기분이었다. 처음에는 부서진 돌의 파편이나 기관총을 맞고 흩어진 흙덩어리가 튄 줄로만 알았다. 마음만 그런 게 아니었다. 실제로도, 정말이지, 별 게 아니라고 느꼈다. 심지어 그는 기관총을 손에서 놓지도 않았고, 멜빵을 가다듬기까지 했다. 다른 동지들처럼 서둘러 오르막길을 기어 내려가 도망쳐야만 했다. 하지만 다 내려가기도 전에 갑자기 한 발짝도 뗄 수 없었다. 시간이 흐른 뒤에 동지들은 그 지점에서 그가 쓰고 있던 식민지풍 헬멧을 찾아냈다. 당시 도망치던 네구스의 귓가에 신음하는 소리가 들리는 것 같기도 했지만, 너무 작은 소리였던지라 무시해 버리고 말았다.

홀로 남겨진 송곳은 몸을 앞으로 숙인 채 무릎을 물속에 담그고 있었다. 정신이 가물가물한 와중에도 온몸의 근육들이 상대적으로 덜 축축한 풀밭 위에 기관총을 올려놓으려는 본능적인 동작을 취하고 있었다. 동지들이 아무것도 모르고 도망칠 동안 그는 그렇게 혼자 어둠 속에 머물렀다. 머리는 진흙투성이 풀밭 위에 놓여 있었고, 나머지는 웅덩이 속에 잠겨 있었다. 이미 사경을 헤매는 중이었다. 언제인지 어디인지 알 수 없었다. 시간을 헤아리는 것도 불가능했다. 어느 순간, 독일군 손전등의 눈 부신 불빛이 그의 얼굴을 비췄다. 처음 등장한 독일군 뒤로 또 다른 독일군이 나타났다. 그가 키가 크고, 철제 헬멧을 쓰고, 얼룩덜룩한 위장용 군복을 입은 그들을 알아보았는지는 미지수였다. 송곳이 미소를 지으며 말했다. "좋은 아침." 인사에 대한 답례로 둘은 그의 얼굴에 침을 뱉었다. 그가 그 사실을 알았는지 또한 미지수였다. 이미 죽었을 수도, 마지막 숨을 고르고 있었을 수도 있다.

　독일 병사 중 한 명이 그의 머리를, 다른 한 명이 그의 다리를 들고 신속하게 오르막길 꼭대기까지 올라갔다. 그리고 도로 한가운데를 향해 그를 내동댕이쳤다. 두 병사는 오솔길을 따라 차량이 줄지어 서 있는 길가로 내려갔다. 그리고 다른 동료들과 함께 성과 없는 사냥에 나섰다. 도로 위에 널브러져 있던 독일 병사 시신 두 구는 이미 옮겨진 뒤였다. 불타버린 트럭의 잔해가 낭떠러지를 향해 기울어져 있었다. 채 꺼지지 않은 불꽃이 코를 감싸 쥘 정도로 지독하고 끔찍한 냄새를 풍기며 탁탁 튀어 올랐다. 부대는 두 차례에 걸쳐 복창을 반복한 뒤 차량에 탑승해 송곳의 작은 몸을 짓밟으며 출발했다. 양팔을 가지런히 몸에 올린 그는 배낭의 무게 때문에 고개를 살짝 뒤로 젖히고 있었다. 입가에는 여전히 믿음직스럽고 병온한 미소가 깃들어 있었다. 첫 번째 차량이 지나가자, 그의 몸이 위편으로 살짝 들렸다. 그런 뒤에는 정말이지 아무것도 느끼지 못하는 것 같았다. 여전히 비가 내리고 있었지만, 빗줄기는 잦아들었다. 마지막 차량이 그의 몸을 짓이기며 지나갔을 때는 자정이 다된 시간이었다. 송곳의 본명은 오레스테 알로이시, 열아홉 살 생일을 앞둔 그는 라누비오 인근 마을에서 태어났다. 그의 아버지는 포도밭 한 뙈기와 방 두 개가 딸린 오두막 한 채를 소유하고 있었는데 방 하나는 포도주 저장고로 쓰였다. 아버지는 수년 전에 밭과 집을 세놓고 먼 곳으로 이민을 떠났다.

그와 비슷한 시기에 마리아도 죽음을 맞았다. 일인자는 그녀를 '마리울리나'라고 불렀으며 동지들 사이에서는 '로제타'라는 가명으로 통했다. 그녀와 그녀의 어머니는 독일군들의 소탕 작전에 걸려들었고 죽음의 공포를 이기지 못해 동지들을 배신했다. 하지만 그녀의 배신은 결국 그녀에게도, 독일군에게도 헛된 일이었다. 저녁 무렵 독일 병사 서넛이 그녀의 집에 들이닥쳤다. 독일 군 측에서 얼마 전부터 점찍어 두었던 수색 장소였지만 그리 심각한 분위기는 아니었다. 집안에 쳐들어온 군인들은 잠깐 놀다 갈 것처럼 얼른 포도주부터 내놓으라고 다그쳤다. 마리울리나는 언제나처럼 퉁명스러운 태도로 의자에 앉아 있었다. 턱을 삐죽 내밀며 포도주가 없다고 고개를 내저었다. 그러자 군인들이 갑자기 '수색하다! 수색하다!' 고래고래 소리를 질러대기 시작했다. 큰 소리로 울부짖는 어머니가 보는 앞에서 군인들은 집안 물건들을 죄다 꺼내 내팽개치기 시작했다. 노새 우리로 썼던 방을 빼면 방은 하나뿐이었다. 군인들이 발길로 찬장을 걷어찼다. 안에 있던 살림살이들이 우르르 밖으로 쏟아져 나왔다. 그래봤자 접시 대여섯 개, 냄비 하나, 컵 두 개, 도자기 인형 한 개가 전부였다.

거울을 때려 부수던 군인들이 침대 뒤편에서 포도주 두 병을 찾아냈다. 술병을 보자 더욱 난폭해진 군인들은 침대보를 찢고 벽에 걸린 그림을 잡아 뜯었다. 그리고 두 여자에게 강제로 포도주를 먹였다. 마리아는 조용히 그 자리에 서서 군인들의 행패를 지켜보고 있었다. 군인들이 술병을 건네자, 병을 받아 들고 포도주를 마셨다. 술 시중을 드는 듯한 수치스러운 기분이었다. 그녀의 어머니는 난리 통에 손목 뼈를 삐끗해 팔을 제대로 움직일 수 없는 상태였다. 술을 먹는 척만하고 입 안에 머금었다가 뱉었다. 침과 포도주가 뒤섞인 더러운 액체가 바닥에 흥건했다. 그녀는 자신이 불쌍한 과부라는 사실을 병사들에게 설명하기 위해 주절주절 이야기를 늘어놓기 시작했다. 마리아가 차갑고 불쾌한 미소를 지어 보이며 그녀를 말렸다. "조용히 좀 해, 엄마! 그만 좀 하라고, 쟤들은 하나도 못 알아듣잖아." 사실, 군인 중한 사람은 이탈리아 말을 조금 알아들었다. 이탈리아 말을 하려고 시도하기도 했는데 이탈리아어와 독일어가 뒤섞인 말이 너무 우스워서 마리아는 웃음을 터뜨리지 않을 수 없었다. 그가 이탈리아어와 독일어가 반반 섞인 '마시다'라는 뜻의 우스꽝스러운 단어를 쓰자 마리아가 그를 바보 취급하며 대답했다. "마시다, 마시다, 부어라, 마셔라."

어느새 어둠이 깔렸다. 아세틸렌 전등을 켜고 싶었지만, 바닥에 팽개쳐진 다른 살림살이들 틈에 파묻혀 찾을 수 없었다. 병사들이 두 여자의 얼굴 앞에 손전등을 바짝 들이댔다. 그러더니 헤드라이트처럼 커다란 전등을 앞세우고 가축우리와 창고들을 수색하기 시작했다. 치페페 노새, 기름, 포도주를 찾아낸 그들이 외쳤다. "압수! 압수!" 땅을 파서 만든 작은 굴을 뒤지던 병사들은 종이 뭉치와 감자 사이에서 무기와 수류탄이 든 상자를 찾아냈다. 그러자 독일어로 고래고래 고함을 지르며 두 여자를 거칠게 집안으로 몰아 벽에 세워두고 외쳤다.

"파르티잔! 조직! 파르티잔! 어디? 우리는 찾는다! 너희는 말한다! 아니면 죽음!"

어머니는 병사가 내뱉는 엉터리 이탈리아 말을 도무지 알아들을 수 없었다. 하지만, 아무래도 모종의 협상을 제안하는 것 같았다. 그녀가 탄식하듯 마리아에게 애원했다.

"말해! 제발! 딸, 말하라고!!!"

영특한 기회주의자였던 그녀는 딸이 전사들의 책략에 가담하고 있다는 사실을 빤히 알면서도 이제껏 모른 척해 왔다. 하지만 벽에 달라붙어 꼼짝 못 하는 처지가 되자 무슨 수를 써서라도 위기를 모면해야만 했다.

"나는 아무것도 모른다! Nein! NEIN!!"

마리아가 붉은 머리를 뒤흔들며 사납게 소리쳤다. 일인자의 말에 따르면 이런 경우에는 무조건 부정해야만, 모든 걸 부정해야만 했다. 그러나 병사들이 일제히 그녀에게 총구를 겨누자, 사정이 달라졌다. 그녀의 입술이 순식간에 새하얗게 변했다. 핑크빛이 감도는 연한 눈동자가 시뻘겋게 변하며 두려움으로 까뒤집어졌다. 뱀, 박쥐, 독일군, 아무것도 무섭지 않았다. 하지만 해골과 뼈와 죽음은 무시무시한 공포였다. 죽고 싶지 않았다. 순간, 그녀의 내장에서 작은 발작이 일어나는가 싶더니 묶여 있던 무언가가 풀리며 하체를 타고 질질 흘러내렸다. 수치스러움으로 얼굴이 새빨개진 그녀가 다리를 안쪽으로 모으며 발치를 내려다보았다. 예상치 못했던 생리가 터져서 세차게 흐르는 피가 바닥을 흥건히 적시고 있었다. 젊은 병사들이 보는 앞에서 불의의 사고를 당한 그녀는 극심한 공포와 형용할 수 없는 수치심에 사로잡혔다. 온몸이 갈대처럼 부들부들 떨리기 시작했다. 낡은 신발 밑창으로 핏자국을 문질러 닦으며 그녀는 결국 자신이 알고 있던 모든 걸 털어놓고야 말았다.

사실, 그녀가 알고 있었던 사실은 새 발의 피에 불과했다. 용감무쌍한 전사들이 열여섯도 안 된 어린 소녀에게 모든 걸 털어놓았을 리 만무했다. 임무를 완수하기 위해 꼭 필요한 사실들만 말해주었고 나머지는 그냥 묻어두었다. 게 중에는 꾸며낸 이야기들도 제법 있었다. 그녀의 애인(?)이었던 일인자는 자신의 본명이 '루이츠 데 빌라리카 이 페레츠'이고, 우세페라 불리는 동생의 본명은 '조세 데 빌라리카 이 페레츠'이며, 아르헨티나의 카발레로스 혹은 카발로스에서 태어났다고 꾸며댔다. 나머지 이야기들도 거의 비슷한 수준이었다. 결론적으로 그녀는 자신과 친분이 있다고 믿었던 전사들을 먼발치로만 알았고 심지어 그들의 이름마저도 죄다 가명이었다. 그녀가 진짜라고 믿었던 인물들의 실체는 다음과 같았다.

1) 리베라의 대장이었던 안경, 알바노 출신으로 현재 다리 부상으로 누워있는 중임. 알바노 시내 폭격을 피해 들것에 실려 피난을 떠났을 가능성도 있음.

2) 송곳, 본명은 알로이시 오레스테, 비슷한 시기에 사망함. 형제들은 국경 어딘가에 뿔뿔이 흩어져 있고 빈농이었던 부모는 일자리를 찾아 이민을 떠났다 되돌아와 어딘가에서 생활을 꾸려나가고 있음.

3) '오베르단'이라 불리던 팔레스트리나 출신의 남자, 현재 팔레스트리나로 돌아가 도시의 폐허 사이에서 주민들과 동굴을 전전하며 잠자리를 찾고 있음.

마리울리나는 가명을 제외한 그들의 근황에 관해 진혀 아는 비기 없었다. 독일군들이 무엇보다 필요로 했던 정보는 전사들이 머무는 기지의 정확한 위치였다. 마리울리나가 마지막으로 들었던 바에 따르면 리베라 조직은 겨울을 나기 위해 벽이 있는 움막으로 기지를 옮겼다고 했다. 하지만 최근 들어 전사들은 일정한 거주지 없이 독일군들의 습격을 피해 여기저기 기지를 옮겨 다니고 있었다. 리베라 조직은 마리울리나와도, 그 지역의 다른 조직들과도 연락이 끊어진 상태였다. 일인자와 함께했던 동지들도 전부 흩어지거나 사라졌다. 그런 상황을 제대로 몰랐던 그녀가 독일 병사들 앞에서 자백을 이어가던 그 시간, 일인자는 피오트르와 함께 군사 경계선을 넘는 모험을 감행하고 있었다.

마리울리나가 자백을 마치자, 병사들은 그녀와 어머니를 바닥에 내팽개치고 돌아가면서 두 여자를 겁탈했다. 그들 중 한 병사만 최후의 폭력에 가담하지 않았는데 그는 동료들이 하는 짓을 빤히 쳐다보며 다른 형태의 쾌감을 느끼는 듯했다. 서른 정도 되어 보이는, 폭삭 늙은 얼굴의 소유자로 고랑처럼 깊게 파인 주름이 처절한 인상을 풍겼다. 미동조차 없는 눈동자는 생기라고는 찾을 수 없는 무색이었다. 병사들은 우리에서 찾아낸 포도주를 나눠 마시며 원초적인 향연을 벌였다. 마리울리나는 그때 태어나서 처음으로 술에 취했다. 지금까지는 포도주 한잔도 제대로 마셔본 적이 없었다. 16살 소녀의 건강하고 쌩쌩한 혈관 속으로 퍼져나간 포도주가 그녀의 기분을 한껏 북돋아 주고 있었다.

병사들이 두 여자를 다시 일으켜 세웠다. 소녀가 말한 움막으로 자신들을 안내하라며 그녀들을 집 밖으로 떠밀었다. 일행이 발걸음을 옮기기 시작했다. 마리울리나는 캄캄한 밤중에 자신이 무장한 남자들에게 둘러싸여 어디론가 끌려가고 있다는 기분이 들었다. 하지만 술에 취해서인지 더 이상 위협적이지 않았다. 시야가 흐릿했다. 모두가 몸을 뒤흔들며 춤추는 듯한 장면이 눈앞에 펼쳐졌다. 전사들의 움막은 그녀의 집에서 5~6킬로미터 정도 떨어져 있었다. 3개월 전쯤 니노와 우세페가 쌍안경을 들고 올라갔던 언덕 너머였다. 비가 내리지 않는 쌀쌀한 밤이었다. 며칠 전 내렸던 비로 진흙탕이 되어 버린 길바닥이 축축하게 굳어 있었다. 언덕 꼭대기는 안개로 자욱했고 리본처럼 가볍고 하늘하늘한 구름이 지나쳐 가며 별이 총총한 하늘에게 자리를 내어주고 있었다. 바다가 있는 방향에서 깜빡이는 불빛들이 보였다. 안개 사이로 깜빡깜빡하는 신호, 포탄을 발사하는 소리가 끊이지 않고 들려왔다. 언덕 주변에 사는 사람들에게 그런 구경거리가 일상이 된 지 일주일이나 지났다. 하지만 오늘 밤 그녀들에게는 해안을 스치는 바람보다 보잘것없었다.

두 여자 중 나이가 더 많았던 여자는 (사실 그녀의 실제 나이는 35세도 안 되었다) 당장 그 자리에 쓰러질 것만 같았다. 병사들이 비틀거리는 그녀의 어깨를 붙잡고 강제로 떠밀며 앞으로 가라고 독촉했다. 반면에 포도주의 취기가 잔뜩 오른 소녀는 아무 걱정 없이 흥에 겨워 발걸음을 옮기고 있었다. 길을 안내했던 그녀는 포로처럼 질질 끌려가는 어머니에게서 몇 발짝 떨어진 선두에 서서 일행을 이끌고 있었다. 검은 옷을 입은 아담한 체구의 소녀는 군복을 입은 커다란 체구의 병사들에게 파묻혀 있었다. 하지만 아무래도 괜찮았다. 마리울리나는 군인들이 잘 따라오는지 뒤돌아볼 겨를이 없었다. 자신을 둘러싼 모든 게 환상적이고, 기괴하고, 무방비하고, 믿음직스럽기까지 했다. 작은 짐승처럼 경박하고 방정맞게 걸음을 옮겼다. 군인들이 보는 발든 팔짝팔짝 뛰기도 했다. 수치심, 두려움, 지루함, 육체적인 더러움마저 몸짓을 통한 환희 속으로 녹아내렸다. 마치 춤을 추는 듯한 기분이었다. 잔뜩 엉키고 헝클어진 머리카락이 얼굴을 온통 뒤덮고 웃웃이 갈기갈기 찢어져 젖이 다 드러났지만, 상관없었다. 다리 사이로 흘러 내리는 피와 입 속에 고인 침마저 그녀에게 포근한 온기를 선사했다.

그녀의 눈에 익숙한 풍경들이 유유히 지나가고 있었다. 목적지가 아주 멀게만 느껴졌다. 하늘에 흘러가는 구름처럼 영원을 향해 가고 있는 것 같았다. 산책이라도 나온 듯 하늘의 숨결이 지상에 드리운 망상의 그림자들을 호기심 어린 눈으로 지켜보았다. 활짝 갠 카스텔리 지역과 바다 사이에서 형형색색으로 빛나는 수백 개의 풍선들이 하늘 로 떠오르는 모습이 보였다. 낱알이나 수술처럼 공중에 잠깐 멈추더 니 알록달록한 구슬 목걸이처럼 줄줄이 아래로 떨어졌다. 그리고 들 판 전체를 비출 정도로 거대한 광채를 발하며 장대한 결말을 만들어 냈다. 넋을 잃고 그 광경을 쳐다보던 마리울리나가 발을 헛디뎌 넘어 지려고 하자, 곁에 있던 병사 하나가 그녀의 몸을 부축하며 일으켜 세 웠다. 그녀는 그가 누군지 바로 알아보았다. 그녀의 몸 위에 올라타 고 있던 병사를 거칠게 떠밀고 마지막으로 자신을 겁탈했던 병사였 다. 문득 그가 다른 병사들과 달리 자신을 점잖게 대했다는 사실이 떠 올랐다. 이목구비는 불규칙했지만, 그런대로 잘생긴 소년이었다. 콧 대가 아주 높았고 살짝 일그러진 입술은 미소 짓는 듯했다. 짧고 억센 금빛 눈썹 아래 작고 파란 눈동자가 보였다. "쟤가 날 좋아하나 봐." 마리울리나가 그를 쳐다보며 혼잣말했다. "아까 집에서도 나한테 더 럽다고 안 했잖아." 그녀의 처음이자 마지막 애인이었던 일인자는 생 리 주기가 되면 지저분하다면서 그녀를 피하곤 했다. 그녀는 자신도 모르게 소년의 가슴에 머리를 기댔다. 그러자 소년은 다정하고, 불안 하고, 도피적인 시선으로 그녀를 바라보았다.

언덕이 점점 가까워지고 있었다. 그들이 찾는 움막은 언덕 끝 골짜기에서 20미터가량 떨어진 곳에 있었다. 아주 작고 희끄무레한 건축물이었다. 그들이 접근했던 방향에는 창문이 없었다. 금방이라도 무너질 것 같은 지붕에 문은 굳게 닫혀 있었다. 집이라기보다 척박한 땅 위에 설치된 구조물 같았다. 마리올리나의 걸음걸이가 점점 빨라지더니 날듯이 앞을 향해 질주하기 시작했다. 일인자가, 그 안에서, 자신을 기다리고 있을 것만 같았다. 언제나처럼 폭풍 같은 키스를 퍼부으며 자신을 침대로 이끌 것만 같았다. 순간 누군가 그녀를 붙잡고 협박조의 독일어로 질문을 퍼부었다. "난, 나는, 그만, 제발 그만..." 그녀가 정신 나간 여자처럼 중얼거렸다. 그러더니 얼음장 같은 시선으로 세차게 발버둥 치며 눈을 부릅뜨고 울부짖기 시작했다. "엄마! 엄마아아아!" 몸을 돌려 엄마를 찾던 그녀가 아이처럼 울음을 터뜨렸다. 잠시 후 어머니의 목소리가 들렸다. "마리아! 마리에타!"

앞서가던 그녀는 두 병사에게 붙들려 고개를 숙인 채, 움막이 내려다보이는 길 아래로 질질 끌려갔다. 칠흑 같은 어둠 속에서 병사들이 여기저기 손전등을 비췄다. 아무것도 보이지 않았다. 그들의 발소리 외에는 쥐 죽은 듯 조용했다. 병사들이 기관총을 겨누며 전투태세를 갖췄다. 일부는 저만치 떨어진 올리브 나무 사이에 몸을 숨겼고 두세 명은 움막 주위를 맴돌았다. 나머지 병사들은 문을 향해 총구를 겨눴다. 한 병사가 집 뒤편에 하나뿐인 창문이 열린 걸 보고 전등으로 캄캄한 실내를 비췄다. 그리고 혁대에 찬 수류탄을 만지작거리며 독일어로 뭐라 뭐라 말했다. 같은 시각, 그의 동료들은 군홧발과 개머리판으로 문을 두드리고 있었다. 희미한 불빛 사이로 오두막 내부가 눈에 들어왔다. 아무도 살지 않는, 버려진 장소 같았다. 열린 창문으로 날아든, 비에 젖은 지푸라기들이 바닥에 널려 있었다. 작은 철제 침대 위에는 매트리스도, 이불도 없었다. 부서진 다리 하나는 벽돌로 고여져 있었다. 또 다른 철망 위에 놓인 작은 매트리스는 온통 비에 젖은 상태였다. 매트리스 위에는 바닥이 떨어져 나간 금속 그릇이, 바닥에는 손잡이가 떨어져 나간 주석 잔이 굴러다니고 있었다. 벽에 박아놓은 못에 찢어진 셔츠 조각이 걸려 있었는데 상처를 싸맸던지 핏자국으로 시커멓게 얼룩져 있었다. 그 외에는 아무것도 없었다. 무기도, 식량도, 아무런 흔적도 없었다. 유일하게 남아 있는 생명체의 증거는 한 구석에 쌓인, 굳지 않은 똥 무더기뿐이었다. 일인자와 동지들이 적군의 습격을 조롱하려고 일부러 해 놓은 짓이었다. 밤손님들이 금고를 털고 나서 하는 짓거리처럼. 축축하고 더러운 벽에 목탄으로 커다랗게 갈겨쓴 글씨들이 눈에 띄었다. '스탈린 만세, 히틀러 폭망, 독일 망나니 개새끼들 다 꺼져버려.' 움막 외벽에도 그런 글씨들이 있었다. 그중 파시스트 구호였던 '승리하리라'라는 글씨 위에 훨씬 크고 진한 글씨로 '우리는'이란 단어가 적혀있었다.

며칠 후 들판에서 일하던 사람들이 마리울리나와 어머니의 시신을 발견했다. 총알을 퍼부었고, 성기를 칼로 후벼팠고, 얼굴과 유방과 온몸을 난도질했다. 두 여자의 시신은 텅 빈 움막 이쪽저쪽에 내팽개쳐져 있었다. 사람들이 움막 옆에 작은 구덩이를 파서 두 여자를 함께 묻어주었다. 그녀들의 장례에는 친척도, 친구도, 아무도 찾아오지 않았다. 극적인 나날들을 보내고 있었던 닌나리에두는 설사 알았다고 해도 그곳에 돌아갈 수 없었을 것이다. 이후로도 그는 마리울리나의 배신과 죽음에 대해 영원히 알지 못했다.

2.

선술집 주인 레모가 다녀갔던 그날 밤, 모두가 잠든 후에, 이다는 커튼 뒤에서 그가 알려준 대로 매트리스 끄트머리에 촛불을 갖다 댔다. 그리고 매트리스 위에서 자고 있던 우세페가 깰세라 조심스럽게 양모 매트리스 속을 뒤져 잔뜩 구겨진 천 리라짜리 지폐 열 장을 꺼냈다. 그야말로 어마어마한 횡재였다. 그녀는 신고 있던 너덜너덜한 스타킹 속에 지폐들을 감추고 단단히 꿰맨 뒤 매트리스에 누웠다. 순식간에 값어치가 상승했으니 더더욱 조심해야 했다. 언제나처럼 평화로운 밤이었지만, 강당 안에서 지내던 사람들이 무슨 짓을 할지 모른다는 두려움이 엄습했다. 모두가 도둑놈 아니면 살인자 같았다. 문득 밀레 가족이 그리워졌다. 늘 시끌벅적하고 요란법석을 떨었지만, 그래도 다들 우세페를 예뻐했다. 최근에 폭격으로 카스텔리 지역이 파괴되었다는 사실이 떠오르자 어쩐지 마음이 짠했다. 상상 속에서 밀레 가족들이 산 자와 유령 사이를 떠도는 모호한 모습으로 나타났다 이내 사라졌다. 그녀는 이제 강당 생활이 너무나 무서웠다. 밀레 가족들의 망령이 사라진 강당을 점령한 건 표정 없는 흉측한 가면들이었다. 마지막까지 음산하게 비어 있던, 미친 사람이 지내던 구석도 모르는 사람이 와서 차지했다. 그를 기념하는 추억은 텅 빈 새장뿐이었다. 그가 살아 있었을 때 그녀는 고작 두세 마디만 했었다. '정말 죄송합니다.' '괜찮습니다.' '감사합니다.' 그녀는 절대 모자를 벗지 않고 늘 바시런히 움직이던 작은 노인을 오해했던 것에 대해 미안한 마음이 들었다. 그가 강당 안에 다시 돌아올 수만 있다면, 돌아와서 자기가 죽었다는 건 거짓부렁이라고 떠벌릴 수만 있다면, 분명 자기 돈을 돌려달라고 할 테지만, 그럼에도 그녀는 노인의 모습을 다시 보고 싶었다.

그가 남겨둔 유산 덕에 이다는 강당을 떠날 생각을 할 수 있게 되었다. 그녀에게는 이래저래 운이 따르는 시기였다. 언제나처럼 봉급을 찾으러 갔던 이다는 같은 학교에서 일하던 나이 많은 동료 선생님과 마주쳤다. 이다의 안타까운 상황을 딱하게 여긴 동료 선생님은 괜찮은 가격에 바로 들어갈 수 있는 집이 있다고 알려줬다. 자기가 오후에 가르치는 학생의 지인이 아들이 쓰던 방 하나를 세놓고 싶어 한다고 했다. 집세는 시세에 비해 터무니없이 낮았는데 아들의 물건을 그대로 놔둔다는 조건이었다. 아들은 1942년에 러시아 국경으로 떠났다. 어머니는 아들이 돌아올 때까지 물건을 전부 그대로 두고 싶어 했다. 가격이 낮은 건 그 때문이었다. 볕이 잘 드는 깨끗한 방이었고 부엌도 사용할 수 있었다.

그로부터 사흘 뒤에 이다와 우세페는 피에트랄라타에 안녕을 고했다. 이번에는 짐수레까지 동원한 진짜배기 이사였다. 기름, 식량, 양초들을 챙겨 넣은 짐보따리는 물론이고 에페톤도가 물려준 유산까지 전부 들고 가야만 했다. 명품으로 등극한 양모 침대와 펩피니엘리 부부가 쓰던 빈 새장까지. 새로 들어가게 된 집은 테스타치오 지역 마스트로 조르지오 가에 있었다. 운 좋게도 이다와 동료 선생님이 근무하던 학교에서 매우 가까운 거리였다. 원래 학교 건물은 현재 군부대로 사용 중이었기 때문에 선생님과 학생들은 잔니콜로 언덕 근처 건물로 옮겨가서 수업을 계속했다. 테스타치오에서 잔니콜로까지는 어느 정도 거리가 있었지만, 피에트랄라타처럼 출퇴근이 아예 불가능한 건 아니었다. 그렇게 이다는 다시 학교에 복직해서 아이들을 가르칠 수 있게 되었다. 인종 문제로 트집잡혀 학교에서 쫓겨나게 되지는 않을까 늘 전전긍긍했던 그녀에게는 정말이지 커다란 축복이 아닐 수 없었다.

하지만 공공기관 명단에 이름이 오르고 경찰의 감시 대상이 된 그녀로서는 그런 사실을 감추기가 여간 힘든 일이 아니었다. 학생들이 질문을 하려고 작은 손을 번쩍 들면, 혹시라도 이런 질문을 하면 어쩌나 얼굴이 새빨개지며 말을 더듬었다. "선생님이 유대인 혼혈이라는 게 맞나요?" 누군가 교실 문을 두드리면 깜짝 놀라 몸을 부들부들 떨었다. 경찰의 검문 또는 즉시 해고를 알리는 교장의 호출인 줄 알고 겁을 집어먹었기 때문이었다.

똑같은 도시의 변두리였지만, 테스타치오 지역은 산 로렌초와 분위기가 매우 달랐다. 거주자들 대부분은 노동자나 서민들이었고 부자 동네는 극히 드물었다. 피에트랄라타와 티부르티노 지역에 드물었던 독일 군인들과도 심심찮게 마주칠 수 있었다. 이다는 사소한 이유로 그들의 표적이 되지 않을까 늘 걱정이었다. 불빛이 보인다거나, 군화 소리가 들린다거나, 군인들이 삼삼오오 모여있는 모습을 보면 평소에 다니던 길을 벗어나 멀리 돌아가곤 했다. 군인들과 자주 마주치게 되면서부터 그녀가 알게 된 한 가지 사실은, 헬멧인지 뭔지를 쓰고 1941년 1월에 산 로렌초를 방문했던 절망적인 파란 눈의 그를 맞닥뜨릴지 모른다는 기이한 두려움에서 완전히 벗어났다는 사실이었다. 그녀 눈에 보이는 독일 군인들은 그 사건이 벌어지기 전처럼 전부 똑같았다. 죄인을 색출하고, 탐문하고, 제보하는 최고의 성능이 탑재된 다양한 형태의 복사품이었다. 탐지기 눈과 확성기 입이 달린 그들이 광장과 거리 곳곳을 돌아다니며 이렇게 외치는 것만 같았다. "저기 유대인 혼혈이 있다!"

그녀가 이사한 집에서 불과 몇백 미터 거리에 게토가 있었다. 하지만 그녀는 건너편에 유대교 회당 지붕이 보이는 가리발디 다리를 부러 피해서 돌아갔다. 그쪽을 쳐다보지 않으려고 애쓰며 눈길을 돌릴 때마다 다리가 묵직해지는 기분이었다. 티부르티나 역에서 화물 열차에 실려 가던 유대인 노인이 던져 준 쪽지는 아직도 그녀의 가방 안에 있었다. 하지만 굳이 수취인을 찾고 싶진 않았다. 10월 16일 게토에서 벌어졌던 유대인 체포 작전을 피해 살아남았던 유대인들이 하나둘 게토로 돌아왔다. 이주하고 싶어도 딱히 갈 곳이 없는 이들이었다. 생존자들의 증언에 따르면, 유대인들은 서로의 숨결만으로 질식할 것 같은 우리에 갇혀 도축장으로 끌려가는 온순한 짐승들 같았다. 극한의 상황에서도 그들은 믿음의 끈을 놓으려 하지 않았다. 일부 몰상식한 사람들은 그런 행동을 멍청하게 여기기도 했다. 이다는 포위당했던 그 좁은 지역을 떠올리기만 해도 가슴이 내려앉았다. 어쩌면 첼레스테 디 센니 부인이 아직 그 지역에 살고 있을지도 모른다는 생각이 들었다. 부인이 10월 18일 티부르티나 역에서 화물 열차를 탔을지 안 탔을지 알 수 없었다. 만일, 떠나지 않았다면, 부인은 지금 로마 어딘가에 머물고 있을 것이다. 그날 아침, 역을 향해 뛰던 도중, 이다는 그녀의 귀에 '저도 유대인이에요.'라고 속삭였다. 그날의 작은 속삭임이 죄를 자백하는 무시무시한 굉음이 되어 그녀의 귓가에 울려 퍼졌다.

사실, 그녀의 근심거리였던 증인은 그 월요일 아침에 다른 유대인들과 함께 열차에 몸을 실었다. 그날의 출발이 어떠한 결말로 이어졌는지는 전쟁이 끝나고 나서야 비로소 세상에 알려졌다. 봉인된 기차는 매우 느린 속도로 전진했다. 죄수들은 닷새 동안 객차 안에 갇혀 있었다. 토요일 새벽에 목적지였던 아우슈비츠 비르케나우 강제 수용소에 도착했다. 모두가 살아서 도착한 건 아니었다. 첫 번째 선별 과정이었다. 몸이 허약했던 사람들은 긴 여정을 버티지 못했고 그들 중에는 임신 중이었던 디 센니 씨의 며느리도 있었다. 살아서 도착했던 이들 중 200여 명에게는 수용소에서 강제노동에 종사하라는 명령이 떨어졌다. 나머지 850여 명은 도착과 동시에 가스실로 호송되어 죽임을 당했다. 병자들, 체구가 작고 부실한 사람들 외에도 노인들, 소년 소녀들, 어린이들, 젖먹이들을 포함한 숫자였다. 그들 중에는 세티미오, 첼레스테 디 센니 부부와 그들의 손주들이었던 마누엘레, 에스테리나, 안젤리노도 있었다. 그리고 우리가 아는 잡화점을 했던 손니노 부인, 쪽지의 수취인이었던 에프라티 파치피코, 이다와 이름이 같았던 이다 디 카푸아, 다시 말해 조산원이었던 에스겔도 있었다. 살아남은 200여 명은 수용소에 도착했던 토요일로부터 생사를 넘나드는 노동에 종사해야만 했다. 1943년 10월 16일에 시작된 그 여행의 끝은 누가 얼마나 버티느냐에 따라 종착점이 달라졌다. 티부르티나 역에서 함께 출발했던 1천 56명 중 최종적으로 살아 돌아온 사람은 15명이었다. 나머지 사망자 중 그나마 행운을 누렸던 이들은 도착하자마자 가스실로 보내진 850명이었다. 가스실이야말로 강제 수용소가 베푼 유일한 자비였다.

이다가 한집에 살게 된 가족들의 성씨는 마로코, 고향은 초차리아*였다. 정확하게는 산타 아가타라는 아주 작은 마을이었나 산골짜기 오두막에서 마를 재배하며 살던 가족들은 몇 년 전에 로마로 이주했

---

* 로마 남동쪽 라치오 주의 지역

다. 현재 부인 필로메나는 집에서 재봉사 일을 하며 셔츠를 만들거나 옷을 수선했고, 남편 톰마소는 병원에서 짐꾼으로 일했다. 이다가 지내는 방의 주인이었던 아들 조반니노는 1922년에 태어났다. 스무 살이 되던 1942년 여름, 그는 북부 이탈리아에서 자신이 속한 부대원들과 러시아 국경을 향해 출발하려고 준비하고 있었다. 청년은 초차리아 집 근처 시골 아가씨 안니타와 결혼할 예정이었다. 신부의 나이가 차지 않아서 정식 혼인신고는 못 하고 약혼만 한 상태였다. 이제 막 성인이 된 예비 신부는 로마의 집에 와서 시부모들과 함께 살고 있었다. 오는 길에 얼마 전에 사별한 필로메나의 아버지도 모시고 왔다. 그녀와 노인은 둘 다 생전 처음 도시라는 곳에 발을 들였다. 어쨌든 그 사람들 전부가 마스트로 조르조 거리에 있는 방 두 개짜리 집에 모여 살았다. 그나마 넓었던 현관은 필로메나가 작업 공간으로 사용했다. 그녀의 고객들은 부부 침실 옷장 문에 달린 거울에서 옷매무새를 비춰보곤 했다. 침실이 부족했던지라 밤이 되면 안니타는 작업실 구석에서, 연로한 할아버지는 부엌에서 접이식 침대를 펴고 잠을 잤다.

이다와 우세페의 방에는 문이 두 개 있었다. 그중 하나는 부엌과 연결된 문이었다. 맑은 날에는 정남향 창으로 햇빛이 한 아름 들어왔다. 비좁은 공간이었지만, 피에트랄라타 커튼 뒤와 비교하면 호사스러울 정도였다. 가구들도 빠짐없이 갖춰져 있었다. 작은 침대, 1미터가 넘는 큼지막한 옷장, 책상, 의자, 작은 협탁도 있었다. 방을 비운 청년은 초등학교 2학년까지 마치고 학교를 그만두었다. 전쟁터에 나가기 전 낮에는 매트리스 공장에서 일했고, 밤에는 야간학교에 다니며 학업을 계속했다. 테이블 위에는 그가 읽던 책들과 숙제를 했던 공책들이 가지런히 놓여 있었다. 노력의 흔적이 엿보이긴 했지만, 글씨는 어린

애가 쓴 것처럼 삐뚤삐뚤했다. 옷장 안에는 그가 민간인 시절에 입던 옷들이 그대로 걸려 있었다. 옷 커버를 씌운 풀오버, 세탁해서 다려놓은 어깨 뽕이 달린 남색 모직 양복 한 벌, 옷 커버 옆 옷걸이에는 고급스러운 흰 모슬린 셔츠가 걸려 있었다. 옷장 아래 서랍 안에는 평상복 셔츠 두 벌, 바지 한 벌, 팬티 네 장, 티셔츠 두 장, 손수건 몇 장, 구멍을 기운 색색 양말 몇 켤레가 개켜져 있었다. 옷장 아래 딸린 선반 위에는 속에 신문지를 넣은, 새것 같은 신발 한 켤레와 특별한 경우에 신는 새 양말들이 있었다. 옷장 문에 달린 고리에는 흰색과 파란색 작은 사각형 무늬가 있는 레이온 넥타이가 걸려 있었다.

방 한구석에는 소책자 두 권이 놓여 있었는데 한 권은 '스승 없이도 음악을 몰라도 기타 연주법을 배울 수 있는 실질적이고 새로운 방법'이었고, 다른 한 권은 '만돌린 속성법'이었다. 책만 보일 뿐 기타와 만돌린은 없었다. 유일한 악기는 테이블 위에 연필과 펜 옆에 놓여 있는 염소 목동들의 풀피리뿐이었다. 어머니 필로메나가 자랑해 마지않듯 조반니노는 어릴 적부터 악기 연주에 관심이 많았다. 하지만 그가 소유할 수 있었던 악기는 풀피리밖에 없었다. 침대 밑에 놓인, 그가 매일 신었던 신발 한 켤레로 목록을 마무리하고자 한다. 밑창을 몇 번이나 바꾼 낡은 가죽 신발이었다. 참, 문짝 뒤편 고리에는 궂은 날씨용 가죽 바람막이 잠바가 걸려 있었다. 방 안에 물건들은 그게 전부, 거의 전부였다. 닌나리에두의 방과 달리 신문도, 삽화가 있는 잡지도, 영화에 나오는 여배우 사진도, 축구선수 사진도 없었다. 싸구려 벽지로 도배한 벽은 아무것도 없이 깔끔했다. 공짜로 나눠주는 열두 장짜리 달력 하나만 있었는데 1942년에 찍어낸, 파시스트 업적을 선전하는 사진이 실린 달력이었다.

현재 거주하지 않는 방 주인의 사진은 한 장도 눈에 띄지 않았다. 아들의 사진은 어머니가 따로 간직했고 이따금 이다에게 보여주기도 했다. 단체 사진 두 장 만으로 아들의 생김새를 짐작하기는 어려웠다. 첫 번째는 산골 마을 사람들과 함께 찍은 사진 같았다. 소년 시절 견 진성사 기념으로 또래 목동 열댓 명과 함께 찍은 사진이었다. 초점이 흔들린 뿌연 사진이라 잘 알아볼 수 없었다. 어쨌든 그는 금발에, 호리 호리한 몸매에, 머리에 작은 모자를 쓰고 웃고 있었다. 두 번째는 러시 아에 파견된 군인들과 함께 찍은 사진이었다. 배경에 덤불이 보였고 뒤에 물처럼 보이는 가로선이 주욱 그어져 있었다. 사진 위아래를 세 로로 잇는 튼튼하고 기울어진 전신주 하나가 보였다. 전신주 왼편에 노새 한 마리가 있었고, 다리에 깁스하고 온몸에 붕대를 감은 작은 남 자가 보였지만, 그는 아니었다. 전신주 오른편 뒤쪽에 두툼한 옷을 입 고 있는 형상들이 보였다. 하지만 사진이 너무 어두워서 군인인지 민 간인인지도 구분할 수 없었다. 머리에 쓴 것도 전투모인지 평범한 모 자인지 헷갈렸다. 어쨌든 그는 그들 중 하나였다. 얼굴은 전혀 알아볼 수 없었다. 덩어리 속에서 그를 구분하기란 불가능했다.

필로메나는 이다에게 방을 내주며 아들이 쓰던 물건들을 하나도 빠짐없이 꼼꼼히 확인했다. 어차피 열쇠도 없었고, 문짝도 잘 안 닫 혔지만, 절대 옷장을 열어보면 안 된다고 신신당부했다. 우세페에게 도 똑같은 말을 했다. 약속을 잘 지켰던 아이는 부재중인 사람의 소 유물에 손가락 하나 대지 않았다. 경이롭다는 듯 그윽한 눈길로 물건 들을 쳐다보기만 했다. 필로메나가 물건을 넣으라며 이다에게 종이 상자 하나를 챙겨주었다. 부엌에 넓은 선반 한 칸도 비워주었다. 미 친 사람의 유산 덕분에 부자가 된 기분이었던 이다는 각종 통조림과

빨간색 자투리 모직 원단을 샀다. 필로메나가 우세페를 위해 점프슈트를 만들어 주었다. 새 옷을 입은 우세페는 마치 만화에 나오는 작은 요괴 같았다.

피에트랄라타 만큼 시끄러운 건 아니었지만, 이곳에서도 역시 소음은 끊일 날이 없었다. 낮에는 현관문 옆 작업실에서 쉬지 않고 재봉틀이 돌아가는 소리, 간간이 필로메나를 찾아온 이웃 여자들과 고객들의 목소리가 들렸다. 밤에는 초차리아에서 온 할아버지가 이다의 방과 이어진 부엌에서 잠을 잤다. 노인네라 그런지 잠이 적었고 종종 악몽을 꾸기도 하는 것 같았다. 무엇보다 밤잠을 설치며 끊임없이 가래침을 뱉었다. 키가 크고 깡마르고 구부정한 그의 몸은 영원히 마르지 않는 가래침이 고인 우물 같았다. 노인은 도색이 벗겨진 법랑 양재기를 하루 종일 옆구리에 끼고 몸속에 가득한 극한의 고통을 뱉어냈다. 매일 밤 나귀 울음소리 같은 가래침 뱉는 소리가 정적을 깨고, 우주의 모든 고통을 정죄하듯 울려 퍼졌다. 그는 말수가 거의 없었고 나약한 성격의 소유자였다. 도심의 차도가 끔찍하게 무섭다며 가택연금을 당한 사람처럼 온종일 집 안에 머물렀다. 창밖으로 얼굴을 살짝 내밀다가도 '로마에선 밖을 츠다보아도 당최 비어 있는 데라곤 없자녀'라고 툴툴거리며 뒤로 물러섰다. 산골짜기에 있던 그의 집에서는 밖을 츠다보면 (그는 쳐다보다 대신 '츠다보다' 라는 말을 썼다) 빈 데가 진짜 많았는데 여긴 죄다 담장이라고 했다. 매일 밤 악몽에서도 빈 데가 없다고 강력하게 호소했다. "츠다봐! 츠다봐! 죄다 벽이자녀!"

밖에서 총소리가 들린다든지 하늘에서 비행기 소리가 난다든지 근처에서 폭격이 일어나 유리창이 흔들린다든지 할 때면 그는 깜짝 놀라 몸을 일으키며 분노와 절망에 찬 목소리로 주절거렸다.

"시상에, 왜 또 날 깨우는겨!"

어떤 날에는 밤새 이렇게 중얼거리기도 했다.

"에고, 엄마, 에고, 엄마."

그리고 고아 같이 불쌍한 목소리로 대답했다.

"아들아, 아들아, 내가 뭘 해 줄까잉?"

어느 날 밤에는 자신을 계속 '집시'라고 부르기도 했다. 자기가 초가집에 사는 집시라고 우겼다. 초가집은 그가 산에서 사별하고 나서 혼자 살던 곳이었다. 피를 토하듯 처절한 잠꼬대였다. 낮 동안에 그는 법랑 양재기를 옆구리에 끼고 온종일 부엌 앉은뱅이 의자에 앉아 있었다. 말라비틀어져 뼈만 남은 몸 꼭대기에 억세고 지저분한 백발이 무성했다. 여전히 산골의 관습을 따랐던 그는 집안에서도 계속 모자를 쓰고 있었다. 로마에 와서도 집 안팎에서 똑같은 슬리퍼를 신었는데 어차피 부엌과 화장실만 오갔던지라 크게 문제가 되진 않았다. 그의 유일하고도 찬란한, 절대 고갈되지 않았던 욕망은 포도주였지만, 딸이 허락하지 않아서 마음껏 마실 수 없었다.

부엌 창문 밖에는 지붕이 딸린 발코니가 있었다. 이사를 오고 나서 처음 며칠 동안 발코니에 토끼 한 마리가 살고 있었다. 우세페는 새집에 오자마자 부엌 창가로 달려가 까치발을 하고 토끼를 쳐다보았다. 집에 있을 때면 유리창 너머로 발코니에 있는 토끼를 감상하는 게 아이의 취미였다. 새하얀 몸통, 분홍빛이 감도는 귀, 새빨간 눈은 세상 물정을 전혀 모르는 듯했다. 토끼가 세상과 소통하는 방식은 주로 놀라움이었다. 종종 이유 없이 귀를 뒤로 축 늘어뜨리고, 전속력으로 달려가, 합판으로 만든 작은 우리 안에 몸을 숨기곤 했다. 하지만 대개는 알을 품은 동물처럼 몸을 웅크리고 얌전히 벽에 달라붙어 지냈다.

안니타가 갖다준 배춧잎을 게걸스럽게 씹어먹기도 했다. 토끼는 완치된 환자가 병원에서 일하는 톰마소에게 감사의 뜻으로 선물한 것이었다. 가족들, 특히 며느리였던 안니타는 가축을 도살하는 데 익숙한 목동 집안에서 자랐지만, 토끼한테만큼은 애착을 느꼈다. 한 식구처럼 느껴졌기에 기회가 오면 희생 제물로 냄비 안에 바쳐야 할지 고민에 빠지곤 했다. 그러던 어느 날 아침이었다. 아침에 일어나자마자 발코니로 달려간 우세페는 음모를 꾸미는 표정으로 배춧잎 쪼가리를 치우고 있는 안니타의 모습을 발견했다. 토끼는 더 이상 그곳에 없었다. 형편이 나빠진 가족들이 토끼를 고기 통조림 두 통과 맞바꾼 것이었다.

"...도키(토끼) 어딨어?"

"떠났어..."

"누구랑 떠났어?!..."

"양파랑, 기름이랑 토마토랑..."

현관에 있던 시어머니가 한숨을 푹푹 내쉬며 대답했다.

필로메나와 안니타는 작업실에서 늘 함께 일하며 한 쌍의 비둘기처럼 달라붙어 지냈다. 안니타는 정말이지 뛰어난 조수였다. 둘은 온갖 수선일을 도맡아 했고 주문받은 맞춤옷을 지어주기도 했다. 언젠가는 아브루초에 사는 14살짜리 소년의 옷을 수선하고 있었다. 키만 쑥쑥 자라고 살은 절대 안 찐다는 소년의 옷은 아무리 고쳐도 가슴 부분이 남아돌았다. 구시렁거리고, 바느질하고, 재봉틀을 돌리며 둘은 언제나 똑같은 노래를 읊조렸다. "...행복이여, 날 괴롭히는 그대여..."

드물긴 했지만, 여자들 셋만 집에 있는 날도 있었다. 필로메나의 고객이 아닌 다른 손님들이 찾아올 때도 많았다. 참새 방앗간처럼 매일 그녀 집에 들리는 동네 여자도 있었다. 이름은 콘솔라타, 나이는 35

세였다. 그녀의 남동생도 조반니노와 같은 부대에 소속되어 러시아로 떠났는데 오래전에 소식이 끊겼다. 매일 밤 모스크바 라디오를 청취한다는 누군가의 말에 따르면 몇 달 전 방송된 포로 명단에 그녀의 남동생 이름이 있노라고 했다. 하지만 같은 방송을 청취했다는 또 다른 사람은 남동생의 이름인 클레멘테는 맞지만, 성씨는 달랐다고 했다. 가족을 러시아로 떠나보낸 여자들에게는 영원토록 끝나지 않을, 유일한 주제였다. 또 다른 중대한 주제였던 배고픔마저 뒷전이었다. 반면에 이다는 닌누추에 대한 소식을 전혀 몰랐다. 떠돌이 신세인지, 전사가 되었는지, 어디에 있는지 알 방법이 없었다. 그럼에도 이다는 아들의 행방에 대해 절대 입 밖에 내지 않았다. 아니, 생각조차 하고 싶지 않았다. 일종의 무의식적인 주술이었다. 선술집 주인 레모는 아들의 종적을 파악하고 있을지도 몰랐다. 니노가 로마에 온다면 자신에게 알려주리라 믿었다.

마로코 집안에 드나들던 다른 손님은 포르타 포르테세 근처에 거주하는 '산티나'라는 여자였다. 48세 정도에 키가 크고 뼈대가 아주 굵었다. 못 먹어서 살이 쪽 빠진 몸이었지만, 육중하고 비대한 인상을 풍겼다. 갈색 눈동자는 커다랗고 깊었지만, 눈빛은 흐리멍덩했다. 제대로 먹지 못해서 이빨이 하나둘 빠지는 중이었고 앞니도 하나 없었다. 자신의 추한 모습이 창피하다는 듯 입을 열고 웃는 대신 죄스럽고 순박한 미소만 지었다. 백발이 다 된 머리카락은 소녀처럼 어깨 위에 풀어헤쳤고 나이를 숨길 생각이 추호도 없다는 듯 얼굴에 분칠도 화장도 하지 않았다. 아무렇게나 방치된 창백한 얼굴과 툭 불거진 광대뼈가 인생을 포기한 여자 같은 분위기였다. 그녀의 주된 직업은 지금까지도 그렇듯이 매춘부였다. 일거리가 없을 때는 먹고 살기 위해 이집

저집 돌아다니며 빨래를 대신해 주거나 주사를 놓아주기도 했다. 이따금 몸을 가누지 못하고 길거리에 쓰러져 병원에 실려 가기도 했고 경찰에게 붙잡혀 가기도 했다. 하지만 늘 멀쩡하게 돌아와 고향에 다녀왔다고 둘러대곤 했다. 고향에 계시는 어머니를 자기가 먹여 살린다고 했다. 하지만 동네 사람들은 그녀의 말이 새빨간 거짓말이란 걸 알고 있었다. 세상을 통틀어 그녀에게 피붙이라고는 없었다. 그녀가 어머니라고 속였던 사람은 사실 기둥서방이었다. 그녀보다 한참 어린 로마 남자였는데 실제로 그의 모습을 본 사람은 손에 꼽을 정도였다. 다른 동네에 사는 남자이기도 했고, 그를 얼핏 보았다는 사람도 있었지만, 불확실한 실루엣에 불과했다. 그녀가 거의 매일 착실하게 마로코 집안에 찾아왔던 이유는 카드 점괘를 봐주기 위해서였다. 그녀는 점괘를 읽는 자신만의 고유한 방법이 있다고 했는데 누구한테 배운 것인지는 미지수였다. 마로코 집안 여자들은 조반니노에 대해 점을 봐 달라는 일을 하늘이 무너져도 그만둘 생각이 없었다. 그녀가 집안에 발을 들이기가 무섭게 원단, 가위, 핀 따위 작업 도구들이 널려 있던 테이블 위를 잽싸게 치우고 카드 점을 칠 자리를 마련했다. 그리고 그녀에게 늘 똑같은 질문을 했다.

"잘 지내는지 말해주세요."

"우릴 생각하는지 말해주세요."

"곧 집에 돌아올지 말해주세요."

"건강한지 말해주세요."

"가족들을 생각하는지 말해주세요."

필로메나는 신뢰할 만한 권력 기관에 의뢰한 답변을 재촉하듯 다급한 투로 안절부절못하며 질문을 던졌다. 안니타는 고개를 한쪽 어깨 위로 비스듬히 기울이고 애조띤 표정으로 조심스럽게 질문했다. 둥그스름한 얼굴에 피부색은 짙은 편이었지만, 기울어진 검은 머리카락과 대조되어 창백한 것 같기도 했다. 산티나의 답변을 듣고 나서 그녀는 시어머니와 조곤조곤 이야기를 나눴다. 폐가 되지 않을까 소심한 말투였다. 산티나는 흐리멍덩한 시선을 고정한 채 늘어놓은 카드들을 빤히 쳐다보았다. 두 여자의 질문에 답하는 그녀의 말투는 난해한 연설문 낭독을 흉내 내는 아이 같았다. 답변은 언제나 질문에 비해 지나치게 간단했다.

"칼... 뒤집어진 칼이라, 추위야, 거긴 춥지."

산티나가 말했다.

"거봐라!"

필로메나가 안니타에게 불만을 토로했다.

"내가 늘 그랬잖니, 소포에 스웨터를 넣어야 한다고!"

"그 사람 편지에는 스웨터가 필요 없다고 했어요, 그보다 발이 추우니까 양말이랑 밤을..."

안니타가 민망한 투로 말했다.

"건강은? 건강하답디까? 건강은 어떤지 얘기해 주세요."

"어디 보자, 좋은 소식이 보여. 가까이에 힘 있는 사람이 있어... 꽤 괜찮은 백이야. 중요한 인물... 동전에 나오는 왕... 아니면..."

"혹시 그 중령 아닐까요... 뭐였더라, 편지에 썼던 그 중령 이름이...?"

안니타가 차분하게 그녀의 말을 거들었다.

"모실로! 모실로 중령!"

"아니... 아니야..."

산티나가 고개를 내저었다.

"동전에 나오는 왕이니까... 중령이 아니라... 더 중요하고, 더 높은 자리에 있는... 대장... 아니면... 장군!"

"장군!!!?"

"어디 보자... 한 남자랑 두 여자가 보여... 갈색 머리 여자... 승리! "

그러자 안니타는 당장이라도 눈물을 왈칵 쏟을 듯한 검은 눈동자를 숨기느라 몸을 슬쩍 돌렸다. 떠도는 소문에 의하면 러시아에서 전쟁을 치르는 동안 그곳 여자들이 이탈리아 남자들과 열렬한 사랑에 빠져서 곁에 붙잡아 놓고 돌려보내지 않는다고 했다. 그거야말로 무엇보다 어린 신부의 마음을 심란하게 만드는 걱정거리였다. 조반니노가 마지막으로 가족들에게 보냈던 편지는 1943년 1월 8일 자로 1년도 더 지난 것이었다. 붉은빛이 도는 싸구려 검정 잉크로 쓴 편지였다. 봉투와 편지의 도입부에는 대문자로 '승리하리라'라고 썼는데 그런 구호가 적힌 편지는 검열에서 제외된다는 소문이 돌아서였다.

승리하리라

XX 1943년 1월 8일 러시아

사랑하는 가족 모두에게

먼저 저는 잘 있다는 소식을 전합니다 온 가족이 주현절을 잘 보냈길 바랍니다 이곳은 무시무시하게 춥습니다 (... 단어 세 개 삭제됨) 소포는 아직 안 왔습니다만 걱정하지 마십시오 성탄절에 정부에서 온수 두 통을 주었고 부유한 러시아 할머니 한 분이 튀김을 주었습니다 여기는 추워서 발톱이 빠질 지경입니다 밤에는 땅을 파고 쥐들처럼 굴속에서 기관총을 들고 보초를 서고 빈대를 잡습니다 사랑하는 부모님 승리하리라 승리할 것이라 다짐하면서 어머니에게 삼백이십 리라를 동봉합니다 사랑하는 신부여 나쁜 소문이 들려와도 걱정하지 말길 바랍니다 (... 단어 다섯 개 삭제됨) 조만간 기쁜 모습으로 돌아갈 것이고 중요한 건 건강입니다 러시아 말도 조금 배웠는데 감자는 카르토체라고 합니다 사랑하는 어머니 편지가 오지 않아도 당신들을 얼싸안을 날만 밤낮으로 기다립니다 사랑하는 부모님 지난번에 보낸 게 도착했는지 알려주십시오 종이가 모자라 이만 줄입니다 빨리 만나길 바라고 안녕히들 계십시오

당신들의 사랑하는 아들이자 신랑   조반니노

그 편지가 도착하기 얼마 전 안니타 앞으로 다른 한 통의 편지가 왔었다. 그 후로는 조반니노로부터 아무런 소식도 없었다. 1943년 봄에 그와 함께 사진을 찍었던 이들 중 귀환한 병사의 말에 따르면, 11월이 되기 몇 달 전에 그를 만난 적이 있었는데 조반니노는 무사했고 둘이 빵과 통조림을 나눠 먹었었다고 했다. 반면에 또 다른 실종자였던 콘솔라타의 남동생은 만났다는 사람도, 소식을 안다는 사람도 없었다. 필로메나와 안니타는 둘 다 글을 거의 몰랐다. 필로메나는 이따금 캐비닛에서 조반니노의 편지들을 꺼내 누군가에게 읽어달라고 하거나 아들에 관한 이야기를 나누기도 했지만, 질투심을 느꼈던 안니타는 아무한테도 편지를 보여주지 않았다. 다른 가족들이 외출한 어느 날 저녁, 안니타가 이다의 방문을 두드렸다. 얼굴을 붉히며 그가 국

경에서 보내온 마지막 편지를 읽어줄 수 있느냐고 부탁했다. 로마에 온 뒤로는 산골에서 받았던 편지들을 읽어줄 사람이 아무도 없어서 내용을 잊을까 걱정이었다. 그녀가 풀오버 안에서 종이 뭉치를 꺼냈다. 게 중에는 '로마는 찬란한 역사 속에서 매 순간 문명의 임무를 완수했노라.' 등등의 선전 문구가 새겨진 우표가 필요 없는 엽서들도 있었다. 청년은 검열을 피할 수 있길 기대하며 매번 봉투와 종이 맨 꼭대기에 '승리하리라'라는 전략적인 문구를 써넣었다. 싸구려 잉크로 쓴 글씨들은 먼지와 물기로 지난 세기에 쓴 편지처럼 흐릿해져 있었다.

'너무도 사랑하는 안니타 가능하거든 날 위해 사진을 찍어주시오 성령 병원에서 일하는 그 간호사가 코닥 사진기를 갖고 있으니 그 사람을 찾아가 보면 될 거요 당부하건대 내 걱정은 하지 마시오 무사히 돌아가서 당신에게 백만 번의 입맞춤을 할 거라오 신혼여행으로 당신을 베네치아까지 데려갈 거요' (... 한 줄 삭제됨)

'사랑하는 아내여 내 걱정은 하지 마시오 나는 건강하다오 여기서는 빈대를 잡아 담배 내기 경주를 하는데 나는 아프리카 두 갑과 삼성 담배 한 갑을 땄다오 사랑하는 아내여 편지 안에 우표 두어 개를 넣어 주시오 여기는 우표가 없소...'

'제발 소포 안에 빈대를 죽이는 분말을 왕창 넣어 주시오...'

'... 여기 여자들이 예쁘다고 하는 말들을 신경 쓰지 마시오!! 나에게 있어서 여자는 내 마음의 작은 마리아뿐이라오! 당신은 나의 모든 것이라오 백만 번의 입맞춤...'

'오늘 밤 꿈속에서 당신을 보았소 당신은 큰 것 같기도 했고 오래전처럼 어린 소녀 같기도 했다오 당신과 어떻게 결혼하느냐고 내가 그랬잖소! 그

때 당신은 너무 어렸다오! 당신은 내가 러시아에서 돌아오면 커져 있을 거라고 했었지 돌아가서 당신을 품에 안아보고 싶소 당신을 내 품 안에 안고 싶소 백만 번 입을 맞추고 싶소 아! 나의 소중한 신부여 나는 지옥에 와 있는 것 같소 나처럼 형편없는 놈이 또 있을까 심란하오 하지만 내 걱정은 하지 마시오 우리는 곧 영원히 함께 하게 될 거라오 그날을 기다려 마지 않소 (...한 단어 삭제됨) 하지만 우리처럼 힘없는 사람들이 뭘 할 수 있겠소 백만 번의 입맞춤을 받아주시오...'

이다가 하나뿐인 의자에 앉으라고 권했지만, 안니타는 부끄러워하며 침대 끝에 살짝 걸터앉았다. 편지를 읽는 동안 그녀는 투박하고 불그스름한 손을 협탁 위에 모으고, 이다가 큰 소리로 읽어주는 편지 속 단어들을 하나하나 눈으로 따라가며 세심하게 관찰했다. 마치 종이에 적힌 그 글씨들이 귀중한 암호이자 운명의 실타래를 풀어줄 일종의 주술이란 듯이. 편지를 읽어주는 내내 그녀는 아무 말도 하지 않았다. 종이 뭉치를 다시 받아 들고 짤막한 한숨을 내쉰 게 전부였다. 그리고 초차리아에 살 적부터 입었던 풍성한 치마를 펄럭이며 뒤뚱거리며 방에서 나갔다. 꼭 맞는 짧은 원피스에 무릎까지 올라오는 검은 스타킹을 신은 그녀의 맨 허벅지가 살짝 드러나 보였다. 시골 여자 특유의 튼튼하고 육감적인 허벅지가 그녀의 자그마한 체구와 대조를 이뤘다.

1943년 겨울로부터 오늘에 이르기까지 그녀와 시부모들은 조반니노의 소식을 알기 위해 관공서들을 찾아다니는 일을 멈추지 않고 있었다. 정부 부처, 시청, 구청, 적십자, 바티칸... 하지만 대답은 늘 똑같았다. '정보 없음. 실종됨.' 일부 공무원과 군인들은 기분 나빠하거나, 심드렁해하거나, 냉소적이거나, 심지어 성질을 내기도 했다. '실종됨'이란 말은 대체 무슨 뜻일까? 포로로 잡혀 시베리아에 끌려갔을 수도 있었고, 어느 가족의 호의로 러시아에 머물 수도 있었고, 그곳에서 만난 여자의 남편이 되었을 수도 있었다. 그리고 무엇보다 사망했을 수도 있었다. 하지만 안니타와 필로메나는 마지막 가설만큼은 절대 불가능하다고 여겼다. 그녀들은 하루도 빠짐없이 조반니노를 기다리며 그의 옷을 햇빛에 내다 말렸다. 공식적인 기관에서 발표하는 뉴스는 신뢰하지 않았던 반면 산티나의 카드 점괘는 믿어 의심치 않았다. 이웃사촌이었던 콘솔라타는 그녀들이 무식해도 너무 무식하다며 비웃곤 했다.

"그 여자들 같은 촌뜨기들이나,"

그녀가 이다를 붙잡고 몰래 속삭였다.

"그따위 사기꾼 점괘에 속아 넘어가는 거야."

북부 출신이었던 그녀는 마로코 집안 여자들과 달리 글을 읽을 줄 알았고 시내 잡화점 점원으로 일하고 있었다. 하지만 콘솔라타 역시 마로코 집안 여자들 못지않게 심각한 낙관주의에 빠져 있었다. 그녀 또한 러시아에 간 남동생이 반드시 돌아오리라 믿어 의심치 않았다.

"실종되었다는 말은 찾을 수 있다는 의미야. 수천 명씩이나 되는 사람 중에 당연히 돌아오는 사람이 있겠지. 전부 사라지진 않았을 거야. 내 동생은 길을 잃거나 할 사람이 절대 아니야. 러시아 국경에 가기 전에도 알프스, 그리스, 알바니아에 갔었거든, 방향을 잃지 않으려고 늘 나침반을 몸에 지니고 다녔다지. 기적의 성모마리아 사진도 늘 몸에 지니고 있었고."

그녀는 성모마리아의 보호하심에 대해 굳건한 믿음을 지니고 있었다. 신이 존재하지 않는 러시아 같은 나라에서는 더더욱 중요하다고 강조하기도 했다. 때로 기분 나쁘다는 듯 입을 실룩거리며 누군가에게 전해 들은 말을 이다에게 전하기도 했다.

"러시아는 이탈리아 청춘들의 무덤이다."

"모든 게 선전에 불과하다."

"실종자란 말은 절망적인 상황이란 말을 그럴싸하게 포장한 것이다."

종종 안니타의 안타까운 사정을 비꼬는 말도 했다.

"남편이 있다고는 하지만, 아직 아가씨잖아…"

그러면서 안니타에게 신랑을 다시 구하는 편이 낫지 않냐고 권유하기도 했다. 그런 말을 들을 때마다 안니타는 훌쩍거리기 시작했고, 그녀의 시어머니는 성질을 내며 어린 신부와 조반니노를 못 믿는 몰상식한 사람들에게 욕설을 퍼부었다. 며느리와 시어머니는 둘 다 똑같이 독실하고 순정을 바치는 유형의 여자들이었다. 그럼에도 그녀들이 일상적으로 쓰는 촌구석의 보편적인 언어는 이다처럼 배운 사람이 듣기에 거북할 때가 많았다. 이를테면 매사에 암컷, 수컷, 엉덩이를 빗대어 말했는데 문이 열리지 않으면 이렇게 말하는 식이었다.

"이 보지 같은 열쇠가 왜 지랄이야?"

핀이 없어지면 이런 식이었다.

"그 핀 년 엉덩이가 대체 어떤 놈 자지에 달라붙어 있는 거야?"

하여간에 늘 그런 식이었다. 그런 말을 들을 때마다 이다는 민망해서 몸 둘 바를 몰랐다. 무엇보다 어린 안니타의 입에서 그런 말이 아무렇지 않게 튀어나오는 걸 보면 무섭기도 창피스럽기도 했다. 집주인과 마주치는 경우는 매우 드물었는데 주간 당번일 때는 밤늦게 집에 돌아왔고, 야간 당번일 때는 오후 내내 잠만 잤다. 아주 잠깐 깨어

있을 때면 우세페에게 고향에서 부르던 노래를 가르쳐 주기도 했는데 노랫말은 다음과 같았다.

> 리코타를 먹는 양치기는
> 성당에서 무릎을 꿇지 않는다네
> 모자도 안 벗다니
> 아주 못돼먹은 양치기로군

피에트랄라타에서도 나중에 그랬듯이 마로코의 집에서도 우세페의 존재는 주목받지 못했다. 함께 어울릴 아이들이 없기도 했다. 계속되는 굶주림을 어떻게든 헤쳐 나가야만 했던 두 비둘기는 '행복이여, 날 괴롭히는 그대여'라고 늘 똑같은 노래를 읊조리며 일하느라 바빴다. 집안에 드나들던 여자들은 방문객이건 고객이건 우세페에게 관심을 보이기에는 시간이 부족했고 걱정거리도 많았다. 다들 우세페를 고양이 취급했다. 혼자 노는 건 괜찮았지만, 발밑에 와서 알짱거리면 귀찮은 존재로 둔갑했다. 밀레 가족의 시대는 어느새 전설처럼 멀어졌다. 토끼가 미지의 장소로 떠난 뒤에, 이다가 집에 없는 긴 시간 동안, 우세페는 주로 할아버지 옆에서 시간을 보냈다. 할아버지는 아이가 자기 옆에 있다는 사실조차 모르는 듯했다. 온종일 앉은뱅이 의자에 앉아서 시간을 보냈다. 평생 뼈 빠지게 일해야 입에 풀칠이라도 할 수 있었던지라, 휴식이란 게 뭔지 몰랐다. 고된 삶의 잔재가 득실거리는 빈대처럼 여전히 그의 몸에 달라붙어 있었다. 시력이 어느 정도 남아 있었고, 귀도 들렸지만, 도대체 뭘 해야 할지 알 수 없었다. 모든 게 자신을 괴롭히고 방해한다는 느낌뿐이었다. 이따금 낮잠에 빠져들었다가도 이내 몸을 부르르 떨며 눈을 부릅떴다. 무리한 일정을 소화하는 여행자처럼 천근 만근한 몸을 이끌고 의자에서 일어나 창가까지 걸어 갔다. 그리고 온통 집과 벽뿐인 창밖을 내다보며 이렇게 소리쳤다. "빈 데가 없자녀! 빈 데가!"

초점 없는 붉은 눈으로 창밖을 바라보며 그는 절망에 빠져들었다. 간혹 앞 건물에 사는 사람과 눈이 마주치면 빤히 쳐다보며 말했다.

"니가 날 츠다보니 나도 널 츠다보는겨!"

앉은뱅이 의자로 돌아간 그가 또다시 양재기에 가래침을 뱉기 시작했다. 우세페는 꽁꽁 얼어붙은 장엄한 빙하를 보는 듯한 애절한 눈빛으로 그를 골똘히 쳐다보곤 했다.

"왜 그렇게 많이 뱉어?"

"퉤퉤... 퉤에에에에에... 퉤퉤에에에에..."

"왜 그래? 마시고 싶어? 응? 마시고 싶어서 그래? 포도주 줄까?"

아이는 필로메나가 들을세라 목소리를 최대한 낮췄다.

"퉤에에에에... 퉤퉤에에에에에에에..."

"자!! 포도주! 여깄어... 포도주!! 쉿, 조용, 알겠지? 들키면 큰나... 자! 여기! 어서 마셔!!"

3.

독일군이 점령했던 최후의 몇 달 동안 로마의 풍경은 인도의 어느 도시 같았다. 알아보지 못하도록 온몸을 천으로 감싼 사람들이 닥치는 대로 식량을 구하러 돌아다녔다. 산 사람인지 죽은 사람인지 구분하는 것조차 힘들었다. 파괴된 마을을 떠나온 사람들이 무리 지어 다니며 구걸을 일삼았고 성당 계단과 교황이 사는 건물 처마 밑에서 노숙하기도 했다. 폭격과 약탈을 피해 시골에서 도망친 소와 양들이 공원 안을 돌아다니며 풀을 뜯어 먹었다. '뚫린 도시'라는 성명이 발표된 이후에도 독일군 부대는 어마어마한 굉음을 내뿜는 군용차량을 몰고 다니며 주택가 근처에 계속 상주했다. 엄청난 폭격의 여파로 지역마다 연기가 자욱했다. 마치 페스트나 지진이 휩쓸고 간 도시 같았다. 밤낮 없이 창문의 유리가 흔들렸고, 거리에서 사이렌 소리가 들렸고, 전투기들이 하늘을 누렇게 물들였다. 변두리 거리들은 부서진 폐허에서 흩날린 먼지로 뒤덮였다. 겁을 집어먹고 방공호 또는 거대한 유적 지하에 미로 같은 땅굴 안으로 몸을 피하는 가족들도 있었다. 지린내와 똥내가 진동하는 곳이었다.

나치의 고위 인사들이 묵는 호텔 내부에서는 보초들의 감시하에 성대한 만찬이 벌어졌다. 어찌나 방탕했던지 미처 소화를 시키기도 전에 또 먹기 위해 음식을 토해내야 할 정도였다. 저녁 식사 테이블에 둘러앉은 그들은 먹고 마시며 다음 날 벌일 참극에 대해 논의했다. 자칭 로마의 왕이라 불렸던 독일군 대장은 먹보에다 술주정뱅이였다. 점령군들은 흥분된 최면상태를 유지하고자 부대 내부와 민간인 거주 지역에서 시도 때도 없이 술을 퍼마셨다. 도심 뒷골목에 있는 작은 건물 또는 중산층의 아담한 저택 중에는 창문을 전부 벽처럼 막아놓은 곳도 있었다. 사무실이었거나 가족들이 운영했던 작은 여관으로 현재는 점령군 경찰들의 고문실로 탈바꿈한 곳이었다. 살아있는 육체를 대상으로 온갖 악행을 저질렀던 그들의 수령처럼 죽음의 악습에 감염된 끔찍한 사람들이 그곳에 고용되어 일하고 있었다. 건물 안에서는 밤이고 낮이고 축음기 볼륨을 최대치로 높인 노래나 음악이 흘러나왔다. 거리에서는 날마다 경찰차가 일터 앞에 멈춰 서서 수색 영장을 디밀었다. 경찰들은 아무개의 성씨와 이름이 적힌 종이쪽지를 들고 지붕과 테라스까지 샅샅이 수색을 벌였다. 불시에, 심판자만이 모든 권한을 쥔, 무슨 수로도 막을 수 없는 사냥이 벌어졌다. 어떤 경우에는 인종법 명령을 시행한다는 명목으로 군인들이 길게 늘어서서 막다른 길이나 동네 전체를 가로막기도 했다. 그 안에 있던 16세에서 60세까지 남자들은 누구를 막론하고 나치 강제 수용소로 끌려갔다. 대중교통을 갑자기 멈춰 세우고 안에 타고 있던 사람들을 전부 내리게 하는 일도 벌어졌다. 출구가 없다는 걸 알면서도 미친 듯이 도망치는 사람들에게는 기관총 세례를 퍼부었다.

몇 달 전부터 거리는 빨간 종이에 인쇄된 선전물들로 뒤덮여 있었다. 명시된 조항에 해당하는 남자들이 강제 노동에 자진 출두하지 않으면 사형에 처한다는 내용이었다. 하지만 아무도 명령에 복종하지 않았고 문제 삼지도 않았다. 아니, 사람들은 더 이상 공문을 읽지도 않았다. 도심 지하로 모여든 전사들이 소규모 부대를 꾸려 반격에 나섰다는 이야기도 나돌았다. 하지만 두려움에 사로잡힌 사람들은 그런 조직에도 관심을 보이지 않았다. 오히려 그들을 구실로 점령군에게 보복당하는 건 아닐지 악몽에 시달렸다. 민중들은 꿀 먹은 벙어리 신세였다. 로마 전 지역에서 검거, 고문, 살육에 대한 소식들이 일상적으로 떠돌아다녔지만, 부질없는 메아리에 불과했다. 도심 외곽의 구덩이나 광산에 시신들이 무더기로 매장되었다고, 그 숫자는 수십 아니 수백에 달하노라고, 아니, 헤아릴 수조차 없다고들 했다. 학살당한 시신들이었다. 그들의 사망 이유에 관해서는 아무런 부연 설명도 없었다. 가족들에게 매장지도 알려주지 않았다. 사망 일시를 통보하는 몇 줄만 달랑 적힌 서류가 전달되는 게 전부였다. 어디서나 흔히 벌어졌던 그런 일들에 대해 군중들은 수군거리기만 했을 뿐 최대한 말을 아꼈다. 누군가와 접촉하거나 속내를 털어놓는 일은 사망 내지는 감금을 담보로 했다. '먼지가 일면 마르고, 비가 오면 축축하다'라는 속담처럼 그저 흘러가는 대로 몸을 맡길 수밖에 없었다. 그 유명한 '해방'이란 신기루는 성급한 환상에 불과했으며 급기야 조소와 야유의 대상으로 전락했다. 독일군들이 도시를 떠나기 전에 도시 전체를 기초부터 싹 쓸어버리려 한다는 소문도 나돌았다. 도심의 건축물늘은 머릿돌도 안 남을 것이며 지하 하수구는 이미 폭탄으로 가득 찼노라고도 했다. 도시의 새로운 주인은 날이 갈수록 시뻘겋게 벽을 도배하는 선전물들이었다. 새로운 명령들, 금기 사항, 금기 사항을 어길 시 처벌에 이르기까지, 정신착란 상태에 빠진 행정당국이 고안해 낸 단호하고 주도면밀한 법령들이었다.

그러나 고립과 약탈과 포위로 점철된 도시의 진짜 주인은 따로 있었다. 굶주림이었다. 식량 관리국에서 최근 들어 지급한 유일한 식량은 일 인당 100g에 해당하는 호밀, 콩가루, 기타 불순물을 섞어서 만든 빵 쪼가리가 다였다. 다른 물품을 구하려면 암거래에 의존할 수밖에 없었지만, 물건값이 천정부지로 오른 상황이었다. 예를 들어 이다의 5월 치 월급을 탈탈 털어도 기름 한 통조차 살 수 없는 실정이었다. 그에 더해 최근 몇 달째 시에서 제날짜에 월급을 지급하지 않는 경우도 잦아졌다. 미친 사람이 남겨준 어마어마하고 믿있던 유산은 예상보다 일찍 소진되었다. 그 돈으로 쟁여놓았던 식량도 거의 바닥을 드러냈다. 남은 거라고는 감자 몇 알과 잡곡 파스타 조금뿐이었다. 미친 사람의 도움에 힘입어 그나마 살이 올랐던 우세페는 날이 갈수록 점점 야위어 갔다. 조막만 해진 얼굴에 눈밖에 안 보였다. 호소하는 듯한 눈동자 주위에 먼지를 뒤집어쓴 것처럼 까칠한 검은 머리카락 이 축 늘어져 있었다. 머리 양옆에는 둥지에서 삐죽 튀어나온 깃털처 럼 귀가 솟아 있었다. 마로코 가족이 냄비에 콩을 익힐 때마다 우세페 는 구걸하는 아이처럼 얼씬거리며 그들의 다리 아래서 맴돌곤 했다. "좀 먹어보려무나." 필로메나는 식탁에 와서 앉으라며 빈말이라도 우 세페를 초대하곤 했다. 하지만 그런 체면치레조차 호시절에나 오가던 말이었다. 이젠 다들 몰래 숨어서 음식을 해 먹는 처지였다. 먹어보 라는 말이 더 이상 들리지 않자, 우세페는 자기가 먼저 '먹어볼래'라 고 말했고 그럴 때마다 이다는 얼굴을 붉히며 아들을 말려야 했다. 2 년이 넘게 지속된 굶주림과의 전쟁은 피를 말릴 지경에 다다랐다. 그 녀는 매일 우세페를 먹이기 위해 발버둥을 쳐야만 했다. 그 외에 다른 모든 일들 심지어 자신의 배고픔에조차 무감각해졌다. 5월 내내 그녀 가 먹었던 거라고는 물과 약간의 풀떼기가 전부였다. 그것만으로도 충분했다. 아니, 그마저도 우세페의 입에 더 넣어 주고 싶은 심정이었 다. 우세페를 조금이라도 더 먹이려고 썩은 채소나 파리, 개미 따위 를 끓이는 방법도 생각해 보았다. 입에 넣을 수 있는 건 뭐든 괜찮았 다. 쓰레기통에 버려진 채소 자투리라든지 폐허가 된 벽을 타고 자라 난 식물이라도 상관없었다.

　그녀의 머리카락은 허옇게 변했고 등은 꼽추처럼 구부정해졌다. 몸 이 어찌나 쪼그라들었던지 자신이 가르치는 학생들과 엇비슷해 보일 정도였다. 그럼에도 그녀의 육체적 강인함은 여섯 자도 더 되는 키에 오천 시켈*의 쇠갑옷을 입었다던 골리앗을 능가했다. 그토록 작고 볼품없는 몸에서 어떻게 그런 엄청난 괴력이 솟아나는지 정말이지 수수께끼였다. 겉모습만 보면 심각한 영양실조가 분명했지만, 이다는 절대 기운을 잃지 않았다. 이상하게도 식욕조차 못 느꼈다. 마치 신체의 세포들을 주관하는 감각이 무의식중에 그녀에게 일시적인 불멸성을 베푼 것 같았다. 그녀의 신체적 욕구를 채워주고, 질병으로부터 보호해 주고, 생존할 수 있도록 배려해 주면서 말이다. 그 시기에 그녀의 육체를 화학적으로 통제했던 알 수 없는 보호막은 수면에도 영향을 미쳤기에, 전쟁의 요란한 소음에도 그녀는 꿈을 꾸지 않고 잠을 이룰 수 있었다. 아침 무렵이 되면 내면에서 엄청나게 시끄러운 소리가 들려와 그녀의 잠을 깨우곤 했다. "우세페! 우세페!"

고함에 놀란 그녀는 비몽사몽 중에 아이가 잘 자고 있는지 손을 뻗어 살펴보았다. 아이는 종종 그녀의 젖가슴을 파고들어 무심결에 엄마 젖을 더듬기도 했다. 모유가 많지 않았던 이다는 젖먹이 시절에도 젖을 찾는 게 그리 반갑지 않았다. 그리고 이제 그녀의 젖은 달려 있는지조차 모를 정도로 납작해졌다. 이다는 엄마 젖을 찾는 새끼를 떼어놓는 가여운 심정으로 아이를 저만치 밀어냈다. 미래는 생각조차 할 수 없었다. 그녀의 생각은 오로지 해가 뜨는 아침부터 소등 시간까지 오늘에 멈춰 있었다. 지금까지 그녀를 괴롭혔던 수많은 두려움을 포함한 걱정 자체가 불가능해졌다. 인종법 시행령, 무시무시한 명령들, 공적인 뉴스들도 거대한 바람 앞에서 왱왱거리며 날아다니는 해충 나부랭이에 불과했다. 감히 그녀를 공격할 수 없었다. 로마 전체가

---

*   고대 페르시아 및 동방 일대의 중량 단위

지뢰밭이 되어 내일 당장 멸망한다 해도 아무런 감흥이 없었다. 고대 역사에 나오는 사건 혹은 우주에서 벌어지는 월식이나 마찬가지였다. 온 우주를 통틀어 그녀를 위협하는 단 한 가지는 새근새근 잠든 아들이었다. 아이는 너무도 깡마른 나머지 이불 속에 있는지조차 의심스러울 지경이었다.

거리를 걷다 우연히 거울에 비친 자기 모습이 알아볼 수 없을 정도로 낯설었다. 그럴 때마다 그녀는 눈이 휘둥그레져서 서둘러 자리를 피했다. 오전 시간에 거리에 나온 다른 사람들도 그녀와 비슷비슷했다. 너나 할 것 없이 기운을 잃은 쇠락한 모습이었다. 눈가는 거뭇거뭇했고 형편없는 차림으로 돌아다녔다. 사실 그녀는 어른들에 대해 일말의 동정심도 느끼지 않았다. 반면에 우세페 같은 아이들, 자신이 가르치는 학생들을 생각할 때면 크나큰 연민에 빠졌다. 하지만, 그중에서도, 제일 못 얻어먹고 가여운 아이조차, 우세페보다는 나은 듯했다. 학생들의 동생들조차 우세페보다 더 커 보였다. 문득 핑크빛 살결에 토실토실 살이 오른 아기들이 등장하는 환상적인 광고가 떠올랐다. 자수로 장식한 유모차를 타고 유모의 보살핌을 받는 일부 운 좋은 부잣집 아기들도 떠올랐다. 심지어 닌나리에두도 요람에 누워있던 시절에는 토실토실하고 귀여운 아기였다. 아버지 알피오는 아기를 번쩍 들어 올리며 힘차게 외치곤 했다. "으쌰! 아령 운동이다!!!" 그리고 승리감에 도취해 아기를 높이 더 높이 들어 올리곤 했다.

그에 비해 우세페는 갓난쟁이 시절부터 제힘으로 손목과 허벅지에 살집을 일궈야만 했다. 지금에 비하면 그때는 그나마도 살집이 두둑한 시절이었다. 이토록 거대한 로마에 그토록 작은 배 하나를 채울 방법이 없다는 사실이 그녀는 도저히 믿기지 않았다. 그해 5월을 보내는 동안 그녀는 넋 나간 몰골로, 폐허가 된 집에서 눈길을 돌리려 애쓰며, 산 로렌초를 향해 발길을 돌리곤 했다. 선술집 주인 레모를 찾아가 먹을거리를 얻기 위해서였다. 식료품점이나 도살장에서 일하는 아버지를 둔 학생에게 혹시라도 썰다 남은 햄이나 고기 부스러기가 있으면 꼭 좀 긁어다 달라고 부탁하기도 했다. 마로코 가족에게 빌린 냄비를 들고 바티칸에 가서 값싼 수프를 사 오기도 했다. 그러나 그녀의 경제 사정으로는 이백 리라짜리 수프조차 아주 가끔만 누릴 수 있는 사치였다. 자존심과 수치심이 사라진 자리에 두려움이 둥지를 틀었다. 한번은 정오쯤에 길을 걷다가 해방의 성모마리아 광장 쪽에서 상자를 들고 오는 사람들을 보았다. 독일군들이 출동해 무료로 식량을 나눠주고 있었다. 공포 통치 시절에 서민 동네에서 종종 벌어졌던 일이었다. 선심성 전략을 써서 선전과 볼거리를 조장하려는 의도였다. 식탐가이자 자칭 로마의 왕이었던 독일군 수장이 직접 나와서 트럭 옆에서 상자를 나눠 주고 있었다. 주위에는 그의 모습을 사진기와 비디오로 찍는 사람들이 보였다. 독일군에 대해 반감을 지닌 사람들이 많았던 지라 상자를 안 받고 발걸음을 돌리는 사람들도 있었다. 그러나 이다와는 먼 이야기였다. 상자를 본 순간 그녀는 억누를 수 없는 탐욕에 빠져들었다. 아무 생각도 들지 않았다. 세차게 흐른 피가 온몸 구석구석을 통과해 피부까지 다다랐다. 얼굴이 활활 타올랐다. 광장 안을 가득 메운 인파를 미친 듯이 헤치며 트럭에 다가가 손을 뻗었다. 그렇게 밀가루 1kg을 낚아채는 데 성공했다.

불과 몇 주 전까지만 해도 그녀는 선생님으로서 품위를 잃지 않으려 애쓰는 축에 속했다. 외출할 때마다 낡긴 했지만, 깔끔한 모직 옷을 차려입었다. 피에트랄라타에서 지내던 시절, 샌들 한 켤레, 브래지어 두 개, 구멍 난 스타킹 그리고 다른 누더기들과 함께 자선 부인 단체에서 기부한 물건들이었다. 하지만 이제 그녀는 스타킹도 안 신고 모자도 안 썼다. 최근 들어 아주 짧게 자른 머리카락 때문에 그녀의 머리는 되는대로 엉킨 덤불처럼 보였다. 얼마 전부터 빗질할 때마다 머리카락이 한 뭉텅이씩 빠졌지만, 그래도 여전히 풍성한 곱슬머리였다. 작고 꼬불꼬불한 백발의 왕관을 쓴 그녀의 모습은 왠지 코센차에서의 어린 시절을 떠올리게 했다. 볼품없이 야윈 초췌한 얼굴에 잿빛이 감돌았지만, 신기하게도 주름은 없었다. 그런 모습으로 열 불난 사람처럼 걸을 때면 마치 코를 킁킁거리며 먹이를 찾는 동물 같았다. 겨울이 끝나갈 무렵부터 적지 않은 상점들이 문을 닫았다. 상점마다 셔터를 내리고 쇼윈도를 가려 놓았다. 얼마 남지 않은 물건들은 압수되거나 약탈당했고 암거래상들한테 떨이로 넘기기도 했다. 합법적으로 물건을 구매할 수 있는 가게마다 기다란 줄이 늘어서 있었다. 줄은 인도까지 길게 이어졌고 물건은 금세 동나 버렸다. 거의 매번 맨 끝에 서 있던 이다는 맨손으로 돌아가기 일쑤였다. 그럴 때마다 죄지은 사람처럼 허둥대며 발걸음을 돌렸다. 사람이 먹을 수 있는 게 세상에 얼마나 많은데, 자신이 지닌 수단을 통해 구할 수 있는 건 아무것도 없다니, 아무래도 무언가에 홀린 듯했다. 다시 한번 강조하지만, 자신의 배를 채울 생각은 추호도 없었다. 심지어 입 안에 고인 침마저 아까운 기분이었다. 꽁꽁 얼어붙은 곳에 고립된 어미 호랑이가 새끼들과 함께 눈을 핥으며 이빨로 자신의 살점을 찢어 새끼들에게 먹였다는 옛이야기처럼.

그녀가 일하는 잔니콜로 지역 학교 근처에 작은 텃밭이 딸린 허름한 주택 한 채가 있었다. 도둑질을 막으려고 나지막한 담장 꼭대기를 빙 둘러 뾰족한 유리 조각들을 붙여 놓은 곳이었다. 본래 철문이었던 대문은 군수 물자 생산에 헌납했는지 나무로 교체되었고 외부에는 가시가 돌출된 철조망이 쳐져 있었다. 대문 옆 담장 안에는 예전에 닭장으로 쓰던 양철 지붕이 딸린 판잣집이 보였다. 아직 남아 있는 몇 마리 닭은 도난을 대비해 집안에 들여놓고 기르고 있었다. 잔니콜로 학교에 다니기 시작한 뒤 몇 주 동안, 이다는 그 집에 찾아가 초인종을 누르고 달걀을 사곤 했다. 하지만 그녀가 마지막으로 방문했을 때 달걀값은 한 개에 20리라에 육박했다. 5월 중순쯤의 일이었다. 어느 날 오후 학교 수업을 마치고 나오던 이다의 시선은 주택의 담장을 넘어, 대문을 지나, 덤불의 그림자가 드리워진 땅바닥에 놓여 있는 멀쩡하고 잘생긴 달걀 한 개에서 멈췄다. 용감하게 탈출을 감행한 닭 한 마리가 마당에 나와 방금 낳은 알이었다. 아직 아무도 눈치채지 못한 것 같았다. 창문이 다 닫혀 있는 걸로 보아 집주인들은 외출 중일 수도 있었다. 좁은 길가는 한적한 시골 마을처럼 고요했다. 인적이라고는 찾아볼 수 없었다.

달걀은 예전 닭장 바로 옆 덤불과 벽 사이에 놓여 있었다. 거리로 따지자면 대문에서 불과 60cm도 안 되는 지점이었다. 순간, 이다의 머리끝까지 뜨거운 피가 솟구쳤다. 가시 철망 사이로 왼손을 뻗고 대문 아래로 오른손을 갖다 대면 잡아챌 수 있을 것도 같았다. 그처럼 신속한 계산을 해낸 사람은 이다 자신이 아니었다. 그녀의 모성을 뚫고 나온 불가사의한 또 다른 이다였다. 그녀는 얼른 손목을 철망 아래로 들이밀고 다른 손으로 달걀을 움켜잡았다. 계산은 완벽했다. 이다는 달걀을 가방 안에 집어넣고 최초의 범죄 현장을 빠져나왔다. 부랴부랴 나오느라 대문 철조망 가시에 손과 손목이 깊은 상처를 입은 것도 몰랐다. 목격자는 아무도 없었다. 도주는 성공적이었다. 순식간에 잔니콜로 지역을 벗어났다. 범행 현장에서 먼 곳까지 한달음에 내달렸다. 살면서 처음 맛보는 환희가 밀려왔다. 그야말로 속이 다 후련했다. 단박에 나이를 거꾸로 먹은 느낌이었다. 하늘을 배경으로 그녀의 수확물이 거대한 타원형 다이아몬드처럼 빛나고 있었다. 법이니 규범 따위는 와르르 무너져 버렸다. 문제는 그녀의 짜릿한 절도 행위가 거기서 끝나지 않았다는 것이었다. 아니, 두 번째는 처음에 비해 훨씬 무모하고 대담했다.

5월 20일쯤의 이른 아침이었다. 그녀는 우세페에게 아침을 차려주고 밖으로 나왔다. 아침 식사는 전날 먹다 남은 배급 빵 한 조각과 묽은 코코아 한 잔이었다. 그 시간에 나다니는 사람은 몇몇 노동자뿐이었다. 지름길을 가로질러 테베레 강변을 따라 걷던 그녀의 눈에 식료품 창고 앞에 멈춰 선 트럭 한 대가 보였다. 군복에 낙하산병 베레모를 쓰고 무장한 파시스트 두 명이 점프슈트 차림으로 일하는 한 청년을 지켜보고 있었다. 청년은 인도와 창고 사이를 오락가락하며 물건 상자들을 나르는 중이었다. 이다가 길가를 돌자마자, 군인 둘이 창고 안으로 들어갔다. 창고 안에서 신나게 수다를 떠는 둘의 목소리가 들렸다. 감독관 일이 지루했던지 두 젊은이는 나무 상자 위에 걸터앉아 쉬지 않고 떠들고 있었다. 대화의 주제는 피사넬라라는 여자와의 사랑이었다. 이다의 귀에는 대화 내용이 아닌 목소리 톤만 들려올 뿐이었다.

순간, 그녀의 신경이 바짝 곤두서며 거의 동시에 펼쳐진 두 장면에 온통 집중했다. 먼저 점프슈트를 입은 남자가 창고 안에 들어가는 장면이었다. 다음은 그녀가 서 있는 곳에서 몇 발짝 떨어진 인도 위에 놓인 나무 상자였다. 상자 안에 식료품들이 절반 이상 채워진 종이 상자가 들어있었다. 한쪽에는 고기 통조림들이, 다른 쪽에는 가루 설탕 상자들이 쌓여있었다. 상자 겉면에 파란색만 보고도 그녀는 그게 설탕이란 걸 알아차렸다. 이다의 심장이 폭력적으로 요동치기 시작했다. 마치 거대한 날개가 세차게 파닥거리는 것 같았다. 한쪽 손을 쭉 뻗어 통조림 한 개를 낚아채는 데 성공했다. 가방 안에 깡통을 슬쩍 밀어 넣었다. 순간, 작업복을 입은 남자가 다음 상자를 옮기려고 창고에서 나왔다. 하지만 아무것도 보지 못했다. 적어도 이다 생각에는 그랬다. 상자 안을 흘깃 들여다본 그는 이내 깡통 한 개가 부족하다는 걸 눈치챘지만, 피골이 상접한 여인의 범죄를 눈감아 주기로 했다. 때마침 강가를 지나치던, 굶주린 늑대 같은 거지 둘이 그녀와 눈길이 마주쳤다. 둘은 눈을 찡긋하며 그녀에게 축하의 인사를 건넸다. 그녀의 몰골은 거지들조차 동정할 정도였다. 모든 게 불과 몇 초 사이에 벌어진 일이었다. 이다는 민첩하게 현장을 빠져나와 왔던 길로 되돌아갔다. 심장이 끊임없이 요동쳤지만, 의구심도, 수치심도 느낄 수 없었다. 오히려 양심에서 우러난 분노의 목소리가 그녀를 거세게 질책했다. "어차피 훔칠 거면서 왜 딴 손으로 설탕 상자를 안 집은 거야!! 진짜 멍청하다 멍청해, 왜 설탕을 안 집은 거냐고?!!"

우세페가 아침마다 마셨던 코코아 가루에는 공장에서 만든 인공 감미료가 들었는데 인체에 매우 해롭다는 말이 있었다. 심지어 설탕은 1kg에 천 리라도 넘는데 말이다. 이다는 입을 쭉 내밀고 구시렁대며 머리를 마구 쥐어뜯었다. 마치 가발을 뒤집어쓰고 넌기하는 어릿광대 같았다. 그녀는 5월 내내 어림잡아 하루에 한 건씩 물건을 훔쳤다. 소매치기처럼 숨죽이고 눈치를 보다가 기회를 잡아서 단숨에 낚아채는 식이었다. 심지어 맹견보다 철저하게 감시한다는 토르디노바 암거래

시장에서도 소금 한 상자를 훔치는 데 성공했다. 집에 있던 소금은 필로메나가 폴렌타와 맞바꾼 지 오래였다. 어느 순간부터 그녀는 아무런 양심의 가책도 없이 도둑질을 일삼게 되었다. 지금보다 더 젊고 예뻤더라면 산티나처럼 길거리에 서서 몸을 팔 수도 있었을 것이다. 또는 필로메나의 고객이었던 은퇴한 레지넬라처럼 로마 윗동네 부촌들을 돌아다니며 동냥했을 수도 있었다. 하지만 그 동네의 호사스러운 집들은 대부분이 독일군 대장들의 소유였다. 그녀는 절대 닿을 수 없는 먼 나라, 페르세폴리스나 시카고 같은 도시였다.

의도적이든 아니든, 그녀는 이제 두 개의 상반된 생활을 오가는 처지가 되었다. 그럴수록 그녀가 타고난 내향성 또한 병적일 정도로 심해져 갔다. 거리에서는 거리낌 없이 물건을 훔쳐 달아나는 여자였지만, 집에 들어오면 공동 화덕을 쓰는 것조차 폐가 될까 조심스러워했다. 눈에는 눈, 손에는 손이라는 옛 격언을 되새기며 마로코 가족들이 먹는 쥐꼬리만큼의 음식에는 눈길조차 주지 않았다. 아이들을 가르치는 그녀의 모습은 선생님이 아닌 겁먹은 어린 학생 같았다. 학생들 또한 굶주림에 시달렸던지라 까딱하면 선생님을 공격하는 집단으로 둔갑할 위험성이 있었다. 다행히 학교가 예정보다 빨리 방학에 들어갔기에, 그녀의 성스러운 직업 생활을 통틀어 초유의 사태는 벌어지지 않았다. 그 모든 비참함 중 무엇보다 그녀를 초라하게 만들었던 건 지인들에게 손을 벌리는 일이었다. 지인들의 숫자 또한 점점 줄어들어서 이제 그녀를 지인이라 여겼던 사람은 선술집 주인 레모뿐이었다. 먹잇감을 손에 넣지 못한 날이면 그녀는 산 로렌초까지 먼 길을 가야만 했다. 레모는 영업시간을 준수하며 바 테이블 뒤에 꼬장꼬장한 표정으로 앉아 있었다. 테이블 밑에는 승리의 순간이 오면 바로 펼쳐 들 수 있도록 붉은 깃발을 돌돌 말아 숨겨놓았다. 얼굴색은 짙은 편이었고 톱으로 자른 듯한 깐깐한 인상이었다. 돌출된 광대뼈와 푹 파인 검은 눈은 늘 걱정거리를 달고 사는 사람 같았다. 이다가 선술집 안에 들어오는 모습을 보면서도 그는 자리에 그대로 앉아 있었다. 인사조차 없었다. 이다는 이다대로 새빨개진 얼굴로 조용히 그에게 다가갔다. 이유를 설명하지 않아도 그는 그녀의 사정을 빤히 알고 있었다. 그가 말없이 아내를 쳐다보며 턱을 끄덕였다. 벌써 몇 번째인지 모르지만, 또다시 찾아온 일인자 동지의 어머니를 위해 주방에 남은 음식을 조금 챙겨주라는 표시였다. 지하의 작은 주방에도 먹을거리가 점점 귀해지고 있었다. 레모의 말수 또한 줄어만 갔다. 이다는 종이에 싼 작은 꾸러미를 손에 쥐고 부끄러운 나머지 고맙다는 인사조차 못 하고 뒤돌아 나왔다.

　"Weg! Weg! Weg! Weg!"('길'이라는 뜻의 독일어)
　이다의 귓가에 독일어로 마구 소리치는 여자들의 목소리가 들렸다. 월급을 찾으러 갔던 길에 창구가 닫힌 걸 보고 레모를 찾아가기 위해 선술집으로 발걸음을 돌리려던 참이었다. 티부르티나 대로변에서 조금 떨어진 포르타 라비카나 길 근처에서 들려오는 소리였다. 무슨 일인가 싶어서 머뭇거리며 주위를 두리번거리던 이다는 하마터면 반대 방향에서 달려오는 여자 둘과 부딪힐 뻔했다. 한 여자는 측면에서 다른 여자는 오른편에서 달려오고 있었다. 노파와 젊은 여자였는데 젊은 여자 손에 맨발로 뛰어가는 노파의 슬리퍼가 들려 있었다. 둘 중 한 여자는 하얀 가루가 가득 담긴 치맛자락을 보자기처럼 봉긋하게 모아 움켜쥐고 있었다. 밀가루였다. 두 여자의 발걸음을 따라 밀가루가 땅에 질질 흘러내렸다. 다른 여자는 검고 불룩한 장바구니를 들고 있었는데 그 안에도 밀가루가 가득 담겨 있었다. 두 여자가 이다를 보자마자 큰 소리로 외쳤다.

"빨리 뛰어요, 아주머니, 오늘은 저녁을 먹을 수 있어요!"

"우리 거니까 도로 가져와야지!"

"암, 우리 건데 돌려줘야지, 도둑놈들 같으니!"

어느새 소문이 쫙 퍼졌는지 여자들이 앞다투어 현관문을 열고 구시렁거리며 밖으로 나왔다. "넌 집에 가 있어." 이다 옆으로 지나가던 여자가 잡고 있던 아이의 손을 놓으며 사납게 말했다. 한 무리의 여자들이 밀가루의 흔적을 따라 떼 지어 몰려갔다. 이다도 얼른 그들 사이에 끼어들었다. 몇 미터도 안 가서 포르타 라비카나와 스칼로 메르치 사잇길 한복판에 독일군 트럭 한 대가 멈춰 서 있었다. 나치 병사 하나가 머리를 쳐들고 소리소리 지르며 여자들을 저지하고 있었다. 하지만 성난 여자들의 기세에 눌려 허리춤에 찬 권총을 뽑아 들지 못했다. 굶주림에 허덕이다 못해 극단적으로 용감해진 몇몇 여자들은 밀가루 자루가 가득 실린 트럭 위로 기어오르기도 했다. 자루를 칼로 긋고 치마, 장바구니, 집에서 가져왔거나 그 자리에서 구할 수 있는 아무거에나 닥치는 대로 밀가루를 채웠다. 석탄 양동이와 물통을 들고나온 여자들도 있었다. 포위당한 트럭 주변에 반쯤 빈 밀가루 자루 두세 개가 땅바닥에 팽개쳐져 있었다. 여자들이 벌 떼처럼 몰려들어 자루 안에서 새어 나오는 밀가루를 퍼담기 시작했다. 이다도 인파를 헤치며 아이처럼 고래고래 소리쳤다. "나도요! 나도요!" 하지만 땅에 떨어진 자루를 에워싼 인파를 헤치는 건 불가능했다. 트럭 위에 올라가 보려고 매달렸지만, 몸이 도저히 따라주지 않았다.

"나도 줘요! 나도 좀 달라고요!!"

트럭 위에서 어여쁜 소녀 하나가 그녀를 내려다보며 활짝 웃었다. 헝클어진 머리에 눈썹이 짙고 새카맸다. 가지런한 이빨이 짐승처럼 튼튼해 보였다. 허벅지를 죄다 드러내고 짧은 치마를 위로 걷어 올려 검은색 팬티가 훤히 들여다보였다. 갓 피어난 동백꽃처럼 순수하고 아름다운 아가씨였다. "여기요, 아주머니, 자, 받으세요!" 그녀가 미친 여자처럼 실실 웃으며 이다가 서 있는 쪽을 향해 몸을 굽혔다. 그리고 치맛자락을 밑으로 기울여 밀가루를 장바구니에 쏟아부었다. 울부짖는 군중 틈에 끼어있던 이다가 장바구니를 챙기며 얼빠진 아이처럼 웃음을 터뜨렸다. 여자들 전부가 독주를 마신 것처럼 밀가루 술에 잔뜩 취해 있었다. 취기가 오른 여자들이 독일군들에게 막말과 쌍욕을 해대기 시작했다. 그나마 입에 담을 수 있는 말은 정신 나간 것들! 돼지들! 비열한 것들! 살인자들!! 도둑놈들! 정도였다. 성난 군중들의 욕설이 끝나갈 무렵 한 무리의 소녀들이 빙글빙글 돌며 한목소리로 외쳤다. "더러운 새끼들! 더러운 새끼들! 더러운 새끼들!!!" 이다도 어린애 목소리로 합창에 동참했다. "더러운 새끼들!" 그녀가 그렇게 저속한 말을 입에 담은 건 머리털 나고 처음이었다.

그러는 동안 독일군 병사는 스칼로 메르치 방향으로 줄행랑을 쳤다. "짭새다! 짭새다!" 이다의 등 뒤에서 여자들의 외침이 들려왔다. 그녀가 티부르티나 방향으로 냅다 도망치는 동안 반대편에서 독일 병사가 이탈리아 경찰군들을 이끌고 다가오고 있었다. 군인들이 총을 높이 쳐들고 허공에 공포탄 몇 발을 발사했다. 총소리와 여자들의 비명을 들은 이다는 참극이 벌어진 줄로만 알았다. 순간, 자신이 총에 맞고 죽으면 우세페가 홀로 남아 굶어 죽고 말 거란 공포에 사로잡혔다.

비명을 내지르며 마구잡이로 도망치다가 함께 도망치던 여자들에게 치여서 넘어졌다. 그리고 어느 순간, 그녀는 혼자였다. 어딘지 모를, 지하로 내려가는 좁은 계단 위에 앉아 있었다. 선명한 공기 중에 피처럼 진득하고 시뻘건 비눗방울이 둥둥 떠다니는 환상이 보였다. 매일 아침 그녀의 잠을 깨우는 망치 소리 같은 목소리가 관자놀이에 끔찍한 파문을 일으키며 울려 퍼졌다. "우세페! 우세페!" 순간 참을 수 없이 극심한 두통이 밀려왔다. 그녀가 손가락으로 머리를 마구 두드리기 시작했다. 손가락에서 피가 철철 흐르는 듯한 기분이었지만, 다행히 무사했다. 그녀가 갑자기 몸을 벌떡 일으켰다. 장바구니! 밀가루가 철철 흘러넘치던 장바구니는 그녀가 앉아 있던 계단 위에 놓여 있었다. 정신 없이 도망치던 와중에 다행히 밀가루는 그리 많이 새지 않았다. 그녀가 화들짝 놀라며 이번에는 가방을 찾기 시작했다. 그리고 장바구니 속에 가방을 집어넣었다는 사실을 기억해 냈다. 재빨리 장바구니를 뒤져 가방을 밖으로 빼냈다. 그녀의 팔이 밀가루와 땀으로 얼룩졌다. 밀가루를 어찌나 많이 담았던지 장바구니가 여며지지 않았다. 그녀는 땅바닥에 나뒹굴던 신문 쪼가리를 집어 들고 훔친 밀가루가 보이지 않도록 잘 덮었다. 그리고 전차를 타러 갔다.

그날 아침에는 가스가 떨어졌고, 전기와 물도 끊겼다. 하지만 필로메나는 무슨 수를 썼는지 몰라도 이다가 선물한 밀가루에 콩 한 줌을 넣고 파스타를 만들어 나눠주었다. 오후가 되자, 이다는 밀가루를 조금 챙겨 들고 집을 나섰다. 방학이 되면서부터 매주 목요일에 트라스테베레 역 근처에서 개인 과외를 하고 있었다. 돌아오는 길에는 가리발디 가에 들를 작정이었다. 밀가루를 가져가면 우세페에게 먹일 고기와 바꿔주는 곳이 있다고 누군가에게 들은 참이었다. 그녀의 머릿속에서 그날 하루의 계획이 철사처럼 마구 뒤엉켰다. 6월의 첫날이었다. 5월 내내 정신없이 헤쳐온 일상들이 누적되어 그녀를 짓누르고 있었다. 죽음의 위협을 무릅쓰고 트럭에서 도망친 이후로 그녀는 개장수를 피해 다니는 버려진 개처럼 밖에 나가기가 겁이 났다. 가리발디 가를 향해 걷던 중 또다시 다리가 후들거리기 시작했다. 조금 떨어진 작은 공터의 벤치에 털썩 주저앉았다. 혼미한 와중에 저만치 전차 정류장에서 사람들이 대화하는 소리가 들렸다. 새로울 게 없는 소식, 변두리에서 벌어진 폭격에 관한 이야기였다. 누구는 사망자가 스무 명이라고 했고 누구는 이백 명이라고 했다. 공터 벤치에 앉아 있던 그녀의 정신이 차츰 몽롱해지며 어느새 산 로렌초에서 뛰어가고 있었다. 그녀의 팔에는 세상 그 무엇과도 바꿀 수 없는 소중한 존재가 안겨 있었다. 우세페, 아이의 무게가 느껴졌지만, 이상하게 형체도 색깔도 없었다. 주위는 온통 뿌연 먼지에 휩싸여 있었다. 산 로렌초가 아닌 어딘지 모를 장소였다. 집들도 없고 풍경도 희미했다. 꿈은 아니었다. 레일 위를 달리는 전차 소리와 정류장에서 떠드는 사람들의 목소리가 계속 귓가에 들려왔다. 그녀는 또 다른 착각 속으로 빠져들었다. 전차가 아닌 다른 소리가 들렸다. 화들짝 놀라며 몸을 일으킨 그녀의 턱에서 침이 줄줄 흘러내리고 있었다.

어물어물 몸을 일으켜 가리발디 다리를 건넌 그녀의 발걸음은 어느새 게토를 향하고 있었다. 낮은 음색으로 부르는 구슬픈 애도의 노래가 그녀를 그곳으로 불러들이고 있었다. 거부할 수 없는 곡조였다. 어머니가 갓난아기에게 불러주는 자장가 같기도, 한밤중에 추수꾼을 불러내는 부족들의 목소리 같기도 했다. 언젠가 죽음에 이르게 될 생명체의 씨앗마다 새겨진 소리였다. 이다는 몇 달 전과 마찬가지로 그 지역 주민들이 또다시 사라졌다는 사실을 알고 있었다. 사라진 이들은 지난 10월에 도망쳤다가 살아 돌아와 골방에 처박혀 지내던 사람들이었다. 2월에 게슈타포 산하의 파시스트 경찰들이 들이닥쳐 이 잡듯이 그들을 찾아내 붙잡아 갔다. 노숙자들과 집시들도 몽땅 잡아갔다. 하지만 그녀의 머릿속에서는 그런 소식들마저 혼미했다. 마치 좀처럼 기억나지 않는 예전의 일상을 회고하는 기분이었다. 정신이 가물가물해진 그녀는 한때 게토의 현관과 창문마다 바글바글했던 곱슬머리와 검은 눈동자의 가족들과 마주치길 기대하고 있었다. 첫 번째 작은 사거리에 다다른 그녀가 멈춰 섰다. 길도, 문도, 창문도 알아볼 수 없었다. 이상한 일이었다. 예전에 자주 지나다녔던 길가에 접어들었다. 초입은 아주 좁았지만, 낮은 집들 사이로 사잇길들이 차츰 넓어지며 마을 중앙 광장까지 이어지는 길이었다. 그 길의 명칭은 내가 기억하기로는 산타 암브로지오였다.

이다가 예전에 수시로 들락거렸던 그 길가에는 작은 가게들, 아담한 정원들, 가족적인 분위기의 골목들이 있었다. 이다가 중고품을 사고팔았고, 머리에 미미한 손상을 입은 빌마가 귀부인과 수녀들한테 들었다던 라디오 뉴스를 전해주었고, 모자를 쓴 노파가 공식적인 유대인 혼혈 점수를 계산하는 법을 알려주었던 그곳이었다. 조산원 에스켈도 그곳에서 만났다. 그곳은 마을에서 가장 작고 아늑한 장소였다. 동네는 늘 사람들로 바글바글했다. 열 명씩이나 되는 가족들이 단칸방에 모여 살던 게토 유대인들의 수는 천 명은 족히 넘었다. 하지만, 오늘, 이다는 시작도 끝도 알 수 없는 거대한 미로 속으로 빨려 들어온 것 같았다. 아무리 빙빙 돌아도 결국 제자리로 돌아오고야 마는 그런 곳으로.

이다는 문득 자신이 누군가에게 무언가를 전해주기 위해 이곳에 왔다는 사실을 기억해 냈다. 성씨는 에프라티, 그녀는 잊어버리지 않으려 작은 소리로 이름을 계속 되뇌었다. 어디서 그를 찾을 수 있는지 누군가에게 묻고 싶었다. 하지만 지나가는 사람은 없었다. 아무도 없었다. 목소리도 들려오지 않았다. 멀리서 들려오는 영원히 끝나지 않을 것 같은 포격 소리가 침묵을 뚫고 울려 퍼지는 자신의 발걸음 소리와 뒤섞여 귓가에 울려 퍼졌다. 고요하고 격리된 좁은 골목은 번잡했던 테베레강 건너편과 딴판이었다. 그곳에 들어서니, 마치 최면에 걸린 듯한 기분이었다. 텅 빈 집 집마다, 벽 너머에서 울렁거리는 듯한 소리가 새어 나오고 있었다. 그녀는 가느다란 정신 줄을 붙잡고 쉴 새 없이 되뇌었다. 에프라티, 에프라티. 돌고 돌아 또다시 분수가 있는 광장에 다다랐다. 분수의 물은 죄다 말라 있었다. 좁은 골목 건물들의 쇠락한 발코니에 말라비틀어진 식물들이 보였다. 남루한 집들 위층마다 깃발처럼 나부끼던 양말과 숄 같은 빨래들도 보이지 않았다. 외벽에 달린 고리에 끊어진 빨랫줄이 매달려 있었다. 유리창이 깨진 집, 철문 안에 매매라고 써 붙여 놓은 집도 있었다. 어둡고 습한 상점 안에 약탈당한 계산대와 물건들이 보였다. 활짝 열린 문이 있는가 하면 약탈을 막기 위해 문을 반쯤 닫아놓은 곳도 있었다. 이다는 열린 문 하나를 똑똑 두드리며 안으로 한 발짝 들어갔다. 아담한 입구는 어둡고 으슬으슬했다. 낮고 축축한 돌계단이 미끄러웠다. 삼 층 높이에 난 창문에서 빛이 스며들고 있었다. 계단을 한 층 오르자 굳게 닫힌 두 개의 현관문이 보였다. 한 집 문에는 명패가 없었다. 다른 집 문에는 종이에 펜글씨로 '아스트롤로고 가족'이라고 적힌 명패가 붙어 있었다. 초

인종 위에 연필로 쓴 이름이 두 개 더 있었다. '사라 디 카베 - 손니노 가족.' 계단 옆 군데군데 칠이 벗겨진 기다란 벽은 온통 낙서로 뒤덮여 있었다. 대개는 어린아이들이 쓴 것으로 내용도 가지각색이었다.

'아르날도랑 사라는 그렇고 그런 사이다'

'페루치오는 잘생겼다' (아래쪽에 다른 글씨체로 '나쁜 놈')

'콜롬바랑 L은 그렇고 그런 사이다'

'W 로마'

이다는 뜻 모를 암호를 해독하듯 미간을 잔뜩 찌푸리고 글씨들을 하나하나 자세히 들여다보았다. 3층짜리 건물이었지만, 이다의 눈에는 계단이 무척이나 높아 보였다. 두 번째 계단참에 다다른 그녀는 마침내 자신이 찾던 사람을 발견했다. '에프라티'는 로마의 게토에서 매우 드문 성씨였기에 모르긴 해도 동명이인은 없었을 것이다. 복도에는 세 개의 문이 있었는데 그중 명패가 없는 문 하나는 반쯤 열려 있었다. 창문이 없는 골방 바닥에 매트리스 철망과 찌그러진 양푼 사발이 들여다보였다. 다른 두 개의 문은 닫혀 있었다. 한 집의 문에 '디 카베'라는 명패가 달려 있었고 그 위에는 나무판에 '파본첼로' '칼로'라는 이름들이 적혀있었다. 다른 집 문에는 이름이 적힌 큼지막한 종이가 붙어 있었다. '손니노' '에프라티' '델라 세타'. 자신이 찾던 이름을 본 순간, 이다는 갑자기 머리가 띵해졌다. 골방에 들어가서 철망 위에 드러눕고 싶었다. 계단 위편 깨진 유리창에서 제비 한 마리가 지저귀고 있었다. 놀라운 따름이었다. 제비 같은 미물도 폭격과 난리를 뚫고 하늘로 날아오를 수 있다니. 정말이지 놀라울 따름이었다. 저토록 자그마한 몸집으로 자유롭게 날아갈 수 있다니. 반면에 그녀, 마흔을 넘긴 나이 먹은 여자는 미아가 된 기분이었다. 철망 위에 드러누워 밤새도록 쿨쿨 자고 싶다는 유혹이 밀려왔다. 나약한 상태에서 용을 썼던 그녀의 귀에 환청이 들려오기 시작했다. 방금까지만 해도 초현실적인 침묵이 믿기지 않았다. 그러나 이제 영양실조로 인해 윙윙거리는 그녀의 귓가에 목소리들이 들려오기 시작했다. 환청이었을까, 이다의 상상이 빚어낸 목소리들이었을까, 알 수 없었다. 한 번도 들어보지 못한 목소리, 바깥 어딘가에서 혹은 그녀의 기억 속 어딘가에서 들려오는 목소리에 이다는 청각을 곤두세웠다. 모르는 사람들의 목소리는 저마다 다른 음색이었지만, 대개는 여자들이었다. 아무런 연관도 없는 말들이었고 딱히 대화를 나누는 것도 아니었다. 크고 작은 소리로 발음하는 문장들은 죄다 시시콜콜한 것들, 매일의 삶의 조각들을 짜깁기한 것들이었다.

"테라스에서 빨래 널고 있어!!"

"숙제 안 하면 나가서 못 놀 줄 알아!"

"오늘 저녁에 아빠한테 다 이를 거야!"

"오늘 담배를 배급해 준다고 그러던데."

"좋아, 기다릴 테니까 서둘러."

"여태 어딜 싸돌아다니다 온 거야?"

"알았다고, 갈게, 엄마, 간다고!"

"얼마야?"

"냄비에 파스타 좀 넣으라고 했잖아."

"전등 꺼라, 전기세가 얼마나 비싼데."

사실, 목소리가 들리는 현상 자체가 그리 이상한 건 아니었다. 건강한 사람일지라도 몹시 피곤한 하루를 보내면 충분히 일어날 수 있는 일이었다. 당연히 이다에게도 처음 벌어진 일은 아니었다. 하지만 쇠약해질 대로 쇠약해진 그녀의 귓가에 들려오는 목소리들은 여간 성가신 게 아니었다. 메아리처럼 길게 울려 퍼지는가 하면, 귀에 거슬리는 리듬을 자아내고, 서로 겹치기도 했다. 말소리가 점점 빨라질수록, 그녀의 기분 또한 끔찍해졌다. 의미 없는 잡담들이 영원한 혼돈 속에서 튀어나왔다가 다시금 그곳으로 빨려 들어가길 반복했다. 어떤 의미인지, 왜 그러는 건지 알 수 없었다. 그녀가 울음을 터뜨리기 직전의 아이처럼 턱을 덜덜 떨며 혼잣말로 중얼거렸다. "전부 죽은 사람들이야." 그녀의 입이 소리 없이 뻥긋거렸다. 중얼거림이 묵직한 추가 되어 침묵 속으로 가라앉으며 또다시 기억이 되살아났다. 자신이 이곳에 온 이유는 10월 18일 티부르티나 역 기차 칸에서 받은 메시지를 전달하기 위해서였다. 그녀가 손가락을 움직이며 가방을 뒤적이기 시작했다. 지금까지 간직해 온 쪽지를 찾아 꺼내 들었다. 낡고 꼬질꼬질해진 종이에 연필로 쓴 글씨들이 거의 지워져 있었다. 그나마 읽을 수 있었던 건 '에프라티 파치피코 보거든, 가족, 빚, 리라' 정도였다. 나머지는 알아볼 수 없었다. 어서 이곳을 빠져나가고 싶었다. 가방을 뒤지다가 집에서 챙겨 나온 밀가루가 들어있는 종이 꾸러미를 본 참이었다. 문득 늦기 전에 꼭 해결해야 할 일이 있다는 사실이 떠올랐다. 그녀는 술에 취한 사람처럼 비틀거리며 계단참에서 몸을 추슬렀다. 문이 닫힌 두 집의 초인종을 눌러 보았지만, 고장이었다. 계단참 이쪽저쪽 문들을 손으로 두드려 보았다. 어차피 대답이 없을 거란 걸 알았기에 이내 그만두었다. 아래층 현관을 향해 내려가는 동안 그녀의 목덜미와 가슴께에서 두드리는 소리가 계속 울려 퍼졌다. 티부르티나 역에서 받았던 부질없는 메시지는 골방 안에 떨어뜨린 자리에 그대로 있었다.

가리발디 가에 늦지 않게 도착해 저녁때 우세페에게 먹일 고기와 밀가루를 맞바꿔야만 했다. 다행히 행운은 그녀의 편이었다. 게토 끝자락에 있는 옥타비아 문 근처에 다다르자 서너 개의 계단 위에 현관문이 보였다. 문 아래 틈 사이에서 핏줄기가 흘러나오고 있었다. 작은 창문이 있는 허름한 헛간은 불법 도축장으로 사용되고 있었다. 티셔츠를 걸친 늠름한 근육질 청년이 온통 피투성이가 된 손으로 작업대 뒤에 서 있었다. 피 묻은 신문지로 둘둘 말린 커다란 꾸러미 안에서 가죽을 벗기고 해체한 새끼 염소 고기를 꺼내 손도끼로 잘게 조각내기 시작했다. 청년도 몇 안 되는 고객들도 소등 시간이 되기 전에 서둘러 일을 끝내야 했다. 핏자국이 낭자한 작업대 한 편에 피투성이가 된 염소 머리 두 개가 놓여 있었다. 바구니 안에는 번호가 적힌 종이쪽지가 수북이 들어있었다. 구토를 부르는 달짝지근하고 미적지근한 냄새가 실내를 가득 메우고 있었다. 이다는 물건을 훔칠 때처럼 눈치를 살피며 청년에게 다가갔다. 살짝 올라간 입꼬리와 얼굴선이 미세하게 떨렸다. 아무 말 없이 밀가루가 들어있는 종이 뭉치를 작업대 위에 올려놓았다. 청년이 매서운 눈길로 물건을 쓱 쳐다보더니 마지막 남은 염소 고기 조각을 신문지에 싸서 그녀 앞에 툭 내던졌다. 흥정 따위를 할 시간이 없었다. 정강이와 어깨 부위의 살코기였다.

길가를 오가는 사람들의 발걸음이 점점 빨라지고 있었다. 그러나 이다는 언제부터인지 시간 개념을 상실한 상태였다. 정원 벤치에서 깜빡 잠들었다고 생각했던 건 그녀의 생각보다 훨씬 긴 시간이있다. 소등 시간이 훌쩍 지났다. 테베레강에서 엠포리오 광장으로 가는 샛길에서 그녀는 뜻하지 않게 텅 빈 세상의 마지막 행인이 되었다. 집집마다 대문이 굳게 닫혀 있었지만, 주변을 순찰하는 경비대는 보이지 않았다. 막 저물기 시작한 태양이 자정에 떠오른 여러 개의 태양처럼 생뚱맞고 기이해 보였다. 강가를 따라 걷는 내내 희뿌연 빛줄기가 강물 위를 가로질렀다. 집으로 가는 내내 새하얗고 축축한, 눈부신 빛줄기가 보였다. 머나먼 행성에 발을 들여놓은 듯한 기분으로 그녀는 불안한 발걸음을 재촉했다. 그토록 낯선 세상에서 친숙한 건 자신의 발소리뿐이었다. 뒤뚱거리며 발걸음을 재촉하는 와중에도 그녀는 장바구니 안에 들어있는 새끼 염소 고기를 놓칠세라 꼭 움켜쥐었다. 지렁이를 잔뜩 잡아 둥지로 돌아가는 지친 참새 같았다. 길 건너편에 집의 현관문이 보였다. 눈을 들어 건물의 창문들을 바라보았다. 마치 빙산이 쩍쩍 갈라진 검은 틈새들 같았다. 현관문이 잠기기 일보 직전이었다. 그녀는 지친 몸을 휘청거리며 서둘러 뛰기 시작했다.

한동안 꿈을 안 꿨던 그녀는 그날 밤, 꿈을 꾸었다. 이전에 꿈들은 찬란한 원색이었던 반면 이번에는 초점이 흐릿한 흑백 사진 같은 꿈이었다. 쓰레기장 같은 버려진 우리 밖에 그녀가 있었다. 그녀 주위에 신발들이 산더미처럼 쌓여있었다. 낡고 먼지를 뒤집어쓴 걸로 보아 몇 년 전부터 그곳에 버려진 듯했다. 무언가를 절실하게 찾는 사람처럼 그녀는 신발들의 무더기를 헤치며 인형 신발 정도의 아주 작은 신발 하나를 찾고 있었다. 꿈은 거기서 끝났다. 그것만이 유일한 장면이었다. 복구되지 않는 이야기처럼 설명도, 이어지는 장면도 없이.

다음 날 아침 이다는 몇 달 만에 처음으로 늦잠을 잤다. 꼼짝달싹하기 싫은 기분이었다. 11시가 되어서야 겨우 몸을 일으켰다. 혹시라도 월급을 지급하는 창구가 문을 열었을까 싶어서 어제에 이어 또다시 가 보았지만, 역시나 헛일이었다. 집에 돌아온 그녀에게 필로메나가 페톨레*를 조금 먹어보라며 권했다. 도무지 입맛이 없었던 이다는 억지로 한 입 베어 물더니 이내 걸신들린 사람처럼 모조리 먹어 치웠다. 오랜만에 제대로 된 음식을 입에 넣어서 그런지 속이 메슥거렸다. 침대에 가서 반듯한 자세로 누웠다. 귀중한 식사를 뱉어내는 일만큼은 어떻게든 피해야만 했다. 토하지 않으려고 눈을 부릅뜨고 안간힘을 썼다. 날씨는 화창하고 무더웠지만, 이상하게도 그녀는 온몸이 덜덜 떨렸다. 너무도 춥고 졸음이 밀려왔다. 아무리 애를 써도 침대에서 일어날 수 없었다. 온몸의 감각이 점점 무뎌졌다. 오래전에 보았던 또 다른 이다의 모습이 눈앞에 나타났다. 어제까지만 해도 정신없이 뜀박질하고 눈치를 살피고 도둑질했던 또 다른 이다의 모습이었다.

"전 학교 선생이에요!! 선생님이라고요!!!" 마지막 장면에서 그녀가 몸을 부르르 떨며 말했다. 그녀는 고발당해 재판장에 끌려 나와 있었다. 재판관 중에는 학교 여교장, 형사, 독일 군대 수장, 제복 차림의 이탈리아 군인 경찰들도 있었다. 그렇게 이틀이 흘렀다. 이제 그녀는 극심한 더위를 느꼈다. 목이 칼칼하고 열이 펄펄 끓었다. 이따금 후 불면 날아갈 듯 작고 가벼운 날개 달린 요괴가 다가와 그녀에게 활기를 불어넣어 주었다.

"엄마, 왜 자꾸 자?!"

"이제 일어날 거야... 뭣 좀 먹었어?"

"응, 필로메나가 페톨레 줬어."

"필로메나 부인께 감사해야지... 감사하다고 말했지? 그렇지?"

"응."

---

* 밀가루, 감자, 소금, 물을 반죽해 튀겨 먹는 이탈리아 남부 지역 음식

"뭐라고 했는데?"

"내가 먼저 '먹어볼래' 그랬더니 아줌마가 '옜다!'라고 했어."

"먹어볼래 했다고? 안 돼... 그런 말은 하는 거 아니라고 했잖아... 그치만 먹고 나서는 '감사합니다' '폐를 끼쳐서 죄송합니다'라고 했지?"

"응, 응. '먹어볼래' 하고 나서 바로 '안녕'이라고 했어."

그 시기에 필로메나와 안니타는 몹시 들떠 있었다. 산티나의 카드 점괘에 따르면 조만간 평화가 찾아오고 조반니노 소식도 알게 될 거라고 했기 때문이었다. 하지만 집안에 가장이었던 톰마소는 여전히 비관적인 입장이었다. 그가 병원에서 주워들은 바에 따르면 독일군들은 끝까지 버틸 것이고 결국 로마에 그 유명한 폭탄 세례를 퍼부을 것이라고 했다. 교황마저도 일명 바티칸 함대라 불리는 무장 전용기를 타고 피신을 준비하고 있다고 했다. 로마 외곽으로 가는 길목마다 탱크와 비행기가 지나다니는 굉음이 들렸다. 카스텔리 지역 전체가 거대한 연기로 변모했다. 6월 3일 저녁, 축구광이었던 톰마소는 라치오팀을 응원하다가 나락으로 떨어졌다. 정말이지 있을 수 없는 일이 일어나버렸다. 티레니아팀이 라치오팀을 이기는 이변이 일어난 것이었다. 라치오는 가장 치열한 경쟁팀인 로마를 유리하게 만들며 결승에서 떨어졌다. 당시 톰마소는 병원에 출근할 수 없었던지라 휴가를 내고 집에 머물고 있었다. 새롭게 시행된 법령에 따라 테베레강의 다리들을 건너는 일이 금지된 상태였다. 도시는 강을 기점으로 두 개의 영토로 갈라졌다. 양측 간에 교류도 불가능해졌다. 이다는 열이 펄펄 끓는 와중에 그 소식을 전해 들었다. 머릿속에서 로마의 지형이 혼란스럽게 중첩되었다. 그녀가 주로 다녔던 장소들은 강의 이편과 저편에 고루 자리 잡고 있었다. 잔니콜로와 트라스테베레의 학교를 제외한 토르디노라, 산 로렌초, 월급 수령 창구는 강가 저편에 있는, 닿을 수 없는 곳들이었다. 게토의 작은 마을도 안개에 휩싸인 머나먼 장소처럼 강가 저편으로 멀어져 갔다. 톰마소는 베네치아 광장에서 코르소가로 지나가는 행진을 보았다는 말도 했다. 짐을 잔뜩 실은 트럭들, 핏자국과 그을음으로 얼룩진 독일군들의 행렬이었다. 사람들이 전부 밖으로 나와 말없이 그들의 모습을 지켜보았다. 군인들은 그런 군중들의 시선을 피했다.

6월 4일 밤이 되자 전기가 끊어졌다. 모두가 일찍 잠자리에 들어야만 했다. 달빛 아래 테스타초 지역은 온통 고요했다. 그날 밤, 연합군이 로마에 입성했다. 갑자기 길가에서 외침이 들렸다. 새해 첫날 같은 분위기였다. 순식간에 창문과 현관문들이 활짝 열리고 깃발들이 나부꼈다. 이제 독일군은 아무도 없었다. 여기저기서 힘찬 함성이 들려왔다. 평화 만세!! 미국 만세!! 자다 말고 깜짝 놀라 일어난 할아버지가 양철통에 침을 뱉으며 처절하게 울부짖었다.

"엄마 엄마..."

"아들 아들... 뭐라는 거야?"

"나는 말이지... 퉤에... 엄마... 아들 아들... 엄마... 숨 좀... 숨 좀 돌리고 싶다고... 여기 독일 사람들이... 엄마 독일 사람들이 날 발길로 걷어차고... 퉤에... 퉤에에에에... 날 발가벗기고 거지 취급하고... 퉤에..."

그 와중에 누군가 나타나 집안을 온통 휘젓고 다녔다.

"미국 사람들! 미국 사람들이 왔다!!!"

흥분한 우세페가 어둠 속에서 온 집안을 맨발로 깡충깡충 뛰어다니고 있었다.

"엄마! 엄마아아아!! 미국 사람들! 미국 사람들 왔어...!"

그 시간, 이다는 꿈속에서 어린아이로 돌아가 코센차에 머물고 있었다. 어머니가 학교에 늦겠다며 그녀를 흔들어 깨웠다. 하지만 침대 밖은 너무 추웠다. 발이 꽁꽁 얼어서 신발을 신을 기분이 아니었다. 몸을 일으키기가 너무 힘들었다. 뭐라 뭐라 옹얼거리는가 싶더니 그녀는 다시금 깊은 잠에 빠져들었다.

4.

밀가루 트럭 습격 사건 이후 이다는 산 로렌초에 발을 들여놓고 싶은 생각이 싹 사라졌다. 생각만 해도 겁나는 장소였다. 그럼에도 아들의 소식을 알아보려면 레모의 선술집에 찾아가는 도리밖에 없었다. 통행금지가 해제되고 2주가 지나도록 닌나리에두는 감감무소식이었다. 레모는 연합군이 입성한 뒤 6월 초에 니노가 로마에 왔다는 놀라운 소식을 전해주었다. 그때 선술집에 잠깐 들른 니노에게 엄마가 사는 테스타초 집 주소를 알려줬다고도 했다. 니노는 건강하고 밝은 모습이었고 카를로 피오트르 역시 잘 지내고 있다고 했다. 카를로는 현재 나폴리와 살레르노 사이 작은 마을에 있는 친척들 집에 머물고 있었다. 실은 어릴 적 보모의 집이었지만 말이다. 전우애로 뭉친 니노와 카를로의 우정은 군사 경계선을 넘으면서 더욱 돈독해졌다. 카를로는 나폴리에서 중요한 사업을 하는 니노를 만나러 종종 나폴리를 방문하기도 했다. 니노의 소식은 거기까지였다. 그 이상은 알 수 없었다. 그마저도 레모가 서둘러 출발하려던 니노를 붙들고 겨우 알아낸 소식이었다. 니노는 미군 장교 둘과 함께 군용 지프 트럭을 타고 왔는데 몹시 바쁘다면서 서둘러 떠났다고 했다. 그날 이후로는 레모도 니노를 본 적이 없었다.

레모에게서 확실한 정보를 입수한 후에도 이다는 니노의 소식을 못 들었다. 그리고 8월에 카프리 날인이 찍힌 엽서 한 장이 도착했다. '퀴시사나 그랑 호텔'이라는 호화로운 호텔의 컬러 엽서였다. 모르긴 해도 그 엽서를 본 사람이라면 니노가 그 호텔에 투숙했노라고 짐작할 수 있었다. 엽서 뒷면에는 모르는 사람들의 서명이 여러 개 있었고 맨 위에 그의 서명이 있었다. 'Nino', 내용은 단 한 줄 뿐이었다. 'See you soon' 엽서를 본 이들 중 아무도 그 말뜻을 몰랐다. 누군가는 그게 영어라고 했고, 누군가는 일본어나 중국어라고도 했다. 다행히 연합군 군인들을 상대하는 직업에 종사했던 산티나가 나서서 미국어라고 단언했다. 자기가 그 사람들한테 물어봤는데 대충 '조만간 봅시다'라는 뜻이라고 했다. 닌누추의 소식이 끊긴 상태에서 가을이 다가왔다. 사실 그는 최근 몇 달 동안 로마에 몇 번 들린 적이 있었다. 하지만 너무 짧은 방문이었던지라 친구 레모나 엄마를 찾아갈 시간이 없었다. 그 와중에 노르망디에 상륙한 연합군 부대는 유럽에서 독일군의 공격을 막아내며 선전을 거듭했다. 8월에는 드 갈레 장군과 함께 파리에 입성해 프랑스 재탈환에 성공했다. 독일군들에게 점령당했던 나라마다 민중들의 봉기가 일어났다. 러시아군은 동쪽을 향해 진격하고 있었다. 이탈리아에서는 로마에 입성한 연합군이 피렌체를 탈환하고 고딕 라인을 넘기 직전이었다. 현재로서는 군사 경계선이 그곳에 머물러 있었다.

그해 여름에 몇 가지 사건이 벌어졌다. 로마가 해방되고 나서 얼마 후에 안니타는 우연히 교통수단을 구해 산골 오두막에 사는 부모님을 뵈러 갈 기회를 얻었다. 집에 돌아와서 말하길, 자기 부모님이나 가까운 이웃들은 피해가 없었지만, 집까지 가는 길에 지나쳤던 낮은 지대나 산 아래 도시나 마을들은 모조리 사라져 버렸다고 했다. 마을이 있던 자리에 산더미 같은 가루만 남아 있었노라고 했다. 시부모들이 그녀에게 이런저런 지명, 마을, 오렌지밭 이름을 대자 그녀는 서글픈 눈빛으로 고개를 내저으며 어디든 마찬가지였다고 대답했다. 가루밖에 없었노라고. 온통 가루로 뒤덮인 괴상한 풍경이 어찌나 인상적이었던지 그녀는 다른 여정들은 제대로 기억하지 못하는 듯했다.

두 번째는 8월의 어느 날 할아버지가 세상을 떠난 사건이었다. 무더위가 기승을 부리던 그날 노인은 자발적으로 간이침대에서 내려와 부엌 바닥에 벌러덩 드러누웠다. 아마도 더위를 못 견딘 것 같았다. 그는 아침까지 꼿꼿한 자세로 그 자리에 누워 혼잣말을 웅얼거렸다. 반쯤 발가벗은 몸 위로 개미들이 줄지어 기어갔지만, 전혀 모르는 듯했다. 제일 먼저 부엌에 들어갔던 건 새벽녘에 눈을 뜬 우세페였다. 아이는 눈이 휘둥그레져서 노인의 모습을 쳐다보았다. 그러더니 침을 뱉을 양철통과 앉은뱅이 의자와 포도주까지 갖다주었다. 하지만 노인은 여전히 힘겹게 웅얼거리기만 했다. 다시는 일어나고 싶지 않다는 듯 우세페의 호의를 모두 거절하면서 말이다. 아침이 되자 가족들이 노인을 병원으로 옮겼고 잠시 후 숨을 거뒀다. 그리고 그 즉시 공동묘지로 옮겨져 땅에 묻혔다. 우세페가 할아버지는 어디 갔냐고 묻자 안니타는 산골 집으로 돌아갔다고 대답했다. 그녀의 대답을 듣고 우세페는 무척 의아했다. 그렇게 비쩍 마르고, 옷도 안 입고, 개미들로 뒤덮이고, 신발도 안 신은 할아버지가 어떻게 가루로 가득하다는 산을 오를 수 있을까. 하지만 아이는 더 이상 할아버지의 행방을 묻지 않았다.

얼마 동안 혼란이 거듭된 후에 이다의 급여를 지급하는 창구가 다시 문을 열었다. 이제부터는 미(국)-리라 라는 새로운 지폐로 월급을 지급한다고 했다. 미-리라 또한 먹고 살기는 빠듯했지만, 이다는 도둑질을 그만두기로 마음먹었다. 그녀가 전에 다녔던 테스타초 학교 건물에 또다시 부대가 주둔하게 되었는데 이번에는 남아프리카 부대였다. 부대원들은 종종 톰마소 마로코에게 잡다한 일거리를 맡겼고 그 대가로 식당에서 남은 음식을 챙겨주었다. 톰마소의 인맥 덕분에 이다도 그곳에서 일거리를 얻었다. 부대원들에게 이탈리아 말을 가르치는 일이었다. 어른들을 가르쳐 본 적이 없었던 이다는 덜컥 겁부터 났다. 하지만 생각해 보니 남아프리카 군인들은 피부가 검을 테고 그런 생각을 하니 왠지 마음이 놓였다. 그녀의 예상과 달리 부대원들은 새하얀 피부에 주근깨가 있었고 머리는 금발이었다. 하나같이 무뚝뚝했고 조금씩 하는 말도 알아들을 수 없었다. 말이 짧은 걸로 보아하니 하사나 신병들 같았다. 부대원들 대부분은 덩치가 크고 이해력이 부족했다. 어쨌든 학습 능력이 떨어지는 건 학생들이 아닌 이다 본인의 책임이 크다는 생각이 들었다. 기가 푹 죽은 그녀는 수업 시간 내내 걸핏하면 말을 더듬었다. 부끄러워서 어쩔 줄 모르는 자신의 꼴이 한심하기 짝이 없었다. 수업은 학교 건물의 그늘진 지층에서 진행되었다. 교실 한구석에는 운동 기구들이 설치되어 있었다. 이다는 보수 대신 분말 수프 봉지와 젤라틴 고기 통조림 따위를 받았다. 늦여름이 되자 이다의 업무도 종료되었다. 남아프리카 부대가 피렌체로 이동했기 때문이었다. 이다가 유일하게 점령군들과 접촉할 수 있었던 기회는 그게 끝이었다.

조반니노에 대해서는 여전히 아무런 소식도 들리지 않았다. 덕분에 이다는 여름이 끝날 때까지 우세페와 마스트로 조르조 가의 작은 방에서 지낼 수 있었다. 9월 말이 되자 깜짝 방문객이 이다를 찾아왔다. 카를로였다. 그는 딱히 거주지가 있는 건 아니지만, 며칠 전부터 로마에 머물고 있다면서 니노를 찾으러 왔노라고 했다. 어머니 집에 가면 니노의 행방을 알 수 있을 거라 여겼던 듯했다. 이다 역시 아무것도 모른다는 사실을 알자마자 그는 어두워지기 전에 나폴리행 기차를 타야 한다며 주섬주섬 자리를 뜨려고 했다. 그러나 수심에 가득 찬 이다와 주위 사람들의 환대를 뿌리치기란 쉽지 않았다. 집안에 모여있던 사람들의 만류에 못 이긴 그가 마지못해 작업 테이블에 딸린 의자에 앉았다. 그 즉시 프라스카티 백포도주 한잔이 앞에 놓였다. 작은 방에서 나온 우세페가 한눈에 그를 알아보고 반가워하며 큰 소리로 그의 이름을 불렀다. 카를로! 카를로! 옆자리에 앉아 있던 이다가 머뭇거리며 사람들에게 그를 소개했다.

"이분은 카를로 비발디 씨랍니다."

그러자 그가 의자에 앉은 채 모두를 향해 엄숙하게 통보했다.

"제 이름은 다비데 세그레입니다."

방안에는 이다와 우세페 말고도 집안 여자들과 심부름꾼 여자애, 콘솔라타, 다른 여자 둘과 난쟁이처럼 키가 작은 초로의 노인이 있었다. 그는 '신문이요'라고 외치고 다니며 신문팔이를 하는 사람이었다. 이다는 손님에게 질문을 퍼붓고 싶은 생각이 간절했지만, 그가 예전처럼 차갑고 비사교적인 태도를 보이자 그러고 싶었던 마음이 싹 사라졌다. 한편으로 엄마가 되어서 아들이 어디서 뭘 하는지도 모르고 남에게 물어봐야 하는 자신의 처지가 비참하기도 했다. 한때 카를로였고, 피오트르를 거쳐서, 이제는 다비데가 된 그는 가정적인 분위기가 물씬 풍기는 소규모 군중에 둘러싸인 게 영 불편한 듯 어설프게 앉아 있었다. 이다의 이야기를 들은 적이 있었던 사람들은 그가 용감한 닌누추의 동지이자 그 유명한 파르티잔 전사이며 둘이 함께 군사 경계선을 넘었다는 사실을 잘 알고 있었다. 그의 방문에 모두가 흥분을 감추지 못했고 극진히 대접해야 할 귀한 손님이라 여겼다. 반면에 그는 지나친 환대에 부담을 느끼며 바늘방석에 앉아 있는 듯했다. 그는 여전히 마른 축에 속했다. 피에트랄라타에 살던 시절보다 더 어려 보이는 것 같기도 했다. 여기저기 구멍 난 흰색 티셔츠에 해군복 스타일의 감색 바지를 입었는데 이루 말할 수 없이 꼬질꼬질했다. 수염도 깎았고 머리카락도 보기 좋게 바짝 잘랐지만, 선천적인 야생성만큼은 그대로였다. 딱 꼬집어 말할 수 없지만, 그의 얼굴부터 온몸까지 뭐랄까, 무심하고 방치된 분위기가 물씬 풍겼다. 손톱은 길고 새카맸고 갈라지고 터진 발에 닳아빠진 샌들을 신고 있었다. 이다는 그를 누구누구 씨라고 점잖게 소개했지만, 외모로 보자면 신사는 고사하고 집시나 노동자 꼴이었다. 깊은 슬픔이 깃든 짙은 눈동자도 예전과 똑같았다. 눈빛만 보아도 그가 불치병처럼 확고하고 절망적이고 고집스러운 내면의 소유자란 사실을 짐작할 수 있었다.

그는 아무한테도 눈길을 주지 않고 계속 포도주만 홀짝거렸다. 한 모금 마시고 잔을 내려놓는 대신 양손으로 꽉 움켜쥐었다. 잔의 심연을 파헤치려는 듯 불안한 시선으로 잔 속을 응시했다. 누군가 무용담을 들려달라고 부추겨도 씁쓸한 미소를 지으며 어깨만 으쓱할 뿐이었다. 정말이지 수줍음이 많은 젊은이였다. 자신을 억지로 그 자리에 붙들어 둔 소시민들에게 복수하려는 듯 오만하게 침묵을 지킬 뿐이었다. 호기심에 찬 사람들은 그가 무슨 말이라도 해 주었으면 하는 심정이었지만 그는 줄곧 입을 다물고 있었다. 더 이상 참을 수 없었던 콘솔라타와 마로코 가족 여자들이 실종자 문제에 대해 말을 꺼냈다. 그러자 그는 잠자코 눈을 들더니 턱을 끄덕이며 냉혹하고 진지하게 잘라 말했다.

"절대로, 다시는 돌아오지 않을 겁니다."

싸늘한 침묵이 흘렀다. 여자들의 끔찍한 기분을 눈치챈 신문팔이 노인이 화제를 다른 데로 돌리려고 산티나 이야기를 꺼냈다. 그녀는 점심을 먹고 카드 점괘를 봐주러 오겠다고 약속했지만, 아직 오지 않고 있었다. 신문팔이 노인이 농담조로 돈을 쉽게 버는 산티나가 요즘 부쩍 바빠진 관계로 늦는 거라고 말했다. 농담 삼아 던진 말이었지만, 사람들이 그녀의 방종한 직업에 대해 상상하며 결국 노인만 우스운 사람 꼴이 되고 말았다. 자칭 다비데는 그런 통속적인 주제에 대해서도 아무런 관심을 보이지 않았다. 잠시 후에 산티나가 현관문에 모습을 드러냈다. 그러자 이제껏 아무도 신경 쓰지 않았던 그가 그녀의 움직임을 따라 시선을 돌리기 시작했다. 눈썹을 살짝 내리깔고 묵직한 걸음걸이로 테이블까지 다가오는 그녀의 모습을 바라보았다. 그녀가 그의 바로 앞자리에 앉을 때까지 눈길을 떼지 않았다. 당시 로마에 소낙비처럼 쏟아졌던 높고 낮은 군인들의 요구에 힘입어 산티나는 행운에 가까운 호시절을 누리고 있었다. 미장원에서 손질한 그녀의 긴 머리가 물결치며 흔들렸지만, 그 외에는 딱히 달라진 게 없었다. 모여있던 사람 중 아무도 다비데에게 그녀를 소개해 주지 않았다. 그녀 또한 완고하고 야생적인 눈길로 자신을 쳐다보는 다비데의 존재를 무시했다. 그녀가 남의 집 빨래를 하느라 거칠고 울퉁불퉁해진 손을 내밀어 안니타가 내민 카드를 섞으려던 참이었다. 다비데가 갑자기 몸을 일으키며 단호하게 선언했다.

"전 이만 가 보겠습니다."

그러더니 몸을 돌려 소년처럼 얼굴을 붉히며 딱딱한 명령조로 말했다.

"저를 아래까지 바래다주시겠습니까? 기차 시간까지 아직 한 시간 반이나 남아서 그럽니다. 돌아와서 카드 점을 봐주셔도 되지 않을까요."

다분히 직설적이었지만, 상대방을 존중하는 투였다. 아니, 마지막 문장은 자신에게 자비를 베풀어달라는 간청처럼 들리기까지 했다. 산티나가 서서히 눈을 돌려 유순한 눈빛으로 그를 쳐다보았다. 그리고 잇몸을 드러내며 모호한 미소를 지어 보였다.

"어서 같이 나가봐, 우리야 기다리면 되니까."

신문팔이 노인이 신바람이 나서 그녀를 부추겼다. 그리고 악의가 다분한 표정으로 말했다.

"우린 여기서 기다릴 테니까 걱정 말고 잘들 놀다 오셔."

그녀는 한 치의 망설임도 없이 바로 젊은이의 뒤를 따라갔다. 둘의 발소리가 계단 밑으로 멀어지자, 작업실 테이블을 둘러싸고 온갖 이야기들이 오갔다. 결론적으로는 전부 똑같은 말이었다.

"저렇게 잘생긴 청년이 늙어빠진 창녀랑 놀아나다니, 쯧쯧쯧!!"

늙은 창녀는 포르투엔세 끝자락이자 포르타 포르테세에서 가까운 자신의 지층 집으로 예상치 못했던 고객을 안내했다. 낮은 담벼락 안에 자리한 3층짜리 주택이었다. 위에 두 층은 최근에 재건축한 듯했지만 이미 낡고 훼손된 상태였다. 흙이 깔린 넓은 마당 구석에 간이 지붕을 쳐 놓은 텃밭이 보였다. 길가에 접한 그녀의 지층 집 현관문에는 번지수도 초인종도 없었다. 집안에 들어서니 커튼으로 가린 격자 창문이 있는 작고 습한 방 하나가 보였다. 방 한구석에 쓰레기 더미 같은 짐이 쌓여있었다. 창문이 있는 벽면에는 작은 나무 침대가, 침대 위 벽면에는 조악한 성화 두 장이 붙어 있었다. 하나는 흔히 보이는 거룩한 심장이었고, 다른 하나는 마을의 수호성인이었다. 사제복을 입고 목동 지팡이를 든 수호성인은 후광을 두른 주교관을 쓰고 있었다. 침대는 두툼한 빨강 면 이불로 덮여 있었고 발치에 누더기 같은 싸구려 동양풍 카펫이 깔려있었다. 다른 살림살이들은 스프링이 튀어나온 소파, 발레복을 입은 셀룰로이드 인형이 놓인 작은 테이블, 작은 냄비 하나, 소형 전기 오븐이 다였다. 테이블 밑에 커다란 여행 가방이 옷장이었고, 벽에는 붙박이 찬장이 있었다. 지층에 거주하는 사람은 산티나뿐이었다. 위층에 사는 거주자들과 함께 쓰는 공동 화장실은 대문 안쪽 작은 마당에 있었다. 화장실에 가려면 현관문을 열고 길가로 나와 건물을 한 바퀴 돌아 대문까지 가야 했다. 어쨌거나 그녀의 침대 밑에는 요강이 있어서 볼일을 보고 길가에 쏟아부으면 그만이었다.

산티나는 옷을 벗고 싶지 않다고 했다. 그녀가 신발만 벗고 이불 속으로 들어와 그의 곁에 몸을 누였다. 그는 이미 발가벗은 상태였다. 둘은 한 시간 가까이 침대에 머물렀다. 다비데는 동물적인 본성을 드러내며 공격적으로 돌변했다. 억누를 수 없다는 듯 한껏 욕망을 분출했다. 거칠고 과격한 몸짓을 취하면서도 자신의 흐트러진 눈동자가 그녀와 마주치지 않도록 그녀의 눈을 피했다. 헤어질 시간이 되어서야 그는 연민과 감사가 깃든 수줍은 눈빛으로 산티나를 바라보았다. 그리고 바지 주머니에 들어있던 몇 푼 안 되는 돈을 탈탈 털어 그녀에게 주었다. 주머니 속에는 돈 말고 로마 나폴리행 왕복 기차표도 들어있었다. 그는 종이 쪼가리처럼 잔뜩 구겨진 지폐들을 그녀의 손바닥에 올려놓으며 더 주지 못해서 미안하다고 했다. 그리고 잠시 후에 역까지 가는 전차를 탈 차비가 없다는 걸 알아채고 정말 미안하지만, 차비만 돌려줄 수 있느냐고 그녀에게 부탁했다. 그는 얼굴이 새빨개져서 죽을죄를 저지른 사람처럼 말했지만, 산티나는 아무렇지도 않게 순순히 차비를 챙겨주었다. 사실 그가 준 돈은 그리 많지 않았음에도 그녀기 평소에 받던 금액의 두 배에 달했다. 그는 계속 민망해하면서 북부가 해방되면 지금보다 훨씬 많은 돈이 생길 거고 그러면 아주 많은 돈을 줄 수 있을 거라고 서둘러 말했다. 현재로서는 돈이 얼마 없지만, 어쨌든 로마에 올 때마다 꼭 그녀를 찾아오겠노라고도 했다. 그가 모르는 동네에서 길을 잃을까 봐 걱정스러웠던 산티나는 전차 정류장까지 그를 바래다주었다. 그리고 육중한 몸을 이끌고 천천히 마로코 가족의 집으로 향했다. 만원 전차에 겨우 올라탄 그는 결투라도 벌이듯 주위 사람들을 막무가내로 밀치며 역까지 갔다.

카를로 다비데가 모습을 드러낸 뒤에 마치 약속이라도 한 것처럼 니노가 나타났다. 그로부터 이틀 후에 점심을 먹고 난 시간이었다. 닌나리에두의 짧은 출현은 다비데와는 사뭇 달랐다. 그는 현관문에 대문자로 '마로코'라고 쓰인 문패를 보자마자 노크고 뭐고, 다짜고짜 소리부터 질러댔다. "우세페! 우세페!!" 그날따라 날씨가 무척 화창했던지라 우세페는 안니타와 바람을 쐬러 나간 참이었다. 우세페가 집에 없다는 걸 알고 니노는 살짝 침울해졌지만, 어물쩍거릴 시간이 없다. 막무가내로 집안에 들어와 동생 몫으로 가져온 갖가지 미제 초콜릿들을 선반 위에 죽 늘어놓았다. 필로메나가 빨리 가서 둘을 찾아오라며 마침 집에 와 있던 심부름꾼 여자애를 내보냈다. 멀리 가 보았자 해방의 성모마리아 광장에 앉아 있을 것이었다. 순식간에 아래층으로 사라진 여자아이는 잠시 후에 숨을 헐떡이며 되돌아왔다. 광장과 공터를 다 찾아보았지만, 어디에도 없다며. 아이는 임무를 완수하지 못해서 몹시 아쉬운 듯했다. 새롭게 등장한 멋쟁이 방문객이 그대로 돌아가 버리지 않을까 걱정스러웠다. 정말이지 영화 주인공 중에서도 그렇게 멋들어진 사람은 이제껏 본 적이 없었다. 곱슬곱슬한 머리카락, 훤칠한 키, 쭉 뻗은 몸매, 태양에 그을린 까무잡잡한 피부, 우아하고 대범한 미국 스타일 옷차림, 그는 허리 위까지 올라오는 미제 가죽 잠바와 질긴 미군복 원단의 셔츠와 바지를 입고 있었다. 줄 잡아 다린 통 좁은 바지에 근사한 가죽 벨트를 찼고 마무리로는 서부 영화에서 거드름 피우는 인물들이 신는 통가죽 부츠를 신고 있었다. 풀어 헤친 셔츠 사이로 금목걸이 줄에 금 하트 펜던트가 달랑거리고 있었다.

그의 용감무쌍하고 전설적인 이야기를 익히 들어 알고 있었던 마로코 가족은 어쩔 줄 모르며 서로 눈치만 살피고 있었다. 심지어 그가 손을 살짝 움직이기만 해도 다들 흠칫 놀라는 표정이었다. 니노가 가까이 다가가자, 여자애가 미소 지으며 뒤로 물러서서 덜덜 떨기 시작했다. 도와줘요! 도와줘요! 날 건들려고 해요! 라고 말하는 듯했다. 니노가 결투를 신청하듯 무례한 태도로 여자애에게 성큼성큼 다가갔다. 손에 낀 두툼한 은반지를 자랑하고 싶어서였다. A.M. (Antonino Mancuso) 이란 글씨가 새겨진 반지였다. "이건 말이지," 그가 여자애의 눈에 반지를 들이대며 설명했다. "내 이름의 앞 글자야." 여자애는 위대한 칸의 보물을 실물로 영접한 감정사처럼 반지를 빤히 들여다보았다. 그러더니 샐쭉하게 웃으며 테이블 반대쪽으로 도망쳤다.

이름도 묻지 않는 그가 야속할 따름이었다.

전쟁 통에 활약상과 최근 몇 달 동안에 모험 이야기까지 늘어놓기에는 시간이 너무 부족했다. 하지만, 어쨌든, 니노에게는 이미 지나간 사건들이었다. 그는 과거에 연연하기보다, 다가올 내일만 바라보며 오늘을 사는 부류였다. 현재 그의 직업이 무엇인지도 수수께끼였다. 자신은 신비로운 베일에 싸인 남자란 사실을 즐기는 듯했다. 카를로 아니, 다비데가 자신을 찾으러 왔었다는 말을 듣자 약간 서운해했지만 이내 곱슬머리를 흔들며 유쾌하게 말했다. "나폴리에 가서 보면 돼지 뭐." 그는 농담을 늘어놓고 휘파람으로 노래하며 작은 새처럼 연신 깔깔거렸다. 축제라도 열린 듯한 그의 모습을 보고 다들 흥이 났다. 멋대로 먹고 마시고 즐길 나이였다. 한창 피어나는 그 시기에 닌누추의 관심사는 모두를 좋아하고, 모두가 좋아하는 사람이 되는 것이었다. 청소부, 수녀, 수박 장수, 경찰, 집배원, 심지어 고양이까지 말이다. 파리 한 마리가 와서 앉아도 '너 진짜 내 맘에 든다'라고 할 정도로 말이다. 그의 간절한 바람은 사람들이 언제나 자길 좋아해 주는 것이었다. 무지갯빛 공을 들고 광적인 경기를 펼치듯, 그가 공을 던져 주면 누군가 잡아서 다시 그에게 던졌다. 그가 팔짝 뛰어올라 공을 잡았다. 지나친 과시욕으로 경기가 치명적으로 흐를 때마다, 그는 순진한 아이처럼 비위를 맞추는 질문을 던지며 위기를 모면했다. 이를테면 다음과 같은 질문들이었다.

"어때? 내가 좋지? 그래? 안 그래? 아, 제발 그렇다고 해줘. 진짜 맘에 들었으면 좋겠다고."

그런 다음 거만한 미소를 지으며 억지를 부렸다.

"싫다고 하면 찌부러져 버릴 거야. 좋다는 청년을 무참히 짓밟다니

진짜 너무들 하시네..."

그의 말솜씨에 현혹된 사람들은 그게 다 겉멋인 줄 알면서도 한없이 너그러워졌다. 그리고 결국 모두가 그의 편이 되었다. 매일 그 시간에 마로코 가족의 집에 와서 포도주를 한잔씩 얻어 마셨던 신문팔이 노인도 마찬가지였다. 할 말을 잃은 그가 주먹으로 테이블을 내리치며 이다를 보고 외쳤다.

"당신 아들 말입니다, 진짜 대단합디다, 부인!!"

맞춤 재킷을 가봉하러 왔던 칠십 먹은 할머니도 갈 생각을 안 하고 이다의 귀에 대고 속삭였다.

"어쩜 저렇게 멋질까, 나 같으면 뽀뽀 세례를 퍼붓겠우!"

이런저런 이유로 아들을 못마땅하게 여겼던 이다도 사람들의 이야기를 들으며 환한 미소를 지어 보였다. 마치 '쟤를 내가 낳았다니까요! 내가 낳았다고요!'라며 뽐내는 듯했다.

니노는 여름내 춤바람이 났다면서 사람들에게 새로운 춤을 가르쳐 주고 싶다고 했다. 그 말을 들은 여자애는 니노가 다가와 자기를 와락 껴안을까 봐 겁이 났다. 얼른 테이블 밑에 숨는 게 상책이었다. 다행히 춤 이야기를 금세 잊어버린 그는 일명 대포라 불리던 미제 지포 라이터를 꺼내 들고 담뱃불을 붙였다. 'Lucky Strike'라고 적힌 미국 담뱃갑을 열더니 그 자리에 있던 사람들에게 일일이 담배를 한 개비씩 나눠 주었다. 일흔 살이나 먹은 노파도 담배를 받았다. 신문팔이 노인만 핀다고 하자 담배 한 갑을 통째로 그에게 건네더니 한 개비를 빼 들고 귀 옆에 비스듬히 끼웠다. 그리고 어설픈 마피아 흉내를 내며 사람들을 웃겼다. 온갖 쇼를 펼치는 와중에도 니노는 틈틈이 왜 우세페가 집에 없는 거냐며 불평을 늘어놓았다. 더 이상 기다릴 시간이 없다는 말도 했다. 그가 집에 찾아온 가장 중요한 이유는 미제 초콜릿을 들이대며 동생을 놀래주려 했던 게 분명했다. 계획이 물거품으로 돌아가는 바람에 속이 상하고 화가 치미는 듯했다.

"광장에 다시 가 볼까요?"

니노가 좀 더 머물길 바랐던 여자아이가 선뜻 나섰다.

"됐어, 너무 늦었어. 더 이상 꾸물거리면 안 돼."

그가 시계를 쳐다보며 대답했다. 모두에게 일일이 인사를 건네고 문을 나서던 그가 깜빡했다는 듯 몸을 돌렸다. 툴툴거리며 엄마 쪽으로 가서는 거창한 몸짓을 해 보이며 미-리라 지폐 뭉텅이를 선물로 주었다. 정말이지 역사에 길이길이 남을 사건이었다. 그녀는 너무 놀라 어리둥절한 나머지 고맙다는 말도 제대로 하지 못했다. 현관을 벗어나는 아들을 불러 세우더니 깜빡 잊었다면서 며칠 전에 알게 된 카를로 비발디의 새로운 이름을 가르쳐 주었다.

"다비데 세그레! 유대인 이름이야."

그러자 니노가 엄마에게 자랑 조로 말했다.

"난 그 친구가 유대인이란 걸 진작 알고 있었어."

그러면서 급박한 일이라는 듯 호기심과 조롱이 섞인 표정으로 문가에 멈춰 섰다. 빨리 가 봐야 한다던 그가 잽싸게 다시 집안에 들어왔다.

"있잖아, 엄마, 할 말이 있는데,"

니노가 재미난 사건이라는 듯 이다의 얼굴을 빤히 쳐다보았다.

"근데, 이건 진짜 비밀이야. 엄마한테만 하는 말이거든."

대체 뭘까?! 이다는 아들이 무슨 말을 할지 상상할 수 없었다. 그녀가 아들을 작은 방으로 데리고 들어가 문을 닫았다. 니노가 엄마를 방

465

한구석으로 부르더니 도저히 못 참겠다는 듯 내뱉었다.

"사람들이 나한테 뭐라는 줄 알아?"

"...?"

"엄마가 유대인이래."

"... 누가 그래!"

"안 지 꽤 됐어! 로마에 사는 어떤 사람이 얘기해 줬어. 근데 난, 난 말이지."

"아니! 아니야! 아니라고!!"

"... 엄마!! 아니, 우리가 무슨 본디오 빌라도 시대 사람이야? 엄마 가 유대인인 게 뭐 어때서?"

니노가 잠시 생각하더니 덧붙였다.

"칼 마르크스도 유대인이었잖아."

"...."

이다는 숨도 못 쉬고 바람에 휘날리는 끈처럼 후들후들 떨고 있었다.

"... 아빠는? 아빠도야?"

"아니. 아빠는 아니야."

잠자코 있던 닌나리에두가 아무 생각 없이 말했다.

"근데 말이야, 여자들은 말이지,"

그가 엄마를 힐끗 쳐다보면서 말했다.

"유대인 티가 절대 안 난단 말이야. 근데 남자들은 다들 티가 나, 싹 수부터가 달라."

그리고 단호하게 못 박았다.

"난, 유대인이 아니야. 우세페도 아니고."

더 이상 시간을 지체할 수 없었던지라 니노는 서둘러 돌아갔다. 잠시 후에 노파도 돌아갔다. 신문팔이 노인만 남아 행복에 겨운 표정으로 럭키 스트라이크 담배를 피우고 있었다. 여자애가 재봉틀 전원을 켜고 평소보다 시끄러운 소리로 페달을 밟고 있었다. 필로메나는 테이블 위에 밤색 모직물 원단을 펴놓고 초크로 선을 표시하고 있었다. 15분쯤 지나자 안니타와 우세페가 돌아왔다. 둘은 엠포리오 광장에 회전목마를 구경하러 갔다. 돌아오는 길에 안니타가 우세페에게 아이스크림을 사줬다. 아이는 집에 들어서며 혀로 아이스크림을 핥고 있었다. 이다는 닌나리에두와 대화를 나눈 후에 줄곧 방안에 머물러 있었다. 니노가 떠나자 여자애는 더 이상 '날 괴롭히는 행복'을 노래할 기분이 아니었다. 재봉틀을 돌리던 그녀가 기다랗고 슬픈 눈을 들고 둘을 보더니 우세페에게 말했다.

"너희 형이 왔었어."

우세페는 얼떨떨한 표정으로 기계적으로 아이스크림을 핥았다. 하지만 이상하게도 아무 맛도 느껴지지 않았다.

"네 형! 니노! 여기 왔었다고!"

여자아이가 되풀이했다. 우세페가 혀를 멈췄다.

"... 지금 어디 갔지?!..."

우세페가 길가로 난 창문을 향해 달음박질쳤다. 사람들을 잔뜩 실은 트럭, 아이스크림 장수, 아가씨들을 옆구리에 낀 연합군 병사들, 등이 구부정한 노인, 공놀이하는 소년들 서넛, 그뿐이었다. 아무도 없었다. 우세페가 재빨리 현관으로 갔다.

"내려가서... 이름을 불러야지.... 형아, 내가 간다..."

아이가 절망한 투로 더듬더듬 말했다.

"부르긴! 지금쯤 나폴리에 가 있을걸!"

신문팔이 노인이 담배를 피우며 나무랐다. 우세페가 돌이킬 수 없는 잘못을 저지른 표정으로 주위를 맴돌기 시작했다. 아이의 턱이 덜덜 떨렸다. "너한테 주고 간 것 좀 봐라! 미제 초콜릿이야!" 노인이 우세페를 달랬다. 필로메나가 손을 뻗어 선반 위에 놓인 초콜릿들을 한꺼번에 우세페의 품에 안겨 주었다. 아이는 질투하듯 초콜릿을 꽉 끌어안았지만, 눈길도 주지 않았다. 아이의 눈이 슬픔으로 가물가물해졌다. 턱에는 아이스크림이 잔뜩 묻어 있었고 손에는 더러워진 콘을 꽉 쥐고 있었다. 다 녹은 아이스크림이 손가락 사이로 질질 흘러내렸다.

"금방 또 온다고 했잖아요, 그죠, 어머니? 금방 온다고 그랬죠?"

안니타가 몸을 돌리고 한쪽 눈을 찡긋하면서 필로메나에게 말했다.

"그럼, 그럼. 그렇고말고. 이번 토요일 아니면 늦어도 일요일에는 온다고 했지."

후일담을 몰랐던 닌나리에두는 이듬해 3월이 되어서야 다시 나타났다. 그 사이에는 엽서 한 장도 보내지 않았다. 답답해진 이다가 레모를 찾아가서 아들의 소식을 물었지만, 자기도 6월 이후로는 니노를 본 적이 없다고 했다. 그는 아무래도 니노가 북부 파르티잔에 들어가 다시 투쟁하고 있는 것 같다고 했다. 가리발디 공격 부대일 수도 있다고 했다. 하지만 종종 산티나를 방문했던 다비데가 알려준 바에 따르면 니노는 나폴리 사람들과 트럭을 타고 해방된 이탈리아 방방곡곡을 누비며 암거래에 종사하고 있다고 했다. 로마에도 몇 번 들렀지만, 늘 시간에 쫓겼고, 정확한 이유는 모른다고 했다. 산티나가 다비데로부터 전해 들은 소식은 그 정도였다. 그는 워낙 과묵한 청년이었지만, 산티나와 함께 있을 때면 이상하리만치 말이 많아지는 모양이었다. 틈만 나면 그녀를 만나러 달려가곤 했는데 특히 술을 마셨을 때는 빠짐없이 그녀를 찾아갔다. 그가 산티나에게 떠들어댔던 열띤 이야기는 대개가 니노에 관한 것이었다. 산티나는 그가 하는 말을 거의 이해할 수 없었지만, 한 시간씩이나 쉬지 않고 떠들어대는 그의 이야기를 언제나처럼 참을성 있게 들어주었다. 그녀에게 다비데는 여전히 불규칙하고 실명할 수 없는 신비로운 존재였다. 모로코, 인도 같은 머나먼 타국에 사는 사람들이나 마찬가지였다. 니노에 대해서는 용감무쌍한 유명 인사라는 정도만 알고 실제로 본 적은 없었다. 니노가 마로코 가족의 집에 찾아왔을 때 그녀는 그 자리에 없었다. 소문으로는 진짜 대단한 청년이었지만, 그렇다고 궁금하지도 않았다. 흘려들은 정보에 궁핍하고 어눌한 상상력을 동원해 어떤 인물인지 짐작할 뿐이었다. 니노 이야기만 나오면 다비데는 순식간에 안색이 환해지며 말을 줄줄이 쏟아냈다. 그야말로 물을 만난 물고기 같았다. 니노는 베수비오 화산이나 급류처럼 판단의 여지가 없는 존재였다. 그는 니노의 행동을 절대 비판하지 않았다. 아무리 친구라지만 무조건 니노를 편드는 건 지나치게 편파적인 태도였다. 그럼에도 마음에서 우러나는 순수한 편견은 다비데의 기쁨이자 위안이었다.

다비데의 말을 빌리자면 레모 동지는 닌나리에두를 전혀 모른다고 했다. 북부 파르티잔 운운하는 것만 봐도 뻔할 뻔 자라고 했다. 북부 파르티잔은 부대 단위로 조직되어 있는데 그런 조직이야말로 애초부터, 1943년 여름부터 니노가 분개했던 이유라고 했다. 그는 장교들과 휘장을 두른 사람들을 혐오했으며 계층, 제도, 법률을 존중하지 않는다고, 그가 현재 암거래에 종사하는 이유는 돈을 벌어먹기 위해서가 아니라 법에 저항하기 위해서라고! 니노는 성장 과정부터가 권력에 적응하지 못했으며 한때 권력에 집착을 보인 적도 있었지만. 곧 극단적인 혐오감을 느껴 죄다 뒤집어엎어 버렸다고, 니노는 가짜 훈장 따위에 속아 넘어가기에는 지나치게 총명한 사람이라고... 흥분을 감추지 못했던 다비데는 목소리를 한껏 높여 열정적인 톤으로 자신의 사상을 설파하기 시작했다. 그가 산티나에게 설명하길, 권력은 굴종하는 자, 이용하는 자, 집행하는 자들 모두에게 불명예스러운 것이다! 권력은 세상의 나병이다! 인간은 누구나 고개를 들고 높은 곳을 바라보아야만 한다! 환한 하늘을 얼굴에 투영시켜야만 한다! 그러나 현실은 높은 자, 낮은 자 할 것 없이 나병 환자처럼 흉측한 몰골을 하고 있다! 인간이 권력에 매여있는 한 바위나 똥 무더기보다 못할 것이다!

산티나의 지층 방 침대에서 다비데는 이불을 헤치고 팔다리를 휘저으며 격앙된 목소리로 감정을 토해냈다. 산티나는 초점 없는 두 눈을 동그랗게 뜨고 그의 말을 알아듣는 척을 해 주었다. 칼미크나 베두인들이 자신들의 언어로 문장을 읊어대는 꿈을 꾸는 기분이었다. 다비데가 힘차게 구호를 외치느라 자리를 너무 많이 차지했기에 그녀의 풍만한 엉덩이 반쪽은 침대 밖으로 삐져나가 있었다. 얇은 스타킹만 신은 발이 얼어붙을 지경이었지만, 연인을 배려하는 마음에 이불을 끌어당기지 않았다. 여름 동안 서늘했던 작은 방에도 겨울이 찾아왔다. 방안은 깊고 축축한 동굴처럼 으슬으슬했다. 살 속까지 파고드는 추위, 얼어붙을 듯이 차가운 물, 살인적인 무더위, 병원, 감옥, 전쟁, 소등, 돈을 잘 치르는 연합군들, 그녀가 번 돈을 몽땅 가져가면서 그녀를 학대하는 기둥서방, 뭐가 그리 신나는지 손발을 마구 휘젓는 술에 취한 잘생긴 청년. 그는 매번 침대에서 그녀를 기진맥진하게 했지만, 그래도 괜찮았다. 대신 매번 주머니를 탈탈 털어 마지막 한 푼까지 챙겨주었으니. 모든 좋고 나쁜 일들, 이빨이 빠질 정도의 굶주림, 추함, 학대, 부귀함과 가난함, 무식함과 어리석음... 산티나에게는 그 모든 게 옳지도, 그르지도 않았다. 단순히 절대불변의 필요성이었기에 감히 옳고 그름을 따질 수 없었다. 그녀는 자신에게 다가온 일들을 한 치의 의심도 없이 받아들이고 견뎌냈다. 마치 세상에 태어난 존재들의 자연스러운 결말이라는 듯이

라 스토리아 1

1판 1쇄   2026년 4월 15일

지은이   엘사 모란테
옮긴이   나윤덕
편집   김효진
교열   이수정
디자인   최주호
펴낸곳   마르코폴로
등록   제2021-000005호
주소   세종시 다솜1로9
이메일   laissez@gmail.com
인스타그램   instagram.com/marcopolopress

ISBN   979-11-24110-02-7   03880

책 값은 뒤표지에 있습니다.